W0175535

Umwelthinweis:
Dieses Buch wurde auf chlor- und säurefreiem Papier gedruckt.

Lisa Jackson

In der Glut der Nacht

Verhängnisvolle Geheimnisse

MIRA® TASCHENBUCH
Band 25774
2. Auflage: September 2014

MIRA® TASCHENBÜCHER
erscheinen in der Harlequin Enterprises GmbH,
Valentinskamp 24, 20354 Hamburg
Geschäftsführer: Thomas Beckmann

Konzeption/Reihengestaltung: fredebold&partner GmbH, Köln
Umschlaggestaltung: pecher und soiron, Köln
Redaktion: Mareike Müller
Titelabbildung: Thinkstock/Getty Images, München
Autorenfoto: © Harlequin Enterprises S.A., Schweiz
Satz: GGP Media GmbH, Pößneck
Druck und Bindearbeiten: CPI – Ebner & Spiegel, Ulm
Printed in Germany
Dieses Buch wurde auf FSC®-zertifiziertem Papier gedruckt.
ISBN 978-3-95649-051-4

www.mira-taschenbuch.de

Werden Sie Fan von MIRA Taschenbuch auf Facebook!

Lisa Jackson

In der Glut der Nacht

Roman

Aus dem Amerikanischen von
Jutta Zniva

Für Mary Claire, meine Lektorin,
in Liebe und Zuneigung.

Er stand am Ufer, allein. Der Blick seiner strahlend blauen Augen glitt über den Horizont, als würde er etwas – oder jemanden – suchen. Wegen des kalten Morgennebels über der Elliott Bay war die Sicht nicht besonders gut, doch der einsame, breitschultrige Mann schien das gar nicht zu bemerken. Auf seiner Stirn hatten sich tiefe Sorgenfalten eingegraben. Der Pazifik-Wind zerrte an einer Strähne seines dunkelbraunen Haars, aber Noah Wilder kümmerte es nicht. Die eisige Brise, die über den Puget Sound fegte, konnte seinen Ärger und seinen brodelnden Zorn nicht abkühlen, und das, obwohl Noah nur einen Anzug trug.

Sowie ihm klar wurde, dass er schon viel zu viel Zeit damit verbracht hatte, auf das endlose Auf und Ab der Wellen zu starren, machte er sich auf den Rückweg. Zurück zu einem Job, den er kaum ertragen konnte. Die Zähne fest zusammengebissen, lief er Richtung Süden und bemühte sich, die Wut und die Angst, die ihn innerlich zerrissen, in den Griff zu bekommen.

Erst vor einer halben Stunde war er darüber informiert worden, dass sein Sohn nicht im Unterricht aufgetaucht war. Wieder einmal. Noah versuchte, nicht daran zu denken, was alles passiert sein könnte. Mittlerweile hatte er erkannt, dass sein rebellischer Sohn die Schule hasste – besonders die Schule, in die er vor gerade mal zwei Monaten versetzt worden war. Noah hoffte, dass Sean nicht tatsächlich in Schwierigkeiten steckte.

Auf dem Weg ins Büro blieb er ein einziges Mal stehen, und das nur, um eine Zeitung zu kaufen. Wissend, dass es ein Fehler war, schlug er den Finanzteil auf. Diesmal war der Artikel zwar nicht ganz so prominent platziert, dennoch fand er ihn ziemlich schnell auf Seite vier. Er hatte eigentlich gehofft, dass sich das Interesse an dem Skandal gelegt hatte. Doch da hatte er sich getäuscht. „Verdammt", murmelte er in sich hinein, während er rasch die Meldung überflog.

Der Brand war vier Wochen her, aber Noah Wilder hatte seither dermaßen oft einen Grund gehabt, seinen Vater zu verfluchen, dass er schon nicht mehr mitzählte. Der heutige Tag stellte keine Ausnahme dar. Allerdings waren der Brand und der damit verbundene Skandal nur ein paar Probleme auf einer langen Liste, die täglich länger zu werden schien. Das Feuer und der Verdacht auf Brandstiftung machten die Sache für Noah noch komplizierter. Ihm war klar, dass er bis zur Aufklärung der ganzen Angelegenheit noch viele weitere endlose Stunden in seinem Büro und eine Menge schlaflose Nächte vor sich hatte. Sein Pech, dass der Brand sich ausgerechnet zu einer Zeit ereignet hatte, als sein Vater nicht im Lande gewesen war. Bei dem Gedanken an Ben Wilder wurden Noahs Sorgenfalten noch tiefer.

Der frühe Morgennebel hatte sich noch nicht gelichtet, die Luft war feucht, und es roch intensiv nach Meer. Ein paar Sonnenstrahlen blitzten zwischen den grauen Wolken hervor und spiegelten sich auf dem Wasser, das sich auf dem Bürgersteig gesammelt hatte. Noah allerdings war viel zu sehr in seinen düsteren Gedanken versunken, um den herannahenden Frühling zu bemerken, der trotz Kälte in der Luft lag.

Als er die stark befahrene Straße überquerte, hörte er, wie jemand wütend hupte und ihn ein vorbeifahrender Autofahrer empört anschrie. Noah ignorierte ihn. Zielstrebig steuerte er weiter auf das riesige Gebäude aus Beton und Stahl zu, in dem sich Wilder Investments befand, die erfolgreiche Holding seines Dads. Zum Teufel mit Ben! Er hatte sich wirklich den denkbar ungünstigen Zeitpunkt ausgesucht, um sich in Mexiko zu erholen und Noah die Lösung aller Probleme in der Firma zu überlassen. Hätte sein Vater nicht kürzlich diesen Herzinfarkt gehabt, wäre Noah längst wieder in Portland, wo er hingehörte. Und Sean würde vielleicht nicht schon wieder die Schule schwänzen.

Bei dem Gedanken an seinen rebellischen Sohn zog sich Noah vor Sorge der Magen zusammen. Unglücklicherweise konnte er niemand anderem die Schuld für Seans Verhalten geben als sich selbst.

Noah hätte sich nie von Ben dazu überreden lassen sollen, die Leitung von Wilder Investments zu übernehmen, nicht einmal für kurze Zeit. Es war ein Fehler gewesen, und Sean war derjenige, der es ausbaden musste. Noah hätte sich bei der Entscheidung, nach Seattle zu gehen, nicht von seinen Gefühlen leiten lassen sollen; Bens Herzinfarkt hätte bei diesem Entschluss keine Rolle spielen dürfen. Noah fluchte leise. Es war schwierig genug gewesen zu versuchen, einen Sohn allein in Portland großzuziehen. Aber jetzt, in Seattle, mit all den Problemen, die das Führen von Wilder Investments mit sich brachte, war es Noah nahezu unmöglich, seinem Sohn genug Zeit zu widmen.

Noah schob die breiten Glastüren des Wilder-Gebäudes auf und schritt wütend zum Aufzug. Es war noch früh und die Lobby fast leer. Die Fahrstuhltüren glitten leise auseinander, und Noah stieg – dankbar, dass er allein war – in den Aufzug. An diesem Morgen hatte er keine Lust auf Small Talk mit den Angestellten des Multimillionen-Dollar-Unternehmens seines Dads. Alle und alles, was ihn an Ben Wilder erinnerte, würden Noahs Wut nur noch steigern.

Nachdem er auf den Knopf für das 13. Stockwerk gedrückt hatte, starrte er auf die Schlagzeilen des Finanzteils der Zeitung und las noch einmal den Anfang des Artikels, der ihm den Morgen verdorben hatte.

Wilder Investments: „Heißer" Verdacht auf Versicherungsbetrug.

Noah biss die Zähne zusammen und versuchte seinen Zorn in den Griff zu bekommen. Der erste Absatz war jedoch noch schlimmer als der reißerische Titel:

Hat Wilder Investments den Brand auf Cascade Valley möglicherweise absichtlich verursacht? Noah Wilder von Wilder Investments war für einen Kommentar zu den

Gerüchten nicht erreichbar. Das Feuer, das im Westflügel des Weinguts ausgebrochen war, kostete ein Menschenleben. Der Verstorbene Oliver Lindstrom, zum Zeitpunkt des Großbrands ein Geschäftspartner von Wilder Investments ...

Der Aufzug blieb stehen, und Noah riss sich von dem empörenden Artikel los. Er kannte den Inhalt ohnehin, und das Lesen verstärkte nur noch seinen Zorn auf seinen Vater und dessen Entscheidung, seinen Aufenthalt in Mexiko zu verlängern. Und zu allem Überfluss schwänzte Sean heute auch noch die Schule und war unauffindbar. Wo, zum Teufel, steckte er nur? Noah biss sich auf die Lippe, und seine Augen funkelten grimmig. Er schwor sich, dass er – koste es, was es wolle – einen Weg finden würde, Ben zu zwingen, nach Seattle zurückzukehren und Wilder Investments wieder zu übernehmen. Diesmal kam Sean an erster Stelle. Es gab einfach keine andere Möglichkeit.

Noah stieg aus dem Fahrstuhl und marschierte zum Büro seines Vaters. Nur bei Maggies Schreibtisch hielt er kurz an, um ihr eine knappe Anweisung zu geben. „Versuchen Sie, Ben ans Telefon zu kriegen." Er zwang sich zu einem Lächeln, obwohl ihm nicht danach zumute war, und betrat das große Büro mit den vielen Fenstern, in dem alle Entscheidungen von Wilder Investments getroffen wurden. Nachdem Noah die leidige Zeitung unsanft auf den modernen Eichenschreibtisch geschleudert hatte, zog er sein Sakko aus und warf es kurzerhand über die Lehne einer glänzenden Ledercouch.

Aus den Fenstern hinter dem Schreibtisch hatte man eine wunderbare Aussicht auf den Pioneer Square, eines der ältesten und repräsentativsten Viertel von Seattle. Die Backsteinhäuser am Fuß der Hügel überragten die massiv gebauten, prunkvollen alten Gebäude und bildeten einen starken Kontrast zu den modernen Wolkenkratzern daneben. Hier gab es jede Menge Antiquitätenläden, Boutiquen und Restaurants.

Hinter dem Pioneer Square lag das ruhige, graue Meer des Puget Sounds, und in der Ferne erhoben sich stolz die Olympic Mountains. Bei klarem Wetter sahen sie wie ein schneebedeckter Schutzwall zum Pazifik aus. Heute waren sie lediglich gespenstische Schatten, die sich im schieferfarbenen Nebel versteckten.

Noah genoss kurz den Blick über die Dächer der Stadt, ehe er in dem Schreibtischstuhl seines Vaters Platz nahm. Der Ledersessel ächzte, als Noah sich zurücklehnte und sich mit der Hand nervös durch seine widerspenstigen Haare fuhr. Er senkte die Lider und versuchte sich zu konzentrieren. Wo war Sean?

Er schüttelte den Kopf, öffnete die Augen und starrte auf die Zeitung, die offen auf dem Schreibtisch lag. Sein Blick fiel auf das Foto des abgebrannten Weinguts. Das Letzte, woran er heute Morgen denken wollte, war das Feuer. Ein Mann war tot. Man vermutete Brandstiftung. Cascade Valley, das berühmteste Weingut des Nordwestens, hatte den Betrieb einstellen müssen, und es gab Probleme mit der Versicherungszahlung. Wie um alles in der Welt, fragte sich Noah, konnte ich bloß so viel Pech haben, in dieses Chaos zu geraten? Das Summen des Telefons riss ihn aus seinen Gedanken.

„Ihre Mutter ist auf Leitung zwei", hörte er Maggie sagen.

„Ich wollte mit Ben sprechen, nicht mit meiner Mutter", antwortete Noah harsch und gereizt.

„Ich konnte ihn nicht erreichen. Es war schwer genug, Katharine ans Telefon zu bekommen. In diesem gottverlassenen Dorf gibt es wahrscheinlich nur ein einziges Telefon."

„Schon in Ordnung, Maggie", lenkte Noah ein. „Ich hätte nicht so barsch sein dürfen. Natürlich rede ich mit Katharine." Obwohl er wütend auf sich selbst und seinen Vater war, gab es keinen Grund, seinen Ärger an der Sekretärin auszulassen. Er atmete tief durch, und stellte sich schon mal auf den Schwall an Entschuldigungen ein, den seine Mutter für seinen Vater vorbringen würde. Nachdem er die entsprechende Taste am Telefon gedrückt hatte, bemühte er sich, ungezwungen und höflich zu klingen. „Hallo, Mutter. Wie geht es dir?"

„Gut, Noah", war die kühle, mechanische Antwort. „Aber dein Vater fühlt sich gar nicht gut." Hinter Katharines sanfter Stimme verbarg sich ein eiserner Wille.

Noahs Kiefermuskeln spannten sich unwillkürlich an, dennoch schaffte er es, sich freundlich und ruhig anzuhören. „Ich würde gern mit ihm sprechen."

„Tut mir leid, Noah, das geht auf keinen Fall. Er ruht sich gerade aus." Seine Mutter sprach in emotionslosem Ton weiter und berichtete Noah, wie die aktuelle Prognose des Gesundheitszustands seines Vaters aussah. Noah hörte zu und krempelte ungehalten die Ärmel seines Hemds hoch. Dann begann er, vor dem Schreibtisch auf und ab zu tigern und sich mit einer Hand den Nacken zu massieren. Mit der anderen Hand hatte er den Telefonhörer vor lauter Ärger so fest umklammert, dass seine Fingerknöchel weiß hervortraten, während Katharine irgendwo im Norden Mexikos mit ausdrucksloser Stimme weiterredete. Noah starrte düster durchs Fenster hinaus auf den aufsteigenden Nebel und hoffte auf eine Pause in der einseitigen Unterhaltung.

Es war offensichtlich, dass Katharine Wilder ihren Mann vor den Forderungen seines Sohnes beschützte. Noah sah den harten, unerbittlichen Zug um den kleinen Mund seiner Mutter und den kalten, distanzierten Blick ihrer blauen Augen förmlich vor sich.

„Du merkst also, Noah, dass uns nichts anderes übrig bleibt, als noch mindestens zwei Monate in Guaymas zu bleiben. Vielleicht drei."

„So lange kann ich nicht warten!"

Seine Mutter seufzte schwer. Ihre Stimme klang jetzt etwas schwächer. Die ohnehin nicht gute Telefonverbindung nach Mexiko schien noch schlechter zu werden. „Ich fürchte, es wird dir nichts anderes übrig bleiben, Noah. Die Ärzte sind der Meinung, dass dein Vater viel zu krank für die anstrengende Rückreise nach Seattle ist. Er kann die Firmenleitung derzeit unmöglich wieder übernehmen. Du musst einfach noch ein bisschen durchhalten."

„Und was ist mit Sean?", fragte Noah aufgebracht. Keine Antwort. „Lass mich einfach mit Ben sprechen", bat er in etwas ruhigerem Ton.

„Das kann doch nicht dein Ernst sein! Hast du denn nicht gehört, was ich gesagt habe? Dein Vater ruht sich gerade aus. Er kann unmöglich ans Telefon kommen!"

„Ich *muss* mit ihm reden. So war das alles nicht geplant", erwiderte Noah warnend. Er versuchte nicht länger, seine Empörung zu verstecken.

„Später vielleicht …"

„*Jetzt!*" Noah, der seine Ungeduld nicht mehr zügeln konnte, wurde wieder lauter.

„Tut mir leid, Noah. Wir sprechen später wieder."

„Leg nicht auf …"

Ein Klicken in der Leitung trennte die Verbindung.

„Verdammt!" Noah warf den Hörer aufs Telefon und schlug mit der flachen Hand auf den Tisch. Dann stieß er ein paar Flüche aus, die zum Teil seinem Vater, jedoch hauptsächlich ihm selbst galten. Wieso hatte er sich nur bereit erklärt, die Investmentfirma während Bens Rekonvaleszenz zu übernehmen? Wie hatte er nur so naiv sein können? Es war ein von Emotionen geprägter Entschluss gewesen, und zwar ein schlechter. Noah neigte normalerweise nicht zu gefühlsmäßigen Entscheidungen – nicht seit der letzten, die er vor fast sechzehn Jahren getroffen hatte. Diesmal allerdings hatte er sich wegen des kritischen Zustands seines Vaters von seinen Gefühlen leiten lassen. Noah schüttelte über seine eigene Dummheit den Kopf. Er war ein verdammter Narr. „Verflu…"

„Wie bitte?", fragte Maggie, die gerade mit der für sie typischen Geschäftigkeit das Büro betrat. Mit ihren fast sechzig Jahren, den leuchtend roten Haaren und in dem bunt gemusterten Kleid wirkte sie wie der Inbegriff der unerschütterlichen Tüchtigkeit.

„Ach, nichts", brummte Noah, doch das zornige Funkeln in seinen blauen Augen war nicht zu übersehen. Er ließ sich in den Schreibtischsessel seines Vaters fallen und versuchte, seine Wut in den Griff zu kriegen.

„Gut!" Maggie lächelte und legte ihm die Post auf den Tisch. Noah betrachtete den Stapel Briefe und runzelte die Stirn. „Was ist das?"

„Ach, nur das Übliche. Bis auf den obersten Brief. Er ist von der Versicherungsgesellschaft. Ich glaube, Sie sollten ihn lesen." Maggies freundliches Lächeln wurde schwächer.

Noah warf nur einen kurzen, angewiderten Blick auf das betreffende Schriftstück und schaute anschließend wieder seine Sekretärin an. Sie bemerkte, dass er den Brief ignorierte, und verzog beunruhigt den Mund.

„Würden Sie Betty Averill im Büro in Portland anrufen? Sagen Sie ihr, dass ich nicht so schnell zurück sein werde wie geplant. Sie soll alles, womit sie und Jack nicht zurechtkommen, hierher schicken. Wenn sie irgendwelche Fragen hat, kann sie sich an mich wenden."

Erstaunt musterte Maggie ihn. „Ist Ihr Vater nicht am Ersten zurück?" Normalerweise war sie nicht neugierig, doch jetzt konnte sie nicht anders. Noah war in letzter Zeit nicht mehr er selbst gewesen, und Maggie gab den Großteil der Schuld daran seinem eigensinnigen Sohn. Der Junge war sechzehn und ein richtiger Satansbraten.

„Offenbar nicht", murmelte Noah.

„Dann bleiben Sie also noch ein paar Monate?"

Noah zog die Brauen zusammen. „Scheint ganz so."

Maggie versuchte, den wütenden Ausdruck in Noahs Augen nicht zu beachten. Sie klopfte mit einem Finger – ihre Nägel waren knallbunt lackiert – auf den Stapel Briefe. „Wenn Sie weiterhin Geschäftsführer von Wilder Investments sind …"

„Vorübergehend!"

Maggie zuckte die Achseln. „Das spielt keine Rolle. Sie sollten dieses Schreiben der Versicherung lesen."

„Ist es denn so wichtig?", erkundigte er sich zweifelnd.

„Das müssen Sie selbst beurteilen", entgegnete Maggie.

„Na gut, ich schaue es mir an", stimmte er zögernd zu. Als Maggie gehen wollte, rief er sie zurück. „Oh, Maggie, könnten Sie mir einen Gefallen tun?" Sie nickte. „Bitte rufen Sie weiter im Haus an. Jede halbe Stunde, wenn es sein muss. Und geben Sie mir sofort Bescheid, falls Sie meinen Sohn erreichen. Ich will mit ihm reden!"

Maggie lächelte ein wenig traurig. „Wird erledigt." Sie schloss leise die Tür hinter sich.

Nachdem sie gegangen war, griff Noah nach dem Dokument, auf das sie ihn hingewiesen hatte. „Was, zum Teufel, ist das?", murmelte er. „Verflucht!" Noah knüllte den Brief zu einem winzigen Ball zusammen und warf ihn wütend in den Papierkorb. Er drückte eine Taste auf seinem Telefon und wartete darauf, dass Maggie sich meldete. „Verbinden Sie mich mit dem Vorstandsvorsitzenden der Pac-West-Versicherungsgesellschaft. *Sofort!*", rief er, ohne auf ihre Antwort zu warten.

Das Letzte, was er brauchen konnte, waren noch mehr Probleme mit dem Weingut am Fuße der Cascade Mountains. Er hatte gehofft, die Versicherung hätte mittlerweile alles geregelt – trotz der Komplikationen wegen der mutmaßlichen Brandstiftung. Offensichtlich hatte er sich getäuscht. Maggies Stimme riss ihn aus seinen Grübeleien.

„Joseph Gallagher ist auf Leitung drei", erklärte sie knapp.

„Gut." Er hob eine Hand, um das Gespräch anzunehmen, doch dann hielt er inne. „Wie heißt noch mal der Privatdetektiv, der für meinen Vater arbeitet?", fragte er seine Sekretärin.

„Mr Simmons."

„Richtig. Sobald ich das Gespräch mit Gallagher erledigt habe, möchte ich mit Simmons sprechen." Bei dem Gedanken an den gerissenen Detektiv wurde ihm leicht unbehaglich zumute. „Ach, Maggie ... Haben Sie im Haus angerufen?"

„Ja, Sir. Es ist niemand drangegangen."

Noahs blaue Augen wurden dunkel. „Danke. Versuchen Sie es weiter", meinte er zähneknirschend. Wo war Sean? Noah schob die düsteren Gedanken seinen Sohn betreffend beiseite und konzentrierte sich wieder auf die Probleme in seinem Büro. Hoffentlich konnte Gallagher seine Fragen zu dem Brand auf dem Weingut beantworten und ihm erklären, warum die Versicherungssumme noch nicht an Wilder Investments ausgezahlt worden war. Wenn nicht, wäre Noah gezwungen, Anthony Simmons zu kontaktieren. Noah verzog grimmig den Mund, als er an den schmierigen Privatdetektiv dachte, den Ben seit Jahren auf Firmenkosten beschäftigte. Noah hasste es zwar, auf solche Leute angewiesen zu sein, aber in diesem Fall blieb ihm keine andere Wahl. Falls die Versicherungsgesellschaft die Zahlung wegen der mutmaßlichen Brandstiftung verweigerte, konnte Simmons vielleicht einen Schuldigen für das Verbrechen finden und damit jeden Verdacht, Wilder Investments hätte irgendetwas mit dem Feuer zu tun gehabt, aus der Welt schaffen. Außer natürlich, Ben Wilder wusste etwas, das er seinem Sohn verschwieg.

Die Büros von Fielding & Son waren konservativ eingerichtet. Die Anwaltskanzlei befand sich im dritten Stock eines Bankgebäudes aus dem 19. Jahrhundert und war teuer ausgestattet, ohne protzig zu wirken. Auf dem Boden lagen dicke, rostrote Teppiche, und die Wände waren mit glänzendem Kirschholz getäfelt. Von der Decke hingen geflochtene Blumenkörbe mit grünen Schwertfarnen und üppigen Philodendren. Ledergebundene Ausgaben von Gesetzestexten schmückten die Bücherregale, und glänzende Kupferlampen verliehen den Räumen eine warme Atmosphäre.

Trotz der gemütlichen Einrichtung war Sheila nervös. Obwohl sie ihre Hände im Schoß verschränkt hatte, spürte sie, dass ihre Handflächen ganz feucht waren.

Jonas Fielding tupfte sich mit einem Seidentaschentuch den Schweiß von der beginnenden Glatze. Es war zwar erst Ende Mai, doch das Wetter im Tal war für die Jahreszeit ungewöhnlich warm, und die kleine, zierliche Frau, die ihm gegenübersaß, setzte ihm zusätzlich zu. Die Trauer über den Tod ihres kürzlich verstorbenen Vaters hatte dunkle Schatten unter ihren großen Augen hinterlassen. Trotz des maßgeschneiderten Business-Kostüms, das sie trug, hatte sie etwas Unschuldiges an sich. Unwillkürlich erinnerte er sich an Sheila Lindstrom als kleines Mädchen.

Er arbeitete seit fast vierzig Jahren als Anwalt. Schon vor Jahren hätte er in Rente gehen können, hatte es allerdings nicht getan. Und es waren Momente wie dieser, in denen er wünschte, er hätte die Firma seinem jüngeren Kanzleipartner übergeben. Bei Sheilas Anblick fühlte er sich sehr alt und spürte die Last seiner siebzig Lebensjahre schwer.

Er hätte an den Umgang mit trauernden Angehörigen schon lang gewöhnt sein müssen, aber es war ihm nie gelungen. Besonders dann nicht, wenn der Verstorbene ein Freund von ihm gewesen war. Die Erbschaftsangelegenheiten für die Verwandten zu regeln war ein trostloser Teil seiner Arbeit – einer, den er lieber einem jüngeren Partner übertragen hätte. In diesem Fall allerdings wäre das ohnehin unmöglich gewesen. Oliver Lindstrom war ein persönlicher Freund von Jonas Fielding gewesen. Daher kannte er Olivers Tochter Sheila schon ihr ganzes Leben. Einunddreißig Jahre.

Jonas räusperte sich und fragte sich, warum, zum Teufel, die Klimaanlage in dem Gebäude nicht richtig funktionierte. Die Luft erschien ihm heute unangenehm stickig, doch vielleicht bildete er es sich ja auch nur ein. Möglicherweise war der Grund für seine Gereiztheit in Wahrheit Sheila. Er hasste diesen Teil seines

Jobs. Um sich etwas Freiraum zu verschaffen, stand er auf und schritt zum Fenster, ehe er sich Sheila zuwandte.

„Ich verstehe, dass das alles im Moment ein bisschen viel für dich ist", begann er. „Die ganze Sache mit dem Testament deines Vaters und die Komplikationen mit der Versicherung …" Sheila wurde blass und presste die Lippen zusammen. „Aber du musst den Tatsachen ins Auge sehen."

„Welchen Tatsachen?" Ihre Stimme bebte und klang wegen der aufgewühlten Gefühle rau. „Willst du mir etwas sagen, was ich schon weiß? Dass alle in diesem Tal – und übrigens auch der gesamte Pazifische Nordwesten – denken, mein Vater hätte sich das Leben genommen?" Sheilas Hände zitterten. Es war schwer, die Fassung nicht zu verlieren und die Tränen zurückzuhalten, die ihr im Hals brannten, aber sie riss sich zusammen. „Tja, ich glaube es nicht. Kein einziges Wort. Ich weigere mich, es zu glauben!" Nervös strich sie sich mit den Fingern durch die dichten, kastanienroten Strähnen ihres Haars. „Du warst ein Freund meines Vaters. Du denkst doch nicht wirklich, dass er sich umgebracht hat, oder?" Sie schaute den Anwalt mit ihren großen, grauen Augen herausfordernd an.

Dieses Thema hatte Jonas die ganze Zeit vermieden. Er musste sich ans Fensterbrett lehnen. Er räusperte sich und versuchte so Zeit zu gewinnen, damit ihm eine passende Antwort einfiel. Er wollte freundlich sein. „Ich habe keine Ahnung, Sheila. Es scheint unwahrscheinlich … Oliver war ein so lebenslustiger Mensch … Doch wenn jemand mit dem Rücken zur Wand steht, tut er manchmal einfach alles, um das zu bewahren, wofür er sein Leben lang gearbeitet hat."

Sheila senkte die Lider. „Dann glaubst du es also auch", flüsterte sie. Plötzlich fühlte sie sich verwundbar und sehr allein. „Genau wie die Polizei und die Presse. Sie denken alle, dass Dad das Feuer selbst gelegt hat und versehentlich darin umgekommen ist … oder, dass er sich das Leben genommen hat."

„Niemand hat angedeutet, dass …"

„Das musste auch niemand! Schau dir doch einfach die Titelblätter an! Es ist vier Wochen her, und die Zeitungen schlachten die Story immer noch aus!"

„Cascade Valley hat viele Leute aus der Umgebung beschäftigt. Seit das Weingut geschlossen ist, hat sich die Arbeitslosigkeit im Tal verdoppelt. Es lässt sich nicht leugnen, dass Cascade Valley in den Schlagzeilen ist, Sheila. Es ist eine *Riesenstory*." Jonas redete in einem Ton, der beruhigend sein sollte, doch Sheila wollte sich nicht beschwichtigen lassen.

„Ich verstehe einfach nicht, warum alle offenbar denken, mein Vater hätte sich umgebracht. Warum hätte er das tun sollen?"

„Wer weiß." Jonas zuckte die Achseln und ging zu seinem Schreibtisch. „Das ganze Gerede ... Alles nur Spekulationen."

„Das sind *Verleumdungen*!", rief Sheila vorwurfsvoll und reckte trotzig das Kinn empor. „Mein Vater war ein anständiger, gesetzestreuer Bürger, und nichts wird daran je etwas ändern. Er würde nie ..." Die Belastung der letzten vier Wochen wurde plötzlich zu viel für sie. Ihr versagte die Stimme, als sie an den liebenswürdigen Mann dachte, der sie großgezogen hatte. Seit dem Tod ihrer Mutter vor fünf Jahren war Sheilas Beziehung zu ihrem Vater enger geworden. Als sie ihn zum letzten Mal lebend gesehen hatte, während des letzten Urlaubs im Frühling, war er so kräftig und gesund gewesen, dass Sheila es immer noch nicht fassen konnte, dass er jetzt tot war. Während ihres Besuchs war er zwar sehr beschäftigt und reserviert gewesen, allerdings hatte sie das auf die Probleme zurückgeführt, die das Weingut damals gehabt hatte. Trotz der Distanziertheit ihres Vaters war sich Sheila sicher, dass kein Problem von Cascade Valley so schwerwiegend gewesen war, um ihn in den Suizid zu treiben. Dafür war er zu stark gewesen.

Es gelang ihr, sich zusammenzureißen, denn sie war viel zu stolz, um Jonas Fielding zu zeigen, wie sehr sie in Wahrheit trauerte. „Gibt es irgendeine Möglichkeit, wie ich den Betrieb des Weinguts wieder aufnehmen kann?"

Jonas schüttelte den Kopf. „Das bezweifle ich. Die Versicherung hält die Zahlungen wegen des Verdachts auf Brandstiftung zurück."

Müde seufzte Sheila und ließ die Schultern sinken.

Jonas zögerte, ehe er fortfuhr. „Es steckt noch mehr dahinter."

Sie hob ruckartig den Kopf. „Wie meinst du das?"

„Die Unterlagen im Bankschließfach deines Vaters … Hast du sie gelesen?"

„Nein … Ich war damals zu traurig. Ich habe alles hierher gebracht."

„Wusstest du, dass Oliver das Unternehmen nicht allein gehört hat?"

„Ja."

Der alte Herr schien sich etwas zu entspannen. „Hast du seinen Geschäftspartner je kennengelernt?"

„Vor Jahren, als ich ganz klein war. Doch was hat Ben Wilder damit zu tun?", fragte sie. Die neue Richtung, die das Gespräch genommen hatte, verwirrte sie. Warum sah Jonas ihr nicht in die Augen?

„Ben Wilder und dein Vater waren gleichberechtigte Partner, als sie die Firma vor fast achtzehn Jahren gekauft haben."

Sheila nickte. Sie erinnerte sich an den Tag, an dem ihr Vater begeistert den Kauf eines alten Weinguts in den östlichen Ausläufern der Cascades verkündet hatte.

„In den letzten paar Jahren allerdings", fuhr Jonas fort, „war Oliver gezwungen, sich Geld von Wilder Investments zu leihen, um … die Kosten zu decken. Als Sicherheit hat er seinen Anteil am Weingut eingesetzt."

Sheila bekam ein mulmiges Gefühl im Magen. „Du wusstest nichts davon?"

Jonas schüttelte den Kopf. „Ben Wilders Anwälte haben sich um alle rechtlichen Angelegenheiten gekümmert. Ich hätte Oliver davon abgeraten."

Sheila beschlich plötzlich eine ungute Ahnung, als sie an die Entwicklungen der vergangenen fünf Jahre dachte. „Warum genau hat Dad sich das Geld geliehen?"

Jonas rieb die Handflächen aneinander. „Dafür gab es mehrere Gründe", versuchte er ihr auszuweichen. „Die Wirtschaft war am Boden, und dann gab es das Problem mit den manipulierten Flaschen in Montana. Daraufhin sind die Verkaufszahlen zurückgegangen."

„Aber es steckt noch mehr dahinter, nicht wahr?", flüsterte Sheila. Ihre Kehle wurde eng. Langsam wurde ihr klar, warum ihr Vater bei Ben Wilder Schulden gemacht hatte. Er hatte es ihretwegen getan! Eine Welle von Schuldgefühlen schlug über ihr zusammen und nahm ihr für einen Moment die Luft.

Jonas graute vor dem, was er jetzt sagen musste. „Dein Vater hat den Kredit vor vier Jahren aufgenommen."

Sheila wurde blass. Ihr Verdacht hatte sich bestätigt.

Der alte Anwalt zögerte kurz, bevor er weitersprach. „Soweit ich mich erinnere, waren da mehrere Gründe für den Kredit. Am wichtigsten war damals, dass Oliver dir nach deiner Scheidung von Jeff helfen wollte, wieder auf die Beine zu kommen. Dein Vater war der Meinung, du solltest zurück auf die Uni und deinen Master machen. Er wollte nicht, dass es dir oder Emily an irgendetwas fehlte, nur weil deine Ehe in die Brüche gegangen ist."

„Oh Gott, *nein*!", stöhnte Sheila verzweifelt. Sie schloss die Augen und sank tiefer in den Sessel. Sie hatte das Geld ihres Vaters damals nicht annehmen wollen, allerdings hatte er ihr kaum eine andere Wahl gelassen. Nach der Scheidung war sie eine alleinerziehende Mutter gewesen, ohne Ausbildung und ohne Job. Ihr Vater hatte darauf bestanden, dass sie eine Privatuniversität in Kalifornien besuchte; die Studiengebühren und die Kosten für ihren und Emilys Lebensunterhalt waren enorm gewesen. Aber Oliver hatte darauf bestanden, dass die Sonne Kaliforniens ihr helfen würde, Jeff und ihre unglückliche Ehe zu vergessen.

Das war nun über vier Jahre her, und bis jetzt hatte Sheila es nicht geschafft, ihm auch nur einen Penny zurückzuzahlen. *Und jetzt war ihr Vater tot.* Er hatte nicht ein einziges Mal erwähnt, dass Cascade Valley in Schwierigkeiten steckte. Die Schuldgefühle schnürten Sheila die Kehle zu.

Jonas reichte ihr die Unterlagen, und sie überflog sie rasch. Der Anwalt hatte mit seiner Einschätzung der Situation recht. Nachdem sie die Dokumente genau durchgelesen hatte, schaute sie auf und gab die Papiere dem Freund ihres Vaters zurück.

„Wäre dein Vater bloß zu mir gekommen!", sagte Jonas. „Ich hätte dieses Durcheinander verhindern können."

„Warum hat er es nicht getan?"

„Aus Stolz, würde ich meinen. Doch das ist jetzt alles Schnee von gestern."

„Es gibt einen Brief, in dem Wilder Investments die Rückzahlung des Kredits fordert", überlegte Sheila laut vor sich hin.

„Ich weiß."

„Aber er wurde nicht von Ben Wilder unterschrieben, sondern von …" Sheila versagte die Stimme und sie zog die Brauen zusammen, als sie den Namen sah.

„Noah Wilder. Bens Sohn."

Sheila dachte nach. Sie wusste nicht viel über diesen Mann, und trotz ihrer Trauer wurde sie neugierig. „Leitet er jetzt die Firma?"

„Nur vorübergehend, bis Ben aus Mexiko zurück ist."

„Hast du mit Ben oder seinem Sohn geredet und dich erkundigt, ob sie eventuell in Erwägung ziehen, den Kredit zu verlängern?", fragte Sheila. Sie hatte endlich verstanden: Ohne die Hilfe von Wilder Investments war das Weingut erledigt.

„Ich hatte Probleme, Noah zu erreichen", antwortete Jonas. „Er hat mich nie zurückgerufen. Ich bin immer noch an der Versicherungsgesellschaft dran."

„Soll ich Wilder Investments anrufen?", fragte Sheila spontan. Doch warum sollte sie es schaffen, mit Noah Wilder zu sprechen, wenn es Jonas nicht gelungen war?

„Es könnte nicht schaden, schätze ich. Weißt du irgendetwas über Wilder Investments oder den Ruf der Firma?"

„Ich weiß, dass er nicht der beste ist, wenn du das meinst. Ich würde sagen, das Image von Wilder Investments ist mehr als nur ein bisschen angeschlagen."

„Das ist richtig. In den letzten zehn Jahren hat sich Wilder Investments nach Ansicht der Börsenaufsicht hart an der Grenze zur Illegalität bewegt. Allerdings konnten die Verstöße, die man der Firma vorgeworfen hat – schwerwiegende Verstöße –, nie bewiesen werden. Aber natürlich ist der Name Wilder für die Skandalblätter ein unerschöpflicher Quell an Storys."

Sheila zog die Augenbrauen hoch. „Ist mir bekannt."

Jonas trommelte mit den Fingern auf dem Schreibtisch. „Dann ist dir klar, dass Wilder Investments und die Familie selbst eher …"

„… dubios sind?"

Jonas musste unwillkürlich lächeln. „Das würde ich nun nicht sagen. Andererseits traue ich Ben Wilder nicht über den Weg, und das solltest du auch nicht tun." Er wurde ernst. „Als einzige Erbin des Besitzes wärst du möglicherweise leichte Beute für Leute wie Ben Wilder."

„Was willst du damit andeuten?"

„Ist dir denn nicht klar, wie viele Firmen Wilder Investments allein in diesem Jahr zum Opfer gefallen sind? Da gab es ein Transportunternehmen in Seattle, eine Theatergruppe in Spokane und eine Lachsfabrik in British Columbia."

„Glaubst du wirklich, dass die Wilders es auf Cascade Valley abgesehen haben?" Sheila konnte ihre Skepsis nicht verbergen.

„Warum nicht? Sicher, es gab in den letzten Jahren Probleme, dennoch ist es immer noch das größte und angesehenste Weingut im Nordwesten. Keiner, nicht einmal jemand mit dem Geld und der Macht von Ben Wilder, könnte eine bessere Lage für einen Weinbaubetrieb finden." Jonas tupfte sich den Schweiß von der Oberlippe. „Dein Vater war vielleicht kein besonders guter

Geschäftsmann, Sheila, doch er wusste sehr wohl, wie man den besten Wein im ganzen Staat produziert."

Sheila schaute Jonas an. „Willst du damit andeuten, Wilder Investments könnte für das Feuer verantwortlich sein?"

„Natürlich nicht. Aber unabhängig davon lässt sich nicht leugnen, dass Wilder Investments der einzige Beteiligte ist, der davon profitiert. Ben Wilder lässt sich eine einmalige Gelegenheit nicht entgehen, wenn sie sich ihm bietet."

„Und du denkst, das Weingut ist diese Gelegenheit."

„Davon kannst du ausgehen."

„Was wird er deiner Meinung nach machen?"

Jonas überlegte einen Moment. „Kontakt mit dir aufnehmen, falls ich mich nicht täusche." Er rieb sich das Kinn. „Ich vermute, dass Ben dir deine Anteile abkaufen will."

„Und du bist der Meinung, ich sollte nicht verkaufen?"

„Das habe ich nicht gesagt. Sei einfach vorsichtig. Sprich vorher unbedingt mit mir! Ich möchte nicht mit ansehen müssen, wie dich Ben Wilder oder sein Sohn über den Tisch ziehen."

Sheilas Augen blitzten. „Sei unbesorgt, Jonas", entgegnete sie entschlossen. „Ich habe vor, Ben Wilder – oder seinem Sohn – die Stirn zu bieten und Cascade Valley zu behalten. Es ist das Einzige, was Emily und ich noch haben."

Die Tür zu Bens Büro ging auf. Noah runzelte die Stirn und wandte den Blick von der Korrespondenz ab, in die er gerade vertieft gewesen war. Es ging dabei um ein kürzlich gekauftes Transportunternehmen, allerdings fehlten in dem dicken Stapel ein paar der wichtigsten Unterlagen. „Ja!", rief er gereizt, als er die Sekretärin seines Vaters eher spürte, als sah. Er blickte auf und zwang sich zu einem Lächeln.

„Tut mir leid, Sie zu stören, Noah, aber auf Leitung eins ist ein Gespräch für Sie", sagte Maggie. Sie hatte sich an die schlechte Laune gewöhnt, die Noah wegen der geschäftlichen Entscheidungen seines Vaters an den Tag legte.

„Ich bin beschäftigt, Maggie. Können Sie nicht einfach notieren, worum es geht?" Er konzentrierte sich wieder auf die Unterlagen, die sich auf seinem Schreibtisch stapelten.

„Ich weiß, wie beschäftigt Sie sind", erwiderte sie sanft, „aber die Frau, die Sie sprechen will, ist Miss Lindstrom."

„Lindstrom?" Noah überlegte. Der Name kam ihm vage bekannt vor. „Sollte ich sie kennen?"

„Sie ist Oliver Lindstroms Tochter. Er ist vor ein paar Wochen bei diesem Brand ums Leben gekommen."

Die Sorgenfalten auf Noahs Stirn wurden noch tiefer. Er strich sich mit den Händen durch seine dichten braunen Haare. „Das ist die Frau, die mich ständig drängt, ihr die Versicherungssumme auszuzahlen, oder?"

Maggie nickte kurz. „Genau die."

Noah richtete nun seine ganze Aufmerksamkeit auf die Sekretärin und kniff die tiefblauen Augen misstrauisch zusammen. „Lindstrom ist bei dem Feuer gestorben, und es besteht Verdacht auf Brandstiftung. Glauben Sie, Lindstrom hat das Feuer gelegt und ist darin versehentlich umgekommen?" Ohne Maggies Antwort abzuwarten, griff Noah nach dem Schreiben der Versicherung. Er überflog es, während er der Sekretärin eine weitere

Frage stellte. „Habe ich dieser Lindstrom nicht geschrieben und unseren Standpunkt erklärt?"

„Ja, haben Sie."

„Und was habe ich geschrieben? Wollten wir nicht Zeit gewinnen, bis die Untersuchung des Falls abgeschlossen ist?" Er dachte konzentriert nach und rieb sich die Stirn. „Jetzt weiß ich es wieder ... Ich habe ihr geschrieben, dass die ganze Angelegenheit warten muss, bis Ben wieder da ist."

„Das stimmt." Maggie presste die Lippen aufeinander. Sie wusste, dass Noah für die Geschäfte von Wilder Investments die absolute Entscheidungsvollmacht hatte, zumindest so lange, bis Ben aus Mexiko zurückkam.

„Warum ruft sie mich dann schon wieder an?", fragte Noah ungehalten. Dieser Brand hatte ihn schon ein paar lange Nächte im Büro gekostet, und der Gedanke, noch mehr Zeit investieren zu müssen, frustrierte ihn. Bis das Versicherungsgutachten fertig war, konnte er ohnehin nicht viel tun.

Maggie wusste mittlerweile, dass Noah den Widerwillen, den er gegen die Firma seines Vaters empfand, deutlich zeigte. Das Problem mit der Versicherung des Weinguts schien ihn jedoch ganz besonders zu ärgern. „Ich weiß nicht, warum sie Sie anruft, Noah", erwiderte sie geduldig, „aber Sie sollten vielleicht mit ihr reden. Es ist schon ihr fünfter Anruf heute Nachmittag."

Noah betrachtete schuldbewusst den ordentlichen Stapel Telefonnachrichten, der unberührt am Rand seines Schreibtischs lag. Bis jetzt hatte er ihn in der Hoffnung ignoriert, die kleinen rosa Zettel würden sich irgendwie in Luft auflösen.

„Na gut, Maggie", gab er zögernd nach. „Sie haben gewonnen. Ich rede mit ..."

„... Miss Lindstrom", ergänzte die Sekretärin im Gehen.

Er hob ab. „Hier spricht Noah Wilder", sagte er, ohne sich seine Verärgerung anmerken zu lassen. „Kann ich etwas für Sie tun?"

Sheila hatte fünf Minuten am Telefon gewartet, als Ben Wilders Sohn sich endlich doch dazu durchrang, ihr ein bisschen von seiner kostbaren Zeit zu schenken. Sie unterdrückte das Bedürfnis, den Hörer unsanft aufzulegen, riss sich zusammen und beantwortete seine lässige Frage mit einem Hauch von Sarkasmus. „Das hoffe ich sehr – falls es nicht zu viel verlangt ist. Ich würde gern einen Termin mit Ihnen vereinbaren, aber Ihre Sekretärin sagt, Sie sind zu beschäftigt, um sich mit mir zu treffen. Stimmt das?"

Irgendetwas an der schwelenden Gereiztheit, die durch die Leitung kroch, weckte Noahs Interesse. Seit er letzten Monat vorübergehend die Geschäfte seines Vaters übernommen hatte, war niemand auch nur andeutungsweise anderer Meinung als er gewesen. Noah hatte zwar seine Probleme mit Wilder Investments, doch er war mit niemandem aneinandergeraten. Es war fast so, als wäre die Macht, die Ben überall ausgeübt hatte, auf Noah übergegangen. Keiner von Bens Geschäftspartnern hatte Bens Sohn jemals auch nur mit einem einzigen Wort widersprochen. Bis jetzt. Noah spürte, dass sich mit dieser Dame diesbezüglich alles ändern würde.

„Im Gegenteil, Miss Lindstrom", erwiderte er. „Ich würde mich gern mit Ihnen treffen, aber es geht erst irgendwann übernächste Woche. Leider hat Maggie recht – mein Terminkalender ist für die nächsten zweieinhalb Wochen total voll."

„So lange kann ich nicht warten!", rief Sheila, der der ohnehin dünne Geduldsfaden nun endgültig riss.

Ihre Antwort überraschte Noah. „Was genau ist das Problem? Haben Sie unseren Brief nicht bekommen?"

„Genau deshalb rufe ich ja an. Ich muss Sie wirklich treffen. Es ist wichtig."

„Ich nehme an, Sie hoffen, dass ich meine Entscheidung zurücknehme?" Noah staunte über die Hartnäckigkeit dieser Frau. Er blätterte rasch seine Telefonnachrichten durch. Sheila Lindstrom hatte in den letzten fünf Stunden tatsächlich exakt alle sechzig Minuten angerufen.

„Sie *müssen*! Wenn wir das Weingut bis zur Ernte im Herbst wieder instand setzen wollen, müssen wir so bald wie möglich anfangen. Und selbst dann wäre es möglich, dass wir nicht rechtzeitig fertig werden …"

Noah unterbrach sie. „Ich verstehe Ihr Problem." Es störte ihn, dass in seiner Stimme ein Hauch von Verzweiflung mitschwang. „Aber ich kann wirklich nichts für Sie tun. Sie wissen ja, dass mein Vater verreist ist und …"

„Mir ist egal, ob Ihr Vater auf dem Mond oder sonst irgendwo ist!", schnitt Sheila ihm das Wort ab. „Wenn *Sie* Wilder Investments leiten, sind *Sie* mein Ansprechpartner. Oder sind Sie etwa nur eine Marionette und können nicht einmal eine simple geschäftliche Entscheidung treffen, solange Ihr Vater nicht da ist?"

„Sie verstehen das nicht", setzte Noah hitzig an, um seine Situation zu erklären, während er sich gleichzeitig verfluchte, weil er sich von einer Fremden in eine Verteidigungsposition drängen ließ. Es ging sie wirklich nichts an.

„Sie haben recht, Mr Wilder, ich verstehe es *wirklich* nicht. Ich bin Unternehmerin, und es kommt mir völlig unlogisch vor, dass Sie ein blühendes Unternehmen wie Cascade Valley brachliegen lassen, wenn es doch Gewinne bringen könnte."

Noah versuchte, ruhig zu bleiben. Er wusste, dass die Frau ihn absichtlich provozierte. „So wie ich die Situation verstehe, Miss Lindstrom, hat Cascade seit fast vier Jahren nur Verluste gemacht."

Am anderen Ende der Leitung herrschte kurz Stille, als würde Sheila Lindstrom über seine Worte nachdenken. „Ich glaube, unsere Diskussion zeigt, dass wir Gesprächsbedarf haben", sagte sie in deutlich weniger verärgertem Ton. Obwohl sie sich bemühte, gelassen zu klingen, zog sich ihr Magen nervös zusammen. „Wenn es Ihnen nicht möglich ist, sich heute mit mir zu treffen, könnten Sie ja vielleicht dieses Wochenende aufs Weingut kommen und sich selbst ein Bild von unserem gemeinsamen Problem machen."

Für einen Moment war Noah von ihrem weichen, schmeichelnden Ton wie bezaubert, und er geriet durchaus in Versuchung, ihr Angebot anzunehmen. Er würde furchtbar gern die Probleme bei Wilder Investments links liegen lassen, und sei es nur für ein Wochenende, doch das konnte er nicht. Da waren auch ein paar Dinge in Seattle, die er nicht ignorieren konnte. Nicht nur das Geschäftliche. Sondern auch Sean. „Es tut mir leid, Miss Lindstrom." In seiner Stimme schwang echtes Bedauern mit. „Das geht auf keinen Fall. Aber wenn Sie einen Termin ausmachen möchten … Wie wäre es in der übernächsten Woche? Vielleicht am 8. Juni?"

„Nein danke." Sheila knallte wütend den Hörer auf die Gabel des Münzfernsprechers. Seattle, eine Stadt, die sie sonst gern besuchte, hatte heute nichts Faszinierendes an sich. Sheila war mit der Absicht hergekommen, Noah Wilder ihre Situation eindringlich zu schildern, und hatte gehofft, er würde ihre verzweifelte Lage verstehen. Sie war gescheitert. Da sie von seiner Sekretärin zuerst abgewimmelt worden war, fünf Mal umsonst angerufen hatte und dann ewig am Telefon hatte warten müssen, fragte Sheila sich, ob man mit dem Mann überhaupt vernünftig reden konnte. Er war offensichtlich nur der Strohmann für seinen Vater, ein vorübergehender Ersatz, der keinerlei Autorität besaß.

Gedankenverloren lief sie die regennasse Straße entlang. Schließlich ging sie in ein ruhiges Bistro mit Blick auf den Puget Sound, doch weder die gemütliche Einrichtung des hellen Lokals noch der malerische Blick auf die im Schatten liegende Meerenge hoben ihre Stimmung. Sie beobachtete den eleganten Flug der Möwen über dem Wasser, doch in Gedanken war sie ganz woanders.

Abwesend rührte sie Honig in ihren Tee. Die Zeit fürs Abendessen war schon vorbei, doch sie hatte keinen Hunger. Sie musste ständig an das abgebrannte Weingut denken, das nicht bewirtschaftet werden konnte. Es ergab einfach keinen Sinn. Aus welchem Grund sollte Ben Wilder verreisen und seinem offensichtlich unfähigen Sohn die Leitung einer Multimillionen-

Dollar-Investmentfirma überlassen? Sheila nippte gedankenverloren an ihrem Tee. Sie versuchte, sich alles ins Gedächtnis zu rufen, was sie über den Geschäftspartner ihres Vaters wusste. Obwohl ihr Vater und Ben Wilder fast achtzehn Jahre lang Partner gewesen waren, hatten die beiden Männer nur wenig persönlichen Kontakt gehabt. Bens Sohn Noah war der einzige Erbe des Wilder-Vermögens und in seiner Jugend ziemlich rebellisch gewesen.

Sheila fuhr sich mit den Fingern durch ihr dichtes, schulterlanges Haar und überlegte, warum Noah Wilder ihr keine Ruhe ließ. Langsam erinnerte sie sich.

Sie hätte das Flüstern ihres Vaters und ihrer Mutter vor ungefähr sechzehn Jahren eigentlich nicht hören sollen, aber sie hatte damals als normale, neugierige Fünfzehnjährige an der verschlossenen Küchentür gelauscht. Aus den Gesprächsfetzen hatte sie geschlossen, dass der Sohn des Geschäftspartners ihres Vaters irgendein Mädchen in Schwierigkeiten gebracht hatte und dass die Familie mit der Verbindung nicht einverstanden gewesen war. Sheila hatte sich damals über das Gespräch gewundert, es dann allerdings rasch vergessen. Sie hatte sich zwar immer für Noah Wilder interessiert, ihn jedoch nie kennengelernt.

An die jüngsten Probleme der Wilders erinnerte sie sich ebenfalls nur verschwommen. Ihr Vater hatte einmal erwähnt, dass in Montana einige manipulierte Flaschen Cabernet Sauvignon aufgetaucht waren. Sheila erinnerte sich außerdem, von angeblichen Verstößen gegen die Börsenaufsichtsverordnung gelesen zu haben, die es bei einem Übernahmeangebot von Wilder Investments gegeben hatte. Das Gerede und die Skandale, in die der Geschäftspartner ihres Vaters verwickelt gewesen war, hatte sie allerdings ignoriert. Sheila hatte sich damals für nichts anderes als ihre in die Brüche gegangene Ehe und Möglichkeiten interessiert, wie sie für den Lebensunterhalt ihrer Tochter aufkommen konnte. Die Geschäfte ihres Vaters hatten sie nicht beschäftigt. Sie war zu sehr in ihre eigenen Probleme verstrickt gewesen.

Sheila stellte ihren Tee ab und fuhr gedankenverloren mit den Fingerspitzen über den Rand der Tasse. Wenn sie nur gewusst hätte, was ihr Vater damals alles durchgemacht hatte! Wenn sie sich bloß die Zeit genommen hätte, ihm so zu helfen, wie er ihr geholfen hatte! Jetzt wurde sein Name durch Gerüchte und Spekulationen über den Brand in den Schmutz gezogen.

Das Nachdenken über das Wohlergehen ihrer Tochter und den guten Ruf ihres Vaters weckten Sheilas Tatendrang. Sie schob die leere Teetasse von sich. Ihr war klar, dass es trotz Jonas Fieldings Warnung unbedingt nötig war, mit Ben Wilder zu reden. Er war sowohl ein Freund als auch ein Geschäftspartner ihres Vaters gewesen, und wenn irgendjemand eine Lösung für ihr Problem mit dem Weingut hatte, dann war das Ben.

Sie öffnete ihre Handtasche und nahm ein Bündel alter Briefe heraus, die sie im Büro ihres Vaters gefunden hatte. Glücklicherweise war diese Korrespondenz im feuerfesten Tresor nicht verbrannt; sie hatte Ben Wilders Privatadresse auf einem alten Briefumschlag gefunden. Das Kuvert war im Laufe der Jahre vergilbt, und Sheila war sich bewusst, dass ihr Plan wenig Aussicht auf Erfolg hatte. Ben Wilder konnte in der Zwischenzeit ein Dutzend Mal umgezogen sein. Aber wie sollte sie ihn sonst finden?

Es würde also schwierig werden. Sheila war klar, dass ihr jemand dabei helfen musste, mit ihm Verbindung aufzunehmen – schließlich brauchte sie eine Telefonnummer. Aber wenn sie Ben Wilder überzeugen konnte, dass es in seinem eigenen Interesse war, den Betrieb des Weinguts wieder aufzunehmen, könnte er den Wiederaufbau von Cascade Valley in Auftrag geben. Und dann würde sein arroganter Sohn dumm aus der Wäsche gucken! Sheila lächelte in sich hinein. Die Vorstellung, wie Noah reagieren würde, wenn er von ihren Plänen erfuhr, amüsierte sie. Vermutlich würde er außer sich vor Wut sein! Sheila nahm ihre Handtasche, bezahlte eilig die Rechnung und stürzte beinahe fluchtartig aus dem Lokal.

Noah legte mit dem unguten Gefühl auf, heute nicht zum letzten Mal von Sheila Lindstrom gehört zu haben. Ihr drängender Ton veranlasste ihn, den Ordner mit den Unterlagen über den Brand zur Hand zu nehmen. Nachdem er sich Sheilas Briefe ein zweites Mal durchgelesen und ernsthaft über die Situation des Weinguts nachgedacht hatte, meldete sich sein schlechtes Gewissen. Vielleicht war er zu abweisend zu ihr gewesen.

Man musste fairerweise zugeben, dass die Frau ein akutes Problem hatte und mehr verdiente als eine höfliche Abfuhr. Oder etwa doch nicht? Anthony Simmons, Bens Privatdetektiv, hatte seinen Bericht, die Brandstiftung betreffend, noch nicht abgeliefert. War es möglich, dass Oliver Lindstrom wirklich involviert gewesen war? Und was war mit Lindstroms Tochter? Sie war die einzige Erbin des alten Mannes. Noah rutschte nervös auf seinem Sessel hin und her. Vielleicht hätte er offener mit Sheila reden und ihr von Simmons Ermittlungen erzählen sollen. Wurde er langsam wie sein Vater, der Täuschungsmanöver der Wahrheit vorzog?

Noah runzelte die Stirn. Ihn überkam die gleiche Unruhe, die er in der Vergangenheit schon unzählige Male verspürt hatte. Etwas an der Art und Weise, wie sein Vater Geschäfte machte, bereitete Noah ein mulmiges Gefühl im Magen. Er hatte zwar keinen konkreten Verdacht, aber irgendetwas stimmte hier nicht. Wenn er bloß wüsste, was! Wilder Investments machte ihn nervös, genau wie früher. Das war einer der Gründe, warum er vor sieben Jahren aufgehört hatte, für seinen Vater zu arbeiten. Ihr Streit war erbittert und heftig gewesen. Hätte sein Vater nicht vor Kurzem einen Herzinfarkt erlitten und gäbe es da nicht diesen einen großen Gefallen, den Ben ihm immer noch vorhielt, hätte Noah niemals einer Rückkehr in die Firma zugestimmt – nicht einmal einer vorübergehenden. Noahs Miene verfinsterte sich, in seinem Blick lag grimmige Entschlossenheit. Zumindest war er jetzt quitt mit seinem Vater und stand – nach sechzehn Jahren – nicht mehr in seiner Schuld.

Maggie klopfte an die Tür und kam ins Büro. „Sie wollten, dass ich Sie an das Treffen mit dem Sozialarbeiter erinnere", sagte sie gezwungen lächelnd. Das hier war der Teil ihres Jobs, den sie am wenigsten mochte: die Privatangelegenheiten ihres Chefs. In diesem Fall war es etwa so, als würde man Salz in eine offene Wunde streuen.

„Ist es schon drei Uhr?" Noah warf einen Blick auf seine Armbanduhr, die die straffe Terminplanung seiner Sekretärin bestätigte, und verzog das Gesicht. „Ich muss los. Wenn noch jemand anruft oder mich sehen will, vertrösten Sie ihn auf morgen … oder noch besser, auf irgendwann nächste Woche. Es sei denn, Sie hören von Anthony Simmons. Ihn möchte ich natürlich sofort sprechen. Er ist mir einen Bericht über diesen Brand in Cascade Valley schuldig."

Maggie zog leicht die Augenbrauen hoch. „Ja, Sir", antwortete sie, ehe sie wieder in den Korridor hinaus trat.

Noah warf sich seinen Mantel über die Schulter, klappte seinen Aktenkoffer zu und verließ hastig das Büro. Draußen am Korridor blieb er abrupt stehen und drehte sich noch einmal zur molligen Sekretärin seines Vaters um. „Ach, Maggie …"

Die rothaarige Frau war ein paar Schritte hinter ihm. „Ja?"

„Falls Sheila Lindstrom anrufen sollte, sagen Sie ihr, dass ich mich so bald wie möglich bei ihr melde. Lassen Sie sich eine Nummer geben, unter der ich sie erreichen kann. Sie hören später wieder von mir."

Das süffisante Lächeln in Maggies rundem Gesicht verwirrte Noah noch mehr. Warum hatte er plötzlich das dringende Bedürfnis, das Verhältnis zu der faszinierenden Frau, die ihn vorhin angerufen hatte, zu verbessern? Sheila Lindstrom war möglicherweise in einen Fall von Brandstiftung verwickelt. Er wusste überhaupt nichts von ihr. Es war verrückt, aber er verspürte fast einen Zwang, wieder mit ihr zu reden. Vielleicht lag es an der Stimmung, die in ihren Briefen mitgeschwungen hatte. Vielleicht war es ihr hitziges Temperament, das sein Interesse geweckt hatte. Was der Grund auch sein mochte – Noah wusste einfach, dass er bald mit ihr reden musste. Sie war die erste Geschäftspartnerin seines Vaters, die ein bisschen Mumm gezeigt hatte. Oder war es mehr als das?

Er setzte sich hinters Steuer seines silbernen Volvo, verdrängte alle unbeantworteten Fragen und fuhr los zu dem Treffen mit Seans Sozialarbeiter. Noah graute schon fast die ganze Woche davor. Sean steckte in Schwierigkeiten, schon wieder. Als der Schulleiter ihm vorige Woche am Telefon mitgeteilt hatte, dass Sean am Vormittag nicht zum Unterricht erschienen war, hatte Noah sich Sorgen gemacht. Schließlich hatte er herausgefunden, dass sein Sohn mit ein paar Freunden die Schule geschwänzt hatte und von der Polizei aufgegriffen worden war. Noah hatte rotgesehen. Er war wütend, sowohl auf seinen Sohn als auch auf sich selbst.

Denn eigentlich musste Noah sich selbst die Schuld für Seans Probleme geben. Vor sechzehn Jahren hatte er darum gebettelt, die Verantwortung für seinen kleinen Sohn übernehmen zu dürfen. Er war derjenige gewesen, der darauf bestanden hatte, den Jungen allein großzuziehen. Leider hatte er es vermasselt. Und wenn Sean nicht bald zur Vernunft kam, gab es möglicherweise ein schlimmes Ende.

Obwohl es noch nicht ganz halb vier war, herrschte reger Freitagnachmittagsverkehr. Man kam nur im Schneckentempo voran. Nicht einmal das komplizierte Autobahnsystem von Seattle konnte das stockende Vorankommen der Autos verhindern, die aus dem Geschäftsviertel der Stadt drängten.

Die Highschool, die Sean besuchte, befand sich in der Nähe von Bens Haus. In den zwanzig Minuten, die Noah dorthin brauchte, hoffte er insgeheim, dass der Sozialarbeiter ihm noch eine Chance gab. Er wusste, dass er einen Weg finden musste, zu seinem Sohn durchzudringen.

Noah fuhr bis auf den Gipfel des letzten Hügels und hielt vor einem zweistöckigen Backsteingebäude. Als er die Schulglocke läuten hörte, richtete er seine Aufmerksamkeit auf den Haupteingang. Innerhalb weniger Minuten stürmte ein Schwarm lauter Teenager durch die Türen des Gebäudes und die Treppe hinunter. Einige hielten sich Bücher über den Kopf, andere hatten Schirme, und wieder andere ignorierten den leichten Nachmittagsregen einfach.

Noah beobachtete, wie sich die Schüler auf dem Schulhof verteilten. Sein blonder, sportlicher Sohn war nirgendwo zu sehen. Kurz überlegte er, ob sein Sean ihn vielleicht versetzt hatte, doch dann verwarf er den Gedanken schnell wieder. So dumm war er ganz sicher nicht! Sean war sich der Wichtigkeit des Treffens mit dem Sozialarbeiter bewusst. Er würde es nicht vermasseln. *Er durfte nicht!*

Noah wartete. Mit jeder Minute, die verstrich, umklammerte er das Lenkrad fester. Weit und breit keine Spur von seinem Sohn. Das Grüppchen Teenager auf der Treppe wurde immer kleiner. Die meisten rannten mit eingezogenem Kopf durch den Wind und den Regen. Man hörte das Aufheulen von Automotoren und das Brummen der Schulbusse. Immer noch kein Sean. Noah wurde langsam ungeduldig. Er fuhr sich mit den Fingern durch sein dichtes, fast schwarzes Haar. *Wo, zum Teufel, steckte dieses Kind?* Der Termin fand in weniger als dreißig Minuten statt, und Sean war nirgendwo zu sehen.

Wütend machte Noah die Autotür auf, stieg aus und richtete sich zu seiner vollen Größe auf. Dann warf er die Tür zu, vergrub die Hände tief in seinen Hosentaschen und lehnte sich an seinen Wagen, ohne den Regen zu bemerken. Er betrachtete den verlassenen Schulhof. Keine Spur von Sean. Noah schaute wieder auf die Uhr, stöhnte leise und blieb dann, immer noch an sein Auto gelehnt, einfach stehen.

3. KAPITEL

Es wurde bereits dunkel, als Sheila vor der Adresse anhielt, die auf dem ausgebleichten Briefumschlag gestanden hatte. Soweit sie das in der Abenddämmerung einschätzen konnte, war das Haus, das Ben Wilder sein Heim nannte, riesengroß: Das dreistöckige Gebäude stand auf einer Klippe mit Aussicht auf den Lake Washington, und das Grundstück rund um die Villa umfasste mehrere Morgen Land. An den Steinmauern des stattlichen Hauses rankten sich Schwertfarne und Efeu empor. Und dennoch machte die Villa auf Sheila einen merkwürdig kühlen, nicht gerade einladenden Eindruck. Selbst die ausladenden Äste der Tannen und die scharlachroten Blüten der spät blühenden Rhododendren vermochten nicht, das Anwesen freundlicher erscheinen zu lassen.

Sheila fühlte sich etwas unbehaglich. Sie hatte das Gefühl, irgendwo einzudringen, wo sie nicht hingehörte, und überlegte, ob sie sich wieder in den anbrechenden Abend zurückziehen sollte. Insgeheim schalt sie sich für ihre Nervosität. Was konnte es schon schaden, an die Tür zu klopfen und sich nach Ben Wilder zu erkundigen? *Wer nicht wagt, der nicht gewinnt.* Sagte man das nicht immer?

Es war offensichtlich, dass jemand zu Hause war. Es kam nämlich nicht nur Rauch aus einem der Schornsteine, sondern es war auch in mehreren Fenstern Licht zu sehen. Sogar die Lampen auf der Veranda brannten. Es sah beinahe so aus, als würde man ihren Besuch erwarten. Sheila kroch ein kalter Angstschauer den Rücken hinauf.

Sie ignorierte das stärker werdende ungute Gefühl und parkte ihren Wagen hinter dem silbernen Volvo, der in der langen, kreisförmigen Einfahrt stand. Bevor sie es sich anders überlegen konnte, stieg sie aus, holte tief Luft und ging zur Haustür. Es hatte zu nieseln begonnen. Sheila zog sich den Kragen ihres Regenmantels fester um den Hals und klopfte leise an eine der beiden Doppeltüren. Während sie nervös wartete, überlegte sie, wer ihr wohl öffnen und wie man auf sie reagieren würde. Würde es ihr tatsächlich gelingen, Informationen über Ben Wilders derzeitigen Aufenthaltsort zu bekommen? Oder war das hier nur ein weiterer aussichtsloser Versuch, so wie alle ihre Bemühungen heute Nachmittag?

Plötzlich ging die Tür auf. Sheila war auf den Anblick des imposanten Mannes, der vor ihr auf der Schwelle stand, nicht gefasst gewesen. Bei einem Haus dieser Größe hatte sie erwartet, dass ein Dienstbote sie begrüßen würde. Doch da hatte sie sich geirrt. Der große, gut gebaute Mann, der im Licht der Empfangshalle erschien, präsentierte sich mit einer Arroganz, die auf Macht statt Unterwürfigkeit schließen ließ. Sein Gesicht war attraktiv, wenn auch nicht klassisch schön. Seine Züge waren ebenmäßig und ernst. Das Kinn wirkte energisch, und unter den schwarzen Brauen blitzten kobaltblaue Augen. Die Sorgenfalten auf seiner Stirn verstärkten seine männliche Ausstrahlung und die Eindringlichkeit seines Blicks. Seine Augen funkelten interessiert, als er Sheila musterte. Ihr Herz klopfte schneller und sie spürte ein aufgeregtes Pochen in ihrer Halsgrube. Bestimmt merkte er, wie nervös sie war.

„Kann ich etwas für Sie tun?", fragte er sichtlich gelangweilt. Sheila erkannte die Stimme sofort. Sie gehörte Noah Wilder. Aber natürlich! Warum hatte sie nicht damit gerechnet, ihn hier zu treffen? *Oder hatte sie es?* Hatte ihr Unterbewusstsein nach ihm gesucht? Sheila schluckte schwer, während ihr Herz aufgeregt pochte.

„Ich suche Ben Wilder", antwortete sie knapp.

„Ben?" Er zog skeptisch eine Braue hoch. Dann verschränkte er die Arme und lehnte sich an den Türstock. Der dünne Stoff seines Hemds spannte sich über seine Muskeln. Ein träges Lächeln hellte sein ernstes Gesicht auf. „Sie möchten Ben sehen? Wer sind Sie?"

Noahs tiefblaue Augen hatten etwas Verstörendes an sich, etwas, das Sheila fesselte und nicht mehr losließ. Nur mit Mühe

gelang es ihr, sich von diesem faszinierenden Anblick loszureißen. Sie atmete tief durch und ignorierte sowohl ihren rasenden
Puls als auch den Drang, in die Nacht hinaus zu flüchten. „Mein
Name ist Sheila Lindstrom. Ich glaube, ich habe heute Nachmittag mit Ihnen telefoniert."

Ihre Antwort schien ihn nicht zu überraschen. Sein Lächeln
wurde breiter, und man sah die Spur eines Grübchens. Er war
interessiert, aber zurückhaltend. „Sie sind die Dame mit dem
akuten Problem in Cascade Valley, richtig?"

„Ja." Wenigstens erinnerte er sich an sie. Machte er sich über
sie lustig? Warum dieses wissende Lächeln?

„Sie haben bestimmt im Büro angerufen, und Maggie hat Ihnen gesagt, wo sie mich erreichen können, oder?" Er rieb sich
das Kinn, während sein Blick langsam an ihrem Körper nach
oben wanderte. Was hatte sie an sich, das er so anziehend fand?

Ehe sie seine Frage beantworten konnte, hörte man in der
Nähe den Motor eines Autos aufheulen, und Noah hob ruck-
artig den Kopf. Er sah an ihr vorbei in die Richtung, aus der das
Geräusch kam, und jeder Muskel seines Körpers spannte sich an.

Das Auto fuhr am Haupttor vorbei und bog in eine andere
Hauseinfahrt ein. „Nein", beantwortete Sheila seine Frage.

„Nein?" Noah war nun wieder ganz bei der Sache. Sein Blick
suchte ihre Augen.

„Ich habe Ihnen doch gesagt, dass ich auf der Suche nach Ihrem Vater bin."

„Und ich habe Ihnen gesagt, dass er verreist ist."

„Ich hatte gehofft, dass mir hier jemand eine Adresse oder
eine Telefonnummer geben könnte, unter der man ihn eventuell
erreichen kann", erklärte sie, ohne sich von der Kälte in Noahs
Blick abschrecken zu lassen.

Seine Stimme wurde noch kühler. „Kommen Sie herein, Miss
Lindstrom, sonst werden Sie noch ganz nass. Sie hatten recht.
Heute Nachmittag haben Sie angedeutet, dass wir ein paar Dinge
zu klären haben, und ich stimme Ihnen diesbezüglich zu. Brin-

gen wir's hinter uns." Er trat zur Seite, als erwarte er, dass sie eintrat.

Sheila zögerte einen Moment. Jetzt war sie nicht mehr ganz so entschlossen wie vorhin. Als er sie gerade eben so durchdringend gemustert hatte, war ihr ganzes Selbstbewusstsein dahingeschwunden. Sie störte. „Ich glaube, es wäre besser, ich würde mit Ihrem Vater reden. Wenn Sie mir einfach seine Nummer geben könnten ..."

„Ich habe Sie gebeten, hereinzukommen! Das ist meiner Meinung nach ein ausgezeichneter Vorschlag, da es dunkel und der Wind heftiger wird. Ich habe nicht vor, hier zu stehen und nass zu werden, während ich mit Ihnen streite. Sie haben die Wahl. Entweder, Sie kommen ins Haus und reden mit mir, oder Sie können hier allein auf der Veranda stehen bleiben. Ich bleibe nicht mehr hier draußen. *Sie* waren diejenige, die heute Nachmittag unbedingt mit mir reden wollte. Jetzt haben Sie die Chance dazu. Nutzen Sie sie!"

Es war ein Fehler, das Haus dieses Mannes zu betreten. Sheila spürte es, doch sie saß in der Klemme. Mit dem letzten Rest an Würde, den sie aufbringen konnte, nahm sie Noahs Einladung zögernd an und trat stumm in das riesige Foyer. An den Wänden hingen alte Gemälde und Porträts. Das Licht des großen Kristallleuchters, das dem Raum eine warme Atmosphäre verlieh, spiegelte sich auf dem glänzenden Holzboden und der geschwungenen Treppe aus Walnuss. Teure Perserteppiche in üppigem Burgunderrot und Marineblau schienen sich endlos über einige der zahlreichen Korridore zu erstrecken, die vom Foyer abzweigten.

Noah schloss die Tür hinter ihr und zeigte ihr mit einer Handbewegung, in welche Richtung sie gehen sollte. Sheila versuchte, sich das ehrfürchtige Staunen, das sie angesichts des unübersehbaren Reichtums der Wilders empfand, nicht anmerken zu lassen. Der Name Wilder war zwar im ganzen Nordwesten bekannt, doch Sheila wäre nie auf die Idee gekommen, dass der Geschäftspartner ihres Vaters dermaßen wohlhabend sein könnte. Die Größe und Eleganz des vornehmen alten Hauses überwältigten sie. Sie musste sich den schlechten Ruf in Erinnerung rufen, den Ben Wilder wegen der Art und Weise, wie er zu seinem Vermögen gekommen war, hatte. Wenn er etwas haben wollte, konnte ihn nichts und niemand aufhalten; keine noch so große Summe Geld stellte ein Hindernis dar, das nicht überwunden werden konnte. Sie schaute den großen Mann verstohlen an, der schweigend neben ihr ging. War er so wie sein Vater?

Ohne seinen Schritt zu verlangsamen, legte Noah eine Hand auf Sheilas Ellbogen und schob sie sanft in ein Zimmer in einem weiter hinten gelegenen Teil des Hauses. Ein nur mehr schwach brennendes Kaminfeuer und einige Tischlampen erleuchteten den Raum, bei dem es sich offenbar um die Bibliothek handelte. Auf einem Lesetisch lagen einige gebundene Werke, in den bleiverglasten Einbauschränken befanden sich weitere Bücher. Die ausgezogene Fußstütze des Ledersessels neben dem offenen Kamin und das halb leere Glas auf dem Beistelltisch ließen darauf schließen, dass Noah sich noch vor wenigen Minuten in diesem Raum aufgehalten und offensichtlich gewartet hatte. Aber auf wen? Mit Sicherheit nicht auf Sheila. Er hatte keine Ahnung gehabt, dass sie heute Abend vor der Tür stehen würde. Wieder hatte Sheila das unangenehme Gefühl, zu stören. Noah Wilder war genauso mysteriös, wie sie vermutet hatte.

„Nehmen Sie Platz, Miss Lindstrom", sagte Noah und ging zur Hausbar. „Kann ich Ihnen einen Drink anbieten?"

„Nein ... danke." Sie setzte sich auf die Kante eines Ohrensessels und hoffte inständig, dass sie ruhiger wirkte, als sie sich fühlte.

„Einen Kaffee vielleicht?"

Sie schaute zu ihm hinauf und schüttelte den Kopf. Sie konnte seinen Blick auf ihrem Gesicht spüren; es waren die blausten Augen, die sie je gesehen hatte. Verführerische Augen, Augen, die sie faszinierten. „Nein ... Nichts, danke."

Noah zuckte die Achseln, lockerte seine Krawatte und ließ sich in den rotbraunen Lehnsessel gegenüber von Sheila fallen. Er betrachtete ihr Gesicht im warmen Schein der glimmenden Holzscheite. Sie sah ihn ebenfalls an, doch die Art, wie er sie fixierte, war so intensiv, dass sie bald den Blick senkte und so tat, als würde sie sich für das schwache Feuer im Kamin interessieren. Doch die schwarzen Scheite und die kleinen Flammen erinnerten sie an ihren Vater und das Inferno, in dem er umgekommen war. Sie biss sich unbewusst auf die Unterlippe und versuchte, an etwas anderes zu denken als den Albtraum der letzten Monate.

Noah war entsetzt, als er sich eingestehen musste, wie sehr ihn die verführerische Frau faszinierte, die auf seiner Türschwelle aufgetaucht war. Am Nachmittag war ihm bewusst gewesen, dass er sie interessant fand; aber er hätte niemals damit gerechnet, dass ihre Schönheit und ihre Verletzlichkeit ihn so sehr in ihren Bann ziehen würden. Auf ihrer makellosen Stirn erschienen Sorgenfalten, und in ihren Augen lag eine tiefe Traurigkeit. Dennoch war sie wunderschön. Ihr dichtes kastanienrotes Haar, ihr zartes, ovales Gesicht und ihre großen, schimmernden grauen Augen bezauberten ihn. Noah war nicht leicht von schönen Frauen fasziniert: die meisten langweilten ihn zu Tode. Doch von dieser Frau mit ihrer Schlagfertigkeit und ihren traumhaften Augen war er regelrecht hingerissen. Es war schwierig, sich das nicht anmerken zu lassen.

Sheila war nervös, versuchte aber tapfer, ihre Aufregung durch ein selbstbewusstes Auftreten zu überspielen. Ihre Wangen waren von der Kälte gerötet, und die Regentropfen in ihrem Haar ließen es wie poliertes Kupfer schimmern.

Noah nahm einen Schluck von seinem Drink. Was ihn am meisten beunruhigte, war der Schatten der Verzweiflung in ihren Augen. Diese Verzweiflung verwirrte ihn, und er fragte sich, ob er unabsichtlich zu diesem Schmerz beigetragen hatte. Ein merkwürdiges Gefühl nahm plötzlich von ihm Besitz: Er wollte sie beschützen. Noah hatte das Bedürfnis, sie zu beruhigen, sie zu trösten … und sie so lange zu lieben, bis sie alles andere vergaß.

Sein letzter Gedanke erschreckte ihn. Was tat er da? Fantasierte er allen Ernstes von einer Frau, die er kaum kannte und die praktisch eine Fremde war? Er riss sich zusammen und schob die Schuld für seine Träumereien auf den langen, stressigen Tag und die Sorgen, die an ihm nagten. Was wusste er schon von Sheila Lindstrom? Er versuchte sich einzureden, dass sie nur irgendeine Frau war. Eine, die – soviel er wusste – nichts anderes von ihm wollte als einen Teil des Vermögens seines Vaters. Er trank sein Glas aus.

„So, Miss Lindstrom", beendete er das bedrückende Schweigen. „Sie haben meine uneingeschränkte Aufmerksamkeit. Was wollen Sie von mir?" Er verschränkte die Hände und lehnte sich in seinem Lehnsessel zurück.

„Ich habe Ihnen schon erklärt, dass ich Kontakt mit Ihrem Vater aufnehmen möchte."

„Und ich habe Ihnen erklärt, dass das nicht möglich ist. Mein Vater ist in Mexiko und erholt sich von einer Krankheit. Sie müssen schon mit mir vorlieb nehmen."

„Das habe ich ja versucht", entgegnete sie.

„Sie haben recht. Sie haben es tatsächlich versucht, und ich war nicht sehr entgegenkommend. Aber jetzt bin ich ganz Ohr. Ich nehme an, Sie wollen über die Versicherungsansprüche von Cascade Valley reden."

Sheila, die ihre Selbstsicherheit teilweise wiedererlangt hatte, nickte. „Wissen Sie, Ben war ein persönlicher Freund meines Vaters. Ich dachte, ich könnte mit ihm verhandeln und ihn von der Wichtigkeit überzeugen, das Weingut vor der Herbstlese wieder instand zu setzen."

„Wie kommen Sie darauf, dass Wilder Investments Cascade Valley weiter bewirtschaften will?"

Sheila sah Noah misstrauisch an. „Um Geld zu verdienen natürlich."

„Aber das Weingut hat keinen Gewinn gemacht."

„Nur in den letzten paar Jahren", widersprach sie. Stellte er sie auf die Probe? „Es stimmt, dass wir eine Pechsträhne hatten, aber jetzt …"

„*Wir?*", unterbrach er sie unvermittelt. „Sind *Sie* die Managerin?"

„Nein." Sie dachte nach, und ihr Gesicht verdüsterte sich. „Nein, das bin ich nicht. Dad hat sich um die Geschäfte gekümmert …" Sie verstummte, als sie an ihren Vater dachte.

„Ihr Vater war der Mann, der bei dem Brand ums Leben gekommen ist?", fragte Noah sanft.

„Ja."

„Und Sie glauben, Sie können dort weitermachen, wo er aufgehört hat?"

Sheila straffte die Schultern und lächelte traurig. „Ich weiß, dass ich es könnte", flüsterte sie.

„Arbeiten Sie auf dem Weingut?"

„Nein … ja … nur im Sommer." Warum konnte sie keinen klaren Gedanken fassen? Es war völlig untypisch für sie, ins Stottern zu geraten. Aber Noah Wilder war nun mal viel einschüchternder als alle Männer, die sie je kennengelernt hatte. „Ich habe Dad immer in den Ferien geholfen. Ich bin Studienberaterin an einem Community College." Sheila erwähnte die fünf Jahre ihrer Ehe mit Jeff Coleridge absichtlich nicht. Das war ein Teil ihres Lebens, den sie lieber vergessen wollte. Ihre Tochter Emily war das einzig erfreuliche Ergebnis dieser gescheiterten Beziehung.

Noah sah sie nachdenklich an, während er sich Sheilas Geschichte durch den Kopf gehen ließ. Dabei betrachtete er unverwandt ihre zarten Gesichtszüge und ihre entschlossen dreinblickenden Augen. „Und was genau qualifiziert Sie, den Betrieb zu leiten? Ein paar Sommer auf dem Weingut?"

Sie durchschaute seine Strategie und sein Lächeln. „Das und ein Masterabschluss in Betriebswirtschaft."

„Verstehe." Er klang nicht so, als würde er das tun.

Noah runzelte die Stirn, stand auf und schenkte sich noch einen Drink ein. Diese Frau machte ihn langsam nervös. Vielleicht lag seine Gereiztheit ja auch an den Sorgen um seinen Sohn oder den Problemen im Büro. Es war ein langer, harter Tag gewesen, und Sheila Lindstrom ging ihm unter die Haut. Er wollte ihr helfen, Herrgott noch mal. Ohne zu fragen, was sie trinken wollte, schenkte er einen zweiten Brandy ein und stellte ihn auf den Tisch neben ihrem Sessel. Nachdem er einen ausgiebigen Schluck aus seinem Glas genommen hatte, setzte er sich auf die Kante des Ledersessels und stützte sich mit den Ellbogen auf die Knie. „Was ist mit den Weinbergen? Man braucht mehr als einen Master in Betriebswirtschaft, um das Keltern und den Anbau des Weins zu kontrollieren."

Sheila wusste, dass er sie provozierte, und es störte sie. Trotzdem beantwortete sie seine Frage bewusst gelassen. „Das Weingut beschäftigt dafür einen Winzer. Dave Jansen ist ein anerkannter Experte, der hier im Tal aufgewachsen ist. Aufgrund seiner Forschungen konnte eine widerstandsfähige Traubensorte gezüchtet werden, der das kalte Wetter weniger ausmacht. Er ist mehr als kompetent …"

„Woher kommen dann die Verluste?", fragte er ungeduldig und starrte stirnrunzelnd in sein Glas. Warum interessierte ihn das eigentlich? „Dafür, dass Ihr Vater angeblich wusste, was er tat, hat er, wie ich der letzten Bilanz entnehmen konnte, immense Verluste geschrieben."

Sheilas Kehle war trocken und rau. Die Gefühle, die sich während des letzten Monats in ihr aufgestaut hatten, drohten aus ihr herauszubrechen. Sie wusste, dass ihr Temperament mit ihr durchgehen würde, wenn Noah sie weiter provozierte. Sie war auf einen unangenehmen Geschäftstermin mit einem Mitglied der Familie Wilder vorbereitet gewesen, aber mit Noahs gnadenlosem Verhör und seiner überwältigenden Wirkung auf sie hatte sie nicht gerechnet. Es schien beinah unmöglich, ihren

Blick von seinem Gesicht loszureißen. „Wie ich vorhin bereits gesagt habe: Wir hatten eine Pechsträhne."

„Pechsträhne? So nennen Sie das also? Die manipulierten Flaschen, die man in Montana gefunden hat, und die teure Rückrufaktion? Die kaputten Weinstöcke wegen des frühen Schnees letztes Jahr? Die Asche und der Schutt vom Vulkanausbruch des Mount Saint Helens? Und jetzt das Feuer? Offenbar wurde das Feuer gezielt gelegt. Nennen Sie das wirklich nur Pech?"

„Wie würden Sie es denn nennen?"

„Misswirtschaft!"

„Naturkatastrophen!"

„Nicht das Feuer."

Einen Moment lang herrschte nervöses Schweigen. Sheila spürte, wie sich ihre Muskeln anspannten. Sie versuchte, ihr hitziges Temperament zu zügeln, doch das war unmöglich. „Was wollen Sie damit andeuten?"

„Dass Ihr Vater nicht unbedingt der tüchtige Geschäftsmann war, der er hätte sein sollen", blaffte Noah sie an. Er war wütend auf sich selbst, auf Ben und auf Oliver Lindstrom. „Ich rede nicht nur von dem Feuer", lenkte er ein, als er bemerkte, dass jegliche Farbe aus Sheilas Gesicht gewichen war. „Dieser Kredit, den ihm Wilder Investments gegeben hat … Wofür wurde das Geld verwendet? Wurde es in Verbesserungen des Weinguts investiert? Ich bezweifle das!"

Sheila merkte, wie ihr heiß im Nacken wurde. Was wusste Noah über sie? Würde sie erklären müssen, dass sie den Großteil des Geldes bekommen hatte, das ihr Vater sich geliehen hatte?

Noahs Redefluss nahm kein Ende. „Angesichts Ihrer fehlenden Erfahrung verstehe ich nicht, dass Sie allen Ernstes glauben, Sie könnten den Betrieb aus den roten Zahlen bringen." Seine Finger schlossen sich fester um sein Glas.

Jetzt riss Sheila der Geduldsfaden. Sie stand auf. „Oh, ich verstehe", antwortete sie zynisch. „Cascade Valley genügt den scheinheiligen Ansprüchen von Wilder Investments nicht. Ist es das, was Sie meinen?"

Seine Augen wurden dunkel und seinen Mund umspielte ein grimmiges Lächeln. „Touché, Miss Lindstrom", flüsterte er, während sein Blick weicher wurde.

Sheila war immer noch auf einen verbalen Schlagabtausch eingestellt, und Noahs Sinneswandel verblüffte sie. Sein unerbittlicher Blick war verschwunden. Als er lächelte und sich dabei ein winziges Grübchen zeigte, löste sich die angespannte Stimmung in Luft auf. Sheila nahm plötzlich den Regen, der gegen die Fensterscheiben prasselte, und den intensiven Geruch der brennenden Scheite im Kamin wahr. Sie spürte ihr Herz wild in ihrer Brust schlagen. Er wollte sie berühren, den Duft ihres Haars riechen und sie jeden anderen Mann in ihrem Leben vergessen lassen. Er sagte kein Wort, doch sie konnte es in seinen ausdrucksstarken Augen lesen. Und sie hatte das verstörende Gefühl, dass dieser rätselhafte Mann ihre Gedanken lesen konnte. War sie ebenso leicht zu durchschauen wie er?

Sheila spürte den Drang zu gehen und gleichzeitig das Bedürfnis zu bleiben. Warum? Und warum schienen die Probleme von Cascade Valley jetzt so weit weg und verschwommen? Die Abgeschiedenheit des gemütlichen Raumes und die unausgesprochenen Gedanken waren fast zu viel für sie. Und obwohl sie es nicht verstand, wusste sie, dass sie gehen musste. Noah Wilder hatte zu große Macht über sie. Als er ihr nun tief in die Augen schaute, wünschte sie, er würde nie damit aufhören. Sie griff nach ihrer Handtasche. Als sie wieder in der Lage war, zu sprechen, war ihre Stimme rau, verzerrt von Gefühlen, die sie nicht zu benennen wagte. „Ist ... ist es möglich, dass wir uns nächste Woche treffen?"

Noah sah ihre Handtasche an, dann wanderte sein Blick zu der heftig pulsierenden Ader an ihrem Hals und schließlich zu ihrem Gesicht. „Warum nicht jetzt?"

„Ich muss nach Hause … *wirklich.*" Wen versuchte sie zu überzeugen? „Meine Tochter wartet auf mich." Sie ging eilig zur Tür, um dem verführerischen Bann seines Blicks zu entkommen.

„Sie haben eine Tochter?" Sein Lächeln erstarb, und er zog die dunklen Brauen zusammen. „Aber ich dachte …" Er brach ab und stand auf.

Sheila zwang sich zu einem dünnen Lächeln. „Sie dachten, ich sei nicht verheiratet? Das bin ich auch nicht. Die Scheidung ist über vier Jahre her. Ich benutze lieber meinen Mädchennamen", sagte sie steif. Es war immer noch schwer, darüber zu reden. Sie liebte Jeff zwar nicht mehr, aber die Trennung machte ihr immer noch zu schaffen.

„Ich wollte nicht indiskret sein."

Seine Aufrichtigkeit berührte sie. „Ich weiß. Schon okay."

„Tut mir leid, dass ich ein unangenehmes Thema angesprochen habe."

„Machen Sie sich keine Gedanken. Es ist schon lange vorbei."

Sie wollte noch etwas hinzufügen, doch die quietschenden Reifen eines Autos schnitten ihr das Wort ab. Sheila war froh über die Störung; Noah ging ihr langsam unter die Haut. Man hörte eine Tür schlagen und den Motor des Wagens noch kurz aufheulen, bevor er sich entfernte. Noah wirkte alarmiert. „Entschuldigen Sie", murmelte er und ging aus der Bibliothek.

Sheila wartete einen Moment, dann ging sie dem Geräusch von Noahs Schritten nach. Sie musste raus aus diesem Haus, weg von der magischen Anziehungskraft, die dieser Mann auf sie ausübte. Da hörte sie, wie die Haustür knarrend aufging.

„Wo, zum Teufel, warst du?" Noahs besorgte Stimme hallte durch die Korridore.

Sheila blieb wie angewurzelt stehen. Die Person, auf die Noah gewartet hatte, war endlich gekommen. *Wäre ich doch bloß früher gegangen!* Warum hatte sie nicht auf ihre Vernunft gehört und Noah Wilder im gleichen Moment verlassen, in dem sie ihn zum ersten Mal gesehen hatte? Das Letzte, was sie wollte, war, in einen Familienkrach zu geraten.

Man hörte, wie Noahs Frage leise beantwortet wurde. Sheilas Herz klopfte so laut, dass sie nicht verstand, was gesagt wurde. Jetzt saß sie in der Falle. Sie durfte auf keinen Fall bei einer familiären Auseinandersetzung stören. Also musste sie schleunigst eine Möglichkeit finden, aus diesem Haus zu flüchten.

Noahs Stimme hallte durch das Haus. „Ich kann deine jämmerlichen Entschuldigungen nicht mehr hören! Geh nach oben und schlaf dich aus! Wir reden morgen früh darüber. Du kannst dich schon mal darauf gefasst machen, dass sich einiges für dich ändern wird. Das war das letzte Mal, dass du betrunken nach Hause gekommen bist, Sean!"

Sheila seufzte erleichtert. Es war Noahs Sohn, der gerade gekommen war, nicht seine Frau. Warum fand sie das irgendwie tröstlich? Sie ging zurück in die Bibliothek, doch Noahs strenge Worte klangen ihr noch im Ohr. Warum war er so wütend auf seinen Sohn, und warum interessierte sie das? Besser, sie erfuhr nicht noch mehr über Noah Wilder und seine Familie. Es war zu gefährlich.

Sheila ging unruhig in der Bibliothek auf und ab. Sie wusste, dass Noah bald zurückkommen würde, und dieses Wissen machte sie nervös. Sie wollte ihn nicht mehr sehen, nicht hier, in diesem Raum. Diese Bibliothek war zu gemütlich und schien geradezu verführerisch einladend. Sie musste sich ein anderes Mal mit ihm treffen, an einem anderen Ort … Irgendwo, wo es *ungefährlich* war.

Sheila lief zur Glastür, die von der Bibliothek ins Freie führte, drückte die Messingklinke hinunter und flüchtete in die Nacht hinaus. Sie hatte Noah gegenüber ein schlechtes Gewissen, weil sie ohne Entschuldigung einfach abhaute, doch sie wusste nicht, was sie ihm hätte sagen sollen. Es war einfacher, unbemerkt zu verschwinden. Sie konnte es sich nicht leisten, sich auf Noah Wilder oder seine privaten Probleme einzulassen. Im Moment war sie eine Geschäftspartnerin von Wilder Investments, mehr nicht.

Die Kälte, die ihr entgegenschlug, ließ sie frösteln. Es war so dunkel, dass sie die Augen zusammenkneifen musste, um etwas zu erkennen. Vom Himmel fielen kleine Regentropfen, die ihr sanft über die Wangen rannen, während sie versuchte, in der mondlosen Nacht ihre Fassung wiederzufinden. „Verdammt", murmelte sie, als sie merkte, dass sie nicht wie gehofft den Hinterausgang ins Freie genommen hatte, sondern sich auf einer großen, mit Steinplatten verlegten Terrasse mit Blick auf das schwarze Wasser des Lake Washington befand. Sie beugte sich über die Brüstung, sah die Klippe hinunter und wusste, dass sie unmöglich über die schroffen Felsen klettern konnte. Sie saß hier fest.

„Sheila!" Noahs Stimme dröhnte durch die Nacht. Sheila erschrak, rutschte auf den nassen Steinplatten aus und musste sich am Terrassengeländer festhalten, damit sie nicht das Gleichgewicht verlor. „Was, zum Teufel, tun Sie da?" Mit drei schnellen Schritten war er bei ihr. Er packte sie an den Schultern und riss sie von dem Geländer weg.

Sheila war die Situation dermaßen peinlich, dass sie erstarrte. Wie lächerlich musste ihm ihr Fluchtversuch vorkommen. Anscheinend hatte sie ihren Verstand und ihr gutes Benehmen verloren, seit sie Noahs Bekanntschaft gemacht hatte.

„Ich habe Sie etwas gefragt. Was tun Sie hier?" Noahs schüttelte sie unsanft an den Schultern. Seine Augen waren dunkel vor Ärger und noch etwas anderem. War es Angst?

Sheila hatte ihre Sprache wiedergefunden, obwohl sie sich kaum auf etwas anderes als den Druck von Noahs Fingern auf ihren Oberarmen konzentrieren konnte. „Ich wollte gerade gehen", erklärte sie.

„Warum?"

„Ich wollte den Streit mit Ihrem Sohn nicht mit anhören."

Sein Griff lockerte sich, doch er ließ ihre Arme nicht los. „Sie müssten taub sein, um diesen Streit nicht gehört zu haben.

Ich bin nur froh, dass Sie nicht von der Veranda springen wollten."

„Was? Natürlich nicht. Es muss hier über fünfzehn Meter steil nach unten gehen."

„Mindestens."

„Und Sie dachten wirklich, ich würde springen?"

„Ich weiß nicht, was ich denken soll", räumte er ein. „Ich kenne Sie nicht und verstehe auch nicht ganz, warum Sie hergekommen sind und sich jetzt über das Geländer gebeugt haben." Er wirkte ehrlich verwirrt.

„Daran ist nichts Rätselhaftes, ich wollte bloß gehen. Ich habe den Hinterausgang gesucht."

„Warum hatten Sie es denn so eilig?" Er musterte sie misstrauisch. Es war schwer, in der Dunkelheit etwas zu erkennen, aber er war sich sicher, dass sie gerade rot wurde. Warum?

„Ich fühle mich hier nicht wohl", gestand sie.

„Warum nicht?"

Ihretwegen. Sie sind anders, als ich erwartet hatte. Ich fühle mich zu Ihnen hingezogen, und das darf nicht sein! „Ich habe Sie in Ihrer Privatsphäre gestört und entschuldige mich dafür. Es war unhöflich von mir, ohne Einladung zu Ihnen nach Hause zu kommen."

„Aber Sie wussten nicht, dass es mein Zuhause ist."

„Das spielt keine Rolle. Ich glaube, es wäre am besten, wenn ich jetzt gehe. Wir können uns ein andermal treffen … In Ihrem Büro oder auf dem Weingut, wenn Ihnen das lieber ist." Er stand ganz nah bei ihr. Sie konnte das Interesse in seinen kühlen blauen Augen sehen, seinen betörenden männlichen Duft riechen und die unausgesprochene Frage spüren, die gefährlich zwischen ihnen schwebte.

„Ich weiß nicht, wann ich Zeit habe", sagte er ausweichend.

Sie ließ nicht locker. „Bestimmt findet sich irgendwann eine Stunde." Die Enge in ihrer Brust war wieder da.

„Warum nicht jetzt?"

„Das habe ich doch schon gesagt. Ich möchte Sie nicht stören."

„Ich glaube, dafür dürfte es zu spät sein."

Sheila schluckte. Noah schaute ihr tief in die Augen, als würde er bis auf den Grund ihrer Seele blicken. Sie fühlte sich unter diesem wissenden Blick merkwürdig klein und nackt, dennoch hielt sie ihm stand. Noah legte ihr wieder die Hände auf die Arme. Sie wich weder zurück, noch bewegte sie sich auf ihn zu. Obwohl seine männliche Ausstrahlung anziehend auf sie wirkte, zwang sich Sheila, reglos und unbeteiligt stehen zu bleiben, während Noah mit den Fingern ihre Arme hinauf bis zu ihrem Hals glitt.

Ihre Wangen waren feucht vom Regen, als sie ihren Kopf hob und ihn ansah. Sie wusste, dass er sie küssen würde, und öffnete unwillkürlich ihre Lippen. Er neigte den Kopf zu ihr hinunter und streichelte langsam und verführerisch ihren Hals entlang. Dann berührte er mit seinem ihren Mund. Erst, als sie merkte, dass sie ihre Arme um seinen Nacken schlang, wurde ihr bewusst, dass sie das erwiderte, was er ihr anbot. Es war sehr lange her, dass sie einen Mann begehrt hatte! Seit Jeff hatte sie niemanden mehr an sich herangelassen. Noch nie hatte sie sich so schutzlos und voller Leidenschaft gefühlt wie jetzt, im Sommerregen, während sie einen Mann küsste, dem sie nicht wirklich trauen konnte. Sie spürte ein warmes, verräterisches Prickeln.

Er legte ihr die Hände auf den Rücken und presste sie an sich. Die harten Konturen seines schlanken Körpers erregten sie. Seine Lippen strichen erst langsam über ihre, dann ließ er seine Zunge forschend in ihren Mund gleiten. All ihre Sinne erwachten. Gefühle, von denen sie geglaubt hatte, sie wären erloschen, lebten wieder auf.

Als er sich von ihr löste und ihr in die Augen schaute, kam sie wieder zur Besinnung. Tief in seinen kobaltblauen Augen konnte sie die glühende Leidenschaft erkennen, und sie wusste, dass auch in ihrem Blick ein Verlangen brannte, das grenzenlos war.

„Entschuldigung." Sie versuchte, einen Schritt zurückzugehen, doch die Hände auf ihrem Rücken hinderten sie daran.

„Wofür?"

„Für alles, schätze ich. Ich wollte nicht, dass die Situation außer Kontrolle gerät."

Er neigte den Kopf in gespielter Ungläubigkeit schief. „Es macht dir wohl Spaß, mich abblitzen zu lassen. Ist es das? Spielst du mit mir?"

Machte er Witze? Hatte er denn nicht wahrgenommen, was sein Kuss in ihr ausgelöst hatte? „Ich wollte damit sagen, dass ich nicht geplant hatte, dass so etwas passiert."

„Das weiß ich."

„Ja?"

„Natürlich. Keiner von uns hat das geplant, wir können allerdings nicht leugnen, dass wir uns zueinander hingezogen fühlen. Wir haben es beide vorhin in der Bibliothek gespürt, und wir spüren es auch jetzt." Er legte ihr einen Finger auf die geröteten Lippen, damit sie ihm nicht widersprechen konnte.

Sheila bekam weiche Knie, sowie er seinen Kopf erneut zu ihr hinunter beugte und mit seinem warmen Mund ihren berührte. Am liebsten hätte sie sich an Noah geschmiegt, doch sie wehrte sich dagegen und löste sich aus seiner Umarmung. Ihre Lippen bebten, und einen unbedachten Moment lang blitzte Angst in ihren Augen auf.

„Stimmt etwas nicht?"

Sie hätte am liebsten laut über die Absurdität der Situation gelacht. „Stimmt irgendetwas nicht?", wiederholte sie. „Meinst du das ernst? So ungefähr alles stimmt nicht! Das Weingut liegt in Schutt und Asche, und ich bin in der Hoffnung nach Seattle gekommen, du würdest mir helfen. Stattdessen bin ich auf der Suche nach deinem Vater hier gelandet, weil mit dir selbst nicht zu reden war. Aber damit nicht genug: Darüber hinaus habe ich den Streit mit deinem Sohn mit angehört und bin dir auch noch in die Arme gesunken."

Wieder verschloss Noah ihr mit einem Finger die Lippen. „Na schön, wir haben also ein paar Probleme."

„Ein *paar*?"

„Was ich dir zu erklären versuche ist, dass es manchmal am besten ist, wenn man seinen Problemen eine Weile entflieht. Dann kann man sie besser beurteilen."

„Bist du sicher?"

„Ich bin mir jedenfalls sicher, dass ich dich unglaublich attraktiv finde." Noahs Stimme hatte eine beruhigende Wirkung auf Sheila. Sie schmiegte sich noch enger an ihn.

„Das wird nicht funktionieren, weißt du", flüsterte sie atemlos.

„Mach dir keine Gedanken über morgen."

„Irgendjemand muss es jedoch tun." Zögernd befreite sie sich aus seiner Umarmung und strich ihren Mantel glatt. „Ich bin wegen deines Vaters hier, weil du nicht mit mir reden wolltest."

„Mein Fehler", erwiderte er trocken.

Sie ignorierte die Andeutung. „Das ist der einzige Grund, weshalb ich da bin. Ich wollte weder den Streit mit deinem Sohn mitkriegen, noch hatte ich vor, dir so nahe zu kommen. Ich hoffe, du verstehst das."

Das Lächeln, das sich auf seinem Gesicht ausbreitete, war verführerisch charmant. „Ich verstehe vollkommen", antwortete er liebenswürdig, und Sheila merkte, wie sie von Neuem in seinen Bann gezogen wurde. Er war verwegen und gleichzeitig sanft, selbstbewusst, aber nicht arrogant, und willensstark, ohne unnachgiebig zu sein – jene Art Mann also, von der Sheila geglaubt hatte, es gäbe sie nicht. Sie fühlte sich stark zu ihm hingezogen, dennoch waren ihre Gefühle zwiespältig.

„Ich muss gehen."

„Bleib."

„Ich kann nicht."

„Wegen deiner Tochter?"

„Sie ist einer der Gründe", log Sheila. „Da sind noch andere."

Sein Lächeln wurde breiter. „Komm, lass uns reingehen. Du wirst ja ganz nass."

„Ich habe wenigstens einen Mantel an", neckte sie ihn. Ihr war gerade aufgefallen, dass sein nasses Hemd an seiner muskulösen Brust und seinen breiten Schultern klebte.

„Ich habe nicht damit gerechnet, dass du hinaus in den Regen laufen würdest."

„Es war dumm von mir", räumte sie ein. „Ich wollte doch bloß nicht stören. Ich dachte nicht, dass du …"

„Dass ich auch Probleme habe?"

Sheila schämte sich. „Entschuldige."

„Vergiss es. Ich hätte darauf Rücksicht nehmen müssen, dass du da bist, als Sean nach Hause gekommen ist. Aber sobald ich gemerkt habe, dass er schon wieder betrunken ist, habe ich die Beherrschung verloren." Noah wischte sich den Regen von der Stirn, als würde er einen unangenehmen Gedanken aus seinem Gedächtnis löschen. Er legte Sheila sanft eine Hand auf den Ellbogen und führte sie zurück ins Haus.

Er nahm jedes Detail an ihr wahr. Ihm fiel ihre würdevolle Haltung ebenso auf wie ihre schön geschwungenen Waden oder das Schimmern ihrer kastanienroten Haare, die durch den Regen dunkler geworden waren und sich jetzt zu widerspenstigen Löckchen kringelten.

„Danke, dass du mich heute hereingebeten hast", meinte sie leise. „Ich schätze mal, du möchtest mir nicht verraten, wo ich deinen Vater erreichen kann, oder?"

„Ich glaube nicht, dass das klug wäre."

Traurig lächelte Sheila. „Dann gehe ich jetzt wohl besser. Danke, dass du dir Zeit für mich genommen hast."

„Du hast doch nicht allen Ernstes vor, heute Abend nach Cascade Valley zurückzufahren, oder?" Er betrachtete ihr müdes Gesicht. Wie weit konnte er ihr trauen? Sie schien ihm gegenüber so offen zu sein, und dennoch hatte er das Gefühl, als würde sie etwas vor ihm verbergen – ein Geheimnis, das sie aus Angst für sich behielt.

„Nein. Ich fahre morgen früh zurück."

Er stand mit dem Rücken zum Kamin und wärmte sich an den rauen Steinen die Handflächen. „Aber deine Tochter ... Ich dachte, sie wartet auf dich?"

„Nicht heute Abend. Sie amüsiert sich wahrscheinlich gerade prächtig. Ihre Großmutter verwöhnt sie bestimmt total."

Noah rieb sich das Kinn und zog die dunklen Augenbrauen hoch. „Ich hatte keine Ahnung, dass deine Mutter noch lebt."

Ein nachdenklicher Ausdruck trat auf Sheilas Gesicht. „Das tut sie auch nicht. Emily ist gerade bei der Mutter meines Exmanns ... Wir stehen uns immer noch nah."

„Und was ist mit deinem Exmann? Stehst du ihm auch immer noch nahe?", fragte Noah kühl. Warum, zum Teufel, interessierte ihn das überhaupt? Sheilas Augen verdunkelten sich. Und ohne zu wissen, warum, hasste er den Mann sofort, der Sheila so viel Kummer bereitet hatte. Er spürte, wie ein Muskel in seiner Wange zuckte.

„Jeff und ich gehen höflich miteinander um", antwortete Sheila in der Hoffnung, dass das unerfreuliche Thema damit erledigt war.

„Dann triffst du ihn also noch?", hakte Noah nach.

„Das lässt sich nicht vermeiden. Wegen Emily."

„Versteht er sich gut mit deiner Tochter?"

„Ja, ich glaube schon. Ist das denn wichtig?" Sie sprach mit niemandem gern über ihre Gefühle für Jeff, und schon gar nicht mit einem Mann, in den sie sich zu verlieben begann.

„Ist es denn nicht ... wichtig?"

„Für mich schon, ja. Doch warum interessiert es *dich*?"

Sie klang so bitter, dass er einen leiseren Ton anschlug. „Ich wollte keine alten Wunden aufreißen."

Sheila verkniff sich die wütende Antwort, die ihr schon auf der Zunge lag. Das alles ging Noah nichts an. Ihre Scheidung von Jeff war ein schmerzhaftes Ereignis gewesen, eines, an das sie lieber nicht denken und über das sie nicht reden wollte.

„Ich sollte jetzt besser gehen", erklärte sie, griff in ihre Handtasche und kramte nach den Schlüsseln. Die Unterhaltung wurde langsam viel zu persönlich.

„Du möchtest die Flucht ergreifen, nicht wahr?"

„Wie bitte?"

„Wolltest du das nicht auch, als ich dich vorhin auf der Terrasse erwischt habe? Als du dich über das Geländer gelehnt hast? Hast du da nicht auch versucht, dich aus dem Staub zu machen?"

„Du hattest gerade Streit mit deinem Sohn! Ich wollte diskret sein."

Sein Blick verdunkelte sich. „Das allein war nicht der Grund, stimmt's?"

„Ich habe keine Ahnung, was du meinst."

„Natürlich weißt du das." Er kam vom Kamin zu ihr und blieb nur wenige Zentimeter vor ihr stehen. „Immer, wenn das Gespräch eine Spur zu persönlich wird, versuchst du, mir auszuweichen", sagte er vorwurfsvoll. Seine blauen Augen funkelten.

Sheila ließ sich nicht einschüchtern. „Ich bin hierhergekommen, um etwas Geschäftliches zu besprechen. Es ging um nichts Persönliches."

„Spar dir das für jemanden, der naiv genug ist, es zu glauben."

Sie sah ihn trotzig an, blieb allerdings ruhig. „Rede doch nicht um den heißen Brei herum! Sag einfach, was dich stört."

„Du bist mit der Absicht hier aufgetaucht, zu Ben Kontakt aufzunehmen. Halt mich nicht für einen verdammten Idioten! Ich weiß, dass du mir absichtlich aus dem Weg gehen wolltest."

„Nur, weil mit dir nicht vernünftig zu reden war!", blaffte sie ihn an. Er war unmöglich! Als sie ihn jetzt anschaute, wollte sie am liebsten in seinen kobaltblauen Augen versinken. Der Geruch der brennenden Holzscheite im Kamin vermischte sich mit dem Geruch von Noahs nasser Haut. Ihm liefen immer noch Regentropfen über den gebräunten Hals.

„Ich bin kein unvernünftiger Mensch", stellte er ruhig klar. Er fasste ihr ans Kinn, und Sheila spürte, dass ihr ein erregender Schauer über den Rücken lief. Noah ließ den Blick über ihr Gesicht gleiten. Er bewunderte den sanften Schwung ihrer Wangen, ihre momentan leicht gerötete, seidige Haut und ihre verführerisch roten Lippen. „Bitte bleib", wiederholte er eindringlich.

„Weshalb?" Wie gern hätte sie einen guten Grund, *irgendeinen* Grund gehabt, um mehr Zeit mit ihm verbringen zu können.

„Wir könnten anfangen, über deine Pläne für das Weingut zu sprechen."

„Änderst du deine Meinung über die Auszahlung der Versicherungssumme dann?"

Seine Mundwinkel zuckten. „Ich glaube, du könntest mich zu allem überreden." Sanft strich er mit einem Finger über ihr Kinn und ihren Hals. Danach legte er seine Hand auf den Kragen ihres Mantels. Sheilas Herz bebte.

Sie trat einen Schritt zurück, verschränkte die Arme vor der Brust und musterte ihn misstrauisch. „Was müsste ich dafür tun?"

„Wofür?"

„Dass du dir meine Version der Geschichte anhörst."

Er hob die Schultern. „Nicht viel."

„Wie viel?"

Noah lächelte. „Warum fangen wir nicht mit einem Abendessen an? Ich kann mir nichts vorstellen, was ich lieber täte, als dir bei einem Glas des besten Cascade-Valley-Weins zuzuhören."

Sheila wusste, dass er sie schon wieder neckte. Andererseits war sein herausforderndes Angebot durchaus reizvoll. „Na schön, Noah. Wieso nicht?", antwortete sie spontan. „Aber lass uns zuerst die Spielregeln festhalten: Ich bestehe darauf, dass es ein rein geschäftliches Gespräch ist."

„Komm einfach mit." In seinen Augen blitzte es spitzbübisch. „Das Gespräch … und der Abend werden wie von selbst laufen."

Das Restaurant, das Noah ausgesucht hatte, befand sich auf einem der steilen Hügel in der Nähe des Stadtzentrums. Das viktorianische Gebäude war von einem der Gründerväter von Seattle entworfen worden; seine Architektur war einzigartig. Das ehemalige Mietshaus war zu einem Restaurant umgebaut worden, doch es hatte seinen ursprünglichen Charme des 19. Jahrhunderts bewahrt. Der Eingang des L'Epicure war mit weißen Holzbrettern getäfelt; die grauen, französischen Fensterläden und die Verzierungen aus Holz wirkten sehr elegant. Das flackernde Licht der Wandleuchter strahlte das Portal einladend an.

Ein vornehm gekleideter Kellner führte Sheila und Noah über eine schmale Treppe in ein Separee im zweiten Stock des vornehmen alten Gebäudes.

„Wunderschön", murmelte Sheila, während sie mit den Fingern über das Fenstersims fuhr und in die Nacht hinausschaute.

Noah rückte ihr den Stuhl zurecht, ehe er auf der gegenüberliegenden Seite des kleinen Tischs Platz nahm. Er versuchte gelassen zu wirken, doch Sheila spürte, dass er immer noch nervös war. Im Auto hatten sie beide das einträchtige Schweigen als angenehm empfunden. Hier, im intimen Rahmen des Lokals, war das nicht mehr so.

Bevor der Kellner sich entfernte, bestellte Noah die Spezialität des Hauses und eine Flasche Cascade-Valley-Chardonnay. Sheila zog erstaunt die Augenbrauen hoch, als sie es hörte, doch der Kellner tat so, als wäre nichts Ungewöhnliches dabei.

„Warum sollte ein europäisches Restaurant einen Wein aus der Gegend führen?", wollte Sheila wissen, nachdem der Kellner aus dem Separee verschwunden war.

Noah lächelte schief. „Weil mein Vater darauf besteht."

Der Kellner kehrte mit dem Wein zurück und schenkte erst Noah und dann – nach Noahs Nicken – Sheila ein. Als er wieder gegangen war, redete Sheila weiter.

„Das L'Epicure hat Wein speziell für deinen Vater vorrätig?"

„So könnte man es auch sagen. Das Restaurant ist eine Tochtergesellschaft von Wilder Investments", erklärte er mit ausdrucksloser Miene.

Sheila presste die Lippen zusammen. „Verstehe. Genau wie Cascade Valley."

Noah nickte. „Obwohl der Weinkeller voll mit europäischem Wein ist, besteht Ben darauf, dass auch Cascade Valley mit sämtlichen Weinen vertreten ist."

„Und dein Vater bekommt für gewöhnlich das, was er will?"

Noahs blaue Augen nahmen einen kalten, harten Ausdruck an. „Könnte man sagen." Jede weitere Bemerkung, die er vielleicht machen wollte, wurde durch das Auftauchen des Kellners verhindert. Er servierte gedünsteten Heilbutt in Pilzsauce, wilden Reis und gedämpftes Gemüse. Sheila wartete, bis der Kellner die Tür wieder hinter sich geschlossen hatte, ehe sie das Gespräch wieder aufnahm.

„Liege ich richtig mit meiner Vermutung, dass du nicht gern für deinen Vater arbeitest?"

Noah zog die dunklen Brauen zusammen und legte die Gabel, die er in die Hand genommen hatte, wieder auf den Tisch. Er verschränkte die Hände und sah Sheila an. „Ich glaube, wir sollten etwas klären: Ich arbeite nicht für Ben Wilder!"

„Aber ich dachte …"

„Ich sagte, ich arbeite nicht für Ben! Ich bekomme auch kein Gehalt von Wilder Investments!", unterbrach er sie schroff. Sein ärgerlicher Ton und sein angespannter Gesichtsausdruck ließen keinen Zweifel daran, dass er lieber nicht über seinen Vater und dessen Geschäfte reden wollte.

„Ich glaube, du bist mir eine Erklärung schuldig." Sheila seufzte und schob ihr Essen beiseite; sie hatte es noch nicht angerührt. Irgendwie musste sie ihre Gereiztheit in den Griff bekommen. Was für ein Spiel spielte dieser Mann mit ihr? „Du behauptest also, du hättest mit Wilder Investments nichts zu tun. Warum sitze ich dann noch hier und verschwende meine Zeit?"

„Weil du mich besser kennenlernen wolltest."

Sheila musste sich wohl oder übel eingestehen, dass er recht hatte. Dennoch hatte sie das Gefühl, als hätte man sie betrogen. Noah hatte sie überredet, mit ihm hierher zu kommen, obwohl er ihr bei ihren Bemühungen, das Weingut und das Ansehen ihres Vaters zu retten, nicht helfen konnte. War es ihre Schuld, dass sie sich von ihm hatte täuschen lassen? Sheila ignorierte, dass Noah nicht über Wilder Investments reden wollte. „Ich bin ganz Ohr", sagte sie ruhig. „Ich möchte wissen, warum du mir etwas vorgemacht hast. Oder hast du unsere Spielregeln vergessen?"

„Ich habe dir nichts vorgemacht."

„Aber du hast doch gerade gesagt, dass du nicht für Wilder Investments arbeitest."

„Ich sagte, dass ich nicht für meinen Vater arbeite und nicht auf der Gehaltsliste der Firma stehe."

„Das ergibt nicht besonders viel Sinn", erwiderte Sheila. Langsam sah man ihr an, wie verärgert sie war. „Was genau machst du denn nun?"

Noah zuckte die Achseln, als würde er sich einem Schicksal fügen, das er hasste. „Ich schulde dir wirklich eine Erklärung", gab er nachdenklich zu. „Früher habe ich tatsächlich für Ben gearbeitet. Ich wurde seit meinem Collegeabschluss darauf vorbereitet, Bens Platz bei Wilder Investments einzunehmen, sobald er beschließt, sich aus der Firma zurückzuziehen. Ich habe mich mit diesem Plan nie sonderlich wohlgefühlt, aber ..." Er zögerte, als überlege er, wie viel Privates er preisgeben sollte. „... ich habe aus persönlichen Gründen die Sicherheit gebraucht, die mir meine Position bei Wilder Investments bringt."

„Wegen deiner Frau und deinem Sohn?" Sheila bereute ihre gedankenlose Frage sofort.

Noahs Augen verdunkelten sich. „Ich hatte nie eine Ehefrau!", stieß er wütend hervor, als wäre ihm allein der Gedanke daran zuwider.

Sheila errötete. „Tut mir leid", entschuldigte sie sich hastig. „Das wusste ich nicht. Du hast ein Kind …"

Noah runzelte die Stirn und sah Sheila misstrauisch an. „Du weißt nichts über Marilyn? Dann bist du wahrscheinlich der einzige Mensch in Seattle, der nichts von den Umständen, unter denen Sean geboren wurde, mitbekommen hat. Die Zeitungen haben ständig darüber berichtet. Nicht einmal mit Bens Geld waren sie zum Schweigen zu bringen."

„Ich habe nie in Seattle gewohnt", beeilte sie sich zu erklären. Ihr war ihre Frage immer noch peinlich. „Und ich habe mich nie dafür interessiert, was der Geschäftspartner meines Vaters tut, geschweige denn sein Sohn … Ich war noch ein Teenager und wusste überhaupt nichts über dich."

Noahs Ärger legte sich ein wenig, als er den entsetzten Ausdruck in Sheilas wunderschönem Gesicht bemerkte. „Natürlich nicht. Es ist schon Jahre her."

Sheilas Hand zitterte, als sie nach ihrem Glas griff und einen Schluck des kühlen Weins trank. Sie wich Noahs fragendem Blick aus und schob das Essen auf ihrem Teller hin und her. Es war bestimmt vorzüglich, aber ihr war der Appetit vergangen.

Am Tisch herrschte Schweigen. Noah spießte ein Stück Fisch mit der Gabel auf und aß es. Nach einiger Zeit begann er wieder zu reden. Seine Stimme klang ruhig, unaufgeregt und völlig emotionslos. „Es gab viele Gründe, warum ich aufgehört habe, für meinen Vater zu arbeiten … Zu viele, um alle zu erklären. Mir gefiel es nicht, von den anderen Mitarbeitern wie ‚Ben Wilders Sohn' behandelt zu werden, und ich habe mich schon vorher nie gut mit meinem Vater verstanden. Durch die Zusammenarbeit mit ihm hat sich die Kluft zwischen uns nur noch mehr vergrößert." Er warf seine Serviette auf den Tisch, als er sich an den Tag erinnerte, an dem er sich aus der erdrückenden Atmosphäre von Wilder Investments befreit hatte.

„Ich bin geblieben, solange ich konnte, aber als eine der Investitionen meines Vaters sich nicht rentiert hat, hat er mich beauftragt, Nachforschungen anzustellen. Eine Fabrik in Spokane hatte keine Gewinne gemacht. Ben hat den Geschäftsführer gefeuert, obwohl es nicht dessen Schuld war."

Noah trank einen Schluck Wein, als wollte er den Ärger hinunterspülen, der jedes Mal in ihm hochstieg, wenn er an die schreckliche Begebenheit im Büro seines Vaters dachte – jenem Büro, in dem er selbst jetzt widerwillig arbeitete. Das Bild eines fast 50-jährigen Mannes, der mit gebeugten Schultern Ben Wilders Zorn und Strafe über sich ergehen lassen musste, verfolgte ihn immer noch. Wie oft hatte er Sam Steeles gequälten Gesichtsausdruck vor sich gesehen, als dem Mann klar wurde, dass Ben ihn für einen Fehler, den er gar nicht gemacht hatte, zu feuern gedachte. Sam hatte Noah Hilfe suchend angesehen, doch auch Noahs Fürsprechen hatte nichts genützt. Ben Wilder hatte einen Sündenbock gebraucht, und Sam Steele war das Opfer gewesen, an dem Ben für den Rest der Mitarbeiter von Wilder Investments ein Exempel statuiert hatte. Es hatte weder eine Rolle gespielt, dass Sam keinen Job mit vergleichbarem Gehalt mehr finden würde, noch, dass er zwei Töchter auf dem College gehabt hatte. Für Ben hatten nur sein Unternehmen, sein Reichtum und seine *Macht* gezählt. Obwohl die Sache schon lange her war, zog sich Noah immer noch jedes Mal der Magen zusammen, wenn er an Sams müdes Gesicht dachte, nachdem sie beide Bens Büro verlassen hatten. „Es macht nichts, Junge", hatte Sam gütig zu Noah gesagt. „Du hast getan, was du konntest. Ich komme schon zurecht."

Sheila sah Noah erwartungsvoll an, und er riss sich schnell von seinen Erinnerungen los. „Dieser Vorfall", erklärte er hastig, „war der Tropfen, der das Fass zum Überlaufen gebracht hat. Am späten Nachmittag dieses Tages habe ich gekündigt, mein Kind aus der Schule genommen und bin nach Oregon gezogen. Damals habe ich mir geschworen, nie mehr zurückzukommen."

Es herrschte bedrücktes Schweigen. Sheila saß eine Weile einfach nur da und betrachtete Noahs markantes Gesicht, dem die Bestürzung über einen ihr unbekannten Teil seines Lebens immer noch anzusehen war. Sheila hätte gern mehr darüber gehört, hätte den rätselhaften Mann, der ihr gegenübersaß, gern besser verstanden. Gleichzeitig hatte sie Angst davor. Sie war sich unsicher, ob noch mehr Nähe zu ihm ihr guttun würde. Schon jetzt fühlte sie sich unerklärlicherweise stark zu ihm hingezogen, und sie ahnte instinktiv, dass sie ihn nach allem, was er ihr erzählen würde, noch stärker ins Herz schließen würde. Aber diese Gefühle würden ihr bestimmt nur Kummer und Leid bringen. Sie konnte ihm nicht trauen. Noch nicht.

„Du brauchst nicht darüber zu reden", sagte sie endlich. „Es ist offensichtlich, wie schmerzhaft es für dich ist."

„Nur, weil ich versagt habe."

„Das ... verstehe ich nicht", flüsterte sie und hielt sich fast Hilfe suchend an der Tischkante fest, als sie seinen fragenden Blick erwiderte. „Und", gab sie kleinlaut zu, „ich bin mir nicht sicher, ob ich es verstehen will."

„Du warst diejenige, die unbedingt eine Erklärung von mir wollte", rief er ihr in Erinnerung.

„Aber keine, die dein *ganzes* Leben betrifft."

„Ich dachte, du wolltest mich besser kennenlernen."

„Nein ... Ich möchte nur wissen, in welcher Verbindung du mit Wilder Investments stehst", log sie. Sie beachtete die Stimme in ihrem Kopf nicht, die ihr zuflüsterte: Mein Gott, Noah, ich verstehe es nicht, aber ich will alles über dich wissen. Ich will deinen Körper und deine Seele berühren. Stattdessen senkte sie den Blick. „Du leitest die Firma, nicht wahr?"

„Vorübergehend, ja."

„Und du triffst bei Wilder Investments alle Entscheidungen."

„Es sei denn, der Vorstand legt ein Veto ein. Bis jetzt war das allerdings nicht der Fall." Die trägen Vorstandsmitglieder würden es niemals wagen, Bens Sohn zu widersprechen.

Sheila stockte der Atem, als sie die ganze Situation plötzlich begriff. „Dann hast du mich also angelogen, als du gesagt hast, du könntest keine Entscheidung treffen, solange dein Vater nicht da ist."

Um Noahs Mund zuckte es amüsiert. „Ich würde es eher als eine Taktik bezeichnen, um Zeit zu gewinnen."

„Wir haben keine Zeit!"

Sein Lächeln wurde breiter und er sah sie über den Rand des Weinglases hinweg an. „Und genau da täuschst du dich, mein Liebes. Wir haben alle Zeit dieser Welt."

Obwohl sie durch den Tisch voneinander getrennt waren, konnte Sheila spüren, wie er sie förmlich mit seinem Blick streichelte und auszog. Sie spürte, wie ihre Haut zu glühen begann, als würde sie seine Berührungen sehnsüchtig erwarten. Verlieb dich bloß nicht in ihn! warnte sie sich. *Wage es nicht mal eine Sekunde, zu glauben, dass er dich mag. Du bist nur eine nette Abwechslung für den heutigen Abend. Erinnere dich an Jeff! Erinnere dich an seine Versprechungen. Erinnere dich an die Lügen. An den Schmerz. Lass so etwas nicht noch einmal passieren! Mach nicht den gleichen Fehler ein zweites Mal. Tu's nicht!*

Mühsam versuchte sie, ihre Fassung wiederzugewinnen – jene Fassung, aus der dieser Mann sie so leicht bringen konnte. „Vielleicht sollten wir besser gehen."

„Willst du denn gar nicht wissen, warum ich wieder bei Wilder Investments bin?", fragte er.

„Willst du es mir denn erzählen?"

„Wenigstens das hast du verdient."

„Wenigstens?"

„Du verdienst mehr ... viel mehr."

Sie drehte den Stiel ihres Weinglases und wartete. Dann legte sie den Kopf erwartungsvoll schief, ohne sich bewusst zu sein, dass dabei die elegant geschwungene Linie ihres Halses aufreizend zur Geltung kam. Warum arbeitete er in einer Position, die ihm zuwider war? „Ich dachte, du hast die Firmenleitung übernommen, weil dein Vater einen Herzinfarkt hatte."

„Das hat eine Rolle gespielt", gab er zögernd zu. „Aber nur zu einem sehr kleinen Teil." Als sie nichts dazu sagte, sprach er weiter. „Ben hat mich bereits nach seinem ersten Infarkt gebeten, ihn für ein paar Wochen zu vertreten. Aber ich wollte mir keine zusätzlichen Probleme aufhalsen und bin außerdem davon ausgegangen, dass er bestimmt ein halbes Dutzend ergebener Mitarbeiter hat, die ihn gut vertreten könnten. Also habe ich abgelehnt."

Sheila zog die Augenbrauen zusammen. „Was war der Grund, dass du deine Meinung geändert hast?", fragte sie leise.

„Der zweite Infarkt. Ben lag danach eine Woche auf der Intensivstation." Noah trommelte nervös mit den Fingern auf der Tischplatte und dachte kurz nach. „Mein Vater hat niemandem außer sich selbst zugetraut, die Firma zu leiten. Als ich mich geweigert habe, ihm zu helfen, hat er den Rat seines Arztes ignoriert und sofort weitergearbeitet."

„Das ist Wahnsinn", sagte sie mehr zu sich selbst.

Noah schüttelte den Kopf. „Das ist Bens Art, seinen Willen durchzusetzen. Der zweite Herzinfarkt hat ihn fast das Leben gekostet, und als meine Mutter mich regelrecht angebettelt hat, Ben zu helfen, habe ich zugestimmt. Allerdings unter der Bedingung, dass ich den Job nur so lange übernehme, bis man einen Ersatz findet."

„Und dein Vater hat sich nicht die Mühe gemacht, diesen Ersatz zu suchen", mutmaßte Sheila.

„Warum sollte er? Er hat doch bekommen, was er wollte."

„Aber *du* hättest doch bestimmt jemanden finden können, der …"

„Das habe ich versucht. Jeder meiner Vorschläge wurde von höchster Ebene abgeschmettert."

„Von Ben."

„Genau."

Sheila war verwirrt. Sie dachte an ihre eigene Familie und die Liebe, die sie alle füreinander empfanden, und es fiel ihr schwer, sich die kühle Distanziertheit vorzustellen, die zwischen Ben Wilder und seinem einzigen Sohn herrschte. „Aber es muss doch irgendeine Lösung für dein Problem geben. Kannst du nicht noch mal mit deinem Vater reden?"

„Das bringt nichts. Außerdem ist das nur ein Teil der Geschichte. Ich war meinem Vater einen Gefallen schuldig – einen großen Gefallen."

Das mulmige Gefühl, das schon den ganzen Abend drohte, Sheila zu überkommen, ließ sie unwillkürlich frösteln. „Und jetzt tust du ihm diesen Gefallen, nicht wahr?"

„Meiner Meinung nach schon. Weißt du ...", fuhr er emotionslos fort, „als mein Sohn Sean geboren wurde, gab es Probleme, die ich nicht allein bewältigen konnte. Ich war zu jung. Ich war gezwungen, meinen Vater um Hilfe zu bitten. Der Mistkerl hat meine Bitte erfüllt und dafür gesorgt, dass ich es nie mehr vergesse."

„Aber was war mit Seans Mutter?", erkundigte sich Sheila. „Sie hätte doch sicherlich etwas unternehmen können, wenn es ein Problem mit dem Kind gab. Sie war genauso für Sean verantwortlich wie du."

„*Marilyn?*" Noah verzog das Gesicht bei diesem Gedanken und der Erinnerung an das junge Mädchen, das er einmal zu lieben geglaubt hatte. „Du verstehst anscheinend nicht. Marilyn *war* das Problem, zumindest das offensichtlichste Problem, das nur mit viel Geld und Einfluss meines Vaters in den Griff zu bekommen war."

„Ich hätte nicht fragen sollen. Es geht mich nichts an", stammelte Sheila. Sie war bestürzt über den verbitterten Ausdruck in Noahs stolzem Gesicht.

„Es ist nicht mehr wichtig. Vielleicht war es das nie. Egal, es ist Vergangenheit, vergessen und vorbei."

Sheila stand mit etwas wackeligen Beinen auf. „Du musst mir das alles nicht erzählen."

Er hielt sie am Handgelenk fest. „Du hast gefragt", erinnerte er sie.

„Es tut mir leid. Es war ein Fehler. Vielleicht sollten wir jetzt besser gehen."

„Bevor du alle Leichen im Keller der Familie Wilder gesehen hast?", fragte er spöttisch.

Sie merkte, wie sie erstarrte. „Bevor ich den Grund vergesse, warum ich mit dir hergekommen bin."

Sie zog anmutig die Augenbrauen hoch. Sie war die faszinierendste Frau, der Noah je begegnet war. „Zwinge ich dich zu etwas?", fragte sie und starrte auf ihr Handgelenk, das er immer noch festhielt.

„Falls du das irgendwann mal tust, dann nur, weil ich es will", erwiderte er, doch die Anspannung begann langsam aus seinem Gesicht zu weichen. Er ließ ihr Handgelenk los und streichelte die zarte Haut in ihrer Armbeuge. „Gehen wir", schlug er vor und half ihr auf. Seine Hand ließ ihren Arm nicht mehr los, als er sie anschließend die Treppe hinunter und hinaus ins Freie führte. Er trug ihren Mantel und legte schützend seinen Arm um ihre Schultern, damit sie im feuchten Wind nicht nass wurde. Es sah wieder nach Regen aus.

Auf der Fahrt zurück zum Anwesen der Wilders herrschte Schweigen. Noah und Sheila hingen beide ihren düsteren Gedanken nach. Obwohl sie sich im Auto nicht berührten, fühlte sich Sheila mit dem geheimnisvollen, attraktiven Mann mit den wissenden blauen Augen auf rätselhafte Weise verbunden. *Wie war er wirklich?* Dieser Gedanke ließ ihr keine Ruhe. Innerhalb kürzester Zeit hatte sie ihn erst gnadenlos und hart, dann plötzlich sanft und sensibel erlebt. Sie spürte, dass er ein tiefgründiger Mensch war, der niemanden wirklich an sich heranließ, und sie hatte das Bedürfnis, alles über seine geheimsten Gedanken zu erfahren. Was ist schon dabei, es zu versuchen? fragte ihre innere Stimme provokant. Er wird dir wehtun, entgegnete ihr lästiger Verstand. Du wurdest schon einmal verletzt, als du dich einem Mann geöffnet hast. Bist du dumm genug, es noch einmal zuzulassen? Wie sehr darfst du Noah Wilder trauen, und wie sehr dir selbst?

Der Volvo wurde langsamer, als Noah zwischen den steinernen Säulen in die kreisförmige Einfahrt einbog. Das Licht der Scheinwerfer glitt über die Stämme der mächtigen Tannen, die das Haus bewachten. Als Ben Wilders Villa vor ihnen auftauchte, wurde Sheila aus ihren Gedanken gerissen. Ihr wurde bewusst, dass sie in der Sache, wegen der sie hergekommen war, überhaupt nichts erreicht hatte. Sie hatte vorgehabt, einen Weg zu finden, irgendeinen Weg, um die Versicherung dazu zu bringen, das Weingut wieder aufzubauen, und war kläglich gescheitert. Sie wusste nicht einmal, ob Noah so viel Einfluss – oder überhaupt Interesse – hatte, ihr zu helfen. Sie war so fasziniert von dem Mann, vor dem man sie gewarnt hatte, dass sie den Grund, aus dem sie ursprünglich nach Seattle gekommen war, völlig aus den Augen verloren hatte.

„Möchtest du auf einen Drink hereinkommen?", fragte Noah, nachdem er den Motor abgestellt hatte und sich die Stille der Nacht im Wageninneren ausbreitete.

„Ich glaube nicht", flüsterte sie und versuchte zu verdrängen, wie nahe sie sich ihm fühlte.

„Wir haben noch etwas Geschäftliches zu besprechen."

„Das weiß ich. Du hast es geschafft, das Thema Weingut den ganzen Abend zu vermeiden. Warum?"

Noah lächelte in sich hinein. „Das war mir gar nicht bewusst. Möchtest du reinkommen und weiterreden?"

Sheila atmete tief durch. „Nein."

„Ich dachte, du wolltest unbedingt erreichen, dass die Versicherungssumme ausgezahlt wird."

„Das will ich doch, das weißt du. Aber ich weiß zufällig auch, wenn man mich ausgetrickst hat."

„Ausgetrickst?", fragte er ungläubig. „Wovon redest du?"

„Es war schwer, dich ans Telefon zu kriegen, und als es mir schließlich gelungen ist, hast du mich mit der lächerlichen Ausrede abgewimmelt, dass alle Entscheidungen über das Weingut dein Vater treffen muss. Dann hast du dich bereit erklärt, bei einem Abendessen mit mir darüber zu reden, aber das Thema den ganzen Abend tunlichst vermieden. Warum sollte sich daran jetzt irgendwas ändern? Du hast mir überhaupt nicht zugehört ..."

„Da irrst du dich. Ich habe den ganzen Abend zugehört, wenn du etwas gesagt hast", unterbrach er sie leise.

„Wie lautet dann deine Entscheidung?"

„Auch das werde ich dir sagen, wenn du mit mir noch einen Drink nimmst." Er griff nach ihrer Hand. „Komm schon, Sheila! Wir haben noch den ganzen restlichen Abend, um alles zu besprechen, was du willst."

Wieder merkte sie, wie er all ihre Sinne gefangen nahm. Ihr Blick verlor sich in seinem, und der warme Druck seiner Hand löste ein knisterndes Prickeln in ihr aus. „Na schön", flüsterte sie und fragte sich, warum dieser Mann, dieser *Fremde*, alles über sie zu wissen schien. Und alles, was er nicht wusste, wollte sie ihm anvertrauen ...

Das Feuer in der Bibliothek war ausgegangen. Nur ein paar Holzscheite glühten noch im Kamin. Noah schenkte ihnen beiden einen Drink ein, nahm einen ausgiebigen Schluck, kniete sich vor dem Kamin hin und legte einen Scheit Zedernholz nach. Sheila nippte an ihrem Brandy und sah ihm zu. Ihr war nicht entgangen, wie sich sein Oxford-Hemd über den Schultern gespannt hatte, während er Holz nachgelegt und sich wieder aufgerichtet hatte. Sie konnte sich lebhaft vorstellen, wie seine Rückenmuskeln dabei gearbeitet hatten.

Als Noah sich ihr wieder zuwandte, konnte sie ihre Verlegenheit nicht verbergen. Ihr kam vor, als würde er ihr alle ihre Fantasien an den Augen ablesen. Ihre Wangen glühten.

„Kann ich dir sonst noch irgendetwas bringen?" Er deutete mit dem Kopf auf das Glas, das sie fest mit der Hand umklammerte.

„Nein … nichts. Alles bestens", flüsterte sie.

„Schön. Warum setzt du dich dann nicht einfach und erzählst mir, was du mit dem Geld vorhast, falls du es bekommst."

Sheila ließ sich dankbar in einen Lehnsessel neben dem Kamin fallen und schaute Noah direkt in die Augen. „Ich erwarte nicht, dass du mir einen Scheck über eine Viertelmillion Dollar ausstellst."

„Gut. Das habe ich nämlich nicht vor."

Sheila spürte ein nervöses Kribbeln im Bauch. Sie konnte seinen Gesichtsausdruck im Schein des Feuers nicht deuten. Spielte er etwa schon wieder mit ihr? „Ich erhoffe mir allerdings sehr wohl, dass wir beide gemeinsam entscheiden, wie man Cascade Valley am besten wieder instand setzt. Ich erwarte, dass wir eine Baufirma beauftragen und sofort mit der Arbeit anfangen." Sie sah ihn herausfordernd an.

„Vorausgesetzt natürlich, die Versicherung hat das Geld an Wilder Investments ausgezahlt."

„Ist das etwa nicht der Fall?", fragte Sheila. Sie hielt den Atem an. Der Brand hatte sich vor über einem Monat ereignet. Das Geld musste mittlerweile doch längst ausgezahlt worden sein.

„Es gibt da ein kleines Problem."

Sheila merkte, wie sie sofort in Verzweiflung verfiel. „Die Brandstiftung, nicht wahr?"

Noahs tiefblaue Augen wurden dunkel. „Richtig. Solange man noch keinen Schuldigen gefunden hat, rückt die Versicherung kein Geld heraus."

Sheila wurde blass, als sie in ganzem Umfang verstand, was das bedeutete. „Du glaubst, mein Vater hatte etwas mit dem Feuer zu tun? Du glaubst, er hat es gelegt, nicht wahr?", flüsterte sie. Ihr drohte die Stimme zu versagen.

„Das habe ich nicht gesagt."

„Aber *angedeutet*."

„Überhaupt nicht. Ich erkläre nur den Standpunkt der Versicherung, mehr nicht."

„Dann muss ich mit jemandem von der Pac West reden", sagte sie. „Mit einem dieser Schadensregulierern oder wie auch immer man zu ihnen sagt."

„Ich glaube nicht, dass das etwas bringt."

„Warum nicht?"

Er lächelte, doch sein Blick blieb ernst. „Zunächst einmal deshalb, weil ich das schon getan habe. Der Standpunkt der Versicherungsgesellschaft ist eindeutig."

„Was können wir dann tun?", sagte Sheila mehr zu sich selbst.

Noah zögerte einen Moment. Er fuhr sich mit dem Daumen nachdenklich über die Unterlippe und starrte Sheila an. Warum wollte er dieser verführerischen Frau, die er überhaupt nicht kannte, so unbedingt vertrauen? War sie an der Brandstiftung beteiligt gewesen? Ihr Vater? Während er die elegant geschwungene Linie ihrer Wangen, ihren schlanken Hals und ihr schimmerndes Haar betrachtete, beschloss er, es zu riskieren. Er würde ihr vertrauen – nur ein bisschen.

„Was wir sehr wohl tun können ist, die Brandursache selbst herauszufinden", erklärte er nachdenklich. Er sah sie prüfend an und suchte nach einem Aufflackern von Schuld oder Angst in ihren Augen.

Sie runzelte die Stirn. „Wie?"

„Wilder Investments beauftragt gelegentlich einen Privatdetektiv. Ich habe ihn bereits gebeten, den Fall zu untersuchen."

„Hältst du das für klug? Hat die Versicherung nicht eigene Ermittler?"

„Sicher. Aber auf diese Weise können wir die Sache ein wenig beschleunigen. Es sei denn, du bist dagegen."

Falls sie den eisigen Unterton gehört hatte, der in seinen Worten mitgeschwungen war, ignorierte sie ihn und bohrte sich die Fingernägel in die weiche Haut ihrer Handflächen. „Ich tue alles, was ich kann, um das Ansehen meines Vaters zu retten und das Weingut wieder aufzubauen."

„Ist dir das denn so wichtig?", fragte er etwas skeptisch. „Warum?"

„Cascade Valley war das Lebenswerk meines Vaters, sein Traum, und ich lasse nicht zu, dass irgendjemand oder irgendetwas sein Ansehen oder seine Träume zerstört."

„Du möchtest die Familientradition weiterführen, ist es das? Willst du in die Fußstapfen deines Vaters treten?"

„Es ist eine Frage der Ehre … und der Tradition, nehme ich an."

„Dein Vater hat das Weingut vor weniger als zwanzig Jahren gekauft. Man kann nicht wirklich sagen, dass Cascade Valley zu eurer Familiengeschichte gehört." Er wartete ab, wie sie auf diese Feststellung reagieren würde. Wie viel von dem, was sie sagte, entsprach der Wahrheit? Alles? Oder spielte sie ihm nur eine gut geprobte Szene vor? Wenn ja, dann war sie eine verdammt überzeugende Schauspielerin.

Sheila wurde sofort misstrauisch. Noahs skeptischer Blick tat ihr weh. „Was willst du damit sagen?"

Er zuckte gleichgültig die Achseln. „Es ist harte Arbeit, sich jeden Tag um die Bewirtschaftung des Weinguts zu kümmern. Du musst für alle deine Mitarbeiter gleichzeitig Buchhalterin, Managerin und Geschäftsführerin sein und bist auch für die Qualitätskontrolle zuständig. Warum sollte eine Frau mit einem kleinen Kind sich so viel Verantwortung aufbürden?"

„Aus den gleichen Gründen wie ein Mann, schätze ich", erwiderte sie trotzig.

„Ein Mann würde die Sache möglicherweise pragmatischer angehen", sagte er provokant.

„Wie denn?"

„Er würde sich vielleicht eine Alternative überlegen."

„Es gibt keine."

„Das würde ich nicht sagen. Was ist mit der Option, deine Anteile an dem Weingut für eine Summe zu verkaufen, von der du und deine Tochter gut leben könnt?"

Sheila bemühte sich, ruhig zu antworten. „Ich bezweifle, dass irgendjemand Interesse am Kauf meiner Anteile hat. Die Wirtschaftslage ist schlecht, und Cascade Valley hat, wie du vorhin schon so treffend festgestellt hast, nicht gerade wenig Probleme."

Noah stellte sein halbleeres Glas auf das Kaminsims. „Vielleicht kann ich den Vorstand überzeugen, dir deine Anteile an Cascade Valley abzukaufen."

Sheila dachte an Jonas Fieldings Warnung. Noah bot gerade an, das Weingut aufzukaufen – genau, wie es der clevere Anwalt prophezeit hatte. Insgeheim hatte sie mehr von Noah erwartet. In der kurzen Zeit, seit sie ihn kannte, hatte sie begonnen, ihn zu mögen. Sie wollte nicht, dass dieses zarte Gefühl in ihr erstickt wurde. Andererseits durfte sie sich nicht manipulieren lassen, weder von Ben Wilder noch von seinem Sohn. „Nein", flüsterte sie fast lautlos, während sie den Blick hob und ihm in die Augen sah. „Ich verkaufe nicht."

Noah sah ihr ihre grimmige Entschlossenheit an ihrem energisch vorgeschobenen Kinn an. Er sah auch die unverhohlene Verzweiflung, die ihre Augen umschattete, während ihr stummer, vorwurfsvoller Blick ihn eines Verbrechens beschuldigte, das er nicht verstand. Sie war sichtlich angespannt gewesen, als er die Möglichkeit erwähnt hatte, ihre Anteile am Weingut zu verkaufen, aber ihm war dieser Vorschlag einfach nur logisch erschienen. Was erwartete sie von ihm? Mehr Geld? Er hatte doch noch nicht einmal eine Summe genannt. „Ich kann dir versichern, Sheila, dass Wilder Investments ein mehr als großzügiges Angebot machen würde."

Ihr Blick wurde eisig. „Das bezweifle ich nicht. Aber der Punkt ist, dass ich kein Interesse habe zu verkaufen."

„Du kennst doch nicht mal das Angebot."

„Das spielt keine Rolle. Ich verkaufe nicht", antwortete sie kalt. Wie ähnlich war Noah Wilder seinem Vater, den er so vehement kritisierte?

Noah zuckte die Achseln, ehe er sein Glas austrank und auf den Stuhl zuging, in dem sie saß. „Es ist mir egal, was du mit deinem kostbaren Weingut tust", erklärte er gelassen, beugte sich über sie und drückte sie in die weichen Polster. „Ich möchte nur, dass du dir deiner Optionen bewusst bist."

Seine Stimme war sanft und besorgt. Sheila hatte das Gefühl, als würde sie ihn nicht erst ein paar Stunden, sondern schon ihr ganzes Leben kennen. Am liebsten wäre sie bei seinen liebevollen Worten dahingeschmolzen. „Ich … kenne meine Optionen", versicherte sie ihm bebend.

„Wirklich?" Er sah sie forschend an. „Ich bin mir nicht sicher." Seine Lippen waren weich, als er sie zärtlich auf ihre Stirn presste. Sheila seufzte, schloss die Augen und ließ ihren Kopf in die weichen Kissen des Sessels zurücksinken. Eine leise, mahnende Stimme in ihrem Kopf sagte ihr, dass sie ihren Gefühlen nicht nachgeben durfte; sie durfte nicht zulassen, dass die Leidenschaft, die er in ihr entfachte, stärker wurde. Doch das sinnliche Gefühl, seinen Mund auf ihrer Haut zu spüren, die rätselhafte Intensität seiner blauen Augen, die Lebendigkeit in ihrem Körper, von der sie geglaubt hatte, sie wäre in den Trümmern ihrer Ehe für immer begraben … all das widersprach der Stimme der Vernunft in ihrem Kopf und gewann langsam sowohl über ihr Denken als auch ihren Körper die Oberhand.

Noah umfasste mit seinen kräftigen Händen ihr Kinn, zog ihren Kopf näher zu sich und küsste sie. Sie seufzte tief und öffnete zitternd ihre Lippen als stumme Einladung. Seine Leidenschaft drohte ihn zu überwältigen, als er ihren warmen, honigsüßen Mund schmeckte und ihr lustvolles Stöhnen vernahm. Er streichelte ihren Hals, ließ beide Daumen langsam und ungeheuer erregend über ihre Schlüsselbeine kreisen.

Sheila hörte nur noch das laute Klopfen ihres Herzens, das ihr in den Ohren dröhnte. Sie dachte an nichts anderes als das heiße Begehren, das ihren Körper in unregelmäßigen Wellen durchflutete. Sowie Noah erneut seine Lippen auf ihre presste, schlang sie spontan die Arme um seinen Nacken. Das heisere Raunen, das er hervorstieß, bereitete ihr wilde Lustgefühle, und als er den Kuss unterbrach, war sie zutiefst enttäuscht.

Der sehnsüchtige Blick, mit dem er sie anschaute, war eine stumme Frage. Sheila wusste, dass sie um eine Antwort nicht umhin kam. Wie viel wollte er von ihr? Was konnte sie geben? Und was würde er nehmen?

„Sheila, Sheila", murmelte er dicht an ihrem Haar.

Sie begehrte ihn, verzehrte sich nach ihm, sagte aber nichts.

Er ließ seine Lippen verführerisch ihren Hals hinuntergleiten und zog mit der Zunge kleine Kreise an der Stelle, wo ihr Puls heftig pochte. Es war, als würde er ihre Seele berühren. Sie fuhr ihm mit den Fingern durch seine dunklen Haare, legte den Kopf in den Nacken und bog ihm ihren Hals, ihr ganzes Sein … entgegen. Kaum, dass er mit seiner Zunge wieder über die pulsierende Ader an ihrem Hals strich, stoben elektrisierende Flammen durch ihren Körper. Sie drängte sich fester an ihn.

Er tastete nach den Knöpfen ihrer Seidenbluse und öffnete vorsichtig den obersten Knopf. Dabei neigte er seinen Kopf hinunter und küsste ihr Dekolleté. Sheila seufzte. Sie sehnte sich nach mehr von seinen sanften Liebkosungen. Ungeduldig knöpfte er den nächsten Perlmuttknopf auf und bedeckte die Stelle über ihren Brüsten wieder mit Küssen. Ihre Haut begann unter seinen warmen Lippen zu glühen, während er ihre Bluse weiter öffnete, den zartrosafarbenen Stoff zur Seite schob. Als er den Rand ihres hauchdünnen, spitzenbesetzten BHs berührte, fürchtete sie, jeden Moment vor Erregung dahinzuschmelzen. Sie spürte seinen warmen Atem auf ihrer empfindlichen Haut und keuchte vor Lust auf. Es schien nicht genug Luft zum Atmen im Raum zu sein. Nichts und niemand bewahrte ihre Sinne davor, von diesem Wirbel der Leidenschaft mitgerissen zu werden. Leidenschaft für einen Mann, den sie eben erst kennengelernt hatte und doch schon ihr ganzes Leben kannte. Jede Liebkosung war atemberaubend. Nimm mich, schrie alles in ihr, aber sie brachte die Worte nicht über ihre Lippen.

Sie nahm wahr, wie er ihr vorsichtig die dünne Bluse über die Schultern streifte. Danach küsste er ihren Nacken und ihre nackten Arme.

„Lass mich dich lieben, meine Schöne", bat Noah heiser.

In ihren Augen war deutlich das Begehren zu erkennen, allerdings brachte sie kein Wort heraus.

Zärtlich zog er sie aus dem Sessel und bettete sie behutsam auf den Teppich. Sie fühlte die weichen Fasern des Perserteppichs auf ihrer bloßen Haut, und sie wusste: Wenn sie einen Rückzieher machen wollte, müsste sie es *jetzt* tun. Er streichelte ihren Rücken und ihre Taille. Ein bebender Seufzer der Hingabe entrang sich ihrer Kehle.

Er drückte seinen Mund sanft auf die straffe Haut zwischen ihren Brüsten. Sheila vergrub ihre Finger in seinem Haar, während er mit einer Hand ihre Brust umfasste, so besitzergreifend, dass es Sheila den Atem raubte. Verführerisch ließ er die Finger unter den Rand ihres BHs gleiten, strich über ihre harten Spitzen.

„Du bist wunderschön", raunte er, ehe er eine Brustwarze unter dem hauchdünnen Seidenstoff küsste. Sheila spürte, wie ihre Brüste anschwollen und längst verloren geglaubte Gefühle in ihr aufstiegen.

Sanft schob er die Träger ihres BHs über ihre Schultern. Er stöhnte, während er zuerst eine nackte Brust, dann die zweite streichelte. Schließlich küsste er eine ihrer Knospen und umschloss sie fest mit dem Mund. Sheila kam es vor, als würde sie dahinschmelzen, als würden seine zärtlichen Lippen all die bittersüße Qual in ihrem Inneren lindern.

„Lass mich dich lieben, meine Schöne", stieß Noah heiser hervor. „Ich will, dass du ganz mir gehörst."

Sheila reckte sich Noah entgegen. Egal, ob es richtig oder falsch war, sie sehnte sich genauso verzweifelt nach Noah wie er sich nach ihr.

„Sheila." Seine Stimme bebte vor Leidenschaft. „Komm mit mir ins Bett." Ihre einzige Antwort war ein sehnsüchtiges Stöhnen.

Langsam hob er den Kopf und schaute ihr in ihre grauen Augen. Im Schein der roten Glut des Kaminfeuers wirkten die Konturen seines männlichen Körpers rauer und kantiger. Er sah sie unverwandt an. In seinen Augen stand eine Leidenschaft, die nur mit Mühe im Zaum zu halten war.

„Sag mir, was du willst", drängte er atemlos.

Sie zog frustriert und verwirrt die Brauen zusammen. Warum hatte er aufgehört, sie zu küssen? Natürlich begehrte sie ihn, brauchte ihn und wollte mit ihm eins werden. Fühlte er denn nicht, wie wahnsinnig sie sich danach sehnte, mit ihm zu schlafen?

„Sag es!", wiederholte er, diesmal lauter. Hatte er gerade die Andeutung eines Zweifels, eine Spur Misstrauen in ihrem Blick gesehen? Er musste Gewissheit haben.

„Was willst du von mir?" Sie versuchte, ihren stoßweisen Atem und den rasenden Herzschlag unter Kontrolle zu bringen. Hatte sie ihn missverstanden? Plötzlich war sie sich ihrer teilweisen Nacktheit und der Tatsache, dass er zögerte, schmerzhaft bewusst.

„Ich muss wissen, ob du das Gleiche empfindest wie ich."

„Ich … ich verstehe nicht."

Mit den Händen, mit denen er sie eben noch so zärtlich verwöhnt hatte, fasste er Sheila an den Oberarmen, sodass sie sich nicht von ihm abwenden konnte. Er betrachtete ihr anmutiges Gesicht misstrauisch. Nie zuvor war er so impulsiv gewesen. Nie zuvor hatte er so überstürzt gehandelt. Warum verzauberte ihn diese Frau dermaßen? Wieso gab sie ihm das Gefühl, so lebendig zu sein wie schon seit Jahren nicht mehr? War es ihr energisches Kinn, das Leuchten in ihren Augen, der frische Duft ihres Haars? Warum war er so fasziniert von ihrer Schönheit, die unschuldig und gleichzeitig verführerisch war? In den letzten sechzehn Jahren hatte er jede Art von Beziehung bewusst vermieden, die zu einer Wiederholung jener Episode führen könnte, die sein Leben schon einmal ins Chaos gestürzt hatte. Er war immer vorsichtig und nie mehr so leichtsinnig gewesen, sich in eine Frau zu verlieben. Aber jetzt, da er in Sheilas große graue Augen schaute, spürte er, wie er in den gleichen schwarzen Abgrund fiel wie damals, als sein Leben völlig durcheinandergeraten war. Seit Marilyn hatte er sich den Luxus, von einer Frau hingerissen zu sein, nicht mehr erlaubt. Und ihn hatte, wenn er ehrlich war, auch keine der Frauen, die er kennengelernt hatte, besonders interessiert. Heute Abend war das anders. Verdammt, er begann Gefühle für Sheila Lindstrom zu haben – und das, obwohl er nicht viel über sie wusste und auch ihre Motive nicht einmal ansatzweise kannte. Konnte er einem so bezaubernden Wesen wie dieser großartigen Frau, die gerade in seinen Armen lag und sich nach ihm verzehrte, trauen?

Noah lockerte seinen Griff um Sheilas Oberarme. „Ich will dich." Seine heisere Stimme verriet, was er seit jenem Moment für sie empfunden hatte, als sie vor seiner Tür gestanden hatte.

„Ich weiß." Sie seufzte und verschränkte die Arme vor der Brust, als wollte sie sich vor der Wahrheit schützen. Dabei blickte sie ihn unverwandt an. „Ich will dich auch", flüsterte sie.

Noah zögerte dennoch. „Das ist nicht genug. Es muss mehr sein."

Sheila schüttelte langsam den Kopf. Dabei schimmerte ihr Haar rot-golden im Licht des Kaminfeuers. So sehr sie sich auch bemühte – sie verstand ihn einfach nicht. Was meinte er? Wies er sie gerade zurück? Warum? Was hatte sie getan?

Noah bemerkte ihren bestürzten Blick. Er bedauerte, dass er ihr Kummer bereitete. Er wollte sie trösten, wollte die Gründe für seine Zurückhaltung erklären, allerdings konnte er es nicht. Wie sollte er ihr erklären, dass er früher einmal eine Frau geliebt hatte, die diese Liebe kaltherzig und skrupellos an den Höchstbietenden verkauft hatte? Würde Sheila begreifen, was Marilyn, dieses Biest, ihm angetan hatte, als sie Geld für das unehelich geborene Kind verlangt hatte? War es fair, Sheila die Ängste und Sorgen aufzubürden, die er wegen der Liebe zu seinem Sohn durchgemacht hatte? Nein! Er wollte ihr vertrauen. Doch konnte er ihr auf keinen Fall von diesem Teil seines Lebens erzählen, den er in einen finstern Winkel seines Herzens verbannt hatte. Er beschloss, ihr die Situation anders zu erklären. „Ich habe das Gefühl, du findest, ich würde die Dinge überstürzen", flüsterte er und küsste sie zärtlich aufs Haar.

Sie lächelte traurig und errötete. „Es ist nicht deine Schuld … Ich hätte sagen können, du sollst aufhören … Aber ich wollte nicht, dass du aufhörst."

„Mach dir keine Vorwürfe", murmelte er.

Sie schwiegen beide bedrückt. Sheila spürte, dass Noah gegen seine Erregung ankämpfte. Sie tastete nach ihrer Bluse, um sich schnell wieder anzuziehen und dieses Haus, diesen Mann zu verlassen, ehe er das Feuer der Leidenschaft in ihrem Blut wieder entfachte und sie sich erneut nach ihm verzehrte. Sie musste es einfach schaffen, diesen Raum und diesen verführerischen Mann unter Aufbietung des letzten Rests an Würde, der ihr geblieben war, zu verlassen.

„Warte!", stieß er hervor, als ihm klar wurde, dass sie gehen wollte. Er griff sie am Handgelenk, und die Seidenbluse fiel wieder auf den Boden.

Sheila merkte, dass sie kurz davor war, die Fassung zu verlieren. Die Tränen, die sie nur mit Mühe zurückgehalten hatte, brannten ihr in den Augen. Sie war müde; es war ein sehr langer, sehr frustrierender Tag gewesen. Sie hatte nichts von dem erreicht, was sie sich vorgenommen hatte, und jetzt war sie sich nicht mehr sicher, ob sie mit Ben Wilder oder seinem Sohn überhaupt zusammenarbeiten konnte. Dieser Abend mit Noah hatte zu viele Emotionen in ihr geweckt, zu viele Geheimnisse waren verraten worden. Und dennoch, trotz der wachsenden Vertrautheit mit ihm wusste sie, dass es enorme Missverständnisse gab, die sie unmöglich überwinden konnte. „Was, Noah?", fragte sie leise und gepresst. „Was willst du von mir? Den ganzen

Abend war ich deinen zwiespältigen Gefühlen ausgesetzt." Sie schluchzte beinah. „Zuerst willst du mit mir schlafen, und im nächsten Moment willst du nicht mehr. Lass mich doch einfach nach Hause gehen, Herrgott noch mal!"

„Du irrst dich!"

„Das bezweifle ich!" Sie riss sich von ihm los, schnappte sich ihre Bluse und schlüpfte rasch hinein. Es gelang ihr nicht, sie zuzuknöpfen, weil sie es so eilig hatte, aus dem Haus zu kommen – weg von seinem hypnotisierenden Blick, weg von seinem charmanten Lächeln und dem Grübchen auf der einen Wange und weg von seinen sinnlichen Händen …

Noah stand auf, lehnte sich an die warme Wand am Kamin und versuchte seine Gedanken zu sammeln. Die ganze Situation war völlig untypisch für ihn. Was, zum Teufel, hatte er sich dabei gedacht, diese Frau zu verführen? Er hatte sie doch gerade erst kennengelernt! Wieso hatte sie seine Leidenschaft erwidert? Er spürte instinktiv, dass sie nicht der Typ Frau war, der einem Fremden sofort in die Arme sank. Und doch war sie hier bei ihm, warm, bereit und mehr als offen für seine Zärtlichkeiten. Er lächelte grimmig. Wie hatte er sich nur auf sie einlassen können – wer auch immer sie sein mochte? Und was waren ihre Motive? „Geh nicht", bat er mit rauer Stimme, drehte sich zu ihr um und sah sie an.

Sheila hatte es mittlerweile geschafft, ihre Bluse anzuziehen und schnappte sich ihren Regenmantel. Sie zögerte einen winzigen Moment, ehe sie in den Mantel schlüpfte und nervös den Gürtel zuzog. „Ich glaube, es ist am besten, wenn ich gehe."

„Ich möchte, dass du hier bleibst. Bei mir. Die ganze Nacht."

Sheila atmete tief durch. „Ich kann nicht."

„Warum nicht?"

„Ich kenne dich nicht gut genug."

„Aber wie willst du mich gut genug kennenlernen, wenn du nicht bleibst?" Er stand ein paar Schritte entfernt von ihr und berührte sie nicht. Es war ihr Verstand, den er wollte, genau so wie ihren Körper.

„Ich brauche Zeit …", flüsterte sie zögernd. Sie musste raus hier, weg von ihm. Rasch, bevor es zu spät war.

Er trat einen Schritt näher. „Wir sind beide erwachsen. Es ist doch nicht so, als wäre es für uns beide das erste Mal. Du hast eine Tochter und ich einen Sohn."

Sie schwieg einen Moment. „Das macht keinen Unterschied. Du weißt so gut wie ich, dass ich mit dir schlafen möchte, Noah. Aber … ich kann einfach nicht …" Sie errötete. „Ich kann nicht einfach mit jedem Mann ins Bett hüpfen, den ich attraktiv finde … Ach, das kommt jetzt alles ganz falsch rüber." Sie holte tief Luft und sah ihn an. Ihr Blick war entschlossen, doch in ihren grauen Augen schimmerten Tränen. „Was ich zu sagen versuche", stieß sie tapfer hervor, „ist, dass ich keine Affären habe."

„Das weiß ich."

„Du verstehst es nicht. Ich habe nie mit einem anderen Mann … mit einem anderen Mann als Jeff geschlafen."

„Deinem Exmann."

Sheila nickte.

„Das ist nicht wichtig", erwiderte Noah achselzuckend.

„Natürlich ist es das. Begreifst du denn nicht? Ich hätte fast mit dir geschlafen. Am Abend, an dem ich dich getroffen habe. Das sieht mir gar nicht ähnlich. Ich kenne dich ja überhaupt nicht …"

Sein finsterer Blick verschwand, und seine Augen funkelten amüsiert. „Ich glaube, du kennst mich besser, als du zugeben willst."

„Es wäre schön, wenn es so wäre."

„Aber?"

Jetzt musste sie lächeln. „Ich habe Angst, schätze ich."

„Dass ich deinen Erwartungen nicht entspreche?"

„Teilweise, ja."

„Wovor noch?"

„Dass ich *deinen* Erwartungen nicht entspreche."

Er machte einen Schritt auf sie zu, sodass sie nur wenige Zentimeter voneinander getrennt waren. „Ich bezweifle, dass du mich jemals enttäuschen könntest", flüsterte er. Er streichelte mit dem Finger über ihre Wange und ihren Hals hinunter bis zum obersten Knopf ihres Mantels. Der Knopf glitt durch das Knopfloch.

Sheila hielt den Atem an, als Noah der Reihe nach alle Knöpfe öffnete. Als er bei ihrem Gürtel angekommen war, löste er den Knoten mit beiden Händen. Sheila spürte, wie er ein Feuer der Erregung in ihr entfachte, da er sie mit seinen unglaublich blauen Augen voller Leidenschaft anschaute.

Der Mantel ging auf. Noah schob seine Hände unter den Stoff und legte sie auf ihre Brüste. Sheila seufzte. Sie erkannte, dass sie Noah so sehr begehrte, wie sie noch nie jemanden begehrt hatte. Es war so lange her, dass sie in den Armen eines Mannes gelegen hatte. Während Noah seinen Daumen über den dünnen Stoff ihrer Bluse kreisen ließ, sagte Sheila sich, dass er anders als Jeff war. Er würde ihr nicht wehtun. Er hatte sie *gern*.

Das zarte Streicheln seiner Fingerspitzen ließ Sheila regelrecht dahinschmelzen. Sie lehnte sich an ihn, legte den Kopf zur Seite und öffnete ihre Lippen. Er küsste sie, schlang seine Arme um sie und zog sie ungestüm an sich. Sheila wollte mehr von diesem rätselhaften Mann.

Kaum, dass er mit ihr auf den Boden sank, öffnete sie ihm das Hemd und strich mit den Händen über seine angespannten, harten Muskeln. Es war sie, die seine Augenlider küsste, während er sie entkleidete. Sie spürte die Wärme seiner Hände, als er sie schweigend Stück für Stück auszog.

Es fühlte sich wunderbar an, ihn zu berühren. Sie zeichnete mit den Fingern die Konturen jedes einzelnen Muskels auf seinem Rücken nach und glitt dann seine Wirbelsäule entlang weiter nach unten. Als sie den Bund seiner Hose unter ihren Fingerspitzen fühlte, zögerte sie. Was erwartete er von ihr? Und was erwartete sie von ihm?

„Zieh mich aus." Er schloss die Augen, sein Atem ging schneller. „Bitte, Sheila, zieh mich aus!"

Sie konnte nicht widerstehen. Sowie sie seinen Gürtel aufmachte und ihm sanft die Hose über die Hüften schob, stöhnte er auf. Dann lag er in Boxershorts vor ihr – und sie hielt inne.

„Zieh mich aus", wiederholte er und führte ihre Hand unter den Bund, aber Sheila zögerte erneut. Noah bemerkte die Unsicherheit in ihrem Blick.

Langsam legte er seine Hände auf ihre Brüste und streichelte sie, bis die Spitzen sich vor Erregung aufrichteten. „Du bist unglaublich schön", flüsterte er. Danach neigte er den Kopf nach unten und strich mit der Zunge über ihre Brustwarzen.

Sheila schrie leise vor Lust, als ein kühler Lufthauch über ihre feuchten Knospen streifte. Sie verzehrte sich danach, den süßen Druck seiner Lippen wieder auf ihrer Haut zu fühlen. Als hätte er ihren Wunsch erahnt, senkte Noah wieder den Kopf und ließ seine Zunge sanft über ihren Busen gleiten.

Sheila spürte, wie die Lust wie flüssiges Feuer durch ihre Adern raste. Noah küsste ihre Brüste, anschließend wanderte er mit dem Mund tiefer und liebkoste die weiche Haut ihres Bauchs. Schließlich ließ er die Zunge verführerisch um ihren Nabel kreisen. Unwillkürlich bog Sheila ihm die Hüften entgegen und presste sich fordernd an seinen Oberkörper.

„Bitte", flüsterte sie heiser.

Noah versuchte sich zu beherrschen. Er wollte, dass es für sie genauso befriedigend wurde wie für ihn. Er kämpfte gegen seine Begierde an. Das Letzte, was er wollte, war, wie ein ungeschickter Collegejunge zu wirken. Obwohl er es sich nicht erklären konnte, war ihm Sheila wichtig, und er wollte, dass es schön für sie war. Es war zwar schwierig gewesen, aber er hatte es geschafft, sich bis jetzt zurückzuhalten; so sehr zurückzuhalten, dass er dachte, er müsse vor Lust vergehen.

Sheila suchte seinen Blick. Sie schien ihn anzuflehen, ihr endlich die süße Erlösung zu schenken. Noah konnte nicht länger widerstehen. Er zog seine Boxershorts aus, legte sich seitlich hinter Sheila und drückte sich an sie. Es war offensichtlich, wie sehr er sie begehrte.

„Ich will dich lieben, Sheila", flüsterte er ihr ins Ohr, während er ihre Brüste massierte.

„Ja."

„Ich möchte mit dir schlafen und nie damit aufhören …"

Sie seufzte sehnsüchtig und genoss es, seinen Atem im Nacken zu spüren. Alles an dieser Nacht schien richtig zu sein. Sie schob ihre Beine zwischen seine, woraufhin er sie noch enger an sich presste. Ihr Körper schien mit seinem zu verschmelzen. Es war, als könnte sie alles an ihm spüren, und sie wollte mehr davon.

Seine Hände streichelten ihren Körper, bewegten sich langsam hinauf und wieder hinunter und berührten ihre Brüste sanft mit den Fingerspitzen. Fordernd glitt er mit der Hand zwischen ihre Oberschenkel. Sheila spreizte unwillkürlich die Beine, und sie fühlte Noahs Mund auf ihrem Rücken. Es war, als würde sie in Flammen stehen, so wie er sie behutsam auf den Rücken drehte und sich auf sie schob.

Sie bemerkte feine Schweißperlen auf seiner Oberlippe. Er hatte die dunklen Brauen zusammengezogen, als würde er einen inneren Kampf ausfechten. Seine Haut glänzte im Schein des Kaminfeuers, und seine blauen Augen waren fast schwarz. Sein Atem ging stoßweise, und beherrschter, als er es für möglich gehalten hatte, raunte er: „Bist du dir auch wirklich sicher, dass es das ist, was du willst, Sheila?"

Sie schlang die Arme um seinen Oberkörper und zog ihn zu sich hinunter. „Ich bin sicher", flüsterte sie wie im Rausch.

Zufrieden stöhnte er und drang in sie ein. Sie war, fühlte er, genauso bereit wie er selbst. Noch nie hatte er ein dermaßen starkes Bedürfnis gehabt, mit einer Frau eins zu werden – nicht mit irgendeiner Frau, sondern mit *dieser* Frau mit den geheimnisvollen grauen Augen und den sanft geschwungenen, vollen Lippen. Mit dieser Frau mit dem glänzenden kastanienbraunen Haar, das im Schein des Feuers zu leuchten schien und ihr ebenmäßiges Gesicht umrahmte. Als er sich in ihr und mit ihr bewegte – und versuchte, die ungestüme Energie, die ihn erfasste, zu zügeln –, merkte er, dass Sheila ihn immer mehr in ihren magischen Bann schlug. Was passierte bloß mit ihm?

Sheila keuchte lustvoll unter ihm, und die Spannung, die sich immer stärker in ihm aufbaute, drohte zu explodieren. Es war ihm egal, wer sie war; er musste sie einfach haben. Von wilder Leidenschaft überwältigt ließ er sich gehen. Sheilas Reaktion – ein Beben ihres ganzen Körpers – sagte ihm, dass auch sie den erlösenden Höhepunkt erreicht hatte.

Er hörte nicht auf, ihre Wangen zu küssen und ihr Haar zu streicheln. Sie schaute ihn mit schimmernden Augen an. „Oh, Noah", seufzte sie.

„Schhhhh …" Er legte einen Finger auf ihren Mund und griff nach hinten, um ein weiches Kaschmirplaid von der Couch zu ziehen. Ohne Sheila loszulassen, hüllte er sie beide ein. „Sag nichts", flüsterte er.

Sheila wollte bei ihm bleiben. Sie fühlte sich so warm und geborgen in seinen Armen. Doch als sie langsam wieder zu sich kam und ihr bewusst wurde, was sie getan hatte, erschrak sie. Langsam kroch ihr die Röte über den Hals ins Gesicht. Was dachte sie sich eigentlich dabei, hier nackt bei einem Mann zu liegen, den sie erst seit ein paar Stunden kannte? Hatte sie den Verstand verloren? Gut, es stimmte, dass Noah sie mit seiner fordernden, männlichen Art und den verführerischen blauen Augen überrascht hatte, allerdings war das keine Entschuldigung, gleich mit ihm zu schlafen! Nicht, dass es ihr nicht gefallen hätte – ganz im Gegenteil. Die Begierde, die sie empfunden hatte, war ungezügelter gewesen, als sie sich jemals vorzustellen gewagt hatte. Und sogar jetzt noch spürte sie, wie sich jede Faser ihres Körpers nach ihm verzehrte. Sie begann sich aus seiner Umarmung zu lösen.

„Was hast du vor?", wollte er wissen.

„Ich gehe jetzt wohl besser."

„Warum?"

„Das alles ist falsch." Sie versuchte von ihm wegzurutschen.

Er hielt sie an den Schultern fest. „Das alles könnte *niemals* falsch sein." Das Kaschmirplaid glitt hinunter und entblößte Sheilas nackte Brüste. Er küsste sie und genoss es, dass Sheila bei seiner Berührung aufstöhnte.

„Nicht", seufzte sie flehentlich.

„Wieso nicht?"

„Ich muss gehen."

„Tu's nicht."

Sie legte ihre Handflächen auf seine muskulöse Brust. „Noah ... bitte ..."

„Bitte was?"

„Bitte lass mich gehen!"

„Später."

„Jetzt!" Ihre Stimme zitterte. Sie würde nur zu gern bei ihm bleiben, ihn auf sich spüren und sich seinen Zärtlichkeiten hingeben. Doch sie konnte nicht.

„Wir haben noch die ganze Nacht."

„Nein ... nein, haben wir nicht", erwiderte sie unsicher. Sie sah ihn mit ihren grauen Augen um Verständnis bittend an.

Langsam ließ er sie los und strich sich mit den Fingern durch die zerzausten Haare. „Was ist das? Ein plötzlicher Anfall von viktorianischem Moralkodex?"

„Natürlich nicht."

„Dann verstehe ich es nicht."

„Ich ja auch nicht. Nicht wirklich." Sie raffte das Kaschmirplaid über ihre nackte Brust und fühlte sich unter der weichen Wolle gleich etwas weniger verletzlich.

„Sheila." Behutsam umfasste er ihr Kinn, damit sie ihn anschaute. „Wir leben nicht mehr im 19. Jahrhundert."

„Ich weiß."

„Aber?"

„Ich brauche einfach Zeit, sonst nichts", stieß sie hervor. Wie sollte sie ihm denn ihr Gefühlschaos erklären? Er war so nahe. Sie brauchte bloß die Hand auszustrecken und ihn berühren – und die Leidenschaft würde sofort wieder auflodern. Sie schauderte und griff nach ihren Sachen.

„Wie viel Zeit?"

„Keine Ahnung … Ich verstehe das alles nicht."

„Probier es erst gar nicht."

Sheila senkte die Lider und atmete in der Hoffnung, dass sie dann klarer denken konnte, tief durch. „Hör zu, Noah. Ich kenne dich kaum, und ich weiß nicht genau, ob ich dich besser kennenlernen *will*."

„Warum nicht?"

Sie kämpfte mit ihrer Bluse. „Du und ich, wir sind Geschäftspartner, ob du das nun möchtest oder nicht."

„Erspar mir bitte diese scheinheilige, abgedroschene Phrase, dass man Arbeit und Vergnügen streng auseinanderhalten soll."

„Ich betrachte Sex nicht als Vergnügen!"

Er zog belustigt eine Augenbraue hoch. „Du willst mir doch nicht weismachen, es hätte dir nicht gefallen?"

„Nein."

„Gut, das würde ich dir auch nicht glauben. Also, worum geht's hier wirklich?"

„Wenn ich sage, ich halte Sex nicht für ein Vergnügen, meine ich: nicht *nur Vergnügen*. Natürlich hat es mir gefallen, mit dir zu schlafen; es wäre lächerlich, das zu leugnen. Der Punkt ist, dass ich nie unverbindlichen Sex um des Vergnügens willen habe. Auch nicht aus irgendeinem anderen Grund."

„Und du glaubst, ich schon?"

„Keine Ahnung."

„Klar weißt du es", sagte er verführerisch. „Ich wette, du weißt viel mehr über mich, als du zugibst."

„Das ist keine Entschuldigung dafür, dass ich mit dir so schnell ins Bett gegangen bin."

„Du brauchst keine Entschuldigung, Sheila. Bleib heute Nacht einfach bei mir. Tu es, weil du es willst."

„Ich kann nicht." Sie hatte es geschafft, sich ganz anzuziehen und aufzustehen. Noah rührte sich nicht. Er saß vor dem Kaminfeuer, hatte das Kinn auf die Knie gestützt und blickte sie unverwandt an.

„Tu, was du denkst, tun zu müssen", meinte er.

Sheila schluckte hart. Rasch schlüpfte sie in ihren Regenmantel und fragte sich, ob sie gerade den größten Fehler ihres Lebens machte. „Gute Nacht, Noah", murmelte sie. „Ich … wir reden später …" Sie lief aus dem Zimmer, ehe er etwas erwidern oder sie es sich anders überlegen konnte.

Noah blieb sitzen und horchte, wie sie das Haus verließ. Die Haustür fiel ins Schloss, und man hörte das Geräusch eines stotternd anspringenden Autos. Dann verlor sich das Motorengeräusch in der Nacht. Als ihm klar wurde, dass Sheila nicht zurückkehrte, richtete er sich auf und zog seine Hose an. Was er am verstörendsten an der ganzen Situation empfand, war seine eigene Reaktion. Wie hatte sie sich so schnell in sein Herz schleichen können? War er durch den ganzen Stress im Büro zu einer leichten Beute für schöne Frauen geworden? Es musste mehr dahinterstecken, als es auf den ersten Blick schien. Warum hatte sie seine Zärtlichkeiten so bereitwillig erwidert? Was, zum Teufel, wollte sie von ihm? Bestimmt mehr als einen schnellen One-Night-Stand. Oder doch nicht? Er hatte anfangs geglaubt, sie wollte aus der Geschäftspartnerschaft mit Wilder Investments aussteigen. Schon als er ihr nur vorgeschlagen hatte, ihr ihre Anteile abzukaufen, hatte sie empört reagiert. Ganz so, als hätte sie mit seinem Angebot gerechnet und nur darauf gewartet, es abzulehnen, bevor sie überhaupt noch die Summe gehört hatte. Welches Spiel spielte Sheila Lindstrom?

Ungeachtet der Tatsache, dass es zwei Uhr nachts war, ging Noah zum Telefon, das auf dem Schreibtisch stand. Er suchte nach einer bestimmten Nummer, zögerte einen Moment und wählte. Nach dem neunten Klingeln meldete sich eine verschlafene Stimme.

„Simmons?", fragte Noah. „Hier spricht Noah Wilder."

Am anderen Ende der Leitung herrschte Schweigen. Noah konnte sich den überraschten Ausdruck auf dem Gesicht des Detektivs bestens vorstellen. „Was kann ich für Sie tun?", erkundigte sich Simmons argwöhnisch. Er hatte mit Ben Wilders Sohn nie viel zu tun gehabt, vor allem nicht mitten in der Nacht. Irgendetwas stimmte hier nicht.

„Was ist mit dem Bericht über den Brand auf Cascade Valley?"

„Ich arbeite daran."

Noah unterbrach ihn schroff. „Heißt das, er ist noch nicht fertig?"

„Noch nicht ganz."

„Warum nicht?"

Die Rädchen in Simmons Kopf begannen sich langsam zu drehen. Wilder war aufgebracht und wütend. Wieso? „Es dauert etwas länger als erwartet."

„Ich brauche ihn sofort." Noah klang misstrauisch.

„Ich kann Ihnen einen vorläufigen Bericht geben. Sie haben ihn morgen Nachmittag auf ihrem Schreibtisch."

„Und den endgültigen?"

„Der dauert noch eine Weile."

„Wie lange?"

„Eine Woche oder zwei, schätze ich", antwortete Simmons ausweichend.

„So lange kann ich nicht warten! Was ist denn so kompliziert daran?" Noah wartete auf die fadenscheinigen Ausreden, die ihm gleich aufgetischt werden würden. Allerdings geschah nichts dergleichen.

„Ich hätte gern etwas Zeit, um mir das Weingut selbst anzusehen. Sie wissen schon, ein paar Leichen im Keller suchen und so weiter …"

Noah überlegte. Ihm gefiel die Vorstellung nicht, dass Anthony Simmons sich in Sheilas unmittelbarer Nähe herumtrieb. Er hatte dem Privatdetektiv seines Vaters noch nie wirklich getraut. Aber er hatte keine andere Wahl. Er brauchte Informationen, und zwar schnell. Anthony Simmons konnte sie ihm beschaffen. „Na schön", hörte Noah sich sagen. „Fahren Sie zum Weingut und sehen Sie, was Sie herausfinden können. Sagen Sie der Managerin – ihr Name ist Sheila Lindstrom –, dass Sie für Wilder Investments arbeiten und versuchen, die Ermittlungen in Sachen Brandstiftung zu beschleunigen, damit die Versicherungssumme bald ausgezahlt wird."

Simmons machte sich hastig Notizen auf einem kleinen weißen Block, der auf seinem Nachttisch lag. Es war schon eine Weile her, dass er von Wilder Investments einen Auftrag bekommen hatte, der auch Spesen inkludierte, und der Gedanke an das Geld machte ihn ganz aufgeregt. „Gibt es etwas Spezielles, was Sie über diese Lindstrom erfahren möchten?", fragte er routinemäßig. Noahs kurzes Zögern ließ ihn aufhorchen. Simmons war geübt darin, die Reaktion von Leuten zu analysieren – sei es im direkten Kontakt, aus der Entfernung oder am Telefon. Bei Noahs Zögern schöpfte er sofort Verdacht. Hinter der ganzen Sache steckte mehr.

„Ja, natürlich", antwortete Noah. Er klang überzeugter, als er es tatsächlich war. „Alles, was Sie über Miss Lindstrom oder ihre Angestellten herausfinden, könnte von Nutzen sein."

„Richtig." Simmons hatte sich im Geiste bereits eine Notiz über die Managerin des Weinguts gemacht. Das Interesse in Noahs Stimme war ihm nicht entgangen.

„Dann erwarte ich in einer Woche einen ausführlichen Bericht."

„Den kriegen Sie", sagte Anthony Simmons, legte auf und lächelte hinterhältig in sich hinein. Zum ersten Mal seit geraumer Zeit witterte er wieder Geld – viel Geld.

Noah legte mit einem mulmigen Gefühl im Bauch auf. Simmons war zu entgegenkommend, zu eifrig gewesen; völlig anders als der Anthony Simmons, mit dem er es in der Vergangenheit zu tun gehabt hatte. Warum hatte er das Gefühl, dass seine letzte Anweisung an den Privatdetektiv ein gewisses Risiko barg?

Noah schüttelte den Kopf, entfernte sich vom Schreibtisch und trank seinen Drink in einem Zug aus. Langsam wurde er anscheinend paranoid. Seit er Sheila Lindstrom kannte, verhielt er sich irrational. Egal, ob es ihre Absicht gewesen war oder nicht – sie brachte ihn aus dem Gleichgewicht. Noah presste die Lippen aufeinander, verdrängte den Gedanken an den intimen Abend, ging aus der Bibliothek und dann die Treppe hinauf. Von der Nacht war nicht mehr viel übrig, aber er musste versuchen, zumindest ein paar Stunden zu schlafen; morgen stand ihm wieder mal ein Kampf mit seinem Sohn bevor. Außerdem hatte Anthony Simmons versprochen, den vorläufigen Bericht über den Brand vorzulegen. Aus irgendeinem Grund, den Noah nicht genau benennen konnte, witterte er ein drohendes Unheil.

Sheila fuhr so schnell, als wäre der Teufel persönlich hinter ihr her. Sie hatte aus dem Hotel in Seattle ausgecheckt, ohne eigentlich zu wissen, warum. Sie wusste nur, dass sie raus aus der Stadt musste, dieser Stadt, in der Noah Wilder lebte. Die Gefühle, die er in ihr ausgelöst hatte, waren auf seltsam selbstverständliche, natürliche Weise gewachsen, als sie in seinen Armen gelegen hatte. Doch jetzt, da sie durch den strömenden Regen fuhr, überkam sie plötzlich so etwas wie Verzweiflung. Warum war sie eine dermaßen leichte Beute für Noahs Charme gewesen? Warum konnte sie immer noch seine Küsse schmecken? Unwillkürlich fuhr sie sich mit der Zunge über den Mund. Sie konnte ihn fast noch spüren.

Sheila war so in Gedanken versunken, dass sie die nächste Kurve zu schnell nahm. Die Reifen rutschten über den nassen Asphalt, und das Auto scherte auf die Gegenfahrbahn aus.

Scheinwerfer kamen ihr bedrohlich entgegen, und sie musste das Lenkrad herumreißen, um wieder auf ihre Spur zu kommen. Als das entgegenkommende Auto knapp an ihr vorbeizischte, klopfte ihr das Herz bis zum Hals. Sie war nie eine unvorsichtige Fahrerin gewesen, aber heute schien sie sich einfach nicht auf die regennasse Straße konzentrieren zu können, die sich zwischen den dunklen Bergen hindurchschlängelte. „Lieber Gott", flüsterte sie, während sie das Lenkrad noch fester umklammerte und dabei merkte, wie nass ihre Handflächen waren. War es wegen des Unfalls, dem sie nur knapp entgangen war, oder wegen des Mannes, der sie in ein Gefühlschaos gestürzt hatte?

Warum hatte sie das Gefühl, sich bei Noah auf einem schmalen Grat zu bewegen? Es war gefährlich, sich auf jemanden einzulassen, der für Wilder Investments arbeitete. Sie hatte Jonas Fieldings väterliche Warnung immer noch im Ohr: „Ich traue Ben Wilder nicht über den Weg ... Ich möchte nicht mit ansehen müssen, wie dich Ben Wilder oder sein Sohn finanziell über den Tisch zieht." Nein, überlegte sie, Noah würde mich nicht austricksen. Das würde er nicht tun. Aber hatte er ihr denn nicht angeboten, ihr ihren Teil des Weinguts abzukaufen – genau, wie Jonas Fielding prophezeit hatte?

Die Kopfschmerzen, die sich schon den ganzen Tag angedroht hatten, fingen an, in Sheilas Schädel zu hämmern. Sie versuchte, sich auf die dünne weiße Linie auf der Straßenmitte zu konzentrieren und langsamer zu fahren. Es war ein langer, anstrengender Tag gewesen, und sie war hundemüde, als sie Cascade Valley endlich erreichte.

Die Morgendämmerung warf bereits rotblaue Schatten über das Tal, als Sheila die letzten Hügel hinunterfuhr, die Devin umgaben. Das kleine Städtchen im Westen von Yakima war kaum mehr als eine Straßengabelung. Ursprünglich hatte es nur aus einem Gemischtwarenladen bestanden, doch dann war das Dörfchen langsam gewachsen, und man hatte ihm den Namen der Familie Devin gegeben, den Besitzern des Geschäfts, in dem es Haushaltswaren, Lebensmittel und auch Sportartikel gab. In den 1980er-Jahren hatten sich dann einige Geschäfte an den zwei Straßen angesiedelt, an deren Kreuzung sich der ursprüngliche Laden der Devins befunden hatte. Häuser, ungefähr achtzig Jahre alt, mit unechten Holzfassaden standen direkt neben moderneren Betonbauten. Es war keine sonderlich schöne Stadt, aber es war ein freundliches, gemütliches Plätzchen, in dem es sich gut leben ließ, und ein willkommener Anblick für Sheilas müde Augen. Sie hatte Devin erst gestern verlassen, aber es kam ihr vor, als sei sie ewig weg gewesen.

Am Stadtrand gab es wunderbar gepflegtes Ackerland. Das süß riechende, frische Heu auf den Wiesen und Hügeln erfüllte die Luft mit einem kräftigen, gesunden Duft. Sheila ließ das Autofenster hinunter und ließ sich den Fahrtwind ins Gesicht wehen, damit sie wieder munter wurde. Ihre Haare flatterten im Wind, und trotz der Müdigkeit, die ihr in den Knochen steckte, musste sie lächeln. Mit der aufgehenden Sonne schienen sich ihre Probleme in Luft aufzulösen.

Sie nahm mit ihrem Kleinwagen auf der Hauptstraße die letzte Kurve und fuhr dann langsam den steilen Berg hinauf zum Weingut. Vom Tor der Einfahrt aus sah das Anwesen prächtig und einladend aus wie eh und je. Der Baustil des Hauptgebäudes, das man aufgrund seiner Größe aus der Entfernung am deutlichsten erkennen konnte, war unverkennbar europäisch. Angelehnt an die Architektur französischer Schlösser hatte das vornehm und herrschaftlich wirkende Gebäude zwei Stockwerke und eine in hellem Taubengrau verputzte Fassade. Das Haus hatte raumhohe, schmale Fenster mit blauen Läden aus Holz, und im Glas der breiten Doppeltüren spiegelte sich die frühe Morgensonne. Vor der imposanten, schneebedeckten Kulisse der Cascade Mountains versprühte das parkähnliche Anwesen das Flair von altem Reichtum und verträumtem Charme.

Wenn die Leute bloß wüssten, dachte Sheila müde lächelnd, während sie den Kofferraum ihres Autos aufsperrte und ihren

Koffer herausnahm. Man sah den Teil des Weinguts, der von dem Feuer zerstört worden war, von der Einfahrt aus zum Glück nicht. Sheila stellte ihr Gepäck auf die vordere Veranda und schlenderte langsam durch den Rosengarten auf die Hinterseite des Gebäudes. Sie pflückte eine pfirsichfarbene Blüte und roch daran. Wie lange war es her, dass ihr Vater diesen Rosenstrauch gepflanzt hatte? Ein Jahr? Fünfzehn Jahre? Sie wusste es nicht mehr. Jeden Frühling hatte er die Blumenpracht um eine weitere Rose bereichert.

Sheila betrachtete die stattlichen Nebengebäude und das perfekt gepflegte Gelände des Weinguts. Sie ließ die vielen Jahre, die Oliver Lindstrom in Cascade Valley investiert hatte, langsam im Geiste Revue passieren. Er hatte so furchtbar hart gearbeitet, um die Cascade-Valley-Weine international bekannt zu machen!

Sheila wurde von der Trauer um ihren Vater eingeholt. Sie wischte sich mit der Handfläche über die Stirn und ließ die Schultern sinken. Die Schuld, die sie mit sich herumtrug, überwältigte sie einmal mehr, und sie schwor sich, einen Weg zu finden, damit Cascade Valley wieder mit der Herstellung der besten Weine im ganzen Nordwesten beginnen konnte. Sie konnte sich nicht vor der Tatsache verstecken, dass ihr Vater sich ihretwegen von Ben Wilder einen Kredit hatte geben lassen. Wenn sie nach der Scheidung von Jeff damals kein Geld gebraucht hätte und Oliver Lindstrom sich demzufolge auch kein Geld hätte ausborgen müssen, dann hätte er sich finanziell vielleicht nicht dermaßen in die Ecke gedrängt gefühlt. *Dann wäre er vielleicht heute noch am Leben.*

So darfst du nicht denken! schalt sie sich. Sie roch noch einmal an der pfirsichfarbenen Blüte und versuchte, sich wieder auf eine konkrete Lösung ihres Problems zu konzentrieren. Doch das funktionierte nicht; ihre Gedanken waren viel zu betrübt und traurig, und für einen flüchtigen Moment fragte sie sich, ob ihr Vater den Brand vielleicht wirklich gelegt hatte.

Sie beantwortete sich diese Frage nicht, sondern lief rasch weiter zur Rückseite des Gebäudes. Der verkohlte Westflügel des Herrenhauses, ein schwarzes Skelett aus eingestürzten Holzbalken, war immer noch abgesperrt. An eine der Kiefern, die das Gebäude säumten, hatte man ein Schild mit grellroten Buchstaben genagelt. Darauf stand ziemlich unmissverständlich, dass man das Areal nicht betreten durfte. *Mutmaßlicher Tatort* stand da in dicken Lettern, und Sheila verspürte angesichts der Bedeutung dieser Worte einen Stich im Herzen. Das Schild kam ihr wie eine Verletzung der Privatsphäre ihres Vaters vor und bestärkte sie nur noch mehr. Niemand, Noah Wilder eingeschlossen, würde den Traum ihres Vaters in den Dreck ziehen; nicht, wenn sie es verhindern konnte.

Sheila dachte an Noah, und plötzlich fühlte sie sich ganz leer. So verrückt es auch klang: Sie hatte das Gefühl, als hätte sie einen Teil ihrer selbst in der gemütlichen Bibliothek der Villa am Ufer des Lake Washington gelassen. War sie vielleicht gerade im Begriff, sich in Noah Wilder zu verlieben? Sie verwarf den Gedanken energisch. Was sie für diesen Mann empfand, war sexuell, eine rein körperliche Anziehung, mehr nicht. Sheila war zu sehr Realistin, um an Liebe auf den ersten Blick zu glauben. Das Märchen vom Aschenputtel wurde nie wahr. Die einzige Liebe, die sie je erlebt hatte, war kaputtgegangen, ihre Ehe zu einer jämmerlichen, beschämenden Farce verkommen. Wie naiv sie doch gewesen war! Ihre Liebe zu Jeff Coleridge hatte Monate gebraucht, um zu erblühen. Vielleicht hatte sie sich auch alles nur eingeredet, dachte Sheila bitter.

Sie kickte einen kleinen Stein auf dem Weg, der vom Garten zum Haus führte, vor sich her. Sie konnte sich unmöglich in Noah Wilder verlieben! Es war lächerlich, überhaupt einen Gedanken daran zu verschwenden. Sie hatte ihn doch erst vor wenigen Stunden kennengelernt! Und sie wusste so gut wie nichts über ihn – außer, dass er wahrscheinlich der anziehendste, unwiderstehlichste Mann war, den sie je getroffen hatte. Aber wie war er sonst? Ja, er war rätselhaft und faszinierend, aber rein sexuelle Anziehung als Liebe zu bezeichnen, wäre purer Wahnsinn. Es waren schon zu viele Frauen in diese gefährliche Falle getappt.

Sheila kannte sich selbst gut genug, um zu verstehen, was in ihr vorging: Wegen ihres absolut untypischen Verhaltens, dieser zügellosen Leidenschaft, die sie in den frühen Morgenstunden an den Tag gelegt hatte, versuchte ihr Unterbewusstsein nun, ihr schlechtes Gewissen zu beruhigen. Und zwar, indem es ihr vorgaukelte, es sei Liebe gewesen und nicht Lust. Aber Sheila würde sich das nicht durchgehen lassen. Das, was im Haus der Wilders passiert war, als Liebe zu betrachten, war reine Fantasie und nur eine Ausrede. Eine unpassende, wenn nicht sogar falsche Entschuldigung.

Seufzend schloss Sheila das Gartentor. Das Problem war, dass sie Noah Wilder und seinen faszinierenden blauen Augen nicht aus dem Weg gehen konnte. Wie sollte sie das Weingut ohne seine Hilfe denn jemals wieder in Schwung bringen? Wenn sein Vater nicht zurückkam und die Leitung von Wilder Investments wieder übernahm, musste sie sich wohl oder übel mit Noah auseinandersetzen. Ihr Puls begann schon bei der Vorstellung, ihn wiederzusehen, zu rasen. Sie versuchte noch einmal, ganz nüchtern über eine alternative Lösung ihres Problems nachzudenken, doch das Fazit war immer das gleiche: Niemand würde ihr so viel Geld leihen, dass sie Ben Wilders Anteile an Cascade Valley aufkaufen konnte. Und selbst, wenn sie Glück hatte und noch einen Kredit auf das Weingut bekam, würde Wilder Investments höchstwahrscheinlich trotzdem nicht an sie verkaufen.

Bevor sie die Hintertür des unbeschädigten Teils des Herrenhauses öffnete, warf sie noch einen letzten Blick auf den verkohlten Westflügel. „Es muss eine Möglichkeit geben, es zu retten", murmelte sie in sich hinein. Dann ging sie rasch ins Haus und warf die Fliegengittertür hinter sich laut zu.

6. KAPITEL

Am nächsten Dienstagabend beschloss Sheila, sich das Ausmaß des Schadens am Westflügel noch einmal genau anzusehen und sich dafür zumindest eine provisorische Lösung auszudenken. Das ganze Wochenende und die letzten beiden Abende hatte sie damit zugebracht, jene Trümmer zu beseitigen, die nicht als Beweismittel für die laufenden polizeilichen Ermittlungen eingestuft worden waren. Doch der Westflügel lag, trotz all ihrer Anstrengung, praktisch in Schutt und Asche.

Die späte Nachmittagssonne warf dunkle Schatten auf die verkohlten Mauern des Herrenhauses, in dem sich die Wirtschaftsräume und Büros befunden hatten. Der Wohnbereich, zu dem man durch einen überdachten Säulengang gelangte, hatte keine nennenswerten Schäden abbekommen. Sheila betrachtete das Gebäude sorgenvoll. Was würde die Renovierung kosten? Teile der gräulichen Mauern waren nun schwarz, aber die Architektur hatte nichts von ihrer Eleganz eingebüßt. Einige Fensterscheiben waren durch die enorme Hitze zerbrochen, und ein paar kobaltblaue Fensterläden hingen gefährlich schief in den Angeln. Doch die Grundmauern des Gebäudes waren intakt, und auch das leicht schräge Dach hatte nicht allzu viel Schaden erlitten.

Sheila seufzte schwer. Es dämmerte bereits, sie hatte noch ein paar Semesterabschlussarbeiten zu korrigieren und musste auch noch Emily ins Bett bringen. Im Moment hatte sie keine Zeit mehr, sich mit dem Weingut zu beschäftigen.

„Emily", rief sie zum Ententeich hinunter, „Zeit, dass wir dich fürs Bett fertigmachen!"

Emily tauchte zwischen ein paar Bäumen am Ufer des Ententeichs auf und gehorchte ihrer Mutter zögernd. „Jetzt schon? Es ist nicht mal neun Uhr", meckerte sie, als sie in Rufweite war.

„Ich habe ja nicht gesagt, dass du ins Bett musst. Nur, dass du dich fürs Schlafengehen fertig machen sollst", erklärte Sheila.

Emilys große grüne Augen leuchteten auf. „Dann darf ich also noch aufbleiben?"

Sheila lächelte. „Ein Weilchen. Warum gehst du nicht erst mal unter die Dusche, und ich mache uns inzwischen Popcorn."

„Wir könnten uns den Film ansehen", schlug Emily vor.

„Nicht heute Abend. Du hast noch eine Woche Schule."

„Aber nächste Woche, wenn ich Ferien habe, darf ich aufbleiben und mir den Film ansehen, ja?"

„Warum nicht?" Sheila wuschelte Emily liebevoll durch die dunklen, rötlich-braunen Locken.

„Super!" Emily rannte die Treppe hinauf und flitzte durch die Haustür.

Sheila sah ihr nach. Sie wünschte, sie hätte wenigstens halb so viel Energie wie ihre achtjährige Tochter. Von der anstrengenden Arbeit der letzten Tage taten ihr alle Muskeln weh. Ihr war gar nicht klar gewesen, was für einen angenehmen Job sie eigentlich hatte: Die Studienberatung von Collegestudenten war nicht gerade mit besonderer körperlicher Betätigung verbunden.

Als sie schließlich ins Haus kam, hörte sie Wasser plätschern. Emily und sie campierten vorübergehend im unteren Stockwerk des Hauses. Es war am wenigsten beschädigt. Sheila fragte sich, wie lange sie mit dieser Zwischenlösung noch leben mussten. Sie hatte einen Teil ihrer bescheidenen Ersparnisse für die Reparatur der elektrischen Leitungen und der Rohrleitungen verwendet, doch was den Rest des Hauses betraf, wartete sie immer noch auf die Auszahlung der Versicherungssumme. Glücklicherweise hatte sie noch ein paar Dollar auf ihrem Sparbuch, aber die wollte sie nicht anrühren. Nach den Kosten für Olivers Begräbnis hatte sie weniger als tausend Dollar auf der Bank, und damit wollte sie so lange wie möglich auskommen. Das musste sie auch; schließlich ging der Unterricht erst zum Herbst wieder los. Bis dahin war sie arbeitslos.

Das Innere des Herrenhauses war vom Brand ziemlich mitgenommen. Als Sheila durch den Raum ging, der einmal das Wohnzimmer gewesen war, versuchte sie, die rußigen Vorhänge und die Wasserflecken auf den Leinentapeten zu ignorieren. Ein paar kaputte Fenster waren jetzt zugenagelt, und auf den vornehmen antiken Möbeln aus Europa und dem teuren burgunderroten Teppich lag immer noch eine dünne Ascheschicht. Man konnte so oft staubsaugen, wie man wollte, der Ruß war nicht aus dem Haus rauszukriegen.

Die Küche war in einem besseren Zustand. Sheila hatte sich die Zeit genommen, sie von oben bis unten mit Desinfektionsmittel abzuschrubben, bevor sie alle Wände neu gestrichen hatte. Sogar die Arbeitsplatte war mittlerweile repariert. Durch die Hitze, die bei dem Feuer entstanden war, hatte die Platte sich wellenförmig aufgebogen.

Die heißen Maiskörner begannen gerade zu platzen, als Emily in die Küche stürmte. Sie war noch nass und versuchte, ihre feuchten Arme und Beine in die entsprechenden Löcher ihres Pyjamas zu stecken.

„Es geht leichter, wenn du dich zuerst abtrocknest", sagte Sheila zu ihrer Tochter.

„Ach Mom …" Emilys Kopf guckte aus dem weichen Flanellstoff hervor, und ein Lächeln breitete sich auf ihrem Gesicht aus, das vom warmen Duschstrahl immer noch ganz rosig war. „Es ist gleich fertig, oder?", fragte sie und lief zur kleinen Popcornmaschine.

„In einer Minute."

Emily trat ungeduldig von einem Fuß auf den anderen und sah zu, wie die Maiskörner in der heißen Luft aufplatzten.

„Was hast du denn unten am Ententeich so lange gemacht?", erkundigte sich Sheila.

„Geredet. Ich glaube, jetzt ist es fertig."

Sheila schaute von der Pfanne, in der sie gerade Butter zergehen ließ, auf. „Geredet? Mit wem? Ist Joey rübergekommen?"

„Nö. Joey durfte nicht rüberkommen, zu viele Hausaufgaben. Komm schon, gießen wir die Butter übers Popcorn."

Sheila zog die dunklen Augenbrauen zusammen. „Mit wem hast du denn dann geredet?"

Emily zuckte die Achseln. „Mit einem Mann."

„Einem Mann? Was für einem Mann? War es Joeys Dad?" Sheila sah ihre kleine Tochter besorgt an, doch Emily schien es nicht zu bemerken. Sie war zu sehr damit beschäftigt, sich eine Schüssel mit ihrem Lieblingssnack zuzubereiten.

„Wenn es Joeys Dad gewesen wäre, hätte ich es dir gesagt. Es war einfach irgend so ein Typ."

Sheila spürte, wie sie blass wurde. „Was für ein Typ?"

„Weiß nicht, wie er heißt", antwortete Emily mit der typischen Sachlichkeit einer selbstsicheren Achtjährigen.

Sheila bemühte sich, ruhig zu klingen, doch bei der Vorstellung, wie ein Fremder sich mit ihrer kleinen Tochter unterhielt, begann sie innerlich zu beben. „Aber es war doch bestimmt jemand, den du kennst? Vielleicht hast du ihn mal in der Stadt getroffen?"

Emily schüttelte ihre dunklen, nassen Locken. „Nö." Sie machte sich über ihre Popcornschüssel her, ohne einen weiteren Gedanken an den Fremden zu verschwenden.

Sheila wollte ihrer Tochter keine Angst machen. Emily war in einer Kleinstadt im Nordwesten aufgewachsen, wo es nur wenige Fremde gab und jeder jeden beim Vornamen nannte. „Worüber wollte der Mann denn mit dir reden?", erkundigte sie sich. Dabei tat sie so, als sei sie mit dem Geschirr beschäftigt.

„Ach, du weißt schon, über die Sache mit dem Feuer."

Sheila entspannte sich. „Es war also ein Deputy vom Sheriff-Department! Er hätte zuerst ins Haus kommen sollen."

„Er war kein Polizist. Auch kein Deputy."

Sheila wurde wieder nervös. Sie drehte sich von der Spüle um und setzte sich Emily gegenüber an den Tisch. „Du hast den Mann also überhaupt nicht gekannt, richtig?"

„Mhm."

„Kein Polizist?"

„Das hab ich dir doch schon gesagt!"

„War es vielleicht ein Kriminalbeamter? Die tragen nämlich nicht immer eine Uniform."

Emily seufzte und sah ihre Mutter an. In ihrem Blick lag eine Besorgnis, die so gar nicht zu ihrem Alter passte. „Stimmt etwas nicht?"

„Mir gefällt nur die Vorstellung nicht, dass du mit einem Fremden redest. Ab jetzt bleibst du ein bisschen näher am Haus."

„Ich glaube nicht, dass er mir wehtun würde – falls es das ist, wovor du Angst hast."

„Das kannst du doch nicht wissen."

„Aber ich bin gern unten beim Ententeich."

„Das weiß ich doch, Liebes." Sheila bemühte sich, unbeschwerter zu klingen, als sie war. „Aber ab jetzt möchte ich, dass du nur mit mir dorthin gehst."

„Dir macht etwas Angst, stimmt's?" Emily sah ihre Mutter mit ihren unschuldigen grünen Augen besorgt an.

„Eigentlich nicht", log Sheila. Es hatte keinen Sinn, Emily zu erschrecken, aber das Kind musste lernen, vorsichtiger zu sein. „Aber manchmal ist es besser, nicht mit Fremden zu reden. Das weißt du doch, oder? Wenn du hier irgendwo jemanden siehst, den du nicht kennst, kommst du in Zukunft zu mir und sagst es mir, bevor du dich mit ihm unterhältst, okay? Solange das Weingut geschlossen ist, sollte niemand das Grundstück betreten. Wenn also jemand kommt, möchte ich es sofort wissen. In Ordnung?"

„Na gut."

„Dann verstehst du also auch, warum ich nicht will, dass du dich allein zu weit vom Haus entfernst?"

Emily nickte ernst.

„Ausgezeichnet!" Sheila versuchte, unbeschwerte Begeisterung zu zeigen, nach der ihr in Wahrheit nicht zumute war. „Wir gehen morgen zusammen Enten füttern. Das wird bestimmt lustig." Irgendwie schaffte sie es, ihrer Tochter aufmunternd zuzulächeln.

Emily aß weiter ihr Popcorn und blätterte dabei in einem Mathebuch. Sheila stand auf, räumte den Tisch ab und schaltete das Radio ein, um die plötzliche Stille zu unterbrechen. Es würde jeden Moment dunkel werden, und die länger werdenden Schatten machten Sheila unruhig. Sie hatte die warmen Sommerabende am Fuße der Cascade Mountains immer geliebt, aber heute war das anders. Sie fühlte sich allein und verletzlich. Das nächste Haus war über eineinhalb Kilometer entfernt, und zum ersten Mal in ihrem Leben machte die einsame Lage des Weingutes sie nervös. Ein Fremder hatte sich auf dem Grundstück herumgetrieben und mit ihrem Kind geredet. Warum? Wer war der Mann, und was wollte er von Emily? Informationen über das Feuer? Unwahrscheinlich. Sheila schaute aus dem Fenster in die Dämmerung hinaus. Sie versuchte sich einzureden, dass der Mann wahrscheinlich nur ein neugieriger Tourist gewesen war, der sich fragte, warum die täglichen Führungen durch das Weingut abgesagt worden waren. Aber warum war er dann nicht zum Hauptgebäude heraufgekommen?

Bevor sie an diesem Abend ins Bett ging, überprüfte sie, ob alle Türen und Fenster im Haus verriegelt waren. Einschlafen konnte sie trotzdem nicht, obwohl sie so schrecklich müde war. Also starrte sie auf die Leuchtziffern auf ihrem Radiowecker und lauschte den leisen Geräuschen der Sommernacht. Alles klang wie immer. Warum war sie nur so unruhig und angespannt?

Nach der schlaflosen Nacht gestaltete sich der Mittwoch ungewöhnlich mühsam. Die vielen Stunden, in denen sie Schüler unterrichten musste, die nicht bei der Sache waren, und die 45-minütige Fahrt vom College nach Hause schienen anstrengender als sonst. Zum Glück waren es nur noch ein paar Tage bis zu den Ferien. Nächste Woche fanden die Abschlussprüfungen statt, und danach konnte sich Sheila auf die Wiedereröffnung des Weinguts konzentrieren. Ende des Sommers stand dann die Weinlese auf dem Programm.

Emily blieb nach der Schule bei einer Freundin. Seit Oliver Lindstroms Tod hatte Sheila ihrer Tochter nicht erlaubt, nach der Schule gleich nach Hause zu kommen: Emily wäre dort allein gewesen. Nach dem gestrigen Vorfall mit dem fremden Mann war Sheila dankbarer denn je, dass sie ihre Tochter Carol Dunbar anvertrauen konnte, der Mutter von Emilys bestem Freund Joey. Emily wartete schon auf Sheila, als sie bei den Dunbars eintraf, und nach einem kurzen Zwischenstopp auf dem Markt fuhren sie endlich nach Hause.

Sheila hatte überlegt, ob sie die Polizei über den Eindringling informieren sollte, sich aber dann dagegen entschieden. Es war kein Schaden angerichtet worden, und es deutete nichts darauf hin, dass sich der Mann immer noch hier herumtrieb. Wenn er wieder auftauchte, würde Sheila es der Behörde melden. Mit jemandem vom örtlichen Sheriff Department reden zu müssen war jedoch im Moment – wegen der ungeklärten Brandstiftung und des Verdachts, unter dem ihr verstorbener Vater stand – das Letzte, was Sheila wollte.

Als Sheila und Emily zu Hause ankamen, stand ein fremdes Auto in der Einfahrt neben dem Haus. Sheila musste sofort wieder an den Fremden denken, und ihr klopfte das Herz bis zum Hals. Sie bemühte sich, ruhig zu bleiben. Sie blieb mit ihrem Kleinwagen neben der Garage stehen und versuchte sich zusammenzureißen. Wer war er?

„Das ist der Mann, mit dem ich geredet habe, Mom. Du weißt schon, unten beim Ententeich." Emily starrte den Mann, der mit hängenden Schultern auf dem Fahrersitz eines alten Chevrolets hockte, ungeniert an.

Der Fremde hatte offensichtlich gewartet. Beim Geräusch des herannahenden Wagens hatte er sich auf seinem Sitz umgedreht, die Krempe seines Filzhuts zurückgeschoben und den Rauch vom letzten Zug an seiner Zigarette ausgeblasen. Jetzt warf er den Hut auf den Beifahrersitz und stieg aus.

„Du wartest hier", sagte Sheila zu Emily.

„Warum?"

„Es dauert nicht lange. Bleib im Wagen." Der bestimmende Ton ihrer Stimme ließ keine Widerrede zu. Rasch nahm sie ihre Handtasche, stieg aus und ging schnell auf den Mann zu. Sie wollte außer Hörweite ihrer kleinen Tochter mit ihm reden. Mit kaltem Blick musterte sie den unauffällig aussehenden, schmächtig wirkenden Besucher.

„Miss Lindstrom?", fragte der Mann in dem abgetragenen Jackett und kam ihr mit ausgestreckter Hand entgegen.

Sheila nickte und schüttelte ihm kurz die Hand. „Ich bin Sheila Lindstrom."

„Anthony Simmons", sagte er und lächelte undurchsichtig. Er tat so, als ob sein Name ihr etwas sagen müsste.

„Kann ich irgendetwas für Sie tun?", fragte sie ruhig. Sie war immer noch misstrauisch, der Mann wirkte nicht gerade vertrauenswürdig. Er hatte hellbraune, tiefliegende Augen, und seine Nase war offensichtlich schon einmal gebrochen. Er erwiderte Sheilas Blick nicht, sondern schien einen Punkt an ihrer Nasenwurzel zu fixieren.

„Das hoffe ich", antwortete er und verlagerte sein Gewicht von einem Bein auf das andere. Er verzog das Gesicht zu einem einstudiert wirkenden, etwas schiefen Lächeln. „Ich arbeite mit Noah Wilder zusammen."

Sheilas Herz machte unwillkürlich einen kleinen Freudensprung, als sie Noahs Namen hörte. Dann überlegte sie: Dieser Mann, der vor ihr stand, war ein Freund von Noah? Das bezweifelte sie.

„Mr Wilder hat sie geschickt?", erkundigte sie sich reserviert lächelnd.

„Richtig. Er möchte, dass ich den Brand untersuche." Simmons bemerkte die Skepsis in Sheilas ebenmäßigem Gesicht, holte seine Brieftasche aus seiner hinteren Hosentasche und nahm ein weißes Kärtchen heraus. Er gab es Sheila. Neben seinem Namen war das im ganzen Land bekannte Logo von Wilder Investments aufgedruckt.

Sheila behielt die Visitenkarte und begann sich langsam zu entspannen. „Was genau sollen Sie hier tun?"

Simmons zuckte mit den Schultern, als wäre sein Job reine Routine. „Mr Wilder hofft, dass ich die Ermittlungen in Sachen Brandstiftung beschleunigen kann. Ich soll dabei helfen, das ganze Chaos aufzuklären, damit die Versicherung das Geld auszahlt. Hat er Ihnen nicht gesagt, dass ich komme?"

„Er hat erwähnt, dass vielleicht jemand vorbeikommt", antwortete sie ausweichend. Anthony Simmons war nicht derjenige, den sie erwartet hatte.

Das Lächeln des Detektivs wurde breiter. „Dann können wir ja loslegen."

„Womit?"

„Nun ja, ich dachte, ich sehe mir zuerst mal den abgebrannten Teil des Hauses an. Ist das Feuer nicht im Weinkeller ausgebrochen?"

„Laut Feuerwehr ja."

„Das dachte ich mir. Nachdem ich mir das abgebrannte Gebäude angesehen habe, werde ich …"

„Wollen Sie da wirklich reingehen? Was ist mit der Warnung, die das Sheriff Department ausgesprochen hat?"

„Darum habe ich mich schon gekümmert."

Sheila blieb skeptisch. „Tatsächlich?"

„Natürlich. Machen Sie sich mal keine Sorgen. Wenn ich mit dem Haus fertig bin, würde ich mir gern Oliver Lindstroms Buchhaltung ansehen."

„Wilder Investments hat doch Kopien von diesen Unterlagen. Hat Mr Wilder sie Ihnen nicht gegeben?" Sheila war verwirrt.

Simmons nickte nachsichtig. „Ich rede nicht von Cascade Valley. Ich brauche die privaten Abrechnungen Ihres Vaters."

„Wozu?"

Simmons seufzte genervt. Er hatte nicht damit gerechnet, diskutieren zu müssen. Normalerweise öffnete ihm die Visitenkarte mit dem Logo von Wilder Investments alle Türen. Aber diese Frau war anders als die anderen. Selbst ihr elegantes Aussehen hatte Anthony Simmons überrascht. Er änderte seine Taktik: „Hören Sie, Miss Lindstrom, mir persönlich ist das alles völlig egal. Ich dachte nur, dass die Abrechnungen Ihres Vaters die Ermittlungen etwas vorantreiben könnten." Als er ihren zweifelnden Blick sah, wurde er noch deutlicher. „Außerdem könnten diese Unterlagen den guten Ruf Ihres Vaters wiederherstellen."

„Aber die Polizei hat doch überprüft, ob ..."

„Vielleicht haben sie irgendetwas übersehen. Es ist mein Job, das zu finden, was die Polizei oder die Versicherungsgesellschaft eventuell übersehen haben."

„Ich weiß nicht ...", sagte Sheila ausweichend. Doch Anthony Simmons wusste bereits, dass sie ihm alles geben würde, was er wollte. Er hatte ihren Schwachpunkt gefunden; er hatte ihn entdeckt, als sie ihn bei der Erwähnung des Rufs ihres Vaters so alarmiert angesehen hatte.

„Es ist Ihre Entscheidung", rief er ihr über die Schulter zu, während er auf den vom Feuer zerstörten Teil des Hauses zuging.

Sheila eilte zurück zum Auto, wo ihr Kind bereits ungeduldig auf dem Beifahrersitz wartete. „Und?", fragte Emily.

„Er ist ein Privatdetektiv, den Grandpas Geschäftspartner geschickt haben."

„Dann ist es also okay, wenn ich mit ihm rede?"

Sheila zögerte. Anthony Simmons hatte irgendetwas an sich, das sie beunruhigte. „Ja, das ist okay, schätze ich. Aber lass ihn am besten in Ruhe."

„Warum?"

„Weil er zu tun hat, Schatz. Er muss hier arbeiten, und du würdest ihn vielleicht dabei stören. Falls er wieder mit dir reden möchte, kommt er bestimmt ins Haus."

Emily kletterte einigermaßen besänftigt aus dem Wagen. „Dann darf ich also wieder unten am Ententeich spielen?" Sie sah Sheila erwartungsvoll an.

„Sicher, meine Kleine, aber nicht jetzt. Erst essen wir, und dann gehe ich mit dir zum Teich."

Während der nächsten Tage schien Anthony Simmons Sheila ständig im Weg zu sein. Kaum drehte sie sich einmal um, stieß sie schon mit ihm zusammen und musste Fragen beantworten, die wenig mit der Untersuchung der Brandursache zu tun zu haben schienen. Sie versuchte, sich zu sagen, dass er einfach gründlich arbeitet und sie dafür dankbar sein sollte. Aber sie wurde das Gefühl nicht los, dass hinter Anthony Simmons übereifriger Gründlichkeit mehr steckte als der Wunsch, die Wahrheit über das Feuer herauszufinden. Vielleicht war das der Grund, warum Sheila ihm gegenüber Vorbehalte hatte: Sie war nicht wirklich überzeugt, dass Simmons an der Wahrheit interessiert war. Sie hatte eher den Eindruck, dass er einen Sündenbock finden wollte, dem man den Brand in die Schuhe schieben konnte. Seine direkte Art, Fragen zu stellen oder die braunen Augenbrauen schnell hochzuziehen, und seine zynischen Bemerkungen entsprachen nicht der Professionalität, die Sheila erwartet hatte. Die Tatsache, dass Simmons von Noah hergeschickt worden war, störte Sheila sogar noch mehr als die unprofessionelle Art des kleinen Mannes.

Als Simmons nach knapp einer Woche wieder verschwand, atmete Sheila erleichtert durch. Er hatte ihr nicht mitgeteilt, zu welchen Schlüssen er gekommen war, und Sheila hatte ihn auch nicht danach gefragt. Ihr war lieber, sie würde Simmons Theorien von Noah oder sogar von Ben Wilder erfahren. Je weniger sie mit einer Kakerlake wie Simmons zu tun hatte, desto besser.

Sie wartete, dass Noah sich meldete. Vergebens. Eine weitere Woche verging, und die Sommerferien begannen. Sheila hatte die Abschlusszensuren an die College-Leitung weitergegeben. Emily und sie waren nun zu Hause und konnten ein paar Wochen allein miteinander verbringen, bevor die Kleine einige Wochen zu ihrem Vater fahren würde. Jeff hatte nur ein eingeschränktes Sorgerecht. Sheila hätte nichts dagegen gehabt, wenn er seine Tochter öfter hätte sehen wollen; immerhin war Emily sein einziges Kind. Allerdings waren ihm schon die vier Wochen, die er Emily im Sommer bei sich hatte, zu viel. Jeff Coleridge war nicht für die Vaterrolle geschaffen – oder für die eines Ehemanns.

Sheila war also jeden Sommer gezwungen, über ihren Exmann und die fünf Jahre ihrer Ehe nachzudenken. Glücklicherweise war der Schmerz, den Jeff ihr zugefügt hatte, mit der Zeit etwas verblasst, und in diesem Jahr hatte Sheila wegen des Brandes andere Probleme, um die sie sich Gedanken machen musste. In diesem Jahr waren ihre Hauptsorge Cascade Valley und die Wiedereröffnung des Weinguts.

Sheila war sich über die Situation des Weinguts im Klaren: Die Zeit wurde langsam knapp. Mit jedem Tag, der verging, wurde sie nervöser. Noah hatte Simmons Bericht mittlerweile bestimmt vorliegen, und die Versicherung war wegen der Auszahlung der Versicherungssumme mit Sicherheit zu einem Ergebnis gekommen. Warum hatte man Sheila also nicht verständigt? Wenn sie nur wüsste, wo sie mit Wilder Investments und der Versicherungsgesellschaft stand, könnte sie endlich Pläne für die Weinlese im Herbst machen. Aber unter den gegebenen Umständen waren ihr die Hände gebunden. Das Schicksal von Cascade Valley lag in Noah Wilders Hand. Und der hatte nicht einmal den Anstand, sie anzurufen.

Das eine Mal, als sie Noah zu erreichen versucht hatte, war er nicht da gewesen, und ihr unbeugsamer Stolz hatte ihr verboten, ihren Namen oder ihre Telefonnummer zu hinterlassen. Noah musste doch *wissen*, wie verzweifelt sie war.

Auch der Anruf bei Jonas Fielding war eine Enttäuschung gewesen. Sheila hatte gehofft, der Anwalt könnte dort etwas erreichen, wo sie gescheitert war, aber es sah so aus, als würden sowohl die Versicherung als auch Wilder Investments eine

Hinhaltetaktik verfolgen. Warum? Was hatte Anthony Simmons herausgefunden?

Allmählich wurde Sheila klar, dass Cascade Valley entgegen all ihrer Hoffnung in diesem Jahr keinen Wein produzieren würde. Es schien keine andere Möglichkeit zu geben, als die Traubenernte im Herbst an die Konkurrenz zu verkaufen. Zum ersten Mal in den fast zwanzig Jahren, in denen der Name Lindstrom zum Weingut gehörte, würde Cascade Valley nicht in der Lage sein, Wein zu produzieren. Dadurch würde nicht nur das Image des Weinguts noch mehr beschädigt werden, sondern auch der Erlös aus dem Verkauf der Ernte beträchtlich sinken. Es sah so aus, als müsste Sheila ihren Vertrag als Lehrerin und Beraterin am Community College um mindestens vier Jahre verlängern – oder zumindest so lange, bis Cascade Valley wieder eigenen Wein produzierte, falls das überhaupt je wieder der Fall sein sollte. Vielleicht hat Noah recht damit, dass die Bewirtschaftung eines Weinguts zu viel Verantwortung für eine Alleinerziehende ist, überlegte Sheila, als sie die privaten Abrechnungen ihres Vaters in eine Schublade des alten Eichenschreibtischs zurücklegte. Aber vielleicht war es nicht nur das. Vielleicht spielte Noah auf Zeit, weil er sie noch ein wenig mehr unter Druck setzen wollte – wissend, dass sie ohne seine Hilfe das Weingut nicht retten konnte. Würde er dermaßen skrupellos sein und sie so lange in die Ecke drängen, bis sie mit dem Rücken zur Wand stand?

Sie zog den Rollladen des alten Sekretärs unsanft herunter. Was dachte sie eigentlich? Noah würde sie niemals für seinen eigenen Vorteil ausnutzen. Energisch ging sie in die Küche und versuchte, ihren Verdacht zu ignorieren. Was hatte Jonas über Wilder Investments und dessen Image damals gesagt? Dass Unternehmen, die kurz vor der Insolvenz standen, mit Geld in die Knie gezwungen wurden. Hatte Ben Wilder nicht dadurch sein Vermögen angehäuft, indem er erfolglose Firmen aufgekauft und sie auf die eine oder andere Art zu gewinnbringenden Unternehmen gemacht hatte?

Der Verdacht kroch ihr eiskalt den Rücken hinauf. Ohne weiter nachzudenken, nahm sie den Telefonhörer und wählte die Nummer von Wilder Investments. Es war fast fünf, aber wenn sie Glück hatte, würde sie Noah noch im Büro erreichen. Der Stolz, der sie bislang davon abgehalten hatte, ihn anzurufen, schien klein im Vergleich zu der entsetzlichen Vermutung, Noah könnte sie durch seine Verzögerungstaktik zum Verkauf ihrer Anteile am Weingut zwingen wollen.

„Wilder Investments", sagte jemand mit freundlicher, wenn auch gelangweilter Stimme.

„Hallo. Ich möchte mit Noah Wilder sprechen, bitte", sagte Sheila mutig.

„Tut mir leid, Mr Wilder ist heute nicht im Büro."

„Wissen Sie, wo ich ihn erreichen kann? Es ist sehr wichtig."

„Leider nicht. Soviel ich weiß, fährt Mr Wilder übers Wochenende weg und ist erst am Montag wieder erreichbar. Wenn Sie mir Ihren Namen und Ihre Telefonnummer geben, richte ich ihm aus, dass er Sie zurückrufen soll."

„Nein … danke. Ich versuche es nächste Woche."

Sheila legte auf und versuchte ganz nüchtern nachzudenken. Warum hatte er nicht angerufen? Sein ganzes Interesse am Weingut schien sich nach der einen Nacht, die sie mit ihm verbracht hatte, verflüchtigt zu haben. Sie errötete, als ihr bewusst wurde, dass sein Interesse an Cascade Valley möglicherweise nur höfliche Anteilnahme gewesen war, damit sie mit ihm ins Bett ging. Leider sah es so aus, als wäre ihre Fahrt nach Seattle umsonst gewesen. Sie hatte in ihrem Kampf um die Rettung des Weinguts nicht nur kostbare Zeit verschwendet, sondern war auch für dumm verkauft worden. Bereitwillig hatte sie ihr Herz einem Mann geschenkt, dessen Interesse an ihr nur vorübergehend gewesen und sich in der Morgendämmerung schon wieder in Luft aufgelöst hatte.

„Was gibt's zum Abendessen?" Emily kam in die Küche gestürmt und nahm sich einen Keks aus der Dose.

„Bœf Stroganoff", antwortete Sheila.

„Sonst nichts?"

„Nein. Ich mache einen Spinatsalat, und zum Nachtisch gibt es Kekse, falls dann noch welche übrig sind."

Emily, die gerade wieder in die Keksdose greifen wollte, zog schnell ihre Hand zurück. „Verstehe", murmelte sie.

„Fein. Das Essen ist in einer halben Stunde fertig. Ich rufe dich dann."

Emily zögerte und zeichnete mit ihren Fingern ungleichmäßige Kringel auf der Arbeitsplatte. Sheila, die gerade einen Topf mit Wasser für die Nudeln auf den Herd stellte, hielt inne. Ihr war nicht entgangen, dass Emily die schmalen Schultern hängen ließ. „Stimmt etwas nicht?"

Emily hob ruckartig den Kopf und holte tief Luft. „Ich möchte diesen Sommer nicht zu Daddy", verkündete sie.

„Doch, natürlich möchtest du." Sheila lächelte. „Du bist doch gern bei ihm."

„Nein." Emily verschränkte trotzig die dünnen Arme über ihrer Brust. „Und ... ich wette, er will nicht, dass ich zu ihm komme."

„Das ist doch lächerlich. Dein Vater hat dich sehr, sehr lieb."

„Kommst du mit?"

Sheila drehte sich vom Herd um und sah ihre Tochter an. „Wenn du möchtest, bringe ich dich nach Spokane. Aber du weißt, dass dein Dad dich gern selbst abholt."

„Das heißt, du bleibst nicht bei mir?"

„Ich kann nicht, Schatz. Das weißt du doch."

„Aber vielleicht versteht er es ja, wenn du ihn anrufst und ihm sagst, dass du nicht möchtest, dass ich zu ihm fahre?"

„Emily, was ist los mit dir?" Sheila legte Emily den Arm um die Schultern.

Die Kleine zuckte die Achseln. „Ich will einfach nicht weg."

„Warum denkst du nicht in Ruhe darüber nach? Du bleibst ja noch ein paar Wochen hier. Wir warten erst mal, wie sich alles entwickelt, und entscheiden es dann – okay?"

Emily, die den Blick gesenkt hatte, schaute auf und guckte neugierig aus dem Küchenfenster. „Ich glaube, da kommt jemand."

Sheila schaute ebenfalls aus dem Fenster. Man hörte ein Auto relativ schnell näherkommen. „Du hast recht." Sie beobachtete den Wagen, der sich über die kurvenreiche, lange Kieseinfahrt dem Haus näherte.

Sie freute sich riesig, doch gleichzeitig hatte sie Angst. Das musste Noah sein. Er würde ihr sagen, wie es mit dem Weingut weiterging.

Der Kloß in Sheilas Hals wurde immer größer, je näher sie Noahs Wagen kommen sah.

„Wer ist das?" Emily schaute mit zusammengekniffenen Augen aus dem Fenster, um das silberne Auto vor der untergehenden Sonne besser erkennen zu können. Der Volvo blieb stehen und Noah stieg aus. Er trug eine braune Cordhose und einen grob gestrickten, elfenbeinweißen Pullover, dessen Ärmel er hochgeschoben hatte, sodass seine gebräunten, durchtrainierten Unterarme zu sehen waren. Seine dunklen Haare waren vom Fahrtwind ein wenig zerzaust, und er hatte einen Bartschatten. Der harte, entschlossene Zug um seinen Mund verstärkte sich, als die andere Person im Auto etwas sagte, das seine Aufmerksamkeit erregte. Sheila spürte, wie ihr Herz bei seinem Anblick wild zu klopfen begann. Kein anderer Mann hatte sie je so aufgewühlt.

„Mom?" Emily riss Sheila aus ihren Gedanken. „Kennst du diesen Mann?"

Sheila zwang sich ihrer Tochter zuliebe zu einem schwachen Lächeln. „Entschuldige, Em", antwortete sie, als sie merkte, dass sie Emilys vorherige Frage ignoriert hatte. „Ja, ich kenne ihn. Das ist Noah Wilder. Er leitet die Firma, der das Weingut größtenteils gehört."

„Ein hohes Tier, was?"

Sheila lachte. „Ich glaube, man nennt seine Funktion ‚interimistischer Geschäftsführer'. Wir sagen besser nicht ‚hohes Tier' zu ihm, okay?"

„Wie du meinst."

„Vergiss nur nicht, dass er wichtig ist. Seine Entscheidung ist ausschlaggebend für die Zukunft des Weinguts." Sheila entging Emilys verwirrter Gesichtsausdruck nicht. „Ich erkläre dir später genauer, was es mit ihm auf sich hat. Jetzt wollen wir ihn erst mal begrüßen." Sheila nahm Emily an die Hand und eilte – in der Hoffnung, das Kind damit von weiteren Fragen abzulenken – mit ihr zum Vordereingang.

Als sie die Tür öffnete, stand sie dem einzigen Mann gegenüber, den sie je in ihr Herz gelassen hatte. Sie verlor beinahe die Fassung. Noah war nicht allein. Ein Junge im Teenageralter war dabei; sein Sohn, vermutete Sheila. Die beiden ähnelten einander sehr. Sean war zwar blond, aber seine Haut war eher so dunkel wie die seines Vaters, und seine Augen waren ebenfalls strahlend blau. Und mit diesen blauen Augen sah er Sheila gerade mit abgrundtiefer, unverhohlener Feindseligkeit an.

„Ich habe versucht zu läuten", erklärte Noah.

„Die Klingel funktioniert seit dem Brand nicht mehr."

Noah wirkte ein wenig nervös, doch dann suchte er Sheilas Blick und sagte ruhig: „Du hast mich einmal gebeten, übers Wochenende herzukommen und mir das Weingut anzusehen. Und ich dachte, jetzt wäre ein guter Zeitpunkt. Steht dein Angebot noch?"

„Jetzt? Dieses Wochenende?", fragte Sheila.

„Wenn es dir nicht ungelegen kommt …"

Sheila war wie hypnotisiert von der Wärme und Freundlichkeit in seinem Blick. Sie musste sich zwingen, zu lächeln und ihre Stimme ruhig und geschäftsmäßig klingen zu lassen. „Natürlich seid ihr willkommen. Wenn du bleibst und dir das Ausmaß des Problems ansiehst, verstehst du bestimmt, warum wir so bald wie möglich mit den Reparaturarbeiten anfangen müssen."

„Davon bin ich überzeugt", sagte er, um gleich darauf das Thema zu wechseln. „Ich möchte dir meinen Sohn Sean vorstellen."

Sheilas Lächeln wurde breiter, als sie sich dem Jungen neben Noah zuwandte. Mit Kindern, besonders mit Teenagern, hatte sie immer schon gut umgehen können. Sie mochte sie einfach, und das merkte man ihr an ihrem ehrlich interessierten Blick an. „Hi, Sean. Wie geht's dir?"

„Gut", antwortete der Junge knapp. Sein Blick war immer noch feindselig.

Sheila ignorierte es. „Das ist Emily." Sie legte Emily liebevoll eine Hand auf die Schulter.

Noah ging in die Hocke, damit er sich auf Augenhöhe mit Emily unterhalten konnte. „Schön, dich kennenzulernen, Emily." Er reichte ihr die Hand. Als Emily sie ergriff, schüttelte er sie ihr herzlich. „Ich wette, du bist deiner Mom eine große Hilfe, stimmt's?"

„Glaub schon", murmelte Emily, ehe sie ihre Hand wieder zurückzog und einen Schritt zurücktrat, um ein wenig auf Distanz zu dem imposanten Mann zu gehen.

„Wir wollten gerade zu Abend essen", sagte Sheila, nachdem Noah sich wieder zu seiner vollen Größe aufgerichtet hatte. „Möchtet ihr mitessen?"

Sean verdrehte die Augen und schaute weg. Noah antwortete für sie beide. „Gern, wenn es nicht zu viele Umstände macht. Ich hätte aus dem Büro anrufen sollen, aber ich war schon spät dran. Darum bin ich einfach losgefahren." Die Lüge kam ihm dermaßen leicht über die Lippen, dass es ihm nicht schwerfiel, Sheila entwaffnend anzulächeln. Das schlechte Gewissen, das sich jetzt meldete, ignorierte er.

„Überhaupt kein Problem", sagte Sheila energisch. „Ich koche immer, als würde eine ganze Armee zum Essen kommen." Sie trat einen Schritt zur Seite. „Kommt rein. Ich habe noch ein paar Kleinigkeiten in der Küche zu erledigen, aber vielleicht habt ihr Lust, euch schon mal das Weingut anzusehen? Ich führe euch später noch mal herum."

„Ich warte. Ich glaube, mir wäre eine *private* Führung lieber."

Sheila merkte, wie ihr die Röte ins Gesicht schoss, doch irgendwie schaffte sie es, ruhig weiterzureden. „Was ist mit dir, Sean? Das Abendessen ist erst in einer halben Stunde fertig. Du kannst gern ins Haus kommen. Ich habe ein paar Bücher und

Zeitschriften, die dich vielleicht interessieren. Oder du machst einfach, wozu du Lust hast."

„Ich lese nicht gern", blaffte Sean. Als sein Vater ihn streng und vorwurfsvoll ansah, schwächte er seine barsche Antwort mit einem Schulterzucken ab. „Ich bleibe draußen."

Emily folgte Sheila und Noah ins Haus. Sheila machte sich an die Vorbereitungen des Abendessens, und Noah lehnte sich an die Küchentheke und sah ihr beim Arbeiten zu. Emily, die nicht recht wusste, was sie von dem gemeinsamen Essen halten sollte, wich Sheila nicht von der Seite.

„Hast du schon Ferien?", erkundigte sich Noah.

„Mhm."

Sheila spürte, wie verlegen Emily war. Seit Sheilas Scheidung war Emily Männern gegenüber schüchtern, ja geradezu misstrauisch – besonders Männern gegenüber, die sich für ihre Mutter interessierten. Um die Situation für Emily erträglicher zu machen, wechselte Sheila das Thema. „Ich brauche etwas länger fürs Abendessen als gedacht, Emily. Warum nimmst du dir nicht ein paar Kekse und …" – sie brach ab und schaute in den Kühlschrank – „… und was zu trinken für dich und Sean mit nach draußen?"

Emilys grüne Augen leuchteten auf. „Echt? Vor dem Abendessen?"

„Warum nicht?" Sheila lächelte und reichte ihrer Tochter die zwei Dosen Ginger-Ale. „Heute ist ein besonderer Tag."

Emily drückte die zwei Dosen an ihre Brust, während sie mit der freien Hand in die Keksdose griff und eine Handvoll Makronen herausnahm. „Super", flüsterte sie. Sie konnte ihr Glück kaum fassen, dass sie vor dem Essen naschen durfte.

Als die Hintertür mit lautem Krachen zugefallen und Emily außer Hörweite war, kam Noah von der Küchentheke auf Sheila zu und stellte sich hinter sie. Sie spürte seine Nähe, versuchte sich jedoch ganz auf die Soße zu konzentrieren, die sie gerade zubereitete. Es ging nicht. Er legte ihr die Arme um die Taille und zog sie an sich. Sheila spürte seinen Atem über die Härchen in ihrem Nacken streifen und senkte die Lider.

„Ist es das?", fragte er.

„Was?"

„Ein besonderer Tag?"

Sie tat so, als wüsste sie nicht, worauf er anspielte. „Natürlich. Es passiert nicht oft, dass Emily und ich Gäste zum Abendessen haben."

„Das habe ich nicht gemeint."

Sheila seufzte und schaltete die Herdplatte auf die niedrigste Stufe. Sie versuchte sich aus seiner Umarmung zu befreien und einen Schritt zurück zu machen. Er ließ sie nicht los. „Ich weiß, was du gemeint hast."

„Ach ja?"

„Aber sicher, Noah. Ich bin doch nicht naiv. Ich glaube, du warst derjenige, der mir das mal erklärt hat. Ich nehme an, du bist hier, weil du über das Weingut reden willst …"

„Und?" Seine blauen Augen funkelten.

„Und du erwartest vielleicht, dass wir da weitermachen, wo wir aufgehört haben." Sheilas Herz klopfte dermaßen laut, dass sie überzeugt war, er könnte es hören.

„Daran hatte ich gedacht."

„Du bist verdorben", neckte sie ihn.

„Nein, das würde ich nicht sagen. *Fasziniert* wäre der treffendere Ausdruck."

„Ach, Noah", murmelte Sheila. Seine Worte hatten einen magischen Effekt auf sie, und sie konnte der zärtlichen Vertrautheit, um die er sich gerade bemühte, nicht widerstehen. Sie wollte es sich zwar nicht eingestehen, aber sie fand ihn immer noch rätselhaft und unglaublich erotisch. Eine wilde, freudige Erregung kroch ihr den Rücken hoch, als ihr klar wurde, dass er mit ihr zusammensein wollte. Vielleicht hatte sie ihn ja falsch eingeschätzt. Vielleicht gab es trotz allem, was zwischen ihnen stand, doch eine Chance, miteinander glücklich zu werden.

„Du siehst toll aus." Er betrachtete zärtlich ihr Gesicht. Dann glitt sein Blick hinunter zu ihrem verführerischen weißen Hals.

„In Jeans und einer alten Bluse?"

„In allem …" Er hatte immer noch die Arme um sie gelegt und zog sie näher an sich; so nah, dass sie seine muskulösen Beine und den Druck seiner Brust auf ihrer spürte. „Soweit ich mich erinnere, siehst du auch in gar nichts absolut umwerfend aus." Er neigte den Kopf hinunter und gab ihr einen Kuss auf die Lippen.

Sheila musste sofort daran denken, wie er sie im Regen umarmt und später, nachdem sie selig in seinen Armen gelegen hatte, gestreichelt hatte. Ohne nachzudenken verschränkte sie ihre Hände in Noahs Nacken und öffnete ihre Lippen dem sanften Druck seines Munds. Als er jetzt seine Zunge verführerisch über ihre Lippen gleiten ließ, lösten alle Zweifel, die sie in den letzten Wochen gehabt hatte, sich in Erwartung seines Kusses in Nichts auf. „Ich habe dich vermisst", erklärte er stöhnend, als er den Kopf wieder hob und sie fest an sich zog. „Gott, wie habe ich dich vermisst."

Bei seinem Geständnis füllten sich Sheilas Augen mit Tränen. „Ich habe dich auch vermisst", murmelte sie dicht an seinem Pullover, ehe ihr die Stimme versagte. Sie merkte, dass Noah erstarrte und sie langsam losließ.

„Stimmt etwas nicht?", wollte er wissen.

„Es war ein langer Tag …", sagte sie ausweichend. Wie sollte sie ihm die aufwühlenden Gefühle erklären, die sie jedes Mal empfand, wenn er sie im Arm hielt?

„Ist es ein schlechter Zeitpunkt? Ich hätte vorher anrufen sollen."

„Nein … alles bestens. *Wirklich.*"

„Ist das Abendessen noch nicht fertig?", rief Emily, die gerade in die Küche kam.

Sheila wischte sich unauffällig ihre Tränen weg. „Gleich. Du kannst beim Tischdecken helfen."

„Im Esszimmer?" Emily holte bereits das Besteck aus der Schublade.

„Nein, wir müssen hier essen." Sheila breitete ein Leinentischtuch auf dem Küchentisch aus. Dann betrachtete sie den kleinen Tisch skeptisch und verzog den Mund. „Nicht gerade vornehm, aber es muss reichen. Das Esszimmer ist immer noch ein einziges Chaos."

„Von dem Feuer?", fragte Noah.

„Und vom Löschwasser. Nach dem Essen zeige ich dir alles. Vielleicht verstehst du dann meine Sorgen um das Weingut."

Die Tür ging auf und fiel krachend wieder zu. Sean kam in seinen abgeschnittenen Jeans, dem weiten roten Sweatshirt und mit gelangweilter, gleichgültiger Miene herein. Er sah seinem Vater ähnlich, doch seine Gesichtszüge waren weicher. Sean hatte immer noch etwas jungenhaft Unschuldiges an sich, das er offensichtlich mit seinem arroganten Auftreten überspielen wollte.

„Ist schon Essenszeit?" Seans Frage war an seinen Vater gerichtet.

„Ich denke, du kannst dich schon hinsetzen."

„Gut." Sean vermied es, Sheila anzusehen, nahm auf dem nächstbesten Stuhl Platz und trommelte nervös mit den Fingern auf dem Tisch. Emily setzte sich neben Sean und begann ohne Punkt und Komma von einer Wanderung zu reden, die sie gern mit ihm machen wollte. Sean reagierte mit der typisch gelangweilten Gleichgültigkeit eines Teenagers auf die Aussicht, mehr Zeit mit einer aufgeregten Achtjährigen verbringen zu müssen. Sheilas geschultem Auge entging allerdings nicht, dass sein Interesse geweckt war. Drei Jahre als Beratungslehrerin am Community College hatten ihr geholfen, sowohl Kinder als auch ihre Motive zu verstehen.

Beim Abendessen bemühten sich alle zumindest um den Anschein von Höflichkeit. Sheila hatte gehofft, dass die angespannte Atmosphäre sich mit der Zeit legen und sich so etwas wie Gemütlichkeit einstellen würde. Sie hatte sich getäuscht. Noch bevor das Abendessen vorbei war, spürte sogar Emily die Spannung, die sich zwischen Sean und Sheila aufbaute.

Sheila versuchte die Stimmung etwas aufzulockern. „Hast du schon Ferien?", erkundigte sie sich bei Sean.

Schweigen. Sean schlang weiter sein Essen hinunter.

Sie startete einen weiteren Versuch. „Möchtest du noch etwas essen? Wie wär's mit einem Brötchen?"

Nichts. Noah hatte sich während des ganzen Abendessens über seinen Sohn geärgert. Allerdings hatte er beschlossen, ihn nicht vor Sheila und Emily zurechtzuweisen. Doch jetzt hatte er die Nase voll von Seans unfreundlichem Benehmen.

„Sheila hat dich etwas gefragt", sagte er streng.

„Ja, hab's gehört."

„Wärst du dann so freundlich und würdest antworten?"

„Sicher." Sean sah Sheila mit seinen blauen Augen eisig an. „Nö … ich möchte kein Brötchen." Er wandte sich wieder an seinen Vater. „Zufrieden?"

Emily riss erstaunt die Augen auf, als Vater und Sohn in Angriffsposition gingen.

„Nein, bin ich nicht. Ich erwarte nicht viel von dir, mein Sohn, aber ein wenig Höflichkeit ist nicht zu viel verlangt."

„Warum?", fragte Sean.

„Aus Respekt."

„Für wen? Für *sie*?" Er sah Sheila verächtlich an.

„Hör auf damit", sagte Noah mühsam beherrscht.

Sean ignorierte ihn. „Hör mal, Dad, das habe ich nicht nötig."

„Was du nötig hast, ist zu lernen, wie man sich wenigstens einigermaßen respektvoll und höflich benimmt." Ein Muskel in Noahs Gesicht begann zu zucken.

„Lass mich in Ruhe, Dad. Ich brauche keine Frau, die meine Mutter sein will!"

„Mach dir darüber keine Gedanken, Sean", schaltete Sheila sich ein. „Ich habe nicht vor, deine Mutter zu werden." Dann widmete sie sich wieder ihrem Abendessen. Sean sah sie misstrauisch von der Seite an. Noah runzelte die Stirn, mischte sich jedoch nicht ein. Als alle mit dem Essen fertig waren, wandte sich Sheila wieder an Sean. „Nein, ich bin überzeugt, dass du die letzten sechzehn Jahre sehr gut ohne Mutter zurechtgekommen bist, und ich für meinen Teil habe nicht die Absicht, das zu ändern." Sie schenkte dem verwirrten Jungen ihr entwaffnendstes Lächeln. „Also, kann ich dir noch etwas bringen?"

„Nein!"

„Gut." Sheila legte ihre Serviette auf den Tisch. „Da wir jetzt alle fertig sind, könntest du ja den Tisch abräumen, während Emily den Nachtisch holt."

Sean machte ein langes Gesicht und sah seinen Vater Hilfe suchend an. „Gute Idee", sagte Noah freundlich, doch das energische Funkeln in seinen Augen war unmissverständlich: Er verlangte von seinem Sohn, dass er Sheilas Bitte nachkam.

Sheila war noch nicht fertig. Sie stellte die Teller übereinander und reichte sie Sean. „Stell das Geschirr einfach neben die Spüle. Du brauchst nicht abzuwaschen, das erledige ich später." Sie stellte die Teller ineinander und reichte sie Sean. „Mal sehen … die Reste kommen in den Kühlschrank. Deck sie mit der Frischhaltefolie zu. Kriegst du das hin?"

Sean wollte schon etwas Freches erwidern, doch der strenge Blick seines Vaters hielt ihn zurück. Also guckte er nur mürrisch drein und nickte kurz.

„So, Emily, jetzt zu dir." Emily sah ihre Mutter erschrocken an. Noch nie hatte sie bei einem Essen eine so feindselige Atmosphäre erlebt. Sie hatte auch noch nie erlebt, dass ihre Mutter zu einem Gast so streng war.

Emilys Angst legte sich ein wenig, als Sheila sie anlächelte. „Du kannst die Kekse auf die Terrasse rausbringen. Ich trage den Kaffee hinaus, und Noah holt die Milch." Falls Noah überrascht war, dass auch er einen Auftrag bekam, so ließ er sich zumindest nichts anmerken.

Sean schob seinen Stuhl unsanft zurück, sodass er laut über den Holzboden schrammte, und stand auf. Sein hübsches Gesicht zeigte einen verächtlichen Ausdruck, doch er schaffte es, das Geschirr abzuräumen. Emily, die die Makronen auf einen Teller legte, war ungewöhnlich still. Noah schenkte Milch in zwei Gläser und flüchtete auf die Terrasse. Emily folgte ihm bald darauf. Sheila wartete darauf, dass der Kaffee fertig wurde, während Sean so laut wie möglich mit dem Geschirr klapperte.

Genau in dem Moment, als Sheila den heißen, schwarzen Kaffee in die Tassen goss, explodierte Sean. „Sie können vielleicht meinem Dad etwas vormachen, aber mir nicht!"

Sheila erschrak und schüttete sich versehentlich Kaffee übers Handgelenk. Die kochend heiße Flüssigkeit verbrannte ihr die Haut, doch sie blieb ruhig. Sean sah zu, wie sie die Tasse abstellte und ihre Hand unter kaltes Wasser hielt. Als sie sich wieder an ihn wandte, war ihre Stimme völlig unaufgeregt. „Ich habe nicht die Absicht, dir etwas vorzumachen, Sean."

„Na klar", sagte er spöttisch.

Sheila drehte sich zu dem großen Jungen um und sah ihn mit ihren kühlen, blauen Augen an. „Hör mal, Sean, ich spiele keine Spielchen und erwarte auch von anderen, dass sie ehrlich zu mir sind. Ob du mich magst oder nicht, ist mir eigentlich egal. Du hast das Recht auf eine eigene Meinung – genau wie ich …"

„Verschonen Sie mich mit Ihrem Psychogeschwafel! Ich weiß, Sie sind Beratungslehrerin, und ich wette, Dad hat mich hierher geschleppt, damit Sie sich mich vorknöpfen können; Sie wissen schon, mich analysieren … mich auf Kurs bringen." Er machte eine verächtliche Handbewegung. „Ich wollte Ihnen nur sagen, dass das bei mir nicht funktioniert. Sparen Sie sich die Mühe!"

Sheila zwang sich zu einem Lächeln. „Glaubst du wirklich, ich würde meine Zeit und mein Wissen für jemanden verschwenden, der das nicht will?"

„Es ist doch Ihr Job."

„Nein. Tut mir leid, Sean, aber da irrst du dich. Ich rede mir doch nicht den Mund für jemanden fusselig, der meine Hilfe nicht will, und dazu gehörst auch du. Und was die Dinge betrifft, die dein Vater von mir erwartet – die haben nichts mit dir zu tun. Wir sind Geschäftspartner."

„Sicher doch …"

„Ich glaube, ich werde deinen Rat beherzigen", fuhr Sheila zu Seans Verblüffung fort. Dass diese Frau ihm recht gab, war das Letzte, was er erwartet hatte. „Ich werde mir die Mühe sparen. Aber ich würde dir empfehlen, dich zu entspannen, das Wochenende zu genießen und …"

„Wohl kaum", fiel Sean ihr ins Wort.

„Wie bitte?"

„Das hier ist nichts für mich", blaffte er, drehte sich um und schaute wütend aus dem Fenster.

„Schade. Es sieht nämlich ganz so aus, als würdest du das ganze Wochenende hier festsitzen." Sean verdrehte die Augen, und Sheila schenkte die zweite Tasse Kaffee ein. Dann nahm sie das Tablett und sah Sean ein letztes Mal an. „Warum kommst du nicht zu uns allen auf die Terrasse? Emily hat schon die Kekse hinausgebracht."

Sean fuhr wütend herum. „Ich bleibe hier, okay? Ich setze mich doch nicht zu euch und esse Kekse! Das ist vielleicht für Emily das Richtige, aber nicht für mich. Ich verschwende doch meine Zeit nicht als Babysitter für Ihr Kind!", knurrte er.

Die Fliegengittertür fiel krachend zu, und Emily kam in die Küche. Man sah ihr an, dass sie gehört hatte, was Sean gerade gesagt hatte. Mit Tränen in ihren sanften grünen Augen starrte sie Sean an.

„Verdammt!", brummte Sean wütend, schlug mit der Faust auf die Arbeitsplatte und stürmte mit hochrotem Kopf aus der Küche.

„Warum mag er mich nicht?", fragte Emily. Die Kleine versuchte tapfer, die Tränen zu unterdrücken. Vergeblich. Sheila stellte das Tablett ab.

„Es ist nicht so, dass er dich nicht mag." Emily umarmte ihre Tochter. „Er ist nur unsicher. Er kennt weder dich noch mich, und er weiß nicht genau, wie er sich verhalten soll."

„Er ist so gemein!", schniefte Emily.

„Nicht absichtlich. Vielleicht ist er eifersüchtig auf dich", flüsterte Sheila in Emilys dichte, dunkle Locken.

„Warum?"

„Sean hat keine Mutter."

Emily stutzte. Dann löste sie sich aus der Umarmung und guckte Sheila erstaunt und besorgt an. „Ich dachte, jeder hätte eine Mommy."

„Stimmt schon, meine Süße. Jeder hat eine Mutter, auch Sean. Aber ich glaube, er ist unglücklich, weil er sie nicht besonders oft sieht."

„Warum nicht?" Emily war sichtlich verwirrt, und Sheila fragte sich, ob sie gerade ein Thema angeschnitten hatte, das sie ihrer Tochter nicht wirklich erklären konnte. Was wusste sie selbst schon über Seans Mutter? Wenn sie das, was Noah ihr erzählt hatte, richtig interpretierte, hatte Sean seine Mutter vermutlich nie gekannt. Kein Wunder, dass das Kind enorme Probleme mit sich und der Welt hatte. Sheila tat der verstockte Junge, der sich bemühte, cool zu wirken, plötzlich unheimlich leid. Emily sah sie immer noch fragend an. Sie musste sich eine passende Antwort für ihre Tochter einfallen lassen. „Seans Eltern leben nicht zusammen", flüsterte sie.

„Oh, sie sind geschieden. Wie du und Daddy." Emily sah Sheila wissend an.

Sheila zögerte. „So ähnlich", antwortete sie schließlich ausweichend. Da Emily fürs Erste keine weiteren Fragen zu haben schien, wechselte Sheila rasch das Thema. „Lass uns zu Noah auf die Terrasse gehen, bevor der Kaffee kalt wird."

„Er ist nicht draußen!"

„Nein?"

Emily schüttelte den Kopf. „Er geht ein bisschen spazieren."

„Dann warten wir auf ihn." Sheila nahm das Tablett und ging, mit Emily im Schlepptau, auf die Klinkerterrasse hinaus, die links und rechts von Olivers Rosenstöcken flankiert war.

Noah hatte sich inzwischen mit der Situation des Weinguts vertraut gemacht. Während seines Spaziergangs hatte er auch Gelegenheit gehabt, seinem Ärger, der sich während der Fahrt aus Seattle in ihm aufgestaut hatte, Luft zu machen. Die Atmosphäre war angespannt gewesen; Sean war schlecht gelaunt gewesen, weil sein Vater mit dem hastig organisierten Wochenendtrip seine Pläne über den Haufen geworfen hatte. Sean wäre lieber allein in Seattle geblieben, und als Noah ihm diesen Wunsch verweigerte, sah Sean seinen Vater die ganze Fahrt über nicht an und tat so, als interessiere ihn die Landschaft. Noahs Fragen hatte er immer nur mit einsilbigem Grunzen beantwortet. Als sie auf dem Weingut ankamen, war Noah kurz davor gewesen, zu explodieren.

Noah hatte gehofft, Seans Stimmung würde sich etwas bessern, als das Weingut in Sicht kam, doch da hatte er sich geirrt. Und *wie* er sich geirrt hatte … Sean war bockiger denn je gewesen. Es wirkte fast so, als wollte er seinen Vater mit seinem Verhalten bestrafen.

Noah dachte daran, wie Sheila auf seinen trotzigen Sohn reagiert hatte, und lächelte schief. Anfangs war ihm die Situation während des Essens einfach nur peinlich gewesen. Doch dann hatte er gesehen, wie gut Sheila mit Sean umging, und nur noch mehr Bewunderung für sie empfunden. Ihre Ruhe und ihre professionelle Gelassenheit hatten sogar Sean verblüfft. Sie hatte sich von überhaupt nichts, was Sean getan hatte, provozieren lassen. Sie konnte mit Kindern umgehen, das musste er ihr lassen. Ihre eigene Tochter war der beste Beweis dafür. Kurz überlegte Noah, ob er seinen Sohn jemals in den Griff bekommen würde. Es lag auf der Hand, dass Sean sowohl einen Vater als auch eine Mutter brauchte. Es war idiotisch von Noah gewesen, zu glauben, er könnte seinen Sohn allein erziehen. Er hatte Bens warnende Worte vor sechzehn Jahren immer noch im Ohr. „Du willst dieses uneheliche Kind allein großziehen? Du bist ja noch dümmer, als ich dachte!"

Die Fliegengittertür fiel krachend zu und riss Noah aus seinen Gedanken. Er schaute auf und sah, dass Sean gerade wütend aus dem Haus lief. Offensichtlich hatte es wieder Streit gegeben, und Sean hatte erneut gegen Sheila verloren. Kopfschüttelnd beobachtete Noah, wie sein sportlicher Sohn quer durch den Garten rannte, sich mühelos und ohne sein Tempo zu verlangsamen über einen Zaun schwang und mit halsbrecherischer Geschwindigkeit in den Wald hinter dem Obstgarten lief.

Noahs Gedanken kehrten zu Sheila zurück. Sie hatte mehr Mut, als man auf den ersten Blick glauben mochte. Außerdem war sie nicht nur umwerfend schön, sondern auch selbstbewusst und intelligent. Noah fuhr sich nervös mit den Fingern durchs Haar. War es ein Fehler gewesen, herzukommen? Sheila war noch faszinierender, als er in Erinnerung gehabt hatte, und hier, auf diesem abgebrannten Weingut, wirkten ihre großen Augen noch verletzlicher. Noahs Beschützerinstinkt war geweckt. Und das, obwohl er doch eigentlich nach Cascade Valley gekommen war, um Sheila damit zu konfrontieren, dass ihr Vater tatsächlich das Feuer auf dem Weingut gelegt hatte. Bis jetzt hatte Noah allerdings noch nicht den richtigen Zeitpunkt gefunden, das Thema anzusprechen. Je länger er mit Sheila zusammen war, desto weniger wollte er über den Brand reden.

Anthony Simmons Bericht war kurz und eindeutig gewesen. Der Detektiv hatte zwar keinen konkreten Beweis dafür gefunden, dass Oliver Lindstrom der Brandstifter war, doch es deutete alles darauf hin. Noah wusste, dass die Versicherung zu demselben Schluss kommen würde, wie er selbst: Offenbar hatte Oliver Lindstrom Cascade Valley in Brand gesetzt, damit er die

Versicherungssumme kassieren und Wilder Investments seine beträchtlichen Schulden zurückzahlen konnte. Die Indizien waren erdrückend. Doch Mr Lindstrom hatte sich in der eigenen Schlinge verfangen. Er hatte den giftigen Rauch eingeatmet, war ohnmächtig geworden und in den Flammen umgekommen.

Noahs Magen zog sich nervös zusammen, als er darüber nachdachte, in welchem Ausmaß Sheila an dem Plan ihres Vaters beteiligt gewesen war. Hatte sie vorher davon gewusst? War sie unmittelbar beteiligt? Oder suchte sie tatsächlich nach einer Lösung für das Dilemma, wie sie behauptete? Laut Simmons war Sheila zwar höflich gewesen, hatte sich aber nicht sonderlich bemüht, ihm bei seinen Ermittlungen behilflich zu sein. Man hatte ihr alle persönlichen Informationen über ihren Vater – oder sie selbst – regelrecht aus der Nase ziehen müssen. Verheimlichte sie etwas? Simmons schien dieser Meinung zu sein.

Noah war es nicht. Aber das spielte eigentlich keine Rolle. Fest stand, dass er ihr das Ergebnis des Berichts mitteilen und dann ihre Reaktion darauf richtig einschätzen musste. Sie hatte so oder so verloren. Wenn sie schon gewusst hatte, dass ihr Vater ein Betrüger war, würde sie als Lügnerin dastehen – im schlechtesten Fall sogar als Komplizin. Und wenn sie nicht gewusst hatte, dass er für den Brand verantwortlich war, wäre ihr Andenken an ihren Vater schwer beschädigt. In jedem Fall würde sie Noah die Schuld daran geben, dass man in Oliver Lindstroms Leben nach Dreck gewühlt hatte.

Noah ging zurück auf die Terrasse und überlegte, wie er ihr helfen konnte, statt sie zu verletzen.

Noah ging nervös auf der Terrasse auf und ab. Die Sorgen des heutigen Tages standen ihm ins Gesicht geschrieben. Es war fast zehn Uhr abends. Die Sonne war vor einer Stunde untergegangen, und Sean war noch immer nicht zurück. Offenbar war er – wieder mal – ohne ein Wort der Erklärung verschwunden.

Emily schlief bereits. Seit sie Seans unfreundliche Worte zufällig mitangehört hatte, war sie sehr still gewesen. Die Kleine hatte nicht einmal protestiert, als sie ins Bett musste, und es brach Sheila das Herz, als Emily ihr noch einmal gesagt hatte, wie sie die Situation empfand. „Sean mag mich nicht. Es liegt nicht daran, dass ich eine Mommy habe. Er mag überhaupt niemanden."

„Er versucht herauszufinden, wer er ist", hatte Sheila geantwortet.

„Das ist albern. Er ist Sean. Er mag mich einfach nicht."

„Vielleicht mag er sich selbst nicht."

Emily war nicht recht überzeugt gewesen, als sie unter die Daunendecke geschlüpft war. Sheila hatte versucht, dem Kind sein Lieblingsstofftier zu geben, doch Emily hatte es auf den Boden geworfen. „Ich brauche Cinnamon nicht", hatte sie erklärt. „Kuscheltiere sind was für *kleine Kinder*." Sheila hatte nichts dazu gesagt, sondern das Kind klugerweise seinen Kampf mit dem Großwerden selbst ausfechten lassen. Sie hatte lediglich den Stoffhund mit den Schlappohren wieder aufgehoben und auf Emilys Nachttisch gesetzt.

„Nur für den Fall, dass du deine Meinung änderst." Dann hatte sie Emily einen zarten Kuss auf die Wange gegeben und war aus dem Zimmer gegangen.

„Ist alles in Ordnung mit ihr?", erkundigte sich Noah.

„Ich denke schon."

„Aber irgendetwas hat sie doch bedrückt, oder?"

„Sie war gekränkt, weil Sean angedeutet hat, sie wäre ein Baby. Und jetzt glaubt sie, sie muss in einer einzigen Nacht erwachsen werden."

„Sean ist derjenige, der erwachsen werden muss", entgegnete Noah. „Keine Ahnung, ob er das jemals schafft."

„Es wird besser", sagte Sheila leise.

„Woher weißt du das?"

„Es muss einfach besser werden, oder?" Sie sah ihn an.

„Was macht dich so sicher? Woher weißt du, dass ich keinen potenziellen Schwerverbrecher großziehe?"

Sheila lächelte, und im Mondschein sah ihr Gesicht wie das einer Madonna aus – wäre da nicht dieses verführerische silbrige Funkeln in ihren Augen gewesen. „Sean ist kein schlechter Junge", sagte sie. „Er weiß nur nicht, wer er ist."

„Mich hätte er fast überzeugt."

„Genau das versucht er."

Noah schlenderte zur Chaiselongue hinüber, auf der Sheila saß. „Wie kommt's, dass eine schöne Frau wie du so weise ist?" Er setzte sich neben sie, und seine Hand berührte ihren Oberschenkel, als er sich über sie beugte und sie auf die Stirn küsste.

„Erinnerst du dich nicht, wie es war, als du auf der Highschool warst?"

„Ich versuche, es nicht zu tun."

„Komm schon, gib's zu! Haben deine Eltern deinetwegen nicht auch ein paar graue Haare bekommen?"

„Ich kann mich nicht erinnern, dass ich jemals in solchen Schwierigkeiten gesteckt hätte wie Sean."

„Vielleicht warst du nur schlauer und hast dich nicht erwischen lassen", erwiderte sie.

„Jetzt hörst du dich langsam zynisch an."

„Realistisch."

„Aha, rein geschäftlich, was?", sagte Sean spöttisch und trat aus der Dunkelheit in den Lichtschein der Terrasse. Noah, der immer noch über Sheila gebeugt war, rührte sich nicht, doch

Sheila spürte, dass er sich verspannte. Langsam drehte er sich zu seinem Sohn um.

„Wird auch Zeit, dass du kommst! Wo warst du?"

Sean zuckte gleichgültig die Achseln. „Nicht weit weg."

„Ich habe mir schon Sorgen um dich gemacht."

Sean schnaubte. „Ja, das sehe ich!" Er starrte Sheila verächtlich an. „Sie haben doch gesagt, ihr wärt nur Geschäftspartner, mehr nicht."

„Ich habe gesagt, dass wir Geschäftspartner sind und dass ich nicht glaube, dass dein Vater dich wegen eines Beratungsgesprächs mitgenommen hat. Ich hätte dazusagen sollen, dass dein Vater und ich Freunde sind", erklärte Sheila ruhig.

„Ja. *Gute* Freunde."

„Sean, es reicht!" Noah stand auf und richtete sich zu seiner vollen Größe auf. Sean, der merkte, dass sein zorniger Vater sich nur mehr mühsam beherrschte, wirkte ein wenig eingeschüchtert. „Du entschuldigst dich sofort bei Sheila!"

„Warum?" Sean gelang es, den letzten Rest an Trotz und Stolz aufzubringen.

„Sag du's mir", schlug Noah vor.

Sean trat verlegen von einem Bein auf das andere und versuchte das Ausmaß der Wut seines Vaters einzuschätzen. Noah sah seinen Sohn unverwandt an. Sean merkte, dass er keine andere Wahl hatte, und murmelte rasch eine Entschuldigung, ehe er ins Haus ging.

„Ich zeige ihm sein Zimmer", bot Sheila an. „Im Arbeitszimmer meines Vaters gibt es ein Klappbett. Ich habe es erst gestern frisch bezogen."

Noah schüttelte den Kopf. „*Ich* bringe ihn in dieses Zimmer. Er und ich haben ein paar Dinge zu klären. Ich werde seine arrogante Art nicht mehr hinnehmen." Er massierte sich den Nacken und folgte seinem Sohn ins Haus.

Trotz der dicken Mauern war der heftige Streit draußen zu hören. Sheila begann, den Terrassentisch abzuräumen, und versuchte, nicht zu lauschen. Noahs zornige, vorwurfsvolle Worte standen in Sachen Lautstärke Seans Gebrüll in nichts nach.

Die Nacht war schwül und still. Die Atmosphäre war durch den Streit im Haus angespannt, und Sheila spürte, wie sich in ihrem Nacken langsam Schweißperlen bildeten. Sie steckte sich die Haare zu einem lockeren Knoten hoch und trug dann das Geschirr in die Küche.

Noah und Sean stritten sich immer noch, allerdings nicht mehr ganz so hitzig. Damit die beiden sich ungestört fühlen konnten, drehte sie den Wasserhahn auf und klapperte mit dem Geschirr in der Spüle. Die beiden waren immer noch zu hören. Sheila drehte das Radio auf, zwang sich, zu der bekannten Melodie mitzusummen, und hoffte, dass sie sich dadurch von der schlechten Stimmung zwischen Noah und seinem Sohn ablenken konnte. Genau wie Noah hatte auch Sean Probleme mit seinem Vater. Warum? Sheila begann abzuwaschen und war so in Gedanken versunken, dass sie weder merkte, dass der Streit aufgehört hatte, noch, dass Noah in die Küche gekommen war.

Er lehnte am Türstock und sah ihr beim Arbeiten zu. Ein paar Locken, die sich aus ihrem hochgesteckten Haar gelöst hatten, umrahmten ihr zartes Gesicht. Schweißtropfen liefen ihr den Hals hinunter und in den offenen Kragen ihrer Bluse. Noah sah es fast vor sich, wie sich die Tröpfchen zwischen ihren Brüsten sammelten. Sheila hatte die Ärmel über die Ellbogen hochgerollt und ihre Unterarme ins Wasser getaucht, das so heiß war, dass es dampfte. Ihre Haut war von der Hitze der Nacht und dem noch heißeren Wasser sanft gerötet, und sie summte leise – und ein bisschen falsch – zur Musik aus dem Radio mit. Noah musste lächeln. Sie musste die schönste Frau der Welt sein.

„Hast du keine Spülmaschine?", fragte er, ohne Anstalten zu machen, in die Küche zu kommen. Ihm gefiel, dass er von hier aus alle ihre Bewegungen beobachten konnte.

Sie lachte. „Oh, ich habe schon eine, aber die funktioniert nicht."

„Lässt sie sich nicht reparieren?"

Sheila trocknete sich die Hände mit einem Geschirrtuch ab und drehte sich zu Noah um. „Doch, ich denke schon."

„Aber du hast noch keinen Techniker geholt?"

„Noch nicht."

„Warum nicht?"

„Weil es mir Spaß macht, abzuwaschen", sagte sie verbittert.

Jetzt verstand Noah endlich. „Du wartest auf das Geld von der Versicherung, richtig?"

„Richtig." Sheilas Miene hellte sich auf. „Eine Spülmaschine ist das Letzte, was uns derzeit fehlt. Emily und ich brauchen nicht viel Geschirr; Spülen ist also nicht unbedingt ein Knochenjob."

„Das ist ja eine Einstellung wie im Mittelalter", zog er sie auf.

„Diese Einstellung bewahrt mich davor, Schulden zu machen ... zumindest eine Zeitlang." Sheilas Blick verdüsterte sich kurz, doch dann schob sie ihre Probleme tapfer beiseite. Der beste Weg, sie zu lösen, war, Noah die hoffnungslose Situation des Weinguts vor Augen zu führen. Sie warf das Geschirrtuch über eine Stuhllehne und nahm Noah energisch an die Hand. „Ich habe dir versprochen, dich herumzuführen."

„Da fiele mir etwas Besseres ein", sagte er leise.

„Nie im Leben." Schmunzelnd hielt sie seine Hand fest und versuchte das Funkeln in seinen Augen zu ignorieren. „Du kannst dir jetzt vor Ort ein Bild von der Situation machen, die ich dir beschrieben habe." Sie führte ihn auf die Vorderseite des Hauses. „Beginnen wir mit der Öffentlichkeitsarbeit."

„Öffentlichkeitsarbeit? Für ein Weingut?"

„Nicht irgendein Weingut, Noah. Das hier ist Cascade Valley, das Beste im Nordwesten. Mein Vater war immer der Meinung, dass die Öffentlichkeit an erster Stelle stehen muss. Jeder, der auch nur eine Spur Interesse an Cascade Valley hatte, wurde behandelt wie ein hoher Würdenträger." Sie ging mit ihm den asphaltierten Weg hinunter, der vom Haupthaus durch die Parkanlagen des weitläufigen Grundstücks führte. Der Rasen war zwar nicht gemäht, aber Noah konnte trotzdem sehen, dass das Areal in der Vergangenheit bestens gepflegt worden war. Dunkle Kiefern säumten die verwilderten Wiesen und Büsche. Es duftete nach Flieder und Pinien. Der blasse Mond tauchte die Nacht in sein schimmerndes Licht.

„Klingt, als hätte dein Vater viel Zeit und Geld investiert, um die Touristen bei Laune zu halten."

Sheila ließ sich nicht provozieren. „Es hat sich aber auch ausgezahlt. Mundpropaganda war unsere erste Werbemaßnahme." Sheila schaute Noah von der Seite an, um zu sehen, wie er reagierte. Trotz der Dunkelheit entging ihr sein ernster Blick nicht, und sie merkte, dass er ihre Hand fester drückte.

„Welche Art von Führungen hat dein Vater gemacht?", wollte er wissen.

„Anfangs waren sie nichts Besonderes. Ein Mitarbeiter hat den Touristen einfach alles gezeigt. Als das öffentliche Interesse größer wurde, musste mein Vater allerdings eine Frau einstellen, die Infobroschüren des Weinguts an die Leute verteilt und im Sommer jeden Nachmittag Führungen durch das Haus und die Weinberge gemacht hat." Sheila deutete auf einen kleinen See, dessen Oberfläche im Mondlicht glitzerte. „Dad hat vor ungefähr sechs Jahren den Ententeich und dann die Kieswege im Wald anlegen lassen. Später wurden dann die Picknicktische und die Bänke aufgestellt."

„Es überrascht mich, dass er nicht auch noch seinen Cabernet Sauvignon verschenkt hat", murmelte Noah zynisch.

„Du hast meinen Vater nicht sonderlich geschätzt, nicht wahr?", sagte Sheila vorwurfsvoll.

„Ich habe ihn nicht gekannt."

„Aber du siehst ihn sehr kritisch."

„Nicht ihn persönlich." Noah ließ Sheilas Hand los und rieb sich das Kinn. Wie sollte er ihr nur erklären, dass ihr Vater ein Brandstifter war? Ein Brandstifter, der Geld von der Versicherung kassieren wollte, damit er seine Schulden zurückzahlen konnte. Wenn Oliver Lindstrom nur etwas mutiger und dafür weniger ungeschickt gewesen wäre, hätte es vielleicht funktioniert. „Ich hinterfrage nur seine Geschäftspraktiken. Öffentlichkeitsarbeit zahlt sich finanziell normalerweise ja aus, aber nicht, wenn dafür das ganze Geld einer Firma draufgeht. Was soll das bringen? Hätte dein Vater sich weniger darauf konzentriert, für jeden, der zufällig vorbeikam, eine Show abzuziehen, und mehr auf seinen Gewinn geachtet, hätte er sich überhaupt nie Geld von Wilder Investments leihen müssen!"

Sheila merkte, wie sich ihr die Haare im Nacken sträubten. „Der Grund, warum er sich Geld geliehen hat, hatte nichts mit den Touristen oder dem Ententeich zu tun, Noah. Fast alle Kosten dafür sind allein schon durch den Souvenirshop wieder hereingekommen", verteidigte sie ihren Vater empört. Ihre Augen funkelten. „Dad hat ausgerechnet, dass fast 70 Prozent der Touristen, die im Sommer hier waren, mehr als eine Flasche Wein im Monat gekauft haben. Er hatte also recht."

„Was ist mit den restlichen 30 Prozent?"

„Das weiß ich nicht."

„Glaubst du, die Leute, die eure Weine gekauft haben, haben sich von einem Ententeich oder Picknicktischen beeinflussen lassen?"

„Nein, aber …"

„Natürlich nicht! Diese Leute hätten den Wein wahrscheinlich auch ohne diese ganze … Show gekauft. Man hätte das Geld besser in die Produktion oder in die Forschung investieren sollen. Oder in die Werbung. Sicher, die Parks sehen beeindruckend aus, aber was zählt, ist die Qualität des Produkts! Wäre es nicht klüger, dieses Areal für den Weinanbau zu nutzen?"

„Ich weiß nicht, ob der Boden dafür geeignet ist", antwortete sie ausweichend.

„Dann finde es doch heraus!"

Jetzt wurde sie langsam richtig wütend. „Ich glaube, du verstehst nicht, Noah. Wir produzieren nicht nur den besten Wein der

Westküste, wir schaffen auch ein Image für die Konsumenten. Wir konkurrieren nicht mit billigem Muskateller. Unsere Konkurrenten sind die edelsten europäischen Weine. Wir laden jeden Sommer zu einer öffentlichen Verkostung ein. Wir stellen die neuesten Weine vor und laden ein paar Promis ein. Cascade-Valley-Weine haben das Image, edel zu sein und doch nicht zu kostspielig."

„Klingt aufwendig."

„Ist es auch", gab sie zögernd zu. „Aber meistens wecken wir damit nationales Medieninteresse. Wir können es uns nicht leisten, auf diese Art Werbung zu verzichten."

„Aber in den letzten paar Jahren gab es kein nationales Interesse, nicht wahr?"

Sie schüttelte resigniert den Kopf, als hätte sie mit dieser Frage gerechnet. „Nein."

„Warum nicht?" Er kannte die Antwort, aber er wollte sie von Sheila hören.

Sheila nagte nervös an ihrer Unterlippe. „Dad hatte Angst", gestand sie. Ihre Verzweiflung war unüberhörbar. „Angesichts der Schlagzeilen über die gepantschten Flaschen Cabernet Sauvignon und der Ernteprobleme wegen des frühen Schneefalls dachte Dad, es wäre am besten, sich mit Werbung zurückzuhalten." Sie schwieg einen Moment und betrachtete den silbernen Streifen, den das Mondlicht auf den Teich warf. „Dad hatte gehofft, dass sich in diesem Jahr alles zum Besseren wenden würde."

„Wodurch?"

„Wir hatten vor, unseren Cabernet Sauvignon Reserva auf den Markt zu bringen."

„Einen Reserva?", fragte Noah.

„Für Cascade Valley ist das etwas Neues." Sie drehte sich zu ihm um und sah ihn ernst an. „Damit könnten wir den Durchbruch schaffen."

„Erzähl mir mehr davon." Noahs Interesse war geweckt. Zum ersten Mal deutete etwas auf eine positive Entwicklung des Weinguts hin.

Sheila schüttelte den Kopf. „Nicht jetzt. Am Montag kommt Dave Jansen vorbei. Er kann dir alles erklären und …" Sie brach mitten im Satz ab. „Du kannst doch bis Montag bleiben, oder?" Warum war ihr so wichtig, dass er nicht nur eine Nacht hier blieb? Jetzt, da er da war, wünschte sie sich sehnlichst, dass er nicht gleich wieder abreiste.

„Ist das denn so wichtig?"

„Ja, es ist wichtig", antwortete sie, sagte ihm den wahren Grund jedoch nicht. „Ich glaube, du solltest dir selbst ein Bild machen …"

Er berührte zärtlich ihre Schultern, und Sheila spürte seine Finger durch ihre dünne Baumwollbluse warm auf ihrer Haut. „Ich wollte eigentlich wissen, ob es wichtig ist, dass ich bei dir bleibe", sagte er.

Ihre Lippen fühlten sich unerträglich trocken an. Sie musste sie mit der Zunge befeuchten, bevor sie den Mut fand, ehrlich zu antworten. „Ich bin froh, dass du da bist, Noah", gestand sie zögernd. „Und ich fände es schön, wenn du bliebst – nicht nur, damit du dir die Brandschäden ansiehst, und auch nicht nur, damit du dir ein Bild von dem Weingut machen kannst. Ich *möchte*, dass du hier bei mir bleibst, *meinetwegen*." Ihr Geständnis überraschte sie selbst. Nach Jeff hatte sie gedacht, sie hätte die Sehnsucht verloren, von einem Mann umarmt zu werden. Sie hätte nie geglaubt, dass sie sich jemals wieder eingestehen würde, einen Mann zu begehren. Einfach deshalb, weil sie gedacht hatte, diese Gefühle in ihr wären gestorben. Sie hatte angenommen, dass Jeff sie für eine Beziehung mit einem anderen Mann für immer ruiniert hatte. Dass die Bitterkeit, die sie seinetwegen entwickelt hatte, ihr ein Leben lang bleiben würde.

Doch sie hatte sich geirrt. Und wie! Der starke Mann, der gerade zärtlich ihre Schultern berührte, hatte ihre Meinung über viele Dinge geändert, und eines davon war die Liebe. Sie konnte es vor Noah noch nicht zugeben, aber sie wusste, dass sie ihn so sehr liebte wie nie einen Mann zuvor.

„Dann bleibe ich", flüsterte er und strich mit den Daumen den Stoff ihrer Bluse glatt. „Ich möchte bei dir bleiben."

Sheila seufzte, als Noah den Clip aus ihrem Haar nahm. Ihre kastanienroten Locken lösten sich aus dem Knoten und umrahmten ihr Gesicht. Zart küsste er sie auf die Augenlider, und Sheila bekam weiche Knie. Er legte ihr besitzergreifend die Arme um die Taille und zog Sheila sehnsüchtig an sich. Sheilas Oberschenkel pressten sich eng an seine Beine, ihre Brüste schmiegten sich fest an seinen Oberkörper, und ihre beiden Herzen klopften in dieser stillen Nacht im gleichen Takt.

Er ließ seine Lippen zärtlich über ihre Lider streifen, danach glitt sein Mund langsam über ihre Wangen und die zarte Haut unter ihrem Kinn. Ein Schauer der Erregung durchströmte ihren Körper, und sie erzitterte unter seinen Liebkosungen. Jetzt küsste er ihren Hals. Sheila seufzte selig und sehnsüchtig.

Ihre Lippen bebten, als er sie berührte, und ihr leises, erregtes Stöhnen verschmolz mit Noahs Seufzen. Ihrer beider Atem ging schneller und heftiger. Kaum fühlte sie Noahs Zunge, begann ihr Puls zu rasen ,und leise keuchend öffnete sie den Mund. Sie wollte mehr, verzehrte sich nach seiner bittersüßen Liebe.

Er spürte, dass sie sich jetzt ihrer Leidenschaft hingab. Spürte den Moment, als sie dahinschmolz. Ihre Zunge reizte seine, neckte und umspielte sie, bis er die süße Qual nicht mehr ertrug. Vorsichtig bettete er Sheila auf das weiche Gras unter den hohen Kiefern. Danach legte er sich auf sie und nahm sie mit der Kraft seines Körpers und der Macht seines Begehrens gefangen.

Der Boden fühlte sich kühl unter ihrem Rücken an – eine köstliche Erlösung in dieser schwülen Nacht. Noahs Küsse entzündeten das Feuer in Sheilas Blut und weckten die hemmungslose Begierde, die im Verborgenen geschlummert hatte. Sie glaubte, jeden Moment vor Lust zu explodieren. Sie wollte ihn, wollte *alles*. Ihre Leidenschaft hatte etwas Verzweifeltes an sich, eine wilde Begierde, die keine Grenzen kannte.

„Liebe mich", flehte sie. Er hob den Kopf und löste sich langsam aus ihrer Umarmung.

Er öffnete einen Knopf ihrer Bluse, küsste die Stelle zwischen ihren Brüsten und schmeckte das Salz auf ihrer Haut. Seine Hand zitterte leicht, während er ihr zärtlich die Haare aus dem Gesicht strich. „Ich dachte, ich werde noch wahnsinnig", sagte er und betrachtete das Spiel des Mondscheins auf ihrem rotbraunen Haar. „Ich wollte dir schon in der ersten Nacht nachfahren, als wir uns kennengelernt haben." Er schaute sie ernst an. „Es war die Hölle, nicht bei dir sein zu können."

„Warum bist du nicht früher gekommen?" Sie hatte Mühe, sich auf das Gespräch zu konzentrieren, denn Noah ließ seine Finger unter den Kragen ihrer Bluse gleiten. Sheilas Haut schien dort zu glühen, wo er sie zwischen den Brüsten mit der Zunge berührt hatte, immer noch. Ein prickelnder Schauer durchlief sie.

„Du warst diejenige, die Zeit gebraucht hat", rief er ihr in Erinnerung. „Ich wollte dich zu nichts drängen, was du später einmal bereuen könntest."

„Mit dir zusammen zu sein, könnte ich nie bereuen." Die Art, wie er mit dem Zeigefinger über ihre Haut strich, löste tief in ihrem Inneren einen Wirbel an sinnlichem Begehren aus. „Bist du ... bist du deshalb hergekommen, weil du dachtest, ich hätte vielleicht eine Entscheidung getroffen, was unsere ... Beziehung betrifft?" Wieso konnte sie sich nicht konzentrieren? Es war wichtig, diesen Mann besser kennenzulernen. Und trotzdem konnte sie an nichts anderes denken als an das langsame, erregende Kreisen seines Fingers.

„Nein. Ich bin deshalb hergekommen, weil ich nicht mehr länger warten konnte", gestand er. Es war keine richtige Lüge; er hatte wirklich das dringende Bedürfnis gehabt, sie wiederzusehen – aber da waren auch die unerfreulichen Details in Anthony Simmons Bericht über die Rolle, die ihr Vater bei der Brandstiftung gespielt hatte. Du lieber Gott, wie sollte er ihr das bloß sagen? Er schwor sich, dass er einen Weg finden würde, ihr die neuen Erkenntnisse schonend beizubringen … wenn der passende Zeitpunkt da war. Jetzt allerdings, unter den schimmernden Sternen des Mitternachtshimmels, konnte er nur daran denken, wie sehr er sich nach ihr verzehrte.

Sie umschloss Noahs Finger und hielt ihn fest. „Ich kann nicht nachdenken, wenn du mich so streichelst."

„Denk nicht nach."

Sie ignorierte den erotischen Unterton. „Warum konntest du nicht länger warten?"

„Ich musste dich einfach wiedersehen."

Sie ließ seinen Finger los, und auf ihrem Gesicht breitete sich langsam ein Lächeln aus. Das Mondlicht spiegelte sich in ihren Augen, als sie zu Noah aufsah. „Es ist nicht wichtig", flüsterte sie und küsste seine Hand. „Wichtig ist nur, dass du *jetzt* hier bist." Sie massierte seinen Nacken, fuhr ihm durch sein kaffeebraunes Haar, zog seinen Kopf zu sich und küsste ihn leidenschaftlich und voller Sehnsucht.

„Oh Sheila", stöhnte er. Innerlich verfluchte er sich. Wie konnte er mit ihr schlafen, ohne ihr vorher alles zu erzählen, was er über sie, ihren Vater und den Brand wusste? Er hatte nicht nur ein schlechtes Gewissen, sondern das Gefühl, als würde er ein Versprechen brechen. Trotzdem verdrängte er den Gedanken energisch. „Ein andermal", schwor er sich halblaut.

„Wie bitte?" Sie hörte auf, ihn zu streicheln. „Wovon redest du?"

Er presste sie fester an sich. „Nichts, mein Liebling … nichts, was nicht warten kann."

Kaum berührte er ihre Lippen mit seinen, lösten sich all ihre Ängste in Luft auf. Sie nahm den warmen Wind wahr, der durch die Bäume streifte und der den süßen Duft von Kiefern und Je-längerjelieber zu ihr wehte. Sie schmeckte das Salz auf Noahs Mund und spürte seine kräftigen Hände, mit denen er gerade schnell die restlichen Knöpfe ihrer Bluse öffnete. Dann streifte er sie ihr über ihre Schultern, öffnete, ohne den Blick von ihr abzuwenden, den hauchdünnen BH und ließ ihn auf den Boden fallen.

Sheilas nackte Brüste hoben sich schimmernd von der Dunkelheit ab. Noah berührte erst eine, dann ihre zweite Brust, und Sheilas Knospen richteten sich unter dem sanften Streicheln auf.

Sie seufzte, da er eine ihrer Brustwarzen mit dem Mund umschloss. Er vergrub seine Finger in ihrem Rücken und drückte sie noch enger an sich. Sie spürte, wie seine Zunge ihre empfindlichen Spitzen liebkoste und reizte, und hatte plötzlich das Gefühl, dahinzuschmelzen.

Noah hob kurz den Kopf und schaute sie wissend an. Ihr Blick war verhangen vor Lust. Zärtlich griff er nach ihrer Hand und legte sie auf den Reißverschluss seiner Hose. „Zieh mich aus", bat er, „und lass mich dich lieben, bis die Sonne aufgeht."

„Das möchte ich auch", erwiderte sie, nahm ihre Hand jedoch weg.

Er schob seinen Pullover hoch, fasste wieder nach ihrer Hand und ließ sie zu seinem Bauch gleiten. „Vertrau mir", flüsterte er ihr ins Haar. „Komm, Liebling, zieh mich aus. Zeig mir, dass du mich möchtest."

„Noah …"

„Ich helfe dir." Mit einer raschen Bewegung entledigte er sich des Pullovers und warf ihn über einen Ast. Sheila ließ den Blick langsam über seinen muskulösen Bauch, seine dunklen Haare und seine gebräunte Haut schweifen, die in der Nacht noch dunkler aussah. „Jetzt bist du dran", erinnerte er sie.

Sie hob eine Hand und berührte seinen Oberkörper. Zögernd streichelte sie über seine Muskeln und kniff zart in seine Brustwarzen. Er stöhnte vor Lust. Jetzt ließ sie ihre Hand weiter nach unten wandern und ließ sie auf seiner Gürtelschnalle ruhen. Kurz kam ihr der Gedanke, dass man das, was sie gerade tat, als schamlos auffassen könnte. Doch sie glaubte es nicht. Ihre Liebe für diesen Mann war so groß, dass Schuldgefühle keinen Platz in ihrem Denken hatten.

Noah war erregt und konnte sich kaum noch beherrschen. Das Feuer in ihm loderte wild und heftig, und er musste seine ganze Willenskraft mobilisieren, um sich zu bremsen und sich nicht selbst seine Kleider vom Leib zu reißen. Er wollte, dass diese Nacht für sie genauso wichtig war wie für ihn. Er wollte sie lieben, wie sie noch nie geliebt worden war. Er wollte sich Zeit nehmen, um all die Lust, die in ihr verborgen war, zu wecken und zu befriedigen. Seine selbstauferlegte Zurückhaltung war so anstrengend, dass ihm der Schweiß auf die Stirn trat.

„Zieh sie mir aus", bat er erneut, weil ihre Hand immer noch auf seiner Gürtelschnalle lag. Folgsam öffnete sie den Gürtel und ließ ihn auf die Erde fallen. Sie umfasste den Knopf seiner Hose mit den Fingern, und er rutschte geräuschlos durch das Loch. Jeder Muskel in Noahs Körper spannte sich an.

Der Reißverschluss glitt auf, und Noah stöhnte. „Himmel, gefällt es dir, mich zu quälen?" Er machte die Augen auf, suchte Sheilas Blick und sah das herausfordernde Funkeln in ihren Augen. „Das wirst du bereuen", warnte er sie schmunzelnd.

Langsam streifte er ihr die Jeans Zentimeter für Zentimeter über die Hüften, ließ die Hand über die warme Haut ihrer Oberschenkel kreisen und saugte wieder an ihren Brustwarzen.

Keuchend bäumte sie sich unter ihm auf, presste ihn fester an sich und gab ihm ohne Worte zu verstehen, wie sehr sie sich nach ihm sehnte. „Bitte, Noah", schrie sie in die Nacht hinaus. Die Begierde ließ sie alles um sich herum vergessen.

Ihr verzweifelter Schrei machte der Qual ein Ende. Stöhnend schob sich Noah auf sie, ließ sie seine Lust spüren, die genauso stark wie ihre war. Sie fühlte seine weichen Lippen und seinen Atem auf ihrer Haut. Jetzt endlich ließ er sich gehen und drang in sie ein, wurde eins mit ihr und gab sich der sinnlichen Vereinigung von Körper und Geist hin. Er verschmolz mit ihr, sein Rhythmus so gleichmäßig wie die Wellen, die unaufhörlich an die Küste peitschen. Dann wurde er schneller und versetzte Sheila in immer wildere Ekstase, bis sie beide sich schließlich in einem gemeinsamen Rausch der Leidenschaft verloren.

Sie erzitterte unter ihm, und ein Schauer durchlief ihren Körper, als die letzte mächtige Welle der Lust über ihr zusammenschlug. Kurz darauf erreichte er auch den Gipfel der Ekstase. Ineinander verschlungen lagen sie da, während ihrer beider Atem sich langsam wieder beruhigte. Sie hielten sich fest, damit der Moment, in dem sie miteinander eins geworden waren, nie mehr endete.

Sheila war so erfüllt von Liebe, dass sie das Bedürfnis hatte, ihm ehrlich und aufrichtig zu sagen, was sie für ihn empfand. „Noah … ich …"

„Schhhh, mein Liebling", hauchte er in ihr Haar. „Hörst du die Geräusche der Nacht?"

„Erzähl mir von dir", flüsterte Noah ihr zärtlich ins Ohr. Sie hatten es geschafft, sich anzuziehen, und saßen nun nebeneinander an den Stamm einer Kiefer gelehnt. Noah hatte fürsorglich die Arme um Sheila geschlungen.

„Da gibt es nicht viel zu erzählen." Sheila kuschelte sich noch fester in seine Arme, während sie den Wolken zusah, die gespenstisch am Mond vorbeizogen. Die Nacht war still, und nur ein sanfter Wind strich durch die Bäume. Das leise Summen der Insekten und der gelegentliche Schrei einer Eule waren das Einzige, was Sheila abgesehen von Noahs regelmäßigem Atem und dem rhythmischen Klopfen seines Herzens hörte.

„Warum fängst du nicht damit an, warum du auf dem Weingut bleiben möchtest?" Er spürte, wie sie erstarrte.

„Ich denke, das ist offensichtlich."

„Gut. Dann kannst du es mir ja erklären."

„Es war das Lebenswerk meines Vaters, Noah. Er hat immer davon geträumt, den allerbesten Wein herzustellen. Ich kann nicht einfach aufgeben."

„Das habe ich nicht von dir verlangt."

„Noch nicht." Sie spürte, wie sie sich verspannte. Nicht jetzt, dachte sie. *Mach es jetzt nicht kaputt. Wir hatten gerade wunderbaren, himmlischen Sex. Ich bin hoffnungslos in dich verliebt. Enttäusch mich nicht! Nicht jetzt.*

„Aber du glaubst, dass ich es verlangen werde. Warum?"

Sie fuhr sich mit zitternder Hand durch die Haare. „Du hast bereits angeboten, mir meine Anteile abzukaufen."

„Und das ist ein Problem für dich? Warum?"

Er wirkte aufrichtig. Sie wollte nicht glauben, dass er jene Hintergedanken hatte, vor denen ihr Anwalt sie gewarnt hatte. Sie wollte nicht glauben, dass er wie sein berühmt-berüchtigter Vater war. „Es ist einfach zu früh. Der Tod meines Vaters ist noch nicht lange her. Ich will nicht alles, woran er geglaubt hat, aufgeben. Noch nicht."

Er legte ihr einen Daumen unters Kinn und zwang sie, ihn anzusehen. „Bedeutet es dir denn so viel, was dein Vater wollte?"

„Wir haben einander sehr nahe gestanden."

Noah rieb sich mit dem Daumennagel nachdenklich das Kinn. „So nahe, dass du alles aufgeben würdest, damit sein Traum nicht stirbt?"

„Es ist kein Opfer für mich. Es ist das, was ich tun möchte."

Noah seufzte, und sein Atem streichelte Sheilas Haar, als er sie fester in den Arm nahm und an sich zog. „Ach, meine Schöne, was mache ich bloß mit dir?" Sie war ihm ein Rätsel. Ein faszinierendes, verführerisches Rätsel, dessen Lösung er nicht kannte.

„Vertrau mir", erwiderte sie als Antwort auf seine rhetorische Frage.

„Das tue ich", erklärte er energisch.

Sie hätte ihm so gern geglaubt. Doch sie konnte die dunklen Schatten des Zweifels nicht vergessen, die sie in seinen klaren blauen Augen gesehen hatte.

„Erzähl mir von deinem Ehemann", schlug er vor, um das Thema zu wechseln. Dieser, Mann, über den er nichts wusste, außer, dass er Sheila geschwängert und sie dann verlassen hatte, ließ ihm schon seit einiger Zeit keine Ruhe.

„Ich rede nicht gern über Jeff." Ihre knappe Antwort machte deutlich, wie unangenehm ihr das Thema war.

„Warum nicht?"

Sie ballte unwillkürlich die Fäuste. „Es macht mir immer noch zu schaffen."

„Die Scheidung? Oder die Ehe?"

„Die Tatsache, dass ich einen dermaßen großen Fehler gemacht habe." Sie löste sich aus Noahs Umarmung.

„Dann gibst du dir also selbst die Schuld."

„Teilweise schon, glaube ich. Ich will nicht darüber reden."

„Ich wollte dich nicht ausfragen", sagte er entschuldigend.

Sie winkte ab. „Schon gut, das hast du nicht getan. Ich weiß nicht, warum es so schwer für mich ist, darüber zu reden."

„Vielleicht, weil du ihn immer noch liebst."

Sheila wich zurück, als hätte man ihr ins Gesicht geschlagen. „Da liegst du falsch. Ich weiß nicht, ob ich ihn je geliebt habe. Ich dachte, ich hätte es getan, aber wenn ich ihn genug geliebt hätte, hätten sich die Dinge vielleicht anders entwickelt."

„Und du wärst immer noch verheiratet?"

Sie nickte stumm und bemühte sich, nicht in Tränen auszubrechen.

„Willst du das etwa? Mit ihm verheiratet sein?"

„Nein, ich will nicht mit ihm verheiratet sein." Sheila hatte das Gefühl einer großen innerlichen Leere, als sie sich Noah anvertraute und ihm die Geheimnisse verriet, die sie dem Rest der Welt verheimlicht hatte. „Jeff zu heiraten war wahrscheinlich mein größter Fehler. Aber wegen Emily frage ich mich, ob ich richtig gehandelt habe."

„Indem du dich von ihm hast scheiden lassen?"

„Er hat sich von mir scheiden lassen", seufzte sie und rieb sich nachdenklich die Stirn. „Aber vielleicht hätte ich kämpfen und mich Emily zuliebe mehr bemühen müssen."

„Ach, du glaubst also, es wäre besser für das Kind, wenn ihr beide euch nicht getrennt hättet." Er klang bitter.

„Ich weiß nicht, was richtig gewesen wäre. Es war schwierig. Ich dachte, er wäre glücklich."

„Warst du es denn?"

„Anfangs schon. Als ich gemerkt habe, dass ich schwanger war, war ich sogar außer mir vor Freude. Jeff war nicht so begeistert wie ich, aber ich habe seine Reaktion für normal gehalten. Ich dachte, seine Einstellung würde sich ändern, sobald das Kind auf der Welt ist." Sheila machte eine Pause, als würde sie versuchen, ihre Gefühle zu ordnen. Noah empfand eine starke Abneigung gegen Jeff Coleridge.

„Das ist nicht passiert", riet Noah.

„Es lag weniger an dem Baby als an dem zusätzlichen Druck, eine Familie ernähren zu müssen. Ich konnte nicht arbeiten, nicht einmal in dem Teilzeitjob, den ich vor Emilys Geburt hatte. Für einen guten Babysitter wäre mein ganzes Gehalt draufgegangen. Ich glaube, die finanzielle Belastung war zu viel für Jeff." Sheila versank in Schweigen. Noah wartete darauf, das Ende der Geschichte zu hören, doch Sheila hatte nicht mehr den Mut dazu. Sie schaffte es nicht, dem Mann, dessen Hand immer noch auf ihrem Arm lag, zu erzählen, was sie ihrem Vater und dem Rest der Welt so lange verschwiegen hatte.

„Er hat dich also wegen des Geldes verlassen? Welcher Mann verlässt denn eine Frau und ein Kind, weil er sie finanziell nicht versorgen kann?"

Sheila merkte, dass sie merkwürdigerweise das Bedürfnis hatte, Jeff zu verteidigen. „Er stammt nicht aus einer reichen Familie wie du. Er musste sein ganzes Leben lang kämpfen."

„Aber ein Mann muss doch unabhängig davon Verantwortung übernehmen." Er grub seine Finger in ihren Arm. „Was ist passiert? Da ist doch etwas."

Sheila hatte einen Kloß im Hals. „Jeff … Er hatte … ein Verhältnis mit einer anderen Frau." Beschämt über ihr Geständnis blickte sie zu Boden.

Genau das hatte Noah vermutet. Ihm wurde beinahe übel. Er biss die Zähne zusammen, damit er nicht zu fluchen begann.

Jetzt musste Sheila einfach alles erzählen. Ihre Stimme war kaum mehr als ein Flüstern – als wäre das, was sie erlebt hatte, zu schmerzhaft, um es laut auszusprechen. „Diese Frau – sie hieß Judith – war älter als Jeff. Mitte vierzig, würde ich sagen. Geschieden und finanziell abgesichert. Sie wollte einen jüngeren …"

„Hengst?", fragte Noah sarkastisch.

„Mann."

„Dein Ehemann war kein Mann, Sheila", fluchte er. „Er ist ein Mistkerl, und noch dazu ein Idiot."

Sheila bemühte sich tapfer, die Fassung nicht zu verlieren. Sie hatte ihre Geheimnisse immer für sich behalten und gehofft, dass ihr eigener Schmerz und ihre Wut sich nicht negativ auf das Bild auswirkten, das Emily von ihrem Vater hatte. „Das spielt keine Rolle. Nicht mehr. Jedenfalls hat Jeff die Scheidung von mir verlangt, und ich habe eingewilligt, als ich eingesehen habe, dass es für uns keine Hoffnung mehr gibt. Das Einzige, was ich wollte, war mein Kind. Und das war kein großes Problem; für Jeff wäre Emily nur eine Last gewesen."

Noah hielt ihren Arm noch fester und zog sie dichter an seine Brust. „Du musst nicht darüber reden …"

„Schon okay. Viel mehr gibt es ohnehin nicht zu erzählen, aber ich glaube, du solltest es hören", sagte sie tonlos. „Als die Ehe in die Brüche ging, habe ich vor dem Nichts gestanden. Ich wusste nicht, was ich tun sollte. Dad hat mich ermutigt, nach Kalifornien zu ziehen und an der Uni meinen Master zu machen."

Sheila lächelte traurig in sich hinein, als sie daran dachte, wie leicht durchschaubar die Idee ihres Vaters gewesen war. „Ich bin überzeugt, er dachte, ich würde während des Studiums einen anderen Mann kennenlernen und Jeff vergessen. Also habe ich …" Sie atmete tief durch. „… Geld von meinem Dad angenommen – sehr viel Geld – und seinen Rat beherzigt. Ich wusste nicht, dass die Studiengebühren und meine Lebenshaltungskosten in Kalifornien höher waren, als Dad es sich leisten konnte. Ich dachte, das Weingut stünde wirtschaftlich gut da. Aber so war es nicht. Dad musste einen Kredit aufnehmen."

„Bei Wilder Investments", riet Noah. Die Falten auf seiner Stirn wurden tiefer, und er spürte, wie Ekel in ihm hochstieg. So hatte Ben Oliver Lindstrom also in die Ecke gedrängt! Er hatte die Liebe eines Mannes für seine Tochter ausgenutzt und daraus Profit geschlagen. Noahs Nackenmuskeln waren mittlerweile so verkrampft, dass es wehtat.

Sheila nickte. „Das Weingut war bereits mit zwei Krediten belastet. Dad konnte sich nirgendwo anders mehr etwas leihen."

151

„Und Ben war natürlich nur allzu gern bereit dazu."

„Bei dir klingt es fast so, als hätte er die ganze Sache eingefädelt."

Noahs Nasenflügel bebten und sein Blick verfinsterte sich. „Zutrauen würde ich es ihm jedenfalls."

„Dein Vater hatte nichts damit zu tun, dass meine Ehe in die Brüche gegangen ist. Es ist meine Schuld, dass ich das geliehene Geld nicht zurückgezahlt habe … Ich dachte einfach, es wäre nicht so eilig. Daran, dass mein Dad sterben könnte, habe ich überhaupt nie gedacht." Der Schmerz überwältigte sie, und ihr traten die Tränen, die sie die ganze Zeit zurückgehalten hatte, in die Augen. „Ich dachte, er würde immer da sein."

„Nicht …" Er küsste sie sanft aufs Haar. „Quäl dich nicht. Es war nicht deine Schuld."

Sie lachte bitter. „Wenn ich das bloß glauben könnte."

„Du bist zu hart zu dir selbst."

„Außer mir hat niemand Schuld."

„Da wäre zunächst mal dein Exmann, oder?", stieß Noah hervor, überrascht über den Hass, den er für einen Mann empfand, den er nicht mal kannte. „Oder dein Vater. Er hätte dir von seinen finanziellen Schwierigkeiten erzählen sollen."

Sie schüttelte den Kopf, und ihr liefen die Tränen über die Wangen. „Er wollte mich nicht belasten, und ich habe ihn nicht einmal gefragt!"

„Schhhhhh, Liebling! Nicht weinen", flüsterte Noah und drückte sie an sich. Gleichzeitig versuchte er seine Wut zu unterdrücken. Warum war dieses wunderbare Wesen, diese unschuldige Frau, durch zwei Männer in eine derart schreckliche Situation geraten? Ihr Exmann war ein Schuft, und ihr Vater, der sie eigentlich beschützen wollte, hatte ihr letztlich nur wehgetan. Der Brand und die Rolle, die Oliver Lindstrom dabei gespielt hatte, machten Noah sehr zu schaffen. Wenn er Sheila bloß erzählen könnte, was er über ihren Vater wusste; wenn er es doch endlich loswerden könnte! Aber er schwieg, weil er befürchtete, sie würde sich dann nur noch mehr Vorwürfe machen.

Auf den wahren Grund, warum Sheilas Vater sich Geld geliehen und mit diesem Kredit das Weingut belastet hatte, wäre Noah nie gekommen. Er hatte vermutet, Oliver Lindstrom hätte es für irgendeine private, vielleicht sogar unvernünftige Ausgabe gebraucht, doch er hatte keine Zweifel an der Richtigkeit von Sheilas Worten. Es gab zu viele Übereinstimmungen ihrer Geschichte mit den Kreditabrechnungen, die Wilder Investments vorlagen. Abrechnungen, die er stundenlang studiert hatte, bevor er nach Cascade Valley gefahren war. Und wären diese Daten nicht Beweis genug gewesen: die Sorgenfalten in Sheilas schuldbewusstem Gesicht zeugten von ihrer Reue und ihren Selbstvorwürfen.

„Komm", murmelte er, stand auf und zog sie hoch. „Gehen wir ins Haus zurück. Du brauchst ein wenig Schlaf."

„Bleibst du bei mir?", fragte sie leise. Sie hatte Angst vor einer Zurückweisung. Vielleicht hatte ihr Geständnis ja alle Gefühle, die er möglicherweise für sie hatte, zerstört.

„Solange du willst", antwortete er und ging langsam mit ihr den Hügel zum Haus hinauf.

Als Sheila aufwachte, stellte sie fest, dass sie allein im Bett lag. Die blau gemusterten Laken, die sie so gern mochte, kamen ihr ohne Noah kalt und ungemütlich vor. Sie wusste, warum er nicht bei ihr war. Er hatte sie fast die ganze Nacht im Arm gehalten und getröstet, aber irgendwann in den frühen Morgenstunden, während sie erschöpft geschlafen hatte, war er aus ihrem Zimmer geschlichen und hatte sich auf die ungemütliche Couch im Wohnzimmer gelegt. Das war zwar ein wenig heuchlerisch, aber wegen Emily und Sean am besten so.

Der Tag begann angenehm, und sogar das improvisierte Frühstück verlief ohne besondere Vorkommnisse. Sean war immer noch mürrisch und wortkarg, schien sich allerdings in sein

Schicksal ergeben zu haben und provozierte Sheila – fast – nicht mehr.

Während die Kinder nach dem Frühstück den Abwasch erledigten, führte Sheila Noah durchs Haus. Es war ein großes, schlossartiges Gebäude, das ursprünglich als Landsitz für einen reichen Franzosen namens Gilles de Marc gebaut worden war. Weinbau war sein Hobby gewesen, und als er gemerkt hatte, dass in Cascade Valley die Voraussetzungen perfekt waren, hatte er mit der Produktion von Cabernet Sauvignon begonnen.

Abgesehen von ein paar Räumen im ersten Stock, die vom Feuer verschont geblieben waren, waren die Schäden enorm. Noahs geschulter Blick wanderte über die rußigen Vorhänge und die Asche auf dem Boden. Es war offensichtlich, dass Sheilas Versuche, den einst burgunderroten Teppich zu reinigen, nichts gebracht hatten. Auf den englischen Tapeten waren große Wasserflecke zu sehen, und ein paar der zerbrochenen Fenster waren mit Sperrholz zugenagelt. Die vornehmen, antiken europäischen Möbel hatten ebenfalls Wasserflecke abbekommen und würden – mit Ausnahme einiger weniger teurer Stücke – restauriert werden müssen. Alles zeugte von Sheilas Bemühungen, die ursprüngliche Eleganz der Zimmer wiederherzustellen. Doch die Aufgabe hatte sie überfordert.

Später, als Noah im Arbeitszimmer Oliver Lindstroms Kontoauszüge durchsah, stellte er fest, dass sie mit dem, was Sheila ihm erzählt hatte, übereinstimmten. Es war deprimierend zu sehen, wann genau das von Wilder Investments geliehene Geld eingegangen war. Teile der Summe waren vierteljährlich an Sheila in Kalifornien überwiesen worden; zum anderen Teil war das Geld in wirtschaftlich schlechten Jahren für den Erhalt des Weinguts verwendet worden. Soweit Noah feststellen konnte, hatte Oliver nichts für sich selbst ausgegeben. Dieses Wissen bedeutete keine Erleichterung für Noah; es machte es nur noch schwieriger, Sheila zu erklären, dass ihr Vater in die Brandstiftung verwickelt war.

Sheila versuchte Noah zu helfen, indem sie ihm alles erklärte, was sie über das Weingut wusste. Noah saß am Schreibtisch ihres Vaters, machte sich Notizen und studierte die Abrechnungen ihres Vaters so genau, als enthielten sie die Antworten auf sämtliche Rätsel des Universums. Sheila hatte das Gefühl, ihm näherzukommen und ihn langsam besser zu verstehen. Sie wusste, dass sie ihm absolut vertrauen konnte, und hoffte, dass die Liebe, die sie für ihn empfand, irgendwann erwidert würde. Vielleicht würden mit der Zeit die Schatten des Zweifels in seinen Augen verschwinden und Vertrauen Platz machen.

Sogar Emily fing an, sich Noah gegenüber zu öffnen, und am frühen Nachmittag war die Schüchternheit des Mädchens beinahe ganz verflogen. Noah war zwar mit den Abrechnungen beschäftigt, doch er nahm sich immer Zeit, mit ihr zu reden. Am späten Nachmittag schien Emily sich in Noahs Gegenwart uneingeschränkt wohlzufühlen.

Am überraschendsten allerdings war, dass Emily sich zu Sean hingezogen fühlte. Sie himmelte den Teenager regelrecht an und verfolgte ihn auf Schritt und Tritt. Sean versuchte zwar, sich nichts anmerken zu lassen, aber Sheila hatte den Verdacht, dass er das kleine Mädchen mit dem zerzausten Haar genau so sehr mochte wie es ihn. Alles lief gut. Zu gut.

„Genug gearbeitet", verkündete Sheila, die gerade in Olivers Arbeitszimmer gekommen war. Noah saß mit sorgenvoll gefurchten Brauen immer noch am Schreibtisch. Eine dunkle Strähne fiel ihm ins Gesicht. Als er Sheila bemerkte, sah er von dem unordentlichen Stapel Papiere auf und lächelte sie an.

„Hast du etwas Spezielles im Sinn?", fragte er verführerisch.

Sie senkte die Lider, imitierte seinen Schlafzimmerblick und fragte mit tiefer Stimme: „Was hast *du* denn im Sinn?"

„Du bist grausam", murmelte er mit gespielter Enttäuschung.

„Und du viel zu optimistisch."

Noah lehnte sich in den knirschenden Ledersessel zurück. „*Erwartungsvoll* wäre das passendere Wort."

„Ich hatte gehofft, du würdest sagen, du wärst hungrig."

Sein Lächeln wurde breiter. „Das könnte stimmen", sagte er rau.

„Fein." Sie zwinkerte ihm zu. „Wir machen nämlich ein Picknick."

„Nur wir beide?"

„Träum weiter. Die Kinder kommen mit."

Ehe Noah etwas erwidern konnte, hörte man schnelle Schritte, und Emily kam atemlos ins Arbeitszimmer gestürmt. „Seid ihr noch nicht fertig?", murrte sie. „Ich dachte, wir gehen wandern."

„Wir kommen ja schon", entgegnete Sheila lachend. „Hast du deine Brownies eingepackt?"

„Psst …" Emily legte sich einen Finger auf den Mund und zog eine Schnute. „Das soll doch eine Überraschung sein!"

„Klar, ich verrate es niemandem", sagte Noah leise und verschwörerisch zu dem aufgeregten Kind. „Es bleibt unser Geheimnis, okay?"

Emily lächelte, und Sheila fragte sich, wie lange sie ihre Tochter schon nicht mehr so ungezwungen in der Gegenwart eines Mannes erlebt hatte. Emily war schüchtern und brauchte sogar dann eine Weile, bis sie auftaute, wenn ihr Vater sie besuchte. Bei Noah aber war das anders; dieser Mann und das Kind empfanden echte Zuneigung füreinander. Oder bildete Sheila sich nur ein, dass Emily Noah sympathisch fand?

Emily rannte hinaus, und Sheila deutete mit dem Kopf in die Richtung des blitzartig verschwundenen Kindes. „Ich glaube, wir sollten uns besser auf die Socken machen, ehe Emily die Geduld verliert."

„Ich kann mir nicht vorstellen, dass die Kleine je wütend wird."

„Wart's nur ab." Sheila lachte. „Du wirst schon sehen. Und dann kannst du nur hoffen, dass du ihr nicht in die Quere kommst."

„Emily? Wutanfälle?"

„Solche, wie sie die Welt noch nicht erlebt hat."

Noah stand auf. „Ich frage mich, woher sie bloß ihr Temperament hat", überlegte er halblaut und sah Sheila demonstrativ an. Er hatte Lachfältchen um die Augen. Dann ging er zu ihr, legte ihr die Arme um die Taille und zog sie fest an sich. Schmunzelnd schob er ihr eine widerspenstige Locke hinters Ohr.

Sie zog eine Augenbraue skeptisch hoch. „Willst du damit sagen, ich wäre launisch?"

Er schüttelte den Kopf. „Launisch ist noch milde ausgedrückt. *Streitsüchtig* passt besser, glaube ich." Er küsste sie zärtlich auf die Stirn. „Was würde ich nicht darum geben, nur eine Stunde mit dir allein zu sein", raunte er dicht an ihrem Ohr.

„Was würdest du dann tun?" Sie spielte mit seinem Hemdkragen.

„Darauf kämst du nicht mal in deinen wildesten Träumen."

Sheila spürte, wie sie ein Schauer freudiger Erregung durchlief. „Wenn du dich da mal nicht täuschst …"

Noah schmunzelte. „Du bist unmöglich, weißt du das? Unmöglich, aber hinreißend. Ich werde es dir schon zeigen, wart's nur ab", sagte er drohend, ließ sie los und gab ihr einen Klaps auf den Po. „Los, gehen wir. Wir wollen Emily nicht warten lassen."

Sie brauchten fast eine Stunde bis auf den höchsten Punkt der umliegenden Hügel. Der Weg war steil, doch Sheila versprach, dass der Ausblick vom Gipfel die Anstrengung wert war. Noah schien seine Zweifel zu haben, Emily wiederum war vor Vorfreude kaum zu bremsen, und Sean machte wieder das übliche gequälte, gelangweilte Gesicht.

Der Picknickplatz, den Sheila gewählt hatte, war einer ihrer Lieblingsorte – ein lauschiges, abgeschiedenes Plätzchen inmitten von grünen Lärchen und Kiefern. Nachdem sie eine Stelle ausgesucht hatte, von der aus man den besten Blick auf die umliegenden Cascade Mountains hatte, breitete sie eine Decke auf dem Boden aus und packte Pappteller und Sandwiches aus. Die

Stimmung war deutlich lockerer als gestern Abend. Sogar Sean begann aufzutauen.

„Ich kenne einen guten Platz zum Forellenfischen", verkündete Emily mit wichtiger Miene. Sie versuchte immer noch, Sean zu imponieren.

„Na klar, du weißt, wo man Forellen fischen kann." Sean fuhr Emily schmunzelnd durch die dunklen Locken. Seine blauen Augen blitzten herausfordernd. „Was weiß ein kleines Kind wie du schon vom Angeln?"

Emily sah ihn empört an. „Ich *bin* kein kleines Kind!"

„Okay." Sean zuckte herablassend die Achseln. „Also, woher weißt du, wie man fischt?"

„Mein Grandpa hat es mir beigebracht."

Sean betrachtete die Kleine nachdenklich. Für ihr Alter war sie eigentlich ganz in Ordnung. Ein Rest von Skepsis blieb. „Was für Forellen?"

„Regenbogenforellen ... und ein paar Saiblinge."

Seans Interesse war geweckt. „Und wie fängt man die?"

„Mit einer Angelrute, du Dummkopf", antwortete Emily von oben herab.

„Aber wir haben doch keine Angelruten mit."

„Du glaubst wohl, du weißt alles, was?" Emily griff in Sheilas Rucksack und holte zwei Angelruten mit Fliegenschnur heraus.

„Zum Angeln braucht man mehr als nur eine Angelrute."

Emilys verächtlicher Blick sprach Bände. „Nun mach mal halblang, ja?" Sie griff wieder in den Rucksack und nahm eine kleine Metalldose heraus. Dann machte sie den Deckel auf und hielt Sean die Dose stolz hin. Sie war randvoll mit handgebundenen Fliegen. „Noch Fragen?"

Sean gab sich grinsend geschlagen. Auf seinen Wangen erschienen zwei tiefe Grübchen. „Okay, okay – du weißt also alles übers Fischen. Mein Fehler. Los, gehen wir." Er schaute zu Noah und Sheila, um sich zu vergewissern, dass die beiden nichts dagegen hatten.

Sheila, die das Gespräch der beiden amüsiert verfolgt hatte, lächelte dem blonden Jungen zu. „Klar, geht nur. Heute brauchst du nicht abzuwaschen. Darum kümmern dein Dad und ich uns." Sie deutete schmunzelnd auf die Pappteller und zwinkerte Sean zu. „Emily kennt den Weg zum Bach; sie und ihr Grandpa sind früher jeden Abend dort gewesen." Ihr Lächeln wurde traurig.

Emily rannte mit der Fliegenschnur in ihrer kleinen Hand bereits den Hügel hinunter. „Komm schon, Sean, beeil dich! Wir haben nicht den ganzen Tag Zeit", rief sie ihm über die Schulter zu.

Sean nahm seine und Emilys Angelrute und die Fliegendose und lief Emily hinterher.

Sheila begann, das übriggebliebene Obst und die restlichen Sandwiches in den Korb zu packen. „Du darfst mir ruhig helfen, weißt du." Sie bedachte Noah mit einem vielsagenden Blick durch ihre dunklen Wimpern.

„Warum sollte ich, wenn ich doch hier liegen und die schöne Aussicht genießen kann?" Er lag auf der Seite, hatte sich auf einen Ellbogen gestützt und ließ seinen Blick über Sheilas Figur wandern. Als sie die Decke in den Rucksack legte, streckte er die Hand aus und hielt Sheila am Handgelenk fest. „Du musst mir da mal was erklären."

Um ihren Mund zuckte es verräterisch. „Gern, wenn ich kann."

Er zog die dunklen Brauen zusammen, als würde er angestrengt über etwas Bestimmtes nachdenken. Gleichzeitig streichelte er mit dem Daumen über die Innenseite ihres Arms. „Woran liegt es, dass du und dein altkluges Töchterchen mit meinem Sohn so gut zurechtkommen und *ich* ihn immer noch nicht verstehe?"

„Vielleicht bemühst du dich zu sehr", antwortete Sheila. Sie biss in einen Apfel, kaute und schluckte. „Hältst du Emily wirklich für altklug?"

„Nur manchmal. Sie ist es dann, wenn es nötig ist."

„Und wann ist das?"

„Wenn sie mit Sean redet. Er ist schwierig."

Sheila drehte den Apfel in ihrer Hand und betrachtete ihn. „Sie hat bis jetzt noch nie mit jemandem wie Sean zu tun gehabt."

Noah wirkte erstaunt. „Warum nicht?"

Sheila hob die Schultern. „Alle meine Freunde haben Kinder in Emilys Alter. Einige sind jünger, einige älter – aber nur ein paar Jahre. Das Weingut liegt ziemlich abgeschieden, und sie hat noch nicht viele Teenager kennengelernt. Was vielleicht daran liegt, dass Teenager jüngeren Kindern gern aus dem Weg gehen."

„Aber du hast doch bestimmt Babysitter gehabt?"

Sheila schüttelte den Kopf, und die Sonne spiegelte sich rötlich in ihren Locken. „Nicht viele." Sie warf das Apfelgehäuse in den Müllsack. „Normalerweise passen meine Freundinnen und ich abwechselnd auf unsere Kinder auf, und wenn das nicht klappt, gibt es immer noch Marian."

„Marian?"

„Jeffs Mutter, Emilys Großmutter."

Noah hörte auf, Sheila zu streicheln. „Verstehe." Er stand abrupt auf, klopfte sich die Hände an seiner Hose ab und legte die Stirn in Falten. Dann schüttelte er den Kopf, als wollte er einen unerfreulichen Gedanken vertreiben, und seufzte. „Du hängst immer noch sehr an deiner Exschwiegermutter, nicht wahr?"

Sheila drückte den Korken zurück in den Hals der Weinflasche und verstaute sie im Rucksack. „Ich denke schon", antwortete sie. „Außer ihr hat Emily keine Großeltern mehr."

„Und deshalb ist sie etwas Besonderes?"

„Ja."

Noah runzelte die Stirn, während er den Rucksack und den Picknickkorb aufhob.

„Marian Coleridge ist sehr lieb zu Emily und mir. Sie betet das Kind an, und nur weil Jeff und ich uns getrennt haben, heißt das ja nicht, dass Emily keine gute Beziehung zu ihrer Großmutter haben darf."

„Natürlich nicht", erwiderte Noah knapp.

„Warum stört es dich dann?"

„Tut es nicht."

„Lügner."

„Ich werde nur nicht gern daran erinnert, dass du verheiratet warst."

„Du wirst jedes Mal daran erinnert, wenn du Emily siehst."

„Das ist etwas anderes."

„Inwiefern?"

„Dein Kind kann man doch nicht mit der Mutter deines Exmanns vergleichen."

Sie brachen auf. Sheila seufzte in sich hinein. „Ich möchte nicht mit dir streiten. Das bringt nichts. Ich bin 31 Jahre alt, ich bin geschieden und habe ein Kind. Du kannst nicht von mir erwarten, dass ich vergesse, dass ich mal verheiratet war."

„Das erwarte ich doch gar nicht! Aber ich will auch nicht, dass du ständig daran denkst."

„Tu ich nicht."

An einer Wegbiegung blieb Noah stehen, stellte den Korb auf den Boden und schaute ihr tief in ihre grauen Augen. „Ich glaube, du hängst immer noch an deinem Exmann."

„Das ist lächerlich!"

„Ach ja?"

Sheila presste die Lippen wütend zusammen. „Ich rede nur deshalb nicht gern über Jeff, weil ich nicht gerade stolz darauf bin, dass ich geschieden bin. Als ich geheiratet habe, bin ich nicht davon ausgegangen, dass meine Ehe einmal so enden würde. Ich dachte, ich hätte ihn einmal geliebt. Jetzt bin ich mir dessen nicht mehr so sicher. Aber worum es geht, ist, dass ich wünschte, es hätte kein so schreckliches Ende genommen. Es ist, als hätte ich … *versagt*." Sie zitterte, versuchte jedoch, sich zusammenzunehmen. Dann dachte sie an ihre Tochter und seufzte. „Aber ich bin auch froh, dass ich Jeff geheiratet habe."

„Das dachte ich mir." Sein Blick verdüsterte sich.

„Wegen Emily!" Sheila verlor langsam die Geduld. „Hätte ich Jeff nicht geheiratet, hätte ich Emily nie bekommen. *Du* solltest das eigentlich verstehen."

„Ich habe nicht geheiratet, damit ich Sean bekomme!"

„Und ich hätte kein Kind, wenn es keinen Vater gäbe"

Noah biss die Zähne zusammen. „Du bist also der Meinung, Marilyn hätte abtreiben sollen, wie sie es vorhatte?"

„Nein!" Verstand er denn nicht, was sie meinte? „Natürlich nicht! Ich weiß doch nicht mal, was damals bei der Geburt deines Sohnes passiert ist."

„Ist es das, was du hören willst? Die ganzen pikanten Details?"

„Ich möchte nur das wissen, was du mir erzählen willst. Und ich möchte dir klarmachen, dass ich überhaupt nicht mehr an Jeff ‚hänge'. Es war schon lange vor der Scheidung vorbei."

Noahs Blick wurde versöhnlicher. Er lächelte selbstironisch. „Es ist schwer, weißt du."

„Was?"

„Mit Eifersucht umzugehen." Er schaute in die Ferne und versuchte seine Gedanken zu ordnen. Es war später Nachmittag; die Sonne stand tief am Himmel und würde bald hinter den schneebedeckten Bergen verschwinden, und er war hier mit der einzigen Frau zusammen, die ihn seit sechzehn Jahren interessierte. Warum musste er mit ihr streiten? Warum konnte er ihr nicht einfach sagen, was er für sie empfand – dass er im Begriff war, sich in sie zu verlieben, es aber nicht zulassen durfte. Warum fand er nicht den Mut, ihr zu erzählen, was ihr Vater getan hatte? Warum konnte er nicht ignorieren, wie viel Stolz und Liebe in ihren Augen aufleuchtete, wenn sie von ihrem Dad redete? Wovor hatte er Angst?

Sheila sah ihn mit weit aufgerissenen Augen ungläubig an. „Willst du mir etwa sagen, dass du eifersüchtig bist? Auf wen denn? Doch nicht auf *Jeff*!" Wenn Noah nicht so ernst, nicht so verärgert über sich selbst ausgesehen hätte, hätte sie wahrscheinlich lachen müssen.

„Ich bin eifersüchtig auf jeden Mann, der dich berührt hat", sagte er todernst und leise.

Sie hob den Picknickkorb auf und gab ihn Noah. „Na, wer hat jetzt hier einen Anfall von viktorianischem Moralkodex?"

Nachdem er eine Weile angestrengt über ihren Vorwurf nachgedacht hatte, zeigte sich ein Grübchen auf seiner Wange. „Na gut, du hast recht. Aber ich kann nichts dafür! Ich werde ein bisschen verrückt, wenn ich mit dir zusammen bin. Ist das denn ein so großes Verbrechen?" Er wollte sie festhalten, doch da ihm der Picknickkorb im Weg war, konnte Sheila ihm entwischen und ging weiter. Nach ein paar Metern drehte sie sich auf dem abfallenden, zugewucherten Weg zu ihm um und ging rückwärts weiter.

„Kommt drauf an", murmelte sie und warf ihr kastanienbraunes Haar zurück. Dann senkte sie die Lider und machte einen Schmollmund.

Er zog die Augenbrauen hoch und wartete. Sein Lächeln wurde breiter. „Worauf?", fragte er schmunzelnd, während er näher auf sie zuging.

Sie legte sich einen Finger auf die Lippen und presste ihn dann kurz auf Noahs Mund. „Darauf, wie verrückt du werden möchtest ..."

„Böses Mädchen", meinte er grinsend, „verführerisches, böses Mädchen." Diesmal bekam er sie mit seiner freien Hand am Unterarm zu fassen und hielt sie besitzergreifend fest.

„Nur, wenn ich mit dir zusammen bin", versicherte sie ihm. Um ihren Mund spielte ein Lächeln. „Wir sind ein seltsames Paar, was? Verrückt und böse."

„Daraus resultiert eine unglaublich starke Anziehungskraft." Er zog sie fester an sich. „Wohin führst du mich eigentlich? Hast du nicht vorhin bei der Weggabelung die fasche Abzweigung genommen?"

„Ich habe mich schon gefragt, ob du es überhaupt bemerkst."

„Denkst du, du hättest mich dermaßen bezaubert, dass ich meinen Orientierungssinn verliere?"

„Wohl kaum", sagte sie trocken.

„Ist es ein Geheimnis?"

„Nein."

„Warum tust du dann so geheimnisvoll?"

„Weil ich noch nie jemand hierher mitgenommen habe ... von Emily mal abgesehen."

„Was ist das für ein Ort? Ein Teil der Berge, der nur dir allein gehört?"

Sheila lächelte breit. Sie war ein bisschen verlegen. „Ich glaube, so ähnlich habe ich es früher empfunden. Es ist einfach ein Ort, wo ich als Kind immer hingegangen bin, wenn ich allein sein wollte."

Noahs Griff um ihren Arm wurde fester. Sie wichen ein paar Kiefern aus, die quer über dem Weg lagen, wanderten weiter über eine Bergkuppe und gelangten schließlich in ein enges Tal mit einem Wasserfall, der in einen kleinen See mündete. Von dort aus stürzte ein reißender Bach durch das Tal und weiter den Berg hinunter.

Arm in Arm spazierten sie um den See herum und genossen die Schönheit des abgeschiedenen Tals. Noah half ihr über die rutschigen Steine auf das andere Ufer des Bachs hinüber und breitete die Picknickdecke aus. Dann setzten sie sich unter eine Föhre neben dem Wasserfall, wo sie den kühlen Wasserdunst auf der Haut spüren konnten.

„Warum hast du mich hierher gebracht?" Noahs Blick folgte dem Bach, der sich durch das Tal schlängelte.

„Ich weiß es nicht. Ich glaube, ich wollte einfach die Schönheit dieses Orts mit dir teilen ... Ach, Noah, ich möchte das nicht verlieren."

Er verzog verärgert den Mund. „Du glaubst also, ich nehme es dir weg."

„Ich glaube, du könntest es."

Noah rieb mit dem Daumennagel über seine Unterlippe. „Selbst wenn ich es könnte – glaubst du wirklich, ich würde es tun?"

Sie runzelte die Stirn und sah ihm in die Augen. „Ich weiß es nicht."

„Vertraust du mir nicht?"

Sie atmete tief durch, um sich zu beruhigen. „Doch."

„Aber?"

„Ich glaube, du verschweigst mir etwas."

Noah warf einen Stein in den See und sah zu, wie er unterging und sich auf der glatten Wasseroberfläche kreisförmige Wellen bildeten. „Was möchtest du wissen?"

„Was in Anthony Simmons Bericht über das Feuer steht."

„Was ist, wenn er noch nicht fertig ist?", hörte er sich fragen und verfluchte sich sofort dafür. Warum wich er ihr aus? Es konnte doch nicht so schwer sein, die Wahrheit zu sagen.

„Er muss fertig sein. Simmons war seit zwei Wochen nicht mehr auf dem Weingut. Ich halte ihn für einen Mann, der nicht aufgibt, bevor er gefunden hat, was er sucht."

„Und du glaubst, er hat es schon gefunden?"

„Ich glaube, wenn es nicht so wäre, würde er immer noch an meine Tür klopfen, sich durch Dads Abrechnungen wühlen und dumme Fragen stellen."

Noah stützte seine Unterarme auf die Knie. „Diesbezüglich hast du recht."

„Und ich habe auch recht damit, dass sein Bericht fertig ist?" Sie wagte kaum zu atmen.

„Ja."

„Und?"

„Tja … nichts."

„Ich verstehe nicht."

„Ich finde Simmons Bericht nicht schlüssig. Es gibt einige Unstimmigkeiten."

„Zum Beispiel?"

Noah stellte fest, dass es ihm unglaublich leicht fiel zu lügen. Hatte es so angefangen? Mit einer einzigen Unwahrheit, auf die immer mehr Schwindeleien folgten, bis man schließlich in ein kompliziertes Geflecht aus Lügen verstrickt war? War es das, was ihrem Vater passiert war? „Nichts besonders Wichtiges … Es ist nur so, dass die Versicherungsgesellschaft weitere Unterlagen haben will, die Simmons Theorien belegen. Solange die Pac West nicht zufrieden ist, gilt der ganze Bericht als unvollständig."

Sheilas Blick verdüsterte sich. Sie zweifelte an Noahs Worten. Das Vertrauen, um das er sich so sehr bemüht hatte, rann ihr jetzt wie Sand durch die Finger.

„Das heißt also, dass Mr Simmons wiederkommt und mich weiter ausfragt?"

„Nicht unbedingt."

„Noah!" Sheila klang erstaunlich ruhig. „Du drehst dich im Kreis. Sag mir einfach die Wahrheit – die ganze Wahrheit."

Eine Lüge ergab die andere. „Es gibt nichts zu sagen."

„Warum bist du dann hergekommen? Ich dachte, du hättest Neuigkeiten, was das Weingut betrifft. Ich dachte, wir könnten endlich das Feuer abhaken."

Diesmal musste er nicht lügen. Sein Blick war klar und aufrichtig. „Lass nicht zu, dass das Feuer zwischen uns steht. Ich bin hergekommen, weil ich dich sehen wollte. Kannst du das nicht glauben?"

„Oh Gott, Noah, ich will es ja glauben", flüsterte sie aufgewühlt. Noah versetzte es einen Stich ins Herz, als er sah, wie niedergeschmettert sie war. „Ich habe einfach das Gefühl, dass du mir etwas verschweigst. Liege ich falsch? Gibt es da nicht etwas, was du mir sagen musst?"

Er streichelte mit einem Finger über ihre Wange. „Vertrau mir einfach, Sheila", bat er und kam sich wie ein Verräter dabei vor. Dann drehte er sanft ihren Kopf zu sich und presste seinen Mund auf ihre Lippen. Sein Kuss war zärtlich, aber fordernd, und Sheila vergaß alles um sich herum. Sie dachte nicht mehr an den Brand und das zerstörte Weingut, sondern nahm nichts mehr wahr, außer dass Noah sich an sie drückte und sie das Gleichgewicht verlor. Gleichzeitig wusste sie, dass er sie mit seinen starken Armen festhalten würde, bevor sie auf die Decke sank. Sie *wollte* ihm vertrauen.

Noah knöpfte ihr die Baumwollbluse auf, schob sie ihr über die Schultern und zog mit der Zunge die Konturen ihres Mundes nach, den sie bereitwillig öffnete. Er streichelte eine ihrer Brüste, legte seine Hand auf sie und wärmte ihre Haut. Sheila stöhnte. Sie begehrte ihn so sehr, dass sie zitterte und es als Erlösung empfand, als er nun den Verschluss ihres BHs öffnete, seinen Oberkörper an sie presste.

Ihre Spitzen wurden hart. Noah keuchte heiser und erregt. „Du machst mich wirklich wahnsinnig, weißt du", flüsterte er ihr ins Ohr. „Ich möchte Dinge mit dir anstellen, die mich für immer und ewig an dich binden", presste er hervor „Ich möchte mit dir schlafen und nie mehr damit aufhören ... Verdammt, Sheila, ich liebe dich."

Sheila spürte einen Kloß im Hals, und ihr traten Tränen in die Augen. „Du ... du musst das nicht sagen", stammelte sie. Sie versuchte sich schon jetzt darauf einzustellen, dass er sein Geständnis abstreiten würde, sobald seine Leidenschaft abgeklungen war.

„Ich will dich nicht lieben, Sheila, aber ich kann einfach nicht anders." Er runzelte die Stirn, sowie er in ihre feucht schimmernden Augen schaute. „Oh nein, Liebling, wein doch nicht!"

Um ihn zu beruhigen und zu verhindern, dass sie noch mehr missverständliche Halbwahrheiten von sich gab, küsste sie ihn, zog seinen Kopf an ihr Gesicht und zeigte ihm, wie sehr sie ihn begehrte.

Ihr Herz begann wild in ihrer Brust zu pochen, und das Blut schien wie flüssige Lava durch ihre Adern zu rasen. Noah massierte ihre nackten Brüste, danach fuhr er mit der Hand weiter nach unten und glitt mit den Fingern unter den Bund ihrer Jeans.

Sheila fühlte, wie Wellen der Erregung durch ihren Körper strömten, da Noah sanfte Küsse auf ihrem Bauch verteilte. Unwillkürlich hielt sie den Atem an und drängte ihre Hüften an ihn. Sie schob ihm das Hemd ungeduldig über die Schultern und krallte die Fingernägel in seine Oberarme.

Er befreite sie von ihrer Jeans, die er auf den Boden warf. Langsam stand er auf, schlüpfte aus seiner eigenen Hose und schleuderte sie ebenfalls weg. Sheila beobachtete das Spiel seiner Muskeln. Sie war regelrecht ausgehungert nach seinem Anblick.

Die untergehende Sonne warf immer längere Schatten über das Tal. Das blasse Licht ließ Noahs Haut schimmern und tauchte alles in einen fast überirdischen Glanz.

Schweigend legte er sich neben sie und begann sie mit seinen Lippen und Händen zu liebkosen. Seine Berührungen waren so erregend, dass Sheilas Blut feurig durch ihren Körper jagte und sie ihre Lust kaum noch zügeln konnte. Sie lagen nebeneinander, Angesicht zu Angesicht, Mann und Frau, nur sie beide und nichts als die Lust, die sie beide überwältigt hatte.

Noah drang langsam und vorsichtig in sie ein, als wäre es das erste Mal. Er wartete, bis er spürte, dass sie wollte, dass er seinen Rhythmus beschleunigte; wartete, bis er die Ekstase in ihren Augen sah; wartete, bis der Schmerz ihrer Fingernägel in seinem Rücken ihn dazu zwang, sie härter zu nehmen, wilder, kraftvoller.

Ihr Atem ging schneller, keuchender. Ihr Körper schien zu glühen, als sie sich Noah entgegenbog, und sie sich gemeinsam dem Gipfel näherten, wobei sie seinen Namen schrie.

Sie klammerte sich an ihn, sowie ihr Körper sich aufbäumte. Er stöhnte ihren Namen dicht an ihrem seidigen Haar, während er in ihr kam und er der unbändigen Leidenschaft, die sich so lange in ihm aufgestaut hatte, endlich freien Lauf lassen konnte.

„Ich liebe dich, Sheila", flüsterte er immer wieder. „Ich liebe dich."

„Du bist ja verrückt", sagte Noah energisch. Die Abenddämmerung senkte sich über das Tal, und jetzt rasch in den eisigen See zu springen war das Letzte, was er wollte.

„Ach, komm schon! So kalt ist es gar nicht."

„Das kannst du jemand anderem erzählen, Sheila! Der Bach entspringt in den Cascade Mountains, und dort liegt Schnee. Wenn du glaubst, du könntest mich überreden, in Eiswasser zu baden, bist du auf dem Holzweg."

„Vielleicht macht es dir ja Spaß", versuchte sie ihn zu überreden. Er konnte ihren Körper durch die gekräuselte Wasseroberfläche sehen. Die sonst so straffen Umrisse ihrer Arme und Beine wirkten im dunklen See verzerrt. Während Sheila im Wasser auf der Stelle trat, erhaschte Noah den einen oder anderen Blick auf ihre Brüste, die dann wieder durch Sheilas Arm verdeckt wurden. Ihre nassen Haare hatte sie sich achtlos aus dem Gesicht gestrichen, auf ihren Wimpern und Wangen glänzten Wassertropfen. „Komm schon, Noah!"

„In meinem ganzen Leben habe ich noch nie etwas dermaßen Unvernünftiges getan." Er hielt probeweise einen Fuß ins Wasser und zog ihn sofort wieder zurück.

„Dann wird's aber Zeit!" Sie fuhr mit der Handfläche über die kleinen Wellen und spritzte ihn voll. Sein Blick, der eben noch überrascht gewesen war, verwandelte sich in Entschlossenheit, während er in den See stieg. Sheila tauchte schnell unter, schwamm am Grund des Sees ein paar Meter und tauchte hinter dem Wasserfall wieder auf. Als sie gerade Luft holen wollte, wurden ihre Beine von zwei starken Armen nach unten gezogen. Als sie wieder an die Oberfläche kam, rang sie heftig nach Luft. Noah legte ihr die Arme um die Taille.

„Du hast gelogen", sagte er vorwurfsvoll. „Der See ist viel zu kalt."

„Erfrischend", widersprach sie.

„Eisig." Er gab ihr einen Kuss und küsste ihr die Wassertropfen aus dem Gesicht. Seine Hände und Knie schoben sich unter Wasser zwischen ihre Beine, und sein Kuss wurde leidenschaftlicher und tiefer.

Er streichelte ihre Oberschenkel und ließ seine Finger über die zarte Haut zwischen ihren Beinen gleiten. Das Wasser reichte ihnen dort, wo sie standen, bis zur Taille. Hinter dem Wasserfall, der sie beide wie ein Vorhang vor Blicken schützte, saugte Noah aufreizend an ihrer harten Spitze und drückte Sheila sanft an den Felsvorsprung.

„Wir sollten besser gehen", meinte sie.

„Nicht jetzt, du kleine Hexe! Du hast mich in diesen See gelockt, und jetzt musst du die Konsequenzen ertragen!"

„Und von welchen Konsequenzen redest du?"

„Du wirst gleich darum flehen, dass ich mit dir schlafe."

„Aber Sean … und Emily …"

Seine Hand zwischen ihren Beinen war immer noch auf erregender Entdeckungsreise. „Die warten auf uns, keine Sorge." Er küsste sie wieder, leckte Wassertropfen von ihren Brüsten und fuhr fort, sie an ihrem intimsten Punkt zu massieren.

Trotz des kalten Wassers wurde Sheila heiß. Sie spreizte ihre Beine, wollte mehr spüren, eins sein mit dem Mann, den sie liebte. Sie sehnte sich schmerzlich danach, dass er sie nahm. Seine Küsse in ihrem Nacken versetzten sie in einen sinnlichen Rausch, die eisigen Wassertröpfchen auf ihren Brüsten ließen sie erzittern. Und seine Finger, oh Gott, seine Finger, die sie unaufhörlich liebkosten, ließen sie alles um sich herum vergessen.

„Oh Noah", flüsterte sie, als sie spürte, dass sich alles in ihr nach der bittersüßen Erlösung sehnte.

„Ja, Liebes?", flüsterte er mit rauer Stimme.

„Bitte …"

„Was?"

„Bitte, schlaf mit mir", murmelte sie dicht an seiner Brust, strich mit der Zunge über seine Muskeln und fragte sich, ob sie jemals genug von ihm haben würde. Wie lang würde es dauern, bis ihre Liebe zu ihm ihr ganzes Leben bestimmte?

„Ich liebe dich wirklich, Sheila. Ich werde es immer tun", schwor er, während er sie behutsam gegen den bemoosten Felsvorsprung unter der Oberfläche drückte. Er schob seine Beine zwischen ihre, der Strahl des Wasserfalls strömte ihr über ihr Gesicht und den Nacken, und kleine Wellen umspülten ihre Hüften und Oberschenkel. Jetzt drang Noah in sie ein und glitt wild und drängend in sie.

Sie klammerte sich an ihn, hielt sich an ihm fest und verlor sich mit ihm in einem Taumel der Leidenschaft bis zum erlösenden Orgasmus.

„Ich liebe dich", wisperte sie erschöpft und küsste ihm einen Wassertropfen von der Stirn. Er presste sie mit seinen starken Armen noch fester an sich, als hätte er Angst, er würde sie verlieren, wenn er sie losließ.

Sie zitterten vor Kälte, während sie sich schließlich anzogen, ihre Sachen zusammenpackten und zurückgingen. Es war schon fast dunkel, doch kaum näherten sie sich dem Weingut, stellten sie fest, dass dort nirgendwo Licht brannte. Sean und Emily waren offensichtlich noch nicht zurück. Sheila war beunruhigt.

„Ich dachte, die Kinder wären längst wieder zu Hause", dachte sie laut vor sich hin. „Ich habe Emily gesagt, dass sie zurück sein muss, bevor es dunkel wird."

„Vielleicht hatte sie Schwierigkeiten, Sean davon zu überzeugen", murmelte Noah. „Die beste Zeit fürs Fliegenfischen ist abends, und für den Heimweg brauchen sie auch eine Weile."

Sheila war nicht recht überzeugt. „Sie sollten längst zu Hause sein."

„Die kommen schon. Ich wette, in der nächsten halben Stunde sind sie da."

„Und wenn nicht?"

„Dann gehen wir sie suchen. Du weißt doch, wohin Emily gegangen ist, oder?"

Sheila nickte. Trotz ihrer Nervosität musste sie lächeln. „An dieselbe Stelle, zu der mich Dad früher immer mitgenommen hat."

„Dann brauchen wir uns vorläufig ja keine Sorgen zu machen. Es gibt da etwas, worüber ich gern mit dir reden würde." Er legte sich in eine geflochtene Hängematte im Garten und bedeutete Sheila mit einer Handbewegung, dass sie sich zu ihm legen sollte.

Sie ließ sich vorsichtig in die Hängematte gleiten und passte auf, dass sie dabei nicht das Gleichgewicht verlor. „Okay."

„Ich denke, ich sollte dir von Marilyn erzählen."

„Seans Mutter?"

Er lächelte schief. „Ich sehe sie nicht als seine Mutter, nur als die Frau, die ihn auf die Welt gebracht hat."

„Du brauchst mir das alles nicht zu erklären." Sheila wollte zwar alles über ihn wissen, gleichzeitig sträubte sich etwas in ihr, seine intimsten Geheimnisse zu hören. Das alles war längst vorbei; welchen Sinn hatte es, in der Vergangenheit zu wühlen?

„Ich muss dir überhaupt nichts erzählen, aber ich will. Vielleicht verstehst du dann ja meine Gefühle für meinen Sohn … und meinen Vater."

„Ben hat sich damals also eingemischt."

Noah erstarrte. „Oh ja, er hat sich eingemischt. Und wie! Er konnte einfach nicht anders. Du kennst meinen Vater nicht, sonst wüsstest du, dass er versucht, alles und jeden zu beherrschen."

„Dein Vater ist krank, vergiss das nicht", sagte sie sanft.

Noah entspannte sich ein wenig und schaute zu den Sternen hinauf, die langsam am grau-violetten Abendhimmel auftauchten. „Vor sechzehn Jahren war er nicht krank", erwiderte er gedankenverloren. „Er war sogar in Bestform."

Noah schwieg für einen Moment und dachte an jene Zeit seines Lebens, die er so lange zu vergessen versucht hatte. „Marilyn war erst siebzehn, als wir uns kennengelernt haben. Sie war mit einem Freund von mir auf einer Party meiner Studentenverbindung. Damals dachte ich, sie wäre das schönste Mädchen, das mir jemals begegnet ist. Lange, blonde Haare, blaue Augen und ein Lächeln zum Dahinschmelzen. Ich war total fasziniert von ihr. Es hat nicht lange gedauert und ich bin mit ihr ausgegangen", fuhr er fort. „Ben hat mir ziemlich bald geraten, sie ‚loszuwerden‘. Er war der Meinung, Marilyn würde nicht zu mir und unserem gesellschaftlichen Status passen." Noah schüttelte den Kopf. Wie dumm er damals gewesen war! Dann sah er Sheila an. „Du weißt, dass ich mich mit Ben nie gut verstanden habe?"

Sie nickte nur und sagte nichts, um ihn nicht zu unterbrechen.

„Tja, Ben war überzeugt, Marilyn hätte es nur auf unser Geld abgesehen. Vielleicht hatte sie das ja auch. Sie war fast noch ein Kind, verdammt! Aber egal – ich nehme an, die Tatsache, dass mein Vater dermaßen gegen sie war, hat sie für mich nur noch interessanter gemacht. Zumindest eine Weile. Wir sind ungefähr vier Monate miteinander gegangen, glaube ich, und dann haben wir begonnen, uns wegen lächerlicher Kleinigkeiten zu streiten. Wir haben uns nie gut verstanden."

Noah fuhr sich abwesend mit der Hand über den Bartschatten, der inzwischen zu erkennen war. „Jedenfalls hat sich genau zu dem Zeitpunkt, als ich mit ihr Schluss machen wollte, herausgestellt, dass sie schwanger ist. Sie hatte nicht mal den Mut, es mir selbst zu sagen. Vielleicht hatte sie Angst. Ich habe es von einem Freund erfahren, der mit ihrer Schwester ausgegangen ist. Zuerst", erzählte er weiter, „war ich wütend, weil sie es mir nicht selbst gesagt hat. Als ich dann herausgefunden habe, dass sie abtreiben wollte, hätte ich ihr am liebsten eigenhändig den Hals umgedreht. Ich bin vier Stunden mit dem Auto durch die Gegend gefahren und hatte dann keine Ahnung, wo ich war – aber ich hatte es zumindest geschafft, mich zu beruhigen. Als ich dann zu ihr nach Hause gegangen bin, wusste ich, dass ich mein Kind mehr als alles andere auf der Welt wollte und jeden Preis dafür zahlen würde. Ich habe sie angefleht, das Baby zu behalten, aber sie wollte nicht mal darüber reden. Ich habe ihr gesagt, ich würde sie heiraten, dem Kind meinen Namen geben und alles tun, was sie wollte, wenn sie es sich noch einmal überlegte."

Noah schloss die Augen, als würde er sich vor der Wahrheit verstecken. „Schließlich hat sie doch eingewilligt. Es war ein enormer Triumph für mich. Immerhin war es ziemlich offensichtlich, dass sie lieber Cheerleader des Football-Teams als die Mutter meines ungeborenen Kindes sein wollte. Vielleicht habe ich zu viel von ihr verlangt. Sie war schließlich nicht viel älter als Sean jetzt, fast noch ein Kind. Und ich war genauso dumm. Ich dachte, von jetzt an würde trotz dieses einen Fehlers, den wir gemacht hatten, alles besser werden. Ich war mir sicher, dass Marilyn mit der Zeit erwachsener werden und das Baby lieben würde. Ich dachte sogar, sie und ich hätten eine Chance."

Seine Stimme klang rau. „Da habe ich mich allerdings getäuscht. Total. Ben konnte sich einfach nicht raushalten. Vielleicht war es auch besser, dass er es nicht getan hat, ich weiß es nicht. Er war jedenfalls von Anfang an gegen die Heirat, Kind hin oder her, und hat Marilyn ziemlich viel Geld angeboten, damit sie unauffällig verschwindet und das Kind zur Adoption freigibt. Das kam ihr sehr entgegen; sie hätte sich das College sonst nie leisten können. Ich war entsetzt über das Angebot meines Vaters und über Marilyns unverhohlenes Interesse an dem Geld. Ich habe versucht, es ihr auszureden und darauf bestanden, dass sie mich heiraten und das Kind behalten soll. Wenn sie wirklich studieren wollte, würden wir es uns schon irgendwie leisten können, dessen war ich mir sicher. Aber sie hat alle meine Lösungsvorschläge abgelehnt. Ich habe erst verstanden, warum, als sie mir ihren eigenen Plan mitgeteilt hat."

Sheila konnte kaum atmen, als sie sah, welche Gefühle diese Geschichte immer noch in Noah auslöste, obwohl sie schon sechzehn Jahre zurücklag.

„Marilyn hatte sich in ihrem hübschen, raffinierten Köpfchen die perfekte Lösung ausgedacht", sprach er mit gequältem Gesicht weiter. „Natürlich war der Preis beträchtlich höher, aber sie hat eingewilligt, das Kind von mir, dem Vater, adoptieren zu lassen. Selbstverständlich gegen Bezahlung. Ben hat sich zwar nicht gern von einer Siebzehnjährigen, die er als nicht standesgemäß empfunden hat, über den Tisch ziehen lassen, aber ihre … Wertvorstellungen dürften ihn beeindruckt haben."

Er seufzte. „Es war klar, dass eine Ehe mit Marilyn selbst unter den besten Voraussetzungen sowohl für das Baby als auch für mich eine Katastrophe gewesen wäre. Also habe ich meinen Stolz runtergeschluckt und meinen Vater gebeten, auf ihre Forderungen einzugehen, damit ich das Sorgerecht für Sean bekomme. Vor sechzehn Jahren war es nahezu unmöglich für einen Vater, dass ihm das Kind zugesprochen wird, und ohne Marilyns schriftliches Einverständnis wäre es nicht gegangen. Ich wollte das einzige Gute aus dieser Beziehung: meinen ungeborenen Sohn."

Er lachte bitter auf. „Ben dachte, ich hätte den Verstand verloren, war dann aber doch einverstanden. Jedes Mal, wenn er und ich in den letzten sechzehn Jahren eine Meinungsverschiedenheit hatten, hat er mich erinnert, dass es sein Geld und sein Einfluss waren, die mir das Sorgerecht für Sean gebracht haben."

Noah fuhr sich aufgewühlt durch die dunklen Haare und fluchte leise. Sheila wusste, dass sie im Moment eine Seite von ihm zu sehen bekam, die er nicht oft zeigte. Sie erfuhr gerade Dinge über ihn, die er vor dem Rest der Welt verbarg. Er ließ Nähe zu, indem er ihr seine größten Geheimnisse anvertraute. Sie lehnte ihren Kopf an seine Schulter und lauschte dem regelmäßigen Klopfen seines Herzens.

„Ben ist sogar so von sich selbst überzeugt, dass er denkt, er hätte mich vor einer unglücklichen Ehe bewahrt … Und vielleicht hat er das wirklich. Wer weiß das schon? Der Punkt ist, dass er es mir seit über sechzehn Jahren immer wieder vorhält. Aber jetzt sind wir endlich quitt", stieß er dermaßen heftig hervor, dass Sheila ein kalter Schauer über den Rücken lief.

„Weil du die Firma übernommen hast, während er sich in Mexiko erholt?"

„Richtig. So lange hat es gedauert, bis ich endlich nicht mehr in seiner Schuld stehe."

Sheila sah ihm an, wie viele Narben die Verletzungen von damals hinterlassen hatten; sie sah ihm an seinen blauen Augen an, wie verzweifelt er war. „Es tut mir leid", sagte sie mit brüchiger Stimme.

„Nicht nötig. Es ist vorbei."

„Es quält dich immer noch."

„Ich habe gesagt, es ist vorbei." Er verlagerte sein Gewicht in der Hängematte und schien zum ersten Mal zu bemerken, wie dunkel es war. Er ließ den Blick suchend über die umliegenden Hügel gleiten. „Die Kinder müssten längst zurück sein."

Auch Sheila hatte über Noahs Geschichte alles um sich herum vergessen. Als ihr bewusst wurde, dass inzwischen die Nacht hereingebrochen war und Emily immer noch nicht da war, geriet sie in Panik. „Oh Gott", flüsterte sie und schlug sich die Hand vor den Mund. „Wo können die beiden bloß sein?"

„Wenn ich das bloß wüsste! Hast du Taschenlampen?"

Sie nickte und war schon auf dem Weg ins Haus, ehe er sagen konnte, dass sie die Lampen holen sollte. Nach zwei Minuten war sie wieder draußen und horchte, ob jemand auf Noahs Rufen reagierte. Nichts unterbrach die Stille der Nacht.

„Verdammt", murmelte Noah und massierte sich die Nasenwurzel. „Ich hätte auf dich hören sollen, als du die beiden vorhin suchen gehen wolltest."

„Du wusstest ja nicht, dass sie nicht nach Hause kommen würden."

„Aber du." Er drehte sich zu ihr um und sah sie an, während sie den auf dem Boden tanzenden Lichtkegeln der Taschenlampen folgten. „Warum hast du dir sofort Sorgen gemacht? Mutterinstinkt?"

„Emily verspätet sich nie", keuchte Sheila außer Atem. Sie gingen den Hügel fast im Laufschritt hinauf.

„Nächstes Mal höre ich auf dich."

„Das hilft uns jetzt auch nicht weiter", zischte sie gereizt. Sie wusste, wie unfair es war, ihn so anzublaffen, aber die Angst um ihre Tochter machte sie nervös.

Noah blieb stehen, formte mit den Händen einen Trichter vor dem Mund und rief Seans Namen. Von fern hörte man seinen Sohn antworten. Seans Stimme klang aufgeregt und ängstlich.

Sheila wartete, ob man auch Emily hörte. Nichts. „Oh mein Gott", flüsterte sie. „Da ist etwas passiert." Angst schnürte ihr die Kehle zu, als sie begann, den Weg hinauf zu laufen. Sie rechnete mit dem Schlimmsten.

Sie stolperte über eine Wurzel. Noah hielt sie fest, konnte jedoch nicht verhindern, dass sie stürzte und sich ein Knie aufschürfte. Mit schmerzverzerrtem Gesicht lief sie weiter, ohne das Blut zu beachten, das aus der Wunde durch ihre zerrissenen Jeans hindurchsickerte.

Seans Rufe wurden lauter, und nach wenigen Minuten tauchte sein verängstigtes Gesicht im Schein der Taschenlampen auf. Sheila unterdrückte einen Schrei, als sie Emily in seinen Armen sah. Das Kind war völlig durchnässt, sein Gesicht mit Schlamm bedeckt, und auf seinen Wangen waren einige Kratzer zu sehen.

„Mommy ..." Emily streckte die Arme nach ihrer Mutter aus.

Sheilas Augen füllten sich mit Tränen, als Emily sich schluchzend an sie klammerte. „Ganz ruhig, Emily. Alles ist gut. Mommy ist ja da." Emily vergrub ihre Nase in Sheilas Schulter. Das Kind zitterte und klapperte mit den Zähnen. Noah zog sein Hemd aus und legte es um Emilys schmale Schultern. „Ganz ruhig, Liebes. Alles okay? Hast du dir wehgetan?"

„Es ist ihr Knöchel", schaltete Sean sich ein. Sein Gesicht war aschfahl, als er auf Emily hinuntersah.

„Dann wollen wir uns das mal ansehen." Noah richtete die Taschenlampe auf Emilys rechten Knöchel und befühlte vorsichtig das geschwollene Gelenk. Emily heulte vor Schmerz auf.

„Alles ist gut, mein Schatz. Noah sieht nur nach, wie schlimm es ist", flüsterte Sheila dicht an Emilys zerzausten Locken. Gleichzeitig durchbohrte sie Noah mit einem Blick, der besagte, dass er besser vorsichtig mit ihrer Tochter umging.

„Ich glaube nicht, dass etwas gebrochen ist, aber genau weiß ich es natürlich nicht", sagte Noah liebevoll. „Komm, Emily, ich trage dich zurück. Sobald wir zu Hause sind, holen wir einen Arzt."

„Nein! Mommy, du sollst mich tragen. *Bitte.*" Emily klammerte sich an Sheilas Hals, als ginge es um ihr Leben.

„Emily." Noah klang energisch.

„Lass nur, ich schaffe das schon", widersprach Sheila.

„Vergiss es." Er schwenkte die Taschenlampe von Emilys Knöchel auf Sheilas zerrissene, blutverschmierte Jeans. „Wir können froh sein, wenn du es selbst ohne Hilfe nach Hause schaffst. Ich trage Emily."

„Mommy …", schluchzte Emily.

„Wirklich, Noah, ich bin sicher, dass ich es schaffe", stieß Sheila hervor.

„Vergiss es! Sean, du nimmst die Angelausrüstung und die Taschenlampen." Noah löste Emily behutsam aus Sheilas Armen, während er seinem Sohn weitere Anweisungen gab. „Dann begleitest du Sheila; sie hat sich das Knie verletzt. Los, gehen wir! Je schneller wir Emily nach Hause bringen, desto besser."

Nicht einmal Emily traute sich, Noahs energischen Worten etwas entgegenzusetzen. Sheila zog einen Schmollmund und unterdrückte das Bedürfnis, einen Streit anzufangen. Wichtig war allein Emilys Wohlergehen, und im Grunde fand Sheila Noahs Plan vernünftig.

„Und jetzt erzähl", sagte Noah streng zu Sean, als die Lichter des Weinguts in Sicht kamen, „was genau passiert ist."

„Wir waren fischen."

„Und?"

„Tja, es wurde dunkel, und ich hatte es eilig, nach Hause zu kommen", erklärte Sean hastig. „Emily ist ein Stück hinter mir zurückgeblieben, und als wir den Bach überquert haben, ist sie auf einem Stein ausgerutscht. Ich habe die Angelausrüstung auf den Boden geworfen und versucht, Emily festzuhalten, aber durch die Strömung hat sie das Gleichgewicht verloren und wurde unter Wasser gezogen. Zum Glück war der Bach an dieser Stelle seicht und ich konnte sie rausziehen. Dann hat sie wegen ihres Knöchels zu weinen und zu schreien begonnen, und, na ja, ich habe sie einfach hochgehoben und bin mit ihr so schnell ich konnte ins Tal hinunter gelaufen."

„Du hättest vernünftiger sein müssen, Sean", raunte Noah schroff. „Wenn du es nicht immer so eilig hättest, dorthin zu kommen, wo du schon seit einer Stunde sein solltest, wäre das vielleicht nie passiert!"

„Ich hab nicht gedacht, dass …"

„Genau das ist das Problem, nicht wahr?"

„Noah, hör auf!", unterbrach ihn Sheila. „Es ist nicht Seans Schuld. Streit hilft jetzt niemandem mehr."

Sheila kam es wie eine Ewigkeit vor, aber irgendwann hatten sie es geschafft, Emily nach Hause zu bringen. Während sie das Kind wusch und abtrocknete, rief Noah die Ärztin an, eine Freundin von Sheila. Sean ging zwischen Wohn- und Arbeitszimmer nervös auf und ab, bis Emily im Bett lag und die Ärztin eintraf.

Dr. Embers war eine junge, frühzeitig ergraute Frau. Ihre Tochter war ein paar Jahre jünger als Emily. „Du bist also gestürzt, nicht wahr?", fragte sie freundlich, während sie sich über den Rand ihrer Brille hinweg Emilys Pupillen ansah. „Wie geht es dir?"

„Ganz okay", murmelte Emily schwach. Ihre großen grünen Augen wirkten in ihrem weißen Gesicht wie eingefallen.

„Und wie geht's diesem Knöchel? Tut das weh?"

Emily verzog das Gesicht und stieß einen kleinen Schrei aus.

Die Ärztin fuhr fort, Emily zu untersuchen, während Sheila ihre Tochter besorgt ansah. Auf ihrem weißen Kissen wirkte sie kleiner als noch heute Morgen, fast zerbrechlich.

Dr. Embers richtete sich auf, lächelte auf das Kind hinunter und tätschelte ihm liebevoll den Kopf. „Tja, ich glaube, du wirst es überleben", verkündete sie. „Aber du solltest den Knöchel eine Weile nicht belasten. Und fürs Erste kein Über-Bäche-springen mehr, okay?"

Emily lächelte schwach und nickte. Dr. Embers ging mit Sheila in die Küche und beantwortete die unausgesprochenen Fragen, die Sheila auf den Lippen brannten. „Es geht ihr bald wieder gut, Sheila. Mach dir keine Sorgen."

„Gott sei Dank!"

„Gegen die Schmerzen sollte ein Aspirin reichen, aber ich möchte, dass du sie am Montag zum Röntgen in die Klinik bringst."

Erschrocken sah Sheila sie an. „Aber ich dachte ..."

Donna Embers lächelte Sheila gütig an und legte ihr beruhigend eine Hand auf den Arm. „Ich habe gesagt, du sollst dir keine Sorgen machen. Ich bin sicher, der Knöchel ist nur verstaucht, aber ich möchte es doch kontrollieren lassen. Nur für den Fall, dass irgendwo eine Haarfraktur versteckt ist."

Sheila atmete erleichtert auf. „Ich bin dir wirklich sehr dankbar, dass du so spät noch gekommen bist."

„Kein Problem. Wozu hat man denn Freunde? Außerdem kriegst du ja eine Rechnung."

Sheila lächelte. „Kannst du nicht wenigstens auf eine Tasse Kaffee bleiben?"

Donna ging kopfschüttelnd zur Tür. „Das würde ich gern, wirklich, aber ich habe Dennis mit Abendessen und Kind allein gelassen. Das könnte eine Spur zu viel Verantwortung für ihn sein."

Sheila lehnte sich an den Rahmen der Küchentür und lachte. Als verantwortungslos konnte man Donna Embers treusorgenden Ehemann nun wirklich nicht bezeichnen. Eine Welle der Erleichterung durchströmte sie, während die Rücklichter von Donnas Wagen langsam in der Ferne verschwanden.

„Wird Emily wieder gesund?", fragte Sean, als Sheila in die Küche zurückkam und begann, Kaffee zu kochen.

„Es geht ihr gut."

Sean schluckte und starrte auf den Boden. „Es tut mir wirklich leid."

„Es ist nicht deine Schuld."

„Dad ist da anderer Meinung", erwiderte er bedrückt.

„Dein Dad irrt sich."

Sean hob ruckartig den Kopf und suchte Sheilas Blick. „Aber ich dachte, Sie mögen meinen Dad."

„Ich mag ihn. Sehr sogar", gab Sheila zu. „Aber das heißt ja nicht, dass er nicht manchmal unrecht haben kann."

Sean sank auf den Stuhl neben dem Tisch. „Ich hätte besser aufpassen sollen."

„Der Unfall hätte trotzdem passieren können. Sei einfach dankbar, dass nichts Schlimmeres geschehen ist."

Sean wurde weiß im Gesicht. „Ich glaube nicht, dass es schlimmer hätte kommen können."

„Ach, Sean, es hätte so viel schlimmer ausgehen können." Sheila setzte sich neben Sean auf einen Stuhl und legte ihm sanft eine Hand auf die Schulter. „Emily hätte auf den Kopf fallen können, und du selbst hättest auch stürzen können. Tausend Dinge hätten passieren können." Sheila schauderte bei dem Gedanken, wie der Unfall hätte ausgehen können. „Du hast alles richtig gemacht, Sean. Du hast Emily aus dem Wasser geholt und sie zu mir getragen. Danke."

Sean war erstaunt und verwirrt. „Sie bedanken sich bei mir? Warum?"

„Dafür, dass du einen klaren Kopf behalten hast und dich um meine Kleine gekümmert hast."

„Miss Lindstrom …"

„Sheila. Du kannst gern Du sagen."

Sean rutschte unbehaglich auf seinem Stuhl hin und her. Er hatte wegen Emilys Unfall immer noch Schuldgefühle und war plötzlich nicht mehr der coole Teenager, sondern einfach nur ein verschreckter Junge. „Es tut mir leid, wie ich mich gestern Abend benommen habe."

„Schon okay."

„Aber ich war gemein zu dir."

Sheila konnte ihm nicht widersprechen. „Stimmt."

„Warum bist du dann nicht wütend auf mich?"

„Willst du das denn?" Sheila nahm einen Schluck Kaffee aus ihrer Tasse.

Noah lehnte im Türrahmen. Er hatte die letzten Sätze des Gesprächs gehört und wartete Seans Antwort ab.

Dem Jungen war nicht bewusst, dass sein Vater nur anderthalb Meter hinter ihm stand. Er sah Sheila in die Augen. „Ich weiß es nicht." Er zuckte die Achseln und wirkte für einen Moment wieder fast wie der aufsässige Teenager von gestern. „Ich wollte dich einfach nicht sympathisch finden."

Sheila sah erst Sean, dann kurz Noah und dann wieder Sean an. „Weil du Angst hattest, ich könnte dir deinen Vater wegnehmen?"

Der blonde Junge hob erneut die Schultern.

„Das würde ich nie tun, Sean. Ich habe selbst eine Tochter und weiß, wie wichtig es ist, dass wir einander haben. Niemand könnte mich meinem Kind *jemals* wegnehmen. Ich bin überzeugt, dass das Gleiche für deinen Vater gilt."

Sean sah Sheila erstaunt an. Insgeheim schien er sie zu bewundern. Durch seine nächsten Worte allerdings geriet das freundschaftliche Verhältnis zwischen ihnen schon wieder ins Wanken. „Mein Dad mag meine Mom." Er sah sie herausfordernd an.

„Davon bin ich überzeugt, Sean", stimmte Sheila zu und warf Noah gleichzeitig einen Blick zu, der bedeutete, dass er sich nicht einmischen sollte. „Und es ist nicht meine Absicht, das zu ändern." Da sie wusste, dass Noah sich jeden Moment in das Gespräch einschalten würde und sie einen weiteren Streit vermeiden wollte, wechselte sie das Thema. „Emily hat heute für euch Brownies gebacken, aber sie muss sie vor lauter Aufregung vergessen haben." Sie stand auf und begann, das Gebäck auf einen Teller zu legen. Noah kam in die Küche, doch Sheila beachtete ihn nicht. „Warum bringst du Emily nicht ein paar und munterst sie ein bisschen auf?", fragte sie Sean.

„Glaubst du, sie will mich sehen? Vielleicht schläft sie ja."

„Sie ist wach", sagte Noah. „Ich war gerade bei ihr, und ich glaube, sie hat tatsächlich Hunger."

Sean nahm den Teller Brownies und zwei Gläser Milch und verließ die Küche Richtung Emilys Zimmer. Sheila schenkte Noah eine Tasse Kaffee ein.

„Wie geht es deinem Bein?", erkundigte er sich und sah sie skeptisch an.

„Bestens. Ich habe die Wunde gereinigt, und es ist alles okay. Es ist nur eine kleine Schürfwunde, weiter nichts."

Noah kostete den Kaffee und betrachtete prüfend ihre weiße Hose. „Hat Donna es sich angesehen?"

„Nein."

„Warum nicht?"

„Ich habe dir doch gesagt, dass ich die Wunde gereinigt und verbunden habe. Hör mal, es ist wirklich keine große Sache."

Noah wirkte nicht recht überzeugt. „Es tut mir leid, dass Emily und du wegen Seans Unachtsamkeit Schmerzen habt."

„Noah, bitte! Gib ihm nicht die Schuld. Er ist ja selbst noch ein Kind."

„Er ist sechzehn und muss irgendwann lernen, Verantwortung zu übernehmen. Er hätte besser aufpassen müssen."

„Das weiß er. Mach ihm keine Vorwürfe. Du würdest nur Salz in seine Wunden streuen. Er fühlt sich ohnehin schon schlecht genug."

„Das sollte er auch."

„Warum? Weil er nicht aufgepasst hat? Noah, Unfälle passieren nun mal. Lass den Jungen in Ruhe, ja?"

Noah stellte seine Tasse auf den Tisch und ging zur Spüle. Für einen Moment starrte er schweigend aus dem Fenster in die Nacht hinaus. „Es ist nicht nur der Unfall, Sheila. Es ist seine ganze Einstellung. Du warst an jenem Abend doch da, als er betrunken nach

Hause gekommen ist. Es war nicht das erste Mal." Er atmete tief durch, legte den Kopf in den Nacken und kniff die Augen zusammen. „Er hat Probleme in der Schule, und ich musste ihn sogar schon mal von der Polizei abholen. Er ist noch minderjährig, deswegen ist er nicht im Gefängnis gelandet, aber er war nah dran, verdammt nah. Dann hat er ein paar Termine bei seinem Sozialarbeiter versäumt. Er bewegt sich hart an der Grenze der Legalität."

„Viele Jugendliche geraten in Schwierigkeiten."

„Ich weiß. Ich sollte wahrscheinlich froh sein, dass er keine Drogen nimmt."

Sheila ging zu ihm und schlang von hinten die Arme um ihn. Wie lange quälte er sich wegen seines Sohns wohl schon mit Selbstvorwürfen? „Mit Sean wird alles gut gehen, Noah. Du würdest staunen, mit wie vielen Jugendlichen ich in meinem Job zu tun habe. Manche sind leichter zu handhaben als Sean, manche schwieriger. Sean schafft das schon."

Er legte seine kräftigen Hände auf ihre und drückte ihre Finger fester an seinen Bauch. „Warum hast du dich von ihm anlügen lassen?"

„Wobei?"

„Als er seine Mutter erwähnt hat. Du weißt, was ich von Marilyn halte."

„Sean weiß es vermutlich auch. Aber das kann er vor mir nicht zugeben, noch nicht. Er empfindet mich immer noch als Bedrohung."

„Ich glaube, du interpretierst da mehr hinein, als tatsächlich da ist."

„Die Pubertät ist eine schwierige Zeit, Noah. Schon vergessen? Bei Sean kommt noch dazu, dass seine Mutter ihn nicht wollte. Das spürt er."

„Viele Kinder wachsen mit nur einem Elternteil auf – sogar Emily."

„Und auch für sie ist es schwer", seufzte Sheila und legte den Kopf an seinen Rücken.

Noah drehte sich um, strich ihr mit einer Hand das Haar aus der Stirn und betrachtete ihr Gesicht. Ihm entgingen die Sorgenfalten nicht, die ihr Lächeln traurig wirken ließen. Er drückte ihr einen Kuss auf die Stirn. „Du bist eine außergewöhnliche Frau, Sheila Lindstrom, und ich liebe dich." Er streichelte mit dem Finger über ihre Wangenknochen. „Es sind Momente wie dieser, in denen ich mich frage, wie ich so lange ohne dich leben konnte."

Sheila wurde unter seinem aufrichtigen Blick warm ums Herz. „Du hast einen eisernen Willen, vermute ich", neckte sie ihn.

„Vielleicht bin ich auch nur ein starrköpfiger Idiot." Er legte ihr besitzergreifend einen Arm um die Schultern und führte sie aus der Küche. „Lass uns nach Emily sehen."

„Geh du schon mal vor. Ich komme gleich nach." Sie löste sich aus seiner Umarmung und schob ihn Richtung Emilys Zimmer. „Ich muss noch einen Anruf erledigen."

Noah schaute auf seine Armbanduhr. „Jetzt? Wen rufst du an?"

Sie hatte mit dieser Frage gerechnet. „Ich denke, ich sollte Jeff Bescheid sagen."

„Deinem Exmann?" Noah konnte es nicht fassen. „Warum?"

„Er hat das Recht, von dem Unfall zu erfahren", versuchte Sheila zu erklären. Ehe sie weiterreden konnte, fiel Noah ihr ins Wort.

„Glaubst du, es interessiert ihn überhaupt?"

„Noah, er ist Emilys Vater. Natürlich interessiert es ihn."

„Aus allem, was du mir über ihn erzählt hast, schließe ich, dass er nicht besonders väterlich um seine Tochter besorgt ist!"

„Nicht so laut!", zischte Sheila. „Jeff muss es erfahren."

Noah verzog das Gesicht. „Bist du dir sicher, dass der Unfall nicht nur eine willkommene Ausrede ist?"

Sheilas graue Augen funkelten. „Ich brauche keine Ausrede. Er muss Bescheid wissen, und ich will nicht riskieren, dass er es von irgendjemand anderem erfährt."

„Warum nicht?"

„Wie würdest du das finden, wenn es um Sean ginge?"

„Das ist etwas anderes. Mir ist mein Sohn wichtig. Ich hätte alles dafür getan, um ihn bei mir zu haben. Das war bei deinem Mann ja wohl nicht ganz so …"

„Er ist immer noch ihr Vater. Wir leben in einer ländlichen Gemeinde, und hier spricht sich alles sehr schnell herum. Ich muss entweder Jeff oder seine Mutter anrufen, und mir wäre lieber, ich müsste Marian nicht beunruhigen. Wenn ich sie jetzt anrufe, ist sie nämlich in einer halben Stunde hier."

„Und Jeff? Würde er schnell kommen und nach seiner Tochter und seiner Exfrau sehen? Ist es das, worauf du hoffst?"

„Du bist unmöglich!", erwiderte Sheila vorwurfsvoll. „Aber mit einem hast du recht: Ich würde mich wahnsinnig freuen, wenn er vorbeikäme."

„Dachte ich mir", stellte er trocken fest, verschränkte die Arme über der Brust und lehnte sich an die Wand. Er sah so aus, als wäre er Richter und Geschworener in einer Person. Sheila war offenbar die wenig überzeugende Angeklagte.

„Aber nicht aus den Gründen, die du vermutest." Sie versuchte ihre Wut zu unterdrücken. „Jeff ist Emilys Vater, Herrgott noch mal! Sie hat gerade etwas äußerst Traumatisches erlebt, und ich denke, sie könnte ein wenig Unterstützung von ihrem Vater gut gebrauchen."

„Mehr als ‚ein wenig' würde sie – bestenfalls – auch nicht bekommen", stellte Noah in ruhigem Ton fest. Sein Blick aber war eisig. „Jeff Coleridge ist genauso wenig Emilys Vater wie Marilyn Seans Mutter ist! Ich fasse es nicht, dass du immer noch irgendwelchen Idealvorstellungen nachhängst, die in Wahrheit schon vor Jahren geplatzt sind. Jeff hat dich und dein Kind im Stich gelassen, Sheila! Du brauchst nichts zu beschönigen. Das tut dir nicht gut, und auch Emily nicht."

„Hört, hört! So viele gute Ratschläge vom Vater des Jahres!" Kaum hatte sie die Worte ausgesprochen, bereute sie es schon. Sie wollte nicht gemein zu ihm sein.

Noah ballte die Fäuste. Dann entspannten sich seine Hände wieder. „Touché, Miss Lindstrom mit der spitzen Zunge! Ich will dir nicht wehtun. Ich versuche lediglich, dir zu erklären, dass die Gene nichts damit zu tun haben, ob man ein Vater oder eine Mutter ist. Oh ja, Jeff hat dein Kind gezeugt, aber wo war er, als es drauf angekommen ist? Oder hast du vergessen, dass er dich sitzen gelassen und etwas mit einer anderen angefangen hat? Dieser Mann verdient es nicht, zu erfahren, dass sein Kind sich wehgetan hat! Es interessiert ihn einen feuchten Dreck."

Sheilas Nerven waren gespannt wie Drahtseile. „Emily verbringt jeden Sommer ein paar Wochen bei Jeff", sagte sie emotionslos. „Er rechnet damit, dass sie Ende nächster Woche zu ihm kommt."

„Will sie ihn denn sehen?"

Sheila zögerte. „Das weiß sie noch nicht genau."

Noah verzog den Mund zu einem schiefen Lächeln. „Du meinst, sie weiß, dass er sie eigentlich nicht bei sich haben will. Gleichzeitig hoffst du, dass er an ihr Krankenbett eilt, sobald er von dem Unfall erfährt, und in ihren Augen wieder zum Inbegriff des treusorgenden Vaters wird. Mach dir doch nichts vor, Sheila! Und hör Emily zuliebe auf, aus deinem Exmann etwas zu machen, was er nicht ist! Lass sie selbst entscheiden."

„Das wird sie", sagte Sheila sanft. „Egal, ob ich ihn anrufe oder nicht. Aber ich rufe ihn an. Darauf hat er als Vater ein Recht."

„Er hat keine Rechte. Die hat er vor Jahren verwirkt, findest du nicht?"

Für einen Moment starrten sie sich an und versuchten den Schaden wiedergutzumachen, der durch den Streit entstanden war. Es ging nicht. „Entschuldige", sagte Sheila schließlich mit bebender Stimme, „aber das ist meine Entscheidung." Sie drehte sich zum Telefon und wählte Jeffs Nummer in Spokane.

Noah drehte sich auf dem Absatz um, fluchte leise und ging den Korridor hinunter zu Emilys Zimmer. Frauen! Ob er sie je verstehen würde?

Sheila und Noah erwähnten den Streit zwar nie mehr, doch er hing wie eine dunkle, unheilvolle Wolke über ihnen. Noah hatte beschlossen, noch eine Woche auf dem Weingut zu bleiben, um die Ergebnisse von Anthony Simmons Recherchen bezüglich des Feuers zu überprüfen. Sean war mit dem Auto, das ihm sein Vater anvertraut hatte, zurück nach Seattle geschickt worden, um Kleidung zum Wechseln und ein paar Unterlagen aus dem Büro von Wilder Investments zu holen. Der Junge hatte sein Versprechen, mit dem unbeschädigten Wagen nach Cascade Valley zurückzukehren, gehalten.

Noah seinerseits hatte sich viel vorgenommen. Er war zu dem Entschluss gekommen, dass eine Wiedereröffnung des Weinguts im besten Interesse von Wilder Investments wäre, und hatte die Aufräumarbeiten auf dem Grundstück in die Wege geleitet. Es hatte einiges an Überzeugungsarbeit gekostet, aber schließlich hatte sogar das Sheriff Department dem kompletten Wiederaufbau des Westflügels zugestimmt. Am späten Freitagnachmittag war die Baufirma D & M Construction eingetroffen, ein Tochterunternehmen von Wilder Investments. Der Vorarbeiter arbeitete bereits mit einem Architekten an der Renovierung des Gebäudes.

Die Tage auf dem Weingut waren ausgefüllt mit Vorbereitungen für die Weinlese im Herbst; die Nächte mit Sex. Noah erwähnte Jeff nicht mehr, und Sheila hoffte, dass die harten Worte, die sie im Zorn zueinander gesagt hatten, bald vergessen waren.

Noah stürzte sich – mit Sheila und Dave Jansen als seine Lehrer – ins Studium der Theorie und Praxis des Weinbaus. Dave war ein junger Mann mit ernstem, ehrlichem Gesicht und bemerkenswert fröhlichen braunen Augen. Er führte Noah auf dem Weingut herum und erklärte ausführlich, warum das Tal für den Weinbau wie geschaffen war.

„Vor dreißig Jahren haben nur wenig Leute daran geglaubt, dass es der westliche Teil des Bundesstaats Washington bei der Weinproduktion einmal mit Kalifornien aufnehmen könnte", erzählte er und deutete stolz auf einen Hügel voller Weinstöcke.

„Aber ihr habt sie eines Besseren belehrt, richtig?", erkundigte sich Noah.

„Genau. Alle glauben, es würde in Washington die ganze Zeit regnen oder bewölkt sein. Aber das liegt daran, dass die meisten Leute den Osten des Staates nicht kennen. Hier sind unsere Sommer warm und trocken, und es gibt wenig Niederschläge und Wolken. Durch diese einzigartige Kombination aus gemäßigter Hitze, viel Sonnenlicht und langen Tagen ergibt sich ein ausgezeichnetes Zucker-Säure-Verhältnis der Trauben. Alle unsere Weine haben einen unverwechselbar sortenreinen Charakter."

„Aber was ist mit den Wintern? Vor ein paar Jahren hat der späte Schnee fast alle Rebstöcke vernichtet."

Dave nickte ernst. „Das kann vorkommen", gab er zu. „Wir versuchen, unsere Weinbauflächen möglichst nah am Columbia River zu wählen. Über der Talebene bauen wir auf Südhängen an, um das Risiko kalter Temperaturen einzuschränken. Kürzlich haben wir eine widerstandsfähigere Rebsorte gepflanzt, der ein kälteres Klima nichts ausmacht."

Noah ließ den Blick zweifelnd über die Weinberge schweifen.

„Wirklich, das hier ist eine großartige Gegend für den Weinbau", sagte Dave nachdrücklich. „Hören Sie, Mr Wilder …"

„Noah."

Dave lächelte und legte den Kopf schief. „Ich weiß, dass Sheila eine Pechsträhne hatte, aber Cascade Valley wird meiner Meinung nach den besten Wein im ganzen Land produzieren."

„Das ist eine kühne Behauptung."

Dave schürzte die Lippen und schüttelte sein bereits lichtes Haupt. „Das glaube ich nicht." Er hob die Hand, um seinem Standpunkt Nachdruck zu verleihen. „Dieser Teil von Washington hat ein gutes Klima, das richtige Maß an Sonnenlicht und einen lehmigen Boden und ist relativ frei von Schädlingen und Krankheiten. Ich glaube nicht, dass man irgendwo bessere Bedingungen vorfindet."

Noah ging in die Knie und fuhr mit den Fingern durch die Erde. „Was sollte einen Konkurrenten davon abhalten, neben Cascade Valley Wein anzubauen?"

„Der berühmte Name und der gute Ruf", antwortete Dave rasch.

„Ein Ruf, der in den letzten Jahren ziemlich gelitten hat."

„Ja. Das lässt sich, so ungern ich es auch zugebe, nicht abstreiten", räumte Dave ein und öffnete die Tür seines Pick-up. „Soll ich Sie zurück zum Haus mitnehmen, Noah? Sie sollten sich unbedingt unsere jüngste Investition ansehen: französische Eichenfässer statt Fässer aus amerikanischer Weiß-Eiche. Sie waren Olivers Idee. Das Ergebnis ist unser Cabernet Sauvignon Reserva, den wir noch dieses Jahr auf den Markt bringen möchten."

„Ich gehe zu Fuß zurück", entschied Noah. „Wir sehen uns morgen. Dann würde ich mir sehr gern den Reserva ansehen."

„In Ordnung. Dann bis morgen." Der zerbeulte alte Pick-up fuhr davon und wirbelte eine Staubwolke hinter sich auf. Noah steckte seine Hände in die Taschen seiner Jeans und spazierte in Gedanken versunken zurück zum Haus. Er dachte über die Tragödien nach, von denen Cascade Valley in den letzten paar Jahren heimgesucht worden war. Man konnte niemandem die Schuld an dem Vulkanausbruch des Mount Saint Helens geben. Die riesigen Mengen an Asche und Ruß, die auf Cascade Valley niedergegangen waren und die Ernte zerstört hatten, musste man höherer Gewalt oder einer Naturkatastrophe zuschreiben. Aber die gepanschten Weinflaschen, die man in Montana gefunden hatte, waren eine andere Geschichte. Die Verunreinigungen waren beabsichtigt und kein Versehen gewesen. Die Nadelstiche, die man in den Korken einiger Flaschen gefunden hatte, bewiesen, dass es sich um Sabotage gehandelt hatte.

Ursprünglich hatte Noah vermutet, dass Oliver Lindstrom die Flaschen selbst vergiftet hatte; jetzt war er sich dessen nicht mehr so sicher. Das Bild, das er sich aus Erzählungen von Sheilas Vater gemacht hatte, entsprach nicht dem eines Menschen, der alles zerstörte, wofür er sein Leben lang hart gearbeitet hatte. Wenn, wie Sheila und die Angestellten behaupteten, die Cascade-Valley-Weine Oliver Lindstroms Herzblut gewesen waren, warum hätte er dann den guten Ruf seines Weinguts ruinieren sollen? Es hatte Jahre gedauert, ihn aufzubauen!

Noah sah mit zusammengekniffenen Augen in die untergehende Sonne und kickte einen Stein von der zerfurchten Straße. Es ergab einfach keinen Sinn. Wenn ein Mensch Geld brauchte, würde er doch nicht absichtlich sein eigenes Produkt verderben und dadurch eine teure Rückrufaktion sowie den Vertrauensverlust seiner Kunden riskieren. War es möglich, dass Lindstrom tatsächlich so verzweifelt gewesen war, wie Anthony Simmons Noah glauben machen wollte? Verzweifelt genug, um sich bei einer Brandstiftung selbst das Leben zu nehmen? Das verdammte Feuer – immer dieses verdammte Feuer – hörte nicht auf, Noah mit Zweifeln zu quälen. Als er die letzte Anhöhe hinaufging, auf der das schlossähnliche Haus des Weinguts stand, blieb er stehen, um sich die Trümmer anzusehen.

Die untergehende Sonne warf rot-goldene Strahlen auf die verkohlten Holzbalken des Westflügels. Ein gelber Bulldozer stand neben dem rußgeschwärzten Gebäude, bereit, das vom Einsturz bedrohte Skelett niederzureißen. Noah fuhr sich mit den Fingern durch die Haare, während er den Schaden betrachtete. Wenn er Sheila nicht so gern hätte, wäre alles viel einfacher.

Sheila löste gerade die alte Tapete von den Wänden im Esszimmer ab, als es an der Tür klingelte.

„Emily?", rief sie, während sie an einem widerspenstigen Tapetenstreifen zerrte, „kannst du bitte aufmachen? Emily?" Als niemand antwortete, fiel ihr ein, dass Emily mit Sean draußen war. Ihrem Knöchel ging es viel besser, und im Haus fiel ihr langsam die Decke auf den Kopf.

Wieder klingelte es ungeduldig an der Tür. „Komme!", rief Sheila, während sie sich die Hände an einem Handtuch abwischte. Wer konnte das bloß sein? Es war fast Zeit fürs Abendessen, und sie sah fürchterlich aus. Ihre Jeans und ihre Bluse rochen wie die rußigen Wände, ihre Haare hatte sie zu einem unordentlichen Knoten hochgesteckt. Sie zog die Haarklammern heraus und fuhr sich auf dem Weg zur Tür mit den Fingern durch die Locken.

Ehe sie öffnen konnte, ging die Tür auf und Jeff Coleridge steckte seinen Kopf herein. „Ist also doch jemand zu Hause", stellte er trocken fest und musterte Sheila von Kopf bis Fuß.

Sheila zwang sich zu einem schwachen Lächeln. „Entschuldige. Ich dachte, Emily würde zur Tür gehen."

„Und ich dachte, sie würde krank im Bett liegen", sagte er grinsend. „Oder war das wieder mal nur einer deiner leicht durchschaubaren Tricks, weil du mich sehen wolltest?"

Sheila zuckte nicht einmal mit einer Wimper. „Das ist lange her."

„So lang nun auch wieder nicht."

Sheila blieb in der Tür stehen, sodass er nicht hereinkommen konnte. „Ich nehme an, du bist hier, weil du Emily sehen willst?"

„Wen sonst?" Sein Lächeln war genauso schelmisch wie früher. Er sah immer noch gut aus; sein neues Leben schien ihm gut zu tun. Sein schlanker Oberkörper zeugte von vielen Stunden auf dem Tennisplatz, und seine unbekümmerte Art ließ ihn noch charmanter wirken. Aber nach all den Jahren war Sheila immun dagegen.

„Ich hoffe, niemanden. Emily ist draußen. Ich hole sie."

„Sheila, Baby." Er legte ihr eine Hand aufs Handgelenk. „Warum ist unsere süße Tochter nicht im Bett? Ich dachte, sie hätte sich den Knöchel fürchterlich verstaucht. Zumindest war das die Geschichte, die du mir aufgetischt hast."

Sheila, bemüht, sich nicht provozieren zu lassen, zog ihre Hand weg und setzte ein ebenso zuckersüßes Lächeln auf wie er. „Das war keine ‚Geschichte', und wenn du vor ein paar Tagen hier aufgetaucht wärst, hätte sie noch im Bett gelegen. Glücklicherweise ist sie jung, da verheilt alles viel schneller."

„Schon gut", erwiderte er schmeichelnd. Ihr Sarkasmus war ihm nicht entgangen. „Wer wird denn gleich die Krallen ausfahren, Schätzchen! Du weißt, dass ich nicht früher kommen konnte."

„Du hättest anrufen können."

„Wolltest du das denn?"

„Was ich wollte war, dass du ein wenig Interesse an deinem Kind zeigst. Sie ist kein Baby mehr, Jeff, und sie fängt langsam an, zu verstehen, wie du zu ihr stehst."

„Ich wette, das tut sie", blaffte er. Seine selbstbewusste Maske begann zu bröckeln. „Wenn du mich ständig vor ihr schlecht machst."

„Du weißt genau, dass ich nichts dergleichen tue." Sheilas Miene war ernst, ihr Blick aufrichtig und gequält. „Das schaffst du sehr gut allein."

Jeff, der eben noch die Stirn gerunzelt hatte, machte einen Schmollmund. „Ich dachte, wir hätten uns ‚freundschaftlich getrennt'. Wolltest du das denn nicht immer?"

„Als ich naiv genug war, daran zu glauben."

„Ich nehme an, du denkst, dass es auch meine Schuld war."

„Eigentlich nicht. Wir haben uns schon nicht verstanden, als wir verheiratet waren; ich hätte nie erwarten dürfen, dass die Scheidung etwas daran ändert."

„Du tust so, als wäre alles in Stein gemeißelt."

„Ich wünschte, ich hätte das nicht geglaubt", seufzte sie und lehnte sich an die Tür.

„Also, was willst du jetzt, Sheila?" Er schaute mit zusammengekniffenen Augen auf sie herab.

„Ich will, dass du ein Vater bist, der sich für sein Kind interessiert, Jeff. Und ich will nicht, dass du nur so tust. Ist das zu viel verlangt?"

Jeff atmete tief durch, um den Zorn zu unterdrücken, der jedes Mal in ihm hochstieg, wenn er Sheila sah und ihm wieder bewusst wurde, wie schön sie war. Sie verunsicherte ihn. Vielleicht war es ihr feuriges Temperament in Kombination mit ihren großen Augen. Es hatte einmal eine Zeit in seinem Leben gegeben, als er stolz darauf gewesen war, sie als seine Frau zu präsentieren. Doch sie hatte mehr gewollt. Sie wollte ein Kind, Herrgott noch mal! Nicht, dass Emily kein großartiges Kind wäre … Ihm gefiel einfach die Vorstellung nicht, Vater zu sein. Er fühlte sich dabei so *alt*. Wenn Sheila sich nur ein bisschen mehr angepasst hätte … wenn sie bloß die Dinge so wie er gesehen hätte, dann hätten sie beide es vielleicht geschafft.

Sogar in staubigen Jeans, einer rußigen Bluse und dem schwarzen Fleck dort im Gesicht, wo sie mit den Händen ihre Wange berührt hatte, war sie zweifelsohne schön. Ihre Haare umschmeichelten in wilden Locken ihr Gesicht – genau so, wie es ihm gefiel. Und sie bewegte sich immer noch mit einer Eleganz und Anmut, die er noch nie bei einer anderen Frau gesehen hatte, nicht einmal bei Judith. Während Judiths Schönheit langsam zu welken anfing, begann die von Sheila gerade erst zu erblühen.

Jeff räusperte sich und versuchte Sheilas unverwandten Blick zu ignorieren. Er hustete, bevor er ihre Frage beantwortete. „Du weißt, dass Emily mir wichtig ist", sagte er achselzuckend. „Es ist nur so, dass ich mich in Gegenwart von Kindern nie wohlgefühlt habe."

„Du hast es nie versucht. Nicht einmal bei deinem eigenen Kind."

Jeff schüttelte den Kopf und starrte zu Boden. „Genau da täuschst du dich, Sheila. Ich habe es versucht, wirklich …"

„Aber du liebst sie nicht von Herzen."

„Das habe ich nicht gesagt." Er schaute auf und sah Abscheu und Wut in ihren Augen funkeln.

„Du hast in deinem ganzen Leben nie jemanden geliebt, Jeff Coleridge, außer dir selbst."

„Das habe ich immer an dir gemocht, Sheila: deine gutmütige, ausgeglichene Art."

Sheila zitterte, versuchte aber trotzdem, sich zusammenzureißen. Wenn sie Jeff doch bloß neutral sehen könnte! Wenn sie doch nur nicht in seinen Augen lesen könnte, dass er sein Kind im Grunde ablehnte. „Dieser Streit führt zu nichts", sagte sie gepresst. Die Unterhaltung mit Jeff war anstrengend und ging langsam an ihre Substanz. „Warum kommst du nicht in die Küche und wartest, bis ich Emily geholt habe? Sie ist nur auf der Terrasse hinter dem Haus."

Jeff zögerte, als wollte er noch etwas sagen, überlegte es sich dann jedoch anders. Sheila trat zurück, damit er an ihr vorbei ins Haus kommen konnte, und versuchte sich zu beruhigen. Sie wollte Emily nicht mit ihrer Nervosität und ihren Sorgen wegen der bröckelnden Vater-Tochter-Beziehung anstecken.

Sie trat auf die Terrasse hinaus und atmete tief durch. Emily sah gerade Noah und Sean bei einem heißen Frisbee-Match zu. Die Kleine kicherte aufgeregt, Noah konzentrierte sich aufs Fangen des Frisbees, und Sean lächelte zufrieden, weil sein Vater die Plastikscheibe mit ziemlicher Sicherheit nicht erwischen würde. Es war eine friedliche Szene, eine Familienszene, und es zerriss Sheila fast das Herz, weil sie wusste, dass sie diesen Moment gleich zerstören musste.

„Emily!", rief sie liebevoll. „Hier ist jemand, der dich sehen möchte."

„Wer?" Emily rührte sich nicht von der Stelle und beobachtete Noahs wenig elegante Fangtechnik.

„Daddy ist hier."

Emilys Lächeln erstarb. „Daddy?"

Sheila zwang sich, ein fröhliches Gesicht zu machen. „Ja. Ist das nicht toll?"

„Aber er nimmt mich nicht mit nach Spokane, oder?"

„Natürlich nicht, Liebes", versicherte ihr Sheila in betont unbeschwertem Ton. „Er möchte nur mal sehen, wie es dir mit deinem Knöchel geht." Sie schob ihrer Tochter eine widerspenstige Locke aus dem Gesicht. „Komm, er wartet in der Küche."

„Nein, tut er nicht", rief Jeff vergnügt und kam durch die Tür. „Es war eine lange Fahrt, und ich konnte nicht mehr länger warten." Er sah Emily an, die ihn ernst anblickte. Dann erst bemerkte er Noah und Sean. Das Frisbee-Match war vorbei, und Noah musterte den Mann, der einmal Sheilas Ehemann gewesen war, gespannt. „Entschuldigen Sie", sagte Jeff mit routiniertem, kühlem Lächeln. „Ich glaube nicht, dass wir uns kennen."

Noah schlenderte langsam zur Terrasse und blickte Jeff dabei herausfordernd an. Jeder einzelne Muskel in seinem Körper war angespannt. „Wilder", stellte er sich vor, „Noah Wilder. Und das …" – er deutete mit dem Kopf auf den blonden Jungen in den abgeschnittenen Jeans – „… ist mein Sohn Sean." Er schüttelte Jeff kurz, aber fest die Hand.

„Jeff Coleridge."

Noah lächelte schief, als würde ihn etwas amüsieren, das nur er verstand. „Das habe ich mir schon gedacht."

„Wilder?" Jeffs Blick folgte Noah, der sich zwischen ihn und seine Exfrau stellte. Es war ein dezenter Schachzug, der weder Jeff noch Sheila entging. „Haben Sie etwas mit Wilder Investments zu tun?"

„Das ist die Firma meines Vaters."

„Ben Wilder ist Ihr Vater?" Jeff klang ehrlich überrascht und beeindruckt.

„Das ist richtig." Noah erwiderte Jeffs breiter werdendes Lächeln nicht.

„Oh … dann sind Sie also wegen des Weinguts hier … als Geschäftspartner von Sheila?" Jeff wirkte erleichtert.

„Teilweise."

„Ich verstehe nicht ganz."

„Noah ist Mommys Freund", schaltete Emily sich ein.

„Stimmt das?" Jeff zog die schmalen Augenbrauen hoch und durchbohrte Sheila regelrecht mit seinem vorwurfsvollen Blick.

Alle schwiegen betreten, während Sheila nach den richtigen Worten suchte. Beide Männer musterten sie gespannt. Aus dem Augenwinkel sah Sheila, dass Sean zum Obstgarten ging, weg von der unangenehmen Szene. Sie errötete vor Verlegenheit, wich Jeffs Blick jedoch nicht aus. „Ja, das stimmt", erklärte sie erstaunlich ruhig. „Noah ist ein Freund von mir, ein sehr guter Freund."

Man merkte, dass Jeff etwas Gehässiges erwidern wollte, es sich wegen Noahs durchdringendem Blick und der unschuldigen Augen seines Kindes jedoch verkniff. Er wollte sich nicht zum Narren machen. „Verstehe", sagte er anzüglich. Dann zog er – als wäre die ganze Unterhaltung für ihn etwas gewesen, das man besser unter den Teppich kehrte – an der Bügelfalte seiner Hose und kniete sich hin, um mit seiner Tochter zu reden. Er nahm eine ihrer kleinen Hände und presste sie zwischen seine. Eine, wie er wohl dachte, zutiefst väterliche Geste. „Jetzt erzähl mal, Emily, wie geht es dir?"

„Gut." Emily – überrascht, im Mittelpunkt zu stehen – war plötzlich schüchtern.

„Wirklich? Und wie geht's deinem Knöchel?"

„Alles okay."

„Gut ... das ist wirklich gut. Erzählst du mir, was bei deinem Sturz genau passiert ist?"

„Willst du das wirklich wissen?", fragte Emily misstrauisch.

Jeffs schmales Lächeln wurde unsicher. „Aber natürlich, Schatz!" Er tätschelte ihr nervös die Hand, bevor er sich mit ihr hinsetzte. „Warum erzählst du mir nicht einfach die ganze Geschichte?" Er drückte eine Fingerspitze linkisch auf ihre Nase.

Noah drehte sich bei Coleridges kläglichem Versuch, Vater zu spielen, fast der Magen um. Während der Mann seine Aufmerksamkeit weiterhin dem Kind zuwandte, drehte Noah sich um und ging in Richtung Westflügel.

Sheila sah zu, wie er wütend durch den Garten marschierte, und musste sich beherrschen, um ihm nicht nachzulaufen. Aber solange sie sich nicht sicher sein konnte, dass Emily sich mit Jeff wohlfühlte, empfand sie es als ihre Pflicht, bei ihrem Kind zu bleiben.

Noah war bald außer Sichtweite, und Sheila richtete ihre Aufmerksamkeit wieder auf Jeff und Emily. Ihr Exmann sah sie kühl und feindselig an. „Wie lange ist *der* denn schon hier?"

„Ungefähr eine Woche."

„Hältst du das für eine gute Idee?"

„Er hilft mir beim Wiederaufbau des Weinguts."

„Das glaube ich dir gern." Jeffs zynischer Unterton war nicht zu überhören.

„Es geht dich zwar nichts an, Jeff, aber ich mag Noah ... sehr sogar."

„Er ist ein arroganter Kotzbrocken, findest du nicht?"

Sheila sah kurz Emily, dann wieder Jeff an. Ihr Blick war eine stille Warnung an ihn, in Gegenwart des Kindes nicht noch einmal eine abfällige Bemerkung zu machen.

„Ich halte ihn für einen sehr freundlichen, besonnenen Mann."

„Bin ich das denn nicht?"

„Das habe ich nicht gesagt." Sheila sah Jeff wieder drohend an. „Möchtest du eine Tasse Kaffee?" Sie musste das Gespräch irgendwie in andere Bahnen lenken – Emily zuliebe.

Jeff versuchte sich zu entspannen und locker zu wirken. „Hast du etwas Stärkeres?", fragte er und fuhr sich mit zitternder Hand durch seine sorgfältig gekämmten Haare.

„Ich denke schon."

„Fein." Er atmete erleichtert aus. „Dann einen Wodka Martini."

„In Ordnung. Ich brauche ein paar Minuten dafür."

Jeff schien keine Einwände zu haben. Er musste ebenfalls nach einer Möglichkeit gesucht haben, weitere Streitigkeiten zu vermeiden. Sheila wandte sich zum Gehen und sah sich dabei immer noch suchend nach Noah um, als Jeffs Stimme zu ihr drang: „Mit Zitrone, okay?"

Sheila nickte höflich, ohne sich nach ihm umzudrehen, und äffte ihn leise nach: „Mit Zitrone … mit Zitrone". Sie hatte schon vergessen, wie fordernd Jeff sein konnte – eine echte Nervensäge. Sie verfluchte ihn dafür, dass er sie bei einem Abendessen störte, von dem sie gehofft hatte, es würde im trauten *Familien*kreis stattfinden.

Genau das war das Problem: Sie empfand Noah und Sean als Teil der Familie, während ihr Jeff wie ein Außenseiter vorkam, ein Eindringling, der nur Probleme machen würde.

Ihre kastanienroten Locken streiften ihre Schultern, als sie über ihre eigene Dummheit den Kopf schüttelte. Was habe ich denn erwartet? fragte sie sich auf dem Weg ins Arbeitszimmer.

Dort sah sie zu ihrer Überraschung Noah am Schreibtisch über den Original-Bauplänen des Westflügels sitzen. Er hatte einen Stift in der Hand, mit dessen Spitze er nervös auf das vergilbte Papier klopfte. Als er Sheila hereinkommen hörte, bewegte er sich nicht und sagte auch kein Wort, sondern starrte, scheinbar ganz in Gedanken versunken, auf die ausgebleichten Skizzen. Sheila spürte förmlich, wie sich der Graben zwischen ihnen vergrößerte, und sie fragte sich, ob sie den Mut hatte, ihn zu überschreiten.

„Es tut mir leid, dass du das alles mit anhören musstest", sagte sie und ging zur Hausbar, um eine Flasche Wodka zu holen. Das nervöse Klopfen des Bleistifts verstummte.

Noahs Stimme klang mühsam beherrscht. „Du brauchst dich nicht bei mir zu entschuldigen. Es geht mich ja nichts an."

„Doch, das tut es", widersprach sie. „Und ich wollte nicht, dass es dermaßen eskaliert."

„Ach nein? Mach dir nichts vor, Sheila! Du warst es doch, die ihn eingeladen hat. Was hast du denn erwartet?"

„Ich hatte keine andere Wahl. Ich musste ihm sagen, was mit Emily passiert ist, und ihm anbieten, sie zu besuchen."

„Spar dir das, Sheila! Das habe ich alles schon mal gehört."

Sie merkte ihm an seinen verkrampften Schultern an, wie wütend er war. Sie spürte, wie sehr er sich nach Antworten auf seine Fragen sehnte. Und sie sah ihm seinen Stolz an seinem energisch vorgestreckten Kinn an. „Bitte, Noah", sagte sie eindringlich und stellte den Wodka Martini, den sie gemixt hatte, beiseite. „Verschließ dich nicht vor mir."

„Tue ich das denn?" Er warf den Bleistift auf den Schreibtisch und massierte sich erschöpft den Nacken.

„Etwa nicht?"

„Nein!" Er stand auf und sah sie zum ersten Mal, seit sie ins Zimmer gekommen war, an. Ohne den Schmerz in ihren Augen zu beachten, wedelte er anklagend mit dem Finger vor ihrem Gesicht herum. „Ich sage dir, was ich tue", stieß er heiser hervor. „Ich sitze auf der Ersatzbank und hoffe, dass mir nicht der Geduldsfaden reißt, während die Frau, die ich liebe, irgendwelchen verblassten, rosigen Erinnerungen an eine Ehe nachhängt, die nie existiert hat."

„Ich hänge keinen ..."

„Ich bemühe mich, mich zu beherrschen, damit ich diesen hinterhältigen Idioten nicht eigenhändig rauswerfe! Seine linkischen Versuche, Vater zu spielen, sind einfach jämmerlich!"

„Jeff versucht nur ..."

„Und ..." Seine Stimme wurde lauter. „... ich versuche, verdammt noch mal, zu verstehen, wie eine schöne, sensible Frau wie du sich jemals auf einen fiesen Typen wie Jeff Coleridge einlassen konnte." Noah sah aus, als würde er jeden Moment vor Wut explodieren.

Sheila griff mit zitternden Händen nach dem Martiniglas. „Ich denke, das reicht", flüsterte sie. Sie hatte einen Kloß im Hals. Ihr

Blick war starr und leer, als sie sich, gekränkt und den Tränen nahe, zum Gehen wandte.

Noah war sofort bei ihr und griff mit seinem starken Arm nach ihr. Er drehte sie zu sich, damit sie ihn ansehen musste, und der Martini rutschte ihr aus der Hand. Die farblose Flüssigkeit schwappte über, und das Glas zerschellte auf dem Boden.

„Nein, Sheila", stieß er zwischen zusammengebissenen Zähnen hervor, „da täuschst du dich!" Er drückte ihren Arm, damit sie ihm zuhörte. „Ich liebe dich!" Sein Blick wurde weicher. „Ich wollte mich nicht in dich verlieben. Ich habe dagegen angekämpft … Ich habe wahnsinnig dagegen angekämpft, aber ich habe verloren." Er ließ ihren Arm los, doch sie rührte sich, gebannt von der Aufrichtigkeit seines Blicks, nicht von der Stelle. „Und ich habe nicht vor, dich gehen zu lassen – nicht zu diesem Mistkerl, den du einmal deinen Mann genannt hast, und auch nicht zu sonst jemandem."

Sheila spürte, wie ihr Zorn verrauchte. „Dann versteh doch bitte, dass ich Jeffs Verhalten nur wegen Emily akzeptiere."

„Glaubst du, du kannst dem Kind etwas vormachen?"

„Ich will ihr nichts vormachen", seufzte sie. Ihre innere Zerrissenheit spiegelte sich in ihren grauen Augen. „Ich versuche nur, sie nicht in ihrer Meinung über ihren Dad zu beeinflussen."

„Indem du erlaubst, dass er hier einfach ungebeten hereinplatzt?" Er wandte den Blick von ihr ab und starrte auf den verschütteten Drink. „Indem du sofort springst, wenn er irgendetwas will?" Er berührte zärtlich ihre Wange. „Oder indem du seine Fehler und Versäumnisse überspielst?"

„Indem ich Emily ihre eigene Entscheidung treffen lasse."

„Dann lass sie doch sehen, wie er wirklich ist." Er blickte sie herausfordernd an. „Wie wichtig ist dir Jeff Coleridge?"

„Er ist der Vater meines Kindes."

„Mehr nicht?"

„Früher schon", gab sie zu. „Das kann ich nicht abstreiten und will es auch gar nicht. Aber das ist lange her. Bitte glaub mir, Noah – ich liebe ihn nicht mehr. Ich weiß nicht, ob ich ihn jemals geliebt habe."

Noah legte seine Arme fest um ihre schmalen Schultern, und Sheila spürte die Wärme seines Körpers. Zärtlich wischte er ihr den Rußfleck von der Wange. „Na gut, Sheila", sagte er zögernd und seufzte. „Ich werde versuchen, diesen Idioten zu tolerieren. Aber glaub mir, falls er sich dir oder Emily gegenüber danebenbenimmt, werfe ich ihn hochkant raus, und zwar ohne mich zu entschuldigen. Einverstanden?"

Sheila lächelte zaghaft. Dann wurde ihr Lächeln breiter. „Einverstanden."

„Gut. Warum bereitest du nicht einfach das Abendessen vor, lässt Jeff und Emily allein, und ich sehe mir die Baupläne fertig an?"

„Nur, wenn du versprichst, die Sauerei hier wegzumachen" – sie deutete auf den verschütteten Drink –, „und Jeff einen neuen Wodka Martini mixt."

„Träum weiter, Schatz! Wenn er so dringend einen Drink braucht, kann er ihn sich sehr gut selber machen."

Sheila lachte und schnalzte mit der Zunge. „Du bist nicht sehr gastfreundlich, was?", neckte sie ihn.

Noah zog fragend eine Augenbraue hoch. „Kannst du es mir verübeln?"

„Nein", gab sie leicht bedauernd zu. „Das kann ich wirklich nicht. Aber *versuch* wenigstens, höflich zu sein."

„Wenn du unbedingt willst. Aber ich verstehe nicht, warum."

Sie schlang die Arme um seinen Hals und stellte sich auf die Zehenspitzen. „Es wird dich schon nicht umbringen."

„Nein, das wird es nicht, schätze ich. Aber zusehen zu müssen, wie er dich anmacht, möglicherweise schon."

„Du hast eine lebhafte Fantasie." Sie gab ihm einen zarten Kuss.

Sein Körper reagierte sofort auf sie. Sheila spürte, wie sich seine Oberschenkel und seine Brust an sie pressten und er sie fest an sich drückte. „Meine Fantasien dich betreffend sind sehr privat und haben nichts mit deinem Exmann zu tun." Er streifte mit den Lippen und seiner Zunge über ihren Mund. „Lass uns ihn schnell loswerden und die Kinder früh ins Bett bringen."

Sheila lachte dicht an seinem Mund. „Ich kann mir irgendwie nicht vorstellen, dass Sean begeistert wäre, wenn er um halb sieben ins Bett müsste."

„Spielverderber." Er ließ sie langsam los.

Sie ging zur Tür. Auf halbem Weg blieb sie stehen, sah ihn über die Schulter an und zwinkerte ihm zu. „Später", versprach sie.

Der restliche Abend verlief nicht besonders gemütlich, aber einigermaßen erträglich. Jeff blieb zum Abendessen und fühlte sich in Noahs, Seans und Emilys Gegenwart sichtlich gehemmt und unwohl. Sein perfekter Anzug war mittlerweile zerknittert, sein Haar zerzaust. Noah war höflich, aber ruhig, und er ließ Sheilas Exmann während des Essens kaum aus den Augen. Sein unerbittlicher Blick machte Jeff nervös; er flehte Sheila mit einem Blick an, sie möge sich eine Ausrede einfallen lassen, damit er Noah entkommen konnte.

Den Nachtisch lehnte er dankend ab, verabschiedete sich bald und war lange vor acht Uhr abends schon wieder auf dem Rückweg nach Spokane. Emily wirkte erleichtert, weil sie nicht in die sterile Wohnung ihres Vaters und seiner pedantischen Frau Judith mitfahren musste, zumindest nicht in den nächsten paar Wochen.

Zum ersten Mal seit ihrem Streit vor über einer Woche waren die dunklen Wolken über Sheila und Noah verschwunden, und die beiden hatten leidenschaftlichen Sex, ohne dass Jeff Coleridges Schatten über ihren Köpfen schwebte.

12. KAPITEL

Noahs Besuch war viel zu schnell zu Ende. Der Umstand, dass er ihr seine Entscheidung bezüglich des Weinguts nicht eindeutig mitgeteilt hatte, beunruhigte Sheila. Sie wusste, dass er den Westflügel wieder aufbauen wollte – der Bautrupp, der die alte Bausubstanz abgetragen hatte, war dafür Beweis genug. Trotzdem war sie immer noch skeptisch. Es war, als verheimlichte Noah ihr etwas. Sie konnte seine Zurückhaltung jedes Mal spüren, wenn sie die Weinlese im Herbst ansprach. Soweit sie es beurteilen konnte, musste es mit dem Feuer zusammenhängen.

Es war der Morgen von Noahs letztem Tag in Cascade Valley, als Sheila ihren ganzen Mut zusammennahm, um den Brand und Anthony Simmons' Bericht anzusprechen. Während der vergangenen Woche hatte er es immer wieder geschafft, dem Thema aus dem Weg zu gehen, aber heute war Sheila entschlossen, Antworten zu bekommen – eindeutige Antworten.

Die ersten Sonnenstrahlen fielen durch die Terrassentüren in Sheilas Zimmer und tauchten es in mattes, goldenes Morgenlicht. Tautropfen hingen an den Unterseiten der grünen Blätter der Clematis, die sich an den Glastüren hinaufrankten, und die Kälte der Nacht war immer noch zu spüren.

Noah hatte das Gesicht im Kissen vergraben und schlief noch. Sheila löste sich langsam aus seiner Umarmung, blieb jedoch neben ihm liegen und betrachtete ihn. Sein gebräuntes Gesicht war vollkommen entspannt, er sah so unschuldig aus. Wäre da nicht sein Bartschatten gewesen, hätte er mit seinen zerzausten, fast schwarzen Haaren richtig jungenhaft gewirkt.

Sheila spürte einen Kloß im Hals. Im Schlaf waren alle seine Sorgen vergessen, und er sah unglaublich verletzlich aus. Ihn so zu sehen, berührte sie zutiefst. Sie hatte das Bedürfnis, ihm die Haare aus der Stirn zu streichen und ihn zu trösten. *Ich liebe ihn,* dachte sie. *Ich liebe ihn schon viel zu sehr. Es ist eine Art blinder Liebe, die gefährlich sein kann, eine selbstaufopfernde Liebe, die nichts als Leid bringt. Es ist eine Liebe, die abhängig macht und eifersüchtig. Mehr als alles andere auf der Welt möchte ich mit diesem Mann zusammen sein und zu ihm gehören. Ich möchte mein Leben mit ihm teilen, ich möchte, dass wir eine Familie werden und mein Blut durch seinen Körper strömt.*

Sie beugte sich vor und küsste ihn zart auf die Stirn. *Ich weiß, dass er mich mag, er sagt ja sogar, dass er mich liebt. Aber ich weiß auch, dass er mir etwas verheimlicht. Er vertraut mir nicht.*

Leise stand sie auf. Nachdem sie ihren flauschigen Bademantel angezogen hatte, setzte sie sich wieder auf das antike Bett und sah zu, wie sich Noahs Brust in regelmäßigen Abständen hob und senkte. *Warum sagst du es mir nicht? Warum erzählst du mir nicht alles über den Brand? Was verheimlichst du mir?*

Noah drehte sich auf den Rücken, machte – probeweise – ein Auge auf und blinzelte in die Morgensonne. Als er Sheila bemerkte, breitete sich langsam ein Lächeln auf seinem Gesicht aus. „Gott, du siehst unglaublich aus", murmelte er, schlang die Arme um sie und zog sie zu sich.

„Noah", flüsterte sie, während sie versuchte zu ignorieren, wie herrlich warm sich seine Lippen auf ihrem Hals anfühlten. „Wir müssen reden."

„Später." Er tastete nach dem Gürtel ihres Bademantels und löste ihn langsam.

Obwohl sie es nur zu gern hätte geschehen lassen, legte sie ihre Hand auf seine und hielt sie fest. „Jetzt."

„Wir sollten die Zeit nicht mit Reden vergeuden", meinte er und küsste ihr Dekolleté. Der flauschige Bademantel öffnete sich. „Das ist mein letzter Morgen hier", murmelte er, sein Mund dicht an ihrer nackten Haut. Sheila spürte, wie ihr Puls zu rasen begann und ihr ganz heiß wurde.

Sie versuchte, den Bademantel fester um sich zu schlingen. „Genau deshalb müssen wir jetzt reden." Sie strich sich die Haare aus dem Gesicht und schaute ihm in die Augen, während sie von ihm abrückte. Ein wenig außer Atem stand sie auf.

Nachdem sie sich einigermaßen wackelig auf einen Stuhl neben der Terrassentür gesetzt hatte, fuhr sie sich mit den Fingern nervös über ihr Dekolleté. Noah stützte sich auf einen Ellbogen und sah Sheila amüsiert, aber immer noch sehnsüchtig an. Das eisblaue Laken bedeckte nur seine Hüften und gab den Blick auf seinen muskulösen Oberkörper frei. „Na gut, Sheila. Bringen wir es hinter uns."

„Was?" Sie hatte keinen Schimmer, wo sie anfangen sollte.

„Die Inquisition."

„Erwartest du eine Inquisition?" Sie war überrascht.

„Ich müsste ganz schön dumm sein, wenn ich nicht wüsste, dass wir beide wegen des Feuers aneinandergeraten würden, bevor ich zurück nach Seattle fahre. Darum geht es doch, oder?"

Sheila hörte auf, am Kragen ihres Bademantels herumzunesteln, und sah ihn mit zusammengekniffenen Augen misstrauisch an. „Ich möchte einfach wissen, warum du es vermieden hast, das Feuer und den Wiederaufbau des Westflügels anzusprechen."

„Weil ich damals noch zu keiner Entscheidung gekommen war", sagte er und schien mit den Augen um Verständnis und Nachsicht zu bitten.

„Aber mittlerweile schon?"

„Ich glaube ja."

„*Und?*"

„Sobald ich wieder in Seattle bin, werde ich eine Viertelmillion Dollar auf ein Treuhandkonto von Wilder Investments überweisen. Das Geld wird dort ausschließlich zum Zweck des Wiederaufbaus von Cascade Valley hinterlegt."

Sheilas Lächeln erstarb, als sie seinen sorgenvollen Blick sah. „Aber was ist mit der Versicherung … und mit Anthony Simmons Bericht?"

„Mach dir darüber keine Gedanken. Das ist mein Problem."

Sheila verkniff sich die vielen Fragen, die ihr noch unter den Nägeln brannten. Der *eine* nagende Zweifel in ihrem Kopf ließ sich jedoch nicht unterdrücken. „Aber was ist mit dem guten

Ruf meines Vaters? Wirst du ihn wiederherstellen können?", fragte sie zaghaft.

Die ehrliche Sorge in ihren grauen Augen traf ihn bis ins Mark. Mit einem Mal wurde ihm klar, dass seine Unehrlichkeit ihr gegenüber ihn eingeholt hatte. Er hatte entschieden, ihr nichts von dem Brand oder von Simmons Bericht zu erzählen, weil ihr das nur noch mehr Kummer machen würde. Sie hatte schon mehr als genug ertragen müssen, fand er. Er konnte ihr nicht noch mehr zumuten. „Das hoffe ich", flüsterte er. Gleichzeitig verfluchte er sich für sein falsches Spiel.

Sie seufzte erleichtert und senkte die Lider.

„Es gibt noch ein anderes Problem, mit dem wir uns auseinandersetzen müssen."

Sie lächelte schief und machte die Augen wieder auf, um ihn anzusehen. „Nur eines?"

Er musste laut lachen. Wann hatte er das das letzte Mal in der Morgendämmerung getan? Der Gedanke, dass er bald von Sheila Abschied nehmen musste, ernüchterte ihn wieder. Gleichzeitig wurde ihm bewusst, dass Abschiednehmen ein Ding der Unmöglichkeit war. Sie saß ihm gegenüber am anderen Ende des Zimmers, ihre Zehen lugten unter dem Saum ihres cremefarbenen Bademantels hervor. Und mit ihren Blicken verfolgte sie jede seiner Bewegungen. „Vielleicht haben wir zwei Probleme", räumte er ein, und auf seinem Gesicht breitete sich langsam ein Lächeln aus. „Das erste ist einfach. Wenn der Westflügel zur Weinlese noch nicht fertig ist, werde ich in der Nähe ein Gebäude mieten, damit wir trotzdem Wein abfüllen können. Das wird zwar teuer, ist aber immer noch besser, als die Ernte an die Konkurrenz zu verkaufen."

Sheila nickte nachdenklich.

„Und das bringt uns zu unserem nächsten Dilemma."

„Falls du dafür noch eine dermaßen sensationelle Lösung hast wie für unser erstes Problem, bezweifle ich, dass es überhaupt ein Dilemma gibt", witzelte sie und strahlte ihn an. Wenigstens wusste sie jetzt, dass das Weingut den Betrieb wieder aufnehmen würde. Sie musste einfach lächeln.

Noah schlug das Laken zurück, erhob sich und ging langsam auf den Sessel zu, auf dem sie saß. Als er vor ihr stand, stützte er seine Hände auf die Lehnen, sodass Sheila zwischen den pfirsichfarbenen Kissen gefangen war. „Die Lösung hängt ganz von dir ab."

Ihre Mundwinkel zuckten, und ihre Augen blitzten neugierig. Sie legte kokett den Kopf schief. „Von mir? Wie?"

Eindringlich schaute er sie an. „Sheila, ich möchte, dass du mich heiratest. Willst du?"

Als sie langsam die Bedeutung seiner Worte begriff, machte ihr Herz einen Hüpfer und sie wurde von einem unglaublichen Glücksgefühl überwältigt. „Du willst heiraten?", fragte sie bewegt.

„So schnell wie möglich."

„Natürlich! Ich meine – ich würde dich schrecklich gern …" Sie schüttelte den Kopf. „Du liebe Güte, wie das klingt! Ich glaube, ich verstehe einfach nicht, was gerade passiert."

„Was gibt es da zu verstehen?" Er hielt sie fest in den Armen und hauchte ihr einen Kuss hinters Ohr. Als er weiterredete, konnte sie seinen warmen Atem in ihrem Haar spüren. „Weil ich dich liebe, Sheila. Hast du denn nicht gehört, was ich dir die ganze Woche fast ständig gesagt habe?"

„Aber … heiraten?", stammelte sie. Sie musste an ihre Hochzeit mit Jeff denken. Sie erinnerte sich daran, wie sie voller Hoffnung und Liebe gewesen war, und an ihr traumhaftes, spitzenbesetztes elfenbeinfarbenes Kleid, das durch die Lügen und geplatzten Träume einen fahlen Gelbstich angenommen hatte. Sie hatte schon einmal überstürzt geheiratet. Und obwohl sie Noah von ganzem Herzen liebte, hatte sie Angst, den gleichen Fehler ein zweites Mal zu machen. Die Vorstellung, ihn zu verlieren, war zu entsetzlich. „Ich … ich weiß nicht."

Seine Muskeln spannten sich an. „Warum nicht?"

Es gab vermutlich mehr als ein Dutzend Gründe, aber sie fielen Sheila plötzlich nicht mehr ein. Sie blickte ihn verwirrt an. „Hast du an die Kinder gedacht? Wie wird es sich auf sie auswirken?"

Noah hatte die perfekte Antwort parat. „Kannst du dir, wenn du ehrlich bist, etwas Besseres für Sean oder Emily vorstellen?"

„Aber dass dein Kind einen zweiten Elternteil bekommt, ist doch kein Grund zu heiraten …"

„Selbstverständlich nicht. Betrachte es als erfreulichen Nebeneffekt", schlug er vor. Er hatte eine Hand auf den Kragen ihres Bademantels gelegt und streichelte über ihre zarten Schlüsselbeine. Plötzlich hielt er inne und trat einen Schritt zurück. „Versuchst du gerade, mir höflich zu sagen, dass du mich nicht heiraten willst?"

Sheila schüttelte den Kopf, während ihr Freudentränen in die Augen traten. Er interpretierte ihr Zögern vollkommen falsch.

„Was ist es dann? Du gibst dich doch bestimmt nicht mit einer lockeren *Affäre* zufrieden?"

„Nein, natürlich nicht."

Er verschränkte die Arme vor der Brust und sah sie misstrauisch an. „Hat das irgendetwas mit Coleridge zu tun? Verdammt! Ich wusste es! Du hängst immer noch an ihm."

„Ich hänge *nicht* an ihm! Ich bin nur überwältigt, Noah. Ich habe nicht damit gerechnet … Ich weiß nicht, was ich sagen soll!"

„Ein einfaches Ja genügt."

„Wenn es nur so einfach wäre." Sie schlang die Arme um ihren Oberkörper, als müsste sie ihren Körper vor einer plötzlichen Kälte schützen. „Ich würde dich liebend gern heiraten …"

„Aber?"

„Aber ich glaube, es geht alles ein bisschen zu schnell." Warum erfand sie Ausreden? Warum konnte sie seinen Antrag nicht einfach annehmen?

Während sie Noahs nachdenklichen Blick und sein ehrliches, markantes Gesicht betrachtete, verflüchtigten sich ihre Bedenken plötzlich. Noah Wilder war kein Mann, der jemandem etwas vormachte. Sie schüttelte den Kopf, um sich von dem Spinnennetz aus Zweifeln, Ängsten und Unsicherheiten zu befreien. „Entschuldige", sagte sie mit bebender Stimme und berührte seinen Oberkörper mit den Fingerspitzen. „Du hast mich überrascht. Die Wahrheit ist, dass ich dich liebe und ich nichts lieber täte, als den Rest meines Lebens mit dir zu verbringen."

„Gott sei Dank!" Erleichtert nahm er sie in seine starken Arme und küsste sie voller Hingabe. Ein warmes Glücksgefühl durchströmte sie, als sie ihre Lippen öffnete, um sein Liebesversprechen anzunehmen. Sie senkte die Lider und seufzte dicht an seinem Mund. Ihr Bademantel glitt über ihre Schultern, und sie fühlte die kühle Morgenluft auf ihrer Haut, während Noah sie zum Bett führte.

„Ich sehne mich schrecklich nach dir", flüsterte er. Bebend vor Vorfreude sank sie auf die kühlen Laken. Gewärmt wurde sie nur von den zärtlichen Berührungen des Mannes, den sie liebte.

Sheilas Leben wurde turbulent. Zwischen dem Prüfen der Baupläne der Architekten, dem Koordinieren der Innenausstatter, die Wilder Investments geschickt hatte, und der Arbeit mit Dave Jansen für die Weinlese im Herbst blieb Sheila wenig Zeit, darüber nachzudenken, wie weit sie und Noah voneinander entfernt waren. Abends fiel sie erschöpft ins Bett und stand bei Tagesanbruch wieder auf. Ein heißer Sommertag ging in den nächsten über, und aus Juni wurde Juli.

Die viele Arbeit war zwar anstrengend, zahlte sich jedoch aus. Alles schien nach Plan zu laufen. Jeff hatte Anfang der Woche angerufen, und als Sheila ihm Emilys Bedenken wegen ihres Besuchs in Spokane erklärt hatte, war seine Reaktion relativ gelassen gewesen. Eigentlich hatte er fast erleichtert geklungen, dass er seinem Kind in diesem Sommer kein Ferienprogramm bieten musste.

Emily vermisste Sean, aber Sheila fasste das als ein positives Zeichen auf. Sie hoffte inständig, dass sich die beiden Kinder auch nach der Hochzeit – wann auch immer sie sein würde – gut verstehen würden. Noah hatte Sheila gedrängt, doch endlich einen Termin festzusetzen und sogar vorgeschlagen, durchzubrennen. Sheila musste sich eingestehen, dass eine Blitzhochzeit irgendwo allein für alle Beteiligten möglicherweise das Beste war. Sie hatte schon einmal eine perfekt durchorganisierte Hochzeit gefeiert, und die hatte sich nicht als Garantie für eine glückliche Ehe entpuppt.

Vielleicht dieses Wochenende, überlegte sie, während sie mit dem Fuß fester auf das Gaspedal drückte, damit ihr Wagen die Cascade Mountains schneller hinauffuhr. Sie hatte zum ersten Mal seit vier Wochen eine Arbeitspause. Der Innenbereich des Hauses war fast fertig und wieder in seinem ursprünglichen Glanz erstrahlt. Nur ein paar Details fehlten noch. Die Vorhangstoffe wurden in Europa gewebt, daher die Verzögerung. Die Wände allerdings waren bereits neu verputzt und frisch tapeziert, und der fleckige alte burgunderrote Teppich war durch einen eleganten neuen champagnerfarbenen ersetzt worden.

Emily verbrachte das Wochenende bei ihrer Großmutter, und Sheila hatte beschlossen, Noah zu besuchen. Er würde zweifellos überrascht sein. Immerhin rechnete er damit, sie erst dann wiederzusehen, wenn alle Verträge für die Renovierung des Weingutes unter Dach und Fach waren. Da Sheila ihn telefonisch in letzter Zeit nicht erreicht hatte, hatte sie alle Bedenken über Bord geworfen, ein paar Sachen gepackt und sich spontan in ihr Auto gesetzt.

Es war ein wunderschöner Sommertag, die Bergluft rein und erfüllt vom Duft nach Wildblumen und Kiefern, und Sheila hatte das Gefühl, als könnte nichts ihre Hochstimmung trüben. Sie dachte an das bevorstehende ruhige Wochenende allein mit Noah, lächelte in sich hinein und summte zu einem Song im Autoradio mit.

Nichts kann schiefgehen, dachte sie, als sie in die kreisförmige Einfahrt des Wilder-Grundstücks einbog. Dieses Wochenende würde perfekt werden. Sie lächelte, als sie den vertrauten silbernen Volvo neben der Garage sah. Wenigstens erwischte sie Noah zu Hause.

Sie klopfte an der Tür und wartete. Als ihr schließlich ein höflicher, grauhaariger und fast fünfzigjähriger Mann öffnete, gefror ihr Lächeln. Er trug eine Livree und zeigte nicht die geringste Gefühlsregung, als er sich nach dem Grund ihres Besuchs erkundigte.

Ein *Butler*, dachte sie verblüfft. Noah hatte einen Butler? Er hatte am Telefon nicht erwähnt, dass er vorhatte, Hauspersonal einzustellen. Sheila wurde etwas unbehaglich zumute. Irgendetwas stimmte hier nicht.

„Ich möchte Mr Wilder besuchen", erklärte sie dem offensichtlich etwas misstrauischen Mann.

„Erwartet er Sie?"

„Nein. Es soll eine Art Überraschung sein, wissen Sie."

Der Butler zog skeptisch eine Augenbraue hoch und presste die Lippen aufeinander. „Sie wissen doch bestimmt, dass es Mr Wilder nicht gut geht. Er empfängt keinen Besuch."

Sheila riss erstaunt die Augen auf. Ihr Herz klopfte ihr plötzlich bis zum Hals. Wovon redete dieser Mann? „Was fehlt ihm denn?", fragte sie und spürte eine lähmende Angst in sich hochsteigen.

„Wie bitte?"

Sheila vergaß ihre guten Manieren. „Was ist mit Noah? Hatte er einen Unfall?" Ihre Hände zitterten. „Was ist passiert?" Wie konnte dieser Mann bloß so beiläufig über Noahs Gesundheitszustand reden? Sie schaute an dem Butler vorbei ins Haus und suchte nach irgendeinem Zeichen, dass mit Noah alles in Ordnung war.

„Miss, beruhigen Sie sich bitte! Ich spreche nicht von Noah Wilder, sondern von seinem Vater."

Sheila sah rasch wieder den Butler an. „Ben? Ben Wilder ist hier?"

„Würden Sie mir freundlicherweise Ihren Namen und den Anlass Ihres Besuchs sagen?" Der Mann in der Tür sah Sheila von oben herab an, scheinbar noch arroganter als vorhin, doch sie bemerkte den gütigen Ausdruck in seinen haselnussbraunen Augen.

„Oh, tut mir leid. Ich bin Sheila Lindstrom", stellte sie sich hastig vor. Gott sei Dank war Noah nichts geschehen! Sie atmete auf. „Ich bin … eine Freundin von Noah. Ist … ist er da?"

„Ja, natürlich, Miss Lindstrom. Hier entlang, bitte." Der Butler schien erfreut, endlich eine Erklärung für ihren Besuch zu haben. Er drehte sich auf dem Absatz seiner glänzenden Schuhe um und begleitete Sheila ins Wohnzimmer.

Es war ein kühler Raum, ganz anders als die warme, gemütliche Bibliothek, in der sie damals mit Noah gewesen war. Er war in matten Silber- und Weißtönen eingerichtet, und nur hier und da lagen ein paar blaue Kissen auf den teuren Sitzmöbeln. Weiße Wände, eisgrauer Teppich und kahle Fenster. In der Mitte, neben dem gemauerten Kamin, saß ein Mann, der vermutlich Ben Wilder war. Er machte sich nicht die Mühe aufzustehen, als Sheila hereinkam, und sein Lächeln wirkte gezwungen und so kalt wie der Morgennebel über dem Lake Washington.

„Miss Lindstrom", verkündete der Butler leise. „Sie möchte zu Ihrem Sohn."

Als Ben ihren Namen hörte, erwachte sein Interesse sichtlich. Er musterte sie mit seinen trüben Augen, als wäre sie ein Vollblüter bei einer Pferdeauktion. Sheila bekam eine Gänsehaut.

„Sehr erfreut, Sie zu sehen, Miss Lindstrom. Ich bin Ben Wilder."

„Guten Tag, Sir. Ich glaube, wir sind uns vor Jahren schon einmal begegnet."

Ben überlegte einen Moment. „Das stimmt! Ich war mal auf dem Weingut, um Oliver zu sehen. Erlauben Sie übrigens, dass ich Ihnen mein Beileid ausdrücke."

„Danke." Sheila fummelte nervös an dem Verschluss ihrer Handtasche herum. Wo war Noah? Der Mann in dem schneeweißen Sessel war ganz anders, als sie ihn in Erinnerung hatte. Ben Wilder hatte regelrecht vor Energie gestrotzt, als sie ihn kennengelernt hatte. Jetzt schien er um fast dreißig Jahre gealtert zu sein: Sein Gesicht war grau, sein Haar hatte sich gelichtet. Er war immer noch groß, aber er wirkte sehr alt. Ben Wilder war ein schwerkranker Mann.

„Habe ich die Türglocke gehört?", hörte man eine weibliche Stimme fragen. Sheila drehte sich um und sah eine Frau hereinkommen, die um einiges jünger war als Ben. Sie war sehr elegant, und das herzliche Lächeln wirkte echt.

„Das ist Sheila Lindstrom", sagte Ben. Dann, an Sheila gewandt: „Meine Frau Katharine."

Katharines Lächeln wirkte für einen Moment etwas starr. „Noah hat Sie erwähnt", sagte sie vage. „Setzen Sie sich doch bitte!"

„Danke, aber ich bin eigentlich wegen Noah hier."

„Natürlich. Er war vorhin mit Sean draußen. Ich glaube, George ist ihn suchen gegangen."

Gott sei Dank, dachte Sheila und nahm auf der unbequemen weißen Couch Platz. Katharine versuchte Konversation zu machen. „Es tut mir so leid, was Ihrem Vater geschehen ist, Sheila", sagte sie, und Sheila nickte höflich. „Aber Noah hat erzählt, dass Sie großartige Fortschritte beim Wiederaufbau des Betriebes gemacht haben."

„Es wird langsam", antwortete Sheila unbehaglich.

„Eine große Aufgabe für eine junge Frau", merkte Ben an.

Sheila zwang sich tapfer zu einem Lächeln und versuchte das Gespräch in eine andere Richtung zu lenken. „Ich wusste nicht, dass Sie aus Mexiko zurück sind", sagte sie. „Ich hätte anrufen sollen."

Peinliches Schweigen. Katharine spielte verlegen mit den Diamanten ihrer dünnen Halskette, während sie die junge Frau betrachtete, an der ihr Sohn ein so lebhaftes Interesse zeigte. Ein Interesse, das ihn von seinen Pflichten, die Firma zu leiten, ablenkte. Sheila Lindstrom war sehr hübsch, aber schöne Frauen hatten ihren einzigen Sohn nie gereizt. Was war das Besondere an dieser hier? „Machen Sie sich deshalb keine Sorgen." Sie winkte mit ihrer schlanken, feingliedrigen Hand ab. „Noah mag sie sehr. Deshalb sind Sie hier immer willkommen. Es ist keine Einladung nötig."

„Hat Ihnen Noah erzählt, was Anthony Simmons über den Brand herausgefunden hat?", fragte Ben. Der höfliche Small Talk langweilte ihn; es war an der Zeit, zur Sache zu kommen. Er griff nach einer Zigarre.

Sheila erstarrte. „Nur, dass die Ergebnisse des Berichts nicht eindeutig waren", antwortete sie und schaute ihm direkt in die Augen.

Ben lächelte und sah sie immer noch über seine Zigarre hinweg an. Dann griff er nach einem Streichholz, hielt aber in der Bewegung inne, als seine Frau ihm einen warnenden Blick zuwarf. „Das habe ich mir gedacht."

„Wie bitte?", fragte Sheila.

„Ich glaube nicht, dass er Ihnen alles erzählt hat."

„Ben!" Katharines sanfte Stimme hatte plötzlich einen eisigen Unterton bekommen. Sie versuchte ihn etwas abzuschwächen. „Wir sollten Miss Lindstrom nicht mit Gesprächen über das Geschäft langweilen. Sheila, möchten Sie zum Abendessen bleiben?" Sie verstummte, als sie schwere, schnelle Schritte näherkommen hörte. „Sieh mal, Noah, wer vorbeigekommen ist!", sagte sie schließlich.

„Was machst du denn hier?", fragte Noah schroff.

Sheila drehte sich um. War die Frage an sie gerichtet? Ja, das war sie. „Ich wollte dich überraschen."

„Das ist dir gelungen!"

Sheila hatte das Gefühl, als würde unter seinem angespannten Blick etwas in ihr zerbrechen. Die dunklen Ringe unter seinen blauen Augen ließen sein Gesicht schroff und kantig wirken. Sein wütender Blick wanderte von ihr zu seinem Vater. Ben verzog den Mund, als würde ihn etwas amüsieren. „Was hast du ihr erzählt?", fragte Noah und ging auf ihn zu.

„Noah, bitte!", schaltete Katharine sich ein.

„Ich habe dir eine einfache Frage gestellt", sagte Noah scharf. „Du antwortest nicht? Kein Problem." Dann wandte er sich an Sheila, die ihn verwirrt anstarrte. „Ich würde gern mit dir reden. Allein." Für einen Moment wurden seine Züge weicher, und sein Blick wirkte nicht mehr ganz so deprimiert. „Gehen wir ins Arbeitszimmer", schlug er leise vor.

Sheila verstand. Er hatte es sich mit ihr, mit dem Weingut und der Heirat anders überlegt. Gleich würde er ihr etwas mitteilen, das alle ihre Träume zerstörte. Sie fühlte sich, als würde sie in ein bodenloses schwarzes Loch fallen. Noah legte ihr die Hand auf die Schulter, damit sie aufstand, und sie erhob sich wie in Trance. Ihr war schwindlig und schlecht.

„Kein Grund, sie wegzubringen, mein Sohn", meldete Ben sich zu Wort. „Irgendwann muss sie es erfahren."

„Ich erledige das", zischte Noah. Der Druck seiner Hand, die er auf Sheilas Rücken gelegt hatte, wurde stärker.

„Davon bin ich überzeugt, mein Junge." Ben lachte ironisch.

„Wovon spricht er?", wollte Sheila wissen.

„Sag es ihr!"

„Ben! Lass Noah das auf seine Weise erledigen", flüsterte seine Frau.

Der Druck in Sheilas Kopf wurde unerträglich. Sie hatte das kühle Wohnzimmer schon fast verlassen, doch jetzt blieb sie stehen. „Tun Sie bitte nicht so, als könnte ich Sie nicht hören – ich höre sie nämlich sehr gut. Was soll das alles?" Sie wollte wissen, was los war, wollte aus Noahs Mund hören, warum er mit ihr Schluss machte, und zwar sofort. Sie stand mit hocherhobenem Kopf da und wartete auf den vernichtenden Schlag.

Noah presste die Lippen zusammen. „Ich erzähle dir alles, aber dafür sollten wir besser allein sein."

„Herrgott, Junge! Hör doch um Himmels willen auf, so herumzudrucksen!" Der alte Mann stand zitternd von seinem Sessel auf. „Was Noah Ihnen sagen will, Miss Lindstrom, ist, dass Ihr Vater das verdammte Feuer gelegt und die Firma dadurch verdammt viel Geld gekostet hat. Die Versicherung hat keinen müden Cent an uns ausgezahlt, und es ist zu bezweifeln, dass sie das je tun wird!"

Sheila wurde aschfahl im Gesicht. Sie würde jeden Moment ohnmächtig werden. Sie sah Noah an. Das schlechte Gewissen stand ihm ins Gesicht geschrieben.

Er hatte es gewusst. Seit dem Zeitpunkt, als Anthony Simmons seinen vorläufigen Bericht abgegeben hatte, hatte Noah über ihren Vater und das Feuer Bescheid gewusst.

Nein! Sie wollte schreien, doch sie brachte kein Wort heraus. Die Art, wie Noah sie hintergangen hatte, war zu viel für sie.

Ben genoss die Situation. Ihm gefiel die Tragödie um Liebe und Betrug, die sich vor seinen Augen abspielte, ganz vorzüglich. Das Leben hatte einem herzkranken alten Mann schließlich viel zu selten etwas Aufregendes zu bieten. Dass es sich bei dem Protagonisten um seinen eigenen Sohn handelte, spielte keine Rolle. Der ehrenwerte Erbe hatte in den letzten sechzehn Jahren immer so sehr auf seinen Vater und dessen Moralvorstellungen herabgeschaut – ja, er hatte sich sogar geweigert, für die Firma zu arbeiten. Zumindest so lange, bis er durch Bens letzten Herzinfarkt dazu gezwungen worden war. Es tat Bens krankem Herzen gut, zu sehen, dass die Rollen diesmal vertauscht waren.

„Sheila", sagte Noah leise und berührte ihre Wange. Sie wich zurück. „Es ist nicht unbedingt so, wie es scheint."

„Du wusstest davon?", fragte sie anklagend.

„Ja."

„Und du hast es mir nicht erzählt?"

„Ich dachte, ich könnte den Bericht widerlegen. Ich war davon überzeugt, dass ich alles aufklären könnte, wenn ich nur etwas Zeit dafür hätte. Und ich war davon überzeugt, dass das Ergebnis dann ein anderes sein würde."

„Aber du hast es gewusst!" Ihre Verzweiflung war abgrundtief. „Und du hast es mir nicht erzählt."

„Ich wollte dir nicht wehtun."

„Deshalb hast du mich *angelogen*?"

Seine Antwort kam schnell. „Ich habe dich nie angelogen."

„Nur ein paar Tatsachen unter den Tisch fallen lassen, das Thema vermieden und ..."

„... versucht, dir Kummer zu ersparen."

„Ich will nicht, dass mich ein Mann vor der Wahrheit *beschützt*. Ich will niemanden an meiner Seite, der mir nicht vertraut ..." Plötzlich wurde ihr dermaßen übel, dass alle Farbe aus ihrem Gesicht wich. „Du dachtest, ich wäre beteiligt gewesen, nicht wahr?"

„Nein."

„Nein?"

„Nein!", brüllte er. Dann schüttelte er den Kopf. „Nicht, nachdem ich dich kennengelernt hatte. Ich konnte es nicht."

„Ach, Noah", flüsterte sie, schüttelte ebenfalls den Kopf und fuhr sich mit den Fingern durchs Haar. „Was ist bloß mit uns geschehen?"

Sie hatte völlig vergessen, dass andere Menschen anwesend waren. Als sie aufschaute, bemerkte sie Katharines traurigen Blick. „Es tut mir leid", murmelte sie. „Komm, Ben, lassen wir die beiden allein." Sie versuchte ihrem Mann aufzuhelfen, damit sie ihn aus dem Zimmer führen konnte.

Ben riss den Arm weg, an dem sie ihn hochziehen wollte. „Ich glaube, Sie sollten Folgendes wissen, Miss Lindstrom", sagte er und grinste, als würde er sich über sie lustig machen. „Ich bin Geschäftsmann. Ich kann Ihnen die Geschäftsführung des Weinguts nicht weiter überlassen."

Sheila hob den Kopf und sah in seine kalten Augen. „Was wollen Sie damit sagen?"

„Ich will damit sagen, dass ich nicht bereit bin, das Geld zu investieren, das Noah Ihnen für den Wiederaufbau zugesagt hat."

„Mach dir keine Sorgen", schaltete Noah sich ein. „Ich kümmere mich darum."

Ben fuhr fort, unbeeindruckt von der offensichtlichen Verärgerung seines Sohns. „Das Vernünftigste, was Sie tun können, Sheila, ist, Ihren Anteil an Cascade Valley an Wilder Investments zu verkaufen."

„Ich verkaufe nicht."

Bens breites Grinsen verschwand, und er runzelte die Stirn. „Ich glaube nicht, dass Sie in Anbetracht von Mr Simmons Bericht eine andere Wahl haben …"

„Hört auf!", rief Noah. Er fasste Sheila am Arm und versuchte sie aus dem Wohnzimmer zu bugsieren. „Hör nicht auf ihn! Ignorier ihn einfach."

Sie mobilisierte den letzten Rest Stolz, der ihr noch geblieben war. „Das werde ich", versicherte sie. Sie machte sich von ihm los. Ihre Augen brannten, ihr Hals tat weh und ihr Herz blutete, doch sie sah Noah so gelassen wie möglich an. „Nichts, was du und dein Vater sagen, wird mich dazu bringen, das Weingut meines Vaters zu verkaufen."

„Das weiß ich", sagte er leise.

„Du hast mir auch schon einmal vorgeschlagen, zu verkaufen."

„Zum damaligen Zeitpunkt hielt ich es für das Beste."

Sheila lächelte traurig. „Und ich soll dir glauben, dass du es jetzt nicht mehr für das Beste hältst?"

„Das weißt du doch, Sheila." Er umfasste mit einer Hand ihr Kinn, und seine Finger zitterten, als er versuchte, ihre Wange mit dem Daumen zu streicheln. Sie musste sich von ihm abwenden; sie war innerlich zu betäubt, um die Zärtlichkeit seiner Berührung wahrzunehmen.

„Lass mich in Ruhe, Noah", sagte sie tonlos. „Ich bin müde."

„Geh nicht." Er ließ seine Hand kraftlos sinken. Der Schmerz in seinen Augen, als Sheila sich langsam zur Tür bewegte, war unübersehbar. „Lass dich nicht von dem alten Mann runterziehen."

„Der ‚alte Mann' ist nicht derjenige, der mich runtergezogen hat."

„Sheila!" Er ging ihr nach, fasste sie am Ellbogen und drehte sie zu sich. Dann hielt er sie so fest, dass sie sich einen Moment lang fragte, ob sie überhaupt noch atmen konnte – und ob es ihr etwas ausmachen würde, wenn nicht. Die Tränen, die sie warm und salzig auf ihren Lippen schmeckte, sagten ihr, dass sie weinte, aber sie spürte es nicht. Sie spürte *überhaupt* nichts. Leer. Hohl. Als wäre alles, was sie einmal ausgemacht hatten, kaputtgegangen.

„Lass mich los!", schluchzte sie.

„Du kannst nicht einfach gehen! Du verstehst nicht …"

„Ich verstehe nur zu gut! Du hast auf diese Weise vielleicht von Marilyn gekriegt, was du wolltest, aber mich kannst du nicht kaufen, Noah Wilder! Lieber gehe ich bankrott, als dir auch nur eine Flasche meines billigsten Weins zu verkaufen!" Sie riss sich von ihm los und ging zur Haustür.

Er sah ihr von der Diele aus nach und rührte sich nicht von der Stelle. Hier hatte er sie in seinen Armen gehalten, und diese Arme fühlten sich jetzt plötzlich merkwürdig leer an. Die Tür fiel laut und scheinbar endgültig hinter ihr zu. Noah unterdrückte das Bedürfnis, Sheila hinterherzurennen und versuchte sich einzureden, dass es so am besten war. Wenn sie ihm so wenig vertraute, war er ohne sie besser dran.

13. KAPITEL

Fünf endlose Wochen lang versuchte Sheila ohne Erfolg, Noah Wilder aus ihrem Kopf zu bekommen. Es war unmöglich. Überall auf dem Weingut wurde sie an ihn und ihre bittersüße Liebe erinnert. Es gab im Haus kein einziges Zimmer, in dem sie sich vor ihm oder den Erinnerungen an die gemeinsamen Nächte voller hingebungsvoller Leidenschaft verstecken konnte. Nicht einmal in ihrem eigenen Zimmer, dem Refugium, wo sie beide sich bis zur Morgendämmerung im Arm gehalten hatten, konnte sie Trost finden. Der Raum wirkte jetzt kahl und leer, und Sheila war allein. Sie versuchte sich einzureden, dass sie ihn nie geliebt hatte und dass das, was sie erlebt hatten, nur ein kurzes Aufflackern von Gefühlen gewesen war, eine Affäre, die man zu den Akten legen konnte. Nur war das eine glatte Lüge, und Sheila konnte sich nicht einmal für eine Sekunde selbst täuschen. Sie hatte Noah Wilder mit einer Leidenschaft geliebt, die sich durch Zeit oder den Versuch, sich alles auszureden, nicht ungeschehen machen ließ. Und sie liebte ihn immer noch.

Das Weingut war zu einer Geisterstadt geworden. Die Renovierung des Westflügels war abrupt abgebrochen worden, und zwar auf Anordnung von Ben Wilder persönlich. Das Kreischen und Surren der Sägeblätter war verstummt, das Rufen und Lachen der Bauarbeiter verhallt. Der Geruch von Dieselqualm und der Duft von frisch gesägtem Holz hatten sich verflüchtigt. Der Westflügel des Weingutes war und blieb zerstört. Genau wie Sheilas Träume.

Sie hatte versucht, Emily von Noah zu erzählen. So schonend wie möglich hatte sie erwähnt, dass ihre Hochzeit mit Noah wahrscheinlich nie stattfinden würde. Falls Sheila gehofft hatte, ihrem Kind nicht wehzutun, dann war sie kläglich gescheitert. Emily war am Boden zerstört gewesen. Als Sheila ihr beim Abendessen erklärt hatte, dass es fraglich war, ob Noah und Sean je nach Cascade Valley zurückkommen würden, war Emily in

Tränen ausgebrochen. Dann hatte sie Sheila angebrüllt, dass das alles ihre Schuld wäre, war vom Esstisch aufgesprungen und in ihr Zimmer gerannt. Sheila hatte ein paar Stunden gebraucht, um sie zu beruhigen. Das Kind hatte bitterlich an ihrer Schulter geweint, und Sheila musste sich sehr zusammenreißen, um nicht selbst in Tränen auszubrechen.

Emilys Reaktion war zum Teil auf ein unglaublich schlechtes Timing zurückzuführen. Das Mädchen war gerade von einem wenig erfreulichen Besuch bei ihrem Vater zurückgekommen – einem Urlaub, der eine Woche hätte dauern sollen und auf fünf klägliche Tage verkürzt worden war. Offenbar hatten Jeff und seine Frau Judith einfach keine Zeit oder Lust gehabt, sich um eine aufgeweckte Achtjährige zu kümmern. Nun fühlte Emily sich nicht nur von ihrem Vater, sondern auch von Noah zurückgewiesen.

Die endgültige Demütigung hatte Sheila durch einen ortsansässigen Banker erlebt, mit dem sie schon seit Jahren zu tun hatte. Denn Mr Stinson konnte Cascade Valley ungeachtet seines ehemals guten Rufs keinen weiteren Kredit mehr bewilligen. Das sei, hatte er gemeint, keine Kritik an Sheila – Cascade Valley sei einfach nicht kreditwürdig. Es gab nicht genügend Sicherheiten, um ein Darlehen in der Höhe von einer Viertelmillion Dollar zu rechtfertigen. Stinson war nett gewesen und hatte Sheila versprochen, er würde mit seinen Vorgesetzten reden. Allerdings war er fast sicher, dass ihrem Anliegen nicht positiv entsprochen werden würde.

Sheila fand es immer unerträglicher, nur herumzusitzen. Die Zeit schien ohne Sinn und Zweck zu vergehen. In wenigen kurzen Wochen würde Emilys Schule wieder beginnen, und die Trauben würden reif für die herbstliche Weinlese sein. Sheila hatte – trotz Dave Jansens Protest – keine andere Wahl, als die Ernte zu verkaufen. Dave war überzeugt, dass dies das beste Jahr war, das Cascade Valley seit einem Jahrzehnt erlebt hatte. Der Ertrag pro Quadratmeter war um zehn Prozent höher als im Vorjahr, und die Trauben hatten den höchsten Zucker- und Säuregehalt seit Jahren. Insgesamt sah es nach einer Rekordernte aus. Aber Sheila blieb keine Wahl. Ben Wilder und sein Sohn hatten sie in die Ecke gedrängt.

Müde fuhr sie sich durchs Haar. Dann hob sie das Telefon ab und wählte die Nummer der Mid-Columbia Bank. Eine fröhliche Sekretärin stellte sie zu Jim Stinson durch. Sheila konnte sich seinen verwirrten Gesichtsausdruck vorstellen, als er hörte, wer ihn sprechen wollte. Ihm war dieses Gespräch wahrscheinlich genauso unangenehm wie Sheila.

„Schönen guten Tag, Sheila", begrüßte Jim sie herzlich. „Wie geht es Ihnen? Viel zu tun, schätze ich."

Sheila war überrascht, wie freundlich er auf ihren Anruf reagierte. „Zu dieser Jahreszeit immer", stimmte sie zu.

„Wie geht es mit der Renovierung voran? Werden Sie mit dem Westflügel rechtzeitig vor der Weinlese fertig?", erkundigte sich Jim freundlich.

Sheila verkniff sich eine entsprechende Antwort. Jim wusste besser als die meisten anderen Leute über ihre missliche Lage Bescheid, und es sah ihm eigentlich gar nicht ähnlich, Salz in die Wunden zu streuen. Er klang eher so, als würde er tatsächlich glauben, dass der Wiederaufbau des Weinguts Fortschritte wie geplant machte. „Das kann ich nicht, Jim, weil die Renovierung des Westflügels abgebrochen wurde."

Jim schien kurz zu zögern. Dann lachte er. „Soll das ein Witz sein? Haben Sie denn noch nicht mit den Bauarbeiten begonnen?"

„Selbstverständlich nicht. Ich hatte gehofft, dass mir Mid-Columbia einen Kredit gibt, schon vergessen?"

„Aber das war vor der Überweisung."

„Welche Überweisung?" Was, zum Teufel, meinte Jim?

Er tat so, als wäre sie unglaublich schwer von Begriff. „Sie wissen schon – die Viertelmillion."

„Den Kredit, um den ich bei Ihnen angesucht habe."

Sie hörte ihn seufzen. „Einen Moment." Er legte den Hörer kurz weg. „Liegt vielleicht irgendwo ein Fehler vor?", sagte er dann mehr zu sich selbst. Doch ehe Sheila ihn fragen konnte, was um alles in der Welt er vor sich hinmurmelte, fuhr er fort. „Nein ... nein, es scheint alles in Ordnung zu sein. Sie wissen, dass am 13. August 250.000 Dollar auf das Treuhandkonto des Weinguts überwiesen wurden, oder?"

In Sheilas Kopf drehte sich alles. „250.000 Dollar?", fragte sie leise.

„Der Scheck wurde auf der Consolidated Bank of Seattle eingezahlt. Haben Sie die Summe denn nicht erwartet, Sheila?"

Sheila bekam so weiche Knie, dass sie das Gefühl hatte, gleich mit dem Küchenboden zu verschmelzen. Noah! Noah hatte das Geld überwiesen. Sie versuchte sich zu sammeln. „Doch, natürlich ... Ich wusste nur nicht, dass das Geld so rasch überwiesen wird. Ich habe meine Kontoauszüge noch nicht bekommen."

„Aber hat man Sie denn nicht angerufen?", wollte Jim wissen.

„Ich war in letzter Zeit schwer erreichbar", log sie, bemüht, das Telefongespräch höflich zu beenden. „Haben Sie vielen Dank, Jim."

Sie legte auf und lehnte sich an die Wand. Sie war schweißgebadet. „Dieser Mistkerl!", stieß sie zwischen zusammengebissenen Zähnen hervor. Warum konnte er sie nicht einfach in Ruhe lassen? Er musste das Geld überwiesen haben, weil er ein schlechtes Gewissen hatte. Vielleicht sollte es auch als Anreiz dienen, damit sie ihre Anteile verkaufte? Aber das erklärte nicht alles. Das Geld gehörte schließlich ihr. Zumindest schien es so zu sein.

Sie kochte vor Wut. Ben Wilder mochte Marilyn Summers vor sechzehn Jahren mit Geld abgefertigt haben, aber kein Mann, nicht einmal Noah, konnte Sheila den Traum ihres Vaters abkaufen. „Emily", rief sie, während sie zur Hintertür lief.

Emily spielte gerade zerstreut mit einem flauschigen weißen Kätzchen. Sie drehte sich um und sah ihre Mutter auf sich zustürmen. „Was ist los?"

Sheila bemühte sich, ihren Zorn unter Kontrolle zu halten. „Pack deinen Pyjama und ein paar Sachen zum Wechseln ein. Wir fahren nach Seattle."

„Seattle?" Die Augen der Kleinen funkelten erwartungsvoll. „Besuchen wir Noah und Sean?", fragte sie aufgeregt.

„Ich … ich weiß nicht, ob wir Noah sehen, Schatz." Das Zittern in Sheilas Stimme strafte ihre scheinbare Gelassenheit Lügen. „Und ich glaube kaum, dass Sean dort ist, wo wir hinfahren."

Emilys Lächeln erstarb. „Warum fahren wir dann nach Seattle?"

„Ich muss etwas Geschäftliches mit Noah und seinem Vater regeln."

Emily zog die Brauen zusammen und bekam rote Flecken auf ihren rosigen Bäckchen. „Warum können wir dann Sean nicht sehen? Ist er nicht bei Noah?" Sie war aufrichtig besorgt und gleichzeitig voller Vorfreude.

„Ein andermal. Aber wir müssen in Noahs Büro. Sean ist wahrscheinlich zu Hause."

Emily schob trotzig die Unterlippe vor. „Können wir ihn nicht besuchen? Wir kommen doch so selten nach Seattle."

Sheila schüttelte den Kopf, murmelte jedoch – in der Hoffnung, das Thema wechseln zu können – ein schnelles „Wir werden sehen". Dann schickte sie Emily zum Packen auf ihr Zimmer und warf rasch selbst das Nötigste in ihre Reisetasche. Sie war schon fast zur Tür hinaus, als ihr ihr Scheckbuch einfiel. Das Scheckbuch von Cascade Valley. Das mit einem Guthaben von über einer Viertelmillion Dollar.

Sie versuchte zu lächeln, während sie sich vorstellte, wie sie stolz einen Scheck über 250.000 Dollar ausstellte und ihn theatralisch auf Noahs Schreibtisch warf. Dann erstarb ihr Lächeln. Wo war die Genugtuung, die sie spüren sollte? Wo der Triumph? Und warum, zum Teufel, hatte sie immer noch Liebeskummer?

Es war fast fünf Uhr nachmittags, als sie in Seattle ankamen. Die Fahrt hatte sich wegen Bauarbeiten auf den kurvenreichen Bergstraßen und wegen Sheilas Nervosität endlos hingezogen. Ihre

Hände waren feucht, und sie presste die Lippen fest aufeinander. Emily war die Fahrt über still gewesen, aber kaum, dass sie in die Nähe der Innenstadt kamen und sie den Puget Sound erspähte, bombardierte sie Sheila aufgeregt mit Fragen über Seattle. Die Fragen waren harmlos. Und doch tat Sheila jede einzelne weh.

„Wo wohnt Sean?"

„In der Nähe des Lake Washington."

„Warst du schon mal dort?"

„Ein paar Mal."

„Können wir Sean zu Hause besuchen?"

Schweigen. Der Kloß in Sheilas Hals machte es ihr unmöglich zu sprechen. Sie versuchte sich darauf zu konzentrieren, einen Gang hinunterzuschalten, da sie nun bergab fuhren.

„Geht das? Bringst du mich hin?", bettelte Emily und sah ihre Mutter mit diesen großen, unschuldigen Augen an, wie sie nur Achtjährige haben.

„Später vielleicht."

Das Meer in der Bucht glitzerte im hellen Sonnenlicht. Möwen flogen über das Wasser und tauchten im Flug ihre Köpfchen in das salzige Nass; große, weiße Fährschiffe mit breiten grünen Streifen an der Seite pflügten sich mit dröhnenden Motoren durch den See und hinterließen mächtige Kielwellen.

Sheila hielt am Rand der Uferstraße an und starrte aufs offene Meer hinaus. Wenn diese ganze Sache mit Wilder Investments endlich vorbei war, konnte sie vielleicht mit Emily irgendwo am Hafen zu Abend essen. Wenn …

Sie riss sich zusammen. „Komm, Em", sagte sie energisch. „Gehen wir."

Der Firmensitz von Wilder Investments war ein imposantes Gebäude. Der Wolkenkratzer aus Stahl und Beton überragte alle Anfang des 20. Jahrhunderts gebauten Häuser in seiner Umgebung und bestach durch eine elegante, moderne Architektur und große, verspiegelte Fenster. Sheilas Magen zog sich nervös zusammen, als sie und Emily mit dem Lift in den 13. Stock fuhren.

Die Aufzugtüren gingen auf, und sie traten in den Empfangsbereich hinaus. Eine mollige Frau um die 60 begrüßte Sheila und
Emily mit einem professionellen Lächeln.

„Guten Tag. Kann ich Ihnen helfen?"

Sheila holte tief Luft. „Ich suche Mr Wilder ... *Noah* Wilder.
Ist er da?"

Die Sekretärin schüttelte ihre perfekt gestylten roten Haare.
„Tut mir leid, Miss ..."

„Lindstrom", sagte Sheila hastig. „Ich bin Sheila Lindstrom,
und das ist meine Tochter Emily." Die Tochter lächelte folgsam.

Maggie verzog – bis auf den Anflug eines Grübchens auf einer
Wange – keine Miene. Das also war diese Miss Lindstrom, die so
viel Wirbel verursacht hatte! „Ich bin Maggie Trent", sagte sie
freundlich. „Es tut mir leid, Miss Lindstrom, aber Noah arbeitet
nicht mehr hier. Wussten Sie das nicht? Hier hat sich einiges ..."
Sie brach ab. Fast hätte sie dieser schlanken jungen Frau mit den
intensiven grauen Augen ein Firmengeheimnis anvertraut. Aber
Maggie hatte es schließlich nicht zu Ben Wilders Privatsekretärin
gebracht, indem sie jedem, der zur Tür hereinkam, bereitwillig
alles erzählte – ganz im Gegenteil. Sie hielt lieber prinzipiell den
Mund. Aber Maggie war auch eine gute Menschenkennerin, und
sie sah der energischen Frau in dem hellblauen Kleid und mit dem
wohlerzogenen Kind sofort an, dass sie ihr vertrauen konnte.

Wegen Sheilas enttäuschtem Blick beschloss sie, eine kleine
Ausnahme zu machen. „Ich glaube, Noah hatte vor, nach Portland
zurückzugehen", sagte sie, beließ es aber bei dieser Andeutung.
Der Rest der traurigen Geschichte eignete sich nicht für Small Talk.

Sheila verkniff sich das Dutzend Fragen, das sie auf dem Herzen hatte. Sie spürte instinktiv, dass Maggie in die Familienan-
gelegenheiten der Wilders eingeweiht war. Bei der Vorstellung,
dass Noah aus Seattle wegging, verschlug es ihr den Atem, und
sie spürte, wie das Blut aus ihrem Gesicht wich. Sie musste mehr
erfahren. Plötzlich war es unglaublich wichtig, ihn zu sehen. „Ist
es möglich, Noahs Vater zu sprechen?", fragte sie tonlos.

Die Sekretärin sah Sheila an, als hätte man sie gerade geohrfeigt. „Ben?", fragte sie, um Fassung ringend. „Nein ... Mr Wilder ist nicht da." Sie drehte sich wieder zu ihrer Schreibmaschine um und sah Sheila über den Rand ihrer Brille hinweg an. „Sonst noch etwas? Möchten Sie gern Ihren Namen und Ihre Telefonnummer hinterlassen?"

„Nein." Sheilas Stimme zitterte. „Danke."

Sie ging mit Emily zum Aufzug, und sie fuhren wieder hinunter. „Mom, alles in Ordnung?", erkundigte sich Emily auf dem Weg zum Auto.

„Natürlich."

„Du siehst nicht besonders gut aus."

Sheila zwang sich zu einem Lächeln und gab ihrer Tochter einen scherzhaften Klaps auf die Schulter. „Redet man denn so mit seiner Mutter?"

Sie stiegen gleichzeitig ein, Sheila steckte den Schlüssel ins Zündschloss und ließ den Motor an. Emily guckte aus dem Beifahrerfenster, doch Sheila bemerkte die Träne in einem Augenwinkel ihrer Tochter. „Emily?", fragte sie und stellte den Motor wieder ab.

„Mhm?", schniefte Emily.

„Was ist los?"

Emily sah ihre Mutter mit feuchten Augen an. Ihr schmales Gesichtchen wirkte ziemlich verzweifelt. „Er ist weg, wirklich weg, stimmt's?"

„Was meinst du, Liebes?"

„Noah!" Emily schrie beinahe. „Ich habe die Dame im Büro gehört! Sie hat gesagt, er ist weg, und ich weiß, dass er Sean mitgenommen hat! Er ist weg, Mommy, genau wie Daddy. Er hat mich auch nicht lieb ..." Sie verstummte und begann so heftig zu schluchzen, dass ihre Schultern bebten.

Sheila legte tröstend ihre Arme um ihre Kleine, die wie ein Häufchen Elend auf dem Beifahrersitz in sich zusammengesunken war. „Schhhh, mein Schatz ... nicht weinen." Jetzt drohte ihre eigene Stimme zu versagen. „So ist es nicht, weißt du. Noah hat dich sehr lieb."

„Nein, hat er nicht! Er ruft nicht an. Er kommt uns nicht besuchen. Genau wie Daddy!"

„Nein, Schatz. Noah ist ganz und gar nicht wie Daddy." Sheila küsste ihre Tochter auf die Stirn und wischte ihr die Tränen aus den großen, dunklen Augen.

„Aber warum ruft er dann nicht an?"

Sheila senkte die Lider. Sie musste ihrer Tochter endlich die Wahrheit sagen – die vernichtende Wahrheit. „Weil ich ihn darum gebeten habe."

Emily erstarrte in Sheilas Armen. „Warum, Mommy? Ich dachte, du hast ihn gern."

„Das stimmt. Ich habe ihn immer noch gern."

„Warum hast du ihm dann gesagt, er soll nicht anrufen?"

„Ach, Em, ich wünschte, ich wüsste es … Wir hatten Krach. Einen Riesenkrach, und … ich glaube nicht, dass wir das jemals wieder in Ordnung bringen können."

Auf der Fahrt aus der Innenstadt versuchte Sheila ihre Tochter zu trösten, doch Emilys Vorwürfe verstärkten nur ihre eigenen Ängste. Als sie bei der langen Einfahrt des Wilder-Anwesens ankamen, fuhr sie ohne zu zögern weiter zum Haus. Sie musste einfach mit Ben reden. Bestimmt wusste er, wie sie seinen Sohn erreichen konnte.

Der Grund für ihre Fahrt nach Seattle war unterwegs ein anderer geworden. Ihr Scheckbuch befand sich zwar immer noch in ihrer Handtasche, doch seine Bedeutung war nicht mehr so wichtig; Sheilas Gedanken kreisten nur noch um Noah und die Gemeinheiten, die sie ihm an den Kopf geworfen hatte, als sie das letzte Mal zusammengewesen waren. Egal, was in der Vergangenheit passiert war – Sheila musste sich der Tatsache stellen, dass sie ihn immer noch wahnsinnig liebte. Sie war sich auch bewusst, was zwischen ihnen stand: Misstrauen und viel zu viele Heimlichkeiten. Liebten sie einander genug, um all das zu überwinden?

Sheila zog die Handbremse an. Emily betrachtete die riesige Villa argwöhnisch. „Wem gehört dieses Haus? Es ist gruselig." Ihre Stimme hatte sich wieder gefestigt, und sie schien sich insgesamt beruhigt zu haben. Sie ließ den Blick über die Fassade des Gebäudes und den Klinkerweg schweifen, der zu den großen Doppeltüren führte.

„Es ist nicht gruselig", widersprach Sheila. „Ben Wilder wohnt hier", fügte sie hinzu.

„Seans Grandpa?" Emily war sichtlich begeistert.

„Genau."

„Vielleicht ist Sean hier!" Emily sprang blitzschnell aus dem Auto.

Sheila musste sich beeilen, um sie einzuholen. „Ich glaube nicht, Schatz", sagte sie, als sie beide vor dem beeindruckenden Portal standen. Emily ignorierte die Zweifel ihrer Mutter und drückte auf die Türklingel. Man hörte es im Haus läuten. Sheila bereitete sich innerlich schon auf den missbilligenden Blick von George, dem Butler, vor.

Drinnen hörte man hastige Schritte, dann ging die Tür auf, und Sean stand vor ihnen. Das spöttische Grinsen in seinem Gesicht verwandelte sich sofort in ein strahlendes Lächeln. Wie immer trug er abgeschnittene Jeans und ein ausgewaschenes Football-Trikot, das einmal blau gewesen war.

„Hi, Knirps", begrüßte er Emily. „Wie geht's?" Sein Lächeln wurde breiter, während er so tat, als würde er sie kumpelhaft in den Arm knuffen.

„Super ... richtig super", strahlte sie ihn an. Dann drehte sie sich zu Sheila um und warf ihr einen „Na, was hab' ich dir gesagt?"-Blick zu. „Siehst du, Mom, Sean *ist* hier!" Ihre Augen funkelten triumphierend.

Seans Miene wurde ernster, als er nun Sheila ansah. Er kam ihr älter und reifer vor als zu der Zeit, die sie alle zusammen auf dem Weingut verbracht hatten. Außerdem fiel ihr auf, wie ähnlich er seinem Vater jetzt sah. Sein trauriger, wissender Blick erinnerte sie stark an Noah, und sie hatte plötzlich einen Kloß im Hals.

„Hi, Sheila", sagte Sean. „Suchst du Dad?"

Sheila schlug das Herz bis zum Hals. „Ist er da?"

Sean nickte stumm.

„Ich hatte erwartet, deinen Großvater hier anzutreffen."

Sean schaute rasch von Sheila zu Emily. Dann sah er wieder Sheila an. Er biss sich auf die Unterlippe und schien zu überlegen, was er sagen sollte. Fast wirkte es so, als hätte er Bedenken, sie ins Vertrauen zu ziehen, und Sheila spürte, wie sich der Stachel des Zweifels in ihr Herz bohrte. Was hatte Noah seinem Sohn über ihre Trennung erzählt? „Ben ist im Moment nicht da", erklärte Sean. „Er ist … im Krankenhaus. Ich soll es niemandem erzählen, weil es ja sein kann, dass irgendwelche Journalisten hier rumschnüffeln, aber ich nehme an, es ist okay, dass ich es dir sage." Ganz überzeugt schien er von dem, was er zuletzt gesagt hatte, allerdings nicht zu sein.

„Ist es ernst?", erkundigte sich Sheila leise.

Sean zuckte gleichgültig die Achseln, doch auf seiner jungen, makellosen Stirn waren Sorgenfalten zu sehen. Er vergrub seine Hände in den Taschen seiner Shorts. „Ich glaube schon. Dad redet nicht viel darüber."

Sheila gab es einen Stich ins Herz. „Wo ist dein Vater, Sean?"

Sean deutete mit dem Kopf nach hinten. „Er ist unten am Teich. Vertritt sich die Beine und denkt nach, schätze ich." Er bemerkte, wie ernst Emily geworden war. „Hey, Knirps, schau nicht so traurig … Vielleicht können wir beide runter in den Park gehen und uns ein Eis holen. Na, was hältst du davon?"

Sheila entging nicht, dass Sean ihr durch seinen Vorschlag die Gelegenheit geben wollte, mit Noah allein zu sein. Sie war ihm dankbar dafür.

„Darf ich, Mom? *Bitte?*" Emily war sichtlich aufgeregt.

„Klar darfst du. Aber ihr beide seid bald wieder da, okay?"

Sheila bezweifelte, dass Emily sie hörte. Die Kleine war bereits losgestürmt und lief mit wehenden Löckchen über die

Wiese. Sean sprang – offenbar genauso aufgeregt wie Emily – neben ihr her.

Als das unternehmungslustige Duo außer Sichtweite war, holte Sheila tief Luft, um sich für das bevorstehende Treffen mit Noah zu wappnen. Sie schloss die Tür hinter sich und lief durch den eleganten Korridor der Villa in den hinteren Teil des Hauses. Sie fragte sich, ob Noah sich anhören würde, was sie zu sagen hatte. Es stimmte zwar, dass er sie angelogen hatte. Aber sie hatte – eigentlich grundlos – gemein und kalt auf ihn reagiert. Wenn sie ihm doch nur ein bisschen mehr Vertrauen geschenkt hätte!

Als sie ins Arbeitszimmer kam, musste sie plötzlich wehmütig an ihre erste Begegnung mit Noah denken, an das glimmende Feuer im Kamin und die brennende Leidenschaft, mit der sie sich geliebt hatten. Ihr brannten Tränen in den Augen, als sie die Schiebetür aufschob und auf die Terrasse hinaustrat, von der aus sie vor mehreren Wochen versucht hatte, in die Nacht zu flüchten.

Sie lehnte sich an die Brüstung und schaute die schroffe Klippe hinunter. Ungefähr dreißig Meter unter ihr stand Noah am Ufer. Er starrte auf das graublaue Wasser hinaus, als wäre er völlig fasziniert von den Segelbooten, die in der Ferne über den See zogen. Sein Anblick zerriss ihr das Herz.

Ohne zu überlegen, lief sie über die Terrasse. Ihre Finger glitten über die Holzbrüstung, ihr Blick war auf seine reglose Gestalt geheftet. Die alte Seilbahn hatte schon bessere Zeiten gesehen und ächzte, als Sheila auf den Knopf drückte. Die Kabine ruckelte und fuhr dann die Klippe bis zur Terrasse hinauf. Sheila kletterte hinein, legte den Hebel um, der die Bremsen löste, und fuhr mit der Seilbahn langsam die Klippe hinunter. Noah schien nichts zu bemerken; er schaute nicht in ihre Richtung, sondern starrte immer noch auf die kalten Wellen hinaus.

Um seine Augen hatten sich tiefe Falten gebildet; sein Kinn war noch kantiger, sein Gesicht markanter als früher. Sheila blutete das Herz, als sie den Mann, den sie liebte, so sah. Wie hatte sie ihm je so viele Vorwürfe machen können? Wie hatte sie nur so gemein sein und ihm sein Leben noch schwerer machen können, als es ohnehin schon war? Ihm, einem Mann, der für seinen ungeborenen Sohn alles aufgegeben hatte; einem Mann, der sich nicht um Traditionen gekümmert und seinen Sohn allein großgezogen hatte; einem Mann, der sich bittere Vorwürfe machte, weil er befürchtet, er hätte bei genau diesem kostbaren Sohn als Vater versagt.

Der Wind, der vom See ans Ufer wehte, blies Noah das Haar aus dem Gesicht, sodass man die Sorgenfalten auf seiner Stirn sehen konnte. Die kalte Brise ließ Sheilas Kleid um ihre Beine flattern und kühlte die Tränen, die ihr ungewollt über die Wangen liefen.

Noah stand breitbeinig da, die Hände in den Taschen seiner Jeans. Als er ihre Schritte auf dem Kies hörte, drehte er den Kopf in ihre Richtung, und als ihre Blicke sich trafen, versteinerte sich sein Gesicht.

Warum war sie hier? Was sollte er zu ihr sagen? Und warum sah sie noch schöner aus, als er es sich nachts, wenn er nicht schlafen konnte, vorstellte?

Zögernd strich sie ihm eine widerspenstige schwarze Strähne aus der Stirn und stellte sich auf die Zehenspitzen, um ihn zart auf die Lippen zu küssen. Er blieb reglos stehen.

Sie stellte sich wieder normal hin, ließ ihre Hände jedoch auf seinen Schultern.

Er brach das angespannte Schweigen. „Du bist bestimmt wegen des Geldes gekommen."

„Ich habe gerade erst herausgefunden, dass du mir das Geld überwiesen hast", sagte sie mit fester Stimme, „und habe sofort beschlossen, herzufahren und dir deinen Scheck um die Ohren zu hauen."

Sein Lächeln war immer noch misstrauisch. „Ich wusste, dass du das tun würdest."

„Du hast erwartet, dass ich es dir zurückgebe?"

Er schüttelte den Kopf über seinen verrückten Plan. „Ich hatte gehofft, du würdest kommen und mich damit konfrontieren. Wenn nicht, wäre ich nach Cascade Valley gefahren und hätte versucht, dich zur Vernunft zu bringen. Ich habe nur deshalb damit gewartet, weil ich dachte, wir würden beide Zeit brauchen, um uns zu beruhigen."

„Du wusstest, dass wir alles klären können – nach allem, was passiert ist?"

Er wandte den Blick von ihr ab und starrte in die untergehende Sonne. „Ich wusste überhaupt nichts", gestand er, „außer, dass ich nicht ohne dich leben kann."

„Aber warum hast du mir nichts von dem Brand erzählt? Warum hast du gelogen?"

„Ich habe dich nicht belogen, sondern nur etwas mehr Zeit gebraucht, um mir die Brandursache genauer anzusehen. Du musst mir glauben, dass ich dir niemals absichtlich wehtun oder dich hintergehen würde!"

„Nur, als du der Meinung warst, es wäre zu meinem Besten."

„Nur, bis ich alle Antworten hatte", entgegnete er leise.

„Und die hast du jetzt?"

Er schloss die Augen und seufzte. „Ach, Sheila, wenn es bloß so wäre!"

Als er die Augen wieder öffnete und Sheila ansah, wirkte er nicht mehr ganz so aufgewühlt wie zuvor. Sein Blick wanderte von ihrem zerzausten kastanienroten Haar über ihren Hals zu ihren Brüsten unter dem dünnen hellblauen Kleid.

„Warum wolltest du mich dann sehen?"

„Hier hat sich einiges verändert", antwortete er kryptisch.

„Durch Bens Krankheit?"

Noah nickte. Seine Augen wurden dunkel. „Er ist wieder im Krankenhaus, und die Ärzte befürchten, dass er nicht mehr nach Hause kommt."

„Das tut mir leid."

Noah winkte ab. „Vielleicht ist es besser so." Sein Gesichtsausdruck blieb ernst.

„Wie meinst du das?"

„Das ist eine lange Geschichte. Dr. Carson, der Arzt meines Vaters, hat angeordnet, dass Ben aufhört zu arbeiten, und zwar sofort. Ben muss nicht nur sämtliche Posten bei Wilder Investments aufgeben – er darf nicht einmal mehr ins Büro gehen."

„Und das bringt deinen Vater um?", fragte sie, um sich zu vergewissern, dass sie seine Erklärung richtig interpretierte.

„Ben ist kein Mensch, der untätig herumsitzen kann. Er ist gern mitten im Geschehen", fuhr Noah fort. „Jedenfalls hat er mich gebeten, die Geschäftsführung zu übernehmen, meine Firma in Portland an Betty Averill zu verkaufen und nach Seattle zu ziehen. Ich war nicht besonders begeistert von der Idee."

Sheila versuchte sich ihre Enttäuschung nicht anmerken zu lassen. „Dann gehst du also zurück nach Portland, nehme ich an."

„Das hatte ich eigentlich vor. Aber dann haben sich die Dinge geändert."

Sheilas Herz machte einen Sprung, und ihre Kehle wurde ganz trocken.

„Anthony Simmons Bericht", fuhr Noah fort, „war nämlich falsch."

„*Wie bitte?*" Sheila merkte erst, dass sie am ganzen Körper zitterte, als Noah ihr beruhigend eine Hand auf die Schulter legte. „Was soll das heißen?", flüsterte sie heiser.

„Die Pac-West-Versicherung hat weitere Nachforschungen über die Brandursache angestellt." Sheila hielt den Atem an. „Du hattest recht, was deinen Vater angeht, Sheila. Es gibt keine Beweise, dass er das Feuer gelegt hat."

„Woher weißt du das?" Wieder liefen ihr Tränen über die Wangen.

„Weil die Pac West herausgefunden hat, dass mein Vater Simmons bezahlt hat, damit er das Feuer legt – deshalb weigert sie sich, die Versicherungssumme auszuzahlen. Ben hat alles zugegeben und damit das Ansehen deines Vaters wiederhergestellt."

„Und das Geld auf meinem Konto?"

„Stammt von Wilder Investments, damit das Weingut instand gesetzt werden kann, wie ich es dir versprochen hatte. Den Kredit auf Cascade Valley betrachte ich als getilgt. In ein paar Wochen solltest du alle Unterlagen haben, die dich juristisch zur alleinigen Besitzerin des Weinguts machen."

„Ach, Noah", flüsterte sie erstickt. Sie war so unendlich aufgewühlt, dass es ihr die Kehle zuschnürte.

„Schon gut, Sheila." Er umarmte sie und küsste sie aufs Haar. „Es tut mir unendlich leid, dass meine Familie derartig in das Schicksal deines Vaters involviert war." Er senkte die Stimme. „Ben hat sogar zugegeben, dass er hinter den gepanschten Flaschen in Montana gesteckt hat. Er wollte deinen Vater dadurch aus dem Geschäft drängen. Momentan sieht es so aus, als würde er wegen Brandstiftung und fahrlässiger Tötung angeklagt werden."

„Oh mein Gott, Noah! Aber er ist doch krank …"

„Das, was er getan hat, ist nicht zu entschuldigen."

„Was wirst du tun?" Jetzt ließ sie den Tränen freien Lauf.

„Da Ben mir die volle Entscheidungsgewalt übertragen hat, habe ich mich bereit erklärt, die Firma zu übernehmen. Ich werde versuchen, die Fehler meines Vaters wiedergutzumachen." Er verzog angewidert den Mund. „Ich weiß nicht, ob das machbar ist. Deshalb habe ich mit dir angefangen. Ben hat versucht, dich loszuwerden, anstatt einfach weiterhin den Gewinn des Weingutes mit dir zu teilen. Es gehört jetzt zur Gänze dir. Wilder Investments ist raus aus der Sache." Er wartete auf ihre Reaktion und sah sie skeptisch an.

„Du verstehst nicht, oder?", flüsterte sie. „Mir bedeutet das alles nichts. Nicht das Weingut … nicht das Ansehen meines Vaters … das alles bedeutet mir nichts, wenn du nicht bei mir bist."

„Du warst diejenige, die nicht mehr wollte."

„Aber nur, weil ich es nicht verstanden habe."

Er nahm sie fester in den Arm. „Ach Gott, Sheila, wenn du nur wüsstest, wie sehr ich dich liebe! Wenn du die innere Leere nur erahnen könntest, die ich empfunden habe."

„Ich kenne diese Leere", flüsterte sie. „Ich spüre sie jede Nacht, wenn ich allein bin."

„Nie mehr", schwor er. „Du wirst nie mehr allein sein. Versprich mir, dass du mich heiratest!"

Sie schluchzte vor Glück so heftig, dass ihr ganzer Körper bebte. „Ach, Noah, ich war so eine Idiotin! Ich liebe dich über alles und habe die ganze Zeit versucht, mir einzureden, ich könnte dich vergessen. Ich dachte, ich wollte es …"

„Schhhhh … Es ist alles in Ordnung. Wir sind zusammen und werden es immer sein. Und wir werden unsere eigene Familie haben – Sean, Emily und so viele Kinder, wie du willst."

„Meinst du das ernst?"

„Natürlich tu ich das, mein Liebling. Ernster als alles, was ich je gesagt habe. Willst du meine Frau werden?"

„Musst du das noch fragen?", seufzte sie, legte den Kopf schief und sah ihn mit feuchten Augen an. Um ihren Mund spielte ein seliges Lächeln.

Zärtlich schaute er sie an. „Ich liebe dich, Sheila. Ich werde dich immer lieben."

„Doch was wird aus dem Weingut?"

„Das besprechen wir später. Wenn du willst, verlege ich die Zentrale von Wilder Investments nach Cascade Valley. Mir ist nicht wichtig, wo ich lebe, solange wir nur zusammen sind."

„Noah …"

„Schhhhh … Mach dir keine Sorgen. Liebe mich einfach nur."

„Für immer und ewig", hauchte sie dicht an seinem Oberkörper, ehe er ihre Lippen mit einem Kuss verschloss. Mit einem Kuss, der eine gemeinsame glückliche Zukunft versprach.

– ENDE –

Lisa Jackson

Verhängnisvolle Geheimnisse

Roman

Aus dem Amerikanischen von
Christiane Meyer

1. KAPITEL

Nathan Sloan rannte zurück ins Haus. Beim dritten Klingeln nahm er den Telefonhörer ab. Er hatte sich nicht die Mühe gemacht, die Fliegengittertür hinter sich zu schließen und warf nun einen Blick zu seiner Tochter. „Cindy, warte im Garten auf mich! Ich bin gleich bei dir." Ungeduldig fluchend wandte er seine Aufmerksamkeit wieder dem Telefon zu. „Hallo?", rief er in den Hörer. Keine Antwort. „Ist da jemand?" Seine Verärgerung wich der Angst. Sein Herz schlug wild und unregelmäßig. Angespannt lauschte er auf irgendein Geräusch, das den Anrufer verraten würde. „Hallo? Hallo? Wer ist denn da?"

Nichts.

„Hallo? Können Sie mich hören?" Er wartete. Seine Handflächen wurden feucht. „Verdammt!" Er legte auf und hastete aus dem Haus. Im Garten bemerkte er, dass seine Tochter nicht auf ihn gewartet hatte. „Cindy?"

Vielleicht war der Anruf eine Falle gewesen.

Möglicherweise hatte jemand das Haus beobachtet, von einem Handy aus angerufen und Cindy entführt. Unwillkürlich presste er die Zähne aufeinander. Übelkeit überkam ihn. „Cindy!" Fieberhaft schaute er sich im Garten um, aber er konnte sie nirgends finden.

„Reiß dich zusammen! Niemand außer Barbara weiß, dass ihr hier seid", murmelte er, während er zu der Treppe rannte, die zum Strand hinunterführte. Hektisch blickte er sich um, bis er endlich sein Kind entdeckte, das friedlich im weißen Sand spielte.

„Gott sei Dank!" Er lehnte sich an das wettergegerbte Holzgeländer, ließ erleichtert die Schultern sinken und blinzelte in die Spätnachmittagssonne.

Nicht weit von Cindy entfernt bemerkte er eine Frau. Schon seit einigen Tagen hoffte er, sie zufällig zu treffen. Sie war vielleicht in der Lage, ihm zu helfen. Ihr Name war Anastasia Monroe.

Nathan beobachtete sie schon eine Weile aus der Ferne. Ihm waren ihre honigblonden Haare aufgefallen, die ihr in weichen Locken über den Rücken fielen. Und er hatte den sanften Schwung ihrer Schultern und die zarten Kurven ihres Körpers bemerkt, die in ihren leichten Sommerkleidern gut zur Geltung kamen.

Seit drei Tagen fragte er sich, wie er sie ansprechen könnte. Und leider hatte er auch von ihr geträumt. Bis in die Morgenstunden hatte er wach gelegen, hatte sich vorgestellt, wie ihre Haut schmecken würde. Er hatte sich ausgemalt, wie ihre Augen sich bei ihrem Kuss weiten und wie ihre Lippen sich anfühlen würden. Warum berührte sie ihn nur so sehr?

Als er sie nun anschaute, wehte ihr der Wind das Haar aus dem Gesicht und ihr leichtes Sommerkleid schmiegte sich an ihre schlanken Beine.

Er verspürte das gleiche Verlangen, das ihn nachts nicht mehr schlafen ließ. „Verflucht, Sloan! Du benimmst dich wie ein liebeskranker Teenager", stieß er knurrend hervor. Doch sein Körper hörte nicht darauf; der Anblick von Anastasia Monroe – oder Stacey, wie sie lieber genannt wurde – löste in seinen Lenden trotzdem eine Reaktion aus.

Doch die Frau, die dort unten am Strand entlangspazierte, war die letzte Person, der er sein Geheimnis anvertrauen konnte. Sich mit ihr einzulassen wäre der größte Fehler seines Lebens. Und während er die ausgetretenen Stufen zum Strand hinunterstieg, rief er sich diese unerfreuliche Tatsache ins Bewusstsein.

Der Sand unter ihren nackten Füßen fühlte sich kühl an. Stacey spazierte am Wasser entlang und suchte in den kleinen Pfützen, die die Ebbe zurückgelassen hatte, nach Schätzen, die ihre jungen Schüler inspirieren würden. Sie erspähte eine Winkerkrabbe, die eilig vorbeihuschte. Vorsichtig fing sie sie ein und ließ sie dann in einen Eimer mit Wasser gleiten, der an ihrem linken Arm baumelte. „Ich werde einen Star aus dir machen", versprach sie der Krabbe lächelnd. Die Krabbe hob drohend ihre Schere.

Stacey lachte leise. „Keine Sorge", sagte sie. „In ein paar Wochen lasse ich dich wieder frei, doch in der Zwischenzeit, meine Liebe, wirst du dich nützlich machen und dir deinen Lebensunterhalt verdienen."

Sie setzte ihren Weg fort und suchte die Pfützen nach weiteren Kostbarkeiten ab. Die Sonnenstrahlen glitzerten auf der Wasseroberfläche, und sie blinzelte in das helle Licht. Da sie seit zwei Monaten jeden Tag am Strand nach Strandgut stöberte, waren ihre Füße an den Sand gewöhnt und unempfindlich. Sie war so aufmerksam bei der Sache, dass sie gar nicht merkte, dass der Saum ihres Sommerkleides nass geworden war.

„Und weiter geht's", murmelte sie, bückte sich und holte einen feinen lachsfarbenen Seestern aus dem Wasser. Interessiert betrachtete sie ihn und legte ihn anschließend in den großen Eimer.

Die Sonne schien ihr warm auf den Rücken, und der leichte Wind, der ihr sonnengebleichtes Haar durcheinanderwirbelte und über ihre nackten Arme und Beine strich, fühlte sich wundervoll an. Da der Nachmittag fast schon vorüber war, beschloss Stacey, dass es an der Zeit war, zu ihrem kleinen Häuschen in der Nähe der Privatschule, in der sie unterrichtete, zurückzuwandern. Als sie an die Schüler dachte, huschte ein Lächeln über ihr Gesicht. So viele von ihnen hatten so viel erreicht und so viele Probleme und Schwierigkeiten überwunden …

Plötzlich blieb sie stehen. Das Wasser in ihrem Eimer schwappte hin und her. Ein kleines blondes Mädchen hockte ganz allein am ansonsten menschenleeren Strand. Das Kind hatte sie noch nicht bemerkt, so vertieft war es in das Buddeln im Sand. Stacey sah sich nach der Mutter, einer Tante, einem älteren Bruder, Babysitter oder sonst irgendjemandem um, der auf die Kleine mit dem Strubbelkopf aufpasste.

Besorgt lief Stacey zu ihr. „Hallo", sagte sie.

Keine Reaktion. Das Mädchen grub einfach weiter.

„Wie heißt du?" Stacey kniete sich ein Stückchen von der fleißigen kleinen Gräberin entfernt in den Sand.

Das Kind beachtete sie gar nicht und fuhr fort, mit einer leuchtend roten Schaufel nassen Sand zur Seite zu befördern.

Stacey ließ nicht locker. „Wo ist denn deine Mommy?"

Die Kleine hörte auf zu buddeln und hob den Kopf. Mit ihren großen blauen Augen, über die sich ein Schatten zu legen schien, blickte sie Stacey an. „Ich habe keine Mommy", antwortete sie.

Staceys Herz zog sich zusammen, als sie das bezaubernde Mädchen anschaute. Dennoch hatte sie Zweifel an der Geschichte. Das Kind hatte pinkfarbene Shorts und ein weißes Blüschen mit Rüschen an. Die goldenen Locken waren mit passenden rosafarbenen Haarspangen zurückgesteckt. Die Kleine war alles andere als verwahrlost. Irgendjemand kümmerte sich offensichtlich rührend um sie. Also, wo steckte ihre Mutter?

Wieder ließ sie den Blick über den Strand schweifen und wurde allmählich wütend. Plötzlich fiel ihr ein Mann auf, der auf das Kind und sie zugerannt kam. Er war groß und bewegte sich mit der athletischen Anmut eines Sportlers. Zwar hatte er breite Schultern, war ansonsten allerdings schlank. Er trug verwaschene Jeans und einen leichten Pullover. Die Ärmel hatte er hochgekrempelt. In seinen blauen Augen unter den dichten dunklen Brauen war ein besorgter Ausdruck zu erkennen. Er hatte den Blick auf das Kind gerichtet. Die Zähne hatte er fest zusammengebissen, während seine scharf geschnittenen Züge ruhig, gefasst wirkten. Ihm war anzusehen, dass er auf der Hut war. Äußerlich wollte er sich jedoch nichts anmerken lassen.

„Hallo", begrüßte Stacey ihn. Sie bemühte sich, ihre Verärgerung zu verbergen, als sie sich nun aufrichtete und ihm ein etwas verkrampftes Lächeln zuwarf. „Gehört die Kleine zu Ihnen?"

Mit offensichtlicher Erleichterung, die seine Züge weicher machte, blieb der Mann neben dem Mädchen stehen und nahm es auf die Arme. „Ja", gab er zu. „Das ist Cindy." Liebevoll sah er das Kind an und hauchte einen Kuss auf die wilden blonden Locken. „Willst du nicht mal Hallo sagen zu Miss ..."

„Monroe. Stacey Monroe." *Meine Güte, ist ihm gar nicht klar, wie gefährlich es für ein Kind ist, unbeaufsichtigt in der Nähe des Wassers zu spielen?* Sie wischte sich die sandige Hand an ihrem Sommerkleid ab, ehe sie sie dem Fremden reichte.

Er reichte ihr seine Hand. Es war eine warmherzige, freundliche Geste. „Nathan Sloan." Kurz huschte der Hauch eines Lächelns über sein sonnengebräuntes Gesicht, und seine Züge wirkten dadurch beinahe jungenhaft. Allerdings wurde dieser Eindruck durch die zynischen Fältchen um seine strahlend blauen Augen gestört.

„Wie schön, dass *irgendjemand* auf Cindy aufgepasst hat", meinte Stacey; sie konnte sich diese Spitze einfach nicht verkneifen. Dann blickte sie zu dem Kind. „Und es war nett, dich kennenzulernen."

Noch immer reagierte das Mädchen nicht. Die Kleine starrte aufs Wasser hinaus, als wäre sie von dem Anblick gefesselt. Plötzlich verstand Stacey, warum Cindys Vater die Kleine zum Strand geschickt hatte – ausgerechnet dorthin, wo Stacey gerade Strandgut sammelte. Es war weder Zufall noch ein Versehen seinerseits gewesen. Er hatte es genau so geplant! Stacey presste die Lippen aufeinander, und ein kühler Ausdruck trat in ihre Augen.

„Sie ist … schüchtern", erklärte Nathan, als suchte er nach dem passenden Begriff. Stacey musterte ihn und bemerkte eine versteckte Traurigkeit in seinen Augen. Er wandte den Blick ab und räusperte sich. „Und sie ist außerdem sehr eigenwillig. Wir wollten gerade das Haus verlassen, da klingelte plötzlich das Telefon. Sie hat die Gelegenheit beim Schopfe gepackt und ist ohne mich verschwunden." Er sah seine Tochter mit gespielter Verärgerung an. „Du weißt doch, dass du nicht allein an den Strand gehen sollst!"

Cindy beachtete das Missfallen ihres Vaters nicht, löste sich aus seiner Umarmung und glitt an ihm hinab zu Boden. Sie fing wieder an, im Sand zu buddeln, und verhielt sich so, als wären die Erwachsenen gar nicht anwesend. Stacey ahnte, dass mehr hinter Cindys Verhalten steckte als nur Schüchternheit. Seit acht Jahren arbeitete sie mit verhaltensauffälligen Kindern zusammen und erkannte auf dem kleinen runden Gesicht deutlich die Anzeichen von Stress.

Dieser Mann hatte offenbar erwartet, Stacey zu begegnen. Sein Kind war nicht zufällig allein am Strand gewesen; Nathan Sloan hatte das alles eingefädelt. Stacey konnte ihre Verärgerung darüber nicht verstecken. Der Mann hatte sein Kind benutzt und Cindy wissentlich in Gefahr gebracht, um Stacey zu treffen.

Als hätte er Staceys Gedanken erraten, seufzte Nathan. „Es ist manchmal nicht leicht, mit ihr zurechtzukommen", sagte er, rieb sich über das Kinn und betrachtete seine kleine Tochter. Cindy war ein Stück am Wasser entlanggelaufen und außer Hörweite.

„Das ist offenbar erblich bedingt."

Nathan runzelte die Stirn. Als er aufsah, stand in seinen blauen Augen ein verführerischer Schimmer.

„Hören Sie, Mr Sloan, ich weiß, was hier los ist", erklärte sie wütend und ignorierte seinen charmanten Blick. „Sie wollen Cindy in der Oceancrest unterbringen – deshalb sind Sie hier. Habe ich recht?"

Nathan presste die Lippen aufeinander, doch er leugnete nicht, was so offensichtlich war. Mit einem Blick zu seinem Kind nickte er knapp. „Ja."

„Und Sie haben gehofft, dass ich Cindy an diesem Nachmittag ‚zufällig' begegne."

„Ich habe es tatsächlich gehofft", gestand er.

„Und es hat keine Rolle gespielt, dass es für Cindy gefährlich sein könnte. Sie hätte ins Wasser laufen können, noch ehe ich sie gesehen hätte!"

Abrupt hob Nathan den Kopf. „Auf keinen Fall. Ich habe sie immer im Blick gehabt – von dort oben aus." Er wies mit einem Kopfnicken in Richtung der Treppe. „Ich gebe zu, dass sie mir entwischt ist, als das Telefon geklingelt hat. Sie sollte eigentlich nicht allein an den Strand gehen." Seine Miene war mit einem

Mal angespannt. „Ich würde niemals etwas tun, das Cindy in Gefahr bringt." Die Bedachtsamkeit in seiner Stimme und der wachsame Blick, den er ihr zuwarf, überzeugten Stacey.

Sie verschränkte die Arme vor der Brust und versuchte sich zu beruhigen und zusammenzunehmen. „Warum sind Sie nicht in die Schule gekommen?"

„Ich war dort, letzte Woche. Sie waren nicht da. Ich wollte keine Nachricht hinterlassen, weil ich persönlich mit Ihnen reden wollte."

„Und deshalb sind Sie mir an den Strand gefolgt", entgegnete sie gepresst.

Öfter, als Sie ahnen, schoss es ihm durch den Kopf. Er lachte leise über ihre Verärgerung. Als er sie angrinste, verströmte er wieder diesen jungenhaften Charme, der einen verbotenen Teil ihres Herzens berührte. „Das klingt so … heimtückisch. So war das nicht – *wirklich!* Ich wusste nur, dass Sie nachmittags an diesem Strandabschnitt spazieren gehen. Und da habe ich mein Glück versucht und gehofft, Sie vielleicht zu treffen."

Es schien die Wahrheit zu sein. Die Sorge, die er sich um sein Kind machte, wirkte echt. Trotzdem klang irgendetwas an dieser Geschichte unglaubwürdig. Aber wahrscheinlich war sie einfach zu misstrauisch. „Wieso wollten Sie, dass ich Cindy kennenlerne?"

„Wegen ihres Verhaltens", erwiderte er. Kummer spiegelte sich in seinen Gesichtszügen. „Cindy wurde nach dem Tod ihrer Mutter vor einem Jahr ein ganz anderer Mensch. Zuerst glaubte ich, ihre Reaktion wäre normal. Zumindest wollte ich das glauben. Um mich selbst davon zu überzeugen, erklärte ich es mir damit, dass auch kleine Kinder trauern. Aber …" Sein Blick verfinsterte sich, und er rieb sich über den Nacken. „Doch ich fürchte, es ist mehr als nur Trauer. Es scheint ihr immer schlechter zu gehen statt besser. Sie hat sich so weit in sich zurückgezogen, dass ich manchmal Hilfe brauche, um sie überhaupt noch erreichen zu können." Er starrte auf das Meer, wo sich die Wellen brachen, und seufzte. „Wie schon gesagt: Ich war in der Schule, die Dame am Empfang allerdings meinte, dass in Oceancrest keine Kinder mehr aufgenommen würden und dass ich Cindy auf die Warteliste setzen lassen müsse."

„Das Gleiche hätte ich Ihnen auch gesagt", erwiderte Stacey. Stirnrunzelnd betrachtete sie das Kind. „Ich bin nicht diejenige, die die Entscheidungen trifft – ich bin nur eine Lehrerin."

„Nicht nur irgendeine Lehrerin", widersprach Nathan. „Die anerkannteste Expertin in diesem Teil des Landes. Sie haben für die Edwards Clinic in Boston gearbeitet und Forschungsarbeit an der Florida State University betrieben, bevor Sie vor zwei Jahren hierhergezogen sind. Nach allem, was ich gelesen habe, sind Sie die beste Kinderpsychologin im Pazifischen Nordwesten."

„Dazu kann ich nichts sagen", entgegnete Stacey und wurde rot. Sie lachte leise und schüttelte den Kopf. „Ich wüsste gern, woher Sie die Informationen haben."

„Es ist die Wahrheit", sagte er schlicht.

Stacey hob abwehrend die Hand. „Hören Sie, ich fühle mich geschmeichelt, aber ich glaube nicht, dass ich die Auszeichnungen verdiene. Genau genommen bin ich mir sicher, dass ich sie nicht verdiene!"

„Verkaufen Sie sich nicht unter Wert."

„Niemals", meinte sie lachend.

„Ich habe nicht mit Ihrer Tante gesprochen. Ihr Ruf eilt Ihnen voraus."

Angesichts seines Kompliments und des Blicks, den er ihr schenkte, errötete sie leicht. „Ich bin nur eine Lehrerin."

„Aber eine verdammt gute."

Stacey mied seinen Blick und musterte Cindy. Das niedliche Kind kam zu ihnen und untersuchte in Reichweite ihres Vaters eine zerbrochene Muschel.

„Nicht alle Leute teilen diese Meinung", überlegte Stacey laut. Ihr Herz zog sich beinahe schmerzhaft zusammen, als sie an Daniel Brown dachte. Wie sehr sie den kleinen Jungen gemocht hatte … Sie räusperte sich und ignorierte Nathans forschenden

Blick. Entschieden schob sie ihren Kummer und die Erinnerung an die Ereignisse von damals beiseite. „Wir haben nur eine Klasse für Vorschulkinder." Stacey legte den Kopf leicht zurück und schaute Nathan in die Augen.

„Und Sie sind die Lehrerin."

„Ja."

Nathan schnaubte frustriert. Es war ihm anzumerken, wie schwierig es für ihn war, einer Frau vertrauen zu müssen, die praktisch eine Fremde für ihn war. Einer Frau mit wundervollen Haaren und klugen haselnussbraunen Augen. „Ich bitte nicht gern um Hilfe", räumte er ein „Und ich bin nicht begeistert davon, mich an eine Frau wenden zu müssen, die ich nicht einmal kenne. Aber ehrlich gesagt weiß ich nicht mehr weiter."

„Und das gefällt Ihnen nicht."

„Ich behalte gern die Kontrolle, Miss Monroe. Ich schätze das Gefühl nicht besonders, mich auf jemand anders als auf mich selbst verlassen zu müssen."

„Mich eingeschlossen?"

„Sie eingeschlossen."

Stacey sah zu Cindy, bevor sie den Blick wieder zu Nathans markantem Gesicht wandte. Sie betrachtete die dunklen Brauen, die blauen Augen und die scharf geschnittenen Züge und erkannte hinter der Fassade einen sehr stolzen Mann. Ihr rieselte ein Schauer über den Rücken, als sie ihm in die Augen schaute. Für einen Moment hatte sie den Eindruck, das alles wäre eine Lüge und er würde etwas vor ihr verheimlichen.

„Ich bitte Sie nur um Cindys willen, mit ihr zu arbeiten", drängte er. „Sie braucht Sie." Er blickte zu seiner Tochter. „Cindy, würdest du gern auf Miss Monroes Schule gehen?"

Das Kind beachtete ihn gar nicht.

„Cindy?"

Wieder kam keine Reaktion. Wenn überhaupt, so wirkte Cindy noch abwesender und unnahbarer als zuvor. Sie schien ihren Vater völlig auszublenden.

„Cindy, hast du mich gehört …"

„Sie haben gesagt, was Sie sagen wollten", mischte Stacey sich ein. „Ich werde sehen, was ich tun kann. Vielleicht kann die Schulleiterin Dr. Woodward in Cindys Fall eine Ausnahme machen und sie sich ansehen. Manchmal gibt es unvermutet noch einen freien Platz."

Nathan entspannte sich ein wenig und ließ die Schultern sinken. „Mehr kann ich nicht verlangen."

„Wissen Sie, Mr Sloan …"

„Nathan!"

„In Ordnung. Nathan. Ich habe bei solchen Entscheidungen nicht das letzte Wort. Wenn es keinen freien Platz gibt, dann …" Sie zuckte mit den Schultern. „… dann gibt es eben keinen freien Platz."

„Ich verstehe."

„Aber es gibt noch andere Schulen – auf dem Festland."

Er verzog das Gesicht. „Institutionen meinen Sie."

Stacey schüttelte den Kopf. „Nicht unbedingt. Es stimmt, dass wir in Oceancrest eine besonders angenehme Atmosphäre geschaffen haben. Allerdings bedeutet das nicht, dass Seattle oder Tacoma nicht auch über erstklassige Schulen verfügen."

„Aber *Sie* sind nicht in Seattle oder Tacoma, stimmt's?"

Sie legte den Kopf schräg und blickte ihn mit leicht zusammengekniffenen Augen an. *Warum ist es ihm so wichtig, dass ausgerechnet ich mit seiner Tochter arbeite?* Irgendetwas an Nathan Sloan und seiner „zufälligen Begegnung" mit ihr stimmte nicht. „Es gibt noch andere Lehrer, Mr Sloan. Gute Lehrer und Psychologen – Dr. Hale in Tacoma oder Maureen O'Brian in Seattle zum Beispiel. Und da sind noch …"

„Die anderen interessieren mich nicht."

„Warum ich?"

„Weil ich über Sie und Ihren Hintergrund Bescheid weiß. Ohne Ihnen je begegnet zu sein, war mir klar, dass ich Ihnen vertrauen kann, und ich möchte, dass Sie mit Cindy arbeiten –

von mir aus auch privat statt in der Schule. Wenn Sie ihr lieber Einzelunterricht erteilen wollen, bezahle ich Sie direkt."

„Ich arbeite für Oceancrest", erwiderte Stacey bestimmt, obwohl sie bereits ins Wanken geriet. Irgendetwas an Nathan Sloans Kind hatte sie gefesselt. Und dann war da noch der Mann selbst. Das Geheimnis, das ihn umgab und das in seinen blauen Augen zu erahnen war, verwirrte und faszinierte sie. Du bewegst dich auf dünnem Eis, warnte sie sich selbst. Aber sie hörte nicht auf ihre innere Stimme. „Ich werde gucken, was ich tun kann", versprach sie gezwungen und doch selbstsicher lächelnd. Der Wind blies ihr das Haar aus dem Gesicht, und das Kleid flatterte um ihre Beine.

„Das wäre nett von Ihnen." Nathan griff in seine Tasche und holte einen Zettel mit einer Telefonnummer darauf hervor.

„Sie haben das alles genau geplant, oder?"

Nathans Blick verfinsterte sich. Vermutlich hätte wieder dieser flüchtige jungenhafte Charme in seinen Augen gestanden, wenn Nathan Sloan nicht gerade in seiner persönlichen Hölle gekämpft hätte. „Sagen wir einfach, ich habe gehofft, Sie zu treffen." Er marschierte zu Cindy, kniete sich hin und hob seine zauberhafte kleine Tochter behutsam hoch, ehe er sich wieder Stacey zuwandte. „Danke." Mit seinem wertvollsten Schatz sicher im Arm machte er sich auf den Weg zur Treppe am nördlichen Ende des Strandes.

Stacey beobachtete, wie er über die verwitterten Stufen verschwand. Sie faltete das Stück Papier zusammen und steckte es in die Tasche ihres Kleides. Dann drehte sie sich um, nahm ihren Eimer und ging nach Hause.

Zweimal noch schaute sie über die Schulter zurück. Beide Male hielt sich Nathan mit seiner Tochter auf dem Arm oben bei den Klippen auf und erwiderte ihren Blick. Obwohl der Wind warm war, fröstelte sie.

Widerwillig musste sie sich eingestehen, dass Nathan Sloan ein interessanter, geheimnisvoller Mann war. Doch das Letzte, was sie in ihrer derzeitigen, nicht gerade unkomplizierten Situation gebrauchen konnte, war ein Mann – ob er nun interessant war oder nicht.

„Das ist ausgeschlossen", sagte Margaret Woodward und tauchte einen Löffel in einen kleinen Becher Joghurt.

Stacey saß vor Margarets altem Holzschreibtisch und hatte die Füße auf einen der kleinen Tische für die Kleinkinder gepackt. „Warum?"

„Du weißt, warum. Es sind keine Plätze mehr frei."

„Aber in der Vorschulklasse gibt es noch einen freien Platz! Der Sohn der Jones' ist doch umgezogen."

„Allerdings stehen noch ein Dutzend Kinder auf der Warteliste. Es ist ungerecht, wenn dieser Mann ... Wie war doch gleich sein Name?"

„Nathan Sloan."

Margaret schürzte die Lippen und nahm noch einen Löffel Joghurt, bevor sie den leeren Becher in den Mülleimer warf. „Ja. Es wäre ungerecht, wenn wir seine Tochter aufnehmen würden, während andere Kinder schon seit Monaten auf einen Platz warten."

„Aber das Mädchen ..."

„Schon klar. Die Kleine zeigt Anzeichen einer Depression, und Depressionen sind heilbar. Leider ist sie nicht allein."

„Genau das ist es ja!", rief Stacey aus und sprang auf, um für Cindy einzutreten. „Ich habe das Gefühl, dass sie eben *doch* allein ist. Keine Mutter – nur Cindy und ihr Vater, allein auf dieser Insel ..."

„*Du hast das Gefühl?*" Margaret Woodward hob den Blick zur Decke und seufzte. „Du liebe Güte, jetzt fängt das wieder an! Gab es all die Schwierigkeiten in Boston nicht genau wegen dieses ‚Gefühls'?"

Staceys Magen zog sich zusammen. „Das ist schon lange her."

„Nichtsdestotrotz ist es passiert. Und ich kann den Ruf der Schule nicht aufgrund deiner ‚Gefühle' aufs Spiel setzen."

„Das war unter der Gürtellinie, Margaret."

Margaret setzte ihre Brille ab und legte sie auf den Schreibtisch, bevor sie die junge Frau vor sich anblickte. Stacey war für sie eher wie eine Tochter als eine bloße Angestellte. „Ja, ich schätze, die Bemerkung war nicht ganz fair. Ich weiß besser als jeder andere, dass du nicht für die damaligen Geschehnisse verantwortlich bist." Sie wandte den Blick von Stacey und machte eine Geste mit der Hand, als wollte sie die negativen Gedanken verscheuchen. „Gut. Vergiss, was ich gesagt habe, und erzähl mir von deinen ‚Gefühlen'."

„Sieh dir Cindy an." Stacey stützte sich auf Margarets Schreibtisch ab. In ihren haselnussbraunen Augen blitzte es herausfordernd. „Wie du es mit allen anderen Anwärtern für einen Platz auf der Schule auch tust. Wenn es so scheint, als wäre es kein Problem, der Kleinen zu helfen, bekommt sie die Chance und einen Platz – zumindest für den Rest des Schuljahres. Uns beiden ist bewusst, dass die meisten Kinder auf der Warteliste viel älter als Cindy Sloan sind. Wir würden damit keinem Kind die Möglichkeit auf die Teilnahme an dem Programm nehmen."

Nachdenklich rieb sich Margaret über das Kinn. „Dir scheint wirklich viel an dem Kind zu liegen, oder?"

Stacey konnte die Zuneigung zu Cindy nicht leugnen. „Ja."

„Und der Vater?"

„Was ist mit ihm?"

„Liegt dir auch etwas an ihm?", fragte Margaret freundlich.

„Natürlich nicht!" Stacey konnte das verräterische Erröten allerdings nicht verbergen. Sie hatte auf Nathan reagiert – heftig sogar. Aber das würde sie vor niemandem zugeben, nicht einmal vor sich selbst.

„Hm." Margaret lächelte und schüttelte den Kopf. „Ich habe keine Ahnung, warum ich mich von dir zu so etwas überreden lasse", erklärte sie. „Doch es ist deine Klasse. Wenn du der Meinung bist, dich um noch ein Kind kümmern zu können …"

„Das kann ich."

Margaret wandte ihre Aufmerksamkeit dem Telefon zu und drückte den Knopf der Gegensprechanlage, der sie mit dem Sekretariat verband. „Andrea?"

„Ja?"

„Sind in dieser Woche Termine abgesagt worden?"

„Hm, lass mich mal nachschauen." Es herrschte kurz Stille, und Margaret blickte Stacey an.

„Ja, zwei. Donnerstag um drei und Freitag um zehn."

„Halte sie mir frei, ja?", bat Margaret. „Ich soll noch ein Kind begutachten, eine Miss Cindy Sloan. Sie ist …" Stacey hielt vier Finger in die Höhe. „… vier oder fünf Jahre alt. Ihr Vater ist Nathan Sloan, der anscheinend auf der Insel lebt. Stacey glaubt, dass das Kind an einer schweren Depression leidet, und Mr Sloan möchte die Kleine an unserer Schule anmelden."

„Okay", entgegnete Andrea. „Ich habe es notiert."

„Gut." Margaret drückte wieder den Knopf. „Also schön, Stacey, du hast gewonnen. *Dieses Mal.* Cindy Sloan wird am Donnerstagnachmittag um drei begutachtet. Und wenn ich weitere Tests für angebracht halte, hat sie am Freitag um zehn noch einen Termin."

Stacey lächelte sie strahlend an. „Danke."

„Kein Problem", schwindelte Margaret und hob abwehrend die Hand.

Beschwingt zwinkerte Stacey der älteren Frau zu und verließ dann Margarets Büro. Sie ging einen langen Korridor entlang zu ihrem Klassenzimmer. In Wirklichkeit bestand ihr Klassenzimmer aus mehreren kleineren Räumen, die zusammengelegt worden waren. Es war in leuchtend bunten Farben gestrichen und angefüllt mit Spielzeugen, Büchern und Kunst oder Wissenschaftsprojekten, die die Kinder anregen und fördern sollten. Das Zimmer verströmte Wärme und sollte so die Kreativität und Wissbegierde der Kinder wecken.

Sie schritt zu einem Bücherregal und blickte in das große Aquarium, das auf dem obersten Regalboden stand. Die Winkerkrabbe war heute nicht viel freundlicher gesinnt als am Nachmittag zuvor, als Stacey sie eingefangen hatte.

„Wart's ab", sagte Stacey, gab Fischfutter in das Wasser eines anderen Aquariums und sah zu, wie die Guppys aufgeregt an die Wasseroberfläche kamen. „Am Wochenende begebe ich mich auf die Suche nach einem Tintenfisch. Wenn ich einen finde und mitbringe, wirst du dich ganz wie zu Hause fühlen, meinst du nicht?" Die Krabbe rührte sich nicht. „Und nächste Woche, wenn die Kids aus den Ferien zurückkommen, wirst du hier der Star sein."

Stacey schaltete das Licht in den drei Räumen aus und schloss die Tür ab, bevor sie das Schulgebäude mit der Schindelfassade verließ. Sie lief den sandigen Weg entlang zu ihrem kleinen, verwitterten Häuschen, das oben auf den Klippen über dem Meer thronte. Strandhafer bog sich in der kühlen Brise, und in der Luft hing der Duft des Meeres. Möwenschreie wehten zu ihr herüber.

Vor der Veranda schlüpfte sie aus den Sandalen und genoss kurz den Ausblick auf den Strand, der fast zehn Meter unter ihr lag. Die blaugraue See breitete sich still vor ihr aus. Nur der Seetang, der an der Oberfläche trieb, und die schäumenden Wellen in der Nähe des Ufers durchbrachen diese Stille. In weiter Ferne waren Fischerboote zu erkennen.

Zu Hause, dachte Stacey lächelnd. *Nach achtundzwanzig Jahren bin ich endlich angekommen.* Als sie im Haus war, warf sie einen Blick auf das Stück Papier, das Nathan ihr überreicht hatte, und rief ihn an.

Sie ließ es zehn Mal läuten, ehe sie aufgab und auflegte. „Als hätte ich es geahnt", murmelte sie und war seltsamerweise enttäuscht. Sie warf ihr Kleid auf das Fußende des Bettes und zog alte Jeans, Stiefel und einen Pullover mit U-Boot-Ausschnitt an. Nachdem sie ein großes Glas Eistee getrunken hatte, schnappte sie sich auf der Veranda ihren Eimer und die Schaufel. So machte sie sich auf den Weg Richtung Strand. Das hohe trockene Gras streifte ihre Jeans, sie merkte jedoch nichts davon, als sie zu den verwitterten Stufen ging, die die Klippen hinabführten.

Der Strand war menschenleer, aber das war nicht ungewöhnlich. Zwar war bald Labor Day und die Leute hatten frei, aber die Touristen besuchten meist die anderen, bekannteren Inseln der San Juan Islands. Sanctity Island und die kleine Stadt Serenity befanden sich außerhalb des „Massentourismus", und Stacey war dankbar dafür.

Sie sah sich am Strand um, suchte unbewusst nach Nathan und Cindy. Doch außer einem verwahrlosten Hund, der ein großes Stück Treibholz durch den Sand zerrte, war sie vollkommen allein.

Die Schaufel über die Schulter gelegt und den Eimer an den Fingern baumelnd, lief sie durch den trockenen Sand bis hin zum Wasser. Es war Ebbe. Nach kurzer Zeit entdeckte sie ein kleines rundes Loch. Die Röhre einer Schwertmuschel. Schnell grub Stacey im Schlamm, bis sie mit der Schaufel nicht weiterkam. Sie fiel auf die Knie und wühlte sich mit den Händen durch den Matsch. Die Muschel versuchte zu entkommen und sich in der Vertiefung zu verbergen. Aber Stacey steckte beherzt den Arm ins Loch, wobei auch ihr Pullover dreckig wurde, und kriegte die Schwertmuschel zu packen.

„Erwischt!", stieß sie hervor und legte die Muschel mit der golden schimmernden Schale in den Eimer. „Und jetzt noch eine."

Sie wusch sich in der Brandung den Schlamm vom Arm und fing danach an, mit einem Stock zwischen den Steinen in der Nähe des Wassers herumzustochern. Aufmerksam betrachtete sie jeden Winkel der Wasserlache, allerdings fand sie nicht, wonach sie gesucht hatte. Die kleinen Tintenfische, die in den flachen Gewässern des Puget Sounds lebten, waren an den Stränden von Sanctity Island nicht besonders verbreitet. „Ich schätze, ich muss doch zum Hood Canal fahren." Lächelnd strich sie sich das vom Wind zerzauste Haar aus den Augen. „Tja, es gibt Schlimmeres."

Aus einer Laune heraus beschloss sie, durch das kalte Wasser zu waten. Nachdem sie ihre Stiefel ausgezogen hatte, warf sie sie neben den Eimer, den sie im Sand abgestellt hatte, und krempelte ihre Hosenbeine hoch, bevor sie mutig in die schäumenden Wellen lief. Durch die Kälte wurden ihre Beine rot und taten ein bisschen weh, aber sie liebte das Gefühl des Meerwassers auf ihrer Haut.

Möwen flogen über die Wellen hinweg, und in der Ferne, weit draußen auf dem Meer, bemerkte Stacey das bunte Segel eines Bootes. Salzige Luft füllte ihre Lunge, und sie musste lächeln. Nach Sanctity Island zu kommen war die beste Entscheidung ihres Lebens gewesen.

Sie wandte sich zum Strand um und erblickte Nathan und Cindy, die Hand in Hand auf das Wasser zuliefen. Ein schwarzer Hund tollte neben ihnen her, und ab und an schleuderte Nathan artig einen alten Tennisball in die Wellen. Wie der Blitz schoss der Hund hinterher. Stacey grinste, winkte ihnen zu und eilte auf Nathan zu. Sie zitterte, während sie sich ihnen näherte. Cindy beäugte sie misstrauisch, bevor sie stumm die Ärmchen hob und Nathan wortlos aufforderte, sie auf den Arm zu nehmen.

Der vorsichtige Gesichtsausdruck war aus Nathans Miene verschwunden. „Sie müssen verrückt geworden sein", sagte er belustigt. „Die Wassertemperatur ist nur knapp über dem Gefrierpunkt."

„Fast fünfzehn Grad …"

„Genau. Nur knapp über dem Gefrierpunkt."

Stacey lachte leise, während sie ihre Hosenbeine wieder herunterrollte. „Ich schätze, meine eigene Schulzeit ist schon zu lange her. Oder die Einteilung eines Thermometers hat sich seitdem verändert. Wie auch immer: Kaltes Wasser ist gut für die Seele. Anregend!"

„Anregend?" Nathans Lächeln wurde breiter, und er lachte. „Wenn Sie meinen. Das muss ich Ihnen so glauben."

Stacey blickte in Cindys große blaue Augen. „Ich wette, du watest auch gern durch das Wasser, oder?"

Das Mädchen schmiegte den Kopf an Nathans Hals, und sein Lächeln erstarb.

Stacey bemerkte Cindys Reaktion und beschloss, das Thema zu wechseln. „Da wir gerade von der Schule sprechen – ich habe vorhin versucht, Sie anzurufen. Cindy hat am Donnerstag um drei und am Freitagmorgen um zehn Uhr einen Termin mit Margaret Woodward, der Schulleiterin. Sie ist Psychiaterin."

Jeder Muskel in Nathans Körper schien sich anzuspannen. „Bedeutet das, dass Cindy zugelassen wird?"

Stacey runzelte die Stirn und schüttelte den Kopf. „Leider nein. Aber es ist zumindest der erste Schritt. Wenn Margaret denkt, dass wir ihr helfen können, ohne dass der Klassenraum überbelegt wird, kann Cindy aufgenommen werden. In diesem Fall würde ich in meiner Klasse Platz für sie schaffen."

Er entspannte sich ein bisschen. „Ich muss mich bei Ihnen bedanken."

„Noch nicht. Vergessen Sie nicht, dass es noch nicht entschieden ist."

„Ich weiß, doch es ist wenigstens ein Anfang."

Staceys Blick fiel auf das kleine Mädchen, das sein Gesicht versteckte und sich an Nathan klammerte. „Ja, es ist ein Anfang. Cindy …"

Das Kind rührte sich nicht.

„Miss Monroe hat mit dir gesprochen", flüsterte Nathan und stellte seine Tochter behutsam auf den Boden.

Cindy blickte Stacey nicht an.

Stacey kniete sich neben Cindy und holte die Muschel aus dem Eimer. „Schau mal, was ich im Sand gefunden habe." Sie streckte die Hand mit der Schwertmuschel aus, damit Cindy sich die Schale mit dem Weichtier ansehen konnte. Aber noch immer zeigte das Kind keine Reaktion.

„Schaltet sie öfter ab und reagiert nicht mehr?", erkundigte Stacey sich, während sie sich aufrichtete und die Muschel zurück in den Eimer gleiten ließ.

„Manchmal, vielleicht ein- oder zweimal pro Tag. Es kann wenige Minuten oder zwei Stunden dauern."

„Was noch?"

Er zögerte und starrte hinaus aufs Meer. Sein braunes Haar wehte im Wind, und die Sorgenfalten auf seiner Stirn vertieften sich. „Ab und zu wacht sie nachts schreiend oder weinend auf – und ich habe keine Ahnung, warum. Sie ist dann so außer sich, dass ich sie nur im Arm halten kann, bis sie sich wieder beruhigt hat."

„Sie hat vor irgendetwas Angst."

Nathans Augen schimmerten unter den dichten Brauen. „Ich gehe davon aus, aber ich weiß einfach nicht, was sie so ängstigen könnte. Es scheint kein Muster für diese Attacken zu geben. Sie wacht völlig unerwartet irgendwann nachts auf und weint. Ich frage sie dann, ob sie schlecht geträumt hat, und versichere ihr, dass ich ja da bin, allerdings dauert es oft Stunden, bis sie wieder zur Ruhe kommt."

Stacey beobachtete das Kind, das still im Sand spielte. In den roten Shorts und dem weißen T-Shirt, mit leicht sonnengebräunter Haut und rosigen Wangen wirkte Cindy wie jedes andere fröhliche Vorschulkind. „War Cindy schon einmal in einem pädagogischen Programm?"

Er zögerte, schüttelte dann allerdings den Kopf.

„Aber Sie haben sie doch ganz sicher beobachten, überwachen lassen, oder?"

Nathan verkrampfte sich, nickte und betrachtete seine Tochter, als wäre er mit einem Mal um ihre Sicherheit besorgt. „Als sie noch ein bisschen jünger war, ist sie zu einem Psychologen gegangen. Dr. Lindstrom in Fairbanks. Ich habe zu der Zeit in Alaska gearbeitet." Er schob die Hände in die Taschen und zuckte die Achseln. „Es hat nichts gebracht." Mit finsterem

Blick sah er aufs Meer hinaus. „Darum bin ich zu Ihnen gekommen. Ich dachte, dass Sie als Frau besser zu ihr durchdringen könnten."

Eine böse Vorahnung beschlich Stacey. „Also haben Sie das Treffen neulich am Strand arrangiert."

„Ja." Er warf ihr ein selbstironisches Lächeln zu. „Ich wollte, dass Sie Cindy kennenlernen und … Na ja, ich habe gehofft, dass sie auf eine andere Frau reagieren würde."

„Eine *andere* Frau?"

Nervös blickte Nathan zu seinem Kind. „Seit Jennifers Tod war sie nicht sehr oft mit anderen Frauen zusammen."

„Jennifer war Ihre Frau?"

„Sie war Cindys Mutter." Unvermittelt, als wäre ihm das Gespräch auf einmal zu persönlich geworden, hob er seine Tochter hoch und drückte sie fest an sich.

Stacey wischte etwas Sand von Cindys Wange, und das Mädchen zuckte zusammen. „Haben die Albträume angefangen, nachdem Ihre Frau gestorben ist?"

Er wirkte wieder angespannt und sah scheinbar gedankenverloren zum Horizont. „Ich weiß es ehrlich gesagt nicht so genau", gab er zu. „Ich war wegen meines Jobs oft unterwegs. Ich bin Autor. Ich bin mir sicher, dass Cindy auch früher schon ab und an einen Albtraum hatte. Jedoch war es nie so schlimm wie nach Jennifers Tod."

Stacey sah ihm forschend in die besorgten Augen und wusste, dass noch mehr dahintersteckte – irgendetwas, das er vor dem Kind nicht mit ihr besprechen wollte. Oder irgendetwas, das er vor mir geheim halten will, dachte sie. „Ich hoffe, dass ich die Gelegenheit kriege, mit Cindy zu arbeiten", meinte sie.

„Das hoffe ich auch", erwiderte er knapp. Er lächelte, als wollte er sich für seinen schroffen Ton entschuldigen. „Ich möchte mich bei Ihnen dafür bedanken, dass Sie das Beurteilungsgespräch mit Dr. Woodward möglich gemacht haben."

„Das war keine große Sache."

„Für mich schon. Und für Cindy auch. Ich möchte Sie als Dank zum Abendessen einladen."

„Das müssen Sie nicht …"

„Ich möchte es aber."

Die Einladung klang sehr reizvoll. Es war schon eine Ewigkeit her, dass sie ausgegangen war. Dennoch musste sie ablehnen. Sie hatte vor langer Zeit gelernt, dass sie Privates und Berufliches voneinander trennen musste. Es war eine schmerzhafte Lektion gewesen, die beinahe ihr Leben zerstört hätte. „Ich glaube, das geht nicht. Warum warten Sie nicht, bis Cindy ins pädagogische Programm der Schule aufgenommen worden ist? Dann haben wir vielleicht alle etwas zu feiern."

Nathan musste sich auf die Zunge beißen. Eigentlich wollte er widersprechen. Verdammt, seit mehr als einer Woche hatte er schon Lust, sich mit jedem und allem anzulegen, was ihm in die Quere kam. Doch er war klug genug, um zu wissen, wann er sich besser zurückhielt. „Na gut", stimmte er zu und wirkte ruhiger und gefasster, als er sich fühlte. Stacey Monroe vereinte diese besondere Mischung aus Klugheit und Sinnlichkeit, die eine ganz bestimmte, verborgene Saite in ihm anschlug. Genau wie Jennifer, dachte er und schwor sich stumm, dass er die Lehrerin mit den haselnussbraunen Augen, dem unbekümmerten Lächeln und den faszinierenden Grübchen nicht zu nahe an sich heranlassen würde. „Wir sehen uns dann am Donnerstag", sagte er, hob Cindy auf die andere Seite, drehte sich um und ging davon.

„Auf Wiedersehen, Cindy", rief Stacey über das Rauschen des Meeres hinweg. Obwohl das Mädchen den Kopf hob, erwiderte es das ermunternde Winken von Stacey nicht. Wenn überhaupt, klammerte Cindy sich noch stärker an ihren Vater.

Verlieb dich nicht, warnte Stacey sich selbst, während sie verfolgte, wie der hochgewachsene Mann und sein Kind die verfallenen Stufen am anderen Ende des Strandes hinaufstiegen. *Vergiss Daniel nicht. Und was auch immer du tust, Stacey – verlieb dich nicht!*

2. KAPITEL

„Was weißt du über diesen Nathan Sloan?" Gedankenverloren blickte Margaret in den Hamsterkäfig und beobachtete, wie das kleine Tier durch die Röhren seines Häuschens kletterte.

„Nichts." Stacey goss die Blumen im Klassenzimmer zu Ende. Dann stieg sie auf eine Trittleiter und fing an, von den Kindern gemalte Bilder an die Wand zu heften.

„Nichts?"

„Nein. Ich habe ihn erst jetzt am Strand kennengelernt."

„Und das Kind … Bist du der Kleinen bei der Gelegenheit auch zum ersten Mal begegnet?"

„Ja. Reichst du mir mal die Mappe?" Margaret gab Stacey den Ordner, in den sie die gelben Blätter Papier mit den leuchtenden Klecksen in Rot und Blau gelegt hatte. „Ich habe dir schon alles gesagt, was ich weiß. Cindys Mutter ist tot. Sie ist vor einem Jahr gestorben, glaube ich. Und laut Cindys Vater hat das Kind zu dem Zeitpunkt auch begonnen, sich zurückzuziehen. Sie ist mindestens einem Psychologen vorgestellt worden – einem Dr. Lindstrom aus Fairbanks in Alaska. Aber ich habe den Eindruck, dass Cindys Vater mit den Ergebnissen nicht zufrieden war. Ansonsten kann ich nicht viel mehr zu dem Fall sagen." Stacey zuckte mit den Schultern.

„Gar nichts mehr?"

Einen Moment lang dachte Stacey nach. „Außer, dass es offensichtlich war, dass Cindys Vater alles tun würde, um seinem Kind zu helfen. Er geht jeden Tag mit der Kleinen an den Strand und ermutigt und unterstützt sie."

„Superdad?", fragte Margaret vorsichtig.

Stacey schüttelte den Kopf und tackerte ein weiteres Kunstwerk an die Wand. „Ich weiß es nicht", gab sie zu und sah aus dem Fenster aufs Meer hinaus. „Ich weiß wirklich nicht besonders viel über ihn."

„Was macht er?"

„Ich glaube, er ist freier Autor, zumindest war er das. Was er allerdings auf der Insel macht, weiß ich nicht so genau."

„Also ist der einzige Grund für das alles hier dein ‚Gefühl'." Margaret, die die Leiter festhielt, sah beunruhigt zu Stacey hinauf.

„Warte, bis du Cindy kennengelernt hast!", erwiderte die mit leicht gerunzelter Stirn. „Sie wird dein Herz im Sturm erobern."

„Hat sie deines denn schon erobert?"

Stacey hängte das letzte Bild auf. „Ein bisschen", gestand sie.

„Und ihr Vater?"

Stacey sah ihre Chefin besorgt an. „Ich habe dir doch schon gesagt, dass ich kaum etwas über ihn weiß. Hör auf, mich zu bemuttern!"

Margaret lachte leise und sah auf die Uhr. „Tja, alle unsere Spekulationen über Mr Sloan und seine Tochter finden jetzt ein Ende. Er sollte nämlich jeden Moment hier auftauchen."

Stacey fühlte, wie ihr Herz unvermittelt einen Hüpfer machte, aber sie ignorierte das Funkeln in Margarets klugen Augen. „Gut. Ich hoffe, du kannst dich dazu durchringen, Cindy in Oceancrest aufzunehmen."

„An mir soll's nicht liegen, aber die Kapazitäten der Einrichtung …"

Stacey lehnte sich gegen die oberste Stufe der Leiter und schenkte Margaret ein warmherziges Lächeln. Margaret Woodward war mehr als nur ihre Chefin. Sie war eine Freundin fürs Leben. „Ich weiß. Aber Platz ist genug, und ich kann Cindy in meiner Klasse aufnehmen."

„Ich sehe, was ich tun kann", versprach Margaret und verließ dann den Raum.

Zurück blieb Stacey, die sich fragte, was mit Cindy geschehen würde, wenn sie nicht zugelassen werden würde.

Mit Cindy an der Hand ging Nathan auf das doppelgeschossige Schindelhaus mit dem gepflegten Rasen zu. Von außen sah

Oceancrest aus wie jede andere Schule. Man sah diesem Ort nicht an, dass hier eine Privatschule für Kinder mit besonderen Lernschwierigkeiten untergebracht war. Gott sei Dank! Je vertraulicher und je privater die Umgebung für seine Tochter war, desto besser.

Er spürte die Furcht seiner Kleinen am Druck ihrer Hand. Cindy versuchte sich von seiner Hand zu lösen. „Nein", sagte sie und zerrte ihn zurück, als Nathan mit ihr die beiden Stufen zum Eingang hinaufgehen wollte.

Nathan blieb stehen und warf Cindy ein ermutigendes Lächeln zu. „Komm schon, Mäuschen", flüsterte er und kniete sich hin, damit er seiner Tochter in die Augen blicken konnte. „Ich bin doch bei dir."

„Nein! Ich will nicht!"

Nathan seufzte resigniert, hob Cindy hoch und betrat mit ihr auf dem Arm die Schule.

Noch privater hätte die Einrichtung nicht sein können. Und dass Anastasia Monroe – Stacey – hier war, machte Oceancrest zur perfekten Wahl. Wenn doch nur die Schulleiterin Dr. Woodward mitspielen und Cindy aufnehmen würde, dann wäre eines seiner drängendsten Probleme gelöst. Aber das ist längst noch nicht alles, ermahnte er sich grimmig und stellte sich das wütende rote Gesicht von Robert Madison vor. Nein, die Probleme waren noch lange nicht ausgestanden. Madison würde nicht eher Ruhe geben, bis er Cindy gefunden hatte. Unbewusst hielt Nathan seine Tochter noch ein bisschen fester im Arm. Er sah sein unschuldiges Kind an und schwor sich stumm, dass er sie beschützen würde. Und dass er sie Robert Madison niemals überlassen würde – koste es, was es wolle.

Er versuchte die unangenehmen Gedanken zu ignorieren und folgte den Hinweisschildern zum Büro der Schulleiterin, während Cindy sich in seinen Armen wand.

„Ich will nach Hause, Daddy!", jammerte sie.

„Noch nicht. Ich möchte, dass du dir die Schule einmal ansiehst. Vielleicht kannst du ein paarmal in der Woche hierherkommen und Zeit mit Miss Monroe verbringen."

„Nein. Ich will nach Hause!"

„Cindy ..."

„Ich will nach Hause, ich will nach Hause ...", weinte sie und schmiegte ihr tränenüberströmtes Gesicht an seine Wange.

„Schh, es ist alles gut", beruhigte er seine Tochter und fragte sich, ob das wirklich jemals der Fall sein würde. Was würde mit Cindy passieren, wenn Stacey ihr nicht helfen konnte?

Nathan Sloan starrte finster vor sich hin. Ihm war klar, dass er keinen Trumpf mehr in der Hinterhand hatte. Den hatte er schon vor ein paar Tagen am Strand ausgespielt. Nun entschied das Schicksal. Stille Verzweiflung ergriff ihn, als er an den letzten Showdown mit Madison dachte und ihm bewusst wurde, dass er möglicherweise das Einzige verlor, was in seinem ansonsten wertlosen Leben wichtig war. Entschieden biss er die Zähne zusammen und ging den kurzen Korridor entlang.

Eine rothaarige Frau mit hübschem Gesicht lächelte Nathan zu, als er sich dem Büro der Schulleiterin näherte. „Sie müssen Mr Sloan sein", sagte sie, bevor sie ihre Aufmerksamkeit dem Kind zuwandte. „Und du bist dann wohl Cindy. Mein Name ist Andrea. Machen Sie es sich bequem", schlug sie vor und wies auf die Stühle im Wartebereich. „Ich sage Dr. Woodward, dass Sie da sind."

„Danke", erwiderte Nathan. Sein Hals war wie zugeschnürt. Die rothaarige Frau verschwand durch eine Tür, und Nathan bemerkte, dass seine Handflächen feucht waren. Seine Nervosität war genau genommen unnötig – allerdings lag sie in der Sorge um Cindy begründet.

„Daddy, bitte ..." Cindy blickte ihn mit ihren runden blauen Augen, die so sehr an ihre Mutter erinnerten, flehentlich an.

„Halt noch ein bisschen durch, ja?"

Kurz darauf kam Andrea zurück. „Dr. Woodward erwartet Sie dann im Empfangszimmer. Der Raum ist etwas gemütlicher

als das Büro und nicht ganz so einschüchternd für die Kinder."
Sie gingen in ein kleines Zimmer mit bodentiefen Fenstern an der
einen Seite. An den Wänden standen Tischchen mit Plüschtieren,
Puppen und Büchern. Und die Schulleiterin selbst saß mitten im
Zimmer auf einem dicken rosafarbenen Kissen auf dem Boden.

„Hallo, Mr Sloan", begrüßte sie Nathan, der Cindy hinein-
trug. „Bitte, nehmen Sie Platz." Sie deutete auf ein weiteres Kissen, auf das Nathan sich zusammen mit Cindy setzte. „Also,
Mr Sloan", fing die grauhaarige Dame an und musterte dabei
das Kind, das sich an Nathans Hals klammerte. „Ich möchte,
dass Sie im Zimmer bleiben, während ich versuche, mit Cindy
zu reden. Wenn sie sich an die Umgebung gewöhnt hat, möchte
ich Sie bitten, hinauszugehen. Ich werde bei Cindy bleiben. Sie
können in Andreas Büro solange die medizinischen und persönlichen Fragebögen sowie die Anmeldeformulare ausfüllen. Falls
Cindy sich nicht wohlfühlen sollte, werde ich Sie sofort rufen,
und Sie können wieder hereinkommen. Ich möchte die Kleine
einfach beobachten und prüfen, welche Reaktionen sie auf bestimmte Impulse zeigt. Am Ende möchte ich dann noch einmal
mit Ihnen beiden sprechen. Sind Sie damit einverstanden?"

„Gut", stimmte Nathan zu, während Cindy entsetzt den
Kopf schüttelte.

Margaret Woodward blieb gelassen und faltete die Hände in
ihrem Schoß. „Gut."

In den folgenden Minuten sprach Dr. Woodward, die darauf
bestand, Margaret genannt zu werden, über die Schule im Allgemeinen. Ihre Stimme war sanft und ruhig. Und obwohl sie
mit Nathan sprach, nahm sie immer wieder Blickkontakt mit
Cindy auf. Während sie erzählte, warum sie nach Sanctity Island
gekommen war und wie die Schule sich entwickelt hatte, bot sie
dem Mädchen Spielzeuge an, die Cindy jedoch nicht annehmen
wollte. Nach ungefähr zwanzig Minuten war Cindy zögerlich
ans Bücherregal getreten und spielte inzwischen eifrig mit einer
Stoffpuppe.

„Mr Sloan?"

Nathan sah wieder zu der Schulleiterin. Er hatte seine Tochter beobachtet.

Margaret wies mit einem Kopfnicken zur Tür. Widerstrebend kam Nathan der stummen Aufforderung nach. Er erhob sich schnell und leise, um aus dem Zimmer zu gehen, auch wenn er sich Sorgen machte. Er war durch die Hölle gegangen, um dafür zu sorgen, dass seine Tochter in Sicherheit war. Für gewöhnlich ließ er das Kind nicht aus den Augen und vertraute die Kleine niemandem an, den er nicht kannte. Seiner Einschätzung nach war Margaret Woodward jedoch eine Frau, der man vertrauen konnte. Und trotzdem verspürte er dieselbe Anspannung, die ihn immer bei dem Gedanken, von seinem Kind getrennt zu sein, ergriff.

„Ihr passiert nichts. Alles ist gut", versicherte Dr. Woodward, während sie Nathan aus dem Zimmer führte. „Wenn Sie mögen, können Sie auch alles durch den Einwegspiegel beobachten – da hinten, auf der anderen Seite des Raumes." Sie wies in die entsprechende Richtung, ehe sie ihre Aufmerksamkeit wieder auf Cindy richtete.

Nathan ging lautlos hinaus. Er stand vor dem Einwegspiegel und sah unbemerkt zu, wie Margaret Woodward versuchte, mit seiner Tochter zu kommunizieren. Cindy blickte verzweifelt zur Tür, als sie feststellte, dass Nathan weg war. Aber sie weinte nicht, und Margaret sprach weiter mit ihr. Soweit Nathan es beurteilen konnte, zeigte Cindy keine großen Reaktionen, doch sie bekam auch keinen Wutanfall. So weit, so gut.

Stacey kam auf ihrem Weg zum Büro der Schulleitung um die Ecke gebogen und blieb wie angewurzelt stehen. Ein Stückchen entfernt erkannte sie die wohlbekannte Silhouette von Nathan Sloan. Er blickte durch den Einwegspiegel in den Empfangsraum. Sie sah, dass er die Krawatte gelockert und die Ärmel seines Hemdes bis zu den Ellbogen hochgekrempelt hatte. Die Lippen hatte er aufeinandergepresst, die Schultern hochgezogen und er starrte durch das Fenster, als rechnete er damit, dass jemand ihm sein Kind wegnehmen könnte.

Stacey näherte sich ihm leise und warf ebenfalls einen Blick durch den Einwegspiegel auf Margaret und Cindy. „Glauben Sie mir, sie beherrscht ihr Fach."

Überrascht sah Nathan in ihre Richtung. Ein warmherziger Ausdruck trat in seinen Blick.

„Aber das wissen Sie wahrscheinlich schon, oder?", fuhr Stacey fort. Ihre Augen mit den dunklen Wimpern schienen Nathan direkt in die Seele blicken zu können.

„Ich hätte Cindy nicht hierhergebracht, wenn ich nicht der Überzeugung gewesen wäre, dass das der richtige Ort für sie ist. Selbstverständlich habe ich Erkundigungen über die Schule und über Dr. Woodward und Sie eingeholt."

Stacey brachte ein leichtes Lächeln zustande. „Fühle ich mich deshalb manchmal so, als würde ich die FBI-Liste der meistgesuchten Verbrecher Amerikas anführen?"

Nathan verzog die sinnlichen Lippen zu einem Lächeln. „Ich schätze, das habe ich verdient."

„Das will ich meinen."

Seufzend fuhr er sich mit den Fingern durchs dunkle Haar und lehnte sich mit der Hüfte an den Fenstersims. „Vielleicht habe ich Ihnen neulich einen falschen Eindruck vermittelt. So viele Nachforschungen habe ich über Sie oder Margaret Woodward eigentlich nicht angestellt. Ich habe die Recherchen nur so weit getrieben, um sicher sein zu können, dass Cindy hierhergehört – zu Ihnen."

Stacey errötete und winkte ab. „Danke, aber das ist nur mein Job."

„Ist das so?" Er wandte sich ihr zu und sah sie an. Eine seiner dichten Augenbrauen hatte er hochgezogen. „Ich habe etwas anderes gehört."

„Ja?" Sie bemühte sich, beiläufig zu klingen. „Mir war gar nicht klar, dass ich mir einen Ruf als Weltverbesserer verdient habe."

Er lehnte sich zurück und verschränkte die Arme vor der Brust. „Genau das habe ich herausgefunden – dass Sie sich so auf Ihre Schüler oder Patienten, oder wie auch immer Sie sie nennen wollen, einlassen, dass es schwer für Sie ist, sie loszulassen …"

„Das ist doch lächerlich! Meine größte Freude ist es, wenn ein Kind glücklich und ausgeglichen ist und sich in ein normales häusliches und schulisches Umfeld einfügt."

„Aber es ist schwer für Sie, sich vorzustellen, dass Sie die Kinder nie mehr wiedersehen."

„Vielleicht ein bisschen."

„Nicht nur ein bisschen …"

„Bei einigen Schülern stimmt das", gestand sie. Ihr Herz zog sich beinahe schmerzhaft zusammen, als sie an Daniel Brown dachte. „Natürlich ist das Loslassen das Schwierigste am Beruf des Lehrers." Unvermittelt straffte sie die Schultern und lächelte tapfer. „Aber wenn ich sie nicht loslassen kann, dann habe ich meinen Job nicht richtig erledigt." Ihre Blicke trafen sich kurz, ehe sie wieder durch den Einwegspiegel sah. „Oh, schauen Sie …" Sie zeigte ins Zimmer. „Margaret hat Cindy zum Reden gebracht."

Zu Nathans Überraschung und Erleichterung sah er, dass es Margaret Woodward irgendwie gelungen war, Cindy zumindest ein wenig aus der Reserve zu locken. Das Mädchen nickte, obwohl es immer wieder nervös zur Tür sah und nach seinem Vater suchte. Nathans Einschätzung nach war diese einfache Kommunikation schon ein Durchbruch.

„Dr. Woodward muss sie einfach aufnehmen!", flüsterte er und ballte die Hände entschlossen zu Fäusten.

Auch wenn sie seiner Meinung war, behielt Stacey ihre Gedanken für sich. Es gab keinen Grund, Nathan falsche Hoffnungen zu machen. „Kommen Sie", sagte sie, als sie die Sorgenfalten um seine Mundwinkel bemerkte. „Wir sollten Cindy und Margaret allein lassen. Sie können in der Zwischenzeit die Anmeldeformulare ausfüllen, sich eine Broschüre über die Schule holen und sich das Klassenzimmer ansehen – nur, um mal einen Eindruck zu bekommen, womit Cindy es zu tun haben wird."

„Aus Ihrem Mund klingt es, als würde sie in den Krieg ziehen."

„Ja? Na ja, so drastisch ist es nicht, aber ich will Ihnen nichts vormachen. Die erste Zeit wird nicht leicht für Ihre Tochter."

„*Falls* sie angenommen wird."

„Einen Schritt nach dem anderen", entgegnete Stacey und wies mit einem Kopfnicken in Richtung ihres Klassenzimmers. „Margaret hat doch zugestimmt, sie zu begutachten, oder?"

„Sie haben allerdings selbst gesagt, dass das keine Garantie ist."

„Das stimmt. Aber es besteht auch kein Grund, gleich das Schlimmste anzunehmen."

Nathan lehnte sich an den Einwegspiegel und schaute Stacey in die Augen. „Sind Sie immer so zuversichtlich?"

„Nur, wenn ich es mit nervösen Eltern zu tun habe", entgegnete sie, warf ihm ein aufmunterndes Lächeln zu und versuchte seinen fragenden Blick nicht weiter zu beachten. Sie spürte, wie ihr Herz schneller schlug. „Kommen Sie."

Sie gingen zurück in den Empfangsbereich, und Andrea drückte Nathan einen riesigen Stapel Formulare in die Hand. „Sie können die Formulare zu Hause ausfüllen", sagte sie. „Bringen Sie sie morgen wieder mit. Falls Cindy zugelassen wird, brauchen wir alle Unterlagen, wenn die Schule in der nächsten Woche wieder beginnt."

„Das ist ja schlimmer als bei der Army", brummte Nathan. Er steckte die Papiere ein und folgte Stacey in das Klassenzimmer für die Vorschulkinder.

Stacey schaltete das Licht ein, und die drei miteinander verbundenen Zimmer erwachten zum Leben. Ein Sittich fing an zu zwitschern, der Hamster rannte Runde um Runde in seinem Laufrad und sogar die Winkerkrabbe huschte mit erhobener Schere durchs Aquarium.

„Das sieht mir verdächtig nach einem Zoo aus", bemerkte Nathan.

„Das ist vermutlich nicht ganz unwahr. Die Tiere sind hilfreich und wichtig für die Kinder. Wir haben noch zwei Hunde und drei Pferde im Stall. Die älteren Kinder tragen die Verantwortung für die Pflege der größeren Tiere. Margaret und der Rest des Teams glauben, dass Kindern die Liebe, das Verständnis und die Verbundenheit zu den Tieren angeboren ist. Wenn menschlicher Einfluss nicht hilft, dann hilft vielleicht der Umgang mit den Tieren."

Nathan sah sich in den Räumen um, nahm Bücher und Spielzeuge in die Hand und betrachtete die verschiedenen tierischen Mitbewohner. „Das ist ein guter Ort für Cindy", sagte er, als er an die Fenster trat und auf den Spielplatz hinausblickte.

„Kommen Sie, gehen wir nach draußen." Sie öffnete die Tür und hielt sie für ihn auf. „Dahinten sind die Ställe, wo die Pferde untergebracht sind. Zum Reiten gibt es eine Wiese. Für besondere Ausflüge ist ein Pfad zum Strand hinunter angelegt worden. Die Vorschüler bleiben hier, bei mir, und wir spielen auf den Rutschen, den Schaukeln und auf dem Klettergerüst. Im Frühling bepflanzen wir den Garten, und im Herbst ernten wir, was auch immer den Sommer überstanden hat." Sie wies auf eine Reihe von Tomaten und einen verwilderten Hügel mit Zucchini. „Später im Jahr kochen wir dann mit dem selbst gezogenen Gemüse und retten die Samen, um sie im folgenden Frühling wieder einzupflanzen."

Nachdenklich blickte er sie an. „Sie lieben die Arbeit mit den Kids, oder?"

„Wenn es anders wäre, dann würde ich nicht hier arbeiten."

Er legte seinen Arm auf die oberste Sprosse des Klettergerüsts und beugte sich vor, um seine angespannten Muskeln zu dehnen. Er sah Stacey an. Die Wirkung war erstaunlich sinnlich. Eine warme Brise zerzauste sein dunkles Haar, und tief schaute er ihr in die Augen.

Staceys Herz hätte beinahe einen Schlag lang ausgesetzt.

„Was hat Sie überhaupt nach Sanctity Island geführt?"

„Margaret Woodward", erwiderte sie. Margaret war ihre Rettung gewesen. Als ihr Leben, ihre Welt in Boston auseinandergefallen war, hatte Margarets Angebot Stacey Halt gegeben. „Sie bot mir eine Stelle auf der Insel an, und ich nahm an. Doch das wissen Sie sicher längst, stimmt's?"

Er runzelte die Stirn. „Ich wusste, wie Sie hierhergekommen sind, allerdings nicht, warum."

„Es war Zeit für eine Veränderung", sagte sie ausweichend und warf einen Blick auf ihre Uhr. „Vielleicht sollten wir zurück in den Verwaltungstrakt. Margaret ist wahrscheinlich fertig mit der Begutachtung."

„Gut."

Sie hielt kurz inne, als sie sich zum Gebäude umgewandt hatte. „Sie wissen, dass Sie ein wundervolles kleines Mädchen haben, nicht wahr?"

Ein trauriges Lächeln huschte über Nathans Gesicht. „Ja, ich weiß. Aber es tut gut, es zu hören." Einen Moment lang hielt sein Blick den ihren fest, und Staceys Herz schlug schneller. „Danke."

Stacey räusperte sich und betrat das Schulgebäude. „Also, was machen Sie auf der Insel?"

„Ich habe Ihnen doch erzählt, dass ich freier Autor bin, oder?"

„Ja."

„Sagen Sie nicht, Sie hätten noch nie etwas von mir gehört." Seine mitternachtsblauen Augen funkelten verführerisch.

Stacey grinste und zuckte die Schultern. „Ich fürchte, nein."

„Machen Sie sich deswegen keine Gedanken. Ich schreibe meist über Umweltthemen. Darum bin ich hier und darum war ich auch in Fairbanks. Ab und zu schreibe ich auch über Sport oder verfasse eine Wirtschaftsgeschichte, aber das passiert sehr selten. Früher habe ich viele Sportberichte geschrieben – zum Beispiel, welcher Verein welchen Spieler für wie viel eingekauft hat, Doping und Sport, Rivalitäten zwischen Trainern, solche Dinge …"

„Und woran arbeiten Sie gerade?"

„An einem Artikel über die San Juan Islands – das einzigartige Klima, die Natur, die Touristenattraktionen und so weiter."

„Und wenn der Artikel fertig ist, werden Sie wieder umziehen?", fragte Stacey. Ihre Gedanken wanderten zu Cindy.

„Nicht sofort. Es ist eine Reihe von drei Artikeln", entgegnete er. „Ich schreibe noch eine Story über den gewerblichen Fischfang und eine Touristenbroschüre. Und dann will ich ein Buch über die Indianerstämme des Nordwestens verfassen."

„Das ist etwas ganz anderes als Sport."

„Ja. Ich habe für mindestens ein Jahr mehr als genug zu tun."

Stacey entspannte sich ein bisschen, obwohl sie mehr über ihn wissen wollte. Irgendetwas stimmte mit Nathan Sloan nicht, passte nicht zusammen. Es war merkwürdig, wenn dieser ernste Ausdruck in seine Augen trat oder seine Schultern sich sichtlich verspannten, wenn das Thema zu persönlich wurde. Und diese Reaktionen weckten den Wunsch in ihr, mehr über ihn zu erfahren. Das Wissen, dass er und Cindy nicht so schnell aus ihrem Leben verschwinden würden, wie sie hineingeplatzt waren, war seltsam beruhigend.

Margaret bot Cindy gerade einen Erdnussbutterkeks an, als Nathan in den Verwaltungstrakt der Oceancrest-Schule zurückkehrte.

Das kleine Mädchen nahm Margaret den Keks aus der Hand und rannte dann zu seinem Vater. „Jetzt gehen wir nach Hause", sagte Cindy.

„Ja", erwiderte er und hob die Kleine hoch. „Wir gehen nach Hause."

„Sie haben eine sehr kluge Tochter", sagte Margaret.

„Danke."

Stacey hatte Nathan begleitet und bemerkt, dass er unwillkürlich schneller gelaufen war und dass der Ausdruck in seinen Augen sich verändert hatte, als er sein Kind wiedergesehen hatte.

Margaret sah zu Stacey, ehe sie sich Nathan zuwandte. „Und unter den Umständen und mit Staceys Einwilligung glaube ich, dass wir Cindy in Oceancrest aufnehmen können."

Auf Nathans Gesicht erstrahlte ein breites Grinsen, und Stacey kam es vor, als wäre ihm eine schwere Last von den Schultern genommen worden. „Ich bin dafür. Ich denke, Cindy wird die Schule gefallen."

„Nein!", schrie das Kind und warf Stacey einen wütenden Blick zu.

„Danke", sagte Nathan zu Stacey und Margaret.

„Daddy, lass mich nicht allein!"

„Das werde ich nicht, Mäuschen. Du wirst nur ein paar Stunden pro Tag hier sein. Warum kommst du nicht mit in deine Klasse und ich zeige dir alles?" Nathan blickte Stacey an und bat sie stumm um ihre Zustimmung.

„Sicher. Dort gibt es einen Hamster, der schon seit drei Wochen sehr, sehr einsam ist."

Stacey führte Nathan und Cindy in den Klassenraum für die Vorschulkinder und beobachtete, wie das Kind, das sich noch immer an seinen Vater klammerte, die Tiere kennenlernte, die in den Ecken des Zimmers standen.

„Sie wird es hier mögen", sagte Nathan voraus, aber der trotzige Ausdruck in Cindys Augen verschwand nicht.

„Natürlich wird sie das."

„Und ich schulde Ihnen etwas. Einiges sogar. Wie wäre es jetzt mit einem gemeinsamen Abendessen?", fragte Nathan.

Stacey schüttelte den Kopf. „Ich ... Ich kann nicht ..."

„Waren Sie nicht diejenige, die etwas von einer Siegesfeier gesagt hat, sobald Cindy angenommen worden ist?", wollte er wissen. Das Blau seiner Augen wirkte mit einem Mal sehr sinnlich.

„Ich habe vielleicht so etwas in der Art gesagt, aber ..."

„Dann haben wir eine Verabredung. Morgen Abend."

„Es tut mir leid, Nathan", entgegnete sie entschieden. „Ich habe es mir angewöhnt, Privates und Berufliches strikt zu trennen."

„Ich bitte Sie ja nicht darum, mich zu heiraten", entgegnete er. „Nur ein Abendessen als Dankeschön." Er nahm eine ihrer Hände in seine. „Kommen Sie. Mir zuliebe."

„Ich kann nicht."

„Ich beiße nicht."

„Meine Regel lautet, niemals …"

„Brechen Sie die Regeln – nur dieses eine Mal. Ich würde gern mit Ihnen über Cindy sprechen, wenn sie nicht dabei ist und alles mit anhört."

Ich sollte es eigentlich besser wissen, dachte Stacey und spürte, wie sie ins Wanken geriet. „Na gut", stimmte sie schließlich zu. „Ich werde kommen, um mit Ihnen über Ihre Tochter zu reden."

„Alles klar. Ich hole Sie dann um sieben ab, wenn das in Ordnung ist."

„Sieben Uhr ist okay. Ich wohne …"

„… im Otter Drive. Das graue Häuschen auf den Klippen."

Staceys Lächeln erstarb. „Woher wissen Sie …"

„Ich habe gesehen, wie Sie die Treppe vom Strand hinaufgegangen sind und den Weg zu dem Häuschen eingeschlagen haben."

„Ich mag es nicht, wenn man mir hinterherspioniert!"

„Ich habe Ihnen nicht hinterherspioniert", erwiderte er und fand ihren jähen Ausbruch eher lustig. „Ich war nur neugierig." Er rückte Cindy auf seinem Arm zurecht. Bevor Stacey noch etwas sagen konnte, drehte er sich zur Tür um. Als er schließlich hinausging, rief er noch einmal über die Schulter: „Wir sehen uns dann morgen Abend."

Stacey winkte und hörte Margarets leise Schritte hinter sich nicht. „Ein interessanter Mann", sagte die ältere Frau wissend lächelnd. „Wenn ich dreißig Jahre jünger wäre …"

„… würde Harry noch leben und du würdest alleinstehende Männer gar nicht beachten."

Margaret gluckste. „Du hast recht. Ist das die höfliche Art, mir zu sagen, mich aus deinen Angelegenheiten herauszuhalten?"

„Wenn dem so wäre, würdest du auf mich hören?"

„Selbstverständlich nicht."

„Dann vergeuden wir beide nur unseren Atem, findest du nicht?" Stacey drehte sich zu ihrem Klassenraum um.

„Vielleicht ..." Margaret seufzte. „Aber lass dir eines gesagt sein: Was in Boston passiert ist, sollte dir nicht den Rest deines Lebens die Lust nehmen, Männer kennenzulernen." Sie zwinkerte. „Es gibt auch noch ein paar gute."

„Ich schätze, du meinst damit Nathan Sloan?"

„Möglicherweise."

„Du kennst ihn nicht mal!"

„Ich weiß, dass er aufopferungsvoll für sein Kind sorgt. Man kann viel über einen Mann erfahren, wenn man beobachtet, wie er mit Kindern umgeht."

„Ich glaube, du psychoanalysierst ein bisschen zu sehr."

„Das ist meine Art. Und ich glaube, du weichst der Sache aus."

„Und die wäre?"

„Dass es an der Zeit ist, rauszugehen, das Leben zu genießen und ein bisschen auf den Putz zu hauen."

„Aber ich sollte das Leben nicht ausgerechnet mit dem Vater einer Schülerin genießen", versetzte Stacey.

„Vielleicht hast du recht." Margaret nagte gedankenverloren an ihrer Unterlippe. „Natürlich musst du vorsichtig sein, das erwarte ich sogar von dir. Aber vergiss nicht, dass nicht alle Männer so sind wie Daniels Vater."

„Zum Glück", flüsterte Stacey. „Wenn es dich tröstet: Ich habe Nathan versprochen, morgen Abend mit ihm essen zu gehen."

„Das hast du?", sagte Margaret. „Gut." Ihre Miene verdüsterte sich ein wenig. „Sei einfach vorsichtig, Stacey – benutze deinen gesunden Menschenverstand. Versteh mich nicht falsch, ich mag Nathan Sloan. Er scheint mir ein netter Mensch zu sein. Aber ich will nicht, dass irgendwer dir wieder wehtut."

„Und schon wieder versuchst du, mich zu bemuttern! Ehrlich, Frau Doktor, vielleicht sollte zur Abwechslung mal irgendjemand dich psychoanalysieren."

Margaret lachte leise. „Ich fürchte, das wäre kein besonders aufregender Fall. Und hör auf, immer das Thema wechseln zu wollen."

„Das tue ich ja gar nicht."

„Gut. Dann geh jetzt da raus und hab Spaß."

„Ich tue das nur um Cindys willen."

Ungläubig zog Margaret eine Augenbraue hoch. „Sicher. Na ja, wenn du schon dabei bist, kannst du trotzdem ein bisschen Spaß haben."

Spaß, dachte Stacey bitter, während sie aus der Glastür hinaussah und an der Betonmauer entlang zum Parkplatz blickte, wo vor wenigen Minuten Nathan in seinen Wagen gestiegen war. „Du bist eine hoffnungslose Romantikerin."

„Und du bist viel zu zynisch für dein Alter", erwiderte Dr. Woodward und wandte sich zu ihrem Büro um. „Du wirst mit diesem netten jungen Mann zu Abend essen und dich gefälligst amüsieren, verstanden? Du musst dich ja nicht in ihn *verlieben* – du sollst nur einen schönen Abend verleben. Gott weiß, dass du dir das verdient hast." Als sie Staceys gequälten Blick bemerkte, fügte sie hinzu: „Und tu um Himmels willen nicht so, als würde es das Ende der Welt bedeuten."

„Warst du nicht diejenige, die zu mir meinte, ich würde die Seriosität der Schule aufs Spiel setzen, indem ich durch mein ‚Gefühl' so viele Schwierigkeiten heraufbeschwöre?"

„Das habe ich gesagt?"

„Ja! Vor drei Tagen! Und heute schon wieder."

„Tja, ich vermute, das war rücksichtslos. Und außerdem hast du sowieso nie auf mich gehört. Ich hätte nicht gedacht, dass du ausgerechnet jetzt damit anfängst."

Stacey lachte, als die Frau, die für sie wie eine zweite Mutter war, den Raum verließ. Möglicherweise hatte Margaret recht. Es war nur eine unschuldige Verabredung mit einem interessanten Mann. Was sollte da schon schiefgehen?

Später am Abend trat Stacey, nachdem sie gegessen und anschließend die Küche aufgeräumt hatte, auf die Veranda hinaus. Sie lächelte, als der warme Wind über ihr Gesicht strich. Die Nacht war klar, und unzählige Sterne funkelten am schwarzen Himmel.

Weit unten konnte man in dem bläulichen Licht, das die hellen Laternen, die auf den Klippen standen, hinabwarfen, den Strand und die dunkle See erkennen.

Stacey lehnte sich an die Verandabrüstung und betrachtete die Schaumkronen der mächtigen Wellen. Der Wind fing sich in ihrem Haar und wehte es ihr aus dem Gesicht. Tief atmete sie die salzige Luft ein. Sie liebte diese Insel mehr als jeden anderen Ort auf der Welt. In den zwei kurzen Jahren, die sie nun hier lebte, war sie für sie zu ihrem Zuhause geworden.

Eine Bewegung am Strand fesselte ihre Aufmerksamkeit. Sie wandte den Blick in die Richtung und beobachtete fasziniert, wie ein Mann, der die Hände in die hinteren Hosentaschen geschoben hatte, am Wasser entlanglief. Es war zu dunkel, um ihn genau erkennen zu können, doch seine breiten Schultern und die schmalen Hüften erinnerten sie an Nathan. Sie blinzelte in die Dunkelheit und redete sich ein, dass es nur Nathan Sloan sein konnte. Stacey lächelte in sich hinein und erlaubte es sich, ihn aus der Ferne anzusehen. Ihn den Strand entlangspazieren zu sehen, ließ ihren Puls schneller schlagen. Ohne lange darüber nachzudenken, schlüpfte sie in ihre Flipflops und lief zu der Treppe, die zum Strand hinunterführte. Am Treppenabsatz blieb sie abrupt stehen, als sie eine weitere Gestalt erblickte, die nun auf Nathan zueilte.

Stacey holte tief Luft und wartete. Als die andere Person näher kam, konnte Stacey erkennen, dass es eine Frau war – eine große Frau mit langen dunklen Haaren. Sie rannte zu Nathan und warf sich in seine Arme. Er erwiderte ihre leidenschaftliche Umarmung.

Staceys Herz schien einen Schlag lang auszusetzen. Sie ermahnte sich, zum Haus zurückzukehren, und sagte sich, dass das, was gerade am Strand passierte, sie nichts anging. Möglicherweise war der Mann dort unten nicht einmal Nathan Sloan. Doch trotzdem konnte sie den Blick nicht abwenden und sich nicht von der Stelle rühren.

Was hast du erwartet, schalt sie sich selbst. Selbstverständlich war es denkbar, dass Nathan Sloan eine Freundin, eine Geliebte oder sogar eine Ehefrau hatte. Dass Jennifer Sloan tot war, hieß gar nichts. Im Übrigen konnte das eine Lüge sein. Was wusste Stacey schon über Nathan? Absolut nichts! Bis auf das, was er ihr selbst erzählt hatte. Und auch das konnte alles gelogen sein.

Du überreagierst schon wieder, ermahnte sie sich. Dass Nathan am Strand eine andere Frau getroffen hatte, war kein Grund, die Beherrschung zu verlieren. Möglicherweise war der Mann gar nicht Nathan.

Das Paar schlenderte den Strand entlang, fort von Staceys Häuschen und in Richtung der Treppe am anderen Ende des Strandes. Diese Treppe benutzte Nathan immer, wenn er nach Hause ging.

Wie gebannt sah Stacey zu, wie Nathan und diese Frau – wer auch immer sie war – Arm in Arm aus dem Licht der Scheinwerfer gingen und in die Nacht verschwanden.

Die Morgensonne fiel durch die geöffneten Fenster des Klassenzimmers. Eine salzige Brise wehte herein.

Stacey hatte gerade die Bücher im Regal sortiert, als sie hörte, wie die Tür aufging. Wahrscheinlich war das Margaret. Sie wandte sich um, und ihr Lächeln gefror, als sie Nathan in der Tür stehen sah. Er trug eine graue Cordhose und einen dunkelblauen Pullover. Ein Lächeln erstrahlte auf seinem Gesicht, als er Staceys überraschte Miene bemerkte.

„Dr. Woodward will Cindy noch einmal sprechen. Schon vergessen?"

„Ach, stimmt ja." Stacey entspannte sich ein bisschen und versuchte nicht an die zärtliche Szene zu denken, die sie am Abend zuvor am Strand mit angesehen hatte. Und sie erinnerte sich daran, dass sie sich in der Nacht, in der sie sich schlaflos hin- und hergewälzt hatte, immer und immer wieder eingeredet hatte, dass es sie nichts anging, was Nathan Sloan mit seinem Leben machte. Sie war die Lehrerin seiner Tochter – sonst nichts. Falls er am vergangenen Abend mit einer Frau am Strand gewesen war, so hatte sie das einfach nicht zu interessieren.

Nathan schloss die Tür hinter sich, ging zum Hamsterkäfig und betrachtete scheinbar interessiert das flauschige braune Tier. „Keine Ratten oder Schlangen?"

Stacey lächelte. „Zumindest nicht in den Käfigen", entgegnete sie, noch bevor sie sich auf die Zunge beißen konnte.

„Wie bitte?"

„Sie verstehen sich für gewöhnlich nicht so gut."

„Das glaube ich." Er richtete sich auf. „Es hat übrigens zwei Stunden gedauert, alle Formulare auszufüllen."

„Das gehört zum Programm, fürchte ich. Wir möchten so viel wie möglich über das Kind wissen", erklärte sie.

„Und noch ein bisschen mehr."

„Waren *Sie* nicht derjenige, der so überaus versessen darauf war, dass das Kind in Oceancrest angenommen wird?", fragte Stacey gereizt.

Nathan zog die Augenbrauen hoch und warf ihr ein umwerfendes Lächeln zu. „Habe ich irgendetwas nicht mitbekommen? Sind Sie wütend auf mich?"

„Natürlich nicht."

Er lehnte sich mit einer Schulter an die Tafel und ließ den Blick genüsslich über ihren Körper gleiten. Obwohl sie ein aprikotfarbenes Sommerkleid trug, fühlte sie sich mit einem Mal nackt. „Warum habe ich dann den Eindruck, als wäre ich der letzte Mensch auf Erden, den Sie im Moment sehen möchten?"

„Das bilden Sie sich ein."

„Ist das so?" Sein Grinsen wurde breiter. „Klingt, als könnte ich eine Psychoanalyse gebrauchen."

„Wahrscheinlich." Hör auf! ermahnte sie sich. *Du reagierst oberflächlich und realitätsfern – genau wie die Frauen, die du so verabscheust! Du verurteilst ihn, ohne dir seine Seite der Geschichte angehört zu haben. Und selbst wenn er sich gestern mit einer anderen Frau getroffen hat – was geht dich das an? Nathan Sloan ist der Vater einer Schülerin. Nicht mehr und nicht weniger!*

„Möchten Sie den Job übernehmen?", zog er sie auf, und Stacey konnte sich ein Lächeln nicht verkneifen. Er war so verdammt charmant und er schien immer zu wissen, was er sagen musste, um sie zu entwaffnen.

„Nicht unbedingt."

„Es könnte interessant werden …"

„Oder es könnte in einer Katastrophe enden. Ich betreue keine Familien. Wir sollten uns darauf konzentrieren, Cindy zu helfen, wieder auf den richtigen Weg zurückzufinden. Und wir sollten uns bemühen, das Wesentliche nicht aus dem Blick zu verlieren."

„Das da wäre?"

„Dass Cindy der einzige Grund für unsere Unterhaltung ist", erwiderte sie. „Cindys Gesundheit und Glück – nur darum geht es. Das ist der Grund dafür, dass Sie hier sind und dass ich Ihnen zuhöre."

Er nickte und wurde mit einem Schlag wieder sachlich. „Da wir gerade von Cindy sprechen: Ich nehme an, dass alle Informationen, die ich der Schule gegeben habe, vertraulich behandelt werden?"

„Selbstredend. Wie immer."

„Ich meine es ernst." Und man sah es ihm an. Er wirkte angespannt.

„Genau wie ich." Überrascht über sein plötzlich völlig verändertes Verhalten hatte Stacey auf einmal das Bedürfnis, Margaret Woodwards Privatschule zu verteidigen.

„Und unsere Unterhaltungen bleiben selbstverständlich auch unter uns."

„Selbstverständlich!", versetzte sie und konnte ihre Empörung nicht verhehlen. „Oceancrest gilt als eine der besten Schulen im Nordwesten. Keiner der Mitarbeiter läuft herum und plaudert irgendwelche Dinge über die Schüler aus, und die Akten werden unter Verschluss gehalten."

„Schön." Seine Miene entspannte sich ein wenig, und er fuhr sich mit den Fingern durch sein vom Wind zerzaustes Haar. Er wirkte wie jemand, der innerlich mit sich rang. „Cindy hat schon so viel durchmachen müssen …"

Stacey merkte, wie sie weicher wurde. „Ich verstehe. Vergessen Sie nicht, dass wir ihr helfen wollen."

„Gut." Nachdenklich sah er sie an. „Wissen Sie, ich durchschaue Sie einfach nicht."

„Ach?" Sie ging zum Waschbecken und ließ Wasser in eine Plastikkanne laufen, ehe sie vorgab, hochkonzentriert die Blumen zu gießen. „Was gibt es denn da zu durchschauen?"

„Warum versteckt sich eine so hübsche, talentierte Frau wie Sie auf dieser Insel?"

Sie lachte. „Der Spruch ist alt."

„Das ist kein Spruch."

„Okay. Zuerst einmal verstecke ich mich nicht." Sie warf einen Blick in seine Richtung und bemerkte, dass er die Augenbrauen skeptisch nach oben gezogen hatte.

„Sie könnten überall auf der Welt eine Anstellung finden. Warum ausgerechnet hier – mitten im Nirgendwo?"

„Mir gefällt es hier. Ich schätze, ‚mitten im Nirgendwo' zu sein passt zu mir", antwortete sie.

„Weil es hier sicher ist?"

Sie stellte die Kanne auf die Anrichte und drehte sich zu ihm um. „Weil es mein Zuhause ist! Hören Sie, Mr Sloan …"

„Nathan. Wir haben die förmliche Anrede schon hinter uns gelassen, erinnern Sie sich?"

„Wie auch immer. Ich muss nicht psychoanalysiert werden."

„Also soll ich aufhören, nachzuhaken?"

„Um es so direkt zu sagen …" Sie seufzte frustriert und schob die Hände in die Taschen ihres Kleides.

„Sie sind eine unbarmherzige Frau, Anastasia Monroe", sagte er und verzog bitter den Mund.

Sie legte den Kopf schräg und sah ihn ein paar Sekunden lang schweigend an. „Was wollen Sie eigentlich von mir?", fragte sie. „Sie haben mich gebeten, Cindy begutachten zu lassen – das habe ich getan. Sie wollten, dass sie in Oceancrest angenommen wird – das ist passiert. Sie haben mich sogar gebeten, mit Ihnen auszugehen – und wider besseres Wissen habe ich zugestimmt. Obwohl ich nach eingehender Überlegung zu der Überzeugung gekommen bin, dass ich vielleicht doch besser zu Hause bleiben sollte. Also, warum sind Sie hier …"

„… und mache Ihnen das Leben schwer?"

Sie entspannte sich ein bisschen und seufzte. „Das habe ich nicht gesagt."

„Das haben Sie aber gemeint." Er rieb sich über den Nacken, ohne jedoch den Blick von ihr abzuwenden. „Wenn Sie die Wahrheit wissen wollen …"

„Das wäre doch mal ein Anfang."

„Ich finde Sie absolut faszinierend."

Staceys Herz machte einen Satz. „Ich kann mir nicht vorstellen, warum", entgegnete sie und erinnerte sich an das schmerzvolle Unglück, das seinen Lauf genommen hatte, als sie sich in Daniels Vater verliebt hatte. Nie wieder, hatte sie sich damals geschworen. Und diesen Schwur wollte sie halten.

„Es gibt unzählige Gründe." Er betrachtete ihr fein geschwungenes Kinn, ihre schlanke Taille und die zarten Brüste unter dem leichten Stoff ihres Kleides. Er sah ihre Hände, die sie in den Taschen des Kleides zu Fäusten geballt hatte. Und er sah, wie ihre sonnengebleichten Haare über ihre nackten Schultern strichen. „Wahrscheinlich mehr, als ich zugeben möchte."

Langsam ging er auf sie zu. Ihr erster Impuls war es, zurückzuweichen. Stattdessen blieb sie stehen und verschränkte die Arme vor der Brust. Sie hoffte, möglichst desinteressiert auszusehen und zu klingen.

„Das klingt aber doch sehr nach einem Spruch. Falls es einer ist, sollten Sie ihn vielleicht besser an der Trinity Bay ausprobieren. Vermutlich haben Sie dort mehr Glück, irgendjemanden zu beeindrucken."

Er blieb vor ihr stehen, und sie konnte das Unverständnis und die Skepsis in seinem Blick erkennen. „Warum sind Sie heute Morgen so feindselig?"

„Ich mag es nicht, wenn die Eltern von Schülern mit mir flirten, das ist alles", schwindelte sie.

„Den Eindruck hatte ich gestern nicht."

Sie atmete verärgert durch. „Tja, vielleicht hatte ich ja ein bisschen Zeit, um unsere Beziehung ins rechte Licht zu rücken. Es gibt keinen Grund für Sie, ‚fasziniert' zu sein. Es ist zwar schmeichelhaft, aber unangebracht. Im Übrigen haben Sie bereits Ihre Recherchen betrieben – Sie wissen alles über mich."

„Nicht alles."

„Aber fast", sagte sie und lächelte traurig. „Hören Sie, ich habe schon mal eine schlechte Erfahrung gemacht, und sie hätte beinahe meinen beruflichen Ruf zerstört." *Und meine geistige Gesundheit.* „Seitdem bin ich sehr vorsichtig geworden."

„Und zynisch."

„Vielleicht ein bisschen", gab sie stirnrunzelnd zu.

Nathan fand ihren Schmollmund unwiderstehlich. Er neigte den Kopf, und sein Gesicht war ihr so nahe, dass Stacey seinen warmen Atem in ihrem Haar fühlen konnte. Einen Moment lang dachte sie, er würde sie küssen. Obwohl sie versuchte zurückzuweichen, spürte sie die erwartungsvolle Anspannung, die sie ergriff. Sie schien sich im rätselhaften Blau seiner Augen zu verlieren. „Ich bin nicht Jeff Brown, Stacey, und Cindy ist nicht Daniel. Ich werde Ihnen niemals wehtun."

Jeder Muskel in ihrem Körper war mit einem Mal verkrampft. „Also wissen Sie alles darüber, ja?"

„Genug."

Sie schluckte schwer und bemühte sich, ruhig zu klingen. Schmerzvolle Erinnerungen an einen Jungen, der um sein Leben kämpfte, tauchten vor ihrem geistigen Auge auf und überschatteten alles andere. *O Gott, Daniel, es tut mir so leid ... So leid!*

„Stacey?" Nathans Stimme holte sie in die Wirklichkeit zurück.

Sie holte zitternd Atem und schaffte es, sich zusammenzureißen. „Wenn Sie über Daniel Bescheid wissen, dann verstehen Sie sicherlich, warum unser Verhältnis professionell bleiben muss." Ihr Blick traf den seinen. „So etwas darf sich niemals wiederholen."

„Das wird es nicht."

„Sie haben recht – weil ich es nicht erlauben werde. Ich denke, es wäre besser, wenn wir das Essen heute Abend einfach vergessen würden."

„Nein."

„Was meinen Sie mit ‚Nein‘?“

„Ich meine, dass wir eine Verabredung haben und dass Sie keine andere Wahl haben, als sie einzuhalten – ob es Ihnen nun gefällt oder nicht.“

Es ist zum Verzweifeln mit ihm! „Wissen Sie, Mr Sloan, Sie sind ziemlich aufdringlich“, sagte sie. *Vor allem für einen Mann, der eigentlich mit einer anderen Frau zusammen ist.*

„Sie haben recht. Entschuldigen Sie.“ Er machte einen Schritt zurück, durchquerte dann den Raum und legte die Hand auf den Türknauf. „Ich werde wie geplant gegen sieben bei Ihnen sein.“ Damit verschwand er aus dem Klassenzimmer und zog die Tür hinter sich zu.

Stacey starrte ihm hinterher und wusste nicht, ob sie wütend oder fasziniert sein sollte. „Sie sind ein arroganter Kerl, Nathan Sloan. Ein arroganter, selbstsüchtiger Mistkerl!“ Doch sie wusste, dass ihre Anschuldigungen Lügen waren; die Liebe, die er für sein Kind empfand, war absolut selbstlos. Die Widersprüche in seiner Persönlichkeit machten Nathan Sloan zu einem Rätsel – zu einem Rätsel, das sie nur zu gern lösen wollte.

„Das ist doch verrückt“, murmelte sie, als sie die Blumen zu Ende goss und sich anschließend nervös die Hände an ihrem Kleid abwischte. „Das ist absolut und total verrückt!“ Aber obwohl sie versuchte, sich einzureden, dass sie einen Riesenfehler machte, wenn sie Nathan wiedersah, konnte sie das verräterische Hochgefühl, das sie den ganzen Tag über begleitete, nicht ganz unterdrücken.

Nathan erschien um Punkt sieben Uhr. Er half ihr in seinen Jeep und lenkte das Fahrzeug dann an den nördlichsten Zipfel der Insel. Das Restaurant, das er ausgesucht hatte, befand sich in Port Smith, an den felsigen Ufern der Trinity Bay, gute dreißig Kilometer von Serenity entfernt.

„Wo ist Cindy?“, erkundigte Stacey sich, als sie unterwegs waren.

„Sie ist bei Mrs McIver. Sie ist eine verwitwete Nachbarin, die nie eigene Kinder hatte. Für sie ist Cindy wie eine Enkelin."

„Und wie sieht Cindy das?"

„Sie liebt sie abgöttisch", entgegnete Nathan. „Mrs McIver kommt jeden Tag für fünf Stunden vorbei, damit ich ungestört arbeiten kann."

„Also haben Sie mich angelogen", stellte Stacey fest.

„Wovon sprechen Sie?"

„Ich dachte, Sie wollten, dass Cindy mich kennenlernt, um zu sehen, wie sie auf eine Frau reagiert. Aber sie ‚liebt' diese Mrs McIver ja schon."

„Ich meinte eine andere junge Frau", erklärte Nathan leise lachend. „Mrs McIver ist über siebzig."

„Oh."

„Sagen Sie ihr niemals, dass ich ihr Alter verraten habe."

„Niemals", versprach Stacey feierlich. „Das Alter einer Frau ist eine Sache, über die man nicht spricht."

Nathan lachte und warf Stacey ein charmantes Lächeln zu. Ihr Herz machte einen Hüpfer. Seit Jeff war sie in der Nähe eines Mannes nicht mehr so aufgeregt gewesen. Bei dem Gedanken an Daniels Vater sank Staceys gute Laune abrupt. Unmerklich schüttelte sie den Kopf und fragte sich, was sie geritten hatte, einem Abendessen mit Nathan zuzustimmen. Sie lief sehenden Auges ins Unglück.

Das Restaurant lag auf den Klippen oberhalb der Skeleton Cove, südlich der Bucht. Von der Aussichtsplattform aus, wo sie einen Tisch bekommen hatten, konnte Stacey die Wellen beobachten, die sich an den Felsen brachen, die die kleine Bucht schützten. In der Ferne stand am nördlichsten Punkt von Sanctity Island ein einsamer Leuchtturm.

Eine flackernde Sturmlaterne zeichnete Schatten auf Nathans Gesicht, während sie gedämpfte Muscheln, gebackenen Lachs, Krabbensalat und knuspriges Baguettebrot aßen. Die Unterhaltung war entspannt und locker, und Stacey ertappte sich dabei, wie sie lächelnd an ihrem Wein nippte, während sie Nathan beobachtete. Sein verschmitztes Grinsen, sein herzhaftes Lachen und sein ruhiger Witz berührten einen verbotenen Teil ihres Herzens. Sie musste sich ermahnen, dass sie es sich nicht leisten konnte, sich zu ihm hingezogen zu fühlen. Du bist ein Dummkopf, dachte sie, als seine Hand ihre berührte und Aufregung sie ergriff.

„Ich schulde Ihnen eine Entschuldigung", sagte sie, nachdem der Tisch abgeräumt war. Sie tranken ein letztes Glas Wein zusammen.

Der Wind frischte auf, wehte durch Staceys Haar und ließ die Flamme in der Sturmlaterne noch stärker zucken.

„Wofür?"

„Tun Sie nicht so, als wüssten Sie das nicht. Sie wissen es nämlich ganz genau. Ich möchte mich für heute Morgen entschuldigen. Ich war ziemlich unausstehlich."

Nathan zuckte mit den Achseln. Das einzige Geräusch war das Rauschen der Wellen, die ans Ufer schlugen, während die Dämmerung sich auf die Insel senkte. „Habe ich denn irgendetwas falsch gemacht?"

„Nein", schwindelte sie und bereute es sogleich. „Ich habe in der letzten Nacht nur nicht besonders gut geschlafen. Und ich fand, dass es doch keine so gute Idee wäre, mich mit Ihnen zu treffen." Zumindest das entsprach der Wahrheit.

„Wegen Cindy oder wegen Daniel Brown?"

Staceys Hände zitterten leicht, als sie ihr Weinglas nahm. „Vielleicht ein bisschen von beidem. Ich will nicht denselben Fehler noch einmal machen."

„Das werden Sie nicht." Er betrachtete den anmutigen Schwung ihrer Wange, die Traurigkeit in ihren großen Augen, ihre langen dunklen Wimpern. „Möchten Sie darüber reden?"

„Eigentlich nicht."

Er zuckte wieder mit den Schultern und lehnte sich auf seinem Stuhl zurück. „Manchmal hilft das."

„Nicht, wenn man mit einem völlig Fremden spricht."

„Ach, das würde ich nicht sagen. Ein objektiver Außenstehender, mit dem man reden kann, hat auch etwas für sich."

„Ich bezweifle, dass der Vater einer meiner Schülerinnen als ‚objektiver Außenstehender' bezeichnet werden kann. Im Übrigen gibt es nicht viel zu sagen. Es wurde fast alles in den Zeitungen geschrieben", sagte sie mit einem Hauch von alter Bitterkeit in der Stimme. „Ich schloss einen kleinen Jungen aus einer meiner Klassen in mein Herz. Er hatte keine Mutter mehr, und er und ich …" Sie musste sich räuspern, als sie an Daniel dachte. Ganz deutlich sah sie seine unschuldigen braunen Augen vor sich, sein vertrauensvolles Lächeln. „Wir hatten eine ganz besondere Beziehung zueinander. Er war das wunderbarste, bezauberndste Kind, das ich je kennengelernt hatte – so voller Liebe, die er mit niemandem teilen konnte. Na ja, zumindest mit keiner Mutter." Ihre Stimme brach. „Soweit ich weiß, verließ sie die Familie, als er erst ein paar Monate alt war."

Nathan runzelte die Stirn. „Was war mit seinem Vater?"

„Als Jeff bemerkte, wie gut Daniel und ich uns verstanden, bat er mich um eine Verabredung. Wir fingen an, uns öfter zu sehen und … alles schien …" Sie blickte hinaus aufs Meer und suchte offenbar nach dem richtigen Wort. „Alles schien so perfekt zu sein. Aber das ist es ja nie."

„Sie verliebten sich in Jeff."

„Zu der Zeit dachte ich, ich wäre verliebt. Es war ein Fehler."

„Warum?"

Nervös knetete sie die Serviette auf ihrem Schoß. „Ich dachte, Sie wüssten, was passiert ist."

„Ich weiß nur das, was in den Zeitungen stand. Ich würde gern Ihre Version hören." Er beugte sich vor, stützte die Ellbogen auf dem Tisch ab und betrachtete sie eingehend. „Sie müssen es mir aber nicht erzählen, wenn Sie nicht wollen."

„Vielleicht sollte ich es tun", erwiderte sie. „Dann verstehen Sie, warum ich es für besser halte, wenn unser Verhältnis zueinander rein professionell bleibt."

„In Ordnung."

Stacey war so nervös, dass ihre Handflächen feucht wurden. Sie sprach nicht gern über Jeff, und dennoch wollte sie unbedingt, dass Nathan sie verstand. „Jeff und ich beschlossen, übers Wochenende mit Daniel zelten zu gehen. Als wir auf dem Campingplatz ankamen, konnte ich schon sehen, dass es Daniel nicht gut ging. Er war weinerlich und hatte Fieber. Ich sagte zu Jeff, dass wir zurückfahren und mit dem Jungen zum Arzt gehen sollten, doch Jeff war sich sicher, dass es nichts Ernstes wäre und dass es Daniel bald wieder besser gehen würde. Er war in die Berge gefahren, um zu angeln und sich zu entspannen. Daniels Krankheit war für ihn eine lästige Beeinträchtigung. Um Jeffs Meinung nach alles noch schlimmer zu machen, wollte ich das Zelt nicht verlassen. Also fing Jeff an zu trinken, während ich bei seinem Sohn blieb. Ich wachte stundenlang im Zelt und hoffte auf ein Zeichen, dass Daniel sich erholte."

„Aber es wurde nicht besser."

Stacey schluckte schwer. „Nein", flüsterte sie. „Er war die ganze Nacht lang wach und klammerte sich an mich. Ich hielt ihn in den Armen, wiegte ihn sanft hin und her und gab ihm ein fiebersenkendes Schmerzmittel. Doch ich bekam das Fieber nicht in den Griff. Ich bat Jeff, uns nach Hause zu bringen, aber zu dem Zeitpunkt war er schon total betrunken. Er weigerte sich. Wir haben uns furchtbar gestritten … und es wurde ziemlich brutal."

„Körperlich?"

„Ja", wisperte Stacey. Sie knetete nervös die Finger, als die Erinnerung an den fürchterlichen Albtraum zurückkehrte. „Jeff war wütend und enttäuscht und hatte schon einiges getrunken. Ich hatte ihn noch nie zuvor so erlebt." Selbst jetzt, während sie mit Nathan sprach, konnte Stacey den gut aussehenden Jeff vor sich sehen, das Gesicht vor Wut verzerrt. Zwei Jahre waren seitdem vergangen, doch es kam ihr vor, als wäre es erst gestern passiert …

„Das ist doch nur eine Ausrede", warf Jeff ihr zornig vor, während er noch mehr Gin in einen Becher schenkte. „Eine Ausrede, damit du nicht mit mir schlafen musst! Genau wie beim letzten Mal und bei dem Mal davor! Was ist mit dir los, Stacey?"

Stacey war entsetzt. Jeff war beileibe kein perfekter Vater, aber ihm lag etwas an Daniel und er gab sich Mühe, sich ihm gegenüber anständig zu verhalten. Doch nun, in diesem Moment, schien alles, woran er denken konnte, ihr Versprechen zu sein, das Wochenende mit ihm zu verbringen. „Jeff, hör mir zu! Ich habe das doch nicht geplant! Du siehst doch selbst, dass Daniel krank ist. Er hat Fieber, verdammt noch mal!" Sie drückte den kleinen Jungen an ihre Brust, wiegte ihn und wollte ihn beruhigen. „Er muss zu einem Arzt!"

Jeff schnaubte verächtlich und lachte hohl. Gin schwappte aus dem Becher auf den Zeltboden. „Bist du etwa frigide? Wir hatten das alles schon mal, Stacey! Du hältst mich doch nur mit irgendwelchen Ausreden hin!"

„Das ist keine Ausrede!"

„Und ob das eine ist!" Er trank den Gin aus und griff nach der Flasche. Als er feststellte, dass sie leer war, warf er sie in die Ecke, wo sie mit einem dumpfen Aufprall landete.

Daniel schrie auf.

„Reiß dich zusammen!", warnte Stacey Jeff eindringlich. „Daniel ist krank, richtig krank. Er muss zu einem Arzt!"

„Bist du keine Ärztin?"

„Nein, das bin ich nicht! Ich habe einen Abschluss in Psychologie. *Das ist alles!* Was Daniel braucht, ist ein Allgemeinmediziner. Vielleicht muss er sogar ins Krankenhaus." Sie presste ihre kühlen Lippen auf Daniels glühende Stirn. Flüsternd versuchte sie das Kind zu trösten. „Es ist schon gut, mein Kleiner …"

Jeff ignorierte ihr Flehen. „Du bist diejenige, die einen Seelenklempner braucht, Stacey. Leg Dan hin und komm her." Er fasste sie am Arm und zog sie an sich. Sein Atem roch nach Gin.

„Ich werde dir zeigen, wie man sich entspannt und ein bisschen Spaß haben kann."

Sie hielt Daniel fest, und das Kind schrie vor Angst, als Jeff seine feuchten Lippen auf ihren Mund presste. Ohne nachzudenken löste sie sich aus Jeffs Griff und verpasste ihm eine Ohrfeige. „Komm, Daniel, wir gehen."

„Ihr geht nirgendwo hin", brachte Jeff hervor. „Dan geht es gut! Er hat nur eine kleine Grippe oder so was."

„Vielleicht, vielleicht aber auch nicht! Ich werde sein Leben hier nicht aufs Spiel setzen. Ich verschwinde jetzt und nehme Daniel mit." Staceys Augen blitzten entschlossen auf. Sie hob Daniel hoch und ging mit ihm zum Zeltausgang.

„Du lässt mich nicht allein!"

„Ach, Jeff, natürlich nicht. Ich werde fahren, und du kannst auf dem Rücksitz deinen Rausch ausschlafen. Komm schon, wir haben keine Zeit zu verlieren!" Daniels Gesicht war rot vom Fieber, und seine braunen Augen wirkten glasig.

„Er ist nur müde."

Als Daniel vor Schmerzen aufstöhnte, hielt Stacey es nicht länger aus. „Wir gehen! Du kannst entweder mitkommen oder hierbleiben." Sie griff nach Daniels Jacke. „Es ist deine Entscheidung."

„Komm her, du verdammte, scheinheilige Jungfrau! In den vergangenen zwei Monaten hast du mich nur hingehalten und wahnsinnig gemacht. Es gibt einen Ausdruck für Frauen wie dich!"

Unvermittelt griff Jeff sie an. Daniel fiel zu Boden, als Jeff Stacey umriss und sich auf sie warf. Der Beweis seines Verlangens drängte sich hart gegen sie, als sie versuchte, sich unter ihm hervorzuwinden. „Ich werde dir zeigen, was meine Entscheidung ist!", brüllte er.

„Hör auf, bitte …", weinte Stacey, als er ihr die Bluse vom Leib riss und seine rauen Hände sich um ihre Brüste schlossen. „Jeff … bitte … nicht! Daniel … Daniel!"

Als Daniel schrie, kam Jeff wieder zu Sinnen. Reue stand in seinem Blick. „O Gott, Stacey", stöhnte er, und Tränen der Selbstverachtung schossen ihm in die Augen. „Du ... Du machst mich so verdammt wahnsinnig. Ich halte es nicht aus."

Er fluchte laut und rollte von ihr herunter, sodass sie aufstehen konnte. Sie schnappte sich das Kind, durchwühlte die Taschen von Jeffs Jackett nach dem Autoschlüssel und fuhr, so schnell sie konnte, in die nächste Stadt.

Weniger als eine Woche später starb Daniel Brown im Alter von drei Jahren an Komplikationen infolge einer Grippe und einer Lungenentzündung. Jeff gab Stacey die Schuld an allem und zerrte sie und das Edwards Institute vor Gericht.

Nathan beobachtete die Emotionen, die sich in Staceys ebenmäßigen Zügen widerspiegelten. Die Erinnerung hatte offenbar alles wieder aufgewühlt. Er verfluchte sich dafür, die Sprache auf Daniel Brown gebracht zu haben. „Stacey?"

Sie sah auf und zwang sich zu einem Lächeln. Vergeblich versuchte sie die allzu lebhaften Erinnerungen abzuschütteln und beiseitezuschieben. „Es tut mir leid. Es ist kein schöner Teil meines Lebens. Wo war ich stehen geblieben?"

„Sie haben von der Auseinandersetzung erzählt."

Unbewusst erschauderte sie. „Die Auseinandersetzung. Ja. Es war eher ein Kriegsschauplatz. Nach dem Streit habe ich Daniel in das nächste Krankenhaus gebracht. Aber es war zu spät."

„Er starb."

Ihr Hals war wie zugeschnürt, und Tränen schimmerten in ihren Augen. „Ja."

„Und Daniels Vater gab Ihnen die Schuld?"

Nickend schluckte sie und riss sich zusammen. „Er wollte sogar das Edwards Institute verklagen. Es wurde eine üble Schlammschlacht." Mit zitternden Händen griff sie nach ihrem Glas und trank einen Schluck von dem gekühlten Wein. Sie hoffte, so den Schmerz vertreiben zu können.

„Aber Ihre Unschuld wurde bewiesen."

„Ja", flüsterte sie. „Dank der Aussage des Arztes auf der Notfallstation. Er nahm Daniel damals auf und sah auch meine Blutergüsse."

„Blutergüsse?" Nathan verspürte unerwartet heftige Wut in sich hochkochen. Mühsam rang er die Wut nieder und biss die Zähne zusammen. „Welche Blutergüsse?"

„Ich habe doch gesagt, dass wir uns gestritten haben."

„So heftig, dass Sie verletzt wurden?", flüsterte Nathan voller Zorn. „Was, zum Teufel, hat der Mistkerl Ihnen angetan?", wollte er wissen. Seine Augen waren mit einem Mal dunkel, der Ausdruck darin gefährlich, die Muskeln in seinen Schultern angespannt.

„Es waren nur ein paar blaue Flecke."

„Nur!"

„Es hätte schlimmer kommen können." Ihr lief immer noch ein kalter Schauer über den Rücken, wenn sie daran zurückdachte, wie Jeffs Körper sich auf ihren gepresst hatte, während sein Sohn vor Angst geschrien hatte. Aber sie zwang sich, die grauenhafte Erinnerung nicht an sich herankommen zu lassen. „Es spielt ja auch keine Rolle mehr. Was allerdings zählt ist, dass Daniel gestorben ist, weil ich so dumm war, mich auf seinen Vater einzulassen. Wenn ich nicht mit Jeff zelten gefahren wäre, dann würde Daniel heute noch leben."

„Vielleicht." Nathan trank seinen Wein aus und rieb sich übers Kinn. Er musste seinen Händen etwas zu tun geben. Nur zu gern hätte er sie in diesem Moment um Jeff Browns Hals gelegt und zugedrückt. „Und dann sind Sie nach Sanctity Island gekommen?"

„Margaret Woodward bot mir einen Job an – und eine zweite Chance", sagte Stacey. Sie wich Nathans Blick aus und sah stattdessen aufs Meer hinaus. „Ich war vollkommen durcheinander, als ich hier ankam. Doch Margaret half mir und gab mir mehr Arbeit, als ich eigentlich bewältigen konnte. Ich hatte schlicht keine Zeit, um mich selbst zu bemitleiden. Es hat eine Weile gedauert, aber inzwischen bin ich endlich in der Lage, die Geschehnisse von damals zu betrachten, ohne ein überwältigendes Schuldgefühl zu verspüren." Sie legte ihre Serviette auf den Tisch. „Darum also gehe ich keine privaten Beziehungen zu meinen Schülern oder ihren Erziehungsberechtigten mehr ein. Nachdem Margaret mir so viel Vertrauen geschenkt hat, will ich nichts tun, was ihren Ruf oder den der Schule in Gefahr bringen könnte. Ich verdanke Margaret Woodward mein Leben!"

„Und Sie denken, Sie könnten dem Ruf der Schule schaden, wenn Sie sich mit mir treffen?"

„Ich weiß es nicht."

„Und Sie haben Angst, es herauszufinden?", fragte er sie herausfordernd.

„Ich kann das Risiko nicht eingehen." *Im Übrigen sind Sie ja wohl mit einer anderen Frau zusammen.* Sie seufzte und blickte an ihm vorbei. „Sie scheinen kein Wort von dem gehört zu haben, was ich erzählt habe."

Nathan lächelte kühl. „Oh doch, das habe ich. Vielleicht habe ich sogar mehr gehört, als Ihnen recht ist. Ich kannte schon einen Teil der Geschichte über Jeff Brown. Allerdings kannte ich noch nicht alle Fakten. Der Mistkerl sollte mir besser nicht über den Weg laufen."

„Es ist vorbei."

„Das ist auch besser so!", entgegnete Nathan scharf, bevor er sich mit gespreizten Fingern durchs Haar fuhr. „Hören Sie, alles, was zählt ist, dass Sie die beste Lehrerin für Cindy sind." Er stand auf und reichte ihr die Hand. „Vertrauen Sie mir, Stacey. Ich werde Ihnen nicht wehtun."

Ich werde Ihnen auch gar nicht die Gelegenheit dazu geben! Aber als sie seine warme Hand spürte, wurde ihr klar, dass sie mit dem Feuer spielte.

Der Nebel hielt sich hartnäckig am Strand, als Stacey am Sonntagmorgen aus dem Bett kroch. Beim Blick aus dem

Fenster runzelte sie die Stirn. Das Wetter war einfach trostlos. Sie lenkte sich ab, indem sie das Haus putzte, bis alles glänzte – für gewöhnlich war das eine Arbeit, die sie sich aufsparte, bis sie einmal nichts Besseres zu tun hatte. Sie hatte heute Morgen eigentlich vorgehabt, ein Boot zu mieten, das sie in den Hood Canal brachte, damit sie dort nach Tintenfischen suchen konnte. Aber der Nebel machte ihr einen Strich durch die Rechnung.

Es war auch nicht gerade hilfreich, dass sie nicht aufhören konnte, an Nathan zu denken.

„Der Nebel wird sich verziehen", sagte sie zu sich und versuchte sich eher auf das Wetter als auf den Mann zu konzentrieren. „Um Mittag wird er sich aufgelöst haben."

Seit Freitagabend hatte sie nichts mehr von Nathan gehört. Er hatte sie nach Hause gebracht und war ohne einen Gutenachtkuss verschwunden. „So viel zur großartigen Vorstellung von lodernder Leidenschaft", dachte sie laut, als sie das schmutzige Staubtuch in den Wäschekorb warf.

Sie hatte immer noch ein schlechtes Gewissen, weil sie Nathan hinterherspioniert hatte, um zu sehen, ob er sich wieder mit der geheimnisvollen Frau traf, und wurde rot.

Er hatte sich nicht mehr mit ihr getroffen. Der Strand war verlassen gewesen, genau wie in der Nacht darauf. Als sie nun ihren Taucheranzug und die Sauerstoffflasche aus dem Schrank holte, versuchte sie sich einzureden, dass der Mann, den sie in leidenschaftlicher Umarmung mit der wunderschönen Frau gesehen hatte, nicht Nathan gewesen war. „Als würde das eine Rolle spielen", grummelte sie und war wütend auf sich, weil es ihr überhaupt etwas ausmachte. „Du klingst allmählich wie eine eifersüchtige Ehefrau, Monroe", schimpfte sie laut. „Was er am Strand mit dieser umwerfenden Frau tut und was nicht, geht dich verdammt noch mal nichts an!"

Also, warum hatte sie in den vergangenen drei Nächten heimlich den Strand beobachtet?

„Ich bin keine Privatdetektivin", sagte sie seufzend und bemerkte, dass der Nebel sich verzogen hatte.

Als sie gerade ihre Tauchausrüstung zum Auto schleppte, hörte sie das vertraute Geräusch von Nathans Jeep, der sich näherte.

„O Gott, nicht ausgerechnet heute", flüsterte sie und versuchte sich zusammenzureißen, als sie sich zu Nathans Wagen umdrehte.

Und was jetzt? fragte sie sich verzweifelt. Sie hatte seit Freitagabend nichts von ihm gehört und eigentlich damit gerechnet, ihn erst Montag wiederzusehen, wenn er Cindy zur Schule brachte.

„Fahren Sie weg?", fragte er, als er aus dem Jeep stieg. Mit den abgeschnittenen Jeans, dem alten, mit Farbe beklecksten grauen Sweatshirt und den abgetragenen Tennisschuhen wirkte er vom Wind zerzaust, rau und unbekümmert.

Stacey kaufte ihm das jedoch nicht ab. „Ich hoffe, schon."

Sein Lächeln war gezwungen. „Allein?"

„Ja."

Er entspannte sich ein bisschen und warf einen Blick in das Auto. Ihm fielen der königsblaue Taucheranzug und das Sauerstoffgerät auf. „Wohin geht's?"

Sie wollte ihm sagen, dass es ihn nichts anging, doch sie wusste nicht, was es ihr bringen sollte, wenn sie ihn jetzt provozierte. Es war schließlich nicht seine Schuld, dass ihr Herz immer höher schlug, wenn sie in seiner Nähe war. „Zum Hood Canal. Ich möchte einen Oktopus fürs Aquarium fangen, und hier in der Gegend hatte ich kein Glück. Ich habe gehört, dass man sie im Canal leicht fangen kann."

„Das ist genau das, was Ihnen gefehlt hat: noch mehr Viecher im Klassenzimmer."

Stacey erwiderte diese freundliche Stichelei mit einem Grinsen. „Aber eines ist sicher: Der Erfolg ist unbestreitbar."

„Das will ich nicht leugnen." Er lehnte sich an das Auto und streckte die langen Beine aus. Die Muskeln in seinen Schenkeln spannten sich sichtlich an. „Haben Sie was gegen ein bisschen Gesellschaft?"

„Wieso? Wollen Sie mit?"

„Jetzt gucken Sie nicht so geschockt. Ich kann tauchen, aber ich glaube nicht, dass es nötig werden wird."

„Also sind Sie ein Experte."

„Ich habe für ein Wissenschaftsmagazin einen Artikel über Tintenfische geschrieben."

„Jeder kann in die Bibliothek gehen", erwiderte sie sarkastisch.

Er musterte sie mit seinen faszinierenden blauen Augen. „Sind Sie morgens immer so umgänglich?"

„Ich schätze, das habe ich verdient, oder?"

„Allerdings." Sein schiefes Grinsen berührte Stacey. „Aber ich habe auch irgendwie eine masochistische Ader. Also, fangen wir noch mal von vorn an. Wie wäre es mit ein bisschen netter Gesellschaft?"

„Ich weiß nicht ..." *Tu das nicht! Das bedeutet nur Ärger.*

„Bitte."

„Ich halte das für keine besonders gute Idee ..." Sie mied seinen Blick und seufzte tief.

„Weil Sie Cindys Lehrerin sind?"

„Ja! Wenn ich mich recht entsinne, hatten wir diese Unterhaltung schon ein paarmal."

Er verschränkte die Arme vor der Brust, legte den Hinterkopf auf das Autodach und starrte in den trüben Himmel hinauf. „Ich verstehe Ihre Gefühle", gab er zu, wobei er die Stirn runzelte. „Ich wünschte nur, Sie würden auch meine verstehen. Ich versuche wirklich nicht, mich in Ihr Leben zu drängen." Als er sie wieder anblickte, fing er ihr ungläubiges Lächeln auf. „Na gut, vielleicht versuche ich es doch ein bisschen. Aber Sie fordern es geradezu heraus."

„*Ich?*"

„Ja, Sie. Es wäre viel, viel einfacher für mich, mich zurückzuhalten, wenn Sie achtzig Jahre alt wären und einen eifersüchtigen Ehemann hätten."

Trotz der Spannung, die in der Luft lag, lachte sie. „Vielleicht sollte ich noch einen hervorkramen."

Er hob den Kopf, und sein trauriger Blick traf sie. „Ich will mich nicht zu Ihnen hingezogen fühlen, aber so ist es nun mal."

„Das geht nicht!"

„Früher oder später werden Sie mich kennenlernen müssen."

„Dann lieber später!"

Er grinste. „Es ist frustrierend mit Ihnen."

„Das kann sein", gestand sie und wurde weicher. *Warum höre ich ihm überhaupt zu?*

„Ich könnte Ihnen eine große Hilfe sein", sagte er, wobei er auf ihre Tauchausrüstung blickte.

Als der Wind durch sein welliges Haar wehte und er in die Sonne blinzelte, sah er unglaublich charmant aus. „Ich glaube eigentlich nicht, dass ich Hilfe brauche, und mir ist klar, dass es das Dümmste ist, was ich in dieser Woche getan habe, aber okay. Ich schätze, es kann nicht schaden, einen Profi dabeizuhaben", sagte sie mit gespieltem Respekt. Ihre vollen Lippen verzogen sich zu einem Lächeln, und ihre Augen funkelten.

„Keinen Profi, sondern jemanden, der sich auskennt. Da besteht ein Unterschied."

„Ach, richtig. Erinnern Sie mich daran, dass Sie mir den Unterschied beizeiten einmal erklären."

„Mit Vergnügen." Durch den Dunst fiel die blasse Morgensonne auf ihr honigblondes Haar. Nathan fielen die zarten Sommersprossen auf ihrer Nase und ihre fein geschwungenen Schlüsselbeine auf.

„Ich denke, wir sollten dann mal los", sagte Stacey, machte einen Schritt zurück und hoffte, die plötzliche Intimität damit zu durchbrechen.

Kurz darauf fuhren sie nach Serenity. Sie folgten der einspurigen Straße entlang zur Hafenanlage und stellten den Wagen dann in der Nähe der Liegeplätze ab. Segelboote mit kunstvoller Takelage und Segeln in leuchtenden Farben sowie Fischerboote und Motorboote waren Seite an Seite vertäut und wiegten sich sacht in der Dünung.

Als Stacey zum Hafenmeister gehen wollte, winkte Nathan ab. „Sie müssen kein Boot mieten", sagte er. „Ich habe eines."

Und genau dorthin trug Nathan die Tauchausrüstung. Als einige Zeit später alles verstaut war und sie eingestiegen waren, fuhr er aus dem Hafen hinaus und bog in die Juan-de-Fuca-Straße. Während das Motorboot durch die Wellen glitt und Stacey die Gischt ins Gesicht spritzte, betrachtete sie die anderen Inseln der San Juan Islands. Nebel umgab die höchsten Spitzen der meisten Inseln und verbarg die vielen Kiefern. Nur langsam löste er sich auf, und die blasse Sonne bahnte sich ihren Weg.

Ehe sie den Puget Sound erreichten, lenkte Nathan das Boot in einen lang gezogenen Seitenarm der Bucht, der auch als Hood Canal bekannt war. Er fuhr an einigen Orten vorbei, wo sich Fischer und Wasserskiläufer die klaren Gewässer des Kanals teilten, bevor er das Boot in der Nähe eines privaten, felsigen Uferabschnitts festmachte.

„Wie wäre es hier?", fragte er.

Stacey sah sich das steinige Ufer an und schürzte nachdenklich die Lippen. „Sagen Sie es mir – Sie sind schließlich der Experte." Sie griff nach ihrem Taucheranzug und wollte ihn anziehen.

Nathan, der über den Bootsrand hinweg ins Wasser geblickt hatte, lehnte sich wieder zurück und sah sie aus schmalen Augen an. „Ich glaube nicht, dass Sie den brauchen werden. Aber lassen Sie sich von mir nicht abhalten."

„Das werde ich nicht." Sie zog ihren Pullover aus. Darunter kam ein himmelblauer Badeanzug zum Vorschein.

Er fing ihr zufriedenes Lächeln auf und verzog das Gesicht. „Spielverderberin."

„Geschieht Ihnen recht."

Er lächelte bedächtig. „Mir? Warum?"

„Sie wissen, was ich meine." Sie zog ihre Shorts aus und legte sie neben den Pullover auf einen der leeren Sitze im Boot.

Nathan ließ seinen Blick über ihre Kurven gleiten. Um eine peinliche Stille zu vermeiden, beschloss Stacey, den Taucheranzug liegen zu lassen, dem kalten Wasser zu trotzen und schnell abzutauchen. Ohne weiter auf Nathans neugierige Blicke zu achten, nahm sie ihre Taucherbrille, sprang anmutig ins flache Wasser und tauchte zum Grund des Kanals. Mit angehaltener Luft fing sie an, den steinigen Meeresboden abzusuchen.

„Haben Sie etwas gefunden?", erkundigte Nathan sich, als sie wieder an die Oberfläche kam und das nasse Haar ausschüttelte. Als sie die Taucherbrille abnahm, die Wassertropfen aus ihren Wimpern blinzelte und die Augen leicht gegen die mittlerweile grelle Sonne verengte, sah sie hübscher aus als je zuvor. Er verspürte unerwünschtes Verlangen durch seinen Körper strömen und rief sich innerlich zur Ordnung.

„Noch nicht."

„Brauchen Sie vielleicht Hilfe?"

„Vielleicht – vor allem, weil Sie behaupten, sich auszukennen."

Er stellte sich der Herausforderung und zog seinen Pullover aus. Ohne sich dessen bewusst zu sein, präsentierte er so die gebräunten Muskeln seines Oberkörpers. Stacey bemühte sich, ihn nicht allzu offensichtlich anzustarren. Doch der Anblick der Muskeln, die sich an seinen Armen, seiner Brust und seinem flachen Bauch anspannten, fesselte sie. Er öffnete seinen Gürtel, und seine kurze Hose rutschte etwas herunter. Dadurch war der Blick frei auf die blasse Haut, die für gewöhnlich nicht der Sonne ausgesetzt wurde. Er setzte die Maske auf. Noch einmal holte er tief Luft und sprang dann zu Stacey ins Wasser.

Sie holte ebenfalls Luft und folgte ihm zum Grund des Kanals. Ihr Haar bauschte sich um ihren Kopf. Gemeinsam tauchten sie kurze Zeit später wieder auf und dann wieder hinab, bis Nathan schließlich ein scheues Tintenfischjunges erspähte, das sich zwischen zwei Steinen versteckt hatte. Geschickt holte er es aus seinem Versteck, gab Stacey ein Zeichen und kehrte an die Oberfläche zurück.

„Wundervoll", sagte Stacey und schnappte nach Luft. Sie nahm ihre Tauchermaske ab und betrachtete den kleinen Tintenfisch. „Die Kinder werden ihn lieben! Ich muss mich bei Ihnen entschuldigen … Sie haben offenbar genau gewusst, was Sie tun müssen."

„Und Sie haben an mir gezweifelt", meinte Nathan grinsend. Er griff ins Boot, angelte den Eimer heraus, füllte ihn mit Wasser und legte den Oktopus behutsam in sein neues Zuhause. Dann warf er beide Taucherbrillen ins Boot.

„Ich schätze, ich bin einfach von Natur aus skeptisch", erwiderte sie lächelnd, doch als sie bemerkte, wie sein Blick ernst wurde, war ihre Kehle plötzlich wie zugeschnürt. „Danke."

„Gern geschehen." Langsam schwamm er zu ihr und betrachtete stumm ihr Gesicht. Das Grau des Meeres spiegelte sich in den klaren Tiefen ihrer Augen. Salzwasser rann aus ihren Haaren und perlte von ihren Wangen. Er schlang einen Arm um sie, während er sich mit der anderen Hand am Boot festhielt. Dann neigte er bedächtig den Kopf und hauchte mit seinem warmen Mund einen Kuss auf ihre kühlen Lippen.

Seine Wärme breitete sich unaufhaltsam in ihr aus. Großer Gott, dachte Stacey, das darf eigentlich nicht passieren. Aber sie konnte sich nicht von ihm lösen. Bittersüße Qual ergriff sie, und sie sehnte sich nach mehr, wollte das sinnliche Gefühl seiner Lippen überall auf ihrer Haut spüren. Sie hielt Nathan und senkte die Lider. Im kalten Wasser zu treiben und seine Lippen auf ihren zu fühlen, seinen Oberkörper an ihrem, blendete den Rest der Welt um sie herum aus. Mit seinem starken Arm hielt er sie sicher fest.

Vergiss Jeff nicht! ermahnte sie sich, doch die Erinnerung verblasste, je leidenschaftlicher Nathans Kuss wurde. Instinktiv schmiegte sie sich an ihn. Ihre Haut berührte im Wasser seine. Er umschlang ihre Beine mit seinen, um sich enger an ihre Schenkel drängen zu können.

Als er seine Zunge zwischen ihre leicht geöffneten Lippen tauchte, zwang sie sich, ihren Verstand zu benutzen. Mit Schrecken erinnerte sie sich an die Nacht, in der Daniel so krank geworden war, die Nacht, in der Jeff sie angegriffen hatte. Sie erstarrte in Nathans Umarmung.

„Bitte", flüsterte sie und stieß sich von ihm ab. „Nicht."

Er blickte sie an, als hätte er ihre Gedanken gelesen. „Ich werde dir nicht wehtun."

„Ich … Ich kann nicht."

Er stieß ein langes, müdes Seufzen aus und verfluchte das heiße Verlangen, das durch seine Adern schoss. „Ich bin nicht Jeff Brown!"

Sie reagierte, als hätte er sie geschlagen. Mit einem Mal bleich flüsterte sie: „Ich habe nicht gesagt …"

„O Gott, ich weiß. Es tut mir leid."

Liebe Güte, jetzt entschuldigt er sich! Als wäre es allein seine Schuld. Habe ich seine Zärtlichkeiten nicht erwidert? „Es ist schon in Ordnung."

Seine Augen blitzten auf, als er sie ansah. „Es ist nicht in Ordnung. Keineswegs. Was ich für dich empfinde …" Liebevoll strich er ihr über die Wange, ehe er den Arm über den Bootsrand schwang und in das Boot starrte. „Grundgütiger, Stacey", sagte er und seufzte. Er legte den Kopf in den Nacken und blickte in den Himmel. „Du bist die bemerkenswerteste Frau, die ich seit Langem kennengelernt habe. Ich nehme mir vor, dich nicht zu sehen, und im nächsten Moment stehe ich vor deiner Tür. Dann ermahne ich mich, dass du keine Beziehung mit mir willst, und überlege mir alle möglichen Argumente, um dich vom Gegenteil zu überzeugen."

Als er scharf einatmete, wurde Stacey klar, dass er bemerkt hatte, wie erregt sie war. Ihre Knospen hatten sich aufgerichtet.

Hitze kroch ihr den Nacken hinauf, ihre Wangen verfärbten sich rosa.

„Du machst mich verrückt, weißt du das eigentlich?"

„Glaub mir, das ist nicht meine Absicht", erwiderte sie leise.

„Das ist das Schlimme daran", murmelte er, stemmte sich hoch und zog sich ins Boot. Er warf sich ein Handtuch um den Hals, ehe er ihr die Hand reichte und ihr ins Boot half. Sobald sie im schwankenden Boot war, ließ er langsam ihre Hand los und warf Stacey das Handtuch zu. „Ich will nicht empfinden, was ich für dich empfinde", gestand er, und sie glaubte ihm. „Du machst mein Leben nicht gerade unkomplizierter."

Stacey dachte an die Frau, die er am Strand getroffen hatte, und versuchte ihr hämmerndes Herz zu beruhigen. Ihr Instinkt mahnte sie, sich von Nathan Sloan fernzuhalten, doch sie konnte nicht leugnen, dass sie sich mehr und mehr zu ihm hingezogen fühlte.

Während sie sich abtrocknete, startete er den Motor und lenkte das Boot ein Stück vom Ufer weg auf die offene See hinaus. Schweigend fuhren sie zurück zur Insel, und Nathan brachte sie in seinem Wagen nach Hause.

Sobald er auf der Auffahrt hielt, umfasste Stacey den Türgriff, doch Nathan berührte sie am Handgelenk. „Hier, ich habe etwas gefunden, das ich dir schenken möchte."

„Was denn?"

Er schob die Hand in die Hosentasche und holte etwas hervor. „Das habe ich gefunden, als wir nach dem Tintenfisch gesucht haben." Er reichte ihr einen durchsichtigen Achat.

Sie nahm den Stein entgegen, lächelte und drängte ihre Tränen zurück. Eine kleine Geste, die so viel sagte.

„Ich nehme eigentlich keine Geschenke von Fremden an."

„Ich weiß." Er beugte sich vor und gab ihr einen Kuss auf die Stirn.

„Nathan, bitte. Nicht." Sie sah ihn mit einem gequälten Ausdruck in den Augen an.

„Es wird nicht funktionieren", sagte er leise.

„Was?"

„Dass wir so tun, als wären wir nicht aneinander interessiert."

„Wir bekommen das schon hin", entgegnete sie entschieden, doch ihr Pulsschlag ging schneller. „Um Cindys willen."

Er zögerte, und einen Moment lang dachte Stacey, dass er sich ihr anvertrauen und ihr alles sagen würde.

Ich will es nicht hören, dachte sie aufgewühlt und umklammerte den kleinen Stein. *Ich will nicht wissen, in welchen Schwierigkeiten du steckst oder wie sehr du Jennifer geliebt hast oder ob die Frau am Strand deine Geliebte ist …*

„Um Cindys willen", wiederholte er und ließ sie los. Stacey stieg mit wackeligen Knien aus dem Jeep und sah schweigend zu, wie Nathan den Wagen von der Auffahrt lenkte, auf die Straße bog und davonfuhr.

4. KAPITEL

Nachdem Nathan verschwunden war, brachte Stacey den kleinen Oktopus nach Oceancrest, gab ihn behutsam in ein Aquarium und bereitete das Klassenzimmer für den ersten Schultag vor.

Es war bereits dunkel, als sie nach Hause zurückkehrte. Trotz der Hitze machte sie ein kleines Feuer im Kamin. Sie setzte sich an den Ofen, aß ein Schüsselchen Chili und las einen Artikel in einem Psychologie-Magazin. Nachdem sie die Zeitschrift zur Seite gelegt und das schmutzige Geschirr in die Spüle gestellt hatte, ging sie rastlos hinaus auf die Veranda. Es war ein warmer, feuchter Abend, und am Himmel hingen drohend Gewitterwolken. Die hellen Laternen auf den Klippen warfen ein unheimliches Licht auf den Strand, die scharfkantigen Felsen und die stürmische Brandung.

Ungeduldig trommelte Stacey mit den Fingern auf dem Verandageländer und wartete, doch es tauchte niemand auf. Kein Nathan und keine Frau mit rabenschwarzem Haar. „Du hast dir das alles vermutlich nur eingebildet", sagte sie sich und ging den sandigen Pfad zum Strand entlang. Das Rauschen des Meeres dröhnte in ihren Ohren, als sie die verwitterten Holzstufen hinabstieg.

Auf der untersten Stufe blieb sie stehen, zog ihre Sandalen aus, schob die Hände in die Taschen und schlenderte in Richtung der Treppe am gegenüberliegenden Ende des Strandes. Der Treppe, die zu Nathans Haus führte. Die erfrischende, salzige Brise kühlte ihre Haut und wehte ihr das Haar aus dem Gesicht.

Sie hatte ungefähr hundert Meter zurückgelegt, als sie ihn erblickte. Er trug eine Pilotenjacke aus schwarzem Leder und eine passende dunkle Hose dazu. Er beschleunigte die Schritte, als hätte er erwartet, ihr zu begegnen.

„Barbara?", rief Nathan. Als er seinen Fehler bemerkte, zuckte er zusammen.

Stacey blieb wie angewurzelt stehen. Nathans Reaktion machte ihre schlimmsten Befürchtungen wahr. Also war er neulich Nacht tatsächlich am Strand gewesen! Und die große dunkelhaarige Frau, die er so leidenschaftlich umarmt hatte, hieß Barbara. Vollkommen unvermutet ließ eine seltsame Enttäuschung sie erschaudern.

„Stacey?" Nathan kam eilig auf sie zu. Seine Augen funkelten gefährlich. „Was, zum Teufel, machst du hier?"

„Ich gehe spazieren", erwiderte sie und sagte sich gleichzeitig, dass die Wut und die Enttäuschung, die sie wie ein alles verzehrendes Feuer ergriffen hatten, völlig unangebracht waren.

„Allein?"

„Das ist doch nicht verboten, oder?"

Er presste die Lippen aufeinander, wandte einen Moment lang den Blick ab, sah die Klippen entlang und versuchte, hinter den hellen Laternen etwas zu erkennen. „Du solltest nicht allein hier draußen sein."

„Warum nicht?"

Er blickte sie an und bemerkte das herausfordernde Glitzern in ihren Augen. „Weil es gefährlich sein könnte."

„Gefährlich?", entgegnete sie ungläubig. „Wovon redest du? Seit zwei Jahren gehe ich allein am Strand spazieren und nie ist irgendetwas passiert. Im Übrigen ist die Kriminalitätsrate auf dieser Insel eher gering." Dann verstummte sie. Ausreden vorzutragen und Entschuldigungen daherzuplappern wie ein Teenager würde nichts bringen und sie auch nicht zur Wurzel des Problems führen. „Gefährlich für wen, Nathan? Für mich oder für dich?"

„Für uns beide."

„Ich weiß nicht, warum du so theatralisch bist. Und genau genommen ist es mir auch egal." Zitternd schob sie die Hände in die Taschen ihres Sommerkleids. Wem wollte er hier etwas vormachen? Die ersten Regentropfen fielen vom Himmel. „Wer ist Barbara?"

Er sah wütend aus. Ob er wütend auf sie oder auf sich selbst war, konnte Stacey nicht genau sagen. Entschieden strich er sich die Haare aus dem Gesicht und runzelte die Stirn. „Barbara ist eine Freundin", sagte er. „Sie hilft mir …"

„Sie hilft dir, nicht in Gefahr zu geraten?"

„Sie hilft mir bei der Recherche für eine Geschichte."

Sie hätte ihm beinahe geglaubt – aber eben nur beinahe. „Wie können die Dinge, über die du schreibst, gefährlich sein?" Nichts ergab irgendeinen Sinn; am wenigsten Nathans Verbindung zu Barbara und dieses Gerede über Gefahr.

„Stacey …" Er wollte ihre Hand ergreifen, doch Stacey wich zurück.

„Und darum hast du dich neulich Nacht mit Barbara getroffen? Wegen dieser Geschichte?", fragte sie. Der Wind fing sich in ihrem Haar und wehte es ihr aus dem Gesicht.

Widerwillig seufzte er. „Dann hast du uns gesehen?"

„Ich habe alles gesehen."

„Das erklärt zumindest, warum du mir am nächsten Morgen die kalte Schulter gezeigt hast", meinte er, ehe er sie an den Oberarmen fasste und sie so dazu zwang, ihn anzusehen. „Stacey, du musst mir vertrauen. Nur noch eine kleine Weile. Ich bin in eine Sache verwickelt, in die ich dich nicht mit hineinziehen möchte."

„Ach ja? Geht es etwa um … wie war das noch? … um die San Juan Islands?"

„Es ist mein Ernst", erwiderte er verärgert.

„Bezüglich der Gefahr?", fragte sie ruhig. „Oder bezüglich Barbara?"

„Das ist eine dumme Frage."

Stacey konnte sehen, dass seine Angst echt war; seine angespannten Muskeln und die aufeinandergepressten Lippen zeigten, dass etwas ganz und gar nicht stimmte. Mit Schrecken fragte sie sich, was so gefährlich sein konnte und ob es etwas mit der schwarzhaarigen Frau zu tun hatte. „Was ist mit dieser Barbara? Ist es für sie auch gefährlich?"

„Leider ja."

„Das ist gerade alles ein bisschen viel", sagte Stacey und blickte aufs Meer hinaus. „Was du mit deinem Leben machst, geht mich, solange es nicht Cindy betrifft, nichts an. Aber ich wünschte mir, du würdest nicht alles daransetzen, dass ich dich mag, wenn du schon mit einer anderen zusammen bist!"

„Es ist nicht so, wie es scheint."

Der Regen war stärker geworden, und dicke Tropfen prasselten auf sie herunter.

„Dann erklär mir, wie es ist."

Er zögerte einen Moment lang, und sie glaubte schon, er würde sich ihr öffnen. Aber ein Geräusch in der Ferne ließ ihn aufhorchen. Aufmerksam blinzelte er in die Dunkelheit. Jeder Muskel seines Körpers war augenblicklich angespannt. „Verdammt!" Unterdrückt fluchend zog er sie zurück. „Du musst hier weg."

„Was? Du kannst mich nicht einfach …" Sie brach ab, als sie seine Miene sah.

Ungeduld und Angst standen in seinen nachtblauen Augen. „Hör mir zu: Du musst jetzt gehen", beharrte er. Sein Blick glitt durch die Dunkelheit. „Bitte, Stacey, vertrau mir einfach!" Er griff sie an den Armen und zerrte sie mit sich zu der Treppe, die zu ihrem Häuschen führte.

„Lass mich los!"

„Himmel! Schluss jetzt! Keine Widerrede!" Die Verzweiflung in seiner Stimme überzeugte sie schließlich. Sie stolperte über ein großes Stück Treibholz, schrie auf und fiel in den Sand. Bevor sie wieder auf die Beine kommen konnte, stieß Nathan sie hinter einen Haufen Treibholz und warf sich schützend auf sie.

Die Nacht war feucht und dunkel. Stacey hörte nichts als das Hämmern ihres eigenen und seines Herzens. Sie lag starr unter ihm, das Gesicht in den Sand gepresst. Regen tropfte von Nathans Jacke, rann ihr über den Hals und das Gesicht. In der Ferne hörte sie das Rauschen der Wellen, die an den Strand schlugen.

Stacey lauschte angestrengt. Nathan lag schwer auf ihr, hielt sie fest und schützte sie mit seinem Körper. Der Griff um ihre Arme tat weh, aber Stacey versuchte sich nicht zu rühren. Sie war in Panik und spürte doch instinktiv, dass es besser war, mucksmäuschenstill zu sein. Ihr Mund war trocken. In was auch immer Nathan verwickelt war, es war klar, dass er Angst hatte – echte, verzehrende, quälende Angst.

Eine Ewigkeit lagen sie so beieinander. Nach einer Weile hörte sie, dass sein Atem wieder ruhiger ging. Sie spürte, dass er sich ganz leicht entspannte, ehe er von ihr herunterrollte. Er gab ihr ein Zeichen, still zu sein, und half ihr dann, auf die Beine zu kommen. Schweigend ließ er den Blick über den Strand zu den Klippen und zurück gleiten und zog sie eilig mit sich zur Treppe.

Stacey folgte ihrem Instinkt und lief die verwitterten Stufen hinauf. Unter ihren nackten Füßen fühlte sie das nasse rutschige Holz. Mit der freien Hand klammerte sie sich am Geländer fest.

Als sie den oberen Rand der Klippen erreichten, fing Nathan mit ihr an der Hand an zu rennen. Das nasse, harte Süßgras neben dem Weg zerkratzte ihr die Beine, und sie spürte, wie ihr Kleid zerriss, als sie einmal ins Taumeln geriet und sich den Knöchel an einem scharfkantigen Stein verletzte.

„Komm", flüsterte er knapp und zog sie hoch.

Sie war vollkommen außer Atem, als sie zum Haus kamen. Sobald sie die Tür hinter sich geschlossen hatten, machte sie das Licht an, doch Nathan schaltete die Lampe sofort wieder aus.

„Was machst du da?", wollte sie wissen und versuchte, die Panik, die sie fest im Griff hatte, nicht zu beachten.

„Ich bin nur vorsichtig."

„Du verhältst dich wie ein Irrer!", warf sie ihm vor. Aber ihre Augen waren vor Schreck geweitet.

„Ich habe keine Zeit für so etwas. Setz dich hin und sei still."

Verängstigt und wütend nahm sie auf ihrem Lieblingssessel Platz, lehnte sich zurück und verschränkte die Arme vor der

Brust. Ihr Knöchel pochte schmerzhaft. Aufgebracht funkelte sie ihn an.

Er warf ihr einen scharfen Blick zu und verzog die Lippen zu einem winzigen Lächeln. „Wahrscheinlich hast du recht", gab er zu und schüttelte den Kopf. Es wirkte beinahe, als würde er sich über seine eigene Dummheit ärgern. „Ich benehme mich wie ein Irrer." Ungeduldig bog er die Finger. „Diese ganze Sache macht mich einfach wahnsinnig!"

„Welche Sache?"

Er sah sie an, blickte dann aus dem Fenster und zog sorgfältig die Vorhänge zu. „Es ist zu kompliziert."

„Um es zu erklären?"

„Um es zu verstehen."

„Ach. Also wirst du mir nicht verraten, vor wem oder was wir davonlaufen?"

„Ich bin mir nicht sicher."

„Wundervoll", murmelte sie, fuhr sich mit den Händen übers Gesicht und wischte die letzten Regentropfen fort. „Das klingt nicht gerade vertrauenerweckend."

Er seufzte, lehnte sich an die Wand und legte den Kopf an den Putz. „Ich weiß."

„Was ist mit Barbara? Ist sie noch immer am Strand und versteckt sich vor dem, wovor auch wir uns verstecken?"

„Ich wünschte, ich wüsste es."

„Dann ist sie auch in die Angelegenheit verwickelt?"

„Ja."

„In welche Angelegenheit denn genau?"

Er blickte sie an. Das schwächer werdende Licht des Kaminfeuers warf Schatten auf sein Gesicht. Er wirkte härter, als sie es in Erinnerung hatte.

„Du bist sehr hartnäckig, oder?"

„Ich glaube, dass ich das Recht habe, die Wahrheit zu erfahren. Du lässt mich nicht mal das Licht einschalten, verdammt noch mal!"

„Verflucht, Stacey, ich kann es dir nicht sagen!"

„Hör mal, Nathan", erklärte sie, stand auf und ging zum Kamin, um sich aufzuwärmen. „Du hast mir einen Schrecken eingejagt. Du hast mir sogar einen Mordsschrecken eingejagt!"

„Genau das wollte ich auch."

„Warum?"

„Ich kann es dir nicht sagen, verdammt!", entgegnete er, fluchte unterdrückt und lief rastlos zwischen Fenster und Kamin hin und her.

„Warum nicht?"

„Ich will dich nicht mit hineinziehen!"

„Seit wann?", fragte sie ungläubig. „Du warst doch derjenige, der die erste Begegnung zwischen Cindy und mir eingefädelt hat, schon vergessen?"

Er zuckte zusammen und starrte an die Decke.

„Und du warst derjenige, der darauf bestanden hat, dass ich dafür sorge, dass sie in der Schule angemeldet werden kann. Dann hast du mich praktisch dazu genötigt, mit dir auszugehen, und schließlich bist *du* heute zu mir gekommen und hast dich selbst zu meinem Bootsausflug eingeladen. Wenn du wirklich nicht gewollt hättest, dass ich in irgendetwas hineingezogen werde, hättest du vor einer Woche aufhören sollen, immer wieder vorbeizukommen." Sie zitterte vor Verwirrung und Wut. Frustriert strich sie sich das Haar aus dem Gesicht. „Ich spiele nicht gern Spielchen, Nathan, zumindest nicht die Art von Spielen, die mir Angst machen. Mir gefällt das sichere, friedliche Leben auf der Insel. Und da dieses sichere, friedliche Leben nun in Gefahr zu sein scheint, denke ich, dass ich den Grund dafür erfahren sollte."

„Ich kann nicht …"

„Ich weiß, dass du es mir nicht sagen kannst!" Resigniert hob sie eine Hand und ließ sie sinken, als sie merkte, wie sehr sie zitterte. „Erzähl mir keine Lügen. Ich möchte keinen Unsinn darüber hören, dass du mit Barbara nur ‚in irgendeine Sache' verwickelt bist! Du solltest mir etwas mehr zutrauen! Ich habe gesehen, wie sie dir am Strand entgegengeflogen ist und wie du sie in den Armen gehalten hast."

„Ich habe dir schon gesagt, dass sie eine Freundin ist."

Staceys Lächeln wirkte kühl. „Eine Freundin."

Eine Hand zur Faust geballt, boxte er in die andere. „Ich hätte niemals hierherkommen sollen."

„Das ist nicht der richtige Zeitpunkt, um sich selbst zu bemitleiden."

Abrupt sah er hoch. „Ich bemitleide mich nicht."

„Dann sag mir endlich, was los ist! Ich glaube, dass ich ein geistig gesunder Mensch bin, der mit so ziemlich allem klarkommen kann. Aber ich bin nicht für solche geheimnisumwitterten Krimis geschaffen!"

„Ich hätte dich niemals in das alles hineinziehen sollen."

„Willst du damit nicht vielmehr sagen, dass du dich niemals mit mir hättest einlassen sollen?", erwiderte sie leise.

Er sah sie an und zog über seinen eindringlich blickenden blauen Augen die dunklen Brauen zusammen. „Das wäre unmöglich gewesen, fürchte ich."

Sie schluckte ihre Angst hinunter. „Tja, dann solltest du vielleicht etwas über mich wissen. Ich bin nicht prüde – zumindest hoffe ich das –, aber ich kann nicht mit zwanglosen Dates oder damit umgehen, mit einem Mann zusammen zu sein, der anderweitig gebunden ist, der eine Geliebte oder eine Ehefrau hat. Solche Beziehungen sind nichts für mich."

In seiner Wange zuckte ein Muskel. „Das würde ich nicht von dir verlangen."

Ihre Blicke verhakten sich. „Warum habe ich dann das Gefühl, dass diese Barbara dir besonders wichtig ist?"

„Weil es stimmt. Sie ist mir wichtig", sagte er, stand auf und schob die Hände in die hinteren Taschen seiner Jeans. Er wusste nicht, was er sonst tun sollte. „Es gab eine Zeit, in der ich dachte, dass ich sie heiraten würde."

Staceys Herz zog sich zusammen. „Doch du hast es nicht getan."

„Nein."

„Und sie liebt dich noch immer", vermutete Stacey.

„Vielleicht ein bisschen. Ich weiß es nicht. Es spielt keine Rolle."

„Es spielt sehr wohl eine Rolle! Es spielt sogar eine große Rolle!"

„Barbara und ich sind kein Paar. Zumindest nicht mehr."

„Aber ich habe gesehen ..."

„Was du gesehen hast, war gespielt", entgegnete er schroff. „Barbara und ich müssen wie ein Liebespaar aussehen, um überzeugend zu sein."

„Tja, dann habt ihr neulich erstklassige Arbeit geleistet."

„Gut."

Lieber Gott, was sagt er da? „Ich glaube, du schuldest mir ein paar ehrliche Antworten." Sie ging ins Bad und nahm sich ein Handtuch, um sich die Haare zu trocknen. „Warum die ganze Heimlichtuerei?"

Er zögerte, und seine Miene wurde weicher. „Vertrau mir, Stacey. Ich verspreche dir, dass ich dir alles erklären werde, sobald ich kann."

„Wenn es sicher ist?", fragte sie.

„Ja." Dann bemerkte er das Blut, das aus der Wunde oberhalb ihres Knöchels rann. „Was ist passiert?" Er ging zu ihr, bückte sich und hob behutsam ihren Unterschenkel an.

„Das ist nur eine kleine Schnittwunde ..."

Er presste die Lippen aufeinander und nahm das Handtuch von ihrem Kopf, um damit die Wunde zu säubern. „Es ist ein tiefer Schnitt."

„Das ist nicht so schlimm."

Ungeduldig richtete er sich auf. „Wo ist dein Badezimmer?"

„Gleich da vorn." Sie wies auf eine offene Tür, die vom Flur abging.

Nathan, der wütend auf sich selbst das Kinn vorgeschoben hatte, ging den Flur entlang ins Bad, durchsuchte den Medizinschrank und kam mit einem Waschlappen, Verbandszeug und einem Desinfektionsmittel zurück ins Wohnzimmer.

„Es ist doch nur ein kleiner Schnitt …"

„Hm!" Seine eigene Warnung ignorierend, schaltete er die kleine Lampe ein, die neben dem Sessel stand, in dem Stacey saß.

Stacey versuchte ihr Bein wegzuziehen, doch er verstärkte den Griff um ihren Unterschenkel. „Halt still!"

„Du musst nicht …"

Unvermittelt hob er den Kopf und funkelte sie an. „Rühr dich nicht, ja? Ich möchte die Wunde säubern, damit sie sich nicht infiziert."

„Aber …"

Der Blick, den er ihr zuwarf, ließ sie erstarren. Sie bewegte sich nicht und sah stumm zu, wie er den Schnitt und die Haut um die Verletzung herum säuberte, das Desinfektionsmittel auftrug, das ein bisschen brannte, und schließlich einen Verband anlegte. Zufrieden mit seiner Arbeit ließ er das Bein vorsichtig los und hockte sich auf seine Fersen. Stacey konnte noch immer den Druck seiner Hand auf ihrer Haut spüren.

„Tut mir leid, dass das passiert ist."

„Wenn du nicht so in Eile gewesen wärst, wäre es möglicherweise nicht passiert."

„Möglicherweise." Er zuckte zusammen, rührte sich aber nicht. Stattdessen streckte er die Beine aus, stützte sich mit den Händen ab und saß so vor dem Kamin auf dem Perserteppich. Versonnen starrte er ins Feuer. „Ich denke, du wirst es überleben."

„Das ist tröstlich", bemerkte sie. Sie war noch immer verärgert.

Langsam ließ er seine Augen über ihren Körper gleiten. Sie fühlte die Hitze seines Blicks, der von ihren Beinen über ihr zerrissenes Kleid und ihre Brüste bis hin zu ihren Augen wanderte.

Sein Blick war zugleich durchdringend und sinnlich. Stacey räusperte sich und senkte die Lider.

„Dann verrate mir mal, was du heute Abend am Strand zu suchen hattest", forderte Nathan sie auf.

„Ich habe dir schon gesagt, dass ich spazieren gehen wollte."

„Hast du mich gesucht?"

„Sie, Mr Sloan, haben ein echt übersteigertes Ego."

„Das ist mir bekannt", räumte er trocken ein. Er verzog die Lippen zu einem breiten Grinsen, das ihm einen jungenhaften Ausdruck verlieh. Mit einem Finger berührte er ihre Zehenspitze. „Ich wollte nicht so ..."

„... ungehobelt rüberkommen?", schlug sie vor. „Wie Attila, der Hunnenkönig?"

Er lachte. „So schlimm war es nun auch wieder nicht."

„Aber fast." Wenn er doch nur seinen Finger von ihrem Zeh nehmen würde. Es machte sie fast wahnsinnig.

„Ich verstehe dich einfach nicht", gestand er und betrachtete ihren sandigen Zeh, bevor er ihr in die Augen schaute.

Ungläubig schnappte sie nach Luft. „*Du* verstehst *mich* nicht? Einen Moment mal. Ich glaube, das ist eigentlich mein Text."

Er neigte den Kopf zur Schulter, sah sie jedoch weiter an, als wäre sie ein unwiderstehliches und faszinierendes Rätsel für ihn. „Du scheinst eine vernünftige, attraktive und kluge Frau zu sein."

„Aber?"

„Von einer Sekunde auf die andere fährst du mich an! Gerade noch ruhig, im nächsten Moment gehst du in Abwehrhaltung."

„Vielleicht liegt es daran, dass ich nicht weiß, woran ich bei dir bin", erwiderte sie. Aufrichtigkeit stand in ihrem Blick. „Es wäre etwas anderes, wenn du nur Cindys Vater wärst und ich dich nur als den Vater einer meiner Schüler kennen würde. Aber nichts an dir und deinem Verhalten scheint zusammenzupassen, und die meiste Zeit denke ich, ich könnte mich in dich ..." Sie verstummte.

„Rede weiter", drängte er sie.

Sie holte tief Luft und drehte den Stoff ihres zerrissenen Kleides in ihren Händen zusammen. Ihre Gefühle zuzugeben war nicht leicht; sie war sich ihrer Empfindungen selbst nicht sicher.

„Die meiste Zeit denke ich, ich könnte mich in dich verlieben. Ich will so eine Beziehung allerdings nicht."

Einen Moment lang betrachtete er sie. Das Schweigen wurde drückend. Ihr Herz pochte so laut, dass sie es über das Ticken der Uhr, das Flüstern des Windes und das Prasseln der Regentropfen hinweg hören konnte.

„Ach, das will ich doch auch nicht", erwiderte er traurig lächelnd, erhob sich und strich mit den Händen über seine Jeans. „Aber ich fürchte, ich kann nichts dagegen tun."

Er beugte sich über den Sessel, in dem sie saß, ergriff ihre Arme und kam ihr ganz nahe. Sie konnte seinen warmen Atem auf ihrer Haut spüren und den Duft seines regenfeuchten Haares riechen. „Ich mag dich. Ich mag dich mehr, als ich sollte", sagte er. „Und das Schlimmste ist, dass die Gefühle mehr als nur körperlich sind. Das kann ich mir nicht leisten – und du auch nicht."

„Du hast recht", flüsterte sie. In ihr tobte ein Verlangen, über das sie lieber nicht nachdenken wollte.

„Aber trotzdem sind diese Empfindungen da." Langsam näherte er sich ihr, bis seine Lippen ihre berührten. Zuerst war der Kuss ganz sanft, doch er wurde immer leidenschaftlicher. Sie erschauerte innerlich. Er schlang seine Arme um ihre Taille und zog Stacey an sich. Ihren Körper an sich geschmiegt setzte er sich mit ihr zusammen hin. Sein Mund bedeckte ihren, und mit seinen starken Armen presste er sie an seinen muskulösen Oberkörper, an die durchtrainierten Schenkel und die schmalen Hüften.

Er vergrub seine warmen Hände in ihren langen blonden Haaren und strich sanft ihren Hals entlang, während er mit der Zunge zwischen ihre geöffneten Lippen glitt. Stacey spürte, wie Wärme sich in ihr ausbreitete. Sie legte die Arme um seinen

Nacken und genoss das Gefühl seines harten männlichen Körpers, der sich an sie drängte.

„Du bist so wunderschön", raunte er und verfluchte sich innerlich dafür, sich so zu ihr hingezogen zu fühlen. Eines war ihm klar: Wenn er jetzt nicht aufhörte, sie zu küssen, würde er sie die Treppe hinauftragen und sie lieben bis zum Morgen. Und was dann? Was würde passieren, wenn Robert Madison herausfand, dass Nathan mit Stacey zusammen war? Wäre ihr Leben in Gefahr? Es war ein Risiko, das zu wagen sein Verstand ihm verbat.

Er rückte von ihr ab. „Ich muss gehen", sagte er und stand auf. Es kostete ihn alle Kraft, den Blick von ihren wundervollen Augen zu wenden, in denen Begierde und Enttäuschung zu erkennen waren.

„Um dich mit Barbara zu treffen?"

„Ja."

Stacey fröstelte. Sie fühlte sich verraten. Nathan benutzte sie. War das nicht offensichtlich? „Warum? Warum musst du dich mit ihr treffen?"

„Schh … hab Geduld", sagte er leise, beugte sich über sie und hauchte ihr einen Kuss auf das Haar. „Glaube mir, wenn ich eine Wahl hätte, würde ich heute ganz sicher nicht verschwinden."

Stacey errötete, schaute ihm jedoch fest in die Augen und überraschte sich selbst, indem sie sagte: „Geh nicht."

„Ich muss."

„Bleib bei mir."

Nathan zögerte, schüttelte dann allerdings den Kopf. „Verdammt, glaubst du nicht, dass ich gern bleiben würde?"

„Ich habe keine Ahnung, was ich glauben soll."

„Tu mir das nicht an", bat er und bemühte sich, sein Verlangen zu unterdrücken. Er machte einen Schritt zurück und schritt zur Tür, hielt dort jedoch noch einmal inne. „Stacey, du bist die anziehendste Frau, die ich je getroffen habe. Und es gibt nur eine Sache, die mir im Moment wichtiger ist, als die Nacht mit dir zu verbringen."

„Und die wäre?"

„Ich muss dafür sorgen, dass es sicher ist. Für uns alle. Für dich. Für mich. Für Cindy."

Schon wieder! „Und für Barbara?"

Nathan stützte die Stirn an die Tür. „Ja, auch für Barbara."

Es versetzte Stacey einen Stich ins Herz. Sie hatte sich ihm praktisch auf dem Silbertablett angeboten, und er hatte es vorgezogen, sie für Barbara zu verlassen. Und das alles wegen dem Gerede über Gefahr und Sicherheit, das überhaupt keinen Sinn ergab. Oder doch? Seine Angst war zweifelsohne echt gewesen. Sie hatte sie gespürt.

Er sah den Schmerz in ihrem Blick und verfluchte sich dafür, so schwach zu sein, wenn es um sie ging. „Vertrau mir. Noch eine Weile. Und was auch immer du tust: Folge mir nicht. Okay?"

„Ich weiß nicht."

„Stacey …"

„Sag mir eins …" Sie wollte ihn so gern verstehen!

Er erstarrte. „Was?"

„Hat die Sache, in die du verwickelt bist, irgendetwas mit Cindy zu tun?"

Wie versteinert blickte er sie an. „Wie kommst du darauf?"

„Weil alles, was du tust, sich um deine Tochter dreht. Und als du neulich ins Klassenzimmer gekommen bist, hast du darauf bestanden, dass ihre Akten absolut vertraulich behandelt werden."

„Ich möchte nicht, dass jemand Cindy als Waffe benutzt, um mich zu treffen", entgegnete er langsam. „Sie hat schon viel zu viel durchmachen müssen."

„Und sie ist noch nicht einmal vier Jahre alt." Stacey rutschte unbehaglich auf ihrem Sessel nach vorn und wünschte sich, ihre Hände würden nicht zittern. Sie blickte Nathan an und bemühte sich, ihr noch immer rasendes Herz zu beruhigen. „Also, was willst du? Was soll ich tun?"

„Vertrau mir. Nur noch ein paar Stunden."

„Wird es dann vorbei sein?"

„Ich weiß es nicht", gestand er und sah mit einem Mal älter aus, als er war. „Vermutlich nicht, aber ich hoffe, dass es bald tatsächlich vorbei sein wird."

Er trat aus der Tür und verschwand in der Dunkelheit der Nacht. „Das hoffe ich auch", flüsterte Stacey inständig. „Das hoffe ich auch."

Der Strand war verlassen, als Nathan durch den Regen zurücklief. Barbara war sicherlich fort; sie nahm wohl an, dass er in Schwierigkeiten geraten war. Der letzte Mensch, mit dem er am Strand gerechnet hätte, war Stacey gewesen. Und die Tatsache, dass sie ihn zusammen mit Barbara gesehen hatte, machte alles nur noch schlimmer. Er fluchte unterdrückt und zog die Schultern hoch. Die Nässe drang in seinen Halsausschnitt.

„Verdammter Mist", fluchte er und kickte einen kleinen Haufen Seetang vom Weg. Er hatte sich wie ein Idiot verhalten. Es war eine Riesendummheit gewesen, zuzulassen, dass Stacey ihm so unter die Haut ging. Und sie zu küssen war die Krönung der Dummheit gewesen. Aber er konnte einfach nicht vergessen, wie sie sich anfühlte oder wie sie schmeckte. Und jetzt hatte er sie mit hineingezogen. Vielleicht schwebte sie sogar in Gefahr. Und das alles, weil er so unvorsichtig gewesen und mit ihr zusammen gesehen worden war. Auch wenn er darauf geachtet hatte, mit ihr in ein abgelegenes Restaurant ganz am Ende des Strandes zu gehen und mit ihr im Kanal zu tauchen, war es möglich, dass irgendjemand ihn bei ihr zu Hause gesehen hatte. Oder heute Abend am Strand. Wieder fluchte er – lauter dieses Mal.

„Es wurde auch Zeit, dass du dich blicken lässt!" Barbaras Stimme riss ihn unsanft aus seinen Grübeleien. Suchend ließ er seinen Blick durch die Dunkelheit schweifen und entdeckte sie – wunderschön und unbekümmert kam sie langsam auf ihn zu.

„Ich dachte, ich hätte dich verpasst."

Sie schlang die Arme um seinen Hals. „Weißt du nicht, dass ich ewig auf dich warten würde?", fragte sie und spürte, wie er erstarrte. Wie lange war es her, dass sie ihm wirklich viel bedeutet hatte?

Er hauchte ihr einen Kuss auf die Stirn.

„Das ist nicht besonders überzeugend", flüsterte sie, vergrub ihre Finger in seinem Haar und lächelte ihn an.

„Haben wir Gesellschaft?"

„Ich weiß es nicht. Ich kann es nicht genau sagen, aber es wäre möglich, dass man mir gefolgt ist."

„In dem Fall …" Er hob sie hoch und küsste sie mit so viel Leidenschaft, wie er aufbringen konnte. Noch immer nahm er Staceys Duft wahr und hatte das Gefühl, ihre Haut unter seinen Fingern spüren zu können. Er bemühte sich, etwas von der Begierde, die er zuvor empfunden hatte, auf die Frau zu übertragen, die er im Augenblick in den Armen hielt.

Obwohl die Umarmung für einen außenstehenden Beobachter glaubhaft wirkte, bemerkte Barbara seine Zurückhaltung, als er sie küsste. Selbst als sie sich an ihn schmiegte, bekam sie keine echte Reaktion. Die Flammen der Leidenschaft, die sie einst in Nathan hatte entfachen können, waren erloschen.

Als er sich aus ihrer Umarmung löste und den Kopf hob, lachte sie melodisch und hoffte, dass derjenige, der sie möglicherweise beobachtete, es hören konnte.

Nathan hielt sie fest. Hand in Hand schlenderten sie zu seinem Häuschen, doch er fragte sich, wie glaubwürdig seine Vorstellung wohl gewesen war.

Ungläubig starrte Stacey zum Strand. Vor ihrem unbeleuchteten Haus stehend hatte sie beobachtet, wie Nathan sich auf den Weg nach Hause gemacht hatte. Als die dunkelhaarige Frau im hellen Schein der Laternen zu ihm getreten war, hatte Stacey sich Halt suchend an das Geländer lehnen müssen. Nathan hatte Barbara gepackt und sie geküsst, sie hochgehoben und herumgewirbelt. Ein leises Lachen war zu Stacey herübergeweht. Danach waren die beiden Arm in Arm und ohne Eile zu ihm nach Hause gegangen.

Stacey war übel. Nathan hatte wieder und wieder von ihr verlangt, ihm zu vertrauen. *Es ist alles nur gespielt.* „Und *wie* überzeugend es ist", wisperte Stacey. Sie wollte ihm glauben, doch es gelang ihr nicht.

Sie lief ins Haus zurück und verschloss die Tür. Langsam schritt sie zum Kaminsims und nahm den Achat, den Nathan ihr vor ein paar Stunden erst geschenkt hatte. Der glatte Stein fühlte sich so klein an.

Vertrau mir.

„Du verlangst zu viel, Nathan Sloan", sagte sie und starrte den Stein in ihrer Hand an. „Viel zu viel." Sie schloss die Finger um den Stein und grübelte darüber nach, ihn ins Feuer zu werfen. „Wer ist hier theatralisch?", fragte sie sich, schüttelte den Kopf und steckte den Achat in die Tasche ihres sandigen, zerrissenen Kleides.

Rastlos lief Nathan zwischen dem Fenster und dem kleinen Tischchen neben der Couch hin und her. Seine Schultern waren verspannt, die schwarzen Brauen über seinen zornig funkelnden Augen zusammengezogen.

Wie konnte ich nur so dumm sein?

Er setzte sich an seinen Schreibtisch, starrte auf den Monitor seines Rechners und schaltete ihn schließlich aus. Er konnte nicht arbeiten, konnte an nichts anderes denken als an die vergangene Nacht und das Durcheinander, das er verursacht hatte und für das er verantwortlich war. Und er musste an Stacey denken. Gott, wenn er sie doch nur für eine Sekunde vergessen könnte!

Verdammt, verdammt, verdammt.

Er strich sich übers Gesicht und versuchte das Bild von Stacey, die am Strand mit weit aufgerissenen ängstlichen Augen, nass und zitternd unter ihm gelegen hatte, aus seinen Gedanken zu vertreiben. Trotz der Gefahr hatte er körperlich auf sie reagiert. Ihren Körper zu spüren hatte eine unwillkommene Reaktion in seinen Lenden ausgelöst. Selbst jetzt noch, allein in seinem Häuschen, setzte ihn sein Verlangen nach dieser Frau in Flammen. Sie im Schein der Lampe zu sehen – die honigblonden, wilden Locken zerzaust, das Kinn beinahe trotzig vorgereckt, das nasse Kleid an ihre Brüste geschmiegt – hatte ihn vollkommen durcheinandergebracht. Das durfte nicht noch einmal passieren.

Er lachte bitter, trank einen Schluck von seinem kalten Kaffee und verzog angewidert das Gesicht. „Du hast echt Mist gebaut, Sloan", stieß er hervor. Er fing wieder an, ruhelos hin- und herzulaufen, und fühlte sich wie ein eingesperrtes Tier.

Mit einem Blick aus dem Fenster stellte er fest, dass der morgendliche Nebel sich langsam lichtete und dass das fahle Morgenlicht auf den Strand fiel. In ein paar Stunden würde er Cindy nach Oceancrest bringen müssen. Und er würde Stacey zum ersten Mal nach der Angst und der Leidenschaft der vergangenen

Nacht gegenübertreten müssen. Ohne Zweifel würde sie eine Erklärung für sein unberechenbares Verhalten verlangen – das konnte er ihr nicht einmal verübeln. Nachdem er ihr einen Heidenschrecken eingejagt hatte, verdiente sie eine bessere Erklärung als die vage Ausrede, es wäre gefährlich.

„Verdammter Mist", murmelte er und versuchte sie aus seinen Gedanken zu verbannen. Eine Frau, diese wunderschöne Frau, diese verführerische Frau, die ein Problem darstellte. Das Letzte, was er jetzt gebrauchen konnte, war eine weitere Frau, die in die Angelegenheit verwickelt wurde und die seine Bemühungen, Cindy zu beschützen, noch weiter verkomplizierte. Barbara bedeutete schon genug Ärger, und Jennifer hatte die ganzen Schwierigkeiten erst ins Rollen gebracht, bevor sie gestorben war.

Er ging zur Spüle und kippte den Rest seines Kaffees in den Abfluss. Nachdenklich warf er einen Blick zum Telefon, verwarf jedoch den Gedanken wieder, Stacey anzurufen. Was konnte er schon sagen? Nichts, das die missliche Lage, in der er sich mit Cindy befand, nicht noch gefährlicher machen würde.

Ein winziges Lächeln umspielte seine Mundwinkel, als er darüber nachsann, was Stacey von ihm denken musste. Wahrscheinlich hielt sie ihn entweder für einen Irren oder einen Kriminellen – oder vielleicht ein bisschen von beidem. Das Erschreckende an der Sache war, dass sie vermutlich recht hatte, und Nathan gefiel es nicht, daran erinnert zu werden, dass er sich rechtlich gesehen auf ganz dünnem Eis bewegte.

Vielleicht würde sie ihm nächstes Mal widerstehen. Und vielleicht würde sie glauben, dass er wirklich mit Barbara zusammen war. Wenn es so sein sollte und er vernünftig war, ließ er zu, dass sie das Schlechteste von ihm annahm, um sie zu schützen.

Geh nicht … Bleib bei mir. Das hatte sie gefleht, und er hatte die ganze Nacht über ihre Worte nachgedacht und sie ausgekostet. Selbst jetzt noch berührte ihre Bitte ihn, und er musste den Wunsch unterdrücken, zu ihr zurückzukehren.

„Du bist ein Idiot, Sloan", brummte er. „Ein verdammter Idiot." Die Hände in die Taschen seiner Jeans geschoben ging er in großen Schritten aus dem Haus und warf wütend die Fliegengittertür hinter sich zu.

Stacey war es gelungen, die dunklen Schatten unter ihren Augen zu überschminken. Als sie sich nun der Schule näherte, hatte sie ein fröhliches, wenn auch falsches Lächeln aufgesetzt. Die Nacht war lang, einsam und demütigend gewesen. Wie hatte sie Cindys Vater nur anflehen können, die Nacht mit ihr zu verbringen?

Stundenlang hatte sie wach gelegen und Nathan Sloan – oder wer auch immer er war – abwechselnd verflucht und von ihm geträumt. Das Geheimnis, das ihn umgab, war faszinierend – und zugleich beängstigend.

„Du bist doch nicht mehr zu retten", sagte sie zu sich, als sie das Klassenzimmer betrat und ihre Handtasche in der Schreibtischschublade verstaute. „Der Mann bedeutet nichts als Ärger. Halt dich von ihm fern!" Doch es gelang ihr nicht, sich selbst zu überzeugen, im Gegenteil: Beim Gedanken an ihn verspürte sie den verräterischen Drang, zu lächeln. „Reiß dich zusammen", ermahnte sie sich. „Er ist nur ein Mann. Ein Mann, der mit einer anderen Frau zusammen ist!"

Sie lief den Flur entlang und machte am Lehrerzimmer halt. Dort holte sie zwei Becher Kaffee, straffte die Schultern und ging zu Margarets Büro.

„Guten Morgen", sagte Margaret, sah von ihrem Buch auf und bemerkte den dampfenden Becher mit Kaffee, den Stacey auf ihren Schreibtisch gestellt hatte. „Du bist ein Engel."

„Wohl kaum." Stacey nahm auf der Lehne der Couch Platz, die Margarets Schreibtisch gegenüberstand. „Aber ich tue mein Bestes."

Margaret blickte Stacey an und lächelte. „Ach, ich verstehe: Du willst etwas von mir."

Erstaunt über Margarets Einfühlungsvermögen nahm Stacey einen Schluck von ihrem Kaffee. „Ich war für dich schon immer wie ein offenes Buch."

„Also, raus damit. Was möchtest du?"

„Ich möchte sämtliche Informationen, die du über Cindy Sloan hast."

Margaret nippte an ihrem Kaffee, verzog das Gesicht und nahm dann ein paar Stückchen Zucker aus ihrer Schreibtischschublade. Nachdem sie sie in den Kaffee gegeben hatte, runzelte sie nachdenklich die Stirn. „Jetzt?"

„Je eher, desto besser."

„Ach ja?" Über den Rand ihrer Lesebrille hinweg musterte Margaret Stacey. Sie klappte das Buch zu, das sie gelesen hatte, und legte es auf das Regal hinter ihrem Schreibtisch. „Warum?"

Stacey erwiderte Margarets Blick. „Es würde mir helfen, wenn ich heute anfange, mit ihr zu arbeiten."

„Du bekommst in ein paar Tagen einen Computerausdruck und Zugang zu ihrer Akte."

„Ich weiß, aber ich würde wirklich lieber heute beginnen. Es kann nicht so schwierig sein, alle Informationen über Cindy Sloan zusammenzusuchen – immerhin ist sie erst letzte Woche eingeschrieben worden."

„Ja, aber heute ist der erste Schultag."

„Und die Kinder kommen frühestens in …" Ein bisschen gereizt sah Stacey auf die Uhr auf dem Schreibtisch. „… in fünfundvierzig Minuten."

„Warum interessiert dich das so sehr?", fragte Margaret, schlang die Finger um die heiße Tasse Kaffee und lehnte sich auf ihrem Schreibtischsessel zurück.

„Ich sehe mir die Akten aller meiner Schüler an."

Margaret lächelte. Ihre freundlichen Augen funkelten hinter den Brillengläsern. „Aber normalerweise wartest du damit, bis die Informationen im Computer abrufbar sind. Ich fürchte, Andrea hatte bisher keine Zeit, um irgendetwas einzutippen."

„Du guckst so vielsagend", erwiderte Stacey.

„Vielleicht." Margaret zog die Augenbrauen nach oben. „Du scheinst ein besonderes Interesse an Miss Sloan zu haben. Ich habe überlegt, ob das vielleicht am Vater des Mädchens liegen könnte. Hattest du nicht ein Date mit ihm?"

„Es war kein Date. Wir sind nur essen gegangen, um über Cindy zu reden."

Margaret zog die grauen Augenbrauen hoch.

„Hör mal, ich möchte nur die Anmeldeformulare, den persönlichen Hintergrund und die medizinischen Berichte über Cindy Sloan einsehen. Ich möchte gern so viel wie möglich über sie wissen, weil ich glaube, dass es für sie kein leichter Tag werden wird."

„Also gut, also gut", erwiderte Margaret, stellte ihre Kaffeetasse am Rand des Schreibtisches ab und erhob sich. „Die Unterlagen müssen hier irgendwo sein", murmelte sie vor sich hin, während sie in Andreas Büro ging, um den überfüllten Eingangskorb auf dem Schreibtisch ihrer Sekretärin durchzusehen. „Falls es dich interessiert: Ich habe Cindys Psychologen in Fairbanks geschrieben."

„Schon?"

Margaret unterdrückte ein Lächeln, als sie den unordentlichen Stapel Papiere durchwühlte. „Dachte ich mir, dass dich das interessieren würde. Ich schätze, ich lag damit richtig."

„Das schätze ich auch", gab Stacey zu. „Sag mir Bescheid, was er geantwortet hat."

„Sobald ich eine Nachricht von ihm bekomme."

Andrea tauchte in der Tür auf. „Was ist hier los?", wollte sie wissen, während sie ihren Mantel an die Garderobe hinter der Tür hängte.

„Stacey möchte sich die Unterlagen über Cindy Sloan ansehen. Sind die Informationen schon im Computer?"

„Soll das ein Scherz sein?" Andrea wies stumm auf den riesigen Stapel in der Ablage auf ihrem Schreibtisch.

Margaret warf Stacey über den Rand ihrer Brille hinweg einen Blick zu, der sagte: Habe ich's dir nicht gleich gesagt?

„Was ist mit den Formularen, die Mr Sloan abgegeben hat?", fragte Stacey unbeeindruckt.

„Die liegen hier." Andrea ging um den Schreibtisch herum, zog eine der Schubladen auf und holte einen dicken Umschlag hervor.

„Macht es dir etwas aus, wenn ich einen Blick darauf werfe?"

„Bedien dich." Andrea reichte Stacey den Umschlag. „Bring ihn einfach wieder, ehe die Kinder kommen. Ich möchte die Daten so schnell wie möglich im Rechner haben. Heute wird ein langer Tag."

„Das mache ich", versprach Stacey und winkte Andrea und Margaret noch einmal zu, ehe sie zurück in ihre Klasse ging.

Im Klassenraum für die Vorschüler setzte Stacey sich an ihren Schreibtisch und blätterte flüchtig durch die Anmeldeformulare. Sie wusste nicht, wonach sie suchte, doch sie spürte, dass irgendetwas in dieser Fülle an Informationen ihr vermutlich einen Hinweis auf die Lösung des Rätsels geben würde.

Ich sollte den Mann vergessen. Er ist offensichtlich noch immer in Barbara verliebt – egal, was er mir gegenüber behauptet. Aber ihre haselnussbraunen Augen huschten noch immer über die Formulare, die Nathan in seiner ausgeprägten Handschrift ausgefüllt hatte. Sie betrachtete die Papiere eingehend, fand jedoch nichts.

„Wo ist Hercule Poirot, wenn ich ihn brauche?", murmelte sie, als sie den persönlichen Hintergrund las.

Sie hielt inne, als sie zu den Informationen über Cindys Mutter kam. „Jennifer Reaves", murmelte Stacey. „Ich frage mich, warum sie nie Nathans Namen angenommen hat ..." Ihr gingen einige Gründe dafür durch den Kopf. Vielleicht war Jennifer eine der Feministinnen gewesen, die auch ihre BHs verbrannten. Oder vielleicht hatte sie lieber ihren Mädchennamen behalten wollen. Vielleicht war sie eine berühmte Künstlerin oder so etwas gewesen. Oder vielleicht waren sie und Nathan zum Zeitpunkt ihres Todes wieder geschieden gewesen.

„So viel dazu, unerwartet über ein Indiz zu stolpern. Selbst wenn ich etwas gefunden hätte, wüsste ich nicht, was ich damit anfangen soll", murmelte sie verärgert, während sie weiterlas. Die Informationen über Cindys Mutter waren dürftig, gingen gegen null. Jennifer war vor etwas mehr als zwei Jahren bei einem Autounfall ums Leben gekommen. „Hier gibt es nicht viel, das mich weiterbringen könnte." Stacey schob sich die Haare aus den Augen und seufzte.

Warum hatte Nathan sich in der vergangenen Nacht so seltsam verhalten? Und wie hing Barbara in der Geschichte mit drin?

Die Tür zum Klassenraum ging auf, und Stacey blickte abrupt auf.

Nathan.

Er kam ins Zimmer und zog seine Tochter sanft hinter sich her. Sein Blick war auf Stacey gerichtet. Ihr stockte der Atem, als sie an den letzten Abend denken musste. Seine Augen, blau und nachdenklich, erinnerten sie an die Leidenschaft, die zwischen ihnen geknistert hatte, die ihr die Knie hatte weich werden lassen und die sie dazu gebracht hatte, sich ihm schamlos an den Hals zu werfen.

Doch abgesehen von der schwelenden Begierde in seinem Blick wirkte Nathan vollkommen verändert. Verschwunden war jede Spur des gefährlichen Mannes, der sie durch den Regen bis zu ihrem Haus gezerrt, dort so inbrünstig geküsst hatte, dass ihre gesamte Welt auf den Kopf gestellt worden war, und sie schließlich vor einer vagen Gefahr gewarnt hatte, bevor er sich für ein geheimes Treffen mit seiner Geliebten zurückgezogen hatte.

An diesem Morgen trug Nathan eine Cordhose und einen Pullover. Sein dichtes Haar hatte er ordentlich zurückgekämmt, und er war frisch rasiert. Er wirkte wie jeder andere besorgte, nervöse Vater, der sein Kind am ersten Schultag nach Oceancrest brachte.

Stacey fühlte sich, als wäre sie beim Schnüffeln ertappt worden, und sie wurde rot. Sie zwang sich zu einem Lächeln, steckte die Papiere zurück in den Umschlag und legte das Paket in die oberste Schublade ihres Schreibtisches. In der Hoffnung, nicht allzu schuldbewusst zu wirken, mied sie Nathans Blick, als sie sich Vater und Tochter näherte.

„Hallo, Cindy", sagte sie, ging in die Knie und wollte dem kleinen Mädchen die Hände reichen.

Cindy, die Zöpfe und ein sauberes pinkfarbenes Kleidchen trug und eine Stoffpuppe in der Armbeuge hielt, reckte die Arme zu ihrem Vater hinauf. „Ich will nicht hierbleiben", sagte sie ängstlich und warf einen nervösen Blick in Staceys Richtung.

„Ach, doch, Cindy", erwiderte Stacey, ehe Nathan irgendetwas sagen konnte. „Es werden noch mehr Kinder kommen, und wir werden viel Spaß miteinander haben."

„Nein!"

„Und ..." Als würde sie ein Geheimnis mit Cindy teilen, zwinkerte Stacey ihr verschwörerisch zu. „Du darfst dem Tintenfisch einen Namen geben, weil du als Erste gekommen bist."

Cindy schüttelte den Kopf, doch ihr Stirnrunzeln verschwand allmählich.

„Er ist hier." Stacey ging zum Aquarium, in dem der Oktopus sich versteckte. „Genau genommen können wir uns bei deinem Vater bedanken, weil er ihn gefunden hat."

Cindy sah Nathan an, um sich zu vergewissern, ob Stacey die Wahrheit sagte. Nathan hob Cindy hoch und hauchte ihr einen Kuss aufs Haar, ehe er sie wieder auf den Boden stellte. „Komm, Mäuschen, wir sehen ihn uns mal an, ja?"

Langsam ging Cindy zum Aquarium. Der Tintenfisch verkroch sich hinter einem Stein, aber Nathan zeigte seiner Tochter die langen Tentakel.

„Ich mag ihn nicht."

„Er ist scheu – genau wie du", erklärte Stacey. „Das ist auch sein erster Schultag hier." Cindy sah mit ihren runden blauen Augen skeptisch vom Oktopus zu Stacey. Stacey fuhr ungerührt fort: „Und um dir die Wahrheit zu sagen, er hat auch Angst. Er weiß nicht, was heute passieren wird, und das bereitet ihm Sorgen."

Cindy sagte nichts. Sie sah nur weiter den Tintenfisch an.

„Wie würdest du ihn gern nennen?"

Cindy antwortete nicht, und Stacey bemerkte den Sturm, der in Nathans blauen Augen tobte. Stacey ahnte, dass er kurz davor stand, seine Tochter zurechtzuweisen. Beschwichtigend legte sie eine Hand auf seinen Ärmel.

„Ist schon gut. Du kannst ein paar Tage darüber nachdenken und ihn kennenlernen, bevor du ihm einen Namen gibst."

Zwei weitere Schüler stürmten in das Klassenzimmer, unterhielten sich laut und klapperten mit ihren Brotdosen. Beunruhigt sah Cindy zu ihrem Vater.

„Alles ist gut", sagte er leise und warf seinem einzigen Kind ein liebevolles Lächeln zu. Die Angst in Cindys blauen Augen traf ihn tief, doch er hatte auch Staceys Blick aufgefangen, mit dem sie ihn bat, jetzt zu gehen.

„Nimm mich mit nach Hause."

„Noch nicht. Aber ich komme später wieder. Versprochen."

„Neeein! Ich hasse es hier!"

„Ich bin bald wieder da. Gleich nach dem Mittagessen."

„Daddy!"

Nathan presste die Zähne aufeinander, aber er ging zielstrebig zur Tür. Cindy folgte ihm. „Sei ein braves Mädchen, ja?"

„Nein!" Cindy stampfte mit dem Fuß auf. Tränen hatten sich in ihren Augen gesammelt. „Du hast mich nicht mehr lieb!"

Nathan umarmte die Kleine, wischte ihr behutsam die Tränen von den Wangen und gab ihr einen Kuss auf die Stirn. „Ach, Cindy", sagte er seufzend. „Ich liebe dich mehr, als du ahnst, und ich bin bald wieder da. Du wirst bestimmt viel Spaß mit Miss Monroe haben."

Obwohl sein Magen sich beinahe schmerzhaft zusammenzog, stellte er seine Tochter auf den Boden, warf Stacey noch einen Blick zu und verließ dann das Zimmer, als gerade ein weiterer Schüler hereinkam.

Cindy stand neben der Tür, als könnte sie ihren Vater so dazu bringen, zurückzukommen. Doch schon kurz darauf waren alle zwölf Vorschüler da, spielten mit den Bauklötzen, Spielzeugautos oder Plüschtieren. Zögerlich setzte sich Cindy mit ihrer Puppe in eine Ecke.

Während die anderen zusammen Lieder sangen, blieb Cindy still. Erst als Stacey mit den Kindern durch den Klassenraum ging und ihnen die neuen Tiere in den unterschiedlichen Käfigen und Aquarien vorstellte, lebte sie sichtlich auf. Als Stacey erklärte, dass Cindys Vater den Oktopus für die Schule gefangen hatte, lächelte Cindy scheu. Wenig später machte das Kind einen halbherzigen Versuch, ein Bild zu malen. Den restlichen Vormittag lang sagte Cindy jedoch kein Wort und warf nur ab und zu einen sehnsüchtigen Blick zur Tür, durch die ihr Vater verschwunden war.

Andrea kam um halb elf vorbei und fragte nach den Anmeldeunterlagen für Cindy Sloan. „Die habe ich total vergessen", entschuldigte Stacey sich und reichte der Sekretärin den dicken Umschlag mit den Papieren.

„Kein Problem. Der erste Tag ist immer hektisch."

Das kann man wohl sagen. Stacey wusste aber, dass vor allem Nathans Besuch sie abgelenkt hatte. Allein seine Anwesenheit im Raum hatte ihr Herz schneller schlagen und ihre Handflächen feucht werden lassen. Sie versuchte sich einzureden, dass ihre Reaktion daher rührte, dass sie beinahe dabei erwischt worden wäre, wie sie in seinem Privatleben herumschnüffelte – auch wenn sie als Cindys Lehrerin ein Stück weit das Recht dazu hatte. Doch ihre Ausrede hatte weder Hand noch Fuß. Sie hatte vergessen, Andrea die Unterlagen zurückzubringen, weil ihre Gedanken einfach von Nathan beherrscht worden waren.

„Ich bringe dir einen Ausdruck der gesammelten Informationen über Cindy, sobald ich ihn habe", sagte Andrea, ehe sie den Klassenraum wieder verließ.

Nathan kam ein paar Minuten zu spät; fast alle anderen Schüler waren bereits abgeholt worden. Cindy war unruhig. Als sie ihren Vater endlich erblickte, warf sie sich in seine Arme und fing an, so bitterlich zu weinen, als hätte sie den furchtbarsten Vormittag ihres Lebens hinter sich gebracht.

„War es so schlimm?", fragte Nathan, hielt das weinende Kind in den Armen und sah über Cindys Schulter hinweg zu Stacey.

Stacey schüttelte den Kopf und ignorierte die Tatsache, dass ihr Puls schneller schlug. „Die Reaktion ist nicht ungewöhnlich."

„Aber die anderen Kinder …"

„… waren schon öfter hier. Sie haben an ihrem ersten Vormittag genauso reagiert wie Cindy. Nur sehr selten kommt ein Kind, das es hier von Anfang an toll findet. Haltet durch! Am Ende der Woche sieht das alles schon ganz anders aus."

„Bist du dir sicher?"

„Ziemlich. Und obwohl es gerade ganz anders aussieht: Cindy hat nicht den ganzen Morgen über geweint. Eigentlich hat ihr das Malen sogar recht gut gefallen."

„Überhaupt nicht!", widersprach Cindy, warf Stacey einen vernichtenden Blick zu und klammerte sich noch fester an Nathans Hals. „Ich komme *nicht* wieder hierher!"

„Dann wird dein Freund hier", sagte Stacey und berührte sacht das Aquarium, in dem der Tintenfisch sich versteckte, „aber furchtbar einsam sein."

Das kleine Mädchen schürzte die Lippen und blickte sehnsüchtig zum Aquarium. „Er kommt mit uns!"

„Ich fürchte, das geht nicht, Mäuschen", erwiderte Nathan und drückte das kleine Mädchen an sich. „Er gehört Miss Monroe." Er legte die Hand auf den Türgriff, als gerade eine weitere Mutter hereinkam, um ihren Sohn abzuholen. „Ich ruf dich an", versprach er Stacey und ging mit dem Kind hinaus. Staceys Herz machte einen völlig unangebrachten Hüpfer.

„Wie war's?", fragte die junge Mutter, als Nathan verschwunden war. Sie beugte sich über ihren Sohn und zog ihm die Jacke an.

Stacey löste den Blick von der Tür und lächelte den Jungen mit den Sommersprossen im Gesicht an. „Es war gut, oder, Tommy?"

„Und ob." Der kleine Junge grinste.

„Ich denke, Tommy kann bald in einen öffentlichen Kindergarten wechseln."

Seine Mutter richtete sich auf. „Meinen Sie wirklich?"

„Dr. Woodward hat ihn heute geprüft."

„Schon?"

„Margaret mag es, die Dinge anzugehen und zu einem guten Ende zu bringen. Sie hat sich alle Kinder aus meiner Klasse angesehen, die im Sommer hier waren." Stacey ging zu ihrem Schreibtisch, holte die betreffenden Unterlagen und reichte sie der erstaunten Mutter. „Wenn er sich weiter verbessert, sehe ich keinen Grund, warum er im Herbst nicht in eine öffentliche Einrichtung wechseln sollte. Er kennt bereits die meisten Formen, Farben und Buchstaben. Wir müssen noch an den Zahlen und ein paar sozialen Fähigkeiten arbeiten, aber er macht Riesenfortschritte. Stimmt's, Tommy?"

„Stimmt." Der Junge strahlte stolz, und sie zwinkerte ihm zu.

„Das wäre ja wundervoll." Tränen sammelten sich in den Augen von Grace Perkins. „Ich ... Wir schulden Ihnen so viel!"

Stacey lachte und schüttelte den Kopf. „Ich denke, wir sollten demjenigen Anerkennung zollen, der sie auch verdient hat." Stacey blickte in Tommys vertrauensvolle braune Augen. „Dieser kleine Mann hier ...", sie wies mit dem Daumen in seine Richtung, „... hat die ganze Arbeit gemacht, oder nicht?"

Tommy grinste. „Und ob."

„Ich weiß nicht, was ich sagen soll, außer vielleicht: Vielen Dank."

„Sie müssen überhaupt nichts sagen. Es hat Spaß gemacht, nicht wahr, Tommy?"

Statt einer Antwort schlang der früher so schüchterne Junge die Arme um Staceys Beine. Dann sagte er: „Ich hab dich lieb, Miss Monroe."

„Ich hab dich auch lieb, Tommy." Stacey spürte den Kloß in ihrem Hals und merkte, wie ihr Tränen in die Augen stiegen. Sie blinzelte sie zurück und erwiderte Grace Perkins' stolzes Lächeln. „Es ist noch ein bisschen zu früh, aber solange nichts Unvorhergesehenes passiert, denke ich, dass Tommys Zeit hier bald zu Ende ist."

Nachdem Grace Perkins und Tommy gegangen waren, fühlte Stacey sich mit einem Mal unglaublich allein. Sosehr sie es genoss, den Kindern dabei zuzusehen, wie sie stärker und reifer wurden, war es doch immer schwer, sie gehen zu lassen.

Der Rest der Woche verlief so wie der erste Tag. Obwohl Nathan versprochen hatte, anzurufen, hatte er es nicht getan. Er war auch nicht vorbeigekommen. Sie hatte ihn nur zu Gesicht bekommen, wenn er Cindy zur Schule gebracht oder wieder abgeholt hatte. Und die Unterhaltung hatte sich dann nur um die Kleine gedreht.

Stacey hatte den Eindruck, dass Cindy sich nur langsam einlebte und es ihr besser ging. Am Ende der Woche zog Cindy sich noch immer die meiste Zeit zurück und lebte nur auf, wenn sie malen durfte. Einige Kinder hatten versucht, mit ihr zu spielen, doch Cindy hatte abgelehnt und es vorgezogen, mit ihrer Puppe in einer Ecke zu sitzen.

Während der Abende, an denen Stacey die Kunstprojekte für den folgenden Tag vorbereitete, ertappte sie sich dabei, dass sie sich wünschte, etwas von Nathan zu hören. Als er jedoch weder anrief noch bei ihr vorbeikam, fing sie an zu glauben, dass er wahrscheinlich zur Vernunft gekommen war und erkannt hatte, dass eine Beziehung mit Cindys Lehrerin ausgeschlossen war.

Vielleicht liegt es auch an Barbara. Diese Geschichte von der Gefahr war einfach total unglaubwürdig – auch wenn Stacey ihm in jener Nacht im Regen geglaubt hatte. Doch da war sie auch außer sich vor Angst und in der romantischen Unwirklichkeit des Abends gefangen gewesen. Sie erschauerte und errötete noch immer, wenn sie an ihre Reaktion auf Nathan zurückdachte.

Jede Nacht hatte sie den Strand beobachtet, aber weder Nathan noch Barbara waren im Schein der Laternen aufgetaucht.

Also sagt Nathan vielleicht doch die Wahrheit.

„Die da wäre?", fragte sie sich zum x-ten Mal und legte die Schere beiseite, mit der sie Tierfiguren ausgeschnitten hatte. „Es ergibt überhaupt keinen Sinn – nichts von alledem!" *Und vielleicht treffen Nathan und Barbara sich woanders. An einem Ort, wo du sie nicht beobachten kannst, damit sie ungestört sein können.*

Das Telefon klingelte, und ihr Herz machte einen Sprung. Ihr erster Gedanke war, dass Nathan sich doch endlich entschlossen hatte, anzurufen.

„Hallo?"

„Stacey! Ich dachte schon, du wärst vom Erdboden verschwunden", sagte ihre Mutter.

„Nicht ganz, Mom." Enttäuschung ergriff sie, aber sie bemühte sich, dieses Gefühl vor ihrer Mutter zu verbergen.

„Es ist schon eine ganze Weile her, dass du zum letzten Mal angerufen hast."

Schuldbewusst rutschte Stacey in ihrem Sessel tiefer und verdrehte die Augen zur Decke. „Ich war beschäftigt. Die Schule hat wieder begonnen."

„Mir ist klar, dass du viel zu tun hast", sagte Mona mit ihrer wie immer gemäßigten, beherrschten Stimme. „Aber du hättest ruhig mal den Hörer in die Hand nehmen können."

„Das gilt für dich genauso."

„Ich weiß. *Ich* habe ja angerufen. Schon vergessen?"

„Touché." Stacey begann mit der Telefonschnur zu spielen und versuchte nicht daran zu denken, wie es gewesen war, mit einer Mutter und einem Vater aufzuwachsen, die sie als Trophäe in ihrem privaten Krieg benutzt hatten. Doch es war ungewöhnlich für Mona, anzurufen. Irgendetwas stimmte offenbar nicht. „Also, wie geht es dir?", fragte sie ihre Mutter.

„Gut, gut. Ich hatte einen Anflug von Grippe, aber das ist zum Glück überstanden. Charles hat sich nicht angesteckt – er ist gegen alles immun." Ihre Mutter lachte leise, und Stacey zuckte bei der Erwähnung ihres Stiefvaters zusammen. Charles war Profigolfer gewesen und in Monas Augen der reinste Adonis. „Äh, hast du eigentlich etwas von deinem Vater gehört?"

„Seit ein paar Wochen schon nicht mehr."

„Du könntest ihn vielleicht mal anrufen. Er … Na ja, er hat einen finanziellen Rückschlag erlitten. Investitionen in Übersee haben sich nicht ausgezahlt. Jacob würde sich bestimmt freuen, von dir zu hören."

„Ich werde ihn anrufen."

„Gut. Gut." Ihre Mutter schien zufrieden zu sein. Das Ziel ihres Anrufs war erreicht. „Dann erzähl mir mal, wie es dir so geht."

„Mir geht's gut, Mom."

„Lebst du immer noch auf dieser gottverlassenen Insel?"

Stacey lächelte. „Ja, und ich liebe jeden Augenblick", entgegnete sie und blickte aus dem Fenster auf den ruhigen Pazifik hinaus. „Ich schätze, ich bin von Natur aus ein Barbar."

Ihre Mutter lachte. „Jedem das seine. Ich wollte nur hören, ob du auch gut auf dich aufpasst."

„Das tue ich."

„Und diese Margaret?"

„Dr. Woodward?" Stacey grinste und schüttelte den Kopf. Ihre Mutter war eifersüchtig auf Staceys Verhältnis zu ihrer

Chefin. Es schien fast so, als wären latente Mutter- oder Schuldgefühle Grund für Monas Besorgnis. „Keine Angst, sie achtet darauf, dass ich genug zu tun habe."

„Nicht zu viel, hoffe ich. Du brauchst mehr als nur Arbeit und Einsamkeit, Kind. Du solltest ausgehen, Freunde treffen und ein bisschen Spaß haben."

„Ich werde daran denken."

„Kann es sein, dass du mich ein bisschen herablassend behandelst?"

„Das würde mir im Traum nicht einfallen." Stacey seufzte. „Wann kommen Charles und du mich mal besuchen?"

Es entstand eine Pause, in der Mona sich offenbar eine Ausrede einfallen ließ. „Ich weiß es noch nicht genau. Vielleicht ja im Frühling. Aber ich werde auf jeden Fall mit Charles reden und herausfinden, was er vorhat."

„Mom?"

„Ja?"

Stacey hielt einen Moment lang die Luft an. „Es wäre schön, euch an Thanksgiving oder vielleicht Weihnachten zu sehen."

„Warum kommst du über die Feiertage nicht nach Boston?", fragte ihre Mutter, und Stacey zuckte zusammen.

Boston. Die Edwards Clinic. Daniel Brown. Monas Galapartys. Mit einem Mal waren Staceys Handflächen schwitzig, und ihr Herz raste. „Ich werde darüber nachdenken", erwiderte sie ausweichend.

„Ach, komm schon! Das wäre sicherlich schön!"

„Ich sage dir Bescheid, sobald ich meine Pläne für die Feiertage gemacht habe, ja?"

„Gut. Wir hören dann wieder voneinander, Stacey. Und vergiss nicht, deinen Vater anzurufen."

„Das werde ich nicht. Bis bald." Sie hörte das Klicken am anderen Ende der Leitung – weit entfernt, auf dem Festland. Sie schluckte ihren Stolz hinunter, wählte die Telefonnummer, die sie auswendig kannte, und lauschte dem Besetztzeichen. „Ach,

Daddy", murmelte sie und biss sich auf die Unterlippe. „Was ist es dieses Mal?"

Stacey war der einzige Grund gewesen, warum ihre Eltern geheiratet hatten. Ihre Mutter war schwanger gewesen, als sie Jacob Monroe geheiratet hatte. Es hatte wohl nie zwei Menschen gegeben, die weniger zueinandergepasst hätten. Während Mona eine extrovertierte Partygängerin gewesen war, die gesellschaftlich aufsteigen wollte, war Jacob ein häuslicher Typ gewesen, der nicht daran interessiert gewesen war, ein Vermögen zu machen oder selbst für seine kleine Familie zu sorgen. Bis tief in die Nächte hinein hatte es bittere Auseinandersetzungen gegeben. Stacey wusste, dass Mona Shipley niemals den Fehler gemacht hätte, nicht standesgemäß zu heiraten, wenn sie nicht schwanger gewesen wäre.

„Verdammt noch mal!", fluchte sie, und Tränen verschleierten ihren Blick. Wütend wischte sie die Tränen fort. Sie stieß ein verärgertes Seufzen aus und erhob sich vom Tisch und ging in die Küche. Entschieden schüttelte sie ihr Selbstmitleid ab und wollte sich eine Tasse Tee kochen.

Als sie aus dem Fenster schaute, erblickte sie Nathan am Strand. Es war noch immer hell, und er war allein – nicht einmal Cindy war bei ihm. „Es ist an der Zeit, die Sache ein für alle Mal zu klären", beschloss sie, stellte die Herdplatte ab und ahnte, dass sie dabei war, einen großen Fehler zu machen. „Ein Fehler mehr oder weniger macht auch keinen Unterschied mehr."

Sie rannte aus der Hintertür und um das Häuschen herum, den Sandweg entlang und eilte die Treppe zum Strand hinunter. Nathan Sloan hatte ein paar Fragen zu beantworten – Fragen, die nicht gestellt werden konnten, wenn seine Tochter in der Nähe war.

Nathans Muskeln spannten sich unwillkürlich an, als er bemerkte, dass Stacey die Treppe heruntergerannt kam. Ihr blondes Haar strahlte im Sonnenlicht, die braunen Augen waren auf ihn gerichtet, die Wangen waren gerötet. In ihren zerschlissenen

Jeans und einem lässigen Strickpullover, dessen Ärmel sie hochgekrempelt hatte, rannte sie durch den weißen Sand auf ihn zu.

„Ich bin froh, dass ich dich erwischt habe", sagte sie atemlos und fügte hinzu: „Allein."

Er lächelte, obwohl in ihren Augen ein Feuer loderte. „Du hast nach mir Ausschau gehalten?"

„Ich dachte, wir sollten mal über Cindy reden, wenn sie nicht dabei ist. Wo ist sie überhaupt?"

„Bei Geneva." Als Stacey darauf nichts sagte, erklärte er: „Bei meiner Nachbarin. Mrs McIver."

„Oh."

Er bemühte sich, nicht zu sehr darauf zu achten, dass ihr Atem angestrengt ging oder dass ihre Brüste sich unter ihrem lockeren weißen Strickpullover hoben und senkten. Stattdessen zwang er sich, aufs Meer hinauszublicken. „Was möchtest du wissen?"

Was du heute kannst besorgen …, dachte sie. Dennoch spürte sie, wie ihr Magen sich zusammenzog. „Ich möchte etwas über ihre Mutter wissen."

Er rührte sich nicht. „Jennifer?"

„Genau."

„Warum willst du etwas über sie erfahren?" Mit zusammengezogenen Augenbrauen wandte er sich ihr zu und sah sie an.

„Es könnte hilfreich sein", entgegnete sie. „Bei der Arbeit mit Cindy."

Er zuckte die Achseln, blickte wieder aufs Meer und sagte nichts. Stacey trat vor ihn, um ihn ansehen zu können. „Du bist derjenige, der mich gebeten hat, deiner Tochter zu helfen. Weißt du noch?"

„Wie macht sie sich?"

„Besser, als ich erwartet hätte."

„Was soll das heißen?"

„Cindy ist noch immer sehr verschlossen und zeigt kein Interesse daran, mit den anderen Kindern zu spielen, zumindest bisher noch nicht."

„Ist das ungewöhnlich?"

„Nein."

„Und?"

„Deine Tochter toleriert Oceancrest. Ich halte das für einen Teilsieg."

Nathans Vorsicht ließ ein bisschen nach, und die tiefen Sorgenfalten glätteten sich ein wenig. „Das sehe ich auch so. Nach dem ersten Tag hätte ich nicht gedacht, dass es funktionieren würde."

„Ich auch nicht", gab Stacey zu und lächelte schüchtern.

„Aber du hast doch gesagt …"

„Ich habe geschwindelt." Sie schob die Hände in die Hosentaschen und starrte zum Horizont. „Ich wusste, du würdest dir Sorgen machen und wollte dich nicht unnötig aufregen, solange ich mir nicht sicher war, dass Cindy sich einlebt."

„Und – hat sie sich eingelebt?"

Stacey wiegte den Kopf. „Noch nicht ganz. Aber es wird langsam. Sie scheint mich akzeptiert zu haben – zumindest ein Stück weit. Ich denke, dass das ein ziemlich großer Stolperstein für sie ist, den sie erst überwinden muss."

Skeptisch zog Nathan eine dunkle Augenbraue hoch. „Was meinst du damit? Wie hat sie dich akzeptiert?"

„Als ihre Lehrerin. Als die Autoritätsperson im Klassenzimmer."

„Hat sie dir gegenüber Zeichen von … Zuneigung gezeigt?"

Staceys Blick verdunkelte sich ein bisschen. „Nein. Aber vergiss nicht, dass sie mich genau genommen nicht kennt – noch nicht. Wenn ich ihr zu nahe komme, zieht sie sich zurück."

„Was tust du in so einem Fall?"

„Ich ignoriere sie."

„Du *ignorierst* sie?", wiederholte er gedehnt.

„Natürlich. Sie darf nicht denken, dass sie mich besiegt hat oder dass es vorbei ist."

„Ist das ein Spiel?"

„Ich sehe das nicht gern so", erwiderte Stacey, hob ihr Haar an und ließ die frische Brise die kleinen Schweißperlen trocknen, die sich in ihrem Nacken gebildet hatten. „Für Cindy ist es kein Spiel – zumindest keines, das sie bewusst spielt. Sie reagiert nur. Ich bezweifle, dass sie irgendwelche Hintergedanken hegt."

Eine ganze Weile blickte er sie eindringlich an, als würde ihn das, was er sah, faszinieren. Stacey wich zurück und ließ ihr Haar wieder fallen. „Du bist sehr vertrauensvoll."

„Bei Vierjährigen schon."

„Denkst du nicht, dass die Kinder versuchen, dich zu manipulieren?"

„Ich schätze, ja, aber ich lasse es nicht zu. Genauso wenig, wie ich mich von Erwachsenen manipulieren lasse." Sie zögerte. „Na ja, bis auf eine Ausnahme."

„Damit meinst du mich, nehme ich an."

„Genau. Du hast von Anfang an versucht, mich zu manipulieren, indem du das Treffen zwischen Cindy und mir am Strand arrangiert hast. Dann sind wir ausgegangen, haben die Nähe des anderen genossen, und im nächsten Moment finde ich heraus, dass du mit einer anderen Frau zusammen bist – und zwar so fest, dass du nicht mal ehrlich sein kannst und stattdessen vage Andeutungen über irgendeine Gefahr machst." Nathan sah aus, als wollte er sie unterbrechen, doch sie fuhr unbeirrt fort. „Und um dem Ganzen noch die Krone aufzusetzen, hast du dich verhalten, als hätte es den Abend am Strand nie gegeben."

„So ist es auch. Zumindest will ich nicht, dass du dich daran erinnerst."

Seine Worte waren wie ein Schlag ins Gesicht. „Wegen der Gefahr?"

„Ja, verdammt! Verstehst du denn nicht? Ich will dich nicht in diese Sache hineinziehen!"

„Ich war da! Mein Kleid ist zerrissen und mein Knöchel verletzt – das ist Beweis genug! Ich hänge in der Sache mit drin, ob es dir nun gefällt oder nicht, und *du* bist derjenige, der mich hineingezogen hat!"

Er wurde etwas blass, rührte sich allerdings nicht.

„Was tue ich eigentlich hier?", murmelte sie und wandte sich dem Häuschen zu.

Nathan fasste sie am Arm und drehte sie um, damit sie ihn anschaute. „Es tut mir leid."

„Das sollte es auch! Ich versuche nur deiner Tochter zu helfen! Das wolltest du doch, oder? Deshalb hast du sie an den Strand geschickt, wo sie mir begegnen sollte, deshalb hast du mich zum Abendessen ausgeführt, deshalb bist du mitgekommen, um mit mir einen Oktopus zu fangen." Sie sah ihm in die Augen und blickte ihn herausfordernd an.

An seiner Wange zuckte ein Muskel, und er schluckte. Er presste die Lippen aufeinander und spürte ein Pochen hinter der Schläfe. „Das stimmt teilweise", gab er zu. Er verlor sich in ihren Augen. Gott, sie war so wunderschön! Sie zitterte vor Wut, und in ihrem Blick loderte ein besonderes Feuer. Die Fassade, hinter der er sich verbarg, kriegte Risse.

„Und was ist mit dem Rest?"

„Der Rest ist, dass ich mich nicht von dir fernhalten kann", gab er seufzend zu.

Seine Hände rutschten tiefer, und er umfasste ihre Handgelenke. Das Gefühl seiner Finger auf ihrer Haut jagte ihr einen wohligen Schauer durch den Körper. Wärme breitete sich in ihr aus. Beim Blick in seine Augen fing sie an zu zittern. Und ausgerechnet in ihn durfte sie sich nicht verlieben!

„Ist das der Grund, warum du hierhergekommen bist? Weil du dachtest, ich könnte hier sein?"

„Ja." Er streckte den Arm aus und strich ihr sanft über den Hals. „Du bist eine wunderschöne Frau, Anastasia", flüsterte er und vergrub seine Finger in ihrem Haar. „Aber da ist weit mehr als nur dein gutes Aussehen." Er schaute sie eindringlich an, als versuchte er, ein schwieriges, kompliziertes Rätsel zu lösen.

Staceys Puls raste. Mit seinem intensiven Blick sah er hinter ihre Schutzmauer. „Danke", wisperte sie, ehe sie sich räusperte. „Das hoffe ich." Sie wandte die Augen von ihm. *Vergiss nicht, warum du an den Strand gekommen bist!*

Mit seinen warmen Fingern berührte er ihre Wange, und ihr Herz machte einen Hüpfer.

Nathan wusste, dass er mit dem Feuer spielte. Wenn er auch nur ein Fünkchen Verstand hätte, dann würde er der Verlockung ihrer seidigen Haut und dem Versprechen in ihren großen Augen widerstehen und sich zurückziehen.

In den vergangenen zwei Jahren hatte er keine Frau so sehr begehrt wie Stacey in diesem Moment an diesem einsamen Strand. Er hatte nicht damit gerechnet, so auf sie zu reagieren, wie er es tat. Seit Jennifers Tod hatte er das Interesse an Frauen so gut wie verloren, wenigstens hatte er das geglaubt. Doch Stacey berührte einen Winkel seines Herzens, den er verborgen hielt. Seit er sie zum ersten Mal gesehen hatte, verzehrte er sich nach ihr.

Sämtliche Warnungen ignorierend ließ er zu, dass sich sein Blick in ihren Augen verlor. Er presste sie eng genug an sich, dass ihre Brüste seinen Oberkörper streiften, neigte den Kopf und küsste sie. Seine warmen Lippen schmiegten sich an ihre, und er schlang die Hände um ihre Taille.

Stacey fühlte seine Zunge zwischen ihren leicht geöffneten Lippen. Er verlangte zärtlich Einlass, kostete die Süße ihres Mundes. Sacht neckte und streichelte er mit seiner Zunge die ihre, und sie erwiderte seine Liebkosungen begierig.

Ohne nachzudenken legte sie die Arme um Nathans Nacken und krallte ihre Finger in sein dichtes Haar.

Ein erlösendes Stöhnen entrang sich seiner Kehle, als sie sich an ihn kuschelte. Schenkel drängten sich an Schenkel, ihre Körper sehnten sich danach, eins zu werden, und Stacey spürte den harten Beweis seiner Begierde.

„Ich bin vor Verlangen nach dir fast wahnsinnig geworden",

gestand er und vergrub seine Nase in ihrer Halsbeuge. Sie legte den Kopf in den Nacken.

Mit den Fingern glitt er hinauf, um ihre Brust zu erkunden. Es waren kleine, feste Brüste, die sich eng an den Pullover schmiegten.

„Stacey", flüsterte er erregt, während er ihre aufgerichteten Knospen liebkoste. Er öffnete die Augen. Enttäuscht seufzte er auf, da er bemerkte, dass sie nicht allein am Strand waren. *Verflucht!* Ein anderes Paar, ein älterer Mann und eine Frau, spazierten in ihre Richtung. Sie führten einen altersschwachen Terrier aus und taten ihr Bestes, um Nathan und Stacey in ihrer leidenschaftlichen Umarmung nicht zu offensichtlich anzustarren.

Nathan zwang sich, ruhig zu werden. Jeder Muskel in seinem Körper spannte sich an, als er die Spaziergänger ansah.

„Nathan?" Stacey hob den Kopf, erkannte ihre Nachbarn wieder und wurde knallrot.

„Guten Abend, Stacey", sagte Mr Chambers.

Stacey befreite sich aus Nathans Armen und lächelte unsicher. Sie nickte den älteren Herrschaften zu. „Mr Chambers. Mrs Chambers."

„Schöner Abend für einen Spaziergang", bemerkte Mrs Chambers lächelnd, unterdessen schnüffelte Rogan, ihr zerzauster Hund, im nassen Sand.

Nachdem der Mann und die Frau außer Hörweite waren, fragte Nathan Stacey: „Du kennst die beiden?" Er führte sie zur Treppe.

„Ja."

„Wie lange schon?"

„Ach, ich weiß nicht so genau. Eineinhalb oder zwei Jahre schätze ich. Sie haben den Sommer über das Häuschen neben meinem gemietet. Das machen sie schon seit Jahren."

Nathan blickte aufmerksam die dunklen Klippen entlang.

„Du bist beunruhigt wegen der Chambers, oder?", meinte sie und unterdrückte ein Lächeln, als sie an das freundliche ältere Pärchen dachte.

„Man kann nie vorsichtig genug sein."

„Ach ja?" Kopfschüttelnd lachte sie. „Du bist der misstrau-ischste Mensch, der mir je begegnet ist." Sie stieg die Treppe hi-nauf. Noch immer hielt sie seine Hand. „Wenn ich es nicht besser wüsste, würde ich allmählich glauben, dass du ein Geheimagent bist oder ein internationaler Spion oder wenigstens ein vom FBI gesuchter Schwerverbrecher."

Unwillkürlich verstärkte er den Griff um ihre Hand. Sie warf einen Blick über die Schulter und bemerkte, dass seine Miene sich verändert hatte. Wieder verbarg er seine wahren Empfindungen hinter einer Fassade. Er wirkte mit einem Mal gefährlich ruhig.

Stacey stockte das Herz. Lieber Gott, was hatte sie gesagt? Was auch immer es gewesen war, sie war der Wahrheit damit of-fenbar sehr nahe gekommen. Plötzlich wurde es ihr klar: Nathan Sloan war auf der Flucht vor dem Gesetz.

„Ich finde, du solltest offen und ehrlich mit mir reden", sagte Stacey, nachdem sie im Haus waren.

„Ich soll offen und ehrlich mit dir reden?"

„Genau." Die Hände in die Hüften gestemmt stand sie vor ihm und schaute ihm direkt in die Augen. „Niemand, der noch bei Trost ist, würde Jim und Enid Chambers sehen und misstrauisch werden!" Nathan presste die Lippen aufeinander, doch Stacey beachtete den warnenden Ausdruck in seinen Augen nicht. „Jim ist ein pensionierter Lehrer, der gern angeln geht, und Enid verbringt ihre Zeit mit Handarbeiten und damit, die beste Marmelade der gesamten Insel zu kochen! Jedes Kind hier behandelt sie wie seine eigenen Großeltern!"

„Ich hab's verstanden", erwiderte er, fuhr sich mit den Fingern durchs Haar und versuchte sich zu entspannen. Er durchquerte das Zimmer, trat ans Fenster und lehnte sich an den Fenstersims. Dann sah er prüfend in alle Richtungen am Ufer entlang.

Doch Stacey war so aufgebracht, dass sie nicht aufhören konnte. „Dann hast du dir vielleicht wegen Rogan Sorgen gemacht?"

„Rogan?"

„Na, der Foxterrier der Chambers!"

Trotz der Anspannung huschte ein schiefes Grinsen über Nathans Gesicht. Die tiefen Falten auf seiner Stirn verschwanden. „Sei nicht albern."

„Wer im Glashaus sitzt, sollte nicht mit Steinen werfen", entgegnete sie. „Ehrlich, Nathan! Jim und Enid sind die wohl nettesten Menschen in ganz Serenity, vielleicht sogar auf der ganzen Insel. Sie verbringen ihre Sommer hier, und manchmal kommen ihre Enkelkinder vorbei, um sie zu besuchen. Du hättest dir keine freundlicheren und harmloseren Amerikaner aussuchen können!"

Nathan lachte. Der Klang seines Lachens schien von den Balken an der Decke abzuprallen und direkt in ihr Herz zu dringen. „Ich schätze, du hast recht."

„Sogar verdammt recht", erwiderte sie hitzig. Ein Teil ihrer Wut verrauchte, als sie sein Lächeln sah. „Du bist so misstrauisch, dass es schon fast beängstigend ist."

Mit seinen blauen Augen musterte er ihr Gesicht, und Bedauern überschattete seinen Blick. „Glaube mir: Nichts lag mir ferner, als dir Angst zu machen."

„Das hast du neulich Nacht nicht gesagt."

Er legte den Kopf schräg und zog auf eine ärgerlich arrogante Art und Weise eine Augenbraue hoch.

„Schon vergessen?", fuhr sie fort. „Neulich, als du mich hierhergeschleift und mir verboten hast, das Licht anzumachen? Die Nacht, in der du auf Barbara gewartet hast? Du hast mir einen Riesenschrecken eingejagt. Und jetzt reagierst du schon wieder so übertrieben!" Sie seufzte laut, warf ihr Haar über die Schultern und blickte an die Decke. „Ausgerechnet Jim und Enid Chambers!"

„Okay, okay, ich habe einen Fehler gemacht. Das passiert nicht zum ersten Mal."

„Darauf will ich wetten! Es überrascht mich, dass du mir überhaupt vertraust." Als er etwas erwidern wollte, hob sie abwehrend die Hände. „Ich weiß, mit mir verhält es sich anders. Du hast mich zuerst überprüft! Tja, vielleicht hätte ich diejenige sein sollen, die ein paar Erkundigungen einholt. Sie wissen alles über mich, Mr Sloan, aber ich weiß verdammt noch mal nichts über Sie. Bis auf die Tatsache, dass du niemandem außer Barbara vertraust – wer auch immer sie sein mag!"

Das Lächeln verschwand aus seinen Augen. „Ich bin nur gern vorsichtig."

„Deine Vorsicht grenzt schon an Verfolgungswahn!"

Er trat zu ihr und kam ihr mit dem Gesicht ganz nahe. „Du musst es ja wissen! Schließlich bist du ja die Expertin, die glaubt, dass alle Männer so sind wie Daniel Browns Vater!"

Ihre Augen weiteten sich entsetzt, und sie wich zurück, bis sie mit dem Rücken an der Tür stand. Sie fühlte sich tief getroffen. Mit den Fingerspitzen suchte sie nach dem Türknauf und umfasste ihn. „Ich denke, du solltest jetzt gehen", flüsterte sie.

Nathan bemerkte den verletzten Ausdruck in ihren Augen, und seine Wut verflog. „Du hast damit angefangen", sagte er leise und streckte den Arm aus, um über ihre Wange zu streicheln.

Sie wich vor seiner Berührung zurück. „Und du hast es beendet." Sie schluckte unzählige Entschuldigungen herunter und riss die Tür auf.

Nathan schloss sie wieder und hielt Stacey zwischen dem glatten Holz der Tür und seinem Körper gefangen. „Du hast Streit gesucht."

„Ich bin nur verwirrt!"

Er war ihr so nahe, dass sie ihn riechen konnte, dass sie das Zögern in seinen mitternachtsblauen Augen sehen konnte, dass sie merkte, wie er die Zähne aufeinanderpresste. Er wirkte hin- und hergerissen.

„Ich wollte nicht so für dich empfinden", gestand er. Nachdenklich wickelte er eine ihrer honigblonden Locken um seinen Finger. „Ich wollte dich nicht einmal mögen."

Ihr stockte der Atem, als er mit den Fingerspitzen über ihre Wange strich und ihren Hals hinab bis zu der Stelle, an der ihr Pulsschlag sichtbar war. Bedächtig ließ er den Finger auf ihren Schlüsselbeinen kreisen, während er seinen verführerischen Blick auf die Bewegung gerichtet hatte.

„Ich darf mich nicht in dich verlieben", sagte er, doch seine Stimme klang vor Begierde rau. Gefesselt von dem verführerischen Ausdruck in seinen Augen fuhr sie sich mit der Zungenspitze über ihre Lippen. Diese unschuldige und dennoch so verlockende Geste steigerte sein Verlangen nur noch mehr.

„Und … und ich darf mich nicht in dich verlieben", erwiderte sie, als wollte sie sich selbst überzeugen.

„Gut." Er neigte den Kopf und kostete ihre Lippen, fühlte ihre Wärme und das Zittern. Er stöhnte und schmiegte sich an sie, spürte ihre Oberschenkel, ihre Brüste an seinem Körper.

Noch nie hatte er eine Frau so sehr gewollt. Noch nie hatte er sich so sehr nach körperlicher Erlösung gesehnt, die ihn ein paar Minuten von der Angst ablenken würde, die an ihm nagte. Heißes Verlangen durchströmte ihn.

Stacey schmeckte die brennende Begierde in seinem Kuss. Mit seiner Zunge eroberte er ihren leicht geöffneten Mund, verzehrte sich nach ihrer Süße. Hitze ergriff ihren Körper, bahnte sich den Weg aus der Tiefe ihrer Weiblichkeit und schien jede Faser ihres Körpers in Flammen zu setzen.

Mit der Hand glitt er zu ihrer Taille und schob sie dann unter ihren Pullover. Sie bemerkte seine Hand auf ihrem Rücken. Warm und sinnlich ließ er seine Finger über ihre Rippen wandern, um schließlich ihre Brust zu massieren.

Erregend reizte er mit dem Daumen ihre harte Spitze, bis Stacey aufstöhnte und die Arme um seinen Nacken schlang. Nathan Sloan hatte eine wilde, geheimnisvolle Seite, etwas sehr Lebendiges, Männliches. Auch wenn sie es noch so sehr versuchte, konnte Stacey nicht länger gegen die Verlockung seiner Berührung, die Verführung in seinem Blick und das Versprechen seiner Lippen ankämpfen. Mit dem Mund fuhr er langsam ihren Hals hinab, strich über den Kragen ihres Pullovers, während sich seine warmen Hände um ihre Brüste schlossen, sie streichelten und ihre sensiblen Knospen verwöhnten. Stacey erschauerte und bog sich ihm entgegen. Sie sehnte sich so sehr nach seiner Nähe.

Er ließ die Zunge über die kleine Vertiefung zwischen ihren Schlüsselbeinen gleiten und leckte über ihre Haut, bis Staceys Knie ihr den Dienst versagten und sie zu Boden sank. „Nathan", wisperte sie. Ihre Stimme klang rau.

Er streifte ihr den Pullover ab. Instinktiv bedeckte sie ihre Brüste. Forschende blaue Augen blickten sie eindringlich an, bevor er ihre Hände zur Seite schob und die weißen Hügel mit den dunklen Spitzen betrachtete. Schließlich neigte er den Kopf und hauchte einen Kuss auf ihre empfindlichen Knospen.

Staceys Unterleib zog sich sehnsüchtig zusammen, und sie versuchte einen Grund zu finden, um Nathan wegzustoßen. *Denk an Jeff!* Doch sie konnte nicht die Kraft aufbringen, um Nathan abzuweisen. Sein stoppeliges Kinn hob sich dunkel gegen ihre helle Haut ab, während er sie mit Lippen und Zunge liebkoste. Aus einem Impuls heraus umschloss sie seinen Kopf sanft mit ihren Armen.

Denk an Barbara! Macht er das hier auch mit ihr? Doch statt sich zurückzuziehen, beugte sie sich vor und küsste sein kaffeebraunes Haar.

Die wirbelnden Empfindungen, die dieser geheimnisvolle Mann in ihr auslöste, waren zu wundervoll, als dass Stacey sie sich verboten hätte.

Aber er liebt mich nicht!

„Stacey", hauchte er auf ihre feuchte Brust. „Liebe mich, schlaf mit mir."

Er tauchte mit den Händen unter den Bund ihrer Jeans und nestelte am obersten Knopf. Stacey hielt die Luft an, als sie seine Finger auf ihrer erhitzten Haut spürte. Es fühlte sich an, als würde sie dahinschmelzen.

„Liebe mich", wiederholte er, küsste ihren Bauch und ließ die Zunge um ihren Nabel kreisen. Unwillkürlich erbebte sie. Seine Zungenspitze in ihrem Nabel verstärkte ihr Verlangen noch.

„Ich … Ich kann nicht."

Er hörte auf, ihren Bauchnabel zu liebkosen, hob den Kopf und betrachtete ihr errötetes Gesicht. Der Ausdruck in seinen blauen Augen wirkte mit einem Mal kühl.

„Wegen Jeff Brown?", fragte er.

„Nein. Weil ich einfach nicht kann!"

Als er so mit zerzaustem Haar auf ihr lag, sah Nathan so attraktiv und männlich aus, dass Stacey Schwierigkeiten hatte, die Sprache wiederzufinden. Nein zu ihm zu sagen, während ihr Körper sie anflehte, es sich doch noch mal anders zu überlegen, war ungeheuer schwierig für sie.

„Wie oft muss ich dir noch erklären, dass ich nicht Daniel Browns Vater bin?"

„Ich denke nicht an Jeff", behauptete sie und griff suchend nach ihrem Pullover.

Aber Nathan umschloss ihr Handgelenk und hielt ihre Hand auf dem Boden fest, sodass das rettende Kleidungsstück außer Reichweite blieb. Sein Blick wanderte über ihre nackten Brüste. Wenn er nicht gut aufpasste, würde er sich in Stacey Monroe verlieben. Er sah auf und betrachtete ihr Gesicht, auf dem ein erstaunter, verlegener Ausdruck zu lesen war. „An wen hast du dann gedacht?"

„Zuerst einmal an Cindy."

„Und an wen noch?"

Sie reckte ihr Kinn vor, löste sich aus seinem festen Griff und rieb sich über die Handgelenke, ehe sie ihren Pullover nahm und ihn schützend vor ihre Brüste drückte. „Jennifer Reaves zum Beispiel", entgegnete sie. „Deine Frau. Die Frau, die nicht einmal deinen Namen angenommen hat!"

Nathan wurde bleich. „Ich verstehe nicht, was sie mit uns zu tun haben sollte."

„Sie war doch Cindys Mutter, oder nicht?"

Entschieden nickte er.

„Dann hat sie einiges mit uns zu tun."

„Und an wen hast du noch gedacht?", fragte er.

Sie versuchte ihre Eifersucht zu verdrängen, doch es gelang ihr nicht. „Barbara", gab Stacey zu.

Er ließ die Schultern sinken und biss mit nur mühsam unterdrückter Wut die Zähne aufeinander. „Ich habe dir doch schon gesagt, dass sie mir nur hilft – bei Cindy."

„Verdammt, das tue ich doch auch! Weil du es wolltest, schon vergessen? Vor ein paar Wochen war es das Wichtigste für dich, Cindy in Oceancrest unterzubringen!"

„Das ist immer noch das Wichtigste für mich."

„Dann brauche ich ein paar ehrliche Antworten!"

„Stacey …" Er wollte sie an den Händen fassen, aber sie zog sich zurück und presste immer noch den Pulli an sich. „Ich tue mein Bestes", sagte er heiser.

„Wobei? Dabei, mich im Dunkeln zu lassen?"

„Dabei, dir zu vertrauen."

„Vertrauen funktioniert immer in beide Richtungen."

„Ich weiß", entgegnete er. Er war zornig auf sich selbst, auf sie und auf die ganze verfluchte Welt. Er fühlte sich, als stünde er kurz davor, zu explodieren. „Und du vertraust mir nicht", meinte er, streckte die Arme aus und entriss ihr den Pullover.

Mit roten Wangen starrte sie ihn an. Ihr war bewusst, dass ihre Brustspitzen sich ihm entgegenreckten, während sie angestrengt ein- und ausatmete. „Würdest du an meiner Stelle anders handeln?"

Er seufzte, wandte den Blick von ihren verlockenden Brüsten ab und reichte ihr den Pullover wieder. „Ich schätze, nein."

„Du musst einfach nur offen und ehrlich mit mir sprechen. Ist das so schwierig?"

Ein Schatten huschte über sein Gesicht und verdunkelte seine Augen. „Du hast keine Ahnung, was du da von mir verlangst", raunte er, erhob sich und starrte aus dem Fenster auf das Meer hinaus.

„Findest du?"

Wieder fiel sein Blick auf ihre Brüste, und er musste sich beherrschen, ihr zu widerstehen. Es wäre so leicht, sie nach oben zu tragen, aufs Bett zu legen und ihren Körper mit seinem zu bedecken.

„Zieh dir was an", presste er wütend hervor. Als ihm klar wurde, wie schroff seine Stimme klang, wurde seine Miene weicher. „Bitte, schlüpf in deinen Pullover. Ich kann nicht klar denken, wenn du … so aussiehst."

Sie streifte sich den Pullover über den Kopf. Nachdem die Arme in den Ärmeln steckten, zog sie ihr dichtes Haar durch den Kragen des Pullis und schüttelte es frei.

Verunsichert richtete sie sich auf und ging in die Küche. Ihre Hände zitterten, als sie Kaffee aufsetzte, und ihr Magen hatte sich beinahe schmerzhaft zusammengezogen. Unglücklich stützte sie sich auf der Anrichte ab. Was hatte sie nur gemacht? Sich von ihrem Körper und nicht von ihrem Verstand leiten lassen. Und noch immer bebte sie vor Verlangen nach einem Mann, den sie nicht haben konnte. Dass er hier mit ihr zusammen war, war eine Lüge. Die Frau, die er wirklich liebte, wartete irgendwo auf der Insel auf ihn, bereit, sich im Schutze der Dunkelheit mit ihm am Strand zu treffen.

Nathan kam in die Küche, ließ sich rittlings auf einen Stuhl nieder und verschränkte die Arme auf der Rückenlehne. Nachdenklich musterte er Stacey.

„Es tut mir leid", sagte er.

„Hör auf!" Stacey spürte, wie ihr Tränen in die Augen schossen. Ihre Stimme zitterte und klang erstickt. „Ich will mich nicht in dich verlieben, und du behauptest, das auch nicht zu wollen. Also sollte es nicht allzu schwer sein, dafür zu sorgen, dass unser Verhältnis rein beruflicher Natur bleibt."

„Das glaubst du genauso wenig wie ich." Seine ruhige Stimme überzeugte sie, dass er im Gegensatz zu ihr seine Empfindungen im Griff hatte. Sie hatte dagegen das Gefühl, zerrissen zu werden, und war sich sicher, dass sie kein Recht dazu hatte, sich in ihn zu verlieben.

„Ich denke, wir sollten uns nur Gedanken darüber machen, was das Beste für Cindy ist, und uns nicht unseren egoistischen Launen hingeben", erklärte sie.

„Ich glaube nicht, dass das, was ich für dich empfinde, als ‚Laune‘ bezeichnet werden kann."

Ungläubig zog sie eine Augenbraue hoch und wandte sich dann zu ihm um. Sie lehnte sich mit der Hüfte an die Anrichte und stellte sich vor, wie ihr Leben ohne ihn aussehen würde. „Ich will das nicht hören, Nathan", wisperte sie und betrachtete scheinbar interessiert das vergilbte Linoleum. „Wir haben uns beide in einem Moment der Lust verloren."

„Das ist eine Lüge, und das weißt du auch!"

„Was?" Abrupt hob sie den Kopf und bemerkte den eindringlichen Ausdruck in seinen Augen.

„Du hast mich schon verstanden." Wütend stand er auf und kehrte ins Wohnzimmer zurück. Er schaute aus dem Fenster zum dunklen Horizont.

Der Gedanke, dass er den Strand nach Barbara absuchte, versetzte ihr einen schmerzhaften Stich.

Frustriert steckte Nathan die Hände in die Hosentaschen. Die Schulter an den Kaminsims gelehnt, blickte er sie aus schmalen Augen argwöhnisch an. „Also, was willst du über Jennifer wissen?"

Plötzlich spielte es keine Rolle mehr. Stacey wollte nichts mehr über die Beziehung zu seiner Frau wissen. Er hatte sie davon überzeugt, dass sein Privatleben tabu war. „Du musst nicht ..."

„Aber du warst doch so versessen darauf, es zu verstehen. Oder?"

„Nur wegen Cindy ..."

Sein Blick sagte ihr, dass er ihr das nicht abkaufte. „Tja, dann solltest du es vielleicht erfahren", entgegnete er. „Ich spreche allerdings nicht gern darüber."

„Das ist mir schon klar." Sie ließ sich in einen Sessel sinken.

Nathan rieb sich übers Kinn und stieß ein langgezogenes Seufzen aus. „Jennifer starb, als ihr Wagen am Laurel Canyon eine Böschung hinabraste. Es war ein schöner Tag – kein Regen oder Schnee auf den Straßen, keine Wolke am Himmel." Aufgewühlt presste er die Lippen aufeinander. „Es gab nicht einmal Bremsspuren. Sie hatte anscheinend nicht versucht, zu bremsen."

Stacey rührte sich nicht. „Willst du damit sagen, dass du denkst, dass es kein Unfall war?"

„Ich will damit sagen, dass ich es nicht weiß." Seine Miene war finster, der Ausdruck in seinen Augen gequält. „Es gibt unzählige Gründe, warum sie die Kurve nicht bekommen hat. Vielleicht hat sie gerade in den Rückspiegel gesehen oder wollte etwas aufheben, was ihr heruntergefallen war ... Wer weiß das schon?"

„War Cindy bei ihr?"

Er wurde bleich. „Nein. Zum Glück nicht. Das Auto krachte den Abhang hinunter und fing Feuer. Kein Fahrzeuginsasse hätte diesen Unfall überleben können."

„Es tut mir leid", flüsterte Stacey. Sie fühlte sich, als hätte sie unerlaubterweise eine Grenze überschritten. „Mir war nicht klar ..."

Er beachtete sie nicht. Er stützte sich schwer auf den Kaminsims und strich mit den Fingerspitzen über das verwitterte Kiefernholz. „Als Cindy es erfuhr, zog sie sich vollkommen zurück. Zuerst habe ich noch geglaubt, dass sie es überwinden würde, aber ..." Er zuckte die Achseln. „Es hat sich in all der Zeit nichts geändert."

„Geht es ihr überhaupt nicht besser?"

„Ein bisschen, doch es geht ihr nicht gut", gab er zu und verlagerte unbehaglich das Gewicht von einem Bein auf das andere.

„Und das ist alles?"

„Das ist das Wichtigste. Meine Beziehung mit Jennifer war nicht so denkwürdig."

Ungeduldig trommelte sie mit den Fingern auf dem verschlissenen Stoff der Armlehne. „Warum habe ich das Gefühl, dass du mir noch immer nicht die ganze Wahrheit sagst?"

Nathan verzog das Gesicht. „Ich wüsste nicht, was du noch wissen müsstest", erwiderte er.

„Vielleicht würde ich gern noch etwas über dein Verhältnis zu Cindy erfahren, bevor deine Frau gestorben ist."

„Wir standen uns nicht besonders nahe", gestand er.

„Warum nicht?"

Sein Blick verfinsterte sich, und er ging angespannt zwischen Kamin und Fenster hin und her. „Jennifer und ich waren zum Zeitpunkt des Unfalls nicht mehr zusammen", erklärte er. „Schon eine ganze Weile nicht mehr."

„Und dann wurdest du in Cindys Leben zurückgestoßen, und ihre Mutter war tot." Kein Wunder, dass das Kind sich zurück-gezogen hatte und völlig verunsichert war.

„Cindy und Jennifer hatten eine sehr enge Bindung."

„Und du?"

„Ich kannte meine Tochter eigentlich nicht besonders gut." Staceys Magen zog sich schmerzhaft zusammen. *Du wolltest es ja unbedingt wissen!* „Also hast du die Vaterrolle nur gezwungenermaßen übernommen, weil deine Frau tot war?"

Es entstand eine lange, unangenehme Pause. Nathan hatte die Lippen aufeinandergepresst und kämpfte gegen den Wort-schwall an, der aus ihm herausbrechen wollte, um die Situation zu erklären. Je weniger Stacey darüber wusste, was tatsächlich in L. A. geschehen war, desto besser für alle Beteiligten – besonders für seine Tochter. Rastlos lief er in dem kleinen Zimmer auf und ab und blickte abwechselnd zu Stacey und dann wieder aus dem Fenster. „Versteh doch, dass mein Job mich zeitlich sehr gefordert hat."

„Das ist eine faule Ausrede, und das weißt du auch."

Er ließ die breiten Schultern sinken. „Vielleicht. Ich hoffe, nicht. Wie auch immer – ich war viel unterwegs und habe für Storys recherchiert. Nachrichten, Sportevents, was auch immer es war und wo auch immer es stattfand."

Kein Wunder, dass seine Frau ihn verlassen hat. Eine Frau mit einem Baby brauchte etwas mehr an Ermutigung und Un-terstützung, als ein Autor, der ständig auf Reisen war, ihr ge-ben konnte. Dennoch passte an seiner Geschichte irgendetwas nicht zusammen. Es war offensichtlich, dass er seine Tochter sehr liebte, und Stacey konnte ihn sich einfach nicht als durch Abwesenheit glänzenden Elternteil vorstellen.

„Deshalb habt ihr euch getrennt?"

„Was?" Er erstarrte.

„Na, wegen deines Jobs?"

„Oh." Er sah sie an und runzelte die Stirn. „Ja. Äh … Genau genommen hat meine Beziehung mit Jennifer von Anfang an nicht gut funktioniert."

„Aber es war ein Kind im Spiel und keiner von euch beiden konnte die Beziehung beenden", sagte sie hölzern. Sie wusste aus eigener Erfahrung, wie kalt es in einer Beziehung werden konnte, wenn die beiden Partner nur des Kindes wegen zusammenblieben.

„Du scheinst das zu verstehen."

„Ein bisschen", gab sie mit finsterem Blick zu. Sie musste an ihre eigene Kindheit in Boston denken. Ihre Eltern hatten nur eine Gemeinsamkeit gehabt: ihr sehr eigensinniges Kind. Sie schüttelte das alte Gefühl der Verzweiflung ab. „Aber was ich nicht verstehe ist die Gefahr, von der du dauernd sprichst."

Nathan rührte sich nicht, doch seine Muskeln verspannten sich, bis sie schmerzten.

Stacey spürte, dass sie einen wunden Punkt getroffen hatte, und drängte weiter. „Das ganze Gerede über Gefahr und dein Misstrauen selbst einem netten älteren Pärchen gegenüber, das nur einen abendlichen Spaziergang am Strand macht – für mich ergibt das alles keinen Sinn. Wovor hast du Angst, Nathan? Und warum kannst du es mir nicht erzählen?"

Voller Bedauern sah er sie an. „Das bin ich dir wohl schuldig."

„Das glaube ich auch."

„Es gibt da Leute …"

„Wen?"

Er zögerte. „Verwandte von Jennifer."

„Was ist mit ihnen?"

„Sie finden nicht, dass ich ein besonders guter Vater bin."

„Kannst du ihnen das nach allem, was du mir erzählt hast, verübeln?"

„Eigentlich nicht, nein. Aber sie wollen, dass ich das Sorgerecht für Cindy abgebe."

Stacey rang den dumpfen Schmerz in ihrem Herzen nieder. Es war eindeutig, dass Nathan sein Kind sehr liebte. „Was können sie dir anhaben? Du bist immerhin der Vater."

Beinahe unmerklich zuckte er zusammen und biss sich auf die Unterlippe. „Aber ich war kein guter Vater. Jedenfalls nicht bis zu Jennifers Tod", gab er zu und blickte finster drein. „Wie auch immer – diese Verwandten wollen mir die Kleine wegnehmen – zur Not auch mit Gewalt …"

„Und deshalb versteckt ihr euch vor ihnen", beendete sie den Satz für ihn.

Sein trauriges Lächeln erreichte seine Augen. „Hör mal, Stacey. Wir wissen beide, dass Cindy emotionale Probleme hat. Verdammt, vielleicht bin ich zum Teil mit schuld daran. Doch meiner Meinung nach wird es ihr nur noch schlechter gehen, wenn sie mir jetzt weggenommen wird."

„Das sehe ich genauso", entgegnete Stacey und dachte voller Liebe an das kleine Mädchen mit den wilden blonden Locken. „Sie braucht im Augenblick Sicherheit, Stabilität in ihrem Leben. Sie braucht dich. Ich glaube nicht, dass irgendein Richter das anders sehen würde."

„Ich will die Kleine nicht der seelischen Belastung einer Gerichtsverhandlung aussetzen. Zumindest jetzt noch nicht."

Stacey konnte ihm nicht widersprechen, auch wenn sie seine Methoden etwas fragwürdig fand. „Das würde ich auch nicht tun. Aber denkst du wirklich, dass ihre Verwandten euch so offensichtlich hier suchen würden?"

„Ich weiß es nicht." Er rieb sich die schmerzenden Muskeln in den Schultern. „Sie waren auf jeden Fall in Fairbanks. Zumindest einer von ihnen: ein Mann namens Robert Madison."

„Wer ist er?", fragte Stacey.

Nathan zögerte, und sein Blick wurde hart. „Ihr Onkel."

Madison und nicht Reaves? „Aber Jennifers Name …"

Nathans kaltes Lächeln ließ sie verstummen. „Madison war mit Jennifers Schwester verheiratet. Seine Frau ist tot."

„Du magst ihn nicht besonders, oder?"

„An ihm gibt es nicht viel Liebenswertes", erwiderte Nathan ausweichend.

„Und warum war dieser Madison in Fairbanks?", fragte sie. Sie erhob sich, ging in die Küche, schenkte zwei Tassen Kaffee ein und kehrte damit ins Wohnzimmer zurück.

Nathan hatte sich auf einen alten Schaukelstuhl in der Nähe der Tür gesetzt und beobachtete Stacey.

„Schwarz?", erkundigte sie sich und reichte ihm eine der Tassen.

„Ja. Danke." Er nahm den Becher entgegen und trank einen Schluck des heißen Kaffees, bevor er die Augen schloss und sich zurücklehnte.

„Warum sollten Cindys Verwandte all das auf sich nehmen?", wollte sie wissen, starrte in ihren Becher und hockte sich auf die Sofalehne.

„Geld."

„Geld?"

„Das Erbe von Jennifers Familie. Cindy wird ein Vermögen erben, wenn sie achtzehn wird. Wenn es nach den anderen Familienmitgliedern geht, vor allem nach Madison, sehe ich keinen roten Heller von dem Geld."

„Aber er ist nur angeheiratet …"

„… und er hält mich für einen Betrüger", entgegnete er trocken.

„Madison hat kein Anrecht auf Cindys Erbe."

„Das spielt keine Rolle. Er will das Geld. Und wenn er es nur durch Cindy bekommen kann, dann wird er versuchen, zu beweisen, dass ich als Vater unfähig bin."

Staceys Griff um ihre Kaffeetasse verstärkte sich. Sie ging zur Treppe. „Willst du es? Das Geld, meine ich?"

„Verdammt, nein! Zumindest nicht für mich. Aber ich bin der Meinung, dass Cindy das Recht haben sollte, es zu beanspruchen, sobald sie alt genug ist. Das Problem ist, dass die anderen

Verwandten – allen voran Madison – diese Idee alles andere als gut finden."

„Hast du mit ihnen geredet?"

„Sie hören mir nicht zu."

„Gibt es in der Familie denn niemanden, der dir vertraut?"

„Nein."

Aber es gibt einen Menschen, der auf deiner Seite ist, dachte Stacey. Sie hasste ihre Eifersucht. Sie setzte sich auf die unterste Treppenstufe, die zu ihrem Schlafzimmer im ausgebauten Dachboden führte, und hielt den Kaffeebecher mit beiden Händen umklammert. Unerwartet hatte sich ein Kloß in ihrem Hals gebildet, und sie schluckte ihn herunter. „Was spielt Barbara in der ganzen Sache für eine Rolle?"

„Sie versucht mir zu helfen."

„Indem sie so tut, als wäre sie deine Geliebte?"

„Ja."

„Wie?"

Nathan trank seinen Kaffee aus und stand auf. „Ich habe dir alles gesagt, was ich dir sagen kann", erklärte er und fuhr sich angespannt durchs Haar. „Und was Barbara angeht, muss ich dich bitten, mir einfach zu vertrauen."

„Das ist schwierig", gab sie zu.

Er kam zu ihr und kniete sich neben sie. „Du bist die einzige Frau, die mir etwas bedeutet, Stacey", schwor er, und sein liebevoller Blick strich über ihr Gesicht. „Glaube mir das."

„Ich weiß nicht, ob das so klug ist."

Ein schiefes Grinsen erschien auf seinem Gesicht, als er sie ansah. Mit ihrem wilden, langen Haar und den unschuldigen braunen Augen löste sie in ihm Gefühle aus, die zu empfinden er nie wieder für möglich gehalten hätte. „Da bin ich mir auch nicht sicher", sagte er und betrachtete sie. Lächelnd bemerkte er die leichten Sommersprossen, die auf ihrer Nase zu erkennen waren.

Sie konnte nicht anders und erwiderte sein Lächeln.

„Halte nur mit mir zusammen durch", bat er sie und gab ihr einen Kuss auf den Scheitel. „Vielleicht können wir uns zusammen durch dieses Durcheinander schlagen."

„Das würde ich gern", gab sie zu. „Das würde ich wirklich gern." Sie lächelte ihn an, und er hauchte ihr einen Kuss auf die Lippen. „Trotzdem habe ich noch immer Bedenken, eine Beziehung mit dem Vater einer meiner Schüler zu haben."

„Dann muss ich dich wohl davon überzeugen, deine Meinung in dieser Sache zu ändern." Er warf einen Blick auf die Uhr. „Aber nicht jetzt. Ich muss nach Hause und Mrs McIver erlösen."

Voller Bedauern lächelte er ihr noch einmal zu und verschwand. Und obwohl Stacey den Drang verspürte, ihn zu beobachten und herauszufinden, ob er sich mit Barbara traf, tat sie es nicht. Stattdessen konzentrierte sie sich darauf, für den folgenden Tag ein Kunstprojekt vorzubereiten. Schließlich rief sie noch bei ihrem Vater an, dessen verschlafene Stimme sie daran erinnerte, dass es bei ihm bereits nach elf Uhr war.

Die folgende Woche verlief ruhig. Zu ruhig. Nathan machte sich nicht einmal die Mühe, Cindy in die Schule zu bringen. Er schickte Mrs McIver, die die Kleine brachte. Die alte Dame holte Cindy nach der Schule auch wieder ab.

Stacey begann sich zu fragen, ob ihr vertrauliches Gespräch mit Nathan nur ein weiterer Akt des Schauspiels gewesen war. Die Geschichte über Cindys Erbe und die Verwandten war abenteuerlich und hätte durchaus nur dazu dienen können, Nathans unberechenbares Verhalten zu vertuschen – vor allem, was Barbara betraf.

Stacey versuchte sich auf ihre Arbeit zu konzentrieren. Aber selbst ihre Schüler konnten die Melancholie nicht lindern, die sich bei dem Gedanken an Nathan in ihrem Herzen breitmachte. Warum mied er sie? Vielleicht hatte er noch einmal über seine Lage nachgedacht und beschlossen, dass eine Beziehung mit

Cindys Lehrerin doch nicht das war, was er sich wünschte. Aber sein Verlangen nach ihr war keine Lüge gewesen; sie hatte es in seiner Berührung gespürt, in seinen Augen gesehen.

In dieser Woche war Cindy noch unzugänglicher als in der ersten. Sie schien sich vollkommen hinter ihre Schutzmauer zurückzuziehen. Als die Woche vorüber war und Geneva McIver zur Schule kam, um Cindy abzuholen, beschloss Stacey, dass es an der Zeit war, über Cindys Verhalten zu reden.

„Ich muss mit Cindys Vater sprechen", sagte Stacey, als Geneva Cindys Strickjacke zuknöpfte.

„Ich werde ihm Bescheid sagen, wenn er zurück ist."

Wenn er zurück ist? Von wo? „Ich wusste nicht, dass er nicht in der Stadt ist", bemerkte Stacey.

„Oh ja. Er ist vor ein paar Tagen gefahren. Darum kümmere ich mich um unser Mädchen." Liebevoll sah sie das blonde Kind an. „Er sollte am Montag zurück sein."

„Gut." Nathans Abwesenheit erklärte Cindys Verhalten. Die Tatsache, dass er für einige Tage verreist war, verstärkte die Ängste des Kindes, dass es von dem einzigen Elternteil, den es noch hatte, für immer verlassen worden sein könnte. Die Kleine war offenbar beunruhigt, dass sie auch noch ihren Vater verlieren könnte.

„Ich werde ihm sagen, dass Sie ihn sprechen wollen."

„Das wäre nett."

Die alte Dame ergriff Cindys Hand und wandte sich zur Tür um.

Stacey reagierte, ohne groß nachzudenken. „Mrs McIver?"

„Ja?" Geneva warf einen Blick über die Schulter.

„Wäre es in Ordnung, wenn ich morgen mit Cindy in den Park gehen würde? Es sieht so aus, als würde das Wetter gut werden, und ich würde gern mit ihr picknicken."

„Ich weiß nicht …"

Stacey neigte den Kopf in Cindys Richtung. „Vielleicht tut ihr das gut", sagte sie und fing Geneva McIvers verständnisvollen

Blick auf. Offenbar hatte Cindy sich zu Hause genauso distanziert und verschlossen verhalten wie in der Schule.

„Ich schätze, das ist schon in Ordnung."

„Wunderbar. Ich werde gegen halb elf bei Ihnen sein."

Geneva lächelte. „Gut. Ich muss sowieso einkaufen, und das ist wesentlich unkomplizierter allein." Zärtlich tätschelte sie der Kleinen den Kopf. „Komm, Cindy, wir sollten jetzt gehen."

Stacey beobachtete, wie die alte Dame und das kleine Kind gingen, und fragte sich, ob sie schon wieder einen Fehler gemacht hatte.

Der Samstag versprach ein frischer, klarer Morgen zu werden. Eine salzige Brise aus dem Norden wehte über die Insel, doch im Laufe des Vormittags setzte die Sonne sich durch.

Stacey verbrachte den Morgen damit, für das Picknick einzukaufen. Außerdem besorgte sie einen Drachen. Schließlich packte sie ein herzhaftes Mittagessen für sich selbst und Cindy ein und spazierte am Strand entlang zu Nathans Häuschen.

Geneva McIver erwartete sie bereits und öffnete die Tür, als Stacey klopfte. „Wir sind so gut wie fertig", sagte sie, während sie durch das kleine verwitterte Häuschen huschte und die restlichen Dinge für den Ausflug zusammensuchte. Der Bau selbst war eine merkwürdige Mischung von großen Fenstern, einem steilen Dach und rauen Holzwänden. Die Decken waren hoch und schräg, und die Wände zierten Buntstiftgemälde einer vierjährigen Künstlerin.

In einer Ecke standen Nathans Schreibtisch mit dem Computer und ein volles Bücherregal. Eine Pinnwand mit Notizen hing an der Wand.

„Komm, Cindy", sagte Mrs McIver. Sie hielt Cindy an der Hand und führte sie aus einem kleinen Flur ins Wohnzimmer.

„Hallo!", sagte Stacey, als sie das Kind erblickte.

Cindy sah sie an, lächelte jedoch nicht.

„Wir sollten uns beeilen", lockte Stacey sie. „Sonst verpassen wir die Boote!"

„Die Boote?", wiederholte Cindy und runzelte die Stirn.

„Die Fischerboote. Die ersten kommen gegen Mittag zurück, wir sollten uns also sputen."

Neugierig ergriff das Kind Staceys ausgestreckte Hand.

„Ich bringe sie um vier Uhr zurück", versprach Stacey der alten Dame, die abwinkte.

„Machen Sie sich keine Gedanken darüber. Das Essen ist gegen sechs fertig. Also machen Sie ruhig und genießen Sie die

Zeit! Cindy, du hörst auf Miss Monroe." Geneva McIver stand auf der Veranda und sah zu, wie Stacey und Cindy in Richtung Stadt aufbrachen.

Hand in Hand gingen sie den staubigen Weg an der Straße entlang, die nach Serenity führte. Cindy blieb ab und an stehen und betrachtete eine interessante Blume, einen Stein oder ein Insekt. Stacey unterstützte die Neugierde des Kindes und konnte sich nicht gegen die Zufriedenheit wehren, die sie überkam.

Die Sonne war warm und der Himmel strahlend blau und wolkenlos. Der typische Duft des Meeres erfüllte die frische Luft. Möwen kreischten, und Autos fuhren langsam auf der sandigen Straße vorbei. Es war ein gemütlicher, wundervoller Samstag.

Sie liefen durch die Stadt, und Cindy blieb stehen, um in das Schaufenster des Zoogeschäfts zu blicken. Sie musste über den niedlichen Welpen lächeln, der seine Schnauze an die Fensterscheibe drückte und die Fußgänger aufgeregt ankläffte.

„Ich mag kleine Hunde." Cindy sah ihn mit sehnsüchtigem Blick an, und der flauschige kleine Hund wedelte mit dem Schwänzchen. Seine dunklen Augen funkelten.

„Ich mag kleine Hunde auch, aber …" Es brach Stacey das Herz. „Dein Vater würde stinksauer werden."

„Ich mag diesen hier!" Cindy drückte ihren kleinen Finger an die Scheibe, und der braune Hund wedelte mit dem Schwanz.

„Er ist zauberhaft", gab Stacey zu und betrat mit dem Kind an der Hand die Tierhandlung. Der Besitzer des Ladens gab dem Kind das Hündchen auf den Arm, und Cindy lachte vor Freude, als der Welpe ihr mit seiner rauen Zunge über das Gesicht leckte.

Stacey konnte ihr den Wunsch einfach nicht abschlagen. „Ich nehme ihn", entschied sie gegen alle Vernunft. Sie kaufte den Hund, Hundefutter, ein Halsband, einen Napf und eine Leine und fragte sich gleichzeitig, wie sie Nathan beibringen sollte, dass er jetzt stolzer Hundebesitzer war. Sie beschloss, den Welpen bei sich zu Hause aufzunehmen, falls er überhaupt nicht dazu bereit war. Es war ja immerhin möglich, dass Nathan oder das Kind allergisch auf Tierhaare reagierten.

Glücklich hielt Cindy das eine Ende der Leine in der Hand, während der Welpe am anderen Ende zog. Von dem aufgeregten Hund geführt, gingen sie zum Landungssteg. Stacey schleppte in der einen Hand die Tasche mit dem Hundezubehör und in der anderen den Picknickkorb. Als sie den Hafen erreichten, war sie vollkommen erschöpft.

„Moment, Rover", sagte sie zu dem Hund und streichelte ihn, bevor sie ihn an das Geländer der Seebrücke band. Sobald der Welpe mit einem Napf mit frischem Wasser versorgt war, breitete Stacey auf den rauen Holzplanken der Brücke eine kleine Decke aus. Dann griff sie in den Picknickkorb und holte die Sandwiches, Kekse und Getränkedosen für Cindy und für sich selbst heraus.

Während Stacey ihr Sandwich aß und die hellen Segel der Boote in der Nähe des Ufers betrachtete, verfütterte Cindy fröhlich ihr gesamtes Essen inklusive Schokoladenkeks an den Hund.

„Und wenn du Hunger bekommst?", meinte Stacey schmunzelnd, doch das war dem Kind egal. „Gut, wie du meinst. Heute ist dein Tag, Cindy."

Cindy lächelte scheu, während der Welpe kläffte und an der kurzen Leine zerrte.

„Ich sehe schon, dass wir mit dir noch eine Menge Spaß haben werden", sagte Stacey trocken und tätschelte dem Hund den Kopf. Sein geringelter Schwanz wedelte so heftig hin und her, dass er kaum mehr zu erkennen war. „Ja, Nathan wird mich umbringen, wenn er von dir erfährt." Der Welpe hüpfte hoch und leckte Stacey übers Gesicht. Sie lachte.

Ein bisschen später spazierten sie zum Park, fanden einen schattigen Platz für den Welpen und verbrachten dann den Nachmittag damit, auf den Spielgeräten herumzutoben. Stacey rutschte mit Cindy zusammen die Rutsche hinunter, kletterte auf das Klettergerüst aus Holz, schubste die Kleine auf der Schaukel an und fuhr mit ihr Karussell, während das Hündchen – alle viere von sich gestreckt – im Schatten lag und döste. Den Drachen steigen zu lassen klappte nicht. Alles, was Stacey durch das ständige Hin- und Herlaufen im Park erreichte, war, dass sie völlig außer Puste war. Ihre Schenkel schmerzten, und ihre Lunge brannte vor Anstrengung.

„Du musst deinen Vater bitten, den Drachen mit dir steigen zu lassen", stieß sie schließlich atemlos hervor, als sie auf einer Bank unter den ausladenden Ästen einer Fichte saß und den chinesischen Drachen in den leuchtenden Farben zusammenfaltete, um ihn zurück in den Korb zu legen.

„Er wird das schaffen", prophezeite Cindy.

„Das hoffe ich", keuchte Stacey. „Mir ist es noch nie gelungen, so ein Ding zum Fliegen zu bringen."

Es war ein lustiger Nachmittag. Stacey hatte das Gefühl, dass sie Nathans verschlossenem Kind nähergekommen war und dass die Kleine enorme Fortschritte gemacht hatte. Zum ersten Mal, seit Stacey das Kind kannte, lachte Cindy und plapperte ohne Punkt und Komma.

Liebevoll strich sie der Kleinen über den Lockenkopf und las ihm aus dem zerfledderten Buch vor, das sie sich in der Schulbibliothek ausgeliehen hatte. Sie saßen zusammen auf der Bank, und Cindys Augenlider wurden langsam schwer, als sie sich an Stacey kuschelte und zum zweiten Mal der Geschichte von Rapunzel lauschte.

Stacey hatte gerade zu Ende gelesen, als sie spürte, dass sie beobachtet wurde. Sie warf einen Blick über die Schulter. Nathan stand unter einer Tanne. Er hatte sich an die raue Rinde des Baumes gelehnt und betrachtete die Szene. Seine Miene wirkte weich und voller Liebe für seine Tochter. Als Staceys und sein Blick sich verhakten, erkannte sie, dass diese Liebe auch sie einschloss. Verlangen loderte in seinen Augen. Doch da war noch etwas anderes, und in dem winzigen Moment wurde Stacey klar, dass Nathan sie sehr mochte – vielleicht sogar mehr, als er zugeben wollte.

In der nächsten Sekunde waren die Güte und Freundlichkeit jedoch aus seinem Blick verschwunden. Die Hände tief in die Hosentaschen geschoben, ging er auf Stacey und seine Tochter zu.

„Was macht ihr hier?", wollte er wissen.

„Daddy!" Cindy sprang von der Bank und rannte auf ihren Vater zu, der die Arme ausbreitete und sie auffing. „Sieh mal, was Miss Monroe mir geschenkt hat – einen kleinen Hund!" Sie streckte den Arm aus und zeigte auf den Welpen, der aufgeregt jaulte und an seiner Leine zerrte.

„Du hast einen Hund gekauft?"

„Für Cindy."

„Was?" Nathan sah aus, als würde er jeden Moment in die Luft gehen. „Das ist nicht dein Ernst!"

„Ich fürchte doch." Stacey ging zu dem Baum, an den der Hund gebunden war, und befreite ihn.

„Ich glaube nicht, dass wir ihn behalten können", sagte Nathan und warf Stacey einen bedeutungsvollen Blick zu. „Aber vielleicht hat Miss Monroe Platz für ihn."

Cindy protestierte, wand sich aus den Armen ihres Vaters und rannte zu Stacey, um ihr die Leine aus der Hand zu nehmen. „Er gehört mir", sagte sie schmollend und schlang die Lederleine um ihre Hand.

Stacey traf ein vernichtender Blick. Wütend und wortlos wartete Nathan auf eine Erklärung.

„Cindy hat den Hund im Schaufenster der Tierhandlung entdeckt. Ich konnte nicht widerstehen. Sie ist total aufgeblüht, seit wir ihn mitgenommen haben, vollkommen verändert! Hast du dir nicht genau das gewünscht?"

„Und wie lange wird das anhalten?"

„Ich weiß es nicht. Doch ich denke, ein Tier lieben und umsorgen zu können ist das beste Heilmittel der Welt für sie. Sie hat keinen Bruder, keine Schwester und auch keine Freunde – ich bin sicher, dieser kleine Kerl würde ihr gut tun. Aber wenn ihr ihn nicht behalten könnt, dann nehme ich ihn. Sie könnte ihn dann bei mir zu Hause besuchen."

„Ich finde, ich sollte derjenige sein, der entscheidet, ob mein Kind ein Haustier braucht oder nicht."

„Du warst ja nicht da!"

Sein Blick wurde hart. „Was mich zum nächsten Punkt bringt: Was hast du dir dabei gedacht? Du spazierst mit ihr in der Stadt herum, gehst mit ihr zum Hafen und dann hierher, wo jeder sie sehen kann?" Mit einem zornigen, besorgten Blick betrachtete er seine Tochter.

„Ich habe Cindy nur einen schönen Tag bereiten wollen. Wir haben gepicknickt und im Park gespielt …" Sie verstummte, als ihr klar wurde, dass er nicht wegen des Hundes wütend war. Seine Wut saß viel tiefer, sie war aus der Angst um sein Kind heraus geboren.

„Ich habe dir gesagt, dass es für sie hier nicht sicher sein könnte!"

„Unsinn!", versetzte sie und war nun ebenfalls wütend.

„Hast du alles vergessen, was ich dir neulich Abend erzählt habe?", warf er ihr vor. Sein Blick war noch immer auf sein Kind und den munteren Welpen gerichtet.

„Ich erinnere mich noch an alles. Bis auf die Dinge, die du mir bewusst nicht erzählt hast", erwiderte sie und schnappte sich ihr Buch, die Tüte mit den Einkäufen und den Picknickkorb.

„Und was zum Beispiel?"

„Zum Beispiel die Tatsache, dass du die Insel und Cindy verlassen würdest. Sie hatte eine ziemlich anstrengende, harte Woche. Und ich hätte es ihr leichter machen und besser auf sie eingehen können, wenn ich gewusst hätte, dass du weg bist."

„Etwas Unvorhergesehenes hat mich dazu gezwungen."

„Du hättest anrufen können."

„Warum?"

„Weil ich ihre Lehrerin bin und weil ich versuche, ihr zu helfen, verdammt noch mal!"

Nathans Blick verfinsterte sich, und er wirkte angespannt. „Ich war außer mir vor Sorge! Ich kam nach Hause, und niemand war da. Als Mrs McIver zurückkehrte und mir sagte, dass du Cindy mitgenommen hättest und schon den halben Tag unterwegs wärst, war ich krank vor Angst!"

„Hat sie dir nicht erzählt, wohin wir gegangen sind?"

„Doch. Genau das hat mich ja so beunruhigt! Ich mag es nicht, wenn sie allein in der Öffentlichkeit ist."

„Ich war die ganze Zeit bei ihr!" Sie hielt den Korb in einer Hand und die Tüte mit den Utensilien für den Hund in der anderen. „Und ich passe auf sie auf. Das weißt du auch!"

Seine Stimme wurde weicher. „Aber ich bin mir nicht sicher, ob du dann auch auf dich selbst aufpassen kannst."

„Das ist lächerlich! Niemand, vor allem nicht die Verwandten deiner Exfrau, will mir etwas antun."

„Du kennst Robert Madison nicht", erwiderte er so kalt, dass Stacey trotz der warmen Septembersonne fröstelte.

Nathan nahm ihr die Tüte mit den Einkäufen ab und rief nach seiner Tochter. „Komm, Mäuschen, wir sollten jetzt gehen."

Der Welpe hechelte mit Cindy im Schlepptau aus dem Park. Nathan und Stacey mussten rennen, um mit den beiden Schritt zu halten. Nathans Ärger verrauchte ein wenig, als er seine Tochter einholte und das freudig erregte Funkeln in ihren Augen bemerkte.

„Vielleicht schulde ich dir eine Entschuldigung", sagte er zu Stacey.

„Mindestens eine", erwiderte sie und lächelte ihn an. „Vermutlich aber viel mehr, denke ich."

Er stieß langsam den Atem aus. „Es gibt ein paar Dinge, die ich dir erklären sollte", sagte er, als er mit Stacey, Cindy und dem Hündchen an den malerischen kleinen Geschäften der

Stadt vorbei zum Strand lief. Die Sonne stand tief am Himmel und strahlte am Horizont, während die Wellen an den Strand schlugen.

Das wird auch Zeit! „Was für Dinge?", fragte Stacey.

Nathan beobachtete seine Tochter, die mit dem kleinen Hund herumtollte, lachte und in den Sand purzelte. „Ich habe mich geirrt", gab er zu. Er legte einen Arm um Staceys Schultern und drückte sie liebevoll. Ein warmes, verräterisches Gefühl breitete sich in ihrem Inneren aus.

„Geirrt?"

„Ja. Was den Hund angeht."

„Dann erlaubst du, dass sie ihn behält?"

„Ich denke, ich würde einen Riesenaufstand riskieren, wenn ich es nicht erlauben würde."

„Wahrscheinlich." Stacey lachte, und Nathan lächelte ihr zu. Seine Miene wirkte mit einem Mal weich und zärtlich, als er in die funkelnden Tiefen ihrer Augen blickte.

„Du bist das Beste, was Cindy passieren konnte."

„Ich bin ja nicht einfach so ‚passiert'", erinnerte sie ihn frech lächelnd.

„Nein, ich habe lange nach dir gesucht. Und glaube mir: Nachdem ich dich jetzt gefunden habe, werde ich dich nie wieder gehen lassen."

Staceys Lächeln wurde breiter, und das Glücksgefühl, das sich in ihrem Herzen ausbreitete, ließ sie strahlen. Es schien, als hätte sie eine Ewigkeit gewartet, um diese Worte zu hören. Wenn sie ihm doch nur vertrauen und glauben könnte, dass ihm tatsächlich etwas an ihr lag!

„Darum war ich heute Nachmittag so in Panik. Als ich dachte, dass ich Cindy verloren und dich in Gefahr gebracht haben könnte ..." Seine Stimme erstarb, und er rieb sich die Nasenwurzel, als wollte er Kopfschmerzen wegmassieren.

„Niemand wird mir irgendetwas antun."

„Ich hoffe, dass du recht hast", erwiderte er und rief nach

Cindy, während sie die Treppe zum Haus erklommen. „Ich hoffe wirklich, dass du recht hast."

Stacey stellte die letzte abgetrocknete Schüssel in den Schrank. Nathan badete Cindy gerade; sie konnte hören, wie er zusammen mit seiner Tochter lachte. Das Kind quietschte vor Vergnügen. Kurz darauf erklang seine tiefe Stimme, als er Cindy noch eine Gutenachtgeschichte vorlas, bevor er sie ins Bett brachte.

Nachdem sie das Geschirrtuch zusammengefaltet und über den Griff an der Ofentür gehängt hatte, lehnte Stacey sich an die Anrichte und lächelte vor sich hin. Abgesehen von der kleinen Meinungsverschiedenheit mit Nathan war dieser Tag einer der schönsten ihres Lebens, einfach wundervoll. Ein strahlender Spätsommertag und die warme Behaglichkeit von Nathans Häuschen ließen Staceys Herz höher schlagen.

Als sie aus dem Park in das Haus zurückgekehrt waren, hatte Mrs McIver einen dampfenden Topf mit Muschelsuppe und einen Korb mit warmen Brötchen aus Sauerteig vorbeigebracht. Die hausgemachte Brombeermarmelade schmeckte verdächtig nach Enid Chambers.

Nach einem gemütlichen Abendessen und einem wilden Versteckspiel hatte Nathan Popcorn gemacht. Cindy, Nathan und Stacey hatten sich damit ans Kaminfeuer gesetzt, bevor Nathan Cindy ins Bad gebracht und Stacey den Abwasch erledigt hatte.

Wie ein Zuhause. Sie wusste, dass sie anfing, sich in Nathan und in sein Kind zu verlieben. Wie leicht würde es ihr fallen, sich an den angenehmen Alltag mit ihm und Cindy zu gewöhnen! Sie summte leise vor sich hin.

Und wie gefährlich! Nicht so, wie Nathan es fürchtete. Gefährlich deshalb, weil sie sich einfach nicht in den Vater eines Schülers verlieben durfte. Sie musste nur an Daniel Browns Schicksal zurückdenken, um zu wissen, dass sie nicht zulassen konnte, sich noch weiter auf Nathan einzulassen.

Seufzend ging sie ins Wohnzimmer zurück und ließ sich auf das Sofa fallen. Nathan stand gebeugt vorm Kamin und stocherte mit einem Schürhaken im Feuer herum. Sein Pullover war ein Stückchen hochgerutscht. Stacey fiel es nicht leicht, die Augen von seiner sonnengebräunten Haut und dem Spiel seiner Muskeln zu wenden.

„Cindy will dir noch Gute Nacht sagen", erklärte er, ohne von den glühenden Holzscheiten und dem neuen Stück Kiefernholz aufzusehen, das bisher noch kein Feuer gefangen hatte.

„Ich komme gleich wieder."

Stacey ging durch den kurzen Flur zu Cindys Zimmer. Rüschenvorhänge umgaben das Fenster und passten genau zu dem rosafarbenen Überwurf auf dem gemütlichen Bett aus Kiefernholz, das an der Wand stand. Spielzeuge und Bücher lagen in einer alten Zedernholzkiste in der Ecke und teilweise auch auf dem Boden verstreut. Der kleine Hund hatte es sich bereits am Fußende von Cindys Bett gemütlich gemacht, und das Mädchen lächelte, als Stacey in das schwach beleuchtete Zimmer kam.

„Ich mag Attila", sagte Cindy.

„Attila?"

Cindy zeigte auf den flauschigen Welpen mit den leuchtenden braunen Augen. „Dad hat ihm den Namen gegeben. Er sagte, du hättest ihn so genannt."

Stacey schmunzelte, als sie sich daran erinnerte, wie sie Nathan einen ungehobelten Hunnen genannt hatte. Sie musste gegen die Tränen ankämpfen, die ihr plötzlich in die Augen gestiegen waren. „Ich glaube, das stimmt", gab sie zu und räusperte sich, während sie das Kind zudeckte.

„Attila wird für immer hierbleiben", verkündete die Kleine, kuschelte sich unter ihre Decke und gähnte. Ihr goldenes Haar kräuselte sich um ihr Gesicht. Müde steckte sie sich den Daumen in den Mund.

„Natürlich wird er das."

„Und du?", fragte Cindy und versuchte mühsam, die Augen offen zu halten.

Staceys Herz zog sich zusammen. „Das hoffe ich", entgegnete sie und schob dem Kind eine feuchte Strähne aus dem Gesicht. „Zumindest werde ich so lange deine Lehrerin bleiben, wie du mich brauchst."

„Nein, ich meine, wirst du hier bei mir und meinem Daddy bleiben?"

„Ich wünschte, das könnte ich", flüsterte Stacey und gab dem Mädchen einen Kuss auf die Stirn. „Ich wünschte, das könnte ich."

Als sie sich umdrehte, um den Raum zu verlassen, erblickte sie Nathan, der in der Tür stand. Er hatte sich an den Türrahmen gelehnt und den Arm über dem Kopf an das Holz gestützt. Er hatte die Szene zwischen seiner Tochter und Stacey verfolgt, und zum ersten Mal seit Jahren wünschte er sich, eine Frau bitten zu können, ihn zu heiraten. Nicht irgendeine Frau. Sondern Stacey Monroe.

Wenn nur nicht so viele Geheimnisse zwischen ihnen stünden! Er versuchte sich einzureden, dass das alles nur zu ihrem Besten wäre. Und doch hatte er ein schlechtes Gewissen.

Verlegen straffte Stacey die Schultern und ging zur Tür. „Sie ist absolut hinreißend", flüsterte sie. Ihre Stimme klang rau. Sie hatte den Kampf gegen ihre Tränen verloren.

„Ich weiß", erwiderte Nathan lächelnd, bevor er mit ihr zusammen zurück ins Wohnzimmer ging. Dort trat er zu einer improvisierten Bar neben dem Kamin. „Möchtest du vielleicht einen Drink?" Er betrachtete die spärliche Auswahl an fast leeren Flaschen.

„Ich glaube nicht."

Er nahm eine leere Flasche Brandy in die Hand, wischte den Staub ab und sah mit einem schiefen Lächeln zu Stacey. „Ich kann es dir nicht verübeln. Die Bar ist nicht gerade gut bestückt."

„Ich werde es überleben."

Leise lachte er. „Das hoffe ich." Er setzte sich auf den Vorsprung vorm Kamin, den Rücken den hellen Flammen zugewandt.

Stacey nahm auf einem Sessel am großen Erkerfenster Platz und blickte in die Nacht hinaus. Der Himmel war übersät von Sternen, die wie Diamanten funkelten, und ein silberner Mond warf sein fahles Licht auf das Meer.

„Wer passt auf Cindy auf, wenn du nachts am Strand spazieren gehst?", fragte sie.

„Geneva."

Stacey zog die Brauen zusammen und bemühte sich, locker zu klingen, aber mit den Händen umklammerte sie nervös den Fenstersims. „Und wenn du hierher zurückkommst ... mit Barbara?"

„Dann geht Mrs McIver. Sie stellt keine Fragen", erwiderte er betont.

„Wie praktisch", murmelte sie. Ihre Träume waren mit einem Schlag zerplatzt. Wie leicht es doch war, von Nathan, von einem gemeinsamen Leben zu träumen! Aber dieser Traum würde niemals mehr sein als ein Wunsch.

Nathan spürte, dass sich etwas geändert hatte. Er streckte sich, bevor er zu ihr ans Fenster trat und seine Hände auf ihre Schultern legte.

Der leichte Druck seiner Finger war verführerisch, und als er sich vorbeugte, um ihren Hals zu küssen, verdrängte Stacey den Gedanken, dass es nicht mehr als ein flüchtiger Moment sein würde. Es spielte keine Rolle für sie. Sie fühlte die Wärme seiner Lippen an ihrem Hals und sank gegen ihn.

Er stöhnte auf und flüsterte ihren Namen. Sie erschauerte, da er mit der Zunge ihr Ohr liebkoste, schloss die Augen und ließ sich von ihm mit auf das Fensterbrett ziehen, bis sie halb auf seinem Schoß lag und in seinen nachtblauen Augen versank.

Sie fühlte sich warm, sicher, beschützt.

Behutsam strich er ihr eine Locke aus dem Gesicht. Als er ihren Blick erwiderte, war es um sie geschehen, und sowie er sie küsste, verschwendete sie keinen Gedanken mehr an die Zukunft. Der Kuss war zuerst sanft, wurde dann jedoch immer drängender, bis er ihr schließlich den Atem raubte.

Sie schlang die Arme um seinen Nacken und spürte seine Hände durch ihr Oberteil hindurch auf ihren Brüsten. Unter seiner Berührung richteten sich ihre Brustspitzen auf. Zärtlich hauchte er einen Kuss auf ihre Haut. Stacey senkte die Lider und gab sich ihrer Sehnsucht hin.

Als er vom Fensterbrett aufstand und sie hochhob, wehrte Stacey sich nicht. Sie verstärkte ihren Griff, während er sie durch den kurzen Flur ins Schlafzimmer trug.

Fahles Mondlicht fiel durch die Fenster und tauchte den Raum in silbriges Licht. Staceys Blick fiel auf das große Kopfteil des Bettes aus Messing, eine Kommode und einen kleinen Nachttisch, unterdessen setzte Nathan sie sanft auf der Matratze ab. Das Bett quietschte leise.

„Ich will schon so lange mit dir zusammen sein", murmelte er in ihr goldenes Haar, das ausgebreitet auf dem Kissen lag.

„Genau wie ich."

Er küsste ihren Hals und durch den Stoff ihres Pullovers hindurch ihre Brüste, bis Stacey das Gefühl hatte, vor Lust fast wahnsinnig zu werden.

Dann sah sie es – ein kleines Foto neben dem Telefon auf dem Nachttischchen. Zuerst dachte sie, es wäre ein Porträt von Cindy, doch als Staceys Augen sich an das schummrige Licht gewöhnt hatten, erkannte sie, dass es das Foto einer wunderschönen schwarzhaarigen Frau war.

Barbara.

Ihre Arme fielen kraftlos zur Seite.

Er hob den Kopf. „Stacey?" Auf einen Ellbogen gestützt blickte er sie an. „Stimmt irgendwas nicht?"

Sie wollte das nicht, wollte nicht, dass ihre Gedanken diese Richtung einschlugen. Sie wollte sich Nathan einfach nur hingeben. Sie begehrte ihn doch so sehr! Grundgütiger, seit Wochen hatte sie von ihm geträumt! Und doch – hier konnte sie sich ihm nicht hingeben. Nicht in dem Bett, in dem er vermutlich schon mit Barbara geschlafen hatte. Sie wand sich aus seiner Umarmung. Plötzlich hatte sie das Gefühl, sich übergeben zu müssen.

„Ich muss gehen", flüsterte sie, und ihre Stimme zitterte. Hastig stürzte sie aus dem Zimmer.

Sofort lief er ihr hinterher. „Stacey ... Warte!"

Sie schnappte sich ihre Tasche von der Couch im Wohnzimmer. Ohne auf den verwirrten Ausdruck in seinen Augen zu achten, wandte sie sich zur Tür um und versuchte ihre Tränen zu verbergen.

„Was ist denn los?", fragte er und trat zu ihr. „Willst du dich für das letzte Mal rächen, als ich bei dir war?"

Ihr kleines, unterdrücktes Schluchzen traf Nathan tief. „Ich ... ich kann den Gedanken nicht ertragen, Sex zu haben ..."

„Mit mir?"

„Nein!", rief sie und packte den Türknauf. „In dem Bett ... in Barbaras Bett!"

„Barbara war nie hier."

„Ach, Nathan, verschon mich damit", wisperte sie. „Ich habe dich mit ihr zusammen gesehen. Du hast zugegeben, dass Mrs McIver keine Fragen stellt, wenn Barbara hierherkommt. Und ... und du hast ein Foto von ihr auf deinem Nachttisch. Du willst nicht über sie reden, und ich habe versucht, deine Lügen zu glauben – aber so dumm bin ich auch nicht!" *O Gott, ich sterbe.*

„Verdammt!"

Sie musste hier weg.

„Stacey, schau mich an." Als sie den Blick gesenkt hielt, sagte er: „Ich glaube, ich bin dabei, mich in dich zu verlieben." Sie sah zu ihm, blickte auf sein geöffnetes Hemd, den starken Oberkörper darunter und den niedergeschlagenen Ausdruck in seinen Augen. Ihr Herz wollte ihm glauben, sehnte sich danach, ihm zu vertrauen – sie konnte es allerdings nicht.

Trotz des Schmerzes, der sie tief in ihrem Inneren traf, gelang es ihr, das Kinn nach vorn zu recken und ihm in die Augen zu schauen. „Auf Wiedersehen, Nathan." Sie machte die Tür auf und stolperte blind in die Dunkelheit der Nacht hinaus.

Schluchzend und weinend lief sie die Treppe hinunter. Sie musste weg von Nathan und seinen Lügen. Als sie den Strand erreichte, zog sie ihre Sportschuhe aus, hob sie auf, klemmte sie unter den Arm und rannte los, so schnell sie konnte.

Sie hörte, wie er ihren Namen rief, aber sie drehte sich nicht um. *Ich darf das nicht zulassen. Ich darf mich nicht in ihn verlieben! Er ist ein Lügner und wer weiß, was noch alles! O Gott …*

Der langgestreckte weiße Sandstrand lag vor ihr, und sie rannte und rannte, ohne darüber nachzudenken, warum sie davonrannte.

Sie hatte es fast bis zur Treppe am Ende des Strandes geschafft, da vernahm sie Schritte hinter sich. Augenblicklich war ihr klar, dass es Nathan sein musste. Nach Luft ringend kam sie an die unterste Stufe der Treppe und spürte schon das verwitterte Holz unter ihrem nackten Fuß. Doch im nächsten Moment wurde sie von starken Armen festgehalten. Nathan. Sein dunkles Haar fiel ihm über die Augen, und sein Atem ging so schnell wie ihrer.

„Lass mich los!", stieß sie hervor und versuchte sich aus seinem Griff zu winden.

„Noch nicht."

„Nathan, bitte."

„Ich will es dir erklären …"

„Ich will es aber nicht hören, okay? Lass mich einfach los und lass mich in Ruhe! Ich brauche dich nicht und ich will dich nicht!"

„Aber ich brauche dich und ich will dich."

Lügner! Ohne nachzudenken schlug sie ihm, so fest sie konnte, ins Gesicht.

Dieser eine zornige Augenblick veränderte alles. „O Gott, Nathan! Es tut mir leid", flüsterte sie, entsetzt über ihr impulsives Handeln. Sie fuhr sich mit zitternden, noch immer brennenden Fingern durch das zerzauste Haar, ehe sie die Stirn an seine Brust lehnte. Er rührte sich nicht, zog sie nicht an sich. „Ich habe es einfach nur satt, nicht zu wissen, woran ich bei dir bin. Ich bin die Halbwahrheiten und Lügen leid! Du weißt doch, dass ich mich nicht in dich verlieben will."

„Und das war eine Lüge", entgegnete er tonlos.

„Nein."

In dem Moment presste er seinen Mund auf ihren. Der Zorn in seinem Inneren wurde zur Leidenschaft – so heiß und intensiv wie die Wut, die er verspürt hatte, als sie ihn geohrfeigt hatte.

Mit der Zunge eroberte er ihren Mund, und sie konnte ihn ebenso wenig aufhalten wie die Aufregung in ihrem Herzen und die Hitze in ihrem Blut.

Sie versuchte an irgendetwas zu denken, das ihn entmutigen würde. „Musst du … musst du nicht zurück? Cindy ist ganz allein", wisperte sie. Begierde schwang in ihrer Stimme mit.

„Ich war bei Mrs McIver, bevor ich dir gefolgt bin. Sie passt auf Cindy auf", murmelte er, während er ihr Ohr küsste und die empfindliche Haut mit seiner Zunge liebkoste. Stacey erzitterte in seinen Armen.

„Aber …"

„Ich habe dir doch gesagt, dass Geneva keine Fragen stellt." Ungeduldig vergrub er seine Finger in ihrem Haar und bog sanft ihren Kopf zurück, damit sie ihm in die Augen schauen musste.

„Keine Fragen?"

„Keine", erwiderte er.

Im Gegensatz zu mir, stellte Stacey im Stillen fest und bemühte sich, einen kühlen Kopf zu bewahren. Sie versuchte sich all die Gründe in Erinnerung zu rufen, warum sie sich nicht in Nathan verlieben durfte, aber ihr fiel kein einziger ein.

„Nathan, ich kann so nicht weitermachen", wisperte sie.

„Ich auch nicht."

„Nein, ich meine …"

„Schhhh. Weißt du denn nicht, dass ich dich liebe?"

Wenn ich das doch nur wüsste! Aber ihre Gegenwehr schwand, und sie gab sich der Schönheit der Nacht und der Leidenschaft seines Kusses hin. Besitzergreifend drückte er den Mund auf ihre Lippen. *Es spielt keine Rolle, ob ich ihn für eine Nacht oder für immer liebe – ich werde ihn nie vergessen.* Sie schlang die Arme um seinen Nacken und fühlte seine Haare unter ihren Fingerspitzen.

Sie schmiegte sich an ihn. Ihr nachgiebiger Körper berührte seine Hüften, Oberschenkel und die Brust. Voller Wut und Liebe erwiderte sie seinen Kuss. Auch wenn die Empfindung noch so verrückt und unwillkommen war, wurde Stacey dennoch bewusst, dass sie Nathan Sloan liebte. Wahrscheinlich hatte sie sich schon in ihn verliebt, als sie ihn zum ersten Mal gesehen hatte. Trotz seiner Lügen, trotz seiner Geheimnisse, trotz seiner Gefühle für Barbara hatte Stacey ihr Herz an diesen Mann verloren. Und zumindest für diesen Moment blendete sie alle Gedanken an die Zukunft aus.

Ohne sie loszulassen, sank Nathan mit ihr auf den kühlen Sand unterhalb der Treppe. Behutsam legte er sich auf sie.

Der Hunger tobte tief in seinem Inneren. Er küsste ihre salzigen Tränen fort, bevor er ihr den Pullover abstreifte und sie betrachtete. Fast nackt lag sie da. Ihre zerzausten Haare, die im silbrigen Mondlicht glänzten, umrahmten ihr Gesicht. Es war unmöglich, Stacey zu widerstehen. Stöhnend gab Nathan dem Wunsch seines Körpers nach und hasste sich selbst, weil er so schwach war, wenn es um diese Frau ging.

Stacey konnte nicht anders. Mit den Fingern fuhr sie ihm durchs Haar und machte sich dann an den Knöpfen seines Hemdes zu schaffen. Sie fühlte die kühle Nachtluft auf ihrer nackten Haut, die Wärme seiner Lippen auf ihren Brüsten, den Sand unter ihrem Rücken.

Sie schob ihm das Hemd über die Schultern, zeichnete die Muskeln an seinem Rücken und an seinen Oberarmen nach.

Seine Hände massierten auf ihrem Po, während sie ihre Finger über seinen Bauch und die Haare auf seiner Brust gleiten ließ. Er flüsterte ihren Namen und fand den Knopf an ihrer Jeans. Er ließ die Finger zart über ihren Bauch wandern, bis Stacey an nichts anderes mehr denken konnte als daran, mit ihm zu schlafen. Mit den Fingerspitzen glitt sie hinunter zu seinem Hosenbund und dem Reißverschluss, der ganz leicht aufging.

„Stacey." Nathan hielt ihr Handgelenk fest. „Bist du dir sicher?"

Ihr Blick traf ihn. „So sicher ich im Moment eben sein kann", erwiderte sie und küsste ihn auf die Wange.

„Ich will nicht, dass du irgendetwas bereust."

„Ich bereue nichts", versprach sie und schenkte ihm ein Lächeln, das seinen letzten Hauch von Widerstand dahinschmelzen ließ.

Er schloss die Augen und versuchte sich zu beherrschen, als sie ihm langsam die Jeans auszog.

Sekunden später waren sie beide nackt, Arme und Beine in inniger Umarmung verschlungen, Körper und Seele vereint.

Das Mondlicht erhellte die Treppenstufen, Schatten fielen auf Nathans Gesicht. Stacey schaute in seine mitternachtsblauen Augen. Sie wusste, dass sie nie wieder einen anderen Mann lieben würde. Es gab kein Zurück. Sie senkte die Lider, und eine Welle der Begierde durchströmte sie.

Nathan betrachtete sie, während er vorsichtig ihre Beine spreizte und sie erfüllte. Sie keuchte auf; endlich spürte sie ihn in sich. Lust und Verlangen rauschten wie glühende Lava durch ihren Körper. Sie bewegte sich mit ihm und genoss die wundervollen schwindelerregenden Gefühle, die sie mit sich rissen – höher und höher, heißer und heißer, bis der bittersüße Druck, der sich in ihr aufgebaut hatte, in einem Moment explodierte und die Welt in unzählige Lichtpartikel zu zerspringen schien.

Ohne sich dessen bewusst zu sein, schrie Stacey seinen Namen. Ein wohliger Schauer rann durch ihren Körper, als er auf sie sank, sie keuchend und erschöpft umarmte und die Tränen trocknen wollte, die ihr in die Augen gestiegen waren.

„Geht es dir gut?", fragte er, streichelte ihr zärtlich über das Haar und wischte ihr die Tränen fort.

„Mir … mir geht es gut."

„Gut?"

Sie lachte und schniefte leise. „Okay, wundervoll. Ist das besser?"

„Viel besser." Er liebkoste ihren Hals und schaute ihr tief in die Augen. „Es war mein Ernst. Als ich gesagt habe, dass ich dich nie mehr gehen lassen würde – das war ein Versprechen."

„Aber …" Ihre Stimme klang erstickt, und sie räusperte sich. „Was ist mit …"

„Barbara?" Er stieß ein lang gezogenes Seufzen aus und verdrehte die Augen, während er Stacey fest umarmte. „Mach dir keine Gedanken über sie. Sie ist nur eine Freundin."

„Eine gute Freundin."

„Eine sehr gute Freundin", korrigierte er sie mit einem umwerfenden Lächeln, das auf seinem Gesicht erstrahlte, während er sich zur Seite drehte und sich in den Sand legte. Den einen Arm hatte er um Staceys Taille geschlungen, während er den anderen unter seinen Kopf geschoben hatte. Er blickte Stacey an. „Aber keine Geliebte. Zumindest seit einiger Zeit nicht mehr."

„Wie lange schon?"

„Stacey …"

Aber sie musste es wissen. „Wie lange schon?"

„Eine Weile. Eine ganze Weile", gab er zu und fuhr mit der Hand ihre Taille entlang bis zu ihrem Hals. „Es ist ein Jahr her. Lange bevor ich dich kennengelernt habe." Er fesselte sie mit seinem Blick. „Und selbst wenn ich mit dem Gedanken gespielt hätte, noch mal mit Barbara zusammenzukommen, wäre das, nachdem ich dir begegnet bin, unvorstellbar gewesen."

Wenn ich ihm doch nur glauben könnte! „Was denkt sie darüber?"

Er zuckte mit den Schultern. „Wie gesagt: Wir sind sehr gute Freunde."

„Gut genug, dass du ein Foto von ihr neben deinem Bett stehen hast?"

Er grinste und stupste ihr sacht an die Nase. „Ich war der Meinung, es würde so überzeugender wirken, falls jemand in mein Haus eindringen …"

„… und das Bild entdecken sollte. Es geht um das ‚Schauspiel' mit Barbara. Stimmt's?"

„Ja."

Sie griff nach ihren Kleidern und zog sich schweigend an. Sie bemühte sich, den körnigen Sand zu ignorieren, der noch immer in ihrem Haar und auf ihrer Haut klebte. Und sie bemühte sich ebenso, die nagenden Zweifel an Nathans Verhältnis zu Barbara zu ignorieren.

Nathan wusste aus Erfahrung, dass er nichts zu seiner Verteidigung vorbringen konnte. Also schwieg er. Stacey würde sich ihre eigene Meinung bilden. Er verstand ihre stumme Aufforderung und stieg in seine Jeans.

Schließlich strich Stacey sich das Haar aus dem Gesicht und seufzte erschöpft. „Ich würde dir wirklich gern glauben."

„Dann tu es doch einf…" Er unterbrach sich mitten im Wort und erstarrte.

„Was …"

Er berührte ihren Arm und hob die Hand, um Stacey zu bedeuten, leise zu sein. Irgendein Geräusch hatte ihn hellhörig gemacht. Konzentriert lauschte er.

Angst schnürte Stacey die Kehle zu. Stirnrunzelnd beobachtete sie Nathans düstere Miene. Langsam zog er sie weiter in den Schatten unterhalb der Treppe und zu einem zerklüfteten Vorsprung der Klippen.

Über ihnen auf der Treppe war ein Geräusch zu hören.

Schritte. Stacey sah nach oben, doch sie konnte in der Dunkelheit nichts erkennen. Irgendjemand war dort und kam langsam die knarrenden Stufen hinunter. Aber wer?

Ein zischendes Geräusch erklang, und ein Licht leuchtete kurz auf, als ein Streichholz entzündet wurde. Der Duft von Rauch wehte zu ihnen herunter. Nathan zog Stacey ganz eng an sich. Halt suchend lehnte sie sich an ihn und schaute hoch. Sie sah die glühende Spitze einer Zigarette und ein abgebranntes Streichholz, das die Treppe hinuntergeworfen wurde.

Gedämpfte Stimmen wurden über das Rauschen des Meeres hinweg hörbar, als die Schritte auf dem Treppenabsatz direkt über Nathan und Stacey verklangen. Wer auch immer diese Leute waren, sie waren stehen geblieben. Staceys Herz schlug so laut, dass sie sich sicher war, dass die ganze Welt es hören konnte.

„Du willst mir also sagen, dass sie ihn alle zwei Wochen trifft?", fragte eine tiefe Stimme.

„Mindestens!", lautete die Antwort. Die Stimme klang jung, als würde sie einem Mann gehören, der knapp über zwanzig war. „Vielleicht auch öfter. Das kann ich nicht genau sagen."

„Aber du bist dir sicher, dass er es ist."

„Hey, ich habe es dir schon gesagt: Ich habe sie zusammen gesehen."

Lieber Gott, sie sprechen von Nathan und Barbara, dachte Stacey. Nathans Muskeln waren mit einem Mal angespannt; sie konnte spüren, dass sein Körper sich bereit machte – bereit, zuzuschlagen.

„Folgen ihre Treffen irgendeinem Muster?"

„Was?" Eine Pause entstand. „Nein. Ich kann da keine Regelmäßigkeit erkennen."

„Und sie treffen sich nur hier und an keinem anderen Ort?"

„Genau. Ich bin ihm gefolgt."

„Vielleicht ist sie nur seine Freundin", schlug die ältere Stimme vor.

Stacey konnte sich das anzügliche Grinsen vorstellen, das die Worte begleitete. Ihr Magen zog sich zusammen.

„Vielleicht. Oder sie ist eine Zulage." Die jüngere Stimme lachte böse. Die Zigarette wurde über das Treppengeländer geschnippt und verglühte keine drei Meter von der Stelle, an der Stacey stand, im Sand. „Ich habe ihn übrigens auch mit einer anderen zusammen gesehen – mit der Lehrerin des Mädchens. Sie gehen ziemlich vertraut miteinander um, wenn du verstehst, was ich meine."

Nathan, der sie noch immer im Arm hielt, erstarrte. Stacey spürte, wie ihr die Farbe aus dem Gesicht wich, und sie hielt unwillkürlich den Atem an. *Mein Gott, sie reden über mich! In was für eine Sache ist Nathan da verwickelt?*

„Ich hab schon verstanden, aber das glaub ich nicht", erklärte die ältere Stimme. „Sloan würde das nicht riskieren. Er müsste zu viele Fragen beantworten, wenn er sich auf die Lehrerin seiner Tochter einlässt. Madison hat sie überprüfen lassen. Sie steckte vor einigen Jahren in Schwierigkeiten, ein Kind in Boston ist gestorben. Sie würde das Risiko, mit Sloan zusammenzukommen, nicht eingehen. Ihr Ruf steht auf dem Spiel."

Stacey hatte das Gefühl, innerlich zu zerbrechen.

„Aber ich habe die beiden zusammen beobachtet!"

„Ja, wahrscheinlich haben sie sich über Buntstifte und Pinsel unterhalten, wenn du mich fragst", entgegnete die ältere tiefe Stimme verächtlich schnaubend.

Nathan hatte Stacey noch weiter in die Schatten gezogen. Sie kauerten sich unter die Treppe, und Stacey war sich sicher, dass die beiden Männer sie jeden Augenblick entdecken würden. Sie bemerkte, wie Nathan nach einem losen Stein griff und ihn umklammerte.

„Vielleicht sollten wir uns einfach das Mädchen holen und abhauen", schlug die jüngere Stimme belustigt vor. Stacey drehte sich der Magen um. Nathans ohnehin schon angespannter Körper schien noch weiter zu erstarren, und der Ausdruck auf seinem Gesicht war mörderisch.

„Hast du den Verstand verloren? Madison würde uns umbringen! Abgesehen davon könnte Sloan uns erwischen. Nein, wir machen alles so, wie Madison es vorgeschlagen hat, wir bekommen so oder so dieselbe Kohle. Warum sollten wir den Hals riskieren und vielleicht in den Knast wandern? So, wie ich es sehe, ist das allein Madisons Problem."

Die beiden Männer gingen die restlichen Stufen hinunter und liefen den Strand entlang. Nathan, dessen Augen im Mondschein gefährlich glitzerten, beobachtete jeden ihrer Schritte.

Stacey versuchte die Männer zu erkennen und hoffte, den Stimmen Gesichter zuordnen zu können. Doch sie konnte nur die dunklen Silhouetten ausmachen. Sie sah, wie eine weitere Zigarette angezündet wurde und wie die Männer sich dann umdrehten und wieder zur Treppe zurückkamen. Wegen der Dunkelheit konnte sie ihre Züge nicht genau erkennen. Sie sah nur, dass einer der Männer – der größere von beiden – blondes oder silbergraues Haar hatte.

Nathan und sie warteten unterhalb der Treppe, bis die Männer verschwunden waren. Als Stacey aus dem Versteck kriechen wollte, verstärkte Nathan seinen Griff um ihren Oberarm und hielt sie zurück. Sie verstand die unausgesprochene Botschaft. Es dauerte noch weitere fünfzehn Minuten, bis er sie losließ. Als es schließlich so weit war, bedeutete er ihr, erst einmal in Deckung zu bleiben, während er vorsichtig die ersten Stufen hinaufging.

Ein paar Sekunden war er weg; es fühlte sich wie eine Ewigkeit an. Als er endlich zurückkehrte, waren Staceys Knie weich.

„Geht es dir gut?", fragte er.

„Worum ging es eigentlich?", flüsterte sie. Ihr Blick huschte am verlassenen Strand entlang. Ihr wurden Nathans Äußerungen über eine drohende Gefahr plötzlich wieder bewusst.

„Cindy", erwiderte er. Kaum verhohlene Wut strömte durch seinen Körper. Seine Miene wurde finster, und ihm schoss durch den Kopf, dass er im Augenblick nichts lieber täte, als die beiden Mistkerle umzubringen, die auf der Treppe gestanden hatten.

„O Gott, Nathan, was ist hier los? In was bist du da verwickelt?"

Er nagte an seiner Unterlippe und beobachtete weiter mit besorgtem Blick die Klippen. Er wirkte angespannt, und auf seiner Stirn hatte sich eine steile Falte eingegraben. „Ich werde es dir sagen, sobald ich nach Cindy gesehen habe. Geh zurück nach Hause und warte dort auf mich. Ich werde in zwanzig Minuten bei dir sein."

„Und was passiert, wenn du dann nicht da bist?"

Er zog die Mundwinkel zu einem befriedigten Lächeln hoch. „Das bedeutet wahrscheinlich, dass unsere beiden Freunde mich erwischt haben. Und wenn dem so ist, werde ich sie beide umbringen."

Sie glaubte ihm das. „Nathan …"

Ohne weitere Erklärung drehte er sich um und rannte, so schnell er konnte, den Strand entlang. Er hielt sich nahe an den Klippen, sodass er von oben nicht gesehen werden konnte. Seine Gedanken waren ganz bei Cindy.

„Ich will verdammt sein, wenn ich dich allein gehen lasse", sagte sie laut und beobachtete seine Silhouette. Sie liebte ihn und hatte nicht vor, ihn mit seinen Problemen alleinzulassen. Zwar hatte sie Gewissensbisse, doch sie folgte ihm trotzdem. Das Herz schlug ihr bis zum Hals.

„Lieber Gott", betete sie atemlos, während sie über einen sandbedeckten Felsbrocken stolperte, „mach, dass mit Cindy alles in Ordnung ist."

Stacey rang nach Luft. Sie klopfte an die Tür von Nathans Haus. „Nathan!", rief sie atemlos. „Nathan!"

Die Tür wurde aufgerissen, und Nathan, der die schlafende Cindy in den Armen hielt, starrte Stacey fassungslos an. Seine Augen wirkten kalt. Das Kinn hatte er wütend vorgereckt. „Ich dachte, ich hätte dir gesagt, dass du nach Hause gehen und dort auf mich warten sollst! Gott, du hast vermutlich die ganze verdammte Nachbarschaft aufgeweckt." Er trat zur Seite, und Stacey ging hinein. Die Spannung im Raum war fast mit Händen greifbar. „Hörst du eigentlich nie auf das, was ich dir sage?"

Mrs McIver kam mit einem Koffer aus dem Schlafzimmer. Blass und aufgewühlt schnalzte sie missbilligend mit der Zunge. „Ach, seien Sie doch still!", sagte Geneva zu Nathan. Besorgt zog sie die Stirn in Falten, als sie die Tür hinter Stacey schloss. „Es ist nicht der richtige Zeitpunkt, um sich gegenseitig anzuschreien." Energisch fing sie an, Cindys Kleider in den Koffer zu legen.

Stacey lehnte sich gegen die Tür und versuchte die Sprache wiederzufinden. „Ich wollte dich nicht alleinlassen", sagte sie und bemühte sich, ruhig zu bleiben. Aber sie konnte seinen Zorn spüren, die Angst in Genevas Augen sehen.

Das Gesicht wütend verzogen, legte Nathan Cindy auf das Sofa. „Jemand hätte dir folgen können."

„Und was ist mit dir?"

„Sieht so aus, als hätte mir tatsächlich jemand nachgestellt", erwiderte er spitz. Dann entspannte er sich ein bisschen. Aus seiner Wut wurde Sorge. „Hör mal, Stacey, ich will nicht, dass du da mit hineingezogen wirst."

„Ob es dir nun gefällt oder nicht: Ich stecke schon mit drin – bis über beide Ohren! Dafür hast du gesorgt, als wir uns zum ersten Mal begegnet sind!"

„Was, wenn dir heute Abend jemand gefolgt ist?"

„Oder dir?"

„Ich war vorsichtig."

„Genau wie ich! Du hast ja offensichtlich nicht bemerkt, dass dir jemand nachgegangen ist!" Mit zitternden Fingern fuhr sie sich durchs Haar und fragte sich, warum sie sich mit ihm stritt. Sie sollten zusammenarbeiten, statt sich gegenseitig an die Gurgel zu gehen.

„Ich habe genug gehört", meldete Mrs McIver sich zu Wort. Ihre freundlichen Augen gingen von Nathans wütender Miene zu Staceys errötetem Gesicht und ihren verknitterten, sandigen Kleidern. „Sie beide sollten das klären. Und falls Sie mich brauchen ..." Sie sah zu dem schlafenden Kind, ehe sie ihren besorgten Blick wieder auf Nathan richtete.

„Ich werde Sie anrufen."

„Gut." Achselzuckend schüttelte Geneva McIver den ergrauten Kopf und trat aus der Vordertür. Nathan stand auf der Veranda und sah der alten Dame hinterher, bis sie sicher in ihrem Haus verschwunden war. Wie zuvor vereinbart, klingelte keine Minute später das Telefon und Mrs McIver sagte Nathan, dass niemand sie erwartet oder ihr aufgelauert habe.

„Ist das alles wirklich nötig?", fragte Stacey. Ihr Herz hämmerte noch immer.

„Was denkst du?"

Sie musste nicht antworten. Sie vertraute Nathan inzwischen vollkommen. Was auch immer er für Geheimnisse hatte – es gab einen guten Grund dafür. Stacey betrachtete das friedlich schlafende Kind auf der Couch. Cindy war sich der Gefahr, die ihr friedvolles Dasein bedrohte, gar nicht bewusst. Ihre zerzausten Locken umrahmten ihr engelsgleiches Gesicht. Bei ihrem Anblick ging Stacey das Herz auf.

„Tust du eigentlich nie das, was man dir sagt?", fragte Nathan bitter lächelnd. Seine Wut war fast verraucht, und ob er es nun zugeben wollte oder nicht, so war er doch froh, dass Stacey bei ihm war.

„Das hängt davon ab."

„Ach? Wovon denn?"

„Von demjenigen, der die Befehle erteilt natürlich."

„Natürlich." Er verzog den Mund zu einem schiefen Grinsen. „Hat dir schon mal jemand gesagt, wie dickköpfig du bist?"

Sie lachte nervös. „Ich glaube nicht, dass du die Antwort darauf hören willst."

„Ich glaube, ich kenne die Antwort schon." Er schüttelte den Kopf und ging zu seiner schlafenden Tochter. „Na ja, da du schon mal hier bist, könntest du mir helfen, Cindy in den Jeep zu bringen. Ich möchte sie nicht hierlassen, solange Madisons Schlägertypen auf der Insel sind."

Stacey konnte ihm nur recht geben. Sie bekam eine Gänsehaut, wenn sie an die Unterhaltung dachte, die sie und Nathan mit angehört hatten.

„Ich werde sie zu dir nach Hause bringen. Nur für den Augenblick. Komm."

Während Nathan Cindy in eine Decke wickelte und nach draußen zum Jeep brachte, ging Stacey ins Kinderzimmer und holte Cindys Lieblingsstofftier, ihre Decke und ihre Stoffpuppe. Der Welpe, der auf Cindys Kissen lag, wedelte mit dem Schwänzchen.

Stacey konnte sich ein Lächeln nicht verkneifen. „Komm, Rover ... äh ... Attila, oder wie auch immer du heißt! Du sollst ganz sicher auch mitkommen." Sie nahm den Hund vom Bett und trug ihn zusammen mit Cindys Schätzen nach draußen zum Wagen. Nathan schloss die Haustür ab, setzte sich ans Steuer und fuhr langsam, um keine Aufmerksamkeit zu erregen, durch kleine Nebenstraßen zu Staceys Häuschen. Als sie dort ankamen, überprüfte er die Räume, ließ dann seinen wertvollen Schatz dort und verschwand wieder.

Stacey sah zu, wie er ging. Ihre Angst wuchs, als die Rücklichter seines Wagens in der Dunkelheit verschwanden. Ihr einst so gemütliches Haus kam ihr plötzlich feindlich vor. „Du bildest dir was ein", schalt sie sich selbst. Um sich von den Gedanken an

Nathan abzulenken, sah sie noch einmal nach Cindy. Sie wollte sichergehen, dass die Kleine auch wirklich friedlich auf dem Ausziehbett im Zimmer neben dem Wohnzimmer schlief. Nachdem sie sich davon überzeugt hatte, dass es dem Kind und dem Hund gut ging, setzte sie Kaffee auf und zündete ein Feuer im Kamin an. Während der Kaffee durchlief, ging sie nach oben, zog sich die schmutzigen Kleider aus und schlüpfte nach einer schnellen Dusche in ein Nachthemd und einen Bademantel.

Ein Blick auf die Uhr sagte ihr, dass Nathan seit einer halben Stunde fort war. Sie schaltete den Fernseher ein und versuchte einen Film zu schauen, doch sie konnte sich nicht darauf konzentrieren. Seufzend schaltete sie den Fernseher wieder aus und ging dann rastlos im Zimmer auf und ab. Ungeduldig wartete sie darauf, dass Nathan endlich zurückkehrte. Die Minuten verstrichen quälend langsam. Mit jeder Sekunde wuchs Staceys Überzeugung, dass Nathan den beiden Gangstern in die Arme gelaufen war.

„Mal nicht den Teufel an die Wand!", sagte sie sich, als sie zum fünften Mal nach Cindy sah und dann in die Küche ging, um sich eine Tasse Kaffee zu holen.

Er hatte gedroht, sie umzubringen, und Stacey glaubte, dass das durchaus Nathans Ernst gewesen war. Wenn er diese beiden Männer wiedertraf … Ihr Puls raste, und ihre Hände zitterten, als sie die Tasse an die Lippen hob. Was war, wenn Madisons Schlägertypen Pistolen oder Messer hatten? Was war, wenn sie in dieser Sekunde in Nathans Haus auf ihn warteten, um ihn zu töten?

„Tu dir das nicht an, Stacey!", mahnte sie sich, stellte ihren Becher auf die Anrichte und starrte aus dem Fenster über der Spüle. Sie konnte den verlassenen Strand und die weiße Gischt auf der wogenden See sehen. Sie schaltete das Licht aus und spielte mit dem Gedanken, ins Bett zu gehen.

Die Standuhr läutete elf Mal, und es gab noch immer keine Spur von Nathan.

Staceys Herz schlug beinahe schmerzhaft. Was war, wenn ihm etwas zugestoßen war? Was war, wenn er tot am Strand lag? Sie sah zum Telefon, dachte daran, die Polizei zu rufen, ließ sich jedoch stattdessen auf das Sofa fallen. Die Zeiger der Uhr gingen unendlich langsam. Wo steckte er nur?

Keine Spur von den beiden. Keine verdammte Spur von den beiden Mistkerlen! Nathan biss die Zähne zusammen und fluchte. Er fröstelte, als er an die Unterhaltung dachte, die er mit angehört hatte, und daran, wie locker sie über ihn, seine Tochter und Stacey gesprochen hatten.

Ohnmächtig schlug er mit der Faust auf das Lenkrad.

„Beim nächsten Mal", schwor er. Wenn er nicht in Sorge um Staceys Sicherheit gewesen wäre, dann hätte er sich den beiden vielleicht entgegengestellt. Er hatte es satt, immer wegzulaufen. Doch sein Magen zog sich zusammen, als ihm ein Teil des Gesprächs wieder einfiel, das er gehört hatte.

Ich habe ihn übrigens auch mit einer anderen zusammen gesehen – mit der Lehrerin des Mädchens. Sie gehen ziemlich vertraut miteinander um, wenn du verstehst, was ich meine ...

Nathan parkte den Jeep neben seinem Haus und ließ den Kopf auf das Lenkrad sinken. Er lauschte auf ungewöhnliche Geräusche, doch er konnte nur den Wind und das Rauschen des Meeres hören, den Verkehrslärm in der Ferne und die klickenden Laute, die der Motor des Wagens beim Abkühlen machte.

„Verdammt, verdammt, verdammt!" Er lehnte sich auf seinem Sitz zurück. Unabsichtlich hatte er Stacey in die Auseinandersetzung mit Robert Madison hineingezogen, und schon bald würde es zum Showdown kommen.

Angst kroch ihm den Rücken hinauf, als er aus dem Jeep stieg, abschloss und zur Treppe ging.

Er bemerkte sie nicht, bis ein stumpfer Gegenstand seinen Kopf traf. Nathan sackte zu Boden.

„Verflucht, Mann! Was sollte das denn?", schrie ein Mann den anderen an, als Nathan nach vorn fiel und mit dem Kinn aufschlug.

Benommen blickte Nathan hoch. Im nächsten Moment trat ihm jemand in die Rippen. Er krümmte sich vor Schmerzen, trat mit den Füßen um sich. Zwar flammte Schmerz in ihm auf, doch es lohnte sich. Sein Stiefel traf die Schienbeine des jüngeren Mannes, der unterdrückt aufstöhnte.

„Verdammt!" Der Angreifer stürzte sich auf Nathan und wollte ihn packen. Aber Nathan war darauf vorbereitet und schlug ihm mit der Faust auf das bärtige Kinn.

„Aufhören!", dröhnte der andere Gangster.

Der jüngere Mann wurde von ihm gerissen, und Nathan nutzte diesen kurzen Moment, um auf die Beine zu kommen. Ihm war schwindelig, und er schwankte ein wenig. Obwohl der junge Gangster an den Armen festgehalten wurde, gelang es ihm, mit dem Fuß auszuholen und Nathan mit dem Stiefel im Gesicht zu treffen. Nathan taumelte zurück und versuchte das Bewusstsein nicht zu verlieren.

„Wo ist das Kind?", wollte der junge Mann wissen.

„Verdammt noch mal!" Der Typ mit der tieferen Stimme war wütend auf seinen jüngeren Partner. „Ich habe dir schon gesagt, dass er die Kleine schon von der Insel gebracht hat."

„Das glaub ich nicht!"

„Wir haben den Strand, das Haus der alten Dame und das der Lehrerin durchsucht! Er muss das Kind der schwarzhaarigen Frau vom Strand übergeben haben!"

Nathan spürte Übelkeit in sich aufsteigen. Er hatte jeden, der ihm etwas bedeutete, in Gefahr gebracht. Sein Mund war plötzlich ganz trocken, und er hatte das Gefühl, sich übergeben zu müssen.

Der junge Mann fluchte laut, verfluchte Nathan, sein Glück und die Welt im Allgemeinen. „Er würde das Kind nicht wegschicken. Ich schwör's dir! Er ist ein Mistkerl, und das alles ist ein schmutziger Trick."

„Sicherlich würde er das tun! Er würde das Kind wegschicken, wenn er denken würde, dass er Madison so überlisten kann."

„Also willst du sagen, dass die Lehrerin und die alte Dame nur Köder waren?"

„Für mich sieht es ganz danach aus."

„Ha!"

Der große Mann mit dem zerfurchten Gesicht hatte seinen Komplizen losgelassen, aber der junge Kerl war noch nicht fertig. Er ging zu Nathan, der sich hingehockt hatte, und trat ihm mit dem Stiefel Kiesel ins Gesicht. Nathan sprang auf, stürzte sich auf den Jungen und rang ihn zu Boden. Er konnte zwei gute Schläge platzieren, bevor er einen Schlag auf den Hinterkopf bekam und vornüberfiel. Das Letzte, was er hörte, ehe er das Bewusstsein verlor, war der junge Mann, der heftig fluchte.

„Wenn wir das Kind verloren haben, wird Madison uns umbringen."

Vor ihm klaffte ein schwarzes Loch, und Nathan ließ sich dankbar hineinfallen.

Nathan erwachte Stunden oder Minuten später – er konnte nicht genau sagen, wie viel Zeit vergangen war. Er rührte sich, unterdrückte ein gequältes Aufstöhnen und kam vorsichtig hoch, auf die Knie. Alles um ihn herum drehte sich, doch langsam gelang es ihm, sich aufzurichten und auf die Beine zu kommen. Sein erster Impuls war es, zu Stacey zu rennen und nachzusehen, ob Cindy in Sicherheit war.

Stattdessen stolperte er die beiden Stufen zu seinem Haus hinauf, kramte seinen Schlüssel hervor und ging hinein. Im Haus schaltete er einige Lampen ein, säuberte und verband seine Wunden und rang den Drang nieder, das Telefon zu benutzen. Er warf einen Blick auf die Uhr. Halb eins. Stacey war bestimmt schon außer sich vor Sorge.

Halte durch, dachte er, und zum ersten Mal war er dankbar für ihre tapfere, unabhängige Haltung und ihren Kampfeswillen. Genau diese Haltung war es gewesen, die ihn von Anfang an angezogen hatte.

Er machte sich nicht die Mühe, die Vorhänge zuzuziehen. Wer auch immer ihn beobachtete, sollte ihn sehen und denken, dass er sich für die Nacht zurechtmachte. Wenn Madisons Männer der Meinung waren, dass er Cindy von der Insel geschafft hatte, war das umso besser.

In der Küche trank er Tee. Er hoffte, dass ihm seine Besorgnis nicht anzusehen war. Dann schaltete er das Licht aus und ging ins Schlafzimmer. Sorgfältig zog er die Vorhänge zu und machte sich fertig fürs Bett. Schließlich lag er unter seiner Decke und lauschte auf die Geräusche der Nacht. Er konnte nichts hören. Sein Kopf und seine Rippen schmerzten.

Nach fast einer Stunde, die er schwitzend in der Dunkelheit gelegen hatte, stieg er aus dem Bett, schnappte sich seine Schuhe und schlich in die Speisekammer in der Küche. Dort kletterte er leise die Regale hinauf bis zu dem winzigen Fenster. Es quietschte ein wenig. Nachdem er sich hindurchgezwängt hatte, sprang er hinunter und landete mit einem dumpfen Aufprall auf dem sandigen Untergrund. Der Ruck jagte brennenden Schmerz durch seine Wunden, und er musste sich an die Hauswand lehnen, um zu Atem zu kommen.

Leise ging er dann durch die Schatten zur Treppe. Eine glühende Zigarette und der Geruch von Rauch sagten ihm, dass er nicht allein war. Ohne ein Geräusch zu machen, wich er durch die verwachsenen Kiefern zurück und folgte dem überwucherten Pfad, den die Kids benutzten, um die Klippen hinunterzuklettern. Obwohl der Weg steil, unberechenbar und teilweise von Beerenranken verdeckt war, war er ungesichert. Nathan stahl sich den rutschigen, schlammigen Pfad hinab, bis er zum Strand kam. Dann folgte er seinen eigenen Fußspuren am Überhang der Klippen entlang und achtete darauf, dass ihn nicht einmal sein Schatten im bläulichen Licht der Laternen hoch auf dem felsigen Abhang verriet.

Stacey öffnete die Tür, sobald sie seine Schritte auf der hinteren Veranda hörte. Sie warf sich ihm in die Arme. „Gott sei Dank", stieß sie hervor und war erleichtert, dass er noch lebte. „Ich hatte solche Angst …" Ein Blick auf seine blauen Flecke und Platzwunden reichte. Ihr wurde übel. „O Gott … Was ist passiert?"

„Schh." Er hielt sie fest und streichelte ihr übers Haar, während seine eigentlich tröstlich gemeinten Worte hohl und falsch klangen. „Es ist schon gut."

„Ist es das?", erwiderte sie, hob den Kopf und sah ihm in die Augen. Vorsichtig berührte sie die Verletzung an seinem Kinn und fuhr mit den Fingerspitzen über den Verband an seinen Rippen.

„Ich hoffe es. Gott, ich hoffe es so."

„Aber du bist verletzt."

Nathan lächelte. „Verzeih die Floskel, aber du solltest mal die anderen sehen."

Also war die Gefahr, vor der er sich gefürchtet hatte, tatsächlich echt gewesen. Stacey wurde bewusst, dass er schon bald nicht mehr hier sein würde. „Was hast du jetzt vor?"

„Ich werde die Insel verlassen", entgegnete er geradeheraus und blickte in ihre runden unschuldigen Augen. „Wo ist Cindy?"

Stacey hatte das Gefühl, sterben zu müssen. Er würde gehen. Er würde nie mehr zurückkehren. Es würde schon bald so sein, als wären Nathan und Cindy nie Teil ihres Lebens gewesen. Ihre einzige Erinnerung wäre eine schmerzliche Lücke in ihrem Herzen.

„Sie schläft. Im hinteren Zimmer." Stacey führte ihn durch den kurzen Flur, der vom Wohnzimmer abging, und öffnete die Tür zum Schlafzimmer. Cindy lag auf der kleinen Liege, schlief friedlich und war sich all der Ängste ihres Vaters nicht bewusst.

Nachdem Nathan sich davon überzeugt hatte, dass es seiner Tochter gut ging und sie in Sicherheit war, prüfte er noch mal alle Zimmer, um sicherzugehen, dass die Fenster geschlossen und die Vorhänge zugezogen waren.

„Also ist es nicht vorbei", sagte Stacey, die ihn beobachtete.

„Noch nicht."

Verzweiflung ergriff sie. „Wann denn?"

„Bald, hoffe ich", sagte er, als er ins Wohnzimmer zurückging und die Tasse Kaffee entgegennahm, die Stacey ihm reichte. Er trank einen Schluck und spürte, wie die heiße Flüssigkeit seine Kehle hinabbrann. „Was ist da drin?"

„Brandy."

„Du dachtest, ich könnte einen Drink gebrauchen?"

„Nein, ich wusste, dass ich einen brauche. Und es sah so aus, als könnte dir etwas Stärkeres als Kaffee auch nicht schaden." Sie nahm einen langen Schluck von dem Getränk und hoffte, es würde das kalte, leere Gefühl tief in ihrem Inneren vertreiben. „Ich nehme an, dass du Madisons Gangster gefunden hast?"

„Sie haben mich gefunden. Sie haben mich vor meinem Haus erwartet." Finster verzog er den Mund. „Beim nächsten Mal wird alles anders."

„*Beim nächsten Mal?* Du spielst nicht ernsthaft mit dem Gedanken, noch einmal die Konfrontation mit ihnen zu suchen, oder?" Ihr besorgter Blick glitt über seinen Körper, die blauen Flecke auf Bauch und Rippen, den weißen Verband auf seiner sonnengebräunten Haut und die tiefe Platzwunde an seinem Kinn.

„Heute Abend nicht mehr."

„Ich hoffe, nie mehr!" Sie berührte sacht seine Schulter. „Ich mag dich, weißt du? Und ich denke, gesund gefällst du mir noch besser als zusammengeschlagen."

„Mir geht es nicht anders, glaub mir."

Sie glaubte es ihm. Seufzend starrte sie in ihre Tasse. „Vielleicht solltest du mir alles erklären", schlug sie vor, setzte sich an den Rand der Couch und blickte in die rote Glut im Kamin.

„Bist du dir sicher, dass du das alles wissen willst?"

„Ja." Eindringlich sah sie ihn an. „Alles."

Welche Konsequenzen würde es haben, wenn er sie jetzt einweihte? „Du weißt, dass ich die Insel verlassen muss", sagte er müde und ließ sich auf den Vorsprung am Kamin sinken. „Es ist zu gefährlich für Cindy, und außerdem wissen sie jetzt über dich Bescheid."

„Ich glaube, das ist offensichtlich", sagte sie und betrachtete seinen geschwollenen Kiefer. „Du solltest zum Arzt gehen."

„Das werde ich. Später. Wenn ich sicher bin, dass ich sie abgehängt habe."

Es hatte keinen Sinn, mit ihm zu streiten. Das unbeirrte Funkeln in seinen Augen ließ keinen Zweifel daran aufkommen, dass er fest entschlossen war. „Gut. Also, wer sind die Typen?"

„Madison und seine widerlichen Männer." Finster sah er in seine Tasse. „Er wird nicht aufgeben, bis er Cindy gefunden hat. Und das wird er, auch wenn ich denke, dass die Schlägertypen im Moment noch glauben, dass Cindy bei Barbara ist. Aber das werden sie nicht mehr lange annehmen."

Unvermittelt ging er zum Telefon und tätigte ein Ferngespräch. *Schon wieder Barbara.* Stacey bemühte sich, den Stich zu ignorieren, den die Eifersucht ihr jedes Mal versetzte, wenn sie an die Frau mit den rabenschwarzen Haaren dachte.

Nach ein paar Sekunden wurde Nathan verbunden. Er erzählte Barbara alles, was er auch schon Stacey erzählt hatte. Er sagte ihr, dass er sie in ein paar Tagen wieder anrufen würde, nachdem er sich woanders einen sicheren Platz gesucht hätte, und beendete das Gespräch wieder.

Stacey fühlte sich bei dem Gedanken an eine Zukunft ohne ihn wie benommen. Als er aufgelegt hatte, brachte sie ein gezwungenes Lächeln zustande. „Du hast ihr nicht verraten, dass du zusammengeschlagen worden bist", sagte Stacey.

„Sie würde sich nur Sorgen machen."

Sie betrachtete seine Verletzungen. „Aus gutem Grund!" Den Blick abgewandt, versuchte sie, ihre Tränen zu verbergen. „Also wirst du wirklich gehen", flüsterte sie.

„Ja."

„Wirst du wiederkommen?" Ihre Kehle war wie zugeschnürt.

„Ich hoffe es."

Sie biss sich auf die Unterlippe. „Wie lange, glaubst du, kannst du noch davonlaufen?"

„So lange, wie es eben dauert."

„Bis?"

„Bis Barbara genügend Beweise gesammelt hat, um mir Madison vom Hals zu schaffen. Für immer."

Stacey fuhr mit der Fingerspitze über den Rand ihrer Tasse. „Was für Beweise?"

Er lehnte sich zurück, legte den Kopf an die Steine und blickte hinauf zu den Dachbalken. „Ich weiß, dass er ein Betrüger ist. Er lügt Menschen an und versucht an ihr Erspartes zu kommen, indem er ihnen von Investmentmöglichkeiten erzählt, die er sich ausgedacht hat. Investments, die sich nie bezahlt machen werden."

„Aber dennoch bewegt er sich im Rahmen des Gesetzes."

„Technisch gesehen ja – zumindest soweit wir es wissen. Doch ich glaube, dass er seine Finger noch in anderen Geschäften hat. Zum Beispiel im Schmuggel. Vielleicht sogar im Drogenhandel."

„Ich verstehe das nicht. Was will ein Krimineller von einem vierjährigen Kind?"

„Das habe ich doch schon erklärt: Er will an das Erbe. Aber es steckt noch mehr dahinter", gab er zu und zog die Brauen zusammen. „Robert Madison denkt, dass Cindy seine Tochter ist."

„Was?" Stacey hätte beinahe ihre Tasse fallen gelassen.

Nathan fixierte sie mit seinen blauen Augen. „Es gibt vieles, das du nicht über mich weißt, Stacey", sagte er. „Ich dachte, wenn ich dir nicht alles erzähle, könnte ich dich schützen."

„Wohl eher im Dunkeln lassen."

Müde zuckte er mit den Schultern. „Ja." Er rieb sich mit der Hand über die angespannten Muskeln im Nacken und fuhr sich dann über das stoppelige Kinn. Als er die Verletzung berührte, zuckte er zusammen. „Cindys Mutter …"

„Jennifer?"

Die Augen zu schmalen Schlitzen verengt, presste er die Lippen aufeinander. „Jennifer", wiederholte er.

Stacey bemerkte den feindseligen Ausdruck in seinen Augen. „Ich versuche nur, das alles zu verstehen. Es ist so verwirrend."

„Das stimmt wohl", entgegnete er, trank einen Schluck von seinem Kaffee und hoffte, dass der Brandy helfen würde, den Schmerz in seinem Kopf und seinem Bauch zum Verstummen zu bringen. „Als ich Jennifer kennenlernte, war sie eine schöne und wohlhabende junge Frau. Wir trafen uns auf einer Kunstmesse und verstanden uns gleich gut. Wir standen uns sehr nahe, aber wir haben nie geheiratet."

Stacey biss sich auf die Lippe. „Du meinst, du hattest eine Affäre mit ihr?"

„Eine sehr kurze, sehr leidenschaftliche Affäre", gestand er.

Staceys Magen zog sich beinahe schmerzhaft zusammen. Also war Cindy ein uneheliches Kind – genau wie sie selbst. „Und Jennifer wurde schwanger."

„Ich wusste damals nichts davon", sagte Nathan. Er umklammerte die Tasse so fest, dass seine Fingerknöchel weiß hervortraten. „Sie sagte es mir nicht. Und sie hielt es außerdem nicht für nötig, mir zu sagen, dass sie verheiratet war. Mit Robert Madison."

„Oh nein …"

„Als ich herausfand, dass ich mit einer verheirateten Frau zusammen war, stellte ich Jennifer zur Rede und beendete die Affäre. Kurz darauf zog ich fort. Ich hatte immer in der Nähe von L. A. gelebt, aber …" Er zuckte die Achseln und seufzte. „Ich musste gehen. Eine Zeit lang lebte ich an der Ostküste, dann auf den Karibikinseln und in Mexiko." Er fuhr sich mit gespreizten Fingern durchs Haar und starrte Stacey an. „Nach ein paar Jahren kam ich wieder nach L. A. Jennifer erfuhr durch einen gemeinsamen Freund von meiner Rückkehr. Ich hätte eigentlich nicht mehr den Kontakt zu ihr gesucht, aber sie kam zu mir. Sie erzählte mir, dass ich eine Tochter hätte. Ich glaubte ihr natürlich nicht."

„Natürlich", flüsterte Stacey. Ihr Hals war trocken. „Was hat dich dazu gebracht, deine Meinung zu ändern?"

„Sie war es. Sie schwor, dass Madison sie geschlagen und sogar Cindy bedroht hätte." Der Ausdruck in Nathans Augen war kalt und distanziert. Die Sehnen an seinem Hals traten hervor. „Ich wollte ihr noch immer nicht glauben, doch sie zeigte mir die Narben von einer gebrochenen Rippe und einem gebrochenen Handgelenk und die blauen Flecke an ihrem Bauch."

„Oh, mein Gott", murmelte Stacey und spürte Übelkeit in sich aufsteigen.

„Ich wollte, dass Jennifer zu einem Psychologen und einem Anwalt geht und Madison verlässt."

„Aber sie wollte nicht?"

„Sie war vor Angst wie gelähmt. Paranoid. Sie behauptete, wenn sie ihn verlassen würde, dann würde er sie verfolgen und finden. Und er würde Cindy wehtun."

„Wenn Jennifer eine so wohlhabende Frau war, dann hätte sie sicherlich einen Weg finden können, um ihn zu verlassen. Hatte sie denn keine Familie, die sie aufgenommen hätte?"

„Ich weiß es nicht. Sie sagte, dass ihre Familie ihr nicht glauben würde, dass sie versucht hätte, ihrem Vater zu erklären, was passiert wäre, und dass er ihr gesagt hätte, sie würde sich alles nur einbilden. Jennifer war immer etwas … launisch. Und ihr Vater hielt die Ehe mit Robert Madison für die beste Entscheidung ihres Lebens. Madison hatte eine gewisse gesellschaftliche Stellung und Geld – zumindest glaubten Jennifers Vater und der Rest von L. A. das."

„Also hast du ihr geholfen."

„Ja." Er nahm die Flasche mit dem Brandy und schenkte sich noch etwas nach. Kaffee gab er keinen mehr dazu. „Obwohl ich nicht glaubte, dass Cindy meine Tochter war, hatte ich das Gefühl, Jennifer etwas schuldig zu sein. Sie war hysterisch und fest davon überzeugt, dass das Kind von mir wäre. Sie hatte sogar einen schriftlichen Beweis – eine fünf Jahre alte Arztrechnung über eine Vasektomie."

„Ihr Mann hat sich sterilisieren lassen? Und du hast ihr trotzdem nicht geglaubt?"

„Ich hatte noch immer ein Problem damit, zu glauben, dass ich Vater sein könnte. Wir redeten die ganze Nacht lang, und ich konnte sie schließlich davon überzeugen, Madison anzuzeigen. Sie versprach, das zu tun, wenn ich im Gegenzug versprechen würde, Cindy für ein paar Tage zu mir zu nehmen, bis sie den Auszug aus Madisons Haus geregelt hätte. Sie sagte, sie würde Madison erklären, dass Cindy das Wochenende bei einer Freundin verbringen würde."

„Und du hast eingewilligt?"

„Ich wollte mich nicht um Cindy kümmern. Es klang nach Schwierigkeiten – nach rechtlichen Schwierigkeiten, die mein Leben nur noch verkomplizieren würden. Und das konnte ich überhaupt nicht gebrauchen. Aber als ich vorschlug, dass sie ihre Tochter zu einer Freundin bringen solle, behauptete sie, dass sie keine Freunde hätte, die nicht sofort Madison informieren würden. Sie war außer sich vor Angst. Robert Madison war in L. A. ein angesehener Geschäftsmann. Laut Jennifer war er in der Lage, jeden Richter oder Polizisten der Stadt zu kaufen."

Stacey hörte schweigend zu und nippte an ihrem Kaffee. Von Minute zu Minute wurde ihr kälter.

„Als ich ihr sagte, dass ich Cindy nicht zu mir nehmen würde, verlor Jennifer vollkommen die Fassung und bat mich eindringlich, meine Meinung zu ändern. Sie flehte um das Leben ihrer Tochter und meinte, die Kleine wäre nur bei mir – also dem echten Vater – wirklich in Sicherheit. Es sollte nur eine vorübergehende Lösung sein, bis Jennifer einen guten Anwalt gefunden hätte, der ihr helfen sollte, die Scheidung einzureichen und das alleinige Sorgerecht zu erstreiten."

Nathan schluckte schwer. Noch immer konnte er Jennifers runde braune Augen vor sich sehen, rot geweint, mit tiefen Schatten darunter. Die Wimperntusche rann in schwarzen Bächen ihre Wangen hinunter; selbst ihr sonst so glänzendes Haar war zerzaust und stumpf. Sie hatte unglaublich verzweifelt ausgesehen und ihn angefleht, ihr, sein Kind zu sich zu nehmen. Es fiel ihm schwer, dieses Bild aus seinen Gedanken zu verdrängen, doch Stacey machte es ihm leichter.

Er räusperte sich und nahm einen großen Schluck von seinem Brandy. „Ich sagte ihr, dass ich Madison selbst mit den Vorwürfen konfrontieren wolle, aber Jennifer brach zusammen. Sie meinte, ich wäre ihre einzige Chance, um von Madison loszukommen. Und sie sagte, ich solle mich bedeckt halten. Wegen der Sterilisation wusste Madison, dass Jennifer ihn betrogen hatte und dass ihr Liebhaber Cindys Vater sein musste. Doch Jennifer schwor, dass sie ihm meinen Namen nicht verraten hätte.“

Stacey bemerkte die Wut in seinem Blick. „Du hast ihn sicherlich nicht zur Rede gestellt, oder?“

„Nein. So dumm Jennifers Plan auch war, habe ich mitgespielt – einfach, weil ich nicht sicher sein konnte, dass Madison dem Kind nichts antun würde.“

„Also hast du Cindy zu dir genommen.“

„Es sollte nur eine vorübergehende Lösung sein, und ich hatte schon einen persönlichen Rachefeldzug gegen Madison geplant.“

„Aber dazu ist es nicht mehr gekommen.“

„Nein. Auf dem Weg nach Bel Air raste Jennifers Wagen über eine Böschung. Ich habe nie erfahren, ob sie vorher mit Madison geredet hat oder nicht. Der Tod wurde als Unfall zu den Akten gelegt.“

Stacey schauderte. „Denkst du auch, dass es ein Unfall war?“

„Ich weiß es nicht. Es passte alles zu gut zusammen.“

„Glaubst du, dass irgendjemand Jennifer ermordet hat?“ Entsetzt blickte sie ihn an.

„Vielleicht hat sie sich auch das Leben genommen, um Cindy zu retten.“

„Sie wusste, dass du Cindy niemals an Madison übergeben würdest."

Sein Blick verfinsterte sich, als er nickte. „Seitdem bin ich auf der Flucht. Ich habe einen Anwalt engagiert, um das Verfahren zur Vaterschaftsanerkennung in Gang zu setzen. Madison wurde informiert. Er bestand darauf, dass Cindy zu ihm kommen sollte. Er leugnete, sterilisiert zu sein, und behauptete, dass ich hinter Cindys Erbe her wäre."

„Warum hat Madison die Polizei nicht eingeschaltet?"

Nathan lächelte grimmig. „Ja, warum wohl?"

Als sie die Antwort in seinen Augen las, erschauderte sie. „Weil er keine guten Argumente hat?"

„Ich glaube, er hat vor allem Angst vor schlechter Presse. Ich bin überzeugt, dass er in einige heikle Geschäfte verstrickt ist – ‚Investments' in gestohlene Edelsteine. Er kann sich einen Skandal nicht leisten. Er hat Freunde bei der Polizei, aber selbst die würden ihn fallen lassen, wenn bewiesen werden könnte, dass er so kriminell und korrupt ist, wie ich glaube. Und er weiß, dass ich mit allen Mitteln kämpfen werde, wenn er sich an die Presse wenden sollte."

„Also wäre es die sauberste Lösung für Madison, seine eigene Tochter zu entführen."

„*Meine Tochter!*" Er zog die Schultern zuerst hoch und ließ sie dann wieder sinken. „Ja, genau genommen hast du recht. Madison ist ihr gesetzlicher Vormund. Für ihn wäre es das Leichteste, sie mir einfach wegzunehmen. Und ich kann nichts dagegen tun."

Stacey räusperte sich und blickte ihm in die Augen. „Und was passiert, wenn bewiesen werden kann, dass Cindy nicht deine Tochter ist und dass Jennifer dich angelogen hat?"

Angespannt atmete er durch. „Das spielt keine Rolle."

„Bis auf die Tatsache, dass du ein Entführer wärst."

„Jennifer hat jedenfalls nicht gelogen, als sie gesagt hat, sie wäre misshandelt worden", entgegnete er und presste die Lippen zusammen, weil er sich an Jennifers Narben erinnerte. „Ich würde alles tun, um Madison von dem Kind fernzuhalten."

„Aber es gibt doch soziale Einrichtungen, die sich ..."

„Ich kann ihnen nicht vertrauen. Nicht, wenn es um Cindys Leben geht." Er funkelte sie einen unbehaglichen Moment lang an. „Würdest du das tun?"

Sie zögerte nicht. „Natürlich nicht. Deshalb hast du deine eigene Tochter entführt", sagte Stacey und schüttelte den Kopf über die komplizierte Situation.

„Das stimmt. Und ich würde es wieder tun. Es gibt nichts, absolut nichts, das ich nicht tun würde, um sie zu schützen."

„An der Stelle kommt Barbara ins Spiel", vermutete Stacey.

„Barbara ist Privatdetektivin in L.A. Sie arbeitet mit dem Bezirksstaatsanwalt zusammen und versucht Madisons finstere Machenschaften ans Tageslicht zu bringen. Sie trägt Beweise zusammen, die belegen, dass Robert Madison ein betrügerischer Schmuggler und Frauenschläger ist, der nicht imstande ist, ein Kind zu erziehen." Er trank seinen Brandy aus und stellte die leere Tasse auf den Kaminsims, bevor er sich zu Stacey umdrehte und sie anschaute. „Deshalb haben Barbara und ich so getan, als wären wir ein Paar – das ist ihre Tarnung. Sie arbeitet im Stillen mit dem Bezirksstaatsanwalt zusammen, damit keiner von Madisons Informanten in der Staatsmacht etwas mitkriegt und Madison Bericht erstattet."

„Aber ist er nicht misstrauisch?"

Verächtlich schnaubte er. „Der Mann ist schon misstrauisch auf die Welt gekommen. Wie auch immer ... Da Barbara und ich vor einiger Zeit ein Paar waren, merkt man nicht, dass alles nur gespielt ist."

„Ich verstehe", murmelte Stacey. Ihr Herz tat noch immer weh, als sie auf den Perserteppich starrte, der auf dem Holzfußboden lag.

„Stacey ..."

„Ja?"

Er ging zu ihr und setzte sich neben sie auf das Sofa. Sacht streichelte er ihr übers Haar. „Wenn du mich liebst, vertraust du mir und hilfst mir."

Sie schluckte und sah ihm in die blauen Augen. Der Ausdruck darin wirkte aufrichtig und schmerzlich. „Das tue ich", flüsterte sie. „Aber es jagt mir Angst ein. Todesangst!"

„Mir auch", gestand er, seufzte und zog sie an sich. Er presste die Lippen auf ihren Mund, und sie musste die Augen schließen, da tief in ihrem Inneren Lust aufloderte. Als er leise stöhnte und sie fester umschloss, erwiderte sie seinen Kuss mit all der Leidenschaft und Verzweiflung, die ihre Seele erfüllte. Sie protestierte nicht, als er die Lippen von ihrem Mund löste und mit der Zunge langsam bis zu ihrem Hals und der Vertiefung unterhalb ihrer Kehle herabglitt. Sie spürte, wie er an dem zusammengeknoteten Gürtel ihres Bademantels nestelte. Sobald der Knoten gelöst war, öffnete sich der Bademantel, und Nathan hauchte Küsse bis hinunter zu ihrem Brustansatz.

Ihre Haut kribbelte, und sie drängte sich an ihn. Das Gefühl seiner Lippen auf ihrem Körper war so schön. Sie gab ihm einen Kuss auf das dichte dunkle Haar und hielt ihn an ihre Brust gedrückt. Das Bedürfnis, ihn zu trösten und glücklich zu machen, war so verzehrend wie ihre Liebe.

Während er sie von der Couch hob, schmiegte sie ihren Kopf in seine Halsbeuge und nahm seinen Anblick in sich auf, seinen Geruch und die Empfindungen, die seine Berührungen hervorriefen. Schon bald würde er fortgehen – vielleicht für immer. Sie kämpfte gegen die Tränen der Verzweiflung an, die ihr in die Augen geschossen waren und nun über ihre Wangen zu rinnen drohten. Er trug sie die Treppe zu ihrem Schlafzimmer auf dem ausgebauten Dachboden hinauf.

Als er sie aufs Bett legte, breitete sie die Arme aus. Heute Nacht würde sie sich ihm vollkommen hingeben – ob es nun die erste von vielen Nächten sein würde oder die letzte gemeinsame Nacht mit ihm.

Die Stunden vergingen viel zu schnell. Die erste Morgendämmerung drang durch die Vorhänge und tauchte den Raum in ein blasses graues Licht.

Stacey reckte sich und kuschelte sich an den warmen Körper, der neben ihr lag. Kaum dass sie die Augen öffnete, bemerkte sie, dass Nathan sie anschaute. Gähnend streckte sie sich wieder und lächelte. „Wie lange beobachtest du mich schon?"

„Die ganze Nacht lang."

Leise lachte sie. „Nein, ernsthaft."

„Das ist mein Ernst." Er verzog den Mund zu einem Grinsen, als er mit dem Finger träge von ihrem Hals bis hinunter zu ihren Brüsten streichelte.

Stacey fühlte wieder das vertraute Verlangen in sich aufsteigen.

„Gleich wirst du erleben, wie ernst ich es meine."

„Du bist böse", neckte sie ihn. Sie war ein wenig ernüchtert, als sie die rote Platzwunde an seinem Kinn sah.

„Nur bei dir, meine Liebe. Nur bei dir." Dann presste er seine Lippen auf ihren Mund und küsste sie so hingebungsvoll, dass ihr der Atem stockte. Sie reagierte augenblicklich. Das Gefühl seiner Hände auf ihren Brüsten, auf ihren Oberschenkeln und ihren Hüften war wundervoll.

Aus einer tiefen dunklen Ecke ihres Verstandes kam ihr der unangenehme Gedanke, dass sie sich eigentlich vor ihm und dem, was er mit ihr machte, schützen sollte, doch sie hörte nicht darauf. Stattdessen ließ sie ihre Finger über die Muskeln von Nathans Oberkörper und Bauch wandern und wunderte sich über die Lust, die die bloße Berührung seines Körpers ihr brachte. Sie hielt inne, da sie den straffen Verband über seinen geprellten Rippen erreichte. Schonungslos an die Gefahr erinnert, mit der er leben musste, wollte sie ihn in die Arme schließen und beschützen.

Du liebst ihn zu sehr, warnte die kleine Stimme in ihrem Inneren sie.

Niemals, erwiderte sie stumm. Diesen Mann kann ich gar nicht zu sehr lieben.

Der Speck brutzelte in der Pfanne, als Cindy mit zerzaustem blondem Haar aus dem Schlafzimmer kam. Mit einer Faust rieb sie sich die Augen. „Daddy?", rief sie ein bisschen ängstlich.

„Ich bin hier, Mäuschen!"

Nathan hob sie kurz hoch und drückte ihr einen Kuss auf die Wange. Der Welpe sprang jaulend und hechelnd an seinen Beinen hoch. „Es wird Zeit, dass du nach draußen kommst, oder?", sagte Nathan und sah aus dem Fenster, ehe er die Vordertür aufmachte und sich kurz im Hof umsah. Bis auf einen heraufziehenden Sturm war nichts Außergewöhnliches zu entdecken. Es war noch immer früh, noch nicht einmal sechs Uhr. Mit etwas Glück hatten Madisons Männer die Angewohnheit, länger zu schlafen.

„Wo sind wir?", fragte Cindy und blinzelte.

„Das hier ist Staceys … äh … Haus."

Cindy runzelte die Stirn. „Ich will nach Hause."

„Erst nach dem Frühstück", erwiderte Stacey lächelnd. Sie stand im Türbogen zwischen Wohnzimmer und Küche und lud Vater und Tochter ein, sich an den Tisch zu setzen. „Ich habe den ganzen Morgen damit zugebracht, Pancakes zu backen." Um das zu beweisen, hielt sie den Pfannenwender in die Luft, damit Cindy ihn sehen konnte.

Cindys Laune besserte sich ein wenig. „Gehen wir dann nach Hause?" Blaue Augen blickten fragend zu Nathan hoch.

„Bald", entgegnete Nathan vage. Er hob Cindy auf einen Stuhl. Vor ihr stand ein Teller mit einem Stapel aus drei Pancakes. „Was hättest du denn gern? Erdbeermarmelade? Oder Pfirsich? Oder Traube?"

„Sirup."

„Tut mir leid", sagte Stacey und lächelte entschuldigend. „Mrs Chambers macht keinen Sirup, deswegen habe ich keinen. Wir müssen ohne auskommen."

„Dann will ich Cornflakes."

„Die Pancakes werden dir schmecken", erwiderte Nathan ruhig, strich Erdbeermarmelade auf die Pfannkuchen und warf Stacey einen kurzen Blick zu, mit dem er sie um Nachsicht bat.

Cindy sah ihren Vater an und schien ihn zum ersten Mal richtig wahrzunehmen. „Was ist das?", fragte sie. Ihre Augen wurden groß, als sie sein verletztes Kinn erblickte.

„Nichts Schlimmes."

Cindy starrte Nathans Gesicht an. „Böse Wunde", sagte sie.

„Es sollte wahrscheinlich genäht werden", stimmte Stacey zu. Aber der Blick, den Nathan ihr zuwarf, ließ sie verstummen.

„Iss bitte auf", wies Nathan seine Tochter an. „Heute machen wir eine Bootsfahrt."

Stacey fühlte, wie sich ihr Innerstes zusammenzog.

„Wohin?", wollte Cindy wissen.

„An einen schönen Ort."

„Gut. Kommt Miss Monroe mit?", fragte Cindy.

„Dieses Mal nicht, mein Schatz", hörte Stacey sich selbst sagen, ohne Nathan anzusehen.

„Aber Mrs McIver kommt mit uns", erklärte Nathan.

„Was ist mit Attila?"

Nathan legte seine Gabel zur Seite. „Ich denke, Stacey wird sich um ihn kümmern. Okay?"

„Nein!", protestierte Cindy.

Stacey stellte einen Teller mit Speck auf den Tisch und nahm auf dem Stuhl neben Nathan Platz. Es kostete sie all ihre Kraft, um zu lächeln. „Ich werde gut auf ihn aufpassen."

„Ihr habt gesagt, ich darf ihn behalten", klagte Cindy und sah von Nathan zu Stacey und wieder zurück. „Er gehört mir!"

„Es ist doch nur für ein paar Tage", erwiderte Nathan und strich seiner Tochter beruhigend übers Haar, während Stacey ihn vorwurfsvoll anblickte, weil er sein Kind belog. „Komm, lass uns jetzt zu Ende essen. Mrs McIver erwartet uns in weniger als einer halben Stunde am Hafen."

Obwohl sie murrte, aß Cindy die Pancakes. Die Anspannung zwischen Nathan und Stacey wuchs derweil; sie beendeten das Frühstück schweigend. Stacey hatte kaum etwas angerührt und verfütterte die Reste an den kleinen Hund.

„Zieh dich bitte an", drängte Nathan Cindy, während er Stacey auf die hintere Veranda folgte. Stacey setzte sich auf das Geländer und blickte auf das Meer hinaus. Sie versuchte den Gedanken zu verdrängen, dass sie Nathan vielleicht niemals wiedersehen würde.

„Dir ist doch auch klar, dass ich Cindy keine Minute länger auf der Insel lassen kann", sagte er schließlich. Er hatte das Gefühl, sich rechtfertigen und entschuldigen zu müssen. „Es ist hier nicht mehr sicher für sie."

„Ich weiß."

„Es ist das Beste so, Stacey." Der Wind, der vom Meer kam, wehte ihr die Haare aus dem Gesicht. Gewitterwolken hatten sich am Himmel zusammengeballt.

„Oder das Leichteste."

„Was soll das heißen?"

„Nichts. Ich weiß, dass du gehen und Cindy mitnehmen musst", gab sie zu. Ihre Stimme bebte. „Aber ich bin nun mal egoistisch und will, dass du bleibst. Nachdem Cindy nun auf der Schule angenommen worden ist und enorme Fortschritte macht ..." *... und ich euch beide so sehr liebe, kann ich euch nicht gehen lassen.*

Die steile Falte auf Nathans Stirn vertiefte sich noch. „Ich will nicht gehen, und das weißt du auch. Aber ich muss. Um uns alle zu schützen."

„Du kannst nicht ewig davonlaufen."

Seine Augen funkelten abwehrend. „Ich habe nicht vor, davonzulaufen, glaub mir."

„Verstehst du denn nicht? Genau das tust du doch! Und was, glaubst du, hat das für Auswirkungen auf Cindy? Sie ist ein Kind, ein kleines vierjähriges Kind, das mehr als genug emotionales

Durcheinander erlebt hat. Sie braucht Sicherheit und Beständigkeit – und ein Zuhause. Sie muss hierbleiben."

„Aber nicht, solange Madison uns auf den Fersen ist!"

„Es ist nicht nötig, wütend zu werden", versetzte sie. Sie hatte das Gefühl, sich rechtfertigen zu müssen. „Ich finde nur, du solltest das Rechtssystem für dich nutzen, statt dagegenzuarbeiten. Ein Leben auf der Flucht ist weder gut für dich noch für deine Tochter."

„Das weiß ich."

„Ja?"

„Natürlich."

„Warum hast du mich dann überhaupt nach meiner Meinung gefragt? Du bist hergekommen und wolltest unter allen Umständen, dass Cindy in Oceancrest aufgenommen wird – und ich habe es ermöglicht. Ich habe alles versucht, um Cindy zu helfen, und sie entwickelt sich wunderbar. Aber all die Zeit und die Mühe werden vergebens sein, wenn du sie jetzt von der Schule nimmst, ihre Wurzeln herausreißt und mit ihr davonrennst."

Ruhelos ging er auf der Veranda auf und ab. „Ich weiß, dass du recht hast", gestand er zögerlich. „Und falls es dich beruhigt: Barbara arbeitet mit einem Anwalt zusammen, um die rostigen Räder der Justiz in Gang zu setzen."

„Das ist ein Anfang."

„Wohl kaum." Er schob die Hände in die hinteren Hosentaschen und seufzte, als er aufs Meer hinausblickte. Die Schatten unter seinen Augen waren tief, und die Bartstoppeln auf seinem Kinn schienen zu unterstreichen, wie müde er war. Er schlug mit der Faust auf das Geländer und ging dann zu Stacey. „Ich muss los."

„Wohin willst du?"

„Ich weiß es noch nicht."

„Ich werde mit dir kommen", flüsterte sie.

„Das wäre schön, Stacey", erwiderte er leise. Er hatte das Gefühl, sein Herz würde brechen. „Aber es ist sicherer für alle Beteiligten, wenn du hier auf der Insel bleibst. Im Übrigen kannst du deine Schüler nicht im Stich lassen."

Nichts ist mehr von Bedeutung, wenn ich dich nicht mehr an meiner Seite habe.

„Verhalte dich so, als wäre alles wie immer." Er umfasste ihre Oberarme und zwang sich zu einem Lächeln, während er sie anblickte.

Sie fühlte Tränen in sich aufsteigen, doch sie weigerte sich, sie zu vergießen. Noch nicht. „Ich weiß nicht, ob das möglich ist."

„Wir werden wiederkommen."

„Wann?", wisperte sie. Sie riss sich von seinem Anblick los und beobachtete eine einsame Möwe, die über das graue Meer flog und ab und an ins Wasser hinabschoss.

„Ich weiß es nicht."

„Ich werde dich vermissen", sagte sie. Er zog sie an sich und umarmte sie, als wollte er sie nie mehr loslassen.

„Und ich werde dich vermissen."

Eine dunkle Vorahnung jagte ihr einen Schauder über den Rücken, und sie fing an zu zittern.

„Alles wird wieder gut", sagte er, gab ihr einen Kuss auf den Scheitel und sog den süßen Duft ihres vom Winde verwehten Haars ein.

„Versprochen?", brachte sie mit erstickter Stimme hervor und räusperte sich. Sie schniefte leise, als sie seinen Atem in ihrem Haar und seine besitzergreifende Umarmung spürte.

„Versprochen."

Mit einem Mal brachen sämtliche Dämme. All die Tränen, die sie seit Tagen zurückgedrängt hatte, rannen ihr über die Wangen, als sie an die trostlose Zeit dachte, die vor ihr lag. Wohlwissend, dass sie ihn vielleicht nie wiedersehen würde, schluchzte sie an seiner Schulter, bis Cindy auf die Veranda kam und es Zeit für sie wurde, zu gehen.

Zwei Wochen waren nun schon vergangen, seit Stacey Nathan und Cindy zum Hafen gebracht und sich von ihnen verabschiedet hatte. Mit Tränen in den Augen hatte sie dem kleinen Boot hinterhergesehen, das auf das offene Meer hinausgefahren war, ehe es die Spitze der Insel umrundet und das Festland angesteuert hatte. Sie hatte ihren Regenschirm umklammert und ihm so lange nachgewunken, bis es nicht mehr zu sehen gewesen war.

„Jetzt sind nur noch du und ich übrig", hatte sie zu dem nassen kleinen Hündchen an ihrer Seite gesagt; Nathan hatte Attila trotz Cindys Protestgeschrei bei ihr gelassen. Sanft hatte sie an der Leine gezogen und war mit ihm zurück zu ihrem einsamen, leeren Haus gefahren.

Auch jetzt war sie noch genauso niedergeschlagen wie an dem Tag, als Nathan, Cindy und eine besorgte Geneva McIver Sanctity Island verlassen hatten. All die bunten Farben in ihrem Leben schienen verblasst zu sein, und ihre Gedanken wanderten immer wieder zu den glücklichen Stunden, die sie mit Nathan verbracht hatte.

Hör auf damit! ermahnte sie sich am Freitagnachmittag, nachdem die Schüler sich ins Wochenende verabschiedet hatten. Sie hatte einen weiteren einsamen Tag überstanden und war gerade dabei, die letzten Papierfetzen vom Halloween-Kunstprojekt zu entfernen, als Margaret in den Raum platzte. Hinter Margarets silberner Brille hatten sich Gewitterwolken zusammengeballt. In den Händen hielt sie ein festes Blatt Papier und eine zusammengerollte Zeitung. Die Lippen hatte sie bitter aufeinandergepresst, und in ihren Augen stand ein entschlossenes Funkeln. Margaret Woodward sah aus, als wäre sie bereit, jemandem den Hals umzudrehen.

„Hallo", grüßte Stacey sie zaghaft lächelnd. „Hattest du einen schlechten Tag?"

Margaret hielt sich nicht mit Formalitäten auf. „Es wird dir nicht gefallen, Stacey, aber ich sehe keinen Grund, dir die Information vorzuenthalten."

„Vorenthalten? Welche Information?"

„Das hier!" Sie reichte Stacey ein offiziell wirkendes Schreiben, verschränkte mit der Zeitung in der Hand die Arme vor der Brust und tappte mit dem Fuß auf den Boden, während sie darauf wartete, dass Stacey den Brief überflog.

„Was ist das? Oh." Stacey ließ die Schultern sinken.

Der Brief stammte von Dr. Lindstrom in Fairbanks. Lindstrom hatte zusammen mit einem Begleitschreiben den Fallbericht von Cindy Sloan geschickt. Stacey musste sich auf einen Stuhl setzen, als sie Dr. Lindstroms Gutachten las. Der Psychologe war der Meinung, dass Cindys seelischer Zustand mit Sicherheit das Ergebnis eines psychischen Missbrauchs durch ein Familienmitglied war – wahrscheinlich durch den Vater des Kindes.

Stacey schüttelte entschieden den Kopf. „Nathan kann er damit auf keinen Fall meinen", protestierte sie.

„Das ist noch nicht alles", sprach Margaret weiter, streckte die zusammengerollte Zeitung wie ein Schwert in die Luft und warf Stacey ein grimmiges Lächeln zu. Dann legte sie die Ausgabe der *L. A. Times* auf den Schreibtisch. Die Zeitung war auf Seite acht aufgeschlagen. Der Artikel in der oberen rechten Ecke der Seite war einem Mann gewidmet, der sein entführtes Kind suchte. Der Mann war Robert Madison. Das Kind war Madisons Tochter Cindy. Und der Mann, der verdächtigt wurde, das kleine Mädchen mitgenommen zu haben, war Nathan Sloan.

„Woher hast du die denn?", fragte Stacey erstaunt.

„Ich habe doch mal in L. A. gewohnt und die Zeitung immer noch abonniert, auch wenn sie meistens fast eine Woche zu spät kommt."

Stacey warf einen Blick auf das Datum. Es bestätigte Margarets Geschichte. *Oh, Nathan, wo steckst du nur?* „Ich weiß darüber Bescheid", sagte sie ruhig. „Ich bin nur überrascht, dass es öffentlich gemacht wurde ..."

„*Du wusstest es?* Und du hast nicht daran gedacht, mir davon zu erzählen?" Margaret wischte sich die Hände an ihrem Rock ab und lehnte sich an den Schreibtisch. „Vielleicht möchtest du mir jetzt davon erzählen", schlug sie vor. „In Anbetracht der Tatsache, dass der Ruf der Schule auf dem Spiel steht."

Genau wie damals bei Daniel Brown! Stacey massierte sich die Nasenwurzel und versuchte nachzudenken. „Ja, ich denke, du solltest es wissen. Aber es ist kompliziert. Außerdem muss irgendetwas passiert sein, dass Madison sich doch an die Medien gewandt hat."

„Ich habe den ganzen Tag lang Zeit", entgegnete Margaret leise.

„Es muss aber unter uns bleiben. Du kannst damit nicht zu den Behörden gehen."

Margaret runzelte die Stirn, nickte jedoch knapp. „Ich bin ganz Ohr." Die Arme vor der Brust verschränkt, beobachtete sie Stacey und bemerkte – nicht zum ersten Mal – die dunklen Schatten unter ihren Augen und die Blässe ihres Gesichts. Nathan Sloan hatte sie hintergangen. Sie war stinksauer auf diesen Mann, und dazu kamen noch die Gewissensbisse, weil sie Stacey ermutigt hatte, mit ihm auszugehen.

„Ich wusste von Anfang an, dass etwas nicht stimmt", gab Stacey zu. „Vom ersten Tag an, als ich Nathan und Cindy am Strand getroffen habe, habe ich gespürt, dass er mir etwas verheimlicht hat. Aber er hat sich mir erst anvertraut, als er die Insel verlassen wollte ..."

Es dauerte eine halbe Stunde, um Nathans Sicht der Dinge zu schildern. Als Stacey fertig war, konnte sie ein skeptisches Funkeln in Margarets weisen Augen erkennen.

„Ich kann nicht glauben, dass du ihm tatsächlich eine solche Geschichte abgekauft hast", sagte die ältere Dame schließlich seufzend. Sie nahm ihre Brille ab und reinigte die Gläser mit einem Zipfel ihrer Jacke.

„Es ist die Wahrheit", erwiderte Stacey unerschütterlich.

Margaret schüttelte ihren grauen Kopf. „Für meinen Geschmack hat sie zu viele Löcher. Warum hat er uns nicht die Wahrheit erzählt, als er seine Tochter angemeldet hat?"

„Er konnte es nicht. Er hatte Angst, dass Madison sie finden und zurückholen würde. Nathan arbeitet durch eine Privatdetektivin mit dem Bezirksstaatsanwalt von L. A. zusammen."

„Was Oceancrest betrifft, hätte er sich keine Sorgen machen müssen. Wir behandeln alle Informationen streng vertraulich."

„Er hatte Angst um Cindys Leben …"

„Oder hatte er Angst, erwischt zu werden? Selbst wenn Nathan Sloans Geschichte wahr wäre, hätte er wissen müssen, dass Robert Madison dem Kind nichts antun würde. Wenn Madison Cindy wehgetan hätte, dann hätte es Sloans Geschichte nur noch untermauert."

„Aber dann wäre es zu spät gewesen, und dieses Risiko wollte er nicht eingehen", sagte Stacey, um ihn zu verteidigen.

Margaret schürzte die Lippen, doch ihr Blick wurde weicher, als sie Stacey nun ansah. „Ach, Stacey! Woher willst du denn wissen, dass Sloan wirklich Cindys Vater ist? Dass Madison sich während der Ehe mit Jennifer Reaves hat sterilisieren lassen, beweist doch nicht, dass er nicht der Vater von Cindy ist. Vielleicht hat er seine Vasektomie rückgängig machen lassen oder sie hat gar nicht funktioniert?"

Stacey ließ sich nicht beirren. „Und warum hätte Jennifer dann zu Nathan kommen sollen?"

„Vielleicht hat sie das ja gar nicht getan. Immerhin kennst du nur seine Seite der Geschichte."

„Aber der Rest ist doch wahr. Hier zum Beispiel", sie zeigte auf einen Absatz in der *Times*. „Da steht, dass Jennifer Madison bei einem Autounfall im Laurel Canyon ums Leben gekommen ist! Genau das hat Nathan mir auch erzählt."

„Abgesehen davon, dass er behauptet hat, ihr Name wäre Jennifer Reaves."

Stacey zuckte mit den Schultern.

„Sloan ist ganz sicher klug genug, um die Wahrheit zu vertuschen."

„Nathan lügt nicht!"

Margaret seufzte. „Ich will ihn nicht verurteilen, Stacey. Aber Fakt ist doch, dass er uns beide getäuscht hat – die Frage ist nur, wie sehr." Als Stacey protestieren wollte, hob Margaret abwehrend die Hand und sprach weiter. „Lass mich ausreden. Es war offensichtlich, dass er Cindy sehr liebt. Und ich habe auch Schwierigkeiten damit, ihn als den brutalen Elternteil zu sehen, von dem Dr. Lindstrom in seinem Brief geschrieben hat. Aber was wissen wir schon über Nathan Sloan? Nur das, was er uns sagt."

„Er liebt Cindy", entgegnete Stacey stur.

„Das bestreite ich ja gar nicht, und ich bestreite auch nicht, dass er Cindys biologischer Vater sein könnte. Aber das ist nicht der Punkt."

„Was ist dann der Punkt?"

„Die Tatsache, dass er uns gegenüber die Fakten verdreht hat", entgegnete Margaret. „Rechtlich gesehen ist Robert Madison Cindys Vater. Er war mit Jennifer Reaves verheiratet, als sie das Kind zur Welt gebracht hat, stimmt's?"

„Ich glaube, ja."

„Dann ist er laut Gesetz verantwortlich für Cindy – und Nathan Sloan hat sie entführt."

„Aber Madison hat seine Frau geschlagen! Gott weiß, was er mit Cindy machen würde!" Stacey zitterte vor Wut und Ohnmacht. Ihre Augen funkelten vor Zorn. „Können wir uns einfach zurücklehnen und zulassen, dass er ihr möglicherweise etwas antut?"

Die Farbe wich aus Margarets Gesicht. „Natürlich nicht! Ich will nur sagen, dass Mr Sloan in L. A. hätte bleiben und vor Gericht um Cindy hätte kämpfen sollen. Er hätte zur Polizei und zur Jugendfürsorge gehen sollen!"

„Er behauptet, dass er keine Chance gehabt hätte. Robert Madison ist so mächtig, dass ihm die Polizei praktisch gehört."

„Die Polizei von Los Angeles? Das kann ich nicht glauben. Trotz allem, was man so in Filmen sieht, sind die meisten Polizeibehörden doch ehrlich."

„Nathan ist dabei, Beweismaterial gegen Madison zusammenzutragen, um dann vor Gericht zu ziehen. Er hat schon den Bezirksstaatsanwalt, eine Privatdetektivin und einen Anwalt in L. A. auf seiner Seite", sagte Stacey, obwohl sie sich hilflos fühlte. Margaret hatte ganz locker und ruhig jedes ihrer Argumente entkräftet. Die Tatsache, dass sie seit Nathans Abreise nichts mehr von ihm gehört hatte, untermauerte Margarets Verdacht nur noch. Hatte er sie angelogen und dann im Stich gelassen?

Ich glaube das nicht, dachte sie niedergeschlagen. *Ich glaube nicht, dass Nathan mich einfach so sitzen lassen würde.*

„Ich weiß, dass es schwer für dich ist, das zu akzeptieren", sagte Margaret leise, ergriff Staceys Hand, drückte sie und ließ sie los, ehe sie sich zur Tür umwandte.

„Ich zweifle daran, dass ich es je akzeptieren werde."

Margaret seufzte. „Falls es ein Trost ist: Ich hoffe, dass du recht behältst, was Sloan betrifft, und dass du dich irrst, was Madison angeht. Um Cindys willen hoffe ich, dass die beiden Männer aus Liebe zu ihr um sie streiten."

„Einer von den beiden tut das auf jeden Fall", sagte Stacey.

„Ich wünsche mir nur, dass alles gut ausgeht", murmelte Margaret, als sie das Zimmer verließ und die Tür leise hinter sich schloss.

Das wird es, schwor Stacey sich selbst. *Es muss!*

Eine weitere Woche verstrich, ohne dass Stacey etwas von Nathan hörte. Margaret war besonders nett zu Stacey, und sie reagierte darauf, indem sie versuchte, sich in Arbeit zu verkriechen und auf keinen Fall an Nathan zu denken. Es war jedoch unmöglich. Der Gedanke an Nathan verfolgte sie, sie konnte ihn nicht abschütteln. Sie sah ihn am Strand, in ihrem Haus und in der Schule. Wenn sie nicht an Nathan dachte, waren ihre Gedanken bei Cindy. Wohin hatte Nathan das Kind gebracht? Wie ging es der Kleinen? Hatte sie sich wieder zurückgezogen?

„Komm, lass uns spazieren gehen", schlug Stacey Attila vor, als sie an diesem Nachmittag nach Hause kam. Seit der Auseinandersetzung mit Margaret war mittlerweile eine Woche vergangen. „Es ist Freitag, und wir brauchen beide eine Pause. Was meinst du?" Der Welpe wedelte mit dem flauschigen Schwänzchen, wobei sein gesamtes Hinterteil mitwackelte. Stacey befestigte lächelnd die Leine. Eifrig zog Attila sie zur Tür hinaus und die Treppe zum Strand hinunter.

Sobald sie den Strand erreicht hatten, löste Stacey die Hundeleine und ließ den jungen Hund zum Wasser toben. Sie spielte mit ihm Fangen, versuchte nicht an Cindy zu denken, und fand sich doch an der Treppe zu Nathans Haus wieder. Sie stieg die verwitterten Stufen hinauf. Das Häuschen sah noch genauso aus, wie er es hinterlassen hatte. Alle Türen waren verschlossen. Der verbeulte Jeep stand auf der Auffahrt. Auf der Veranda lagen die Zeitungen von mindestens einer Woche.

„Sieht so aus, als wäre er für immer gegangen", sagte Stacey zu dem kleinen Hund. Der Schmerz in ihrer Brust, der sie betäubte, wollte nicht nachlassen. „Vielleicht hatte Margaret doch recht."

Sie ging hinters Haus und bemerkte die Angel, die an der Wand lehnte, und das Feuerholz, über das achtlos eine Abdeckplane geworfen worden war. „Es sieht beinahe so aus, als hätte ich mir das alles nur eingebildet", sagte Stacey an den Welpen gewandt und befestigte die Leine an seinem Halsband. „Wenn du nicht wärst, könnte ich fast meinen, Nathan und Cindy niemals begegnet zu sein."

Aus einem Impuls heraus ging Stacey zu Geneva McIvers Haus. Sie klopfte laut und war überrascht, als die Tür augenblicklich aufging.

„Stacey!", rief die alte Dame aus. „Kommen Sie rein, kommen Sie rein!" Sie winkte Stacey mit dem Welpen zusammen ins Haus. „Ich wollte Sie anrufen, aber ..." Hilflos bedeutete Geneva Stacey, in einem der Samtsessel neben dem großen Fenster Platz zu nehmen. „Wie wäre es mit einer Tasse Tee?"

„Das wäre toll", entgegnete Stacey und setzte sich auf die Kante des Sessels. Sie war immer noch überrascht, dass die alte Dame zu Hause war. Stacey hatte nicht damit gerechnet, irgendjemanden wiederzusehen, der etwas mit Nathan zu tun hatte.

„Hier", sagte Geneva. Ihre ohnehin leicht geröteten Wangen wurden noch ein bisschen dunkler, als sie Stacey eine Tasse mit Orangen-Gewürztee reichte.

„Wie lange sind Sie schon wieder zurück?", erkundigte Stacey sich.

„Seit drei Tagen. Ich wollte Sie anrufen ..." Sie blickte Stacey mit ihren leuchtend blauen Augen an und bat stumm um ihr Verständnis.

„... aber Nathan hat Sie gebeten, es nicht zu tun?"

„Er war ziemlich unnachgiebig", gab Geneva zu. „Alles wegen des Kindes. Er ist krank vor Sorge um die Kleine."

Staceys Hände zitterten. Sie musste die feine Porzellantasse auf den Tisch stellen, der neben ihr stand. „Geht es Cindy gut?"

Die alte Dame schürzte die Lippen. „Das hängt davon ab, was Sie meinen. Sie ist gesund." Mrs McIver verzog den Mund zu einem Lächeln, als sie an das Kind dachte. „Sie isst wie ein Scheunendrescher. Aber ... na ja, Sie wissen ja, dass sie Probleme hat."

„Emotionale Probleme. Sie hat sich zurückgezogen und ist sehr verschlossen", entgegnete Stacey.

„Ja. Und es ging ihr so viel besser, als sie hier war und zur Schule ging." Sie zuckte mit den Schultern und trank einen

Schluck von ihrem Tee. „Jetzt scheint es beinahe, als hätte sie überhaupt keine Fortschritte gemacht."

Staceys Hals war wie zugeschnürt. Sie hatte Schwierigkeiten zu sprechen und nippte noch einmal an ihrem Tee. „Wo sind sie? Wo sind Nathan und Cindy?", fragte Stacey und hielt unwillkürlich die Luft an.

„Ich weiß es nicht."

Staceys Herz wurde ihr schwer.

„Wir waren auf Whidbey Island. Dort haben wir uns mit Barbara getroffen. Nathan, Barbara und Cindy sind weitergefahren. Ich weiß aber nicht, wohin."

Stacey spürte, wie etwas in ihr zerbrach. „Nach L. A. vielleicht?"

„Das glaube ich nicht." Geneva dachte einen Moment lang nach und kratzte sich hinter dem rechten Ohr. „Es tut mir leid. Ich weiß es einfach nicht. Und Mr Sloan ... Er wollte nicht, dass ich mit Ihnen rede, und meinte, dass Sie sich Sorgen machen würden. Und dass Sie wegen der Gauner, die ihn zusammengeschlagen haben, in Gefahr schweben würden."

„Ich glaube nicht, dass ich für sie von Bedeutung bin", erwiderte Stacey. Nachdem sie zwei Wochen lang ständig auf der Hut gewesen war und damit gerechnet hatte, Madisons Männern in die Arme zu laufen, war sie es leid, sich um sich selbst Sorgen zu machen. „Hat Nathan Ihnen gesagt, wann er zurückkommen wird?"

„Das ist schwer zu sagen." Sie sah Stacey in die Augen und schüttelte den Kopf. „Ich denke, es wäre möglich, dass er gar nicht auf die Insel zurückkehrt – zumindest nicht für immer. Er hat davon gesprochen, das Haus zu verkaufen."

Für Stacey brach eine Welt zusammen. „Sind Sie sich sicher?"

„Ja. Er hat mich gebeten, mich mit einigen Maklern in der Stadt in Verbindung zu setzen, und meinte, dass er am Ende der Woche bei einem von ihnen anrufen würde."

„Ich verstehe", flüsterte Stacey, stellte ihre Tasse auf den Mahagonitisch und stand auf. „Vielen Dank für den Tee."

Geneva erhob sich ebenfalls und rieb nervös die Hände aneinander. „Nicht, dass es wichtig wäre, aber ich werde Ihnen trotzdem meine Meinung zu einer Sache sagen."

Stacey bereitete sich innerlich auf das Schlimmste vor, nickte und lächelte der unsicher dreinblickenden alten Dame zu. „Das ... das wäre schön."

„Ich habe einige Zeit mit Nathan Sloan und seiner Tochter verbracht. Und wenn Sie mich fragen, sind die beiden traurig und fühlen sich elend ohne Sie."

„Das wage ich zu bezweifeln."

Geneva zog die Augenbrauen hoch. „Ich habe vieles gesehen, Stacey, und ich erkenne die Liebe, wenn ich sie sehe. Nathan wahrscheinlich auch. Aber er hat Angst um Ihr Leben."

„Das ist doch lächerlich."

„Das habe ich auch zu ihm gesagt", erwiderte die alte Dame und schnaubte leise. „Aber er hört ja nicht darauf, was andere sagen."

„Das ist mir auch schon aufgefallen", murmelte Stacey.

„Er ist ein guter Mensch, Stacey. Allerdings müssen Sie ihn vermutlich davon überzeugen, dass Sie stark genug sind, um an seiner Seite durchs Leben zu gehen – egal, was auch kommen mag."

„Ich habe es versucht", entgegnete Stacey. Angewidert spürte sie, wie sie errötete, als sie an all die Male dachte, die sie sich Nathan an den Hals geworfen hatte.

„Dann müssen Sie es noch ein bisschen mehr versuchen, ja? Der Mann ist stur. Verflucht stur." Geneva ballte ihre kleine Hand zur Faust. Erst jetzt wurde ihr bewusst, was ihr gerade über die Lippen gekommen war. „Entschuldigen Sie meine Ausdrucksweise."

Stacey grinste. „Ich weiß, was Sie sagen wollen."

„Gut. Dann müssen Sie ihm zeigen, was Sie empfinden, und ihn dazu bringen, sich seinen Gefühlen zu stellen."

„Falls ich die Gelegenheit dazu bekomme."

„Er wird zurückkehren", sagte die alte Dame zufrieden. „Ich weiß nicht, wann. Aber man kann ein Haus nicht ohne die Unterschrift des Besitzers verkaufen, oder?"

Staceys Laune hob sich sichtlich. „Ich vermute, nicht." Sie wandte sich zur Tür um und hielt dann inne. „Woher wussten Sie, dass Nathan mir etwas bedeutet?"

„Das war nicht schwer." Die alte Dame lachte. „Sie leiden unter denselben Symptomen wie er."

Die nächsten paar Tage waren leichter für Stacey. Sie rief sich immer wieder Genevas ermutigende Worte ins Gedächtnis, und ihr Herz schien sich dann mit goldenen Flügeln in die Höhe zu schwingen. Ihre Hoffnung war jedoch nur von kurzer Dauer. Am nächsten Nachmittag glaubte sie, am Hafen einen von Robert Madisons Gangstern gesehen zu haben. Ihre Zuversicht erstarb. Nathan würde nicht mehr zurückkehren. Er konnte es nicht riskieren. Cindys Sicherheit stand auf dem Spiel.

Aus einer Telefonzelle, die zu benutzen sie vorgab, beobachtete Stacey den jungen Mann, der am Hafen in der Nähe des Anlegeplatzes stand, wo Nathans Boot gelegen hatte. Der Mann war klein und schlank, hatte blondes Haar und versuchte offenbar, sich einen Bart wachsen zu lassen, der allerdings sehr zottelig wirkte. Er lief rastlos am Anleger auf und ab, steckte sich ab und zu eine Zigarette an oder starrte durch den Nieselregen hindurch aufs offene Meer hinaus.

„Du leidest allmählich unter Verfolgungswahn", sagte Stacey zu sich. Immerhin hatte sie Robert Madisons Schläger nie gesehen. Jedenfalls nicht bei Tageslicht. Dass dieser zwanzigjährige Mann böse aussah und rauchte, war kein Grund, ihn zu verurteilen.

Aber er steht an der Anlegestelle, wo Nathans Boot lag. „Das ist wohl kaum ein Verbrechen", murmelte sie. Doch noch während sie den Kerl betrachtete, kam ein anderer Mann hinzu. Staceys Herz blieb fast stehen. Der Neuankömmling war größer und älter als der andere. Sein asymmetrisches Gesicht zeigte ein mürrisches Lächeln.

Vor Angst richteten sich die Härchen in ihrem Nacken auf, als die beiden Männer zum Schutz gegen den Regen mit hochgezogenen Schultern eng beieinanderstanden und sich leise unterhielten. Es bestand kein Zweifel mehr daran, dass es sich um Robert Madisons Schlägertypen handelte.

Stacey hängte den Hörer auf, den sie sich zur Tarnung ans Ohr gehalten hatte, und verließ eilig die Telefonzelle. Als sie zu Hause ankam, zitterte sie von Kopf bis Fuß – nicht nur vor Kälte, sondern auch vor Angst.

Die nächsten zwei Tage über war sie besonders vorsichtig. Sie fürchtete, den beiden Kerlen in die Arme zu laufen, wenn sie es am wenigsten erwartete. Doch sie hatte Glück, und die Woche verging ereignislos.

Nathan zu vermissen war für sie zu einem festen Bestandteil ihres Lebens geworden. Als Margaret sie am Tag nach Halloween trösten wollte, zwang Stacey sich zu einem Lächeln und sagte betont heiter, dass sie über ihn hinweg wäre.

„Du bist eine verdammte Lügnerin", schalt sie sich ein paar Stunden später, als sie die Stiefel auszog und ans Fußende ihres Bettes stellte. Ebenjenes Bettes, das sie für kurze Zeit mit Nathan geteilt hatte. „Du weißt es, und Margaret weiß es auch." Sacht fuhr sie mit den Fingerspitzen über die Tagesdecke, die ihre Großmutter ihr gestickt hatte, als Stacey noch ein Kind gewesen war. In diesem Moment vermisste sie ihre Großmutter schrecklich, obwohl sie bereits seit fast zwanzig Jahren tot war. Ihre Gedanken wanderten wieder zu den Stunden zurück, die sie in der Schule verbracht hatte. Sie dachte daran, wie sie leichtfertig erklärt hatte, dass Nathan ihr nichts mehr bedeuten würde. Margaret und der Rest der Schule wissen, dass du von dem Mann besessen bist, dachte sie und seufzte.

Ihre Einsamkeit war überwältigend. Sie ging nach unten und schenkte sich ein großes Glas Cola ein. „Auf mein Schicksal, mich immer in die falschen Männer zu verlieben." Sie erhob das Glas und lächelte trotz der Träne, die ihr langsam über die Wange rollte.

Ohne zu wissen warum, ging sie ins Wohnzimmer, machte es sich auf der Couch gemütlich und rief ihren Vater an. Beim vierten Klingeln sprang der Anrufbeantworter an. Stacey bemühte sich, möglichst fröhlich zu klingen und erzählte dem Band, dass sie sich nur mal habe melden wollen und es in ein paar Tagen noch einmal versuchen würde.

„So viel dazu, sich an die Familie zu wenden, wenn man sie braucht." Sie trank das Glas aus und spielte mit dem Gedanken, Margaret anzurufen. Doch sie verwarf die Idee wieder. Margaret war noch immer davon überzeugt, dass Nathan Sloan Stacey und die Schule zu seinem eigenen Vorteil ausgenutzt hätte. Vielleicht hatte ihre Freundin ja recht damit.

„Er sollte zur Polizei gehen", hatte Margaret mitfühlend vorgeschlagen, als Stacey Nathan hatte verteidigen wollen. „Das würde jeder gesetzestreue Bürger tun." Damit sprach sie genau das aus, was auch Stacey schon zu Nathan gesagt hatte. Sie konnte nicht widersprechen.

„Zum Teufel mit ihm!", murmelte sie, als sie in die Küche zurückging, das Glas in die Spüle stellte und aus dem Fenster in die dunkle Novembernacht hinausblickte. Regen nieselte gegen die Scheiben, und der Wind heulte ums Haus herum.

Es schien eine Ewigkeit her zu sein, dass sie im Spätsommer einem kleinen lockigen Kind und seinem Vater mit den blauen Augen am Strand begegnet war. „Ach, Nathan, wo steckst du nur?", fragte sie sich laut.

Eine knappe Stunde später, als sie gerade lustlos fernsah, bemerkte sie, dass Attila die Ohren gespitzt hatte. Kurz darauf fing er an zu winseln.

„Hör auf", sagte Stacey und schaltete den Fernseher aus. „Du machst mich nervös." Doch der kleine Hund sprang vom Sofa und tapste noch immer jaulend und kläffend in die Küche. Als es unvermittelt an der Hintertür klopfte, erstarrte Stacey. Bilder von Robert Madisons beiden Schlägern schossen ihr durch den Kopf. „Hör auf, Stacey! Du bildest dir nur was ein." Trotzdem warf sie erst einen unauffälligen Blick durch den Vorhang, ehe sie öffnete.

Die Schultern gegen den kalten Wind hochgezogen, stand Nathan auf der hinteren Veranda.

Staceys Herz setzte einen Schlag lang aus, dann riss sie die Tür auf. Sie warf sich ihm in die ausgebreiteten Arme und konnte die Tränen der Erleichterung nicht zurückhalten, die ihr in die Augen gestiegen waren.

„Ich hatte schon Angst, du würdest nie mehr zurückkehren", flüsterte sie, als er die Arme um ihre Schultern legte und mit ihr in die Küche trat.

„Dann hätte ich ja riskiert, einen Empfang wie den hier zu verpassen", entgegnete er. Ein erschöpftes Lächeln huschte über sein schmales Gesicht. Ohne Stacey loszulassen, kickte er mit dem Fuß die Tür hinter sich zu.

Stacey spürte, wie er sie fester umarmte, und schmeckte den Regen auf seiner Haut. Sie hatte fast vergessen, wie blau seine Augen waren und wie verführerisch sie funkelten, wenn er sie anschaute. „Du hast nicht angerufen oder geschrieben! Ich war außer mir vor Sorge", gestand sie, wischte sich die Tränen fort und lächelte, auch wenn ihr noch Tropfen in den Wimpern hingen.

„Mir ging es nicht anders."

„Ach, Nathan." Sie drückte ihn wieder und hätte vor Erleichterung fast aufgeschluchzt. „Wo ist Cindy?"

„Mit Barbara in Seattle."

„Seattle?"

„Das ist eine lange Geschichte."

„Und ich will sie vom Anfang bis zum Ende hören", meinte sie und hielt ihn noch immer fest umarmt, als fürchtete sie, dass er sich in Luft auflösen könnte. „O Gott, ich hab dich so vermisst!"

Er zog sie an sich und schmiegte seine Wange an ihr Haar. „Der Gedanke an dich hat mich dazu gebracht, weiterzumachen", gab er zu, schloss die Augen und neigte den Kopf, um ihre Lippen zu schmecken. Sie waren so süß und begierig, wie er sie in Erinnerung hatte, und er konnte nicht genug von ihr kriegen. Nachdem er so lange an sie gedacht und Tag und Nacht von ihr geträumt hatte, lag sie endlich wieder in seinen Armen.

Mit der Hand strich er ihren Rücken hinunter und ließ sie auf ihrer Taille liegen, während er sie noch enger an sich presste. Er drückte ihren Po gegen die Anrichte und seine Schenkel drückten sich perfekt an ihre, während er nun mit der Zunge zwischen ihre Lippen tauchte und ihren Mund erforschte.

Wärme breitete sich in ihr aus und steigerte sich in ein so heftiges Verlangen, dass sie zu zittern begann. Seine Hände fuhren vertraut über ihren Oberkörper und umschlossen ihre Brüste. Sie seufzte.

Trotz der Erschöpfung, die ihm deutlich anzusehen war, hob Nathan sie hoch und trug sie die Treppe hinauf, fiel dort mit ihr zusammen aufs Bett und stöhnte ihren Namen, wobei er sie mit Händen und Mund liebkoste.

Ihr honigfarbenes Haar lag ausgebreitet auf der Tagesdecke und umgab seidig schimmernd ihr Gesicht. Er betrachtete sie einige Sekunden lang, danach öffnete er bedächtig ihre Bluse.

„Ich habe so lange gewartet", flüsterte sie. Ihre Stimme bebte, als der blaue Stoff ihrer Bluse zur Seite rutschte und den Blick auf ihre blasse Haut freigab. Nathan schob die Bluse weiter auf und schluckte schwer, nachdem er Staceys Brüste entblößt hatte.

Er beugte sich vor, küsste die rosige Spitze und beobachtete, wie sie hart wurde und sich begierig seinem Mund entgegenreckte. „Genau wie ich", erwiderte er ebenso leise, bevor er ihre Brustwarze mit den Lippen umschloss. Dann zog er ihr quälend langsam die Hose aus.

Rasch knöpfte sie sein Hemd auf, ehe sie Nathan half, sich der Jeans zu entledigen. Das warme Gefühl seiner Haut auf ihrer steigerte ihre Erregung ins Unermessliche. Ihr Herz schlug schneller, ihr Atem ging flacher, und Nathan stöhnte lustvoll.

Sie gab sich ihm völlig hin. Ohne Angst bewegte sie sich mit ihm in seinem Rhythmus, drängte sich an ihn, vergrub ihre Finger in seinem Haar und erbebte glücklich, als sein Höhepunkt sie mit sich riss. Im Rausch verschwanden alle Gedanken an die Vergangenheit oder Zukunft. Heute Nacht war sie mit dem Mann zusammen, den sie liebte; sie waren in Sicherheit und sie waren zusammen. Alles andere spielt keine Rolle, dachte sie verträumt, während sie langsam in die Wirklichkeit zurückschwebte und ihn in den Armen hielt.

Während sie noch immer eng umschlungen nebeneinanderlagen, liefen ihr Tränen des Glücks über die Wangen. Sie umarmte ihn und legte den Kopf auf seinen Brustkorb, lauschte dem beruhigenden Klopfen seines Herzens und fühlte sich in seinen starken Armen so sicher.

Nathan war zu ihr zurückgekehrt, wie er es versprochen hatte. Stacey lächelte glücklich. Mit der Gewissheit, dass sie ihm wirklich etwas bedeutete, schlief sie ein.

10. KAPITEL

Stacey lächelte selig, als sie den schlafenden Nathan betrachtete.

Am Abend zuvor hatte er ausgesehen, als wäre er durch die Hölle gegangen. Sein Gesicht hatte schmaler gewirkt, kantiger, als sie es in Erinnerung gehabt hatte. Der Welt überdrüssig, mehr als müde und verzweifelt, hatte er den Eindruck erweckt, als würde er jeden Moment zusammenbrechen.

Doch jetzt, als er schlafend in ihrem Bett lag, das kaffeebraune Haar zerzaust, die harten Züge seines Gesichts weich und entspannt, sah er so unschuldig und unbekümmert aus wie ein Kind.

„Ich liebe dich", flüsterte sie und erschrak, als er ein Auge aufschlug und auf seinem Gesicht mit einem Mal ein breites Lächeln erstrahlte.

„Ich weiß." Einen Arm legte er locker über ihren Bauch und strich mit den Fingern bedächtig über ihren Rücken. „Und ich liebe dich."

„Du musst nicht …"

Er erstickte ihren Protest mit einem Kuss, der ihr eine Woge der Lust durch den Körper strömen ließ.

„Einen Moment bitte", flehte sie und rang nach Luft, als er sich von ihr löste und den Kopf hob, um ihr in die Augen zu schauen.

„Warum?"

„Warum?", wiederholte sie und versuchte einen klaren Gedanken zu fassen, auch wenn er mit den Fingerspitzen sinnliche Kreise auf ihre Haut malte. „Weil ich mehr über die vergangenen Wochen erfahren möchte."

Seine blauen Augen funkelten. „Später", versprach er, presste seinen Mund auf ihre Lippen und zog sie an sich. „Viel später."

„Viel später" hieß: nach dem Duschen und dem Frühstück. Nathan hatte fast eine halbe Stunde unter der heißen Dusche verbracht und dann so viel gegessen, als hätte er vor Monaten zuletzt etwas Essbares bekommen. Die Sauerteigbrötchen, Würstchen, das Rührei und die frische Grapefruit hatte er gierig verspeist, ehe er sich schließlich auf seinem Stuhl zurücklehnt und die Tasse Kaffee mit den Händen umschlungen hatte.

„Du verwöhnst mich", sagte er nun vorwurfsvoll.

„Das würde mir im Traum nicht einfallen." Ihre Augen funkelten fröhlich, als sie den Tisch abräumte.

„Versteh mich nicht falsch – ich will mich überhaupt nicht beschweren."

Sie warf ihm einen scharfen Blick zu. „Das würdest du auch nicht wagen."

„Ich schätze, du hast recht." Gerade noch ein Lächeln auf den Lippen, wirkte er mit einem Mal ernst, als sie an den Tisch zurückkam. Er sah ihr tief in die Augen. „Gott, Stacey, es ist so schön, wieder bei dir zu sein. Ich wünschte nur, Cindy wäre hier."

„Ich auch", flüsterte sie.

„Hat Geneva dir erzählt, dass ich vorhabe, das Haus zu verkaufen?"

Stacey verspürte das verzweifelte Gefühl, dass ihr ihr Leben durch die Finger rann. *Wie soll ich ohne ihn und sein wundervolles Kind leben?* „Sie hat so was erwähnt."

Er schob seinen Teller von sich und stützte die Ellbogen auf den Tisch. „Das heißt nicht zwangsläufig, dass ich nicht zurückkehren werde", sagte er, als er die Enttäuschung in ihrem Blick bemerkte.

„Was heißt es denn dann?"

„Dass ich die Zelte abbrechen werde – wegen Robert Madison."

Stacey widersprach nicht. Sie konnte es nicht. Doch sie stellte die wichtigste Frage, die ihr durch den Kopf ging. „Du hast mir noch gar nicht gesagt, wie es Cindy eigentlich geht?"

Nathans Blick verfinsterte sich. „Ihr Zustand hat sich nicht verbessert, fürchte ich."

„Überhaupt nicht?", fragte sie.

Er schüttelte den Kopf.

Stacey biss sich auf die Unterlippe. „Ist es vielleicht sogar schlimmer geworden?"

Er drehte die Kaffeetasse auf dem Tisch. „Nein ... Ja ... Verdammt, ich weiß es nicht! Aber sie vermisst dich und die Schule, und natürlich kann sie den verfluchten Hund nicht vergessen. Ich schätze, du hattest recht. Zum ersten Mal hatte sie einen Ort, ein Zuhause gefunden und fühlte sich zugehörig."

Stacey ließ die Schultern sinken, als sie ihre leere Tasse nahm und in die Spüle stellte. „Und was willst du jetzt unternehmen?"

Wieder flammte das Feuer in seinem Blick auf. „Ich werde alles tun, was nötig ist." Er schluckte. „Wir sind nach Whidbey gefahren, aber Madisons Schläger sind uns gefolgt. Deshalb habe ich Geneva hierher zurückgeschickt. Barbara, Cindy und ich sind nach Seattle weitergereist." Der Ausdruck in seinen Augen wirkte abwesend, als er aus dem Fenster auf die vom Meer überspülten Felsen am Ufer blickte. „Ich dachte, es wäre leichter, auf dem Festland unterzutauchen."

„Ich verstehe", sagte Stacey und verspürte wieder den schmerzhaften Stich, als sie Barbaras Namen hörte. Sie schalt sich selbst einen Dummkopf. Hatte sie nicht die vergangenen zwölf Stunden damit zugebracht, wieder und wieder mit Nathan zu schlafen? Sie verdrängte das kindische Gefühl der Eifersucht.

Er lehnte sich auf seinem Stuhl zurück und sah sie an. Mit den hochgekrempelten Ärmeln, dem dunklen Haar, das ihm in die Stirn fiel, und den blauen Augen, mit denen er sie fixierte, wirkte er unglaublich männlich. Und das Schlimmste war, dass er hierherzugehören schien. Als sie ihn in der Küche sitzen und an seinem Kaffee nippen sah, während er sich mit ihr unterhielt, verspürte sie den Wunsch nach einem gemeinsamen Leben mit ihm und seiner wundervollen kleinen Tochter.

Nathan nahm einen letzten Schluck aus seiner Tasse und stellte sie auf den Tisch. „Barbara glaubt, dass all das, was sie herausgefunden hat, reichen wird, um Madison für immer hinter Gitter zu bringen. Aber es wird nicht leicht. Nach außen hin hat er sich die Hände nie schmutzig gemacht – er hatte immer jemanden, den er mit Geld oder gestohlenen Waren entlohnt hat und der die Drecksarbeit für ihn erledigt hat. Seine Schuld zu beweisen, wird also ein hartes Stück Arbeit."

Zum ersten Mal war Stacey der dunkelhaarigen Frau dankbar. „Das sind trotzdem gute Neuigkeiten."

„Sie hat einen enttäuschten Angestellten ausfindig gemacht, der für Madison gearbeitet hat. Er ist Pilot und war mit Madison befreundet. Er hat ihm dabei geholfen, Edelsteine und Gott weiß was zu schmuggeln. Er hat sich bereit erklärt, mit dem Bezirksstaatsanwalt zusammenzuarbeiten und ihm zu helfen, Madison festzunageln. Es wird nur noch etwas dauern."

„Das ist doch toll!", sagte sie lächelnd. „Ihr habt es geschafft!"

„Noch nicht. So einfach ist das alles leider nicht. Dieser Pilot glaubt, dass Madison jemanden engagiert hat, der an Jennifers Auto herumhantiert hat – an jenem Tag, als sie von der Straße abgekommen und beim Laurel Canyon über die Böschung gerast ist."

„*Wie bitte?*"

„Offenbar deutet allmählich alles auf Mord hin."

Stacey war entsetzt. Sämtliche Farbe wich aus ihrem Gesicht. Falls Nathan recht hatte, dann hatte Robert Madison, Cindys gesetzlicher Erziehungsberechtigter, die Mutter des Kindes *umgebracht*, um an das Erbe der Kleinen zu kommen. Stacey wurde übel. „Hast du das nicht auch immer für möglich gehalten?"

„Eigentlich nicht. Ich hätte nie gedacht, dass Madison tatsächlich zu einem Mord fähig wäre, verdammt noch mal!" Nathans Augen sprühten vor Zorn. „Auch wenn es gefährlich ist – ich werde ihn festnageln, Stacey. Ich werde ihn festnageln, bevor er die Möglichkeit hat, noch jemandem wehzutun, vor allem nicht meiner Tochter."

Nervös verdrehte Stacey in ihren Händen das Geschirrtuch. „Ist … ist Madison noch immer in L. A.?"

Abrupt hob Nathan den Kopf. „Das habe ich zumindest gehört. Wieso?"

Sie zuckte die Achseln. „Ich weiß nicht. Es ist wahrscheinlich nicht so wichtig … Aber ich glaube, ich habe neulich die beiden Männer gesehen, die wir am Strand gehört haben …"

„Die Typen, die mich als Punchingball benutzt haben?"

Sie zuckte zusammen und nickte.

„Du hast sie gesehen?"

„Ich denke schon. Am Hafen, in der Nähe deiner Anlegestelle."

„Sie waren wieder hier?", fragte er und stand langsam auf. Sein Körper sehnte sich danach, es ihnen heimzuzahlen.

Sie nickte.

„Bist du dir sicher?"

„Ich weiß es nicht." Sie überlegte so angestrengt, dass sie die Stirn in Falten zog. „In der Nacht am Strand habe ich sie nicht besonders gut gesehen. Es war ziemlich dunkel, und wir haben uns unter der Treppe versteckt. Und außerdem", fügte sie kläglich hinzu, „war ich starr vor Angst."

Nathan lief im Zimmer auf und ab. Mit schmalen Augen rieb er sich übers Kinn; die Narbe der Platzwunde war immer noch zu erkennen. „Waren die beiden allein?"

„Ja. Aber ich hatte den Eindruck, dass sie auf jemanden warten – ich dachte, auf dich."

„Und jetzt?"

Sie seufzte. „Es hätte auch Madison sein können." Sie ließ Wasser in die Spüle, nahm sich den Spüllappen und fing an, das schmutzige Geschirr abzuwaschen. „Ich halte diese ganze Geheimnistuerei nicht mehr aus!", stieß sie frustriert hervor. „Vielleicht bilde ich mir das alles ja auch nur ein! Ich habe nur zwei Männer am Hafen gesehen. Einer von ihnen hat geraucht, hatte einen zotteligen Bart und war blond. Der andere Mann war älter und sah aus, als wäre seine Nase mindestens ein Mal gebrochen gewesen. Aber das heißt alles noch nichts. Möglicherweise waren es nicht einmal dieselben Kerle."

„Ich würde darauf wetten, dass sie es waren." Er stellte einen Fuß auf einen Sessel und stützte sich auf sein Knie. Der Stoff seiner Jeans spannte sich über seinem Schenkel und seinem Po. Stacey wandte ihre Aufmerksamkeit wieder dem schmutzigen Geschirr zu. Doch sie hörte, wie er vor sich hinmurmelte. „Ich glaube nicht, dass Madison es riskieren würde, hierherzukommen. Wenn Barbara recht hat, dann zieht sich die Schlinge um Madisons Hals immer enger, und er kann sie schon spüren."

„Gut", flüsterte sie. Ihre Muskeln entspannten sich etwas, als sie die Luft ausstieß, die sie unwillkürlich angehalten hatte. „Wie geht es jetzt für dich weiter?"

„Ich muss übermorgen nach L. A."

Stacey fühlte wieder, wie ihre Welt ins Wanken geriet. „So bald schon?", wisperte sie, und ihr stockte die Stimme.

„Ich denke, du hast recht. Es ist an der Zeit, Madison mit der Wahrheit zu konfrontieren. Nachdem Barbara nun genug Beweise gegen ihn in der Hand hat, muss ich meine rechtlichen Möglichkeiten ausschöpfen."

Nervös legte sie den Spüllappen zusammen. „Und was passiert dann?"

Er zuckte mit den Schultern. „Das kommt darauf an, ob ich gewinne oder verliere. Madison ist an die Öffentlichkeit gegangen. Er behauptet, ich hätte Cindy entführt."

„Ich weiß, Margaret hat mir die *Times* gezeigt. Aber bei diesem Verdacht gegen Madison nimmt dir doch niemand Cindy weg!"

„Das hoffe ich", erwiderte er, und sein Blick wurde eiskalt. „Das hoffe ich wirklich."

Sie verbrachten den Rest des Tages zusammen. Nach einem Strandspaziergang und einer Fahrt nach Serenity, um in Nathans

Lieblingsfeinkostladen zu Mittag zu essen, gingen sie zum Hafen. Obwohl Nathans Boot an der üblichen Anlegestelle lag, waren Madisons Schläger nicht zu sehen.

„Wahrscheinlich habe ich mir das alles nur eingebildet", erklärte Stacey, doch Nathans Miene blieb angespannt.

„Vielleicht mögen sie kein schlechtes Wetter", entgegnete er und sah zum Novemberregen empor, der aus dicken dunklen Wolken herabfiel.

„Und vielleicht waren sie auch nie hier."

„Oh, sie waren ganz bestimmt hier", erwiderte Nathan und rieb sich über die Narbe an seinem Kinn. „Ich frage mich nur, ob sie wieder hierhergekommen sind, nachdem sie mir nach Seattle gefolgt sind. In mancher Hinsicht wäre das gut."

„Ach ja?"

„Wenn sie hierher zurückgekehrt sind, bedeutet das, dass sie meine Spur in Seattle verloren haben und dass sie nicht wissen, dass Cindy mit Barbara in Seattle ist."

„Dann wollen wir hoffen, dass es so war", flüsterte sie, während er ihre Hand nahm.

Ehe es dunkel wurde, gingen sie zu ihm nach Hause. Obwohl die Zeitungen noch immer auf der Veranda gestapelt waren, roch das Innere des Hauses nach Desinfektionsmittel und Möbelpolitur. „Geneva hat ihren Zauberstab geschwungen", stellte Nathan fest, sah in den Kühlschrank und bemerkte, dass auch der ausgeräumt und sauber gemacht worden war. Es waren keine Lebensmittel da, die hätten verderben können.

Die Möbel waren mit Laken abgedeckt, und die Pflanzen waren entfernt worden. „Sie ist offensichtlich davon ausgegangen, dass ich nicht zurückkommen würde."

„Sie hat dich anscheinend beim Wort genommen", sagte Stacey.

„Ich schätze, ja." Er nahm den Telefonhörer in die Hand, stellte fest, dass der Apparat tot war und ging zur Tür. „Ich sollte

Bescheid sagen, dass ich wieder da bin", erklärte er. „Ich bin gleich zurück."

„Ich warte hier."

Nathan war ungefähr zehn Minuten weg. Während Stacey wartete, streifte sie durch die Räume. Sie erinnerte sich daran, dass sie bei ihrem letzten Besuch in dem Haus außer sich vor Angst gewesen war. Es schien eine Ewigkeit her zu sein.

„Ich bin wieder da", rief Nathan kurz darauf und riss sie aus ihren Grübeleien. Er schloss die Tür hinter sich ab. Die Brauen hatte er zusammengezogen, seine Stirn war sorgenvoll gerunzelt.

„Stimmt was nicht?", fragte sie. Ihr Herz schlug schneller. „Was ist passiert?"

„Geneva hat erzählt, dass ein paar Männer hier waren und sich nach meinem Häuschen und nach mir erkundigt haben. Sie haben vorgegeben, das Haus für ihre Eltern kaufen zu wollen, aber Geneva meinte, dass sie nicht wie Brüder ausgesehen und sich auch nicht verhalten hätten, als wären sie verwandt. Sie sagte, die beiden hätten nervös gewirkt und …" Er sah ihr in die Augen. „Die Beschreibung passte auf die Kerle, die mich angegriffen haben."

Staceys Knie wurden weich. „Also sind sie tatsächlich zurückgekommen."

„Sieht so aus."

Stacey verspürte die altbekannte Angst. Nathan bemerkte die Panik in ihrem Blick und ging zu ihr. Er legte ihr die Hände auf die Schultern und gab ihr einen Kuss auf die Stirn. „Es ist bald vorbei", versprach er.

„Hoffentlich." Sie lehnte sich an ihn und lauschte seinem Atem und dem Pochen seines Herzens. Er hatte die Arme um sie geschlungen. Sie hielt ihn fest und dachte darüber nach, wie leer ihr Leben ohne ihn wäre.

„Wie ging es Mrs McIver?", erkundigte Stacey sich.

„Gut. Sie hat nach dir gefragt."

Stacey hob den Kopf. „Ja?"

„Hm. Und sie wirkte nicht besonders überrascht, mich zu sehen."

Stacey nickte, und ihre Wange rieb an seiner rauen Jeansjacke. „Sie sagte, dass du zurückkehren würdest – wenn auch nur, um das Haus zu verkaufen."

„Das würde ich nur sehr ungern tun", entgegnete er und runzelte die Stirn, als er über ihren Kopf hinwegblickte, die Hände locker hinter ihrem Rücken verschränkt. „Dieses Haus war seit Jahren der erste Ort, an dem ich mich zu Hause gefühlt habe." Seufzend hauchte er ihr einen Kuss auf den Scheitel und atmete den Duft ihres Haars ein. „Aber möglicherweise lässt es sich nicht vermeiden." Er blickte an ihr vorbei aus dem Fenster. Schließlich ließ er sie los und lächelte gezwungen. „Vielleicht sollten wir uns an die Arbeit machen, bevor unsere Freunde wieder hier aufkreuzen."

Er ging in sein Schlafzimmer, machte ziemlich viel Lärm und kehrte kurz darauf mit einem großen und zwei kleineren Koffern zurück. Dann fing er an, ein paar Dinge zusammenzusuchen und in die Koffer zu werfen.

Langsam ließ Stacey sich auf die Couch sinken. Ihr Herz tat so weh.

„An dieses Haus habe ich einige großartige Erinnerungen", sagte er und legte seine Unterlagen und das Diktiergerät in einen zusätzlichen Koffer.

Stacey nickte. Ihr Hals war wie zugeschnürt, und sie bekam keinen Ton heraus.

„Es ist der erste Ort, an dem Cindy und ich uns zu Hause gefühlt haben." Er schnaubte leise. „Nur wir beide, bis du gekommen bist." Er hob den Blick und sah sie an. „Du und der verdammte Hund. Du hast mich dazu gebracht, mir Veränderungen zu wünschen, mich nach Dingen zu sehnen, nach denen ich mich seit einer Ewigkeit nicht mehr gesehnt habe …"

„Die da wären?"

Er zog eine dunkle Augenbraue hoch. „Heim und Herd … Solche Dinge eben. Eine Frau und ein Dutzend Kinder. Sogar den verfluchten Hund." Liebevoll blickte er Attila an, der seinen Kopf schräg legte und die Ohren hob. Seufzend zuckte Nathan mit den Schultern. „Es war schön, solange es gedauert hat." Er trat ans Fenster, fuhr sich mit der Hand durchs Haar und lehnte sich an die Wand. Stumm beobachtete er die Fischerboote, die in den Hafen zurückkehrten. „Ich werde das alles vermissen", sagte er leise.

„Warum kommst du nicht zurück?", schlug sie vor und stand auf, um seinen großen Koffer zu schließen. Dann ging sie zu ihm. Ihr Herz schlug so laut, dass es in dem kleinen Häuschen widerzuhallen schien.

„Vielleicht eines Tages."

Stacey brachte ein tapferes Lächeln zustande. Doch ihre Lippen zitterten, und das Lächeln erstarb wieder. „Ich hoffe es."

Er ergriff ihre Hand und drückte sie.

Tränen sammelten sich in ihren Augen. „Ich liebe dich, Nathan", sagte sie und schluckte ihren Stolz hinunter. „Ich ertrage den Gedanken nicht, dass du nicht mehr zurückkommen wirst."

„Ich auch nicht", erwiderte er, blickte ihr tief in die Augen und zog sie an sich. Er zögerte nur einen Moment lang, ehe er mit der Fingerspitze ihr Kinn anhob und ihr die Tränen von den Wangen küsste. „Ich liebe dich auch, Anastasia Monroe. Obwohl ich es nicht wollte und mich dagegen gewehrt habe, konnte ich nicht anders, als mich in dich zu verlieben."

Stacey schluckte und lächelte, auch wenn ihr Blick tränenverschleiert war.

„Komm mit mir nach L. A.", sagte er, hielt sie fest und flüsterte ihr ins Ohr: „Bleib bei mir."

Wenn ich doch nur könnte! „Ich möchte es ja", entgegnete sie, schlang die Arme um seine Taille und hielt ihn so fest, als hätte sie Angst, ihn loszulassen. „Mehr als alles andere auf der Welt möchte ich bei dir und Cindy bleiben und euch helfen, gegen Robert Madison zu kämpfen."

„Dann komm mit nach L. A."

„Aber mein Job …"

„Es gibt andere Jobs."

Das stimmte. Und es gab nur einen Nathan. Sie wusste, dass sie nichts tun konnte, womit sie riskierte, ihn zu verlieren. Einen winzigen Moment lang fragte sie sich, ob sie gerade den größten Fehler ihres Lebens beging, doch dann schlug sie alle Vorsicht in den Wind. „Natürlich werde ich bei dir bleiben", flüsterte sie. „Aber es könnte ein paar Tage dauern, um alle Formalitäten mit der Schule zu regeln. Ich muss eine Vertretung organisieren und packen und …" Sie war schon in die Planungen vertieft, als Nathan sie unvermittelt küsste. Feuer und Leidenschaft brannten in seinem Kuss, und Stacey sank in seine Arme und mit ihm zusammen auf den Boden. Ungeduldig öffnete er die Knöpfe an ihrem Pullover und liebkoste ihre Haut darunter.

Erwartungsvoll erschauerte sie, als er ihre Zunge mit seiner streichelte. Stacey konnte an nichts anderes mehr denken als an die Wärme seiner Berührung, das Gefühl seiner Hände auf ihrer Haut und die Hitze, die ihren Körper durchströmte.

Er schlüpfte aus seinen Schuhen und zog ihr behutsam den Pullover aus. Danach streifte er sein Shirt und seine Jeans ab und schleuderte die Sachen zur Seite. Auf seinem sonnengebräunten Oberkörper, schlank und durchtrainiert, glitzerten Schweißperlen. Nur eine winzige Verfärbung oberhalb seiner Rippen erinnerte Stacey noch daran, dass er von einem von Madisons Männern heftig zusammengeschlagen worden war.

Sie streckte den Arm aus und berührte sacht die empfindliche Stelle. Er atmete scharf ein, da sie mit den Fingern zu seinen Brustwarzen wanderte. „Bleib für immer bei mir", raunte er, blickte ihr tief in die braunen Augen und bemerkte den schnellen Pulsschlag, der an ihrem Hals sichtbar war.

„Das werde ich", versprach sie, während er den Kopf neigte und ihren Hals mit Küssen bedeckte.

Stacey erzitterte vor Verlangen, als er sie zärtlich von ihrer Hose befreite und die Lippen weiter nach unten gleiten ließ.

„Schlaf mit mir. Liebe mich, Stacey", flüsterte er dicht an ihrem flachen Bauch, und sie bog sich ihm entgegen. Seine Lippen berührten ihre Haut. Beinahe ehrfürchtig betrachtete er sie, wie sie nun nackt vor ihm auf dem Boden lag, das honigblonde Haar auf dem Teppich ausgebreitet, ihre wundervollen Brüste bebend vor Erregung. „Liebe mich und hör niemals auf." Er beugte sich vor, nahm eine der harten Brustwarzen in den Mund und bemerkte zufrieden, dass Stacey vor Begierde unwillkürlich ihre Bauchmuskeln anspannte. Er legte eine Hand unter ihren Po, schob sich zwischen ihre gespreizten Oberschenkel und streichelte sie an ihrem empfindsamsten Punkt, bis sie ihn anflehte, eins mit ihr zu werden und sich ihm voller Leidenschaft hingab.

Wenn Timing im Leben alles ist, dann hat Robert Madison alles, dachte Nathan wütend. *Genau wie die Männer, die für ihn arbeiten.* Nathan hatte gerade den letzten Koffer zugemacht, als ein lautes Klopfen durch das Haus hallte. Augenblicklich war ihm klar, dass Madisons Schlägertypen ihn aufgespürt hatten.

Verdammt! Nathan bedeutete Stacey, ins Schlafzimmer zu gehen, und lief zur Tür. Gelassen blickte er hinaus, um zu sehen, wer auf der Veranda stand. Seine Augen funkelten zufrieden, als seine Vorahnung bestätigt wurde. Madisons Handlanger warteten auf ihn.

„Wir wissen, dass Sie da drin sind!", brüllte der jüngere Mann.

Nathan machte drei Schritte bis zum Kamin, griff sich den Schürhaken, ließ ihn an seiner Seite herunterbaumeln und öffnete die Tür. „Was wollen Sie?", fragte er. Trotz seiner scheinbaren Ruhe klang seine Stimme hart, bedrohlich.

„Das wissen Sie doch", entgegnete der ältere Mann. „Dasselbe wie immer. Madison will sein Kind zurück."

„Vergessen Sie's."

„Und er will, dass Sie die Detektivin zurückpfeifen."

„Tut mir leid", sagte Nathan und lächelte höhnisch.

„Aber er besteht darauf ..."

„Er kann so lange darauf bestehen, bis die Hölle zufriert!", stieß Nathan hervor. „Und jetzt verschwinden Sie!"

„Ich habe gleich gesagt, dass es so nicht funktionieren wird", beharrte der jüngere, blonde Mann und ballte die Hände zu Fäusten. „Es gibt nur einen Weg, wie wir mit ihm fertigwerden."

Mit dem Fuß stieß Nathan die Tür ganz auf und trat hinaus auf die Veranda. „Wie Sie wollen, Freundchen ..."

„Nathan! Nicht!" Stacey kam aus dem Flur, und die beiden Gangster sahen sie zum ersten Mal.

„Ich habe dir doch gesagt, dass er was mit der Lehrerin hat", meinte der jüngere Mann. Sein kalter, gieriger Blick huschte über Staceys Figur, während er sich mit der Hand durch den zotteligen Bart strich.

„Halten Sie sie da raus", sagte Nathan mit einem gefährlichen Unterton in der Stimme.

„Ich fürchte, das geht nicht", erwiderte der ältere Mann. „Mr Madison hat deutlich gemacht, dass wir jedes Mittel nutzen sollen, um Sie davon zu überzeugen, die Sorgerechtsklage fallen zu lassen sowie Barbara Jones dazu zu bringen, ihre Nase nicht länger in Angelegenheiten zu stecken, die sie nichts angehen."

„Sonst passiert was?", entgegnete Nathan herausfordernd.

„Nathan, nicht!", flüsterte Stacey. *Gott, was ist, wenn sie beschließen, ihn wieder anzugreifen?* Dieses Mal war Nathan auf alles gefasst und mehr als bereit für die Auseinandersetzung, doch es waren noch immer zwei gegen einen.

„Ja, was sonst?", höhnte der jüngere Mann selbstgefällig.

Die Spannung in der Luft war beinahe mit Händen greifbar.

„Richten Sie Madison aus, dass ich dafür sorgen werde, dass er in der Hölle schmort."

442

Der ältere Mann warf einen Blick über Nathans Schulter und grinste, als er die Angst in Staceys Augen sah. „Ich werde es ihm ausrichten."

„Gut."

„Heißt das, dass wir einfach so gehen?", jammerte der Bärtige.

„Vorerst, ja."

„Aber …" Der bösartig funkelnde Blick des jungen Mannes ging von Nathan zu Stacey und wieder zurück. Seine Muskeln waren angespannt, und er sah aus, als würde er Nathan nur zu gern Stück für Stück auseinandernehmen.

Nathan warf ihm ein kaltes Lächeln zu. „Versuchen Sie es ruhig."

Der junge Mann erblickte den Schürhaken, den Nathan in der Hand hielt.

„Ich sorge nur für Chancengleichheit", erklärte Nathan mit einem so eisigen Unterton in der Stimme, dass es Stacey fröstelte. In diesem Moment war sie überzeugt davon, dass der Gangster besser daran tat, den zornigen Nathan nicht anzugreifen.

Die beiden Männer verschwanden, und Stacey ließ sich gegen die Wand sinken. Sie versuchte zu schlucken, aber ihr Hals war wie zugeschnürt. Nathan stand an der Tür und sah den Männern so lange hinterher, bis er sicher war, dass sie tatsächlich fort waren. Dann schloss er die Tür ab, ging zu Stacey und hielt sie in seinen Armen, bis sie aufhörte zu zittern.

„Ich glaube, uns gehen allmählich die Möglichkeiten aus", flüsterte er.

„Was … was meinst du damit?"

„Vorhin habe ich dich gebeten, mit nach L. A. zu kommen. Jetzt muss ich darauf bestehen. Diese beiden Kerle wissen nun, dass du mir etwas bedeutest – vor ihrem kleinen Besuch hier haben sie es nur vermutet. Das bedeutet, dass dein Leben in Gefahr ist."

„Ich glaube nicht …"

Er hob den Kopf und sah sie eindringlich an. „Keine Widerrede! Ich werde unter keinen Umständen zulassen, dass dir das Gleiche passiert wie Jennifer."

„Das wird es auch nicht …"

„Du hast recht – ich werde nämlich von nun an an dir kleben und dich keine Sekunde mehr aus den Augen lassen. Verstanden?"

Sie lächelte, auch wenn sie tief in ihrem Herzen Angst verspürte. „Verstanden!"

„Gut. Also, lass uns hier fertig werden und die Nacht dann bei dir zu Hause verbringen. Ich denke, da sind wir sicherer."

„Warum?"

„Wegen des Hundes. Falls irgendjemand versuchen sollte, heute Nacht ins Haus einzudringen, wird Attila ihn hören und …", er ballte die Hände und verengte die Augen zu schmalen Schlitzen, „… ich werde da sein."

„Das würde dir gefallen, oder?"

„Was?"

„Diesen Schlägern eine Lektion zu erteilen?"

Er schüttelte den Kopf, aber in seinen Augen stand ein verräterisches Funkeln. „Ich will Madison."

„Ach, Nathan", sagte sie voller Sorge, doch er schloss sie in die Arme.

„Liebe mich einfach, Stacey", flüsterte er. „Liebe mich und lass mich nie wieder los."

„Niemals", schwor sie und fragte sich, warum sie dabei eine dunkle Vorahnung beschlich.

Margarets Büro war so aufgeräumt und sauber wie immer. Margaret selbst saß an ihrem Schreibtisch und blätterte in der neuesten Ausgabe von *Psychologie heute*. Sie blickte auf, als Stacey ins Zimmer eilte. Margaret lächelte sie an, doch ihr Lächeln erstarb, als sie Nathan bemerkte. Besorgt beobachtete sie, wie Stacey ihren Lieblingsplatz auf der Armlehne der Couch einnahm.

Nathan blieb in der Tür stehen. Er wirkte lässig und sein Blick kühl, als er ins Vorzimmer sah.

Stacey bemerkte, wie Margaret sichtlich wütend wurde. Sie hatte Nathan gebeten, sich allein mit Margaret treffen zu dürfen, doch er hatte nichts davon hören wollen. Seit Madisons Männer am Tag zuvor aufgetaucht waren, hatte er sein Versprechen gehalten und sie nicht mehr aus den Augen gelassen. Bis jetzt war es wundervoll gewesen. Durch Margaret sollte sich das aber nun ändern. Stacey hatte ihre Reaktion vorhergesehen, doch Nathan war es egal gewesen.

„Mr Sloan", sagte Margaret gezwungen lächelnd. „Sie sind die letzte Person, mit der ich jetzt gerechnet hätte."

„Guten Morgen, Dr. Woodward."

Margaret hielt sich nicht mit Höflichkeiten auf. „Sie haben die Insel ein wenig überstürzt verlassen, meinen Sie nicht?"

Nathan warf einen Blick zu Stacey und nickte. „Geschäfte", erwiderte er. „Morgen ist alles erledigt." Er kam ins Zimmer und nahm auf einem Stuhl Platz, der an der Wand stand. „Ich weiß, dass Sie die Geschichte über Robert Madison und seinen Anspruch auf mein Kind gelesen haben."

Margaret presste die Lippen aufeinander.

„Am Donnerstag findet in Los Angeles eine Anhörung wegen des Sorgerechts für Cindy statt. Hoffentlich wird dann alles geklärt", sprach Nathan unverdrossen weiter.

Margaret beruhigte sich etwas und sah ihn an. „Ich bin froh, dass Sie den Entschluss gefasst haben, das Rechtssystem zu bemühen, das unsere Vorväter für uns ins Leben gerufen haben", sagte sie kühl.

„Das wollte ich die ganze Zeit, aber ich wollte auch sichergehen, dass ich alle Fakten habe, die ich brauche."

„Und jetzt haben Sie sie?"

„Ich hoffe es."

„Deshalb bin ich hier", meldete Stacey sich nervös zu Wort. „Ich würde gern mit Nathan zusammen zur Anhörung nach L. A. fahren. Es wäre toll, wenn du mir die nächste Woche freigeben könntest."

„Du willst nach L. A.?", fragte Margaret und nahm die Brille ab, um Stacey besser ansehen zu können.

„Mit Nathan."

„Ich verstehe." Sie wandte sich an Nathan. „Wäre es wohl möglich, dass Sie uns kurz allein lassen?"

Er ließ den Blick durch den Raum und den angrenzenden Flur streifen. Dann zuckte er die Achseln. „Ich werde nebenan warten", sagte er zu Stacey, während er mit einem Kopfnicken auf Andreas Büro wies.

„Es dauert nicht lange", entgegnete sie nachdrücklich.

Nathan verließ das Zimmer und schloss die Tür zu Margarets Büro hinter sich.

„Hast du den Verstand verloren?", fragte Margaret und blickte zur Decke, ehe sie Stacey ansah.

„Ich muss das tun, Margaret."

Die Ärztin versuchte sich zu sammeln und fuhr sich mit den Händen übers Gesicht, bevor sie Stacey musterte. „Nur, damit ich es richtig verstehe: Du möchtest ein paar Tage freinehmen."

„Ich habe schon mit Sophie White gesprochen. Sie wird mich nächste Woche vertreten."

„Okay, okay. Also hast du hier in der Schule alles geregelt. Aber was soll der Unsinn mit L. A.?"

„Wir haben dir doch erklärt, dass Nathan im Sorgerechtsstreit um Cindy zu einer Anhörung muss. Ich möchte dabei sein."

„Also schöpft er tatsächlich die rechtlichen Mittel aus?" Margaret machte sich nicht die Mühe, ihre Skepsis zu verbergen.

„Ja."

„Dank sei Gott für kleine Gaben." Margaret seufzte und suchte in ihrer Tasche nach einer Schachtel Zigaretten, bevor ihr wieder einfiel, dass sie vor einem Jahr mit dem Rauchen aufgehört hatte. Sie spielte mit einem Kugelschreiber auf dem Schreibtisch herum. „Bist du dir sicher, dass du das willst?", fragte sie.

Stacey zögerte nicht. „Ja."

Margaret stand auf, streckte sich und ging zur Couch, damit sie etwas leiser und ungestörter mit Stacey reden konnte. „Und was passiert, wenn Nathan das Sorgerecht für Cindy nicht zugesprochen werden sollte?"

Staceys Herz zog sich schmerzhaft zusammen, doch sie reckte beinahe trotzig das Kinn vor. „Er wird siegen. Er kann beweisen, dass Robert Madison ein Krimineller ist, dass er einige Leute in betrügerischer Absicht um ihr Erspartes gebracht hat und dass er in Schmuggelgeschäfte im großen Stil verstrickt war – Edelsteine und möglicherweise sogar Drogen."

„Hört sich nicht an, als wäre der Mann ein Musterknabe", stellte Margaret trocken fest. „Aber Mr Sloan ist es auch nicht. Vergiss nicht, dass er das Kind theoretisch entführt hat!"

Stacey war anderer Meinung. „Er hat getan, was er tun musste. Was Robert Madison angeht, ist alles noch viel schlimmer, als du denkst. Nathan hält es für wahrscheinlich, dass Madison den Tod seiner Frau geplant hat."

Ein paar Minuten lang schwieg Margaret. Als sie schließlich antwortete, war ihre Stimme kaum mehr als ein Flüstern. „Das sind ziemlich heftige Anschuldigungen", sagte sie. „Das könnte ihm als üble Nachrede ausgelegt werden."

„Macht Nathan auf dich den Eindruck, als würde er durch die Gegend laufen und Menschen verleumden?", fragte Stacey.

„Nein … Zumindest hatte ich nach unserem ersten Treffen

nicht den Eindruck. Eigentlich muss ich sogar zugeben, dass ich begeistert von ihm war. Er schien sich sehr um seine Tochter zu sorgen."

„Da haben wir's."

„Aber ich kann nicht vergessen, dass er uns, die Polizei und alle anderen angelogen hat."

„Das ist jetzt alles vorbei."

Margaret schob ihre Brille die Nase hinauf und betrachtete Stacey mit einem liebevollen Ausdruck in den Augen. „Du liebst ihn sehr, oder?"

„Ja", erwiderte Stacey, ohne zu zögern.

Margaret schürzte die Lippen und lächelte schließlich. „Dann hoffe ich, dass alles gut läuft. Und ja, du bekommst nächste Woche Urlaub. Ruf mich an und erzähl mir, wie die Sache ausgegangen ist."

„Oh, das werde ich", erwiderte Stacey strahlend. „Du wirst die Erste sein, die es erfährt!" Zuversichtlich verließ sie Margarets Büro und lächelte Nathan glücklich an. Bald, sehr bald schon, würde alles gut werden.

Geneva McIver versprach, sich um Attila zu kümmern und sowohl bei Nathan als auch bei Stacey zu Hause nach dem Rechten zu sehen. Sie brachten die beiden sogar zum Hafen. Der kleine Hund stand hechelnd auf dem Beifahrersitz, die Vorderpfoten aufs Armaturenbrett gestützt und die Schnauze an die Windschutzscheibe gepresst.

„Selbstverständlich kümmere ich mich um diesen kleinen Kerl hier", versprach Geneva, als sie nun auf dem Parkplatz in der Nähe des Anlegers hielt. Liebevoll tätschelte sie dem Kleinen den flauschigen Kopf. „Wir wollen Cindy doch nicht enttäuschen, oder?"

„Niemals", sagte Nathan von der Rückbank aus. Er saß neben Stacey in Mrs McIvers altem Buick und hatte den Arm um Staceys Schultern gelegt.

Die beiden stiegen aus. Mrs McIver kurbelte das Fenster hinunter, während Nathan die Koffer aus dem Kofferraum hievte. Schließlich gab er Geneva die Schlüssel zurück. „Danke."

„Machen Sie denen die Hölle heiß!", sagte sie zu ihm und startete den Motor. Mit einem Aufheulen sprang er an und der Scheibenwischer lief auf Hochtouren. „Besonders diesem Madison! Er sollte zum lieben Gott beten, dass er mir niemals über den Weg läuft!"

„Er kommt wahrscheinlich um vor Angst", erwiderte Nathan liebevoll lächelnd.

„Das sollte er auch!" Sie legte den Gang ein und rief durchs offene Fenster: „Auf Wiedersehen!" Winkend rollte sie vom Parkplatz und fuhr davon.

Stacey winkte ihr hinterher, gequält von heftigen Gewissensbissen. Das liegt nur an diesem trostlosen Tag, versuchte sie sich zu beruhigen, während sie Nathan den rutschigen Anleger entlang zu seinem Boot folgte.

Sobald das Gepäck sicher verstaut war, ließ Nathan den Motor an und lenkte das Boot auf die offene See hinaus, ehe er erst ein Stück nach Süden und dann nach Osten fuhr. Das kleine Boot schaukelte auf dem unruhigen Meer hin und her.

„Es dauert nicht mehr lange", sagte er über das Motorengeräusch hinweg.

Stacey, die in einem Regenmantel und Stiefeln im Boot kauerte, lächelte trotz des kalten Regens und des grauen Himmels. Sie war sich sicher, dass Nathan sie liebte und dass er bald vom Gericht das Sorgerecht für Cindy bekommen würde. Deshalb schob sie die dunkle Vorahnung beiseite und fühlte sich besser als in den vergangenen Wochen. Es ist, als würde ich nach einer langen beschwerlichen Reise nach Hause kommen, dachte sie abwesend, als die kleine Stadt Serenity aus ihrem Blickfeld verschwand, sie die südliche Spitze der Insel umrundeten und zum Festland, Richtung Seattle fuhren. Wenn sie dort ankämen, würden sie und Nathan Cindy wiedersehen. Stacey konnte es kaum erwarten! Lächelnd stellte sie sich vor, wie Cindy auf das Geschenk reagieren würde, das sie mitgebracht hatte.

Selbst unter dem grauen, wolkenverhangenen Himmel war Seattle eine geschäftige Stadt. Verkehr und Fußgänger ergossen sich auf die regennassen, hügeligen Straßen zwischen den modernen Häusern und Ziegelsteinbauten aus dem letzten Jahrhundert.

Nathan und Stacey nahmen sich ein Taxi zu dem kleinen, aber eleganten älteren Hotel. Der Tee wurde im Speisezimmer serviert. Der Duft von warmem Brot und die leisen Unterhaltungen der Damen wehten durch das Foyer des vornehmen Gebäudes.

Nathan vergeudete keine Zeit. Er führte Stacey zum Lift, fuhr mit ihr in den dritten Stock und ging den Flur entlang zu seinem Zimmer.

„Daddy!", quietschte Cindy, als Nathan die Tür öffnete und hineintrat. Er breitete die Arme aus. Die Kleine rannte zu ihm und warf sich so stürmisch und ausgelassen in seine Arme, wie nur eine Vierjährige es konnte. Das Kind klammerte sich an Nathans Hals, blickte ihm über die Schulter und sah jetzt erst Stacey. Ein strahlendes Lächeln breitete sich auf dem engelhaften Gesichtchen aus, und Cindy lachte fröhlich.

Stacey war nervös, doch Cindy freute sich. Die Kleine drehte sich um und sah hinter sich. Mit dem Finger auf Stacey zeigend, sagte Cindy: „Siehst du? Ich hab's doch gesagt! Stacey ist mitgekommen."

„Ja, du hattest recht", entgegnete eine schlanke dunkelhaarige Frau, während sie langsam zu Nathan und Stacey kam. „Hallo." Sie reichte Stacey die Hand und erwiderte ihren erschrockenen Blick. „Ich bin Barbara Jones."

„Hallo", brachte Stacey hervor. „Stacey Monroe."

„O ja, ich weiß. Cindy hat ununterbrochen von Ihnen gesprochen. Sie sind ihre Lehrerin – die Frau, die ihr Attila geschenkt hat?" Barbara lachte leise, und ihre braunen Augen funkelten belustigt.

Stacey entspannte sich und lächelte ebenfalls. „Ja."

„Wie sind Sie nur auf diesen Namen gekommen?", wollte Barbara wissen und lachte noch immer.

„So nennt Stacey Daddy", erklärte Cindy.

Barbara unterdrückte ein Lächeln. „Angemessen würde ich sagen."

„Nett, Barbara. Wirklich nett", sagte Nathan und spürte, wie seine Anspannung nachließ, als er endlich seine Tochter in den Armen hielt. „Ich schätze, ich hätte euch einander vorstellen sollen."

„Beim nächsten Mal", entgegnete Barbara augenzwinkernd.

„Wo ist er?", fragte das Kind.

„Wer?", erwiderte Nathan und runzelte die Stirn, ehe er verstand. „Ach, der Hund?"

„Jaha! Wo ist er?"

Nathan stellte Cindy auf den Boden. „Er ist bei Mrs McIver. Sie kümmert sich um ihn, bis wir wieder nach Hause kommen."

Barbara sah hoch und war anscheinend überrascht. „Ich dachte, du wolltest das Häuschen verkaufen?"

Nathan seufzte und runzelte die Stirn. „Das werde ich. Aber ich muss erst mal ausziehen, und wenn ich das tue, werde ich auch den Hund holen."

Staceys Herz schien einen Schlag lang auszusetzen. Ein Leben auf der Insel ohne Nathan war für sie unvorstellbar. Dennoch schüttelte sie die Niedergeschlagenheit ab und wandte sich Cindy zu. „Ich habe dir etwas mitgebracht."

Die blauen Augen des Kindes begannen zu leuchten. „Noch einen Hund!"

„Um zu riskieren, dass dein Vater nie wieder mit mir spricht? Nein. Außerdem würde Attila dann eifersüchtig werden." Lachend reichte sie dem Kind ein unförmiges Päckchen.

„Was ist das?"

„Mach es auf und sieh nach."

Ungeduldig riss Cindy die bunte Verpackung auf und kreischte vor Freude, als sie den Stofftintenfisch erblickte. „Wie der in der Schule!", jubelte sie.

Stacey hob das Kind mit dem Stofftier im Arm hoch. „Nicht ganz. Dieser hier hat sogar Wimpern."

„Und er ist pink!"

„Sehr pink sogar", stimmte Stacey ihr lächelnd zu.

Das Kind schlang sich eine der weichen rosafarbenen Tentakel um die Hand und lachte vor Freude.

„Was sagt man da?", fragte Nathan.

„Danke!" Cindy umarmte Stacey und drückte sie, so fest sie konnte.

„Ach, gern geschehen, mein Schatz", flüsterte Stacey und blinzelte ihre Tränen fort. Sie setzte sich auf die Bettkante und unterhielt sich mit Cindy, während die Kleine mit ihrem neuen Spielzeug spielte.

„Wie ist es hier gelaufen?", erkundigte Nathan sich indes und wandte den Blick von Cindy zu Barbara.

„Keine besonderen Vorkommnisse. Ich habe mit deinem Anwalt und mit dem Bezirksstaatsanwalt in L. A. gesprochen. Die Vorbereitungen auf den Prozess gegen Madison machen Fortschritte, doch es wird noch ein wenig dauern."

„Wir haben aber nicht mehr viel Zeit", erwiderte Nathan angespannt.

„Ich weiß. Madison war leider sehr vorsichtig. Es ist schwierig, ihm irgendetwas nachzuweisen. Selbst der Bezirksstaatsanwalt ist nervös."

„Toll."

„Zumindest haben wir den Piloten dazu gebracht, auszusagen – und ich bin noch an ein paar anderen Männern aus Madisons Organisation dran." Barbara warf Nathan ein ermutigendes Lächeln zu, und Stacey spürte, wie sich ihr Magen zusammenzog. „Und? Wie lief es auf der Insel?" Sie wandte die braunen Augen von Nathan zu Stacey und wieder zurück.

„Unglücklicherweise ist es unseren Freunden gelungen, uns ausfindig zu machen."

„Das ist nicht so gut", entgegnete Barbara. Für Stacey klang diese Äußerung wie die Untertreibung des Jahres. „Wir sollten uns beeilen, das Flugzeug startet in einer guten Stunde. Keine Sorge – ich habe schon für euch gepackt."

Nathan wirkte erleichtert. „Danke."

Stacey lächelte angespannt. Es ließ sich nicht leugnen: Die Art, wie Nathan und Barbara zusammenarbeiteten – locker, effizient und mit der Gewissheit, sich aufeinander verlassen zu können, weil sie sich schon seit Jahren kannten –, weckte ihre Eifersucht.

Obwohl Nathan lächelte und ihren Arm berührte, als sie das Hotel verließen, fühlte sie sich wie ein Eindringling.

Der Flug nach L.A. verlief ohne Zwischenfälle. Stacey saß neben Nathan und verbrachte den Großteil des Fluges damit, aus dem Fenster zu sehen. Nathan blätterte in den Unterlagen und prüfte die Beweise, die Barbara vorbereitet hatte. Er hielt Staceys Hand. Stacey spürte seine Anspannung. Zum ersten Mal fragte sie sich, was passieren würde, wenn er das Sorgerecht für seine Tochter verlor.

Cindy saß abwechselnd auf Nathans oder auf Staceys Schoß, während sie mit dem Stofftintenfisch spielte. Die Kleine war zwar zappelig und nervös, doch sie blieb aufmerksam und zog sich nicht in sich zurück. Immer wenn eine der Flugbegleiterinnen versuchte, mit ihr zu reden, flüchtete sie sich auf Nathans Schoß und vergrub ihren Kopf an seiner Schulter.

Nachdenklich beobachtete Stacey die Kleine. *Was geschieht mit Cindy, falls der Richter sie zwingt, bei Robert Madison zu leben?* Innerlich erschauderte Stacey bei dem Gedanken und begriff, warum Nathan das Kind überhaupt „gestohlen" hatte. Er hat sie ja gar nicht gestohlen, sagte sie sich. *Die Mutter des Mädchens hat Cindy zu ihm gebracht. Das ist ein Riesenunterschied!*

„Ich habe dafür gesorgt, dass Cindy heute Nacht bei dir bleibt", sagte Barbara, als sie den Airport verließen und ein Taxi zum Hotel nahmen. Die kalifornische Sonne strahlte durch die staubigen Scheiben des Wagens.

„Natürlich bleibt sie bei mir."

Barbara seufzte und schüttelte den Kopf. „So leicht war das nicht", erwiderte sie. „Es war nur möglich, weil dein Anwalt jemanden bei der Jugendfürsorge kennt und sich für dich verbürgt hat." Nathan sah aus, als wollte er sie unterbrechen, doch Barbara wollte nichts hören. „Du bist im Augenblick nicht gerade der beliebteste Mann in der Stadt. Wenn der Pilot der Polizei nicht erzählt hätte, was er über Madison weiß, wärst du wahrscheinlich sofort verhaftet worden."

„Schön, zu wissen, dass man eine so hohe Meinung von mir hat", bemerkte er. Nathan sah aus dem Fenster und hielt Cindy noch ein bisschen fester.

„Bis auf den Bezirksstaatsanwalt glauben alle, dass du ein mutmaßlicher Entführer bist."

„Daran musst du mich nicht erinnern." Er blickte zu Stacey, und seine Miene wurde etwas weicher. Bei der liebevollen Geste, mit der er ihre Hand in seine nahm, wurde Stacey warm ums Herz. Schon bald würde alles gut werden, und Nathan würde nicht den Rest seines Lebens damit zubringen müssen, ständig über die Schulter zu blicken und wachsam zu sein.

„Gut. Ich wollte dich nur daran erinnern, wo du stehst", sagte Barbara. „Die Polizei ist wegen der ganzen Angelegenheit sehr nervös. Der Bezirksstaatsanwalt auch. Zum Glück hast du einen guten Anwalt. Conrad Billings ist sehr ehrlich, und jeder in der Stadt weiß das."

„Ja, ein Glück", entgegnete Nathan ironisch.

„Lass es uns noch einmal durchgehen." Und zum ungefähr zehnten Mal hörte Stacey die Geschichte, die Nathan dem Richter erzählen würde.

Als das Taxi vor dem modernen Hotel aus Glas und Beton

am Wilshire Boulevard hielt, war Stacey froh über den Ortswechsel. Stattliche Palmen und Granatapfelbäume lockerten die Betonwüste auf.

„Würdest du auf Cindy aufpassen, während ich mit Billings rede?", fragte Nathan Stacey, sobald sie in ihre Zimmer eingecheckt hatten, die nebeneinanderlagen.

„Selbstverständlich."

Stacey blieb bei Cindy, während Nathan, Conrad und Barbara sich in das andere Zimmer zurückzogen und vertraulich miteinander sprachen. Nachdem Stacey ihren Regenmantel und ihr Strickkleid ausgezogen und in eine bequeme Hose und einen leichten Pullover geschlüpft war, strich sie sich das Haar aus dem Gesicht und steckte es mit einer Haarklammer hoch.

„Wie sieht es mit dir aus?", fragte sie Cindy. „Möchtest du dich auch umziehen?"

Cindy zerrte Shorts aus ihrem Koffer und hielt sie hoch, damit Stacey sie sich ansehen konnte.

Stacey grinste und schüttelte den Kopf. „Nicht heute, Schatz. Mal sehen … Wie wäre es damit?" Stacey zog ein hellblaues Kleidchen und eine dazu passende Strumpfhose aus dem Koffer. „Genau das Richtige für einen Novembertag in L. A., findest du nicht?"

Cindy war es augenscheinlich egal. Sie ließ sich von Stacey ihre Cord-Latzhose und den Pullover ausziehen und versuchte weiter mit ihrer Puppe zu spielen, während Stacey sich bemühte, die Knöpfe des Kleidchens zu schließen. „Du bist widerspenstiger als ein Glas Würmer." Stacey lachte.

„Igitt!"

„Stimmt. Igitt." Liebevoll lächelte Stacey dem Kind zu, und Cindy erwiderte das Lächeln scheu. „Komm, wir kämmen dein Haar und sehen uns dann mal das Hotel an. Was hältst du davon?"

Statt einer Antwort rannte Cindy zur Tür.

„So viel zum Thema Körperpflege", dachte Stacey laut, während sie versuchte, mit dem Kind Schritt zu halten.

Sie erforschten den größten Teil des Erdgeschosses und sahen sich die verschiedenen Geschäfte, die sich dort befanden, näher an. Stacey wurde schwach und kaufte Cindy ein paar Geleebohnen. Sie betrachteten die Auslagen des Floristen und der Modeboutique, ehe sie durch einen Lichthof im hinteren Teil des Hotels spazierten. Goldenes Sonnenlicht fiel durch die Glasscheiben, und der Himmel erstrahlte in einem wundervoll kräftigen Blau.

Keine Stunde später war Cindy müde. Stacey trug sie zurück ins Hotelzimmer. Sie hatte gerade die Tür hinter sich geschlossen, als Nathan ins Zimmer gestürmt kam.

„Wo warst du?", wollte er wissen. Sein Gesicht war kreidebleich.

„Einkaufen." Sie bemerkte die Sorge in seinem Blick. „Warum?"

„Sieh mal, was Stacey mir gekauft hat", rief Cindy. Ihr Mund war von den Süßigkeiten ganz verschmiert.

Nathan setzte sich auf die Bettkante und rieb sich erschöpft die Augen. „Du kannst das Zimmer nicht einfach verlassen", sagte er zu Stacey. „Zumindest nicht mit Cindy. Lenore Parker, die Frau vom Jugendamt, war hier, um nach Cindy zu sehen und …" Er zuckte die Schultern. „Ich wusste nicht, wo ihr steckt."

Stacey war zerknirscht. „Das wusste ich nicht."

„Das ist mir klar, aber es kam nicht gut rüber."

„Das glaube ich." Sie gab ihm einen Kuss auf die Wange. „Du bewegst dich schon auf dünnem Eis. Es ist nicht hilfreich, wenn du verantwortungslos wirkst. Es tut mir leid."

„Es ist schon in Ordnung." Nathan umarmte sie und seufzte. „Sei nur ein bisschen vorsichtiger. Miss Parker hat mir nicht geglaubt, dass Cindy mit ihrer Lehrerin zusammen ist. Und auch nicht, dass du Psychologin bist."

„Beim nächsten Mal sage ich dir, was wir vorhaben", versprach sie mit einem schuldbewussten Lächeln. „Ich wollte dich nur nicht stören."

„Ist schon gut …"

„Ist es das?", fragte sie, als sie die Sorge in seinem Blick bemerkte.

„Ja … Ich habe nur ein ungutes Gefühl in dieser Angelegenheit." Er zuckte die Achseln. „Es ist schwer, es zu erklären."

„Es wird bald vorbei sein", entgegnete sie und warf ihm ein ermutigendes Lächeln zu. „Und dann musst du dir nie wieder Sorgen darüber machen, sie wieder zu verlieren."

Nathan zog die Stirn in Falten. Er knetete seine Unterlippe zwischen Zeigefinger und Daumen, während er beobachtete, wie Cindy auf dem Tisch am Fenster mit ihren Geleebohnen spielte. Die Kleine legte alle Bonbons sorgfältig nebeneinander auf den Tisch und suchte dann alle schwarzen Bohnen heraus.

„Das sind die leckersten", sagte sie stolz und zeigte den Erwachsenen eines der winzigen Bonbons. „Willst du eins, Daddy?"

„Nein danke, Mäuschen. Behalt sie ruhig", erwiderte er, streichelte ihr zärtlich übers Haar und lächelte dann, auch wenn sein Blick beunruhigt wirkte.

„Gut!" Cindy steckte sich das Bonbon in den Mund und lächelte Nathan dann strahlend an – ihre weißen Zähne waren pechschwarz.

„Du bist der Albtraum für jeden Zahnarzt", flüsterte er. Er hob Cindy hoch und drückte seine Nase gegen ihre. „Ich liebe dich, Mäuschen", sagte er rau. „Das weißt du, oder?"

„Natürlich weiß ich das." Cindy strampelte mit den Beinen und wollte wieder auf den Boden.

Stacey stand am Fenster und sah hinunter auf die Straße. Unter sich erblickte sie hellen Beton, der im Schatten der Nachmittagssonne lag, Ströme von Fußgängern und den dichten Verkehr L. A.s.

Zu jeder anderen Zeit hätte Stacey es höchst romantisch gefunden, mit Nathan in Los Angeles zu sein. Doch an diesem Nachmittag war sie in Sorge. Sie sorgte sich wegen Robert Madison. Sie sorgte sich wegen Nathan Sloan. Und sie sorgte sich um Cindy. *Und vergiss dich selbst nicht. Was geschieht, wenn die Anhörung vorbei ist? Werde ich allein oder mit Nathan zusammen nach Serenity zurückkehren?*

Sie hatte keine Zeit, um über die Möglichkeiten nachzudenken. Nathan trat hinter sie, schlang seine Arme um ihre Taille und hauchte ihr einen Kuss in die Halsbeuge. Verlangen jagte ihr einen wohligen Schauer über den Rücken. In dem Moment klopfte es an der Tür, und Barbara kam aus dem Nebenzimmer herein.

Als Barbara die innige Umarmung sah, huschte ein reumütiger Ausdruck über ihr Gesicht. Tapfer brachte sie ein Lächeln zustande. „Ich sehe euch dann morgen", sagte sie und räusperte sich. „Um zehn Uhr im Gerichtssaal. Und Conrad würde gern mit Ihnen reden, Stacey."

„Wir werden da sein", versprach Nathan. Barbara verließ das Zimmer und zog die Tür hinter sich ins Schloss. Als die andere Frau gegangen war, beschlich Stacey das ungute Gefühl, dass irgendetwas Schlimmes passieren würde.

Conrad Billings eilte ins Zimmer. Der kleine Mann mit den stechenden braunen Augen wirkte sehr förmlich. Er setzte sich auf die Ecke des Bettes und breitete um sich herum seine Notizblöcke aus. „Miss Monroe …"

„Stacey."

Er hob den Blick und lächelte leicht. „Also, dann Stacey. Meinen Sie, Sie könnten in den Zeugenstand treten und Leumundszeugin für Nathan sein?"

„Wenn ich damit helfen kann", stimmte sie zu.

„Madisons Anwalt wird versuchen, das zu verhindern. Aber wir werden trotzdem versuchen, Sie als Zeugin aufzurufen. Dann können Sie als Lehrerin und Psychologin erklären, was Sie über Cindy denken. Und auch, was Sie über Nathan wissen."

„Ich glaube kaum, dass das eine gute Idee ist", wandte Nathan ein.

„Ach?" Der kleine Anwalt blickte seinen Mandanten an.

„Stacey ist befangen, und Madison weiß das."

„Was wollen Sie damit sagen?"

„Stacey und ich sind … mehr als nur befreundet", sagte er schlicht, und Stacey errötete zart. „Im Übrigen ist es nicht ganz unproblematisch für sie, sich auf den Vater eines Schülers einzulassen – vor ein paar Jahren kam es in Boston zu einem Unglück."

Der Anwalt runzelte die Stirn. „Erzählen Sie weiter", drängte er.

Stacey beendete die Geschichte. „Ich war mit Jeff Brown liiert. Sein Sohn Daniel war einer meiner Schüler. Ich habe den Jungen sehr gern gehabt." Ihre Stimme zitterte ein bisschen. „Wir fuhren zum Zelten, und Daniel wurde sehr krank … Kurz darauf starb er. Jeff gab mir und der Edwards Clinic, für die ich damals arbeitete, die Schuld am Tod des Jungen. Es gab einen fürchterlichen Skandal, und die Klinik wurde verklagt. Das ist alles …" *Bis auf die Tatsache, dass Daniel gestorben ist.* Einen Moment lang schloss sie die Augen.

Conrad rieb sich die Schläfe. „Gut, vergessen wir die Zeugenaussage. Damit würden wir nur in ein Wespennest stechen."

„Für mich spielt das keine Rolle", sagte Stacey fest. „Wenn meine Aussage Nathan helfen kann, das Sorgerecht für Cindy zu erstreiten, ist es mir egal, dass der Skandal wieder zur Sprache gebracht wird."

„Aber für mich spielt es eine Rolle. Es klingt nach Ärger, und es könnte den Richter ins Wanken bringen. Richter Barclay gehört nicht zu meinen Lieblingsrichtern, und zweifellos weiß Madisons Anwalt alles über Sie, Stacey. Entschuldigen Sie meine Ausdrucksweise, aber er wird Sie im Zeugenstand zu Hundefutter verarbeiten. Das können wir nicht riskieren."

„Es würde also mehr schaden als helfen?", fragte sie.

„Genau."

Sie sah ihm in die dunklen Augen. „Ich werde tun, was auch immer zu tun ist."

„Gut." Er legte seine Unterlagen in den Aktenkoffer zurück und schloss ihn. „Dann sehen wir uns morgen." Der kleine Anwalt stürmte wieder aus dem Zimmer, und Stacey ergriff unwillkürlich Nathans Revers. In ein paar Stunden würde der Richter über Nathans und Cindys Zukunft entscheiden.

Der Gerichtssaal sah aus, als wäre er in den späten Fünfzigerjahren erbaut worden. Die Zeit hatte ihre Spuren hinterlassen. Die vergilbten Holzpaneele an den Wänden und das geschnitzte Geländer glänzten, von der hohen Decke hingen riesige Glaslampen. Eine Reihe von Fenstern, hoch über den Köpfen der Besucher, ließ Tageslicht in den Raum.

Cindy saß bei Stacey, während Richter Barclay – ein strenger Mann mit schwarzem Haar und dunklen Augen – sich die Stellungnahmen beider Parteien anhörte. Ungeduldig trommelte er mit den Fingern auf seinen Schreibtisch, als Nathan, der einen Anzug mit Krawatte trug, von seiner Affäre mit Jennifer Madison, von der daraus entstandenen Schwangerschaft und von seinem Versprechen erzählte, sich um Cindy zu kümmern, bis die Scheidung zwischen Jennifer und Madison vollzogen wäre.

Robert Madison saß auf seiner Seite des Gerichtssaals und grinste selbstzufrieden. Der hochgewachsene Mann mit dem rötlichblonden Haar und den leblosen Augen beobachtete, wie Nathan kämpferisch erklärte, warum er Cindy vor Madison versteckt hatte. Während Nathan seine Geschichte erzählte, schob Madison die Unterlippe vor und flüsterte seinem Anwalt ab und an etwas zu. Stacey schätzte Madison als von Natur aus ruhigen, gefährlichen Mann ein. Beim bloßen Anblick dieses Menschen begannen ihre Handflächen zu schwitzen. Er wirkte viel zu selbstsicher, fast so, als würde ihn der ganze Prozess langweilen.

Er weiß etwas, wurde Stacey klar, als sie den Mann anstarrte. *Er weiß, dass Nathan verlieren wird!* Angst schnürte ihr die Kehle zu, und unwillkürlich hielt sie Cindy ein bisschen fester.

Im Gegensatz zu Robert Madison war Nathan im Kampf um seine Tochter leidenschaftlich. Es bereitete ihm offensichtlich Schwierigkeiten, ruhig zu bleiben, wenn Madison sprach. Er kannte die Lügen, und die Tatsache, dass Madison sie während der Anhörung wiederholte, machte ihn wütend. Er spürte, wie ihm die Hitze ins Gesicht stieg, und seine Kiefer schmerzten, weil er sie so heftig aufeinanderpresste. Eine dicke Ader pochte an seinem Hals, und er ballte die Hände so fest zu Fäusten, dass seine Fingerknöchel weiß hervortraten.

Stacey nahm wahr, wie Cindys kleiner Körper sich verspannte, als sie Robert Madison zum ersten Mal erblickte. Eine ganze Weile starrte die Kleine ihn an und kuschelte sich dann auf Staceys Schoß zusammen. „Alles wird gut", versprach Stacey leise, auch wenn sie spürte, wie ihre eigene Angst mit der Spannung, die im Gerichtssaal herrschte, immer weiter wuchs.

Die Beweise, die Barbara gegen Robert Madison gesammelt hatte, wurden von Madisons Anwalt als unzulässig hingestellt. Der Richter stimmte ihm zu und wies sie ab. Richter Barclay verwies darauf, dass Robert Madison sich bisher nichts hätte zuschulden kommen lassen.

Wütend sprang Nathan auf, doch Billings legte ihm beschwichtigend die Hand auf den Arm.

Mit sinkender Zuversicht sah Stacey dem Richter zu und begriff, dass sich das Blatt gewendet hatte und es alles andere als gut für Nathan lief. Madisons Anwalt hatte Nathan als geldgierigen Gigolo dargestellt, der nur am Sorgerecht für Cindy interessiert wäre, um so an das Erbe des Kindes zu gelangen. Der aalglatte Anwalt bestand darauf, dass Nathan die Kleine tatsächlich entführt hätte und dass Robert Madison ernsthaft mit dem Gedanken spielen würde, Anzeige gegen Nathan Sloan zu erstatten.

„Wenn das der Fall ist, Euer Ehren", sagte Conrad Billings, „dann sollten wir vielleicht das Kind einmal anhören. Rufen Sie Cindy in den Zeugenstand, damit sie dem Gericht sagen kann, was sie sich wünscht."

Madisons Anwalt sprang auf und erhob Einspruch. „Das kommt überhaupt nicht infrage", sagte er. „Euer Ehren, woher sollte eine Vierjährige wissen, was das Beste für sie ist?"

Sie stritten, bis der Richter alle Argumente abwies und erklärte, dass eine Vierjährige ihr Handeln nicht selbst bestimmen könne.

Billings war außer sich, Robert Madison zufrieden und Nathan sah aus, als wäre er zu Stein erstarrt.

Stacey kam es vor, als würde sie ein Theaterstück verfolgen. Sie bemühte sich, einen kühlen Kopf zu bewahren, und riss sich zusammen, um nicht zu zittern. Dennoch spürte sie, wie die Farbe aus ihrem Gesicht wich. Nathan würde sein Kind verlieren. Wenn sie doch nur etwas tun könnte! Ruhig hörte sie sich die restlichen Aussagen an, aber ihr Griff um Cindys kleine Hand verstärkte sich unwillkürlich.

Obwohl die Beweise belegten, dass das Kind bei Nathan besser aufgehoben war als bei Robert Madison, sprach Richter Barclay Robert Madison das Sorgerecht für Cindy zu.

„Nein!", schrie Stacey auf und hielt das Kind fest in den Armen. Ihr Herz hämmerte wie wahnsinnig. Das konnte nicht wahr sein! Nathan und seine Tochter gehörten zusammen; sie liebten einander. Madison war ein Eindringling, der nicht dazugehörte!

Geschockt und wütend weigerte Nathan sich, den Gerichtssaal oder seine Tochter zu verlassen. Er nahm Stacey das Kind ab und hielt Cindy fest, während er Robert Madison zornig anfunkelte.

„Damit kommen Sie nicht durch!", brachte er gepresst hervor, als Madison auf ihn zutrat.

Robert Madison hörte die Drohung, die in Nathans Stimme mitschwang, und hielt inne – doch nur für eine Sekunde. „Ich bin soeben damit durchgekommen", erwiderte er kühl.

„Aber nicht für lange." Nathan hatte Cindy noch immer auf dem Arm und drückte sie an sich.

„Mr Sloan, bitte!", sagte die Sachbearbeiterin vom Jugendamt und wollte Cindy nehmen. „Das Gericht hat Mr Madison das Sorgerecht zugesprochen."

„Aber das durfte es nicht!"

„Und Sie durften kein Kind entführen!", erwiderte sie. „Ich habe den Fall mit aller Sorgfalt geprüft und ich verstehe Sie. Doch Sie müssen Mr Madison nun seine Tochter übergeben."

Nathan wich zurück. Ein ernst dreinblickender Polizist näherte sich ihm, und schließlich ließ Nathan zögerlich zu, dass der uniformierte Beamte seine Tochter nahm.

Das Kind weinte und schrie. „Daddy! Nein! Ich will nicht! Ich will nicht!" Cindy sah verzweifelt zu Stacey. „Nein!", rief sie, trat den Polizisten und wollte sich aus seinen Armen winden.

„Bitte … hören Sie auf!", sagte Stacey. Ihr Herz zog sich schmerzhaft zusammen. „Sehen Sie nicht, dass das Kind zu seinem Vater gehört?"

„Die Kleine kommt ja nun zu ihrem Vater", entgegnete die Sachbearbeiterin.

„Nein!" Stacey ergriff den Arm der Frau. „Dieser Mann ist nicht ihr wirklicher Vater! Glauben Sie mir, das geht nicht gut! Ich kenne Cindy. Sie hat tief gehende emotionale Probleme. Sie jetzt von Nathan zu trennen, wird alles nur noch schlimmer machen."

„Der Richter hat seine Entscheidung gefällt."

„Aber …"

„Es ist vorbei, Stacey", meldete sich Conrad Billings zu Wort. „Zumindest für den Augenblick."

Aber Stacey konnte nicht glauben, was hier gerade passierte. Wie konnte der Richter nur so blind sein?

Madison lächelte nur. Seine Augen wirkten kalt. „Komm her, Cindy", sagte er leise. „Es tut mir leid, dass du das alles durchmachen musstest, aber der Mann hat dich entführt."

„Nein!" Cindy gelang es, sich aus den Armen des Polizisten zu schlängeln, und sie rannte los. Doch bevor sie Nathan erreichen konnte, hatte der Beamte sie wieder eingefangen.

„Komm, kleine Dame", sagte er freundlich. Offensichtlich verwirrte ihn das, was hier gerade geschah.

„Daddy! Daddy!" Cindy weinte. Dicke Tränen liefen ihr über die Wangen. Verzweifelt streckte sie die Ärmchen nach Nathan aus. „Er darf mich nicht mitnehmen … Daddy!"

Nathan schluckte schwer. „Ich werde dich zurückholen."

Madison grinste selbstzufrieden. „Darauf würde ich nicht wetten." Aber der vernichtende Blick, den Nathan ihm zuwarf, hielt ihn davon ab, weiterzusprechen.

Plötzlich verstummte Cindy. Sie wurde ganz still und zog sich mit einem Blick auf Robert Madison hinter ihre Schutzmauern zurück.

Für Stacey war diese plötzliche Stille viel schlimmer und besorgniserregender als das Schreien und Weinen der Kleinen. „Wir müssen doch irgendwas tun!", beharrte sie, während Madison den Gerichtssaal verließ.

„Wir werden etwas tun", schwor Nathan. Seine Augen funkelten zornig. „Ich werde nicht zulassen, dass er ihr etwas antut! Er kann das verdammte Geld haben. Aber ich werde nicht erlauben, dass er ihr auch nur ein Haar krümmt!"

„Nathan …"

Als würde er Stacey zum ersten Mal sehen, sah Nathan sie mit einem eiskalten Ausdruck in den Augen an. „Was willst du eigentlich hier?"

Stacey war einen Moment lang sprachlos. Als sie ihre Stimme wiederfand, war sie nicht mehr als ein Flüstern. „Nathan?"

Aber er war nicht mehr fähig, vernünftig nachzudenken. Er war außer sich vor Zorn. „Du warst doch diejenige, die mich dazu gedrängt hat, vor Gericht um sie zu kämpfen", sagte er heiser. Tränen standen in seinen Augen. „Wenn ich nicht auf dich gehört hätte, wäre Cindy noch immer bei mir und in Sicherheit. Gott weiß, was dieser Mistkerl mit ihr anstellt!"

„Nathan, nicht …", wisperte Stacey, doch er konnte sie nicht einmal ansehen. Als sie ihn berühren wollte, stieß er ihre Hand weg.

„Warum, zum Teufel, lässt du mich nicht einfach in Ruhe?", fragte er und schluckte. „Cindy und ich wären besser dran gewesen, wenn wir dir niemals begegnet wären!"

„Das ist nicht dein Ernst …"

„Doch, das ist mein Ernst. Verschwinde, verdammt noch mal, aus meinem Leben, Stacey! Verschwinde einfach!"

Stacey wich zurück und taumelte gegen die Zuschauerbänke im Gerichtssaal. „Nathan … bitte …", flüsterte sie, und Tränen der Verzweiflung strömten ihr übers Gesicht.

„Lass mich in Ruhe! Verschwinde!" Nathan blickte sich im Saal um und sah in die besorgten Gesichter. „Verschwindet! Alle!"

Stacey streckte die Hand aus und berührte seinen Arm, aber Nathan zog sich zurück. Er stürmte zur Tür, und bei jedem seiner Schritte zeigten sich Hass und Wut. Mit der Schulter stieß er die Tür zum Gerichtssaal auf und sah sich plötzlich einer Horde von Journalisten gegenüber.

Barbara rannte sofort zu ihm und geleitete ihn durch die Menge.

Stacey hatte das Gefühl, innerlich zu sterben. Ihre Knie waren weich, und sie musste sich setzen. Conrad Billings half ihr, Platz zu nehmen, aber sie nahm den enttäuschten kleinen Anwalt gar nicht richtig wahr.

„Geht es Ihnen gut?", erkundigte er sich.

Nein, dachte sie abwesend. *Mir wird es nie wieder gut gehen.* Mit einer Handbewegung wischte sie seine Besorgnis beiseite und stellte sich ihren schlimmsten Ängsten. Es war wieder passiert! Wie zuvor schon! Nathan hatte ihr vorgeworfen, daran schuld zu sein, Cindys Zukunft zerstört zu haben – genau, wie Jeff Brown sie beschuldigt hatte, für Daniels Tod verantwortlich zu sein! Schluchzend und mit einem dicken Kloß im Hals erhob Stacey sich und taumelte aus dem Gerichtssaal. Sie schlängelte sich durch die Menschenmenge und drückte die Tür auf, die nach draußen in den hellen Sonnenschein führte.

12. KAPITEL

Entschlossen betrat Margaret Staceys Klassenzimmer und lächelte Tommy und Grace Perkins zu, die ihr gerade entgegenkamen und in den Flur gingen. Zum Glück sind die anderen Schüler schon weg, dachte Margaret. Stacey stand bei den Fenstern und machte den Hamsterkäfig sauber.

Stacey sah hoch, als sie hörte, wie Margaret hereinkam. Als sie ihre Chefin erblickte, warf Stacey ihr ein trauriges kleines Lächeln zu.

„Guten Tag", sagte Margaret.

Stacey bemerkte die Entschiedenheit in Margarets Blick und versuchte die drohende Auseinandersetzung abzuwenden. „Ach, hallo. Was führt dich denn hierher?"

„Du", erwiderte Margaret. Sie sah, wie blass Stacey war und dass sie dunkle Schatten unter den Augen hatte.

„Was ist los?"

„Das würde ich gern von dir wissen." Margaret stellte sich ans Fenster, von dem aus man den Spielplatz überblicken konnte, sah jedoch Stacey an. Sie lehnte sich an das Fensterbrett. „Du siehst aus wie der Tod."

„Vielen Dank."

„Das ist mein Ernst, Stacey! Ich mache mir Sorgen um dich."

„Das musst du nicht. Ich bin hart im Nehmen", entgegnete Stacey. Sie war fertig mit dem Hamsterkäfig und drehte sich zu ihrer Freundin um.

„Du bist uns im Moment nicht gerade eine große Hilfe. Und wenn ich von ‚uns' spreche, schließt das auch deine Schüler mit ein."

„Ich tue mein Bestes, Margaret."

„Ich weiß. Das soll auch kein Vorwurf sein. Du machst deinen Job nur nicht mehr so wie früher, sondern … mechanisch. Seit du aus Kalifornien zurück bist, scheinst du dein Feuer verloren zu haben. Wir vermissen das, vor allem ich."

Stacey zuckte zusammen. Seit drei Wochen war sie zurück auf der Insel, und sie hatte Nathans Zurückweisung noch nicht überwunden. „Es ist schwierig", flüsterte sie. Ihr Magen zog sich zusammen.

„Möchtest du darüber reden?", erkundigte Margaret sich.

Stacey schüttelte den Kopf. „Es ist vorbei."

Die alte Dame seufzte und schnalzte mit der Zunge. „Wir wissen beide, dass du deine Gefühle nicht in dich hineinfressen solltest. Vielleicht kann ich dir ja helfen."

„Eigentlich glaube ich nicht, dass mir irgendjemand helfen kann."

Margaret verzog das Gesicht, richtete sich auf und strich sich den Wollrock glatt. „Gut. Ich hab's versucht. Es liegt an dir. Falls du darüber reden willst, weißt du ja, wo du mich findest."

„Ja, das weiß ich."

Margaret ging zur Tür. Doch dort angekommen, blieb sie noch einmal stehen. „Hör mal, Stacey, falls du Thanksgiving noch nichts vorhast, könntest du doch mit mir zusammen nach L. A. kommen, oder? Ich besuche meine Schwester, und sie würde sich freuen."

Los Angeles. Nicht in einer Million Jahren! Stacey brachte ein kleines Lächeln zustande, schüttelte jedoch den Kopf. „Danke, aber ich kann nicht."

„Es würde dir bestimmt guttun. Denk darüber nach."

„Okay, ich denke darüber nach", entgegnete Stacey, um ihre Freundin zu beschwichtigen. Der letzte Ort, an dem sie sein wollte, war Kalifornien.

„Gut." Margaret, die noch immer besorgt war, verließ das Klassenzimmer, und Stacey ließ die Schultern sinken. Ihr war nicht einmal aufgefallen, dass sie so angespannt gewesen war.

Sie dachte über Margarets Angebot nach und runzelte die Stirn. Obwohl Los Angeles eine riesige Stadt war, konnte Stacey sich nicht vorstellen, an den Ort zurückzukehren, an dem Nathan sie vor ein paar Wochen so gnadenlos zurückgewiesen hatte.

Seine Zurückweisung hatte nicht im Gerichtssaal geendet. Dummerweise war Stacey der Meinung gewesen, dass Nathan, wenn seine erste Wut erst verraucht war, bestimmt bereuen würde, sie abgewiesen zu haben. Hatte er ihr nicht gesagt, dass er sie liebte? Hatte er sich nicht gewünscht, sie würde mit nach L. A. kommen? Sie war sich sicher gewesen, dass Nathan ihr vergeben würde, nachdem der erste Schmerz über den Verlust von Cindy vergangen war. Und sie war sich sicher gewesen, dass ihm klar werden würde, dass er einen fürchterlichen Fehler begangen hatte. Doch sie hatte sich geirrt. So geirrt, wie man sich nur irren konnte.

Es war spät gewesen, schon nach Mitternacht, als sie gehört hatte, wie er in sein Hotelzimmer gepoltert war …

Stacey lag starr auf ihrem unbequemen Bett im Nebenzimmer und hörte, wie Nathan den Schlüssel ins Schlüsselloch steckte. Sie hörte, wie er die Tür zum Zimmer neben ihrem öffnete. Ohne über die Folgen nachzudenken, schnappte sie sich ihren Morgenmantel, zog ihn über und machte die Tür zu Nathans Zimmer auf.

Das einzige Licht im Raum war der Schein der Neonlichter auf der Straße, der durch die Vorhänge drang, doch Staceys Augen hatten sich an die Dunkelheit gewöhnt. Sie konnte erkennen, dass Nathan gegen irgendetwas gestoßen und hingefallen war. Er hockte auf dem Boden und hielt sich mit schmerzverzerrtem Gesicht das Schienbein. Sein Hemd war aufgeknöpft, die Krawatte fehlte, und der Geruch von Scotch hing in der Luft. Ein fast leeres Glas stand auf dem Nachttisch. Etwas von dem Alkohol war auf das Schränkchen geschwappt.

„Verdammte Scheiße", fluchte Nathan und rieb sich das Bein. „Verfluchte, verdammte Scheiße!"

Stacey blieb wie angewurzelt stehen und sah ihn an. Er war vollkommen betrunken, wand sich vor Schmerzen und litt heftig unter dem Verlust seiner Tochter.

Er hatte nicht gehört, dass sie ins Zimmer gekommen war. Sie trat zu ihm und legte ihre Hand auf seinen Arm. Dann beugte sie sich hinunter und musterte ihn. „Nathan?"

„Was zum …" Er hob den Kopf und sah sie mit glasigem Blick an. Für einen Moment wurde der Ausdruck auf seinem Gesicht weicher, und er schluckte schwer. „Stacey …", brachte er hervor und legte die Hand in ihren Nacken. Ein kurzes Lächeln leuchtete in seinen Augen, ehe die Ereignisse des Tages ihn wieder einholten und er die Hand fallen ließ. Sein Kopf sank auf seine Knie. „Was willst du hier?"

Sie strich ihm das zerzauste Haar aus dem Gesicht. Er lehnte sich ans Bett und stöhnte. „Ich möchte dir helfen, Nathan."

„Das kannst du nicht."

„Bitte, lass es mich versuchen", flüsterte sie, gab ihm einen Kuss auf die Wange und setzte sich neben ihn auf den Boden. Ihr Morgenmantel ging auf und gab den Blick auf ihr seidiges weißes Nachthemd frei, das sich an ihren Körper schmiegte.

Er bemühte sich, ungerührt zu bleiben, und schloss die Augen. Unwillkürlich ballte er die Hände. Er wirkte angespannt, und ein Schauer überlief ihn. „Was willst du von mir?", fragte er heiser.

Zärtlich hauchte sie Küsse auf seine Augenlider. „Ich habe dir doch schon gesagt, dass ich helfen will. Nathan, es tut mir alles so leid", murmelte sie. „Aber wir dürfen nicht aufgeben. Wir können es nicht. Wir holen sie zurück …"

Sie hielt ihn fest, drückte seinen Kopf sacht an ihre Brust, flüsterte ihm liebevolle Worte ins Ohr. Er zog die Schultern hoch, während er versuchte, einen klaren Kopf zu bekommen und sich an die Geschehnisse des furchtbaren Tages zu erinnern.

Sie küsste ihn weiter. Als ihre Lippen seinen Mund berührten, loderte das alte Feuer wieder auf. Er konnte nicht anders – sein Widerstand bröckelte. „Stacey", flüsterte er, schloss sie in die Arme und übernahm die Führung. Aufreizend schob er ihren Morgenmantel noch weiter auseinander und streichelte über den hauchdünnen Stoff ihres Nachthemdes.

Als wollte er seine Distanziertheit ihr gegenüber wiedergutmachen, war er mit einem Mal von Leidenschaft entflammt. Mit den Fingern strich er über ihre Brüste und bis hinunter zu ihrer Taille, ehe er weiter nach unten glitt. Unter dem Saum ihres Nachthemdes begann er sie zu verwöhnen.

„Hilf mir", flüsterte er verzweifelt.

„Ja. Bitte, ich möchte für immer bei dir bleiben", stieß sie leise stöhnend hervor. Sie half ihm, das Hemd auszuziehen und berührte seine muskulösen Schultern, seine Brustwarzen und die dunklen Härchen auf seiner Brust. Er stöhnte ihren Namen, als sie ihm die Hose herunterstreifte, und als sie beide nackt waren, legte er sich auf sie. Dann drang er in sie. Mit all der Enttäuschung und Wut in seinem Körper nahm er sie fiebrig, hart, wie im Rausch, bis sein Höhepunkt sie beide schließlich mit sich riss. Als es vorbei war, blieben sie eng umschlungen liegen. Staceys Atem ging noch immer schnell und flach, da klopfte es plötzlich an der Tür.

Nathan erstarrte. Abrupt drehte er sich zur Seite. „O Gott, was habe ich getan?", presste er knurrend hervor und schnappte sich die Hose. Reue schwang in seinen Worten mit.

Stacey wusste augenblicklich, wer auf der anderen Seite der Tür stand.

„Nathan?", rief Barbara aus dem Flur. „Geht es dir gut?"

„Ja", stieß er hervor.

Scham erfüllte Stacey. Sie griff nach der Decke, die vom Bett gefallen war, und bedeckte ihre Blöße. Nathan warf ihr einen wütenden Blick zu, schnappte ihr Nachthemd und warf es ihr zu. Dann lehnte er sich gegen die Tür und wischte sich die Schweißperlen von der Stirn.

„Nathan?", erklang wieder Barbaras Stimme, in der Sorge mitschwang.

Stacey wäre am liebsten im Boden versunken. Sie schlüpfte in ihr Nachthemd und erhob sich.

„Einen Moment noch", rief Nathan Barbara zu.

„Geht es dir gut? Du hast sehr viel getrunken. Ich habe mir Sorgen gemacht. Komm schon, Nathan! Öffne die Tür, damit ich mich hier nicht total blamiere!"

So wie ich, dachte Stacey. Sie ging an Nathan vorbei, blieb allerdings noch einmal stehen. Er schaute ihr tief in die Augen, und Stacey glaubte, Bedauern in seinen Augen aufblitzen zu sehen, bevor er sagte: „Tut mir leid. Ich hätte das hier niemals …"

„Entschuldige dich nicht", unterbrach sie ihn. „Es war mein Fehler. Es wird nicht wieder vorkommen."

Nathan biss die Zähne zusammen. „Stacey …" Er wollte ihren Arm ergreifen, doch sie wich zurück.

„Fahr zur Hölle!"

Er zuckte zusammen, sagte jedoch kein Wort.

„Ich brauche das nicht, Nathan. Ich bin gekommen, um dir zu helfen, um dich zu unterstützen, und du hast mich wie Dreck behandelt. Ich werde nicht zulassen, dass das jemals wieder vorkommt!" Sie stürmte aus dem Zimmer, zog die Tür hinter sich zu, schloss ab und sank leise weinend zu Boden. Sie hörte, wie die Tür zu Nathans Zimmer aufging und dann wieder zufiel.

„Ach, Baby", meinte Barbara. Stacey konnte sich vorstellen, wie liebevoll die andere Frau Nathan jetzt in die Arme schloss. „Ich habe mir Sorgen gemacht. Komm, du musst den Rausch ausschlafen."

In dieser Nacht machte Stacey kein Auge zu. Sie lag auf ihrem kalten Hotelbett, starrte an die Decke und zählte die Sekunden, bis sie aufstehen, auschecken, sich ein Taxi nehmen und zum Flughafen fahren konnte. Obwohl ihr Flug erst am darauffolgenden Tag ging, hatte sie vor, umzubuchen und die nächste Maschine nach Seattle zu besteigen. Von dort aus sollte die Reise dann mit einem Boot weitergehen.

Schon im Morgengrauen war sie wach und stand zwanzig Minuten unter der heißen Dusche, bevor sie sich anzog und nach unten ging, um auszuchecken.

„Die Rechnung ist bereits beglichen", sagte die Angestellte ihr, als sie bezahlen wollte. „Mr Sloan hat das erledigt."

Mistkerl! „Schön", presste sie hervor.

„Ich werde den Chefportier rufen, der Ihnen mit Ihrem Gepäck hilft."

„Danke. Das schaffe ich schon", erwiderte Stacey. „Es ist nur eine Tasche." Sie wandte sich zur Eingangstür des Hotels um und stand plötzlich Barbara Jones gegenüber. Ihre Selbstsicherheit geriet gehörig ins Wanken, als sie die wunderschöne Frau erblickte.

„Gehen Sie nicht", sagte Barbara ohne Umschweife und sah sie besorgt an.

„Ich muss zurück …"

„Nathan braucht Sie."

Stacey wäre am liebsten im Erdboden versunken. „Wozu? Um mich an den Pranger zu stellen?", stieß sie aufgewühlt hervor und bereute ihre Worte sofort. „Es tut mir leid, Barbara, aber ich kann nicht mehr."

Barbara legte die Hände auf Staceys Schultern. „Er hat all das nicht so gemeint, das müssen Sie mir glauben. Er muss gerade den traumatischsten Verlust seines Lebens verkraften."

„Ich weiß, Barbara, aber ich kann nicht zu ihm. Ich habe es versucht – öfter, als Sie denken."

„Stacey, bitte! Um seinetwillen."

Stacey wurde unsicher, doch nur für einen Moment. „Weiß er, dass Sie hier sind?"

„Nein."

„Ich glaube, dass es in diesem Fall nicht so klug wäre, wenn ich nach oben gehen und mich ihm an den Hals werfen würde. Er hat keinen Zweifel daran aufkommen lassen, was er mir gegenüber empfindet." Sie wollte gehen.

„Und was ist mit Cindy?"

Stacey erstarrte, und ihr gesamter Körper begann zu zittern. „Ich wünschte, ich könnte ihm helfen, das Sorgerecht für Cindy zu bekommen, aber ich kann nichts tun."

„Sie können hierbleiben und ihn unterstützen!"

Stacey wirbelte herum und sah die dunkelhaarige Frau an. „Ich habe Ihnen schon erklärt, dass ich es versucht habe und dass es nicht funktioniert hat. Er will mich nicht in seiner Nähe haben, Barbara! Ich glaube nicht, dass er das jemals wollte. Ich kam nur irgendwie ... gelegen."

„Das glauben Sie doch nicht wirklich!"

Stacey zuckte mit den Achseln. „Ich weiß nicht, was ich glauben soll", gab sie zu. „Aber ich werfe mich nicht einem Mann an den Hals, der mich nicht will und der mir die Schuld dafür gibt, dass er sein Kind verloren hat." Ihr versagte die Stimme, und sie straffte die Schultern.

„Ich weiß, was Sie über mich gedacht haben", sagte Barbara unvermittelt. „Ich wollte Ihnen nur sagen, dass die Sache zwischen Nathan und mir spätestens in dem Moment vorbei war, als er Sie kennengelernt hat."

Staceys Herz zog sich zusammen, und sie fühlte sich elend. „Nathan weiß, wo ich wohne", flüsterte sie. „Auf Wiedersehen, Barbara."

„Sie machen einen großen Fehler."

„Da haben Sie vielleicht recht. Doch es ist nicht der erste Fehler und wahrscheinlich auch noch lange nicht der letzte." Damit drehte sie sich um, trat durch die Drehtür nach draußen und ging zu einem wartenden Taxi.

Seitdem hatte Stacey nichts mehr von Nathan gehört. Vor drei Wochen war sie auf die Insel zurückgekehrt, und es hatte keinen Telefonanruf, keinen Brief, kein Lebenszeichen mehr von ihm gegeben. Es war vorbei – so einfach war das.

Wenn sie sich doch nur davon hätte überzeugen können, dass sie ihn nicht liebte.

An diesem Nachmittag ging sie im kalten Novemberregen nach Hause und versuchte sich einzureden, dass sie über ihn hinwegkommen würde. Irgendwie war es ihr ja auch gelungen,

Daniel Brown und seinen Vater hinter sich zu lassen. Dann würde sie auch einen Weg finden, um Nathan Sloan und seine kleine Tochter zu vergessen.

Aber wie? Und wie lange würde es dauern?

Attila jaulte und winselte. Er wollte nach draußen. Sie machte die Tür auf, und der Welpe drehte ein paar wilde Runden durch den Garten, ehe er zu der Treppe hechelte, die zum Strand führte.

„Heute nicht", rief Stacey. „Attila! Komm her!" Doch der dumme kleine Hund rannte weiter. Seufzend lief sie ihm hinterher. Attila war schon etwas gewachsen und schlaksiger, aber er war noch immer ein Welpe. Und so hüpfte er, gefolgt von Stacey, Stufe um Stufe hinab. „Cindy würde dich nicht wiedererkennen", sagte sie, als der junge Hund durch den feuchten Sand tobte.

Ohne große Begeisterung warf Stacey ein Stöckchen für ihn. Er holte den Stock und schleifte ihn durch den Sand, während er eifrig zu Stacey zurücktapste.

„Wirst du eigentlich nie müde?", fragte sie und schleuderte den Stock hoch in die Luft. Das Holz drehte sich in der Luft und landete im Wasser. Es bereitete dem Hund keine Schwierigkeiten, den Stock zu holen und ihr zu bringen. „Blöde Frage", murmelte sie, als ihr klar wurde, dass der halbwüchsige Hund unermüdlich war. „Komm, lass uns ins Haus gehen, wo es trocken ist."

Sie sah den Strand entlang und bildete sich ein, Nathan in der Nähe der Treppe zu seinem Häuschen stehen zu sehen. Ihr verräterisches Herz machte einen Hüpfer. Doch dann erkannte sie, dass die Person, die auf sie zugerannt kam, nur irgendein dunkelhaariger Mann war, der am Strand joggen ging. „Traumtänzerin", schalt sie sich bitter und stieg die Stufen zu ihrem Haus hinauf.

Der Gedanke an Nathan ließ sie nicht los. Sein Geist schien überall auf der Insel zu lauern, und die flüchtigen glücklichen Momente, die sie mit ihm geteilt hatte, verfolgten sie. Wieder und wieder mahnte sie sich, die Gedanken beiseitezuschieben und sich am eigenen Schopf aus dem Sumpf zu ziehen. Doch wieder und wieder scheiterte sie.

Und jetzt stand auch noch Thanksgiving vor der Tür. Die Vorstellung, vier Tage lang nicht in die Schule gehen zu können, sondern zu Hause bleiben zu müssen, war schier unerträglich. Obwohl sie wusste, dass sie wahrscheinlich einen großen Fehler machte, rief sie ihre Mutter an. Nach dem dritten Klingeln meldete sich Mona.

„Stacey! Sag nichts: Du kommst uns über die Feiertage besuchen."

„Nein, Mom. Ich wollte nur mal anrufen und hören, wie es euch so geht."

„Aber wir würden dich so gern sehen! Die Schaeffers kommen aus Hartford und die Reeces – du kennst doch Edward und Marie – landen morgen mit dem Flieger. Sie würden dich auch gern wiedersehen!"

Stacey zuckte zusammen. „Vielleicht nächstes Jahr."

„Ich will nichts davon hören! Charles und ich erwarten dich, und ich will nicht enttäuscht werden!"

„Mom …"

„Warum denn nicht, um alles in der Welt? Wenn es das Geld ist, das dir Sorgen bereitet, schicke ich dir das Flugticket. Denk darüber nach!"

Stacey dachte darüber nach, und ihr Magen drehte sich um. „Ich werde es mir überlegen", versprach sie, doch ihre Gedanken waren schon wieder bei Nathan. Was würde er an den Feiertagen machen? Und mit wem?

„Ich möchte, dass du weißt, dass du hier immer willkommen bist."

Staceys Laune hob sich ein bisschen. „Ich weiß, Mom. Happy Thanksgiving."

„Dir auch, mein Schatz."

„Und grüß Charles von mir."

„Das werde ich."

Stacey legte auf. Zum ersten Mal seit zwei Jahren hinterfragte sie ihr Leben auf der Insel. Sie würde nie mehr nach Boston zurückkehren, aber darum ging es gar nicht – vielleicht würde es helfen, die Erinnerungen an Nathan und Cindy hinter sich zu lassen, wenn sie die Insel verließ? „Du würdest weglaufen", schalt sie sich selbst, während sie die Stufen zu ihrem ausgebauten Dachboden erklomm. „Du musst deine Probleme hier bewältigen. Diese Insel ist dein Zuhause. Die Schule ist dein Leben!" Sie zog ihre Schuhe aus und ließ sich aufs Bett fallen. Auf das Bett, das sie mit Nathan geteilt hatte.

Ihre Gedanken waren bei ihm und seinem kleinen Mädchen. „Ich liebe euch beide", flüsterte sie in die Leere des Zimmers hinein. Sie fragte sich, ob der Schmerz in ihrem Herzen jemals nachlassen würde. Irgendwann schlief sie ein.

Endlich kam der Montagmorgen, und Stacey war mit ihren Schülern beschäftigt und abgelenkt. Überdreht von der viertägigen Auszeit waren die Kinder lauter und unruhiger als sonst. Stacey liebte diese Aufregung. Nach vier einsamen Tagen waren die Kinder genau das, was sie brauchte, um sich zu regenerieren. Sie lachte, als Tommy Perkins am Ende des Schultages den Reißverschluss seiner Jacke bis über den Kopf zog und so tat, als wäre er der Reiter ohne Kopf aus *Sleepy Hollow*.

„Du bist nicht mehr ganz auf der Höhe der Zeit", neckte sie ihn. „Halloween ist lange her, sogar Thanksgiving ist vorbei."

„Und als Nächstes kommt Weihnachten!", sagte Tommy stolz, als er den Reißverschluss öffnete und sein Gesicht wieder zum Vorschein kam.

„Du hast recht."

„Komm, Tommy", mahnte seine Mutter ihn liebevoll. Sie nahm seine Brotdose und schob ihren kleinen Sohn sanft Richtung Tür. „Wir hatten dieses Jahr übrigens ein wundervolles Thanksgiving. Und Ihnen gebührt unser Dank, Miss Monroe."

„Ach, ich weiß nicht …" Stacey zwinkerte Tommy zu. „Mir scheint es, als wäre dieser junge Mann hier der große Held."

Tommy strahlte noch immer, als seine Mutter schon mit ihm durch den Flur zum Ausgang lief.

„Es sieht so aus, als hättest du einen Fan", stellte Margaret fest, als sie ins Zimmer kam.

„Wir alle brauchen zumindest einen."

„Das stimmt", entgegnete Margaret lächelnd. Sie beobachtete, wie Tommy selbstsicher aus dem Gebäude marschierte.

„Und wie waren deine Ferien?"

„Wundervoll", erwiderte Margaret. „Bis auf den Truthahn. Meine Schwester ist der Meinung, dass ein Truthahn erst dann durch ist, wenn er knochentrocken ist."

„Warum schenkst du ihr dann zu Weihnachten nicht ein Fleischthermometer?", fragte Stacey grinsend.

„Damit ich sie beleidige? Auf keinen Fall. Ich werde mich einfach damit abfinden."

„Und dich bei mir ausheulen."

„Macht dir das etwas aus?"

„Ich würde es gar nicht anders wollen."

„Das habe ich mir gedacht." Margaret lächelte und reichte Stacey dann einen Zeitungsausschnitt. „Und ich dachte, das hier würde dich vielleicht interessieren. Der Ausschnitt stammt aus der letzten Ausgabe der *Los Angeles Times.*"

Staceys Herz setzte einen Schlag lang aus, als sie den Bericht sah. Er war auf der Titelseite erschienen. Ein großes Bild von Robert Madison begleitete die Geschichte. Laut dem Artikel war Madison in dreißig Punkten der Unterschlagung und Bestechung angeklagt worden. Einer der Richter auf seiner Gehaltsliste war Richter Raymond Barclay – der Richter, der Madison das Sorgerecht für Cindy zugesprochen hatte. Der Artikel deutete an, dass Madison noch mehr Anklagen bevorstanden. Unter anderem drohte ihm ein Prozess wegen des ungeklärten Todes seiner Frau.

„O Gott", flüsterte Stacey, als sie das kleine Foto betrachtete, das ebenfalls abgedruckt war. Es war ein Bild von Barbara Jones, Nathan und Cindy. Nathan wirkte blass und müde, doch er lächelte mit seiner Tochter auf dem Arm in die Kamera. Den anderen Arm hatte er liebevoll um Barbaras Schultern gelegt.

Staceys Gefühle reichten von Liebe über Hass bis zu weiß glühender Eifersucht. Sie war erleichtert und glücklich, dass Nathan wieder mit seiner Tochter vereint war. Doch sie konnte nicht gegen die Eifersucht ankämpfen, die ihr einen Stich versetzte, als sie das Schwarz-Weiß-Bild von Barbaras strahlendem Gesicht betrachtete.

„Also hast du am Ende doch recht gehabt", sagte Margaret leise.

Stacey versuchte nicht zu weinen. „Ich schätze, ja."

„Ich dachte, du würdest den Artikel vielleicht gern sehen, und ich wollte mich dafür entschuldigen, dass ich wegen Mr Sloan so idiotisch reagiert habe."

„Ist schon gut", entgegnete Stacey. Ihr Ton verriet, was in ihr vor sich ging, was sie empfand. „Du bist nicht die Einzige, die ihn falsch eingeschätzt hat."

Margaret seufzte und setzte sich auf die Kante von Staceys Schreibtisch. „Weißt du, für gewöhnlich mische ich mich nicht in die Angelegenheiten anderer ein und bin nicht so neugierig." Als Stacey ungläubig eine Augenbraue hochzog, berichtigte sie sich eilig. „Na ja, ich versuche es zumindest. Aber in diesem Fall werde ich eine Ausnahme machen."

„Ach?"

„Hast du schon mal darüber nachgedacht, zu ihm nach L. A. zu fahren?"

Erst ungefähr tausendmal. „Es würde nicht funktionieren."

„Bist du dir sicher?"

„Ja."

„Aber dir geht es schlecht ohne ihn."

„Ich werde es überstehen", erwiderte Stacey. „Es dauert nur ein bisschen."

„Wenn du meinst …"

„Ich meine im Augenblick gar nichts", gab Stacey zu. „Wenn ich mich Nathan allerdings jetzt an den Hals werfen würde, wäre das das Verkehrteste, was ich tun könnte."

„Findest du?"

Stacey blickte Margaret in die Augen. „Ja."

Einen Moment lang dachte Margaret darüber nach und zuckte dann die Achseln. „Es ist dein Leben", sagte sie und ging zur Tür. „Falls du irgendjemanden zum Reden brauchst …"

„Du stehst ganz oben auf meiner Liste."

„Gut." Und damit verließ Dr. Woodward den Raum.

Der Dezember war kälter als vorhergesagt, und das Eis, das sich um Staceys Herz gelegt hatte, wollte einfach nicht schmelzen. Sie hätte den Artikel, den Margaret ihr gegeben hatte, wegwerfen und einen Schlussstrich unter die ganze Sache ziehen sollen, doch sie konnte es nicht. Dieser Zeitungsausschnitt war ihre letzte Verbindung zu Nathan und Cindy. Stacey wusste, dass es selbstzerstörerisch war, aber sie las den Artikel wieder und wieder und weinte, bis keine Tränen mehr übrig waren.

Rechtzeitig zu den Weihnachtsferien fing es an zu schneien. Die Kinder aus Staceys Klasse waren außer sich vor Freude. Am letzten Schultag, als alle Kinder gegangen waren und die Überraschungsgeschenke für ihre Eltern mitgenommen hatten, schloss Stacey das Klassenzimmer ab. Sie versprach Margaret, dass sie sie am Weihnachtsmorgen besuchen würde, und machte sich auf den langen Weg am Strand entlang nach Hause. Sie hatte unter einem Arm den Hamsterkäfig und am anderen baumelte eine Tüte mit Geschenken von ihren Schülern.

Traurig stellte sie fest, dass Nathans Haus wieder bewohnt zu sein schien. Sie seufzte und zog die Schultern gegen den Schnee hoch. Die Flocken fielen auf ihr Haar und schmolzen auf ihren Wangen. Der Himmel war grau und das Meer dunkelgrün.

Nathan hatte das Häuschen anscheinend wie geplant verkauft. Stacey spürte den vertrauten Schmerz in ihrem Herzen, als ihr klar wurde, dass er offenbar auf der Insel gewesen war, aber keinen Gedanken daran verschwendet hatte, sich mit ihr zu treffen.

„Tja, was hast du erwartet?", fragte sie sich selbst, als sie den Rauch sah, der aus seinem Kamin quoll, und sich daran erinnerte, wie grausam Nathan zu ihr gewesen war. „Das Leben geht weiter, mit oder ohne Nathan Sloan. In Ihrem Fall, Miss Monroe: ohne ihn."

Wie sahen ihre Möglichkeiten aus? Sie umklammerte den Hamsterkäfig etwas fester. Vielleicht sollte sie das Angebot ihrer Mutter annehmen und über die Feiertage nach Boston fahren. So müsste sie Weihnachten zumindest nicht allein verbringen.

Als sie den Strand entlangblickte, blieb sie abrupt stehen. Nathan und Cindy, die offensichtlich ein Wettrennen machten, kamen auf sie zu. „Das bildest du dir nur wieder ein", mahnte sie sich. Doch noch ehe sie den Satz beendet hatte, wusste sie, dass es keine Einbildung war. Zitternd wartete sie und wappnete sich für den Ansturm ihrer Empfindungen.

Nathan kam näher. Sein dunkles Haar war vom Wind zerzaust, er wirkte angespannt. In seiner verwaschenen Jeans, dem T-Shirt und der dicken Jacke sah er unglaublich männlich aus. Locker kam er mit großen Schritten auf sie zu. Er sah ihr tief in die Augen. Schon immer hatte dieser sinnliche Blick aus seinen blauen Augen ihr eine wohlige Gänsehaut bereitet.

Cindy war neben ihm und rannte so schnell, wie ihre kurzen Beinchen sie trugen.

Mit Tränen der Erleichterung in den Augen ging Stacey in die Knie, stellte den Hamsterkäfig und die Tüte ab und breitete die Arme aus, um das Kind aufzufangen.

„Ich habe dir ja gesagt, dass sie hier ist!", rief Cindy ihrem Vater zu, während sie sich ihrer Lehrerin in die Arme warf. Von ihren Gefühlen überwältigt schloss Stacey die Kleine in die Arme. Sosehr sie sich auch bemühte, konnte sie die Tränen doch nicht zurückhalten und auch den Kloß in ihrem Hals nicht herunterschlucken. „Wo ist Attila?", wollte Cindy sofort wissen.

„Zu Hause. Und er wird sich so freuen, dich zu sehen!", brachte Stacey hervor, schniefte und sah Nathan fragend an.

„Mich auch?", fragte Nathan und blieb vor ihr stehen.

„Wahrscheinlich ..."

„Und was ist mit dir?", sagte er leise. Noch immer wirkte er angespannt und unsicher. „Bist du auch froh, mich zu sehen?" Schneeflocken hingen in seinen zerzausten Haaren, und der Ausdruck in seinen Augen war warmherzig und liebevoll.

Staceys Herz zog sich beinahe schmerzhaft zusammen. „Ich ... ich weiß nicht."

Er half ihr, mit Cindy auf dem Arm aufzustehen, und blickte sie eindringlich an. Unwillkürlich hielt Stacey Cindy noch ein bisschen fester. „Ich weiß nicht genau, wie ich mich dafür entschuldigen soll, ein solcher Idiot gewesen zu sein", sagte er. „Ich habe lange darüber nachgedacht, aber alles, was ich sagen könnte, würde total falsch klingen."

„Vermutlich hast du damit recht", entgegnete Stacey.

Er lächelte traurig. „Ich tue mein Bestes, um demütig zu wirken. Das ist normalerweise nicht meine Art."

„Ich weiß."

Er seufzte. „Hör mal, Stacey ... Ich bin nicht besonders gut darin, mich zu entschuldigen."

„Bist du deshalb hier? Um dich zu entschuldigen?"

„Unter anderem, ja. Wenn du mir nur sagst, wie ich das tun kann." Seine Augen schienen ihr tief in die Seele zu blicken.

Sie schluckte schwer. „Wie wäre es mit einer sehr, sehr langen Buße? So ... Ach, sagen wir tausend Jahre?"

Er zog die dunklen Brauen hoch, und seine Mundwinkel zuckten verdächtig. „Würde das denn reichen?"

„Wahrscheinlich nicht, aber es wäre zumindest ein Anfang."

Sein Blick fiel aufs Meer, ehe er sie wieder ansah. „Gut. Wie wäre es, wenn ich dir sagen würde, dass ich dich liebe? Und dass ich dich nicht aus meinem Kopf bekommen habe, sosehr ich es auch versucht habe?"

Stacey lächelte leicht. „Das wäre auf jeden Fall hilfreich", entgegnete sie. Sie konnte ihm nicht länger böse sein. Es war viel zu schön, wieder mit ihm zusammen zu sein – und mit Cindy. Gott, es fühlte sich so gut an, sie in den Armen zu halten!

„Und wenn ich dich bitten würde, meine Frau zu werden?"

Stacey stockte der Atem. Sie schlang die Arme noch fester um Nathans Kind und versuchte einen klaren Gedanken zu fassen. „Ich weiß nicht", hörte sie sich selbst sagen. „Es ist so viel passiert …"

„Ich verstehe." Er hob den Hamsterkäfig und die Tüte mit den Geschenken hoch und ging in Richtung ihres Häuschens.

Stacey hatte Cindy auf dem Arm. In ihrem Kopf überschlugen sich die Gedanken, und ihre Beine waren auf einmal weich und zittrig. *Nathan heiraten? Unmöglich.* Aber ihr Herz machte bei dem Gedanken einen Hüpfer. Es war zu schön, um wahr zu sein, und sie wollte sich eigentlich kneifen, um sicherzugehen, dass sie nicht träumte.

Als sie in ihrem Haus waren und Cindy mit dem aufgeregten Welpen beschäftigt war, zog Nathan Stacey an sich. Endlich fühlte sie sich wieder warm, sicher, beschützt. Die Liebe in ihrem Herzen wuchs mit jeder Sekunde, die sie in seiner Nähe war. Und sie wusste, dass sie noch nie einen Menschen so sehr geliebt hatte.

„Es ist mein Ernst, Stacey", flüsterte er ihr zu. „Heirate mich."

„So leicht ist das nicht."

„Doch, es kann ganz leicht sein", murmelte er und küsste sie zärtlich, ehe die schlummernde Leidenschaft in ihm zu neuem Leben erwachte. „Ich brauche dich."

Er vertiefte den Kuss, und Stacey war verloren. Sie schlang ihm die Arme um den Nacken und seufzte leise. „Ich könnte dir nie einen Wunsch abschlagen", meinte sie.

„Dann wirst du meine Frau?"

„Es gibt nichts, was ich lieber täte", erwiderte sie lächelnd.

Stunden später hatten sie die müde, aber glückliche Cindy in ihr eigenes Bett in Nathans Haus gebracht. Attila hatte wieder seinen angestammten Platz in Cindys Zimmer eingenommen, und Nathan und Stacey waren endlich allein.

Gemeinsam saßen sie auf dem Sofa am Feuer. Die Füße hatten sie auf den Couchtisch gelegt, und Stacey hatte den Kopf an Nathans Schulter geschmiegt. Er erzählte, was in den vergangenen Wochen passiert war. Das Kapitel Robert Madison war endlich vorbei.

„Es fehlt also nur noch eines, um mein Leben vollständig zu machen", schloss er und hauchte ihr einen Kuss aufs Haar.

„Ach? Und das wäre?"

„Ich wünsche mir, dass du mir vergibst …"

„Das tue ich."

„… und dass du mich heiratest." Er griff in seine Tasche und zog einen goldenen Ring mit einem einzelnen funkelnden Diamanten hervor. Der helle Edelstein glitzerte im Schein des Feuers. „Cindy braucht dich. Und ich brauche dich auch."

„Und ich brauche dich", gestand sie und sah hingerissen zu, wie er ihr den Ring an den Finger steckte. Alles ist gut, solange dieser Mann mich liebt, dachte sie, während sie sich glücklich an ihn kuschelte. Der Schnee an den Fensterscheiben, ein strahlender Weihnachtsbaum und eine rosige Zukunft mit Nathan und Cindy. Nichts hätte sie glücklicher machen können.

„Ich möchte dich morgen heiraten", verkündete Nathan.

„Aber morgen ist Weihnachten …"

„Gut, wie wäre es dann mit übermorgen?", fragte Nathan und zog sie liebevoll an sich.

„Perfekt", stimmte sie zu und lächelte. „Es könnte nicht schöner sein."

Und zwei Tage später wurde aus Stacey Monroe Mrs Nathan Sloan.

– ENDE –

Lesen Sie auch:

Suzanne Brockmann

Im Schutz der Dämmerung

Im Buchhandel erhältlich

Band-Nr. 25748
8,99 € (D)
ISBN: 978-3-95649-013-2

Harry saß allein in seinem Auto vor dem Haus der Lamonts in Farmingdale und überlegte sich seine nächsten Schritte.

Er und George hatten eine Münze geworfen, um darüber zu entscheiden, wer nach Long Island zurückkehren und Alessandra Lamont im Auge behalten würde.

Harry hatte verloren.

Er hatte nicht damit gerechnet, dass sie das Haus verlassen würde, solange Trottas Ultimatum ablief. Zu seiner Überraschung fuhr sie jedoch in einem schicken kleinen Sportwagen aus der großen Garage. Er folgte ihr und rechnete damit, dass sie nur rasch Kaffee holte. Doch sie überraschte ihn ein weiteres Mal, indem sie einen Stopp bei der Reinigung in der Main Street einlegte und sich anschließend auf den Weg zur Sunrise Mall machte.

Er parkte seinen Wagen ganz in der Nähe und beschattete sie zu Fuß, während sie ihre Besorgungen erledigte. Sie ging in vier oder fünf verschiedene Läden und kaufte in jedem etwas.

Das war merkwürdig. Über ihr schwebte eine Todesdrohung, und sie kaufte Dessous bei *Victoria's Secret*.

Er folgte ihr unbemerkt nach Hause, und sie stellte ihr Auto wieder in der übergroßen Garage ab.

Dann betrat sie das Haus, und während er sie von der Straße aus beobachtete, schaltete sie ein paar Lichter ein, die meisten im oberen Stockwerk.

Harry fasste einen Entschluss. Er würde es tun. Er würde aus dem Wagen steigen, an ihrer Tür klingeln und noch einmal mit ihr sprechen. Vielleicht würde er dieses Mal Glück haben und zu ihr durchdringen.

Und sie herumkriegen …

Er verscheuchte diesen verqueren Gedanken. Schließlich war er nicht George. Er würde sich nicht einmal vorstellen, dass sie ihm ihre neu gekaufte edle Unterwäsche vorführte. Das würde auf keinen Fall passieren, und deshalb sollte er seine Fantasie auch nicht in diese Richtung driften lassen.

Er verließ das Auto und überprüfte gewohnheitsmäßig, ob die Innenbeleuchtung aus war, ehe er die Tür öffnete und leise wieder schloss, ebenfalls aus Gewohnheit. Er war froh, endlich zu handeln.

Auch was diese Sache mit Marge und seinen Kindern betraf, würde er handeln. Sobald Alessandra Lamont sicher in der Obhut der Spezialisten vom Zeugenschutzprogramm war, würde er das nächste Flugzeug nach Colorado nehmen und herausfinden, was eigentlich los war. Und vor allem, wohin alle verschwunden waren.

Doch zunächst musste er sich ganz auf ihre Hoheit, Alessandra, Königin von Long Island, konzentrieren. Er hoffte nur, sie nicht dabei zu überraschen, wie sie gerade aus der Dusche kam, mit einem Handtuch um den Kopf und im Bademantel. Dann wäre er während des Gesprächs ziemlich abgelenkt, weil er dauernd an ihren nackten Körper denken müsste.

Im Stillen alle schönen Blondinen verfluchend, schritt er auf die Haustür zu.

Aber noch ehe er den vorderen Weg erreichte, flog das Haus in die Luft.

Alessandra erhob sich benommen aus der Badewanne, ohne recht zu wissen, wo sie sich in der Dunkelheit befand. Der Duschvorhang war auf sie heruntergefallen, und sie riss ihn von der Stange und wickelte ihn um sich.

Ein Notlicht sprang flackernd an und beleuchtete den dicken Qualm, der überall war. Die Rauchmelder piepten. Das ergab keinen Sinn. Sie war nicht mehr im ersten Stock, sondern unten in der Küche. Irgendwie war die Badewanne durch die Decke gekracht und …

Überall war Glas. Die nagelneuen Fenster waren zerborsten. Jedes einzelne, das sie in dem gedämpften Licht erkennen konnte, war kaputt.

Eine Explosion.

Sie war oben in der Badewanne eingeschlafen und unten in der Küche vom ohrenbetäubenden Knall einer gewaltigen Explosion wieder aufgewacht.

Ihre Mutter hatte sie stets davor gewarnt, in der Badewanne einzuschlafen.

Das Haus brannte. Alessandra hustete und bekam plötzlich in dem Qualm kaum noch Luft.

Was immer da in die Luft geflogen war, es hatte ein Feuer in ihrem Haus verursacht. Sie sah Flammen aus dem Westflügel schlagen und …

Ihre Sachen! Ihre neuen Sachen befanden sich alle noch oben in ihrem Schlafzimmer. Aber die brauchte sie für das Treffen morgen! Sie hüpfte über Glasscherben, arbeitete sich zum Flur vor und Richtung Treppe. Der Qualm war so dicht, dass sie kaum noch atmen konnte. Sie sank auf alle viere und begann das, was von der Treppe noch übrig war, hinaufzukriechen.

„Was, zur Hölle, tun Sie da?"

Die heisere Männerstimme ertönte aus dem Nichts, und als sich zwei Hände auf ihre Schultern legten und sie wieder herunterzogen, fuhr sie erschrocken herum.

Sie befreite sich, denn sie wollte in die andere Richtung. Ihre neuen Kleidungsstücke waren alle oben. Ohne sie würde sie keine Chance haben, Jane zu bekommen.

Wer immer dieser Mann mit den starken Händen und der üblen Ausdrucksweise auch war, er war größer als sie. Und er akzeptierte kein Nein. Erneut streckte er die Hände nach ihr aus. Aber diesmal war sie darauf vorbereitet und wehrte sich ernsthaft, indem sie nach ihm schlug und trat. Sie traf ihn sogar an einer strategisch entscheidenden Stelle mit dem Bein, und sie hörte ihn schwer ausatmen und einen deftigen Fluch ausstoßen.

Er griff nach ihr, kriegte allerdings nur den Duschvorhang zu fassen. Alessandra schüttelte ihn einfach ab und ließ ihn zurück. Sie würde den Vorhang ohnehin nicht brauchen, sobald sie ihre neuen Sachen hatte – ihre neuen Sachen, die sie unter gar keinen Umständen verbrennen lassen würde.

Doch schon nach wenigen Schritten schloss sich seine Hand um ihren Knöchel. Der Mann zerrte sie zu sich, packte grob ihre Beine und warf sich Alessandra einfach über die Schulter. Er hustete wegen des Qualms, der auch in ihren Lungen brannte, und er taumelte ein wenig, als er sie aus dem Haus ins Freie trug.

Sie war nackt. Sie war splitternackt, und offenbar war ihm das auch in dem Moment klar geworden, in dem er mit ihr das Haus verlassen hatte. Denn kaum waren sie draußen, blieb er nicht erst stehen, um Luft zu holen, sondern legte ihr gleich seinen Mantel um die Schultern.

Er brachte sie fort von ihrem Haus, setzte sie auf den Rasen und sank neben ihr auf die Knie.

Eine zweite Explosion erschütterte das Gebäude.

Er schmiss sich auf Alessandra, weil er sie mit seinem Körper schützen wollte, weil Ruß, Asche und kleine Trümmerteile auf sie herabregneten.

„Was, zur Hölle, ist da drin so wichtig, dass Sie Ihr Leben riskieren, um es zu kriegen?", fuhr er sie an.

Alessandra schaute auf die Flammen, die aus der gesamten Westseite ihres Hauses schlugen, und konnte die Tränen nicht mehr zurückhalten.

„Ist das Geld etwa noch da drin?", wollte FBI-Agent Harry O'Dell wissen. Denn es war O'Dell, der sie aus dem Haus gerettet hatte. Der Mann mit den schokoladenbraunen Augen, die all das bemerkten, was anderen Menschen entging. „Wollten Sie das holen? Oder befindet sich sonst noch jemand im Haus?"

Alessandra konnte nicht antworten. Nach Tagen, nein, Wochen, Monaten, in denen sie sich zusammengerissen hatte, konnte sie jetzt nur noch weinen.

Feuerwehrwagen näherten sich. Alessandra konnte die Sirenen in der Ferne hören. Nur war es längst zu spät. Zu spät. Alles, was sie auf der Welt noch besessen hatte, brannte. Niemand würde ihr unter diesen Umständen Jane anvertrauen.

Sie konnte nicht mehr aufhören zu schluchzen.

„Ist da noch jemand drin?" Harry O'Dell sah aus, als wollte er sie am Revers seines Mantels packen und schütteln. „Antworten Sie schon!"

„Meine Sachen …"

„Was?"

„Meine neuen Sachen …"

„Sagen Sie mir einfach, ob sich noch jemand im Haus befindet. Ja oder nein?"

Sie schüttelte den Kopf. „Nein …"

Auf einmal dämmerte es ihm. „Sie riskieren Ihr Leben für ein paar neue Klamotten? Das glaube ich einfach nicht." Harry O'Dell schüttelte den Kopf. „Sie machen es einem nicht leicht, Lady. Verdammt noch mal nicht leicht."

Als der erste Feuerwehrwagen und die ersten Polizeiwagen mit quietschenden Reifen vor dem Haus bremsten, schlang er den Regenmantel fester um Alessandra und band den Gürtel zu. Dann erhob er sich, um dem Feuerwehrchef entgegenzugehen.

Alessandra saß in der Farmingdale Police Station, noch immer in Harrys Regenmantel gehüllt.

Sie sah sehr mitgenommen aus. Ihr Gesicht und ihre Haare waren rußverschmiert, in ihren Augen spiegelten sich Schock und Müdigkeit wider.

Es schien unmöglich, dass sie eine Explosion von solcher Wucht ohne einen Kratzer überlebt hatte.

Diese Frau hatte entweder Glück oder Schutzengel. Sie war in der Badewanne gewesen, deren schweres emailliertes Metall sie vor der Gewalt der Explosion geschützt hatte und vor umherfliegenden Trümmerteilen. Tatsächlich war sie – in der Badewanne liegend – vom ersten Stock ins Erdgeschoss gestürzt, ohne sich dabei zu verletzen.

Es schien nicht ganz fair zu sein, dass jemand wie Alessandra Lamont, die Tränen über den Verlust einer Einkaufstüte voll neuer Unterwäsche vergoss, so viel Glück haben konnte. Wie oberflächlich. Was für bizarre Prioritäten.

Aber was für eine hinreißend schöne Frau.

Harry setzte sich ihr gegenüber und versuchte, nicht daran zu denken, dass sie unter dem Regenmantel – seinem Regenmantel – vollkommen nackt war.

Er musste es wissen, hatte er seine Hände heute Abend doch überall auf ihr gehabt. Ihre Haut fühlte sich seidenweich an, ihr Körper war nahezu perfekt. Weich dort, wo er weich sein sollte. Und an genau den richtigen Stellen fest.

Im Licht des Feuers schimmerte ihre Haut. Selbst nach vielen Stunden konnte er ihren Anblick nicht vergessen, wie sie versuchte, die Treppe hinauf vor ihm zu fliehen. Ihre Brüste waren klein, aber voll, und passten von den Proportionen her sehr gut zu ihrer eher zierlichen Figur. Ihre Beine waren endlos lang, die Hüften sanft gewölbt, ihr Po wie für einen String gemacht, ihr Bauch verlockend zart.

Außerdem war sie eine echte Blondine.

Zu dem Zeitpunkt hatte sein Körper nicht auf sie reagiert. Immerhin stand das Haus in Flammen, und sie hatte ihm gerade ihr Knie in die Eier gerammt – zwei Faktoren, die seiner Erektionsfähigkeit stets einen Dämpfer verpassten.

Jetzt aber tat es regelrecht weh. Das mochte eine Nachwirkung des rüden Kniestoßes in seine empfindlichen Teile sein, die nach behutsamer Behandlung verlangten. Wäre er jemand, der sich selbst gern etwas vormachte, würde er diese Begründung akzeptieren. Tatsache war jedoch, dass Alessandra Lamont etwas an sich hatte, das seine Hormone in Aufruhr brachte.

Ihre unerschütterliche Ehrlichkeit, ihre hohe Moral oder ihr überlegener Intellekt waren es jedenfalls nicht, denn all das war bei ihr schlicht nicht vorhanden.

Blieb nur noch ihr sexy Körper und ihr wunderschönes Gesicht mit den wundervollen blauen Augen.

Alessandra Lamont mochte bloß ein hübsches Dummchen sein, was schlimm genug war. Nur war er nicht viel besser, denn er begehrte sie trotzdem.

Was für ein Heuchler er war. Einerseits verachtete er sie für ihre Oberflächlichkeit, andererseits kriegte er allein bei ihrem Anblick eine gigantische Erektion.

Er wollte nicht dasitzen und mit ihr reden müssen, wollte sich nicht mit ihrer Blödheit herumärgern müssen. Aber er wollte unbedingt ins Bett mit ihr.

Wow, er war wirklich ein anständiges menschliches Wesen.

Harry räusperte sich, doch sie schaute ihn nicht an. Sie hatte die Arme fest um sich geschlungen und wirkte sehr verletzlich und jung. Und unter seinem Regenmantel trug sie nichts.

„Mrs Lamont?" Harry benutzte bewusst die förmliche Anrede, in der Hoffnung, dass es sie daran erinnern würde, dass sie freiwillig einen Drecksack mit Mafiaverbindungen geheiratet hatte. Wegen seines Geldes. Er wünschte, sie deswegen verabscheuen zu können und dadurch weniger zu begehren.

Es funktionierte nicht.

Schließlich blickte sie ihn an, und er bemerkte die Angst in ihren Augen. Aber da war noch etwas anderes, das ihm verdächtig nach Hoffnung aussah. „Hat man schon herausgefunden, was die Explosion verursacht hat?", erkundigte sie sich. „Gab es ein Problem mit der Gasleitung?"

Harry antwortete nicht gleich, sondern betrachtete sie nur. „Mrs Lamont, glauben Sie wirklich, es handelte sich um eine zufällige Gasexplosion? Ihr Mann …"

„Exmann", korrigierte sie ihn.

„Ihr Exmann hat der Mafia fünf Millionen Dollar gestohlen."

„Fünf Millionen Dollar!" Sie klang aufrichtig überrascht. „Fünf Millionen?"

Harry beugte sich nach vorn. „Liege ich da falsch? War es weniger?" Ihm war bekannt, dass es sich nur um eine Million handelte.

Der lebhafte Ausdruck verschwand sofort wieder von ihrem Gesicht, sowie sie merkte, dass sie sich beinah verraten hätte. Nun blieb ihre Miene wieder ausdruckslos, und das Leuchten in ihren Augen, das er Momente zuvor erblickt hatte, erlosch. „Ich weiß nicht, wovon Sie sprechen."

„Von einer Autobombe", erklärte er.

Plötzlich wirkte sie unsicher, ungläubig auch, und da wusste er, dass sie viel klüger war, als sie sich anmerken ließ.

Lesen Sie auch:

Marie Force

D. C. Affairs: Fatale Gier

Im Buchhandel erhältlich

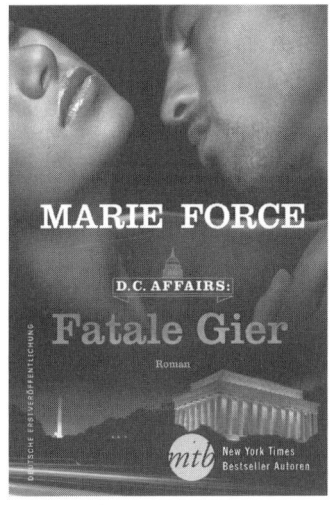

Band-Nr. 25762
8,99 € (D)
ISBN: 978-3-95649-033-0

In den nächsten dreißig Minuten erläuterte er der versammelten Presse, dass sein Hauptaugenmerk der Verabschiedung des Einwanderungsgesetzes gelten werde, das an dem Tag, als man John ermordet aufgefunden hatte, zur Abstimmung vorgelegen hatte.

„Werden Sie Mitinitiator sein?", wollte ein Reporter von *The Hill* wissen.

„Senator O'Connors Name wird zusammen mit Senator Martins Namen auf dem Gesetzesentwurf als Mitinitiator stehen. Mein Büro wird eng mit Senator Martins Büro zusammenarbeiten, um das Gesetz zur Abstimmung zu bringen."

„Wurden Sie bereits über Ihre Ausschusstätigkeiten in Kenntnis gesetzt?", erkundigte sich ein Reporter des *Richmont Times-Dispatch*.

„Nein, aber ich denke, dass ich Senator O'Connors Aufgaben weiterführe, da ich nur für ein Jahr im Amt sein werde."

„Sehr viel Aufmerksamkeit richtete sich in letzter Zeit auf Ihre Beziehung mit Lieutenant Holland …"

„Darüber werde ich nicht sprechen."

„Die Öffentlichkeit ist neugierig."

„Mein Privatleben hat keinerlei Auswirkungen auf meine Tätigkeit als Senator. Beschränken wir uns auf mein Amt."

„Planen Sie zu heiraten?"

Frustriert stand Nick auf. „Mein Büro ist voller Gäste, zu denen ich gern zurückkehren möchte, wenn Sie mich also entschuldigen würden." Er verließ den Konferenzraum und stieß mit Christina Billings zusammen, die er von der stellvertretenden Stabschefin auf den Posten befördert hatte, den er zuvor innegehabt hatte – den des Stabschefs.

„Was ist los, Senator?", erkundigte sie sich. „Du siehst genervt aus."

Er fuhr sich durch die Haare. Den neuen Titel aus dem Mund seiner langjährigen Freundin und Kollegin zu hören, war seltsam. „Das Land steht im Krieg, die Wirtschaft ist in Aufruhr, und die wollen nur über mein Liebesleben reden."

„Die Leute sind nun mal neugierig. Das war zu erwarten."

„Es ist ärgerlich."

Nick beobachtete, wie sie zu Sam sah, die sich angeregt mit ihrem Vater und ihren Schwestern unterhielt.

„Wirst du damit klarkommen, Chris? Sie bedeutet mir etwas."

„Mir gegenüber hat sie sich absolut zickig benommen und mich wie eine Mörderin behandelt. Als hätte ich John umbringen können."

„Sie hat doch nur ihre Arbeit gemacht."

„Ihr Job ist Mist."

„Da würde sie dir an vielen Tagen sogar zustimmen. Trotzdem musst du drüber hinwegkommen. Wir bleiben nämlich zusammen."

Ihr Blick trübte sich, während sie sich ihr kurzes Haar hinters Ohr strich. „Es ist erst zwei Wochen her."

„Ich weiß." Nick fühlte mit Christina, er wusste, wie sehr sie an ihrer unerwiderten Liebe zu John O'Connor gelitten hatte. Sein Tod hatte ihr das Herz gebrochen, und es hatte sie tief getroffen, dass sie, wenn auch nur für kurze Zeit, in den Fokus der Mordermittlungen geraten war. Er entdeckte Johns Bruder Terry in der Menge und erkannte, dass dieser auf dem Weg zur Tür war. „Wir sehen uns", wandte er sich an Christina und lief los. „He, Terry!"

Mit seinen zweiundvierzig Jahren wirkte Terry gute zehn Jahre älter, als er war. Das ehemals dunkle Haar war grau meliert, und mit seinen dunklen toten Augen hatte er überhaupt keine Ähnlichkeit mit seinem jüngeren blonden Bruder mit den blauen Augen. Die geplatzten Äderchen in Terrys Gesicht zeugten von seinem langen Kampf mit dem Alkohol.

Nachdem Terry drei Wochen vor der Bekanntgabe seiner Kandidatur für den Sitz seines Vaters im Senat betrunken am Steuer erwischt worden war, hatte Graham O'Connor sich an seinen jüngeren Sohn John gewandt. Dieser hatte nur widerstrebend dem enormen Druck nachgegeben, für den Sitz zu kandidieren, den seit fast vierzig Jahren ein Familienmitglied bekleidete.

„He, Nick. Ich meine, Senator", sagte Terry.

„Kann ich dich einen Moment sprechen?" Nick deutete auf Christinas Büro, da es am nächsten lag.

„Klar." Terry hob die Schultern.

Nick schob ihn ins Zimmer und schloss die Tür.

„Was ist denn los?", fragte Terry.

„Wie geht es dir?"

„Gut. Na ja, es ist schon hart."

Die Brüder hatten sich nicht nahegestanden, trotzdem zweifelte Nick nicht daran, dass Terrys Trauer echt war. „Geht mir genauso. Ich warte ständig darauf, dass es besser wird, aber da bin ich noch nicht."

„Mutter sagt, diese Dinge brauchen Zeit."

Sie lächelten bei der Erwähnung der von ihnen beiden geliebten Laine O'Connor, einer Säule der Kraft und sanften Weisheit, selbst in den dunkelsten Stunden ihres Lebens.

„Du hast sicher schon von Christinas Beförderung zur Stabschefin gehört."

„Eine gute Entscheidung", erwiderte Terry. „Sie wird das großartig machen."

„Das glaube ich auch. Aber durch ihre Beförderung fehlt mir jetzt ein Stellvertreter. Ich habe mich gefragt, ob du an dem Posten interessiert wärst."

Terry hätte nicht erstaunter aussehen können, wenn Nick behauptet hätte, Marsmenschen wären im Garten des Kapitols gelandet. „Was?", fragte er leise.

„Möchtest du mein stellvertretender Stabschef werden?"

Johns Bruder starrte ihn an.

„Terry?"

„Warum ich? Du kannst bestimmt jemanden finden, der nicht so viel Mist aus der Vergangenheit mitschleppt."

„Ich will dich."

„Warum?", fragte Terry noch einmal, noch immer geschockt. Er hatte einen miesen Job in einer Lobbyfirma, den sein Vater ihm besorgt hatte. Ansonsten waren seine Aussichten eher trüb, nachdem seine vielversprechende politische Karriere infolge des Trunkenheitsdelikts gescheitert war.

„John war mein bester Freund und genauso mein Bruder wie deiner."

„Keine Frage."

„Ich glaube, er hätte es gutgeheißen, wenn du dazu beiträgst, dass all seine harte Arbeit nicht umsonst war und das, was er begonnen hat, weitergeführt wird. Außerdem könnte ich jemanden mit deinem politischen Scharfsinn in meinem Team gebrauchen."

„Meinst du das ernst?" Terrys Miene verriet Misstrauen.

„Ja, ich meine es ernst. Allerdings habe ich eine Bedingung."

„Ich hätte wissen müssen, dass es einen Haken gibt."

„Keinen Haken, nur eine Bedingung: dreißig Tage stationärer Alkoholentzug und anschließende tägliche AA-Meetings. Das ist eine einmalige Chance, Terry. Ein Fehltritt, und du bist raus. Ich mache mir keine Illusionen über eine politische Karriere, aber ich werde nicht zulassen, dass jemand mich, John oder dieses Büro bloßstellt."

Terry schob die Hände in die Taschen und schien die Sache zu überdenken.

„Also, was sagst du?"

„Brauchst du schon jetzt jemanden?"

„Christina schafft es noch einen Monat allein. Wir werden den Job freihalten, wenn du ihn willst."

Wieder schwieg Terry eine Weile, und Nick fragte sich schon, ob er zu viel erwartete.

„Ja", sagte Terry schließlich. „Ich würde mich geehrt fühlen."

„Großartig. Dein Arzt kann dir bestimmt ein Behandlungszentrum empfehlen. Falls es nicht richtig läuft, sag mir Bescheid, dann veranlasse ich jemanden hier, sich darum zu kümmern.

„Das wird nicht nötig sein. Ich bekomme das schon hin." Er reichte Nick die Hand. „Danke."

„Ich hoffe, es wird ein echter Neuanfang für dich. Und da wäre noch eine Sache."

„Welche?"

„Sam."

Terrys Miene verhärtete sich. „Was ist mit ihr?"

„Wir sind zusammen. Das bedeutet, du wirst ihr hin und wieder begegnen."

„Na und?"

Nick kümmerte sich nicht um den gereizten Ton. „Kommst du damit klar?"

Die Frau, mit der Terry die Nacht verbracht hatte, in der John ermordet worden war, hatte Terrys Alibi zuletzt bestätigt. Bis dahin jedoch hatte Sam ihm im Verhörraum schwer zugesetzt.

„Wenn ich muss."

„Das reicht mir nicht", stellte Nick klar. „Entweder versicherst du mir, dass du ihr höflich und respektvoll gegenübertrittst, oder wir vergessen die Sache."

„Ich werde mein Möglichstes tun", versprach Terry.

Nick reichte seinem neuen Stellvertreter die Hand. „Dann sehe ich dich in ungefähr einem Monat."

„Ich werde da sein." Terry schüttelte Nicks Hand.

Terry öffnete die Tür und sah seinen Vater auf sich zukommen.

„Da steckt ihr beiden!", sagte Graham lächelnd. „Du hast einen ganz besonderen Gast, Senator." Damit trat er zur Seite und schob Julian Sinclair in den Raum.

Nick stieß einen überraschten Laut aus. „Julian! Was machst du denn hier?" Er war perplex, Grahams engen Freund zu sehen. Nick kannte Julian seit seiner Zeit im Harvard-Hockeyteam, als Julian, damals dort Professor, ein begeisterter Unterstützer des Teams gewesen war.

Die beiden Männer umarmten sich, dann wandte Julian sich an Terry, den er ebenso herzlich begrüßte. „Ich habe morgen in der Stadt ein Meeting", erklärte er anschließend, „und ich wollte unter den ersten Gratulanten des neuesten Senators der Vereinigten Staaten sein."

Nick betrachtete seinen Freund, dessen Haar seit ihrer letzten Begegnung vollständig ergraut war. Der Anflug von Traurigkeit in Julians braunen Augen war ebenfalls neu. Johns plötzlicher Tod hatte alle hart getroffen.

„Hört euch an, wie bescheiden er wieder ist", bemerkte Graham, der so glücklich aussah, wie Nick es seit Johns Tod nicht mehr erlebt hatte. Dadurch fühlte er sich auch selbst sofort besser. „Verrate ihnen, mit wem du dich triffst."

„Nelson", gestand Julian verlegen lächelnd.

„Oh!" Auf einmal begriff Nick. „Der Oberste Gerichtshof." Der langjährige Richter William Jeremiah hatte erst kürzlich seinen Rücktritt erklärt und Präsident Nelson damit die Gelegenheit zu seiner ersten Nominierung für den Obersten Gerichtshof gegeben.

Graham klatschte in die Hände. „Du sagst es, Senator. Ihr Jungs steht dem nächsten Richter am Obersten Gerichtshof gegenüber!"

„Wow", rief Terry. „Herzlichen Glückwunsch."

„Danke, aber das liegt natürlich alles beim Senat", wiegelte Julian ab. „Man hat mich wissen lassen, dass ich mich auf einen harten Kampf einstellen soll."

Das wunderte Nick nicht. Julians liberale Ansichten zum Thema Abtreibung und anderen brisanten Themen machte ihn für Nelson zu einer polarisierenden Wahl.

„Eine Stimme hast du jedenfalls sicher, oder, Senator?", fragte Graham.

„Selbstverständlich", antwortete Nick. „Ich werde tun, was ich kann, um zu helfen. Das ist einer der Momente, in denen ich froh bin, nur ein Jahr im Senat zu sein. Da kann ich ruhig einigen Leuten auf die Füße treten."

Julian lachte. „Brauch dein gesamtes politisches Kapital nicht für mich auf, mein Freund."

„Ich kann mir niemand besseren dafür vorstellen", erklärte Nick aufrichtig. Julian war ihm einer der liebsten Menschen. „Wie lange wirst du in der Stadt sein?"

„Solange es nötig ist, komme, was da kommen mag."

„Wir essen nächste Woche zusammen in meinem neuen Haus", sagte Nick. „Ich möchte dir Sam vorstellen."

„Ich kann es kaum erwarten, die Frau kennenzulernen, die unserem Jungen den Kopf verdreht hat – noch dazu eine Polizistin." Julian schaute grinsend zu Graham.

„Wenn du sie näher kennenlernst, wirst du verstehen, warum sie ihm den Kopf verdreht hat", erwiderte Graham augenzwinkernd.

„Na schön, ihr zwei. Das reicht." Nick freute sich, Graham nach den finsteren Tagen seit dem Mord wieder in gelösterer Stimmung zu erleben. „Sie ist hier irgendwo."

„Das muss leider warten, da ich im Augenblick keine Zeit habe. Und ich möchte sie ja richtig kennenlernen." Julian schaute auf seine Uhr. „Ich bin mit Hanigan verabredet und wollte nur kurz reinschauen und gratulieren." Er gab Nick die Hand. „Ich bin sehr stolz, und John wäre es auch. Er hat stets behauptet, du seist das Gehirn hinter der ganzen Geschichte."

„Danke", erwiderte Nick. „Deine Worte bedeuten mir viel."

„Mach uns stolz."

„Ich werde mein Bestes geben."

Die nächste halbe Stunde verbrachte Nick damit, jeden Einzelnen im Büro persönlich zu begrüßen und sich mit Judson Knott und Richard Manning zu unterhalten, dem Vorsitzenden und dem stellvertretenden Vorsitzenden der demokratischen Fraktion. Er sprach außerdem mit Gouverneur Mike Zorn und dessen Frau Judy. Während Nick höflichen Small Talk betrieb und an einem Glas Wein nippte, das irgendwer ihm in die Hand gedrückt hatte, hielt er unauffällig nach Sam Ausschau.

„Würden Sie mich bitte entschuldigen?", bat er die anderen und machte sich auf die Suche. Ihm fiel auf, dass er Sams Familie auch nirgendwo gesehen hatte. Nachdem er eine Runde gedreht hatte, zog er sich in Johns Büro zurück. Natürlich war das nun sein Büro, doch für Nick würde es in Gedanken immer Johns Büro bleiben. Hier fand er auch Sam, die aus dem Fenster auf das Washington Monument in der Ferne schaute.

„He, Liebes", sagte er und schloss die Tür. „Ich habe dich schon gesucht."

Sie warf einen Blick über die Schulter, und ein kurzes Lächeln huschte über sein Gesicht. „Ist alles in Ordnung?"

„Ja. Und bei dir?"

„Klar. Ist dein Dad schon fort?"

Sie nickte. „Sie lassen dir alle ihre Glückwünsche ausrichten, und dass sie dich später auf der Party sehen. Celia wollte, dass Dad sich vorher noch ein wenig ausruht."

„Worüber denkst du nach?", erkundigte er sich, während er ihr die Schultern massierte.

Sie drehte sich um. „Über alles, was dazu geführt hat, dass du in diesem Büro gelandet bist."

„Das müssen wir allmählich hinter uns lassen", sagte Nick. Als er sie sanft auf die Lippen küsste, staunte er über die Intensität seines Verlangens, obwohl er sich inzwischen daran hätte gewöhnt haben müssen. Er überlegte, ob es zwischen ihnen immer so sein würde, und vermutete, dass die Antwort auf diese Frage „Ja" lautete. Ihre Verbindung reichte sechs Jahre zurück und hatte die Versuche ihres Exmanns Peter, sie voneinander fernzuhalten, überstanden. „Heute ist alles neu. Es ist ein ganz neuer Anfang für uns beide." Er hob seine Hände von ihrer Taille an ihre Wangen, während sie mit der Zunge über seine Unterlippe fuhr. Scharf sog er die Luft ein. „Ich wünschte, wir könnten sofort wegfliegen, heute, auf eine tropische Insel, wo ich nichts weiter tun müsste, als eine ganze Woche lang mit dir zu schlafen."

„Du würdest mich satthaben, ehe die Woche um ist."

„Nein", flüsterte er und ließ eine Hand an ihrem Rücken hinuntergleiten, um Sam an sich zu pressen, damit sie seine Erregung deutlich spürte. „Niemals."

„Macht der Kongress um Ostern herum nicht Ferien?"

„Ja", bestätigte er und knabberte sanft an ihrem Ohrläppchen. Sie erschauerte. „Lass uns dann verschwinden."

„Wirklich? Kriegst du denn frei?"

„Um eine ganze Woche mit dir im Bett zu verbringen? Ich denke, das lässt sich arrangieren."

Er legte seine Stirn an ihre. „Aber bis dahin sind es noch Monate."

„Wir werden beide so viel um die Ohren haben, dass die Zeit wie im Flug vergehen wird."

„Erst wenn wir in dem neuen Haus wohnen, wird es etwas ruhiger werden." Er hatte ein Reihenhaus, drei Türen vom Haus ihres Vaters entfernt, in der Ninth Street gekauft, sodass sie nah bei ihrem Vater und ihrer Arbeitsstelle sein würde. „Der Makler bietet mein Haus in Arlington gleich nach Neujahr an. Doch wir können schon nächste Woche in die Ninth Street ziehen."

Sie löste sich aus seiner Umarmung und schaute wieder aus dem Fenster. „Das ist gut."

„Was geht in deinem Kopf vor?"

„Nichts."

„Samantha, ich kenne dich. Was ist los?"

„Alles passiert so schnell. Man kommt kaum zu Atem."

„Ja, es war ziemlich verrückt. Aber sobald wir in unserem Haus in der Stadt leben, wird es ruhiger", wiederholte er. „Wir werden morgens länger schlafen können, weil wir nicht mehr aus Arlington losfahren müssen."

„Stimmt."

„Wo liegt also das Problem?"

Schwer seufzend drehte sie sich wieder zu ihm um. „Ich bin noch nicht bereit, mit dir zusammenzuziehen."

Nick versuchte, seine Enttäuschung vor ihr zu verbergen. „Ich wollte doch nur, dass wir das Haus gemeinsam einrichten."

„Wahrscheinlich ist es besser, wenn du zuerst allein dort wohnst. Schließlich bist du auch viel pingeliger als ich."

„Über welchen Zeitraum reden wir? Eine Woche? Einen Monat?"

„Ich bin mir nicht sicher. Ich weiß nur, dass ich noch nicht bereit bin."

Überraschenderweise regte sich in Nick ein Anflug von Zorn. „Es ist wegen Peter." Liebend gern würde er nur fünf Minuten allein mit diesem Dreckskerl von ihrem Exmann verbringen, aber da dieser im Gefängnis saß, weil er Sam mit einer Ladung primitiver Sprengsätze beinahe umgebracht hätte, würde das nicht geschehen.

„Nicht nur. Es liegt eher an mir." Sie rieb sich den Bauch, ein Zeichen dafür, dass die Unterhaltung ihrem nervösen Magen zu schaffen machte. „Nach allem, was passiert ist, bin ich noch vorsichtiger als früher."

Um ihr eventuelle Magenschmerzen zu ersparen, lenkte Nick ein. „Wir reden später darüber, Liebes. Nimm Rücksicht auf deinen Magen. Du hast übrigens versprochen, dich nach dem O'Connor-Fall untersuchen zu lassen."

„Tu ich. Bald."

Er umarmte sie und stellte wieder einmal fest, wie gut ihre Körper sich aneinanderschmiegten, wie zwei Hälften eines Ganzen. „Ich verlasse mich darauf."

Ihr Handy klingelte, und sie wich ein Stück von Nick zurück, um es aus ihrer Kostümjacke zu ziehen. „Holland."

Da der Lautsprecher aktiviert war, hörte Nick Sams Kollegen Freddie Cruz sagen: „Lieutenant."

„Was gibt's?"

„Vier Opfer."

Sam zuckte zusammen. „Kinder?"

„Drei, eins davon ein Baby."

„Verdammt."

„Ja", seufzte Freddie müde. „Es ist übel. Der Vater wurde gesehen, wie er blutüberströmt aus dem Haus lief. Aber du willst vielleicht lieber selbst herkommen."

„Warum?"

„Wir haben einen Haufen Zeug über den Fall deines Vaters in dem Haus gefunden. Zeitungsausschnitte und andere Sachen über die Schießerei. Ich dachte, du willst mal einen Blick darauf werfen." Er ratterte die Adresse herunter.

„Ich bin gleich da." Ihre Augen wurden hart und leidenschaftslos, wie immer, wenn sie an einem Fall arbeitete. Sie steckte ihr Handy wieder ein und sah Nick an. „Es macht dir doch nichts aus, oder?"

„Natürlich nicht." Nick sah, dass sie bereits in Gedanken ganz bei der Arbeit war. „Soll ich dich begleiten?"

Sie schüttelte den Kopf. „Du hast Gäste."

Er küsste sie zum Abschied. „Sei vorsichtig."

„Bin ich immer."

Lesen Sie auch von Lisa Jackson:

Lisa Jackson
Dem Feuer so nah
Band-Nr. 20050
9,99 € (D)
ISBN: 978-3-95649-038-5
528 Seiten

Lisa Jackson
Zwischen Verrat und Verlangen/
Und das Herz schweigt
Band-Nr. 25736
8,99 € (D)
ISBN: 978-3-86278-864-4
528 Seiten

Lisa Jackson
See der Sehnsucht/
Flammende Zweifel
Band-Nr. 25714
8,99 € (D)
ISBN: 978-3-86278-845-3
560 Seiten

Suzanne Brockmann
Im Schutz der Dämmerung

Wenn Alessandra nicht das Geld auftreibt, das ihr ermordeter Mann dem Mafiaboss Frank Trotta gestohlen haben soll, ist sie binnen 48 Stunden tot. Es sei denn, der sexy FBI-Agent Harry kann sie rechtzeitig in Sicherheit bringen …

Band-Nr. 25748
8,99 € (D)
ISBN: 978-3-95649-013-2
384 Seiten

Linda Castillo
Schrei im Morgengrauen

Angst schnürt Kelly die Kehle zu: Ihr kleiner Sohn ist bei der Wandertour in den Bergen spurlos verschwunden! Es ist Ironie des Schicksals, dass ihr nur der Mann helfen kann, der damals auf keinen Fall ein Kind haben wollte: der Leiter des Rettungsteams, ihr Ex Buzz …

Band-Nr. 25765
9,99 € (D)
ISBN: 978-3-95649-039-2
eBook: 978-3-95649-340-9

**Wenn Sie Romantic Crime lieben,
ist diese Serie ein absolutes Muss!**

Deutsche Erstveröffentlichung

Marie Force
D.C. Affairs:
Fatale Gier

Band-Nr. 25762
8,99 € (D)
ISBN: 978-3-95649-033-0
eBook: 978-3-95649-334-8
384 Seiten

Geschockt schaut Lieutenant Samantha Holland in die toten Augen eines Mannes: Gestern Abend noch war sie mit Julian Sinclair essen. Er wurde als nächster Richter im Supreme Court gehandelt – bis man ihn regelrecht exekutiert hat. Dass Sam eine der Letzten war, die ihn gesehen haben, macht den Fall für sie hochbrisant. Dass ihre Beziehung mit Senator Nick Cappuano inzwischen Stadtgespräch in Washington D.C. ist, erschwert die Situation zusätzlich. Als dann auch noch ein ungelöster Fall unerwartet in Nicks Richtung führt, erkennt Samantha: Die Verbindung von Leidenschaft und Politik kann fatal enden – und zwar für sie selbst!

**„Der erste Band war superspannend –
der zweite ist noch besser."** *Romantic Times Book Reviews*